BLAS MALO (Alcázar de San Juan, Ciudad Real, 1977) es escritor e ingeniero de caminos. Compagina su actividad profesional en el ámbito de la construcción con su pasión por la literatura, la historia y la creación en general. De raíces jienenses y granadino de adopción, *El esclavo de la Al-Hamrā* es su primera novela. Coincidiendo con su lanzamiento en bolsillo, se publica la segunda novela del autor, *El Mármara en llamas*.

1.ª edición: marzo 2012

© Blas Malo, 2010
© Ediciones B, S. A., 2012
para el sello B de Bolsillo
Consell de Cent, 425-427 - 08009 Barcelona (España)
www.edicionesb.com

Printed in Spain
ISBN: 978-84-9872-619-0
Depósito legal: B. 2.753-2012

Impreso por NEGRO GRAPHIC, S.L.
Comte de Salvatierra, 309, 5-3
08006 BARCELONA

Todos los derechos reservados. Bajo las sanciones establecidas en el ordenamiento jurídico, queda rigurosamente prohibida, sin autorización escrita de los titulares del *copyright*, la reproducción total o parcial de esta obra por cualquier medio o procedimiento, comprendidos la reprografía y el tratamiento informático, así como la distribución de ejemplares mediante alquiler o préstamo públicos.

El esclavo de la Al-Hamrā

BLAS MALO

*Para Blanca,
por ella y para ella,
para siempre*

Introducción histórica

¿Qué fue de Abd al-Rahmán, el último de los omeyas y constructor de la Gran Mezquita de Qurtuba? ¿Dónde están las palomas blancas que los cordobeses lanzaron al aire para gloria de su nombre cuando, entre aclamaciones, entró por primera vez en la ciudad? ¿Qué fue de los campos de naranjos y azahar de Isbilya; del ímpetu del general Al-Mansur, azote de los cristianos, y de sus jinetes victoriosos, el terror de las mesetas castellanas? Polvo; ya sólo polvo y ceniza.

Corre el año 711 de la Hégira (1333 de la era cristiana) y, desvanecido el sueño del califato cordobés de un imperio universal en nombre de Alá, Al-Ándalus agoniza. Las tropas castellanas y aragonesas, animadas por su credo de cruz y espada, avanzan imparables hacia el sur de la península Ibérica contra el reino nazarí de Granada. Desde el otro lado del mar, la lucha entre el reino de los meriníes y Castilla y Aragón por el control del estrecho de Gibraltar implicará al reino nazarí en una guerra trágica. El Estrecho es el nexo de Granada con el resto del Islam, y también la arteria que nutre de hombres vigorosos y sangre nueva al único reino musulmán de Occidente. Hermanos de religión pero enfrentados en la interpretación de la fe y en sus raíces raciales, el reino meriní* de Fez —bereber y defensor de

---

* El reino meriní correspondería, aproximadamente, al norte del actual Marruecos. Su origen está en la tribu bereber de los Banu Marin, que en

la ortodoxia— y el reino nazarí de Granada* —de raza árabe y seguidor de Malik Ibn Anas pero partidario de la paz— conviven en una vecindad mal avenida, que los cristianos aprovechan en su favor.

En el año 718 (1340), tiene lugar la batalla del Salado: meriníes y nazaríes se enzarzan en una terrible lucha contra los cristianos portugueses y castellanos por el control del Estrecho. Tras la derrota, el reino de Granada, vencido y suplicante, se arrodilla ante Castilla. Para Yúsuf I, sultán de Granada, sólo queda una premisa: sobrevivir a cualquier precio.

Debilitados los meriníes y una vez firmada una paz vigilante con los cristianos, Yúsuf I dedica su tiempo a afianzar su pequeño reino entre las montañas y el mar con una convicción: sólo la diplomacia, y no las armas, evitará el ocaso del último resto de Al-Ándalus. Y como prueba del triunfo de su política inicia la construcción de nuevos palacios sobre la colina donde sus antepasados ziríes habían erigido la fortaleza de la Al-Qasaba Al-Hamrā, La Roja. Su hijo Muhammad V seguirá sus pasos, evitando la guerra y propiciando la paz. Pero lo que para algunos es sabiduría, para otros es debilidad, y los meriníes no están dispuestos a rendirse fácilmente; el deber de un buen musulmán es expulsar al infiel de las tierras del Islam. ¡Alá así lo pide! ¿Y qué heredero a un trono no luchará por su ascensión si cuenta con aliados dispuestos a todo?

En el año 737 (1359) un golpe de Estado por parte de su hermanastro Ismail, alentado por los mandos meriníes del ejército nazarí, obliga a Muhammad a huir a Fez, a tierras meriníes, a suplicar ayuda y refugio. Es tiempo de desesperación. Los usurpadores provocan una guerra con Castilla, y ésta responde venciendo una y otra vez al maltrecho ejército nazarí. En virtud

---

1248, bajo el mando de su jefe, Abu Yahya, se apoderó de Fez y sometió a las demás tribus, tras derrotar a los almohades. Los cristianos los llamaron «benimerines».

* El reino nazarí es el reino de Granada, llamado «nazarí» en honor de su auténtico fundador, Ibn Nasrí. Por ello, uno de los sobrenombres del sultán de Granada es «el heredero de Ibn Nasrí».

de sus estrechas y ambiguas alianzas con varios de los príncipes meriníes y con el propio Pedro I, rey de Castilla, Muhammad consigue recuperar el trono tres años más tarde y restaurar los tratados de tregua, a cambio de una onerosa paz comprada. Pero el sultán sabe que todo lo que nace muere algún día, y que para el último resto del Imperio islámico de Occidente la suerte está echada.

La diplomacia marcó desde aquel momento la diferencia entre la muerte y la vida. Pero quiso Alá que, próximos a Muhammad V, dos hombres excepcionales, hábiles de palabra, soportaran sobre sus hombros la pesada carga del destino de Granada. Uno de ellos fue Ibn al-Jatib, su visir y hombre de confianza, literato, místico, historiador y poeta. El otro se llamaba Ibn Zamrak, secretario y discípulo del visir, y su poesía, como su ambición, no conoció límites.

PRIMERA PARTE

717-737 (1339-1359)

1

La promesa de un niño

Una gran alegría envolvía la ciudad de Garnata, la primera alegría en mucho tiempo. Los mensajeros cruzaron a matacaballo las fértiles tierras de la Vega, extramuros, y atravesaron el perímetro amurallado. Entre los gritos de júbilo de los garnatíes, ascendieron a través de calles empedradas y zocos bulliciosos hasta los palacios reales, rodeados por los espesos bosques de la Sabika, la colina roja de la Al-Hamrā. Las mujeres exclamaban alegres desde detrás de las celosías y los hombres aclamaban a Alá y al sultán, dispuestos a unirse a la guerra. Había nacido el primogénito de Yúsuf I y los almuédanos anunciaban la buena nueva desde alminares y mezquitas, desde plazas y zocos, para gloria del sultán y de Alá en el año 717 de la Hégira.

En el séptimo día de su nacimiento, el embajador meriní ofreció como presente al nuevo descendiente de la dinastía de Ibn Nasrí ricos brocados de oro sobre seda. El rabino Ibrahim, representante de la comunidad judía, había felicitado al sultán y había predicho un futuro próspero y venturoso al niño según la cábala.

—¿Tiene nombre? —quiso saber el rabino mientras pellizcaba al recién nacido, atento a sus reacciones. El niño se sorprendió, moviendo la cabeza y las manos, pero no lloró. La seda cubría la mesa y los cojines donde estaba recostado. La familia estaba alrededor de él. Su madre y sus tías observaban desde detrás de los hombres. Un sirviente tenía preparadas toallas limpias y una palangana de plata con agua caliente aromatizada con aceites.

—Se llamará Muhammad; él será el libertador del Islam —dijo el sultán Yúsuf I, con emoción. Iba armado para la guerra, con la cota de malla y la espada al cinto. Sus caballeros lo esperaban fuera.

—Todo está escrito, y sus esferas de la cábala están en un orden propicio. Muy propicio. La Torá no miente —dijo por último el rabino.

El gran cadí había examinado al recién nacido, sano y robusto, celebrándolo como un excelente augurio, antes de proceder a su circuncisión.

—Procedamos —dijo el cadí acercando la hoja de la navaja, afilada y fría, al diminuto prepucio del bebé, mientras aclamaba a Alá.

El sultán había conseguido el apoyo de los meriníes para enfrentarse a la amenaza castellana. Desde la fortaleza meriní de Algeciras, las tropas enviadas a través del Estrecho desde el reino de Fez y los ejércitos nazaríes se preparaban para el enfrentamiento decisivo contra los castellanos. Si triunfaban, Al-Ándalus resurgiría. El sultán no podía pensar en el fracaso.

El bebé lloró desconsolado. Dos mujeres limpiaron su sangre. Los hombres se felicitaron entre ellos. Yúsuf I puso su áspera mano sobre la frente de su hijo. Uno de sus sobrinos, de siete años y pelo rojo, también llamado Muhammad, escuchó atentamente y con envidia las palabras del sultán a su primogénito.

—Me voy dejándote un reino. Cuando regrese, hijo, espero traerte un imperio —dijo con la voz emocionada, y luego lo besó antes de partir a la guerra. Los anillos de la cota tintinearon con sus pasos. Sorprendido con el sonido, el bebé se sobresaltó. El sobrino pelirrojo siguió al sultán con la mirada.

Pasaron los días, las semanas, los meses. Los habitantes de Madinat Garnata seguían con impaciencia el desarrollo de la campaña. Por tierra y mar, los hijos del Islam hostigaban a los cristianos, poniendo a sus soldados en fuga y hundiendo sus escuadras navales. Castellanos y aragoneses habían tenido que unir sus fuerzas. Nadie era capaz de resistir a los hijos del desierto y a los herederos de Ibn Nasrí.

Abu, el hijo del herrero, empezó a contar, pero en vez de llegar hasta diez se giró antes de tiempo, alcanzando a ver fugazmente unos pies descalzos que se escondían tras una esquina de la bóveda de ladrillo de un aljibe, que sobresalía visible por encima del nivel de la calle. Esquivó a los vendedores de palomas y a los arrieros, a las mujeres con las cántaras de agua sobre la cabeza y a un perro, que ladró furioso a su paso por delante de una cacharrería. El dueño, sentado sobre un taburete, dio una larga calada a su pipa de cerámica para aspirar el humo narcótico, mientras el animal se esforzaba por romper la cuerda de esparto que lo sujetaba.

Abu dobló la esquina del aljibe, esperando cogerlos desprevenidos. Los dos niños miraban en dirección contraria, hacia las estrechas calles flanqueadas por casas irregulares y blancas. En las sombras, entre la gente, entre aquella vendedora de apio y el zapatero gordo y sudoroso, podía estar Abdel. Abu se aproximó confiadamente, pisando con suavidad el empedrado, acercándose a sus espaldas paso a paso. Respiró profundamente, sintiendo que perdía el aliento.

Una gata se aproximó a él, más sigilosa aún, y maulló, esperando recibir una caricia o un mendrugo de pan. Y los dos niños volvieron la cabeza. Uno salió corriendo gritando entre risas, pero Abu se abalanzó sobre el otro, quien se defendió bravamente sobre la tierra desnuda bajo los dos olmos de la pequeña plaza. Una vieja los miró airada por el ruido que causaban.

—¡Te he pillado! ¡Te atrapé! —gritó Abu, el hijo del herrero. El otro niño intentó escaparse de entre sus manos, pero fue inútil.

—¡Has hecho trampa! ¡No has contado hasta diez! ¡Así no

vale, asqueroso cristiano! —dijo Abdel, el hijo del arriero. Estaba con la espalda contra el suelo, incapaz de liberarse.

—¡Cristiano yo! ¡Yo soy un adalid del Islam, un campeón de la fe! Y te he vencido. La guerra es así, ¿o es que no lo sabías? Ríndete. ¡Ríndete!

Abdel suspiró, podría ser peor.

Se habían escabullido de la *maktab*, la escuela coránica, para jugar entre los callejones del Albayzín, donde vivían; podían esconderse detrás de los mulos, tras los macetones de tomillo y los puestos de los halconeros, de los vendedores de cuero y los trenzadores de esparto. Por encima de ellos podía ver las viejas murallas de la fortaleza Qadima de los reyes ziríes, los fundadores de Madinat Garnata. La vieja fortaleza, otrora orgullosa, había perdido su supremacía a favor de la reforzada Al-Qasaba Al-Hamrā, frente a ella, encima de la colina Sabika. Las dos fortalezas se observaban la una a la otra sobre los montes opuestos. Separándolas en su silenciosa contienda discurría el cauce caprichoso, estrecho y lleno de higueras del Wadi-Hadarro, el río de oro, que debía su nombre a las pepitas de oro que de cuando en cuando se encontraban en su lecho. En la Sabika, el sultán estaba construyendo palacios nuevos, cerca de la alcazaba. Madinat al-Hamrā sería el reflejo del triunfo de su política de alianzas y el centro de un nuevo orden de paz y prosperidad.

Podría ser peor, suspiró Abdel por segunda vez. Podría estar en la Vega, río abajo, deslomándose como su padre entre los caballones de tierra negra y fértil y las acequias, que llevaban la milagrosa agua desde los ríos de las faldas nevadas del Yabal al-Taly, el monte de la nieve, también llamado Yabal Sulayr, el monte del sol, porque tras él, de repente, se levantaba el astro rey, iluminando toda la Vega, hasta las almunias y los molinos.

—Me rindo —refunfuñó Abdel, y Abu, con sus ojos negros como carbones, rio de satisfacción. Tenían seis años, y eran felices en su joven mundo lleno de prodigios y maravillas.

Los soldados reían bravucones y orgullosos, erguidos, con sus armas destellantes, y cuando desenvainaban las espadas entre aclamaciones a Alá, las hojas relucían, vibrantes. Los halconeros entrenaban a sus rapaces, que derribaban a las blancas palomas en un frenesí de plumas perdidas entre gritos de admiración de los hombres. La sierra refulgía, nívea, recortada contra el cielo azul, y por la noche las estrellas giraban sobre la Al-Hamrā alumbrada por los fuegos de las antorchas de los centinelas. ¿Quién no desearía así ser joven para siempre? La gata los observó sin interés, se lamió la pata delantera con parsimonia, maulló otra vez y cruzó la calle, desde el aljibe hasta la sombra de las casas encaladas.

Un jinete atravesó la calle como un vendaval; era un emisario, un correo militar que procedía de la fortaleza Qadima. Las gentes se apartaron alarmadas, las mujeres chillaron temiendo que sus cántaras de agua acabaran hechas añicos en el suelo. Una madre recogió a toda prisa a su niño, que jugaba absorto con un caballito de madera en miniatura junto a los escalones de la entrada de su casa, a la sombra.

—¡Apartaos! —gritó el jinete, alzándose sobre los estribos y evitando a hábil golpe de riendas a los transeúntes y sus mercancías—. ¡Apartaos, os digo! ¡Abrid paso!

La gata volvió la cabeza, asustada y paralizada, un segundo demasiado tarde.

Abu se olvidó de su amigo de juegos y anduvo hasta el centro de la empinada cuesta, que a través de los callejones descendía en zigzag hasta el río Hadarro. El jinete se alejaba, vestido de ocre y negro y con un turbante blanco. Llevaba dos grandes bolsas de cuero a ambos lados de la silla. Su voz y su figura, su tez tostada, su barba negrísima y su arrogancia impresionaron al niño. ¡El Islam, el Islam! Le encantaba esa hombría que destilaban los soldados de Garnata y la sumisión que les mostraba la gente. Irradiaban poder.

Abdel miró hacia el centro de la calle. El caballo había arrollado al felino, que se debatía entre las piedras y el polvo intentando arrastrarse hasta la sombra. Tenía el espinazo torcido en un ángulo extraño. Las patas traseras habían quedado machacadas. La tierra pisoteada absorbía la sangre. El hijo del arriero se acercó a la gata, que maulló lastimosamente al recibir sus caricias en la cabeza.

—Pobrecita. Pobrecita. —Abdel miró al frente. Nadie le prestaba atención. Los vecinos murmuraban contra el imprudente jinete y retomaban sus rutinas. Abu aún miraba a donde el jinete había desaparecido. Abdel llevó a la gata a la sombra, junto a unos escalones, sobre un lecho de hojas secas y briznas de paja. Un mulo que rumiaba paja sujeto con su ronzal a una anilla en la pared lo observó. Abu se aproximó a él.

—Espera un momento. Voy a refrescarla —dijo Abdel acercándose al aljibe y recogiendo agua desde el cubo del mismo, para tomarla luego entre sus manos. La gata bebió sedienta con su fina y rosada lengua, y empezó a maullar débilmente. Abu puso un dedo sobre el espinazo partido. El felino maulló de dolor, indefenso—. ¡No hagas eso! —le reprochó Abdel—. ¡Pobrecita!

—Vayámonos. ¡No puedes ayudarla! —Abdel no le hizo caso y fue a por más agua. Abu se entretuvo sondeando dónde le dolía más al animal, si en las patas destrozadas o en la espalda rota, apretando en distintos lugares y con distinta intensidad. Sonrió al encontrar el punto más sensible. La yema de su dedo índice se llenó de sangre. La gata maulló desesperada e intentó arañarlo. Abu retiró la mano y dejó de sonreír. La miró fijamente y tomó del suelo una piedra redonda y pesada. Levantó la piedra. El mulo se revolvió inquieto sin dejar de rumiar su condumio y volvió la cabeza a otro lado.

Abdel se entristeció al regresar con el agua entre las manos. Vio una piedra manchada junto a los escalones.

—Ha muerto. ¿Qué podrías haber hecho por ella? —se justificó Abu.

El agua terminó por derramarse de entre las manos del hijo del arriero. Se agachó mirando al animal con piedad y a su amigo con resentimiento.

—Eres malvado.

—¿Y qué? —Se apoyó contra la pared, repentinamente cansado y respirando con fatiga. Su pecho emitió un silbido—. Habría muerto de todas formas.

El hijo del herrero estaba pálido, casi lívido. Cerró los ojos, intentando calmarse y llenar sus pulmones de aire. Una súbita debilidad se adueñó de él. Abdel olvidó al momento su enfado y le puso la mano fresca sobre la frente.

—¿Te acompaño a tu casa? —Abu asintió, sin poder articular una palabra.

Los dos niños llegaron hasta el callejón que limitaba con el lienzo de muralla que protegía el rico barrio de Ajšāriš. A la sombra de la muralla zirí que separaba las viviendas palaciegas de los ricos de las casas de tapial de los humildes, en una de las casas bajas, vivía el padre de Abu, el herrero. Hombre delgado pero fibroso, trabajaba sobre el yunque incansablemente preparando herraduras, clavos, cuchillos y cerrojos, aperos de labranza y también, para quien pudiera permitírselo, armas. El olor del carbón vegetal de olivo y encina se unía al sudor rancio de aquel hombre de brazos entumecidos y callosos, pelo recogido tras la nuca y torso desnudo bajo un mandil de cuero gastado y ennegrecido. Los niños entraron en la pequeña herrería. El padre de Abu dejó el martillo sobre el yunque al ver la palidez de su hijo y le refrescó la cara con el agua fría de la forja, antes de que el pequeño se desmayara.

—¡Otra vez! ¡Le dije que no corriera, que no se cansara! ¡Alá bendito! ¡Abdel, que venga tu padre! ¡Rápido! —pidió Yúsuf el herrero. El hijo del arriero asintió y salió corriendo calle abajo, hacia la Vega.

Abdel corrió y corrió, atravesando el barrio del Sened, el de la ladera, acortando por las callejuelas encharcadas, en dirección a la Puerta de las Cuatro Fuentes, el camino natural que tomaba su padre hasta la finca de la Vega en la que trabajaba. Tuvo suerte. Antes de llegar a la puerta de la muralla exterior vio a su padre, Abdalá, y su burro cargado de cebollas y lechugas, que el arriero llevaba al zoco. Al principio, Abdalá pensó que Abdel merecía un castigo severo, por haberse escapado de la escuela y no haber ido al campo. Abdalá suspiró, tan cansado como el burro mientras ascendía con él la cuesta de entrada a la ciudad, cubierto de sudor y suciedad de la tierra. Cuando vio la expresión del rostro de su hijo olvidó su cansancio y se alarmó, temiendo que hubiera ocurrido alguna desgracia.

—¡Padre, padre! ¡El hijo del herrero! ¡Tienes que venir inmediatamente!

—¿El mal del pecho? ¿Se ha desvanecido otra vez? —Abdel asintió—. ¡Vamos!

Alá disculparía si entraba en el zoco más tarde de lo habitual. Subieron las callejuelas y llegaron a la herrería. La madre de Abu les hizo pasar, sollozando y ocultando el rostro tras un pañuelo. En la habitación trasera, junto a un pequeño patio con un brocal, estaban el herrero y su hijo, consciente, pero lívido y asustado.

—¡Bienhallado seas, curandero! ¡Es el mismo mal que le afectó hace varias semanas! ¡Se ahoga!

—Déjame examinarlo —pidió Abdalá después de lavarse las manos en una palangana. Palpó su cuello, sus axilas, sus brazos y sus piernas. Examinó su lengua y su garganta. Posó su oreja sobre el pecho del niño.

—Abdel, corre a casa y trae mi bolsa de hierbas. Yúsuf, poned inmediatamente agua a calentar.

Cuando Abdel regresó, seleccionó con cuidado de entre los distintos compartimentos un manojo de hojas de malva, verdes y grandes, que habían sido dobladas con cuidado.

—Los humores le cierran la garganta otra vez. Debe expulsarlos o morirá. En mi casa sabemos cómo. Observa bien y aprende, Abdel. Herrero, recogí estas hojas hace tres días. Observa que no tienen las puntas manchadas, ni están cortadas, para que no se pierdan sus propiedades. Pequeño Abu, debes incorporarte y colocarte esta manta sobre la cabeza. Debes respirar los vapores calientes que emanarán del cuenco.

Pusieron en el fondo del recipiente las hojas y vertieron el agua hirviendo. Abu se inclinó sobre él, y su madre le puso la manta encima.

—¡Está muy caliente!

—Debes soportarlo. Aspira bien, por la nariz, por la boca. Así —se aseguró Abdalá. Generaciones de vida campesina habían dado sabiduría a la familia del arriero. El contacto con el campo y con las plantas les había hecho dueños de un conocimiento práctico que los habitantes de la ciudad ya no poseían.

Ambas familias procedían de las tierras de Levante. No sólo los unía su origen mediterráneo, también la pobreza.

Muchos acudían a Abdalá cuando no podían permitirse recurrir a un médico auténtico, y el arriero entendía que era voluntad de Alá que él fuera allí donde otros no acudirían sin dírhams de plata por delante. Su hijo también aprendería sus secretos. Abdel tenía el don familiar, pero Garnata era ciudad de oportunidades. Debía ir más allá, si era voluntad de Alá. Abdalá rezaba todos los días con intensidad para que así fuera. Abu empezó a expectorar un moco espeso, que escupió sobre el suelo.

—¡Sigue así! —exclamó Abdalá, tan aliviado como Abdel y el herrero. Si algo le resultaba insoportable era la muerte de aquellos a quienes trataba. Por eso, si comprendía que no podría hacer nada, no intervenía sin antes decírselo al paciente. Aun así, la carga que soportaba era pesada. Demasiado pesada como para añadir el peso de la muerte de aquel niño sobre su alma.

Bajo la manta la respiración del niño pareció normalizarse. El agua dejó de hervir, y quitaron el cobertor. Abu tenía la cara enrojecida y sudorosa por el vapor y la transpiración.

—Inspira profundamente. —Abu lo hizo. El silbido había desaparecido. Su madre le limpió la boca mientras Abdel lo miraba aliviado.

Yúsuf le cogió el brazo al arriero, emocionado.

—¿Qué puedo decir que no haya dicho ya? ¡Que Alá te dé riqueza y vida para disfrutarla! No puedo pagarte por el momento, pero mi casa es tu casa.

Abdalá levantó la mano, negando con la cabeza y diciendo que no merecía tanto.

—Alá juzgará con benevolencia las buenas acciones. Tu hijo..., bien, aún es joven, pero seguirá sufriendo esos ahogos. Lo he visto más veces. En ocasiones no puede hacerse nada. Pero en otras hay esperanzas. No debe fatigarse. Debe portarse con moderación y ahorrar sus fuerzas. Debe aprender a calmarse, a dominar su respiración. Si vuelves a notar ese ahogo, Abu, díselo a Abdel y vendré de nuevo.

Fue a salir, pero se detuvo pensativo y tomó de las alforjas varias lechugas y algunas cebollas, y se las dio a la mujer del herrero, que las recibió con alegría.

—Es un niño intranquilo, pero nos hará caso. ¡Alá te guarde por muchos años! —exclamaron Yúsuf y su mujer agradecidos.

—¿Nos vemos mañana? —preguntó Abdel a su amigo antes de marcharse con su padre para acompañarlo hasta el zoco.

—No lo dudes. ¡Volveré a atraparte como si fueras un conejo!

Abu era hijo único. Poseía una viva inteligencia y su padre tenía grandes esperanzas puestas en él, aunque no pudiera ayudarlo en la fragua con el fuelle o forjando los clavos para las vigas y puertas. El negocio era pequeño, pero prometía ir mejor con la llegada de la paz. Al día siguiente dejó que su hijo se quedara allí con él en vez de ir a la escuela coránica. Así, Abu pudo observar cómo su padre introducía más carbón de leña en la fragua; sobre el fuego vivo sostuvo una barra de hierro con ayuda de las tenazas. Abu miró fijamente cómo, entre golpe y golpe de martillo, aquella barra se puso al rojo; entonces, su padre, con habilidad, le dio forma cuadrada y luego la aplanó, obteniendo una hoja de bordes rectos y extremo puntiagudo, lista para encajar en un mango de asta o de cuerno con unos clavos pasadores.

—¿Ves, hijo? Pero aún no hemos terminado, hay que refinarla y templarla. —Volvió a introducirla en la fragua, junto al carbón vegetal—. Cuando vuelva a estar al rojo la forjaremos de nuevo y la introduciremos en agua helada. Y luego la afilaremos a mano, antes de colocarle el mango.

—¿Tienes uno terminado?

—Lo tengo. Míralo.

El herrero tomó un objeto envuelto en piel de uno de los estantes y lo desenvolvió. Dentro de una vaina de cobre repujado había un puñal de orejas terminado, con mango de hueso blanco y filigrana de plata. La azulada hoja refulgía brillante con un ligero baño de aceite.

—¡Es precioso!

—Tócalo. Equilibrado, afilado, mortal. ¿Ves la filigrana? Es una idea mía nueva, la llevé a un platero para que vertiera con cuidado finos hilos de plata líquida en surcos que tallé en torno al mango de hueso. ¡Una obra maestra! Hoy deben recogerlo. Cobraremos un buen precio, y puede ser el inicio de más encargos de artesanía fina. Con ello, hijo, saldaremos muchas deudas. Recuerda, ¡no sigas mi camino! ¡Busca la riqueza! —Yúsuf guardó la daga en su vaina poco antes de que un hombre entrara por la puerta de la herrería.

—Que Alá te guarde, herrero. Veo entre tus manos una daga. ¿Es la mía?

El hombre vestía camisa y pantalones blancos, con calzado de cuero, turbante blanco y capa verde claro. Portaba una espada estilizada de pomo redondo. Era robusto, aunque su barriga delataba una tendencia a los excesos de la comida. Se mesó la barba entrecana. Dos guardias con cota de malla y capa verde oliva entraron tras él, situándose a ambos lados.

Yúsuf se inclinó sumiso y le mostró la daga. Abu se sentó junto a la fragua, observándolo todo con curiosidad mientras se hurgaba en la nariz. El hombre parecía importante, y no hizo caso de su presencia.

—Muy noble señor, es vuestra daga, Alá os guarde. Tal como acordamos.

El noble militar la observó con aprobación, sacándola de su vaina de cobre. Pasó un dedo por la hoja. Probó su equilibrio.

—Me complace en todo, herrero. Pero el último de mis caballos que herraste resbaló ayer camino a mi casa en Aynadamar y se quebró una pata. He tenido que sacrificarlo. ¡Por tu culpa! —Y le señaló con la daga desenvainada como señal de amenaza. Abu se sobresaltó.

El herrero se quedó petrificado mirando a los dos soldados, que habían colocado sus manos sobre los pomos de sus espadas.

—Mi señor, Alá así lo habrá querido. No será culpa de mis herraduras. Nadie se ha quejado nunca de ellas.

—¡Me quejo yo! —le replicó el noble, y añadió con voz burlona—: Así que he de resarcirme. Tomaré este puñal como reparación por tus malas artes, y da gracias de que no te denuncie al almotacén. No querrás que tu herrería sea clausurada. ¿Has pensado qué sería de tu hijo?

El herrero dio un paso al frente, sin importarle los soldados.

—¡Pero, señor, eso es injusto! ¡Ese puñal bien vale un dinar de oro! ¡Prometisteis pagarme esa suma, más una gratificación si os lo entregaba hoy!

—¡Aparta, desdichado, y confórmate con esto! —Le arrojó a la cara un cuarto de dírham de plata y se dio la vuelta. El herrero lo cogió del suelo y lo miró, estupefacto. Y se lanzó tras él, cogiéndole de la capa para que no saliera de la tienda.

—¡No es justo! —repitió Yúsuf—. ¡Alá lo sabe y también vos! ¡Debéis pagarme lo que me debéis! ¡Sois un mentiroso y un ladrón y no dejaré que me robéis!

El noble se volvió irritado por su impertinencia y tiró de su capa mientras intentaba herirlo con la daga. El herrero lo esquivó y le dio una bofetada. Los dos guardias intervinieron de inmediato, golpeándolo hasta derribarlo. Abu dio un grito y se quedó allí temblando.

—¡Dejadlo! No quiero sangre. No tientes tu suerte, herrero, ¡y reza a Alá para que yo olvide tu afrenta! —Y salió de la herrería seguido de sus guardaespaldas.

—Miserables —rumió Yúsuf desde el suelo, y escupió sangre a las botas de los soldados. Uno de ellos se volvió y le dio una patada en la cabeza, saliendo con una sonrisa maliciosa. El herrero se quedó quieto.

—Que no volvamos a encontrarnos —amenazó el soldado antes de irse.

Temblando, Abu se acercó a la inmóvil figura de su padre. No se movía. ¿Estaría muerto? Le habían roto un labio y sangraba por la boca. Tenía un pómulo abierto. Le tocó la herida sólo para ver qué sucedía. Su padre no se movió.

—¿Padre? —Con el corazón en un puño volvió a tocarle el pómulo, más fuerte.

Yúsuf dio un respingo, tosiendo sangre y gimiendo por las magulladuras.

—¡Padre! ¡Padre! ¡Alá, estás vivo!

—Mal diablo los lleve. ¡Mal diablo los lleve a todos! —gritó el herrero, impotente.

La madre de Abu entró en la herrería desde la casa al escuchar su voz quejosa y reprimió un grito al encontrarlo en el suelo, con sangre en el mandil.

—¡Estoy bien, estoy bien! Sólo dadme agua, que me pueda refrescar. —Se llevó la mano a la cabeza, palpándose con dolor el sitio del golpe.

Abdel entró en ese momento sonriendo desde la calle, y su rostro se demudó al ver la sangre y la cara del herrero. Abu temblaba.

—Mi cabeza. ¡Estoy bien, mujer! ¡Suéltame! Se me pasará enseguida. ¡La hoja! ¡Hay que sacarla de la fragua o se arruinará!

Cogió las tenazas y dio tres pasos vacilantes antes de caer al suelo detrás del yunque, fulminado. Su esposa se arrodilló junto a él, asustada. Él respiraba muy débilmente. Tenía sangre en la nuca.

—¡Abu! ¡Abdel, trae a tu padre, rápido! —rogó la madre de Abu entre sollozos desconsolados. Los dos niños salieron corriendo en busca de Abdalá.

Cuando el arriero llegó ya era de noche. El herrero estaba inconsciente sobre su camastro, respirando levemente y con dificultad. En cuanto Abdalá miró aquel rostro ceniciento supo que no tenía nada que hacer. Le cogió la muñeca y comprobó el pulso. Le palpó la cabeza con cuidado, desenrollando la venda que le había colocado su mujer.

—Le he limpiado la sangre —sollozó la mujer, pasando la mano por la frente de su esposo— y le he puesto compresas de agua fría para calmarle el calor de la piel. Es como si tuviera fiebre, como si estuviera durmiendo.

Abu se acercó a su padre y le cogió del brazo. Le tiró un pellizco desesperado por ver si reaccionaba. Yúsuf siguió inerte.

—Luego pregunté a los vecinos si conocían a un médico —continuó la mujer, conteniendo las lágrimas—, y uno dijo que conocía a uno judío que vendría enseguida, pero que necesitaría que le adelantara cuatro dírhams de plata. Se los di a mediodía y aún no sé nada de él. Creo... que no vendrá.

Se ocultó el rostro avergonzada de haber sido vilmente engañada y abrazó a su hijo.

—¿Puede hacerse algo, padre? —preguntó Abdel, sintiéndose inútil y desesperadamente ignorante.

Abdalá negó con la cabeza. La sangrante herida mostraba una hinchazón producto del golpe. El hueso del cráneo estaba roto. Su herida era mortal. Yúsuf dejó de respirar. Abdalá cogió un cuchillo.

—Voy a abrirle la cabeza. El hueso está presionando el cerebro. Quizá si lo pongo en su lugar, tu padre despierte, Abu. Sujetadlo bien.

—¿Has hecho esto más veces?

—Nunca —confesó el arriero—, pero es hacer esto o no hacer nada.

Le cortó el cuero cabelludo y apartó la piel. El hueso estaba incrustado en los sesos. Con sumo cuidado apartó los dos trozos que presionaban el tejido gris y volvió a colocar la piel en su lugar, cosiéndola con aguja e hilo. La herida había dejado de sangrar. Colocó un vendaje nuevo y limpio.

—¿Y ahora? —preguntó Abu.

—Podemos rezar a Alá, hijo.

De nada sirvió aquel último intento desesperado. Yúsuf no volvió a respirar. Su mujer se echó sobre su pecho exangüe, inconsolable.

Abu no podía creérselo. Su padre había muerto.

Abdalá recogió su bolsa con sus pequeños instrumentos mientras Abdel lloraba por Abu, y Abu y su madre, por el herrero. Descargó su conciencia escudándose en sus mínimos conocimientos de medicina.

—Quizás un médico habría podido hacer más. Lo lamento. Lo lamento muchísimo.

—Lo siento, Abu —comenzó a decir Abdel, pero se apartó al observar la mirada resentida del hijo del herrero. Abu miró al arriero y luego a su hijo, con sus ropas sencillas y limpias, y las comparó con las suyas, remendadas decenas de veces. Su mirada era extraña y agresiva. Abdel, confuso, se marchó con su padre en silencio. Y los dos niños se apartaron desde entonces.

Abu se juró que no viviría ni moriría como su padre. Sus manos se crisparon sobre la sábana con la que Abdalá había cubierto el cuerpo del herrero. Abrazado a su madre, varias lágrimas surcaron su rostro, y se sintió invadido por la indignación, la injusticia y el odio. ¿Era una prueba a la que los sometía Alá? ¿Por qué eran siempre los humildes los que debían ser probados en su paciencia? ¿Siempre tenía que ser así? Abu lo tenía claro. A su padre lo había matado aquel noble arrogante y prepotente, pero también, a partes iguales, la pobreza.

Pasaron los días, se celebró el entierro, terminó la primavera y Abu tuvo que ayudar a su madre a deshacerse una por una de las herramientas de su padre, para poder sobrevivir. Tenía un tío abuelo en algún lugar de Basta, pero aunque enviaron cartas no supieron nada de él. Sobrevivían de la caridad de sus vecinos, y si antes eran pobres, Abu conoció entonces la auténtica necesidad. Dejó de ir a la escuela para ayudar en el campo, pero se fatigaba y no podía seguir el ritmo que imponían los capataces. Intentó ser aprendiz del zapatero, del alfarero, del cordelero, pero todos preferían aprendices que fueran más obedientes y sumisos y menos orgullosos. ¡Servir! ¡Él no seguiría el camino de pobreza de su padre! ¡No sería esclavo ni estaría sometido a la servidumbre de nadie! Le vino a la cabeza la imagen de los soldados de la fortaleza Qadima. Sí, eran imponentes, pero a pesar de su fuerza estaban sometidos a sus superiores. La carrera en el ejército podía proporcionar influencia y poder, pero ¿cómo iba a ser soldado si se ahogaba al correr? Tenía que haber otra manera. Se acordó del asesino de su padre. Incluso los capitanes debían obediencia a los nobles, a los políticos. Si quería ser rico, si quería ser alguien, tenía que entrar en la corte. Debía acercarse al sultán.

Un día regresó a la escuela. Estaba harto de las miradas piadosas, de la caridad ajena, a la que no podía corresponder. Se sentó y se concentró en el Corán, en continuar el aprendizaje de los hadices del Profeta donde lo había dejado, y no perdió el tiempo. El maestro se fijó en él. No distraía la vista del libro. Su voz recitaba los suras con firmeza y seguridad, y cuando miraba, ¡qué intensidad destilaban sus ojos!

—Y tú ¿qué quieres ser de mayor? —preguntó un día el maestro a cada uno de sus pupilos.

—Me gustaría ayudar a las personas. Me gustaría ser médico, o farmacéutico —respondió Abdel Ibn Shalam. Miró a su amigo.

—¿Y tú, pequeño Abu?

—Yo quiero estar en palacio. Quiero servir al Islam. Quiero ser visir —respondió sin titubear.

—El orgullo te ciega. Alá dice que el hombre debe ser humilde.

—¡El sultán necesita gente decidida! ¡Quédate con tu humildad y con tu pobreza! —Todos los demás alumnos callaron de repente, y la sala de la mezquita quedó silenciosa. El maestro le cruzó la cara con el dorso de la mano por su impertinencia. Abu encajó el golpe en silencio, y con el labio partido le dirigió una mirada de resentimiento, pero no lloró.

—Que tu padre haya muerto no te da derecho a despreciarnos. ¡Reflexiona sobre lo que has dicho!

Desde las fronteras orientales llegaron noticias de que la guerra se recrudecía. Los castellanos y aragoneses se batían a muerte por recuperar las plazas de Algeciras y de Gibraltar de las manos islámicas. Sólo Tarifa, aún en manos cristianas, resistía desesperada la avalancha de los musulmanes. Pero era en el mar donde se decidiría todo. Hundida la flota aragonesa, Alfonso XI de Castilla recurrió desesperado a su última baza, y su súplica surtió efecto. Alfonso IV de Portugal accedió a enviar una flota contra los infieles, y así, en el último momento, todos los reinos cristianos peninsulares unieron sus esfuerzos contra la amenaza de los hijos del desierto, que no ocultaban su intención de cruzar el Estrecho, restaurar el esplendor de Al-Ándalus y desbordarse más allá de los Pirineos.

Tarifa fue cercada por las tropas de Abu al-Hasan, sultán de los meriníes, y rodeada de ingenios de asedio. Cuando los espías cristianos informaron de que no se dirigirían a tomar Sevilla, Alfonso XI de Castilla decidió presentar batalla rompiendo el cerco de la ciudad costera, justo cuando la aparición de la armada portuguesa había desalentado a los meriníes, llenándolos de negros presagios. Y el ímpetu de los guerreros del desierto quedó sobrepasado por la ambición de los soldados cristianos, fijos los ojos en el botín del inmenso campamento del sultán de los meriníes, por la caballería pesada cristiana, que aplastó a la vanguardia ligera bereber, y por el sorpresivo contraataque desde la retaguardia por parte de los asediados de Tarifa, que no hicieron prisioneros.

Yúsuf I huyó, viendo que todo estaba perdido y que Alá había castigado su soberbia. Mientras la batalla del arroyo Salado, por la sangre que envenenó sus aguas, era celebrada con fanfarrias de trompetas en Pamplona, en Barcelona, en Burgos y en Lisboa, capitales cristianas, Yúsuf I, herido en cuerpo y alma, se apresuró a refugiarse en Madinat Garnata y a enviar a sus embajadores para comprar la paz, al precio que fuera, antes de que los vencedores decidieran dirigirse hacia el este, hacia la Al-Hamrā. Era el final del año 718 de la Hégira (1340).

Los dinares de oro nazaríes apaciguaron las exigencias castellanas, vaciando las arcas del Estado islámico. Se sometieron a su vasallaje, conservando a cambio la independencia. Yúsuf I meditó sobre el lema de su dinastía, «Sólo Alá es vencedor», y comprendió en su alma que la última oportunidad de Al-Ándalus se había perdido para siempre.

La paz comprada había devuelto la esperanza a la capital nazarí. Abu crecía, estimulado por sus propios deseos y su ambición. No le importaba estar solo. Abdel había dejado de estar a su lado, y el hijo del herrero evitaba al arriero Abdalá porque no quería despertar la compasión de nadie, aunque se ahogara por su dolencia. Y un día del año 719 de la Hégira (1341) ocurrió un acontecimiento sorprendente. Ibn al-Jatib, el *katib*, el secretario de la Cancillería, visitó la escuela. Venía vestido de verde, en seda con bordados de plata, y una amplia escolta lo protegía. Lo que más impactó al joven Abu fue que era sorprendentemente joven y había logrado situarse casi a la par del sultán.

—¡Dejad paso, dejad paso! —ordenaron los soldados, apartando a los curiosos de la calle. El maestro Rashid recibió al *katib* con docilidad, orgulloso de su presencia. Era famoso por su prosa y su poesía en todo el reino, y cuando comenzó a hablar, aunque no lo conocía, Abu supo por qué quería ser como él.

Los alumnos se pusieron en pie.

—Buen día tengáis, hijos de la esperanza, en nombre de Alá. Sentaos. —Los niños se sentaron, escuchándolo en silencio—. Sí, de la esperanza; en un futuro mejor. Vosotros sois la sangre de esta tierra. Y la ciudad os necesita. La paz llena ahora las calles, cada plaza, y en vuestras manos estará mantenerla o perderla. Aprended. Haceos fuertes. Alá os llamará a todos llegado el momento. Alá tiene un destino para todos. ¿Cómo te llamas, hijo?

—Alí, señor.

—¿Y tú? —Señaló a otro niño.

—Said, señor.

—¿Querríais ver ondear la enseña cristiana de Castilla sobre la Al-Hamrā o verteríais vuestra sangre en la Vega para defender esta tierra? ¿Dudaréis, llegado el momento?

—¡No, señor! —respondieron todos al unísono.

—Bien, bien. —El *katib* anduvo entre los alumnos sentados—. Pero ¡atención! ¡Despertad vuestra alma! La guerra no se hace sólo con espadas. También se batalla con las palabras. Manejar una espada... cualquiera puede aprender a hacerlo. Luchar con las palabras, hacer que se claven como estiletes con una fuerza mortal mientras sonríes al contrincante, no lo puede hacer cualquiera. Se necesita esto —se señaló el corazón—, pero más aún esto —y se tocó la frente. El maestro le ofreció una silla frente a todos los niños, que lo escuchaban embelesados. Se sentó, se puso cómodo y sonrió levemente—. Mostradme qué habéis aprendido aquí.

Abu miraba al *katib* con gran intensidad. Era joven, inteligente y poderoso, próximo al sultán y hábil con las palabras. Abu ardía en deseos de participar también, de hablar con él. Pero el maestro le había situado en el fondo de la sala, como castigo por la soberbia con la que respondía cada vez que el maestro le preguntaba. Los muchachos respondían con entusiasmo y educación a cuanto preguntaba el secretario, interesándose por sus habilidades con la caligrafía, la aritmética, el conocimiento de la vida del Profeta y de la sunna, la ley islámica. Todos procuraron dejar en buen lugar a su maestro, que recibió la felicitación y el halago del *katib*. Todos fueron preguntados, menos él. Ibn al-Jatib lo señaló, pero el maestro Rashid le hizo escoger a otro compañero.

—No, *katib*, Abu Ibn Zamrak está castigado. Debe aprender moderación y disciplina. No se ha ganado el honor de dirigirte la palabra.

Abu no pudo soportarlo, y cuando Ibn al-Jatib se disponía a marcharse rodeado por todos los compañeros, se abrió paso casi a la fuerza, llamándolo por su nombre, hasta llegar a él. Se aferró a su túnica verde. El maestro se puso rojo de indignación, pero Ibn al-Jatib quiso escuchar lo que tenía que decirle.

—¡Oh, *katib*, llévame contigo! ¡Si no me llevas, esperaré a los pies de tu puerta hasta que oigas mis súplicas día y noche y te convenza para que me des una oportunidad!

—¿Por qué debiera? —le preguntó el *katib*, sonriendo por su atrevimiento y por su mirada viva y llena de inteligencia.

—Porque pronto sabré el Corán y podré estudiar la interpretación de los hadices. Porque sabes distinguir a los hombres de valía si es cierto lo que dicen. Porque quiero conocer, como tú conoces, la magia de las palabras, ese don para convencer a los hombres y guiarlos para gloria de Alá. Porque aquí no encontrarás más que ovejas sumisas, pero yo quiero ser un lobo, astuto y rápido, inteligente e invencible. Como tú, oh *katib*.

El maestro no pudo aguantar más y levantó su vara lleno de vergüenza ajena, dispuesto a pegarle, pero el *katib* alzó la mano indicándole que se detuviera. Y para sorpresa de Abu, siguió sonriendo.

2

El libro del *jattat*

A partir de aquella afortunada visita transcurrieron años llenos de acontecimientos extraordinarios. A pesar de su enorme éxito político y de la popularidad entre un pueblo que lo amaba, el sultán Yúsuf I no pudo disfrutar de los frutos de sus desvelos. En el año 732 de la Hégira (1354), el día de la ruptura del ayuno de ramadán, un esclavo negro enloquecido se abalanzó sobre él mientras estaba postrado orando en la Gran Mezquita, acuchillándolo. La muchedumbre enfurecida se abalanzó sobre el esclavo, desmembrándolo vivo y lanzando luego sus partes palpitantes al fuego mientras la guardia y los médicos llevaban urgentemente al sultán a su lecho en el palacio, donde murió aquella misma tarde. Y esa misma noche su segundo hijo fue nombrado heredero y sultán. Muhammad V contaba con quince años. Entre los que le besaron el rostro celebrando su nombramiento estaban su medio hermano el príncipe Ismail, un año menor que él, y su primo Muhammad, al que apodaban el Bermejo por ser pelirrojo. Con veintidós años, ya era un hombre, más que el heredero; y también corría sangre real por sus venas. Ocultando su ambición pensó que el trono nazarí merecía a alguien mejor; a él mismo.

Con Muhammad V, Ibn al-Jatib obtuvo el cargo de primer ministro, por debajo sólo del visir Ridwan. Siguiendo su estela, Abu Ibn Zamrak, el hijo del herrero, fue ganando reconocimiento y poder. La presión de los reinos cristianos creció aprovechando el periodo de confusión, y el sultán pidió ayuda una vez más al reino de los meriníes del otro lado del Estrecho, quienes intervinieron mandando un contingente de soldados elegidos y decididos, firmes valedores del Islam, dirigidos por uno de sus príncipes. El reino meriní de Fez no estaba dispuesto a dejar escapar la oportunidad que se le ofrecía para aferrarse al último territorio de Al-Ándalus. Muhammad el Bermejo quería el poder del trono nazarí a toda costa, incluso aunque fuera traicionando a su propia sangre. Y el príncipe Ismail, débil de carácter, estaba en sus manos. Él sería su llave para acceder al trono.

—¿No eres tú también un príncipe? ¿Y no deberías ser tú el legítimo sultán, el único?, porque ¿no es cierto que no tolerarías trato alguno con cristianos? ¿No deberías ser tú por eso el que estuviera sentado en la torre de Comares, bajo el techo celestial? —le murmuraba el Bermejo, envenenando el alma de Ismail—. Los meriníes nos apoyarán; concédeme el control del ejército y los cristianos conocerán de nuevo el terror para gloria tuya y del Islam. ¿Acaso un buen musulmán aceptaría la deshonra de vivir bajo un yugo castellano?

—Sea —accedió por fin un día Ismail, atormentado por el odio de su primo contra su hermanastro y sin embargo favorito de su padre. Y el Bermejo reía para sí, porque él tenía otros planes diferentes para el reino.

El día 12 del mes de hiyya del año 737 de la Hégira (1359) cien hombres treparon por los altos muros de la Al-Hamrā y asesinaron al visir Ridwan mientras dormía. La alarma se desató en toda la medina palaciega, y mientras los sediciosos buscaban al sultán para matarlo, éste pudo escapar a galope hacia Wadi Ash junto con un puñado de seguidores. Había salvado la vida milagrosamente porque aquella noche había decidido permanecer en las frescas estancias de los recintos de verano, en las huertas y terrazas de labranza situadas al norte, frente a Madinat al-Hamrā. Ibn al-Jatib e Ibn Zamrak, ya secretario de la Cancillería, se unieron al sultán depuesto y a su guardia en su huida primero a Wadi Ash y luego al otro lado del mar Mediterráneo, hacia Fez.

Y mientras en tierras nazaríes los nuevos señores se disponían a tomar posesión de los aposentos palaciegos y los fugitivos buscaban refugio donde salvar su honor y sus vidas, Abdel Ibn Shalam, estudiante de farmacopea, soñaba despierto con la ocasión dorada que le habían ofrecido y que cambiaría toda su existencia. Se aferró a las jarcias del barco en el que cruzaba el Estrecho, mientras la nave le alejaba de Mālaqa en medio de un oleaje bravío.

El tiempo no acompañó durante la travesía. Desde que salieron del puerto de Mālaqa, los vientos del Estrecho habían zarandeado el barco de un lado a otro. Era la primera vez que el hijo del arriero navegaba en alta mar, y se sentía fatal, mareado, con náuseas constantes; le dolía la tez, tanto por el sol de mediodía, que quemaba abrasador, como por el aire salado que traía la brisa. Los marineros se reían de él cada vez que asomaba la cabeza por la borda. Pero Abdel, dolorido, soportaba todo con paciencia. Ya no era un niño indefenso en el Albayzín, sino un hombre con un objetivo: la ciudad imperial de Fez, en el reino de los meriníes.

¡Fez! Después de nueve años de esfuerzo y estudios, Abdel Ibn Shalam había logrado el sueño de su padre, Abdalá. Había estudiado farmacopea en la madraza malaquí, próxima a la mezquita principal de la ciudad y al mercado, donde los sabios enseñaban la ortodoxia a todos sus alumnos y las doctrinas de los eremitas sufíes sólo a unos elegidos. Su maestro Al-Moariz había quedado altamente satisfecho con él, con su dedicación y con su don con las plantas. Tenía pulso y paciencia, ojo clínico y buena memoria y una gran curiosidad por el mundo que lo rodeaba. Era joven y con sus venturosos veintiséis años se disponía a cruzar el Estrecho desde Mālaqa hacia Fez. ¡Hacia Fez! Su maestro había obtenido para él un pase imperial para estudiar en la capital meriní y ampliar su formación. ¡Qué grandiosa oportunidad! Y qué enorme responsabilidad. Recordó los últimos consejos de su padre, que se había endeudado para permitir que su vástago primogénito recibiera el regalo de un porvenir mejor.

—Acuérdate de cuánto esfuerzo ha supuesto que llegara este momento. Y no olvides que, en tierras extrañas, encontrarse con un compatriota es una bendición de Alá. ¡Auxilia a quien te lo pida! ¡Sé un buen musulmán! —se despidió Abdalá, besándolo en la frente. Luego Abdel besó a su madre. Por último, se acercó a sus dos hermanos. Asma le dio un cálido abrazo.

—Abdel, ten cuidado. Vuelve pronto —le pidió su hermana, con los ojos húmedos.

—Lo haré, pequeña.

Malik no dijo nada hasta después de abrazarlo.

—Tráeme un puñal o una daga cuando regreses, hermano. —Su padre lo oyó y lo miró con recriminación. Malik se retiró con la mirada desafiante—. ¡No te fíes de nadie!

Habría tenido que hacerle caso.

Rememoró también los ojos de aquella joven que había conocido junto a la fuente de Aynadamar. Abdel había alabado sus ojos, y ella se había burlado de él y de su fortaleza cuando al intentar llevar su cántaro de agua al joven Abdel se le había escurrido y se le había caído al suelo, estallando en miríadas de fragmentos. Ella había montado en cólera, pero después volvieron a encontrarse, más veces, en aquella fuente. Un día, ella le sonrió. Se llamaba Fátima. ¡Fátima! ¡Qué ojos, qué labios, qué sonrisa! Su ensoñación y su nostalgia terminaron bruscamente con un golpe de mar.

Cuando al fin el mercante recaló en Afrag y Abdel pudo desembarcar, lo primero que hizo fue postrarse al pie de la pasarela en el muelle, por debilidad y por piedad, para dar gracias a Alá por sentir de nuevo tierra firme bajo sus pies. Agradeció el viaje al capitán genovés con varios dírhams de plata; éste rio y con unas palmadas generosas le deseó suerte en el reino de los meriníes. Ibn Shalam agradeció la fortuna de haber encontrado a aquel comerciante cuando más lo necesitaba. Recogió su hatillo de ropa y su pequeña caja de farmacopea y echó a andar hacia la mezquita que había junto al puerto en busca de cobijo. No era más que el primer tramo de su viaje a Fez, la capital. Se sentía solo pero muy afortunado por la invitación recibida. La autorización meriní para entrar en la madraza de la mezquita Qaraouiyyin valdría cualquier malestar por el viaje y cualquier sacrificio. Ardía en deseos de explorar la maravillosa biblioteca.

«Abdel, estimado discípulo —le había dicho su maestro malaquí Al-Moariz, mirando por la ventana de su gabinete varias gaviotas que volaban desde el puerto hacia las atarazanas nazaríes, dos días antes de que Ibn Shalam embarcara—, hay pocas bibliotecas como la de la mezquita de Fez, legendaria y llena de secretos. En los anaqueles del subsuelo subsisten auténticas joyas procedentes de la mítica Alejandría, del lejano reino de Xin, del superviviente reino de Bizancio. ¡Bienaventurado aquel que pueda deambular por los pasillos de sus subterráneos, donde se custodia lo mejor de lo mejor! ¡Haz que me sienta orgulloso por estar tú allí!»

El olor a mar que lo rodeaba, la tarde crepuscular que declinaba junto a los pescadores y sus redes, y los cantos tristes de las gaviotas dejaron paso más allá del caravasar, lugar de reposo de camellos, carretas y mercaderes, a los destellos de verdor de la vegetación africana. Tardaron diez días en recorrer sobre testarudas y sucias mulas el camino hasta Fez, siguiendo las antiguas rutas romanas. Entabló amistad con un viajero, un poeta que se dirigía a Siyilmasa, más al sur de la ciudad imperial, y se enteró el andalusí de la importancia de la capital, cruce de caminos tanto de los territorios del norte y del oeste como de las rutas a Tánger y al mar y de las rutas del sur, cruzando el desierto hacia el Níger y más allá. Los mosquitos los persiguieron en todo el camino y tuvo que preocuparse por no caer víctima del paludismo. ¿Dónde estaba el desierto tan mencionado por los escritores y poetas? La llanura del Sais estaba surcada por arroyos que nacían de las montañas del Rif y del Atlas, montañas llenas de bosques y arboledas de encinas, tuyas, cedros y enebros rojos. Oyó que en los picos más altos podían contemplarse manchas blancas, que no eran otra cosa que nieves perpetuas.

Según se acercaron a la capital los caminos se fueron llenando de comerciantes y recuas de pollinos cargados de calderos y cucharones, otros con alfombras de lana y algodón de intrincados dibujos geométricos, amontonadas sobre paupérrimos carros arrastrados por bueyes de yugos gastados por el roce. Orfebres, hojalateros, talabarteros y curtidores, labriegos y hortelanos y sus mujeres, ocultas por velos salvo sus miradas de ojos negros almendrados maquillados con kohl, con los que atravesaban a los incautos, todos se dirigían a la capital del poder meriní, encajonada en la parte más angosta de la garganta del Wadi-Fas, afluente del río Sebú, llena la parte antigua de calles estrechas y tortuosas, dominadas por el bastión de origen almohade.

Desde el oeste atravesaron las murallas y entraron en la medina vieja, llamada Fez el-Bali, un soberbio amasijo de terrazas, zocos, cúpulas, minaretes y patios, apenas ordenados por las calles Talaa Seguira y Talaa Kebira, la Pequeña y la Gran Cuesta. Se mezclaban en el aire los olores y sabores, con los perros corriendo por los callejones perseguidos por niños que chillaban y gritaban. Los colores de la lana teñida, el té caliente a las puertas de las tiendas, los aromas intensos a especias y miel empapaban los sentidos, entremezclándose con los sonidos metálicos de los golpes de las herramientas de los herreros, los corros de los hombres que conversaban y las voces de los vendedores. En la alhóndiga se despidió de su amigo el poeta y, siguiendo las indicaciones de un viejo judío, se internó por el casco antiguo, tortuoso y laberíntico, hasta encontrar con la mirada un brillante tejado esmaltado de color esmeralda.

La mezquita Qaraouiyyin se le presentó en todo su esplendor, enorme, inmensa con sus puertas de bronce llenas de inscripciones que glorificaban al Único, y se dejó llevar por la multitud que entraba por sus accesos para atender la llamada del almuédano a la oración del viernes. Ibn Shalam lloró al postrarse sobre la alfombra en el interior, lleno de agradecimiento a

Alá por haberle permitido llegar tan lejos sano y salvo y contemplar tanta maravilla.

Y en verdad la mezquita merecía las alabanzas que recibía. Como la mayoría de las mezquitas, estaba organizada alrededor de un patio rodeado de pórticos, en cuyo centro se situaba el estanque para las abluciones, el ritual de purificación, con tres grandes pilas de mármol labrado; la del centro era una pieza que los almohades habían llevado allí desde Algeciras en su retirada de Al-Ándalus, ciento cincuenta años atrás. El gran alminar dominaba el edificio. Catorce puertas de bronce conducían al oratorio, la inmensa sala de rezos, con sus bosques de columnas, sus cúpulas, sus mocárabes, sus arcos de herradura. A la luz de las lámparas, el viajero y el peregrino encontraban paz y sosiego bajo los atauriques cincelados en el enlucido de estuco de los arcos, bajo las inscripciones cúficas y la semipalmeta, omnipresente destello vegetal del mundo almohade. La nave central, exquisitamente decorada, conducía hacia el muro de la *qibla*, y más allá de la gran cúpula nervada, llena de mocárabes y reflejos dorados y esmaltados, estaba el nicho del mihrab, orientado como guía de la oración hacia La Meca, realizado en Qurtuba por los artesanos andalusíes antes de que la media luna musulmana empezara a declinar. La gran lámpara almohade frente al mihrab, orgullo de la destreza de los cinceladores y grabadores de cobre, era el recuerdo omnipresente de otras victorias, de otras esperanzas y otros hombres, olvidados ya en las arenas del tiempo.

Tras la oración, Ibn Shalam buscó al imán, y se presentó como discípulo de Al-Moariz. Le entregó la autorización imperial, junto a una nota firmada y sellada por su maestro con un lacre de cera roja. El imán, un hombre lustroso entrado en carnes, de tez curtida por el sol del sur del país, tomó los dos documentos entre sus manos regordetas, leyéndolos mientras se encaminaban a una antesala de la mezquita. Dos guardias reales meriníes custodiaban la puerta. Más allá estaba la biblioteca, y el aroma a incienso que perfumaba la mezquita se desvanecía ante otro más sutil y antiguo, el olor de la tinta y de los libros manuscritos cubiertos de polvo y de años, rodeado por el levísimo crepitar de las achacosas páginas de los volúmenes más antiguos, el eco de los pasos de las babuchas entre los estantes, el aroma a albahaca y menta de la salita de té, y la ominosa sensación de la insignificancia de sus conocimientos frente a la sabiduría inabarcable que ofrecían aquellas fuentes.

Leída la nota, y sin apenas levantar el imán la vista de la autorización, se sentaron. A un gesto del imán unos sirvientes les ofrecieron un té de limón y menta endulzado con miel. Ibn Shalam estudió al imán intentando disimular a la vez su nerviosismo. Sin duda, la situación de la madraza era próspera. En sus dedos regordetes el imán lucía varios anillos de oro, algunos gruesos, otros finos y delicados. Uno de ellos tenía engarzada una imponente esmeralda. Sus ropas, aunque de diseño austero, mostraban detalles ostentosos, como el ribete inferior púrpura que decoraba su chilaba, o los reflejos de oro entretejido con el lino de su camisa, llena de bordados de plata. Sus babuchas eran de excelente calidad, y la manicura de sus manos y el cuidado de su barba y bigote, pulcramente recortados, establecían un acusado contraste entre el imán y él, de ropas humildes y cansado por el largo camino.

Unas volutas de sándalo llegaron a su nariz. Cerró los ojos a pesar de su nerviosismo y por un momento se halló en una de las teterías del Albayzín, oculta tras la cuesta de los tinajeros. Cuando volvió a la realidad cinco minutos después, el imán lo estaba contemplando fijamente con sus ojillos porcinos, considerando sus palabras.

—La autorización es correcta —comenzó el imán, quien se había presentado como Alí Ibn al-Hazziz. Tenía una voz rica y poderosa que salía de las profundidades de su cuerpo de tonel—. Y tu maestro Al-Moariz es conocido mío; si sigue siendo tan estricto como solía es que ha visto algo en ti. Sin embargo, llegas en una mala época.

Ibn Shalam se alarmó inmediatamente.

—Este pase —continuó Al-Hazziz— te da derecho a asistir y participar en nuestras clases, pero, aunque también te lo garantizaba, no podemos proporcionarte ni alojamiento ni comida. Nuestra residencia está llena de estudiantes y maestros de todo el Islam, deseosos de ampliar sus conocimientos o escarbar en las profundidades de nuestras galerías en busca de libros y datos olvidados de las más diversas ciencias.

—Acabo de llegar. No conozco a nadie y mi presupuesto es escaso. ¿No habría forma de solucionarlo?

Al-Hazziz frunció el ceño, inspeccionándolo con una mirada.

—Somos exigentes con nuestros estudiantes. Muchos llegan como tú, sin apenas medios. Los más abandonan Fez a los pocos días. Otros aceptan desempeñar variados trabajos para subsistir, no siempre agradables. Eso no significa que les exijamos menos en las clases.

—Haré lo que sea —replicó decidido Ibn Shalam.

—¿Tienes algunas cualidades que hablen a tu favor? ¿Alguna habilidad que puedas utilizar aquí?

—Tengo buena caligrafía.

—Demuéstramelo. —Le pasó papel, pluma y tinta. Ibn Shalam respiró profundamente y se centró en escribir los primeros versículos del Corán:

¡En el nombre de Alá, el Compasivo, el Misericordioso!
Alabado sea Alá, Señor del universo,
el Compasivo, el Misericordioso.
Dueño del día del juicio.
A Ti sólo servimos y a Ti sólo imploramos ayuda.
Dirígenos por la vía recta,
la vía de los que Tú has agraciado,
no de los que han incurrido en la ira, ni de los extraviados.*

Las letras al estilo *nasji*, fluidas y alargadas, llenaron con gracia las líneas del papel. El imán lo observó todo con atención.

—Tienes buen pulso. Podrías ser un calígrafo, un buen *jattat*. ¿Dominas bien el estilo *thuluth*, de trazos largos y punteados; el cúfico, de ángulos pronunciados; y el de Fez, de trazos ágiles y grosor uniforme?

---

* Traducción de Julio Cortés.

—El último no lo conozco. Los demás los he practicado en Mālaqa.

El rostro del imán volvió a sonreír.

—¡Bien entonces! Si no te importa compartir cuarto hay un lugar para ti en esta escuela. Madrugarás para servir en la madraza y una parte de tu tiempo la dedicarás como copista en la biblioteca. Pero recuerda que estás a prueba. Si no das la talla, se te expulsará de Qaraouiyyin, para deshonra tuya y de tu maestro, que te eligió entre muchos. Trae tus cosas de la alhóndiga y te indicaré adónde debes ir. Te redactaré un pase.

Ibn Shalam se inclinó ante él y se despidieron.

Las semanas siguientes fueron un auténtico calvario. Además de compartir un cuartucho estrecho con seis estudiantes más de otros tantos países, trabajó como un sirviente más, ayudando en la cocina, limpiando los baños y letrinas, acarreando leña y soportando el desprecio de aquellos que podían permitirse vivir en los aposentos superiores de la madraza, vestir prendas lujosas todos los días y asistir a todos los actos y recepciones en primera fila. Ibn Shalam y sus compañeros de infortunio luchaban por no dormirse en las clases magistrales y se esmeraban en no desmerecer con sus gastadas ropas el lugar al que ya pertenecían.

Lo único que volvía soportable su cautiverio era el aprendizaje superior que estaba recibiendo, nuevas fórmulas, nuevos procedimientos de molturación y transformación y el conocimiento de nuevas enfermedades y plantas que no eran corrientes en la Península. Su cuartucho, con sus seis camas estrechas, estaba en los sótanos del edificio. A veces, por la noche, Ibn Shalam dejaba vagar su fantasía y en su pensamiento atravesaba los gruesos muros de mampostería y alcanzaba la sala de los manuscritos más valiosos, con sus tratados de astronomía, de medicina, como una copia del *Qanun* de Ibn Sina; con copias en griego de Epicuro y Demóstenes, los papiros egipcios traídos de Alejandría, llenos de símbolos que pocos sabían leer o traducir; riquísimas copias del Corán procedentes de Yemen y Damasco, incluso extraños libros de auténtico papel del reino de Xin. Su anhelo era poseer alguna copia de aquellos libros tan maravillosos.

—Perdonad, ¿alguno de vosotros ha estado alguna vez en las salas del sótano? ¿Es cierto lo que he oído?

—¿Qué has oído? —preguntó uno de sus compañeros de cuarto. Subían rápidamente las escaleras de la madraza, aneja a la mezquita. Los estudiantes iban y venían. Si se retrasaban, no podrían entrar en la clase.

—Que están llenas de libros perdidos y misteriosos —conjeturó Ibn Shalam.

—Tienes que ser doctor para poder entrar allí. Se dice que el sultán Abu Inān quiso tener aquí más libros que los que había en la biblioteca de Qurtuba, de la que decían tenía más de cuarenta mil manuscritos.

—Y todos fueron quemados por los cristianos.

—Aunque fueras doctor tampoco podrías entrar —dijo otro compañero—. Hay textos que están vedados y sólo se pueden estudiar con la autorización expresa del gran cadí. Pueden pervertir tu moral. ¿Eres malikista, un seguidor del riguroso Malik Ibn Anas? ¿O ismaelita? ¿O quizá sigues la doctrina de los santones sufíes, aislados del mundo y también del Islam? ¿Por qué secta te sientes más atraído?

—Intento ser buen musulmán, nada más —dijo Ibn Shalam.

—Con razón dicen que Garnata se perderá. Ni siquiera saben en qué creer —se burló otro.

A las cuatro semanas le presentaron ante el jefe de los calígrafos. El *jattat* parecía un santón sufí, vestido de blanco, con larga barba, cuerpo delgado y rostro de asceta. Le examinó las manos, comprobó sus uñas, su transpiración, y hallándolo todo adecuado lo condujo a una de las mesas cerca del encuadernador. Le dieron un enorme tomo en blanco, encuadernado en cuero, y sobre el atril colocaron otro grueso tomo. Era una copia alejandrina del *Almagesto*, de Claudio Ptolomeo, un voluminoso tratado de astronomía, lleno de descripciones de las constelaciones y de grabados. Ibn Shalam lo observó maravillado.

—No estás aquí para disfrutar de su lectura, sino para copiarlo. ¡Hazlo bien o se te castigará por hacerme perder el tiempo y el material! ¡No deambules por los pasillos como un vagabundo! —le advirtió el *jattat*, leyendo las intenciones en sus ojos—. Sólo copia. Aquel eunuco te estará observando.

Día tras día, semana tras semana, la copia iba avanzando. Él se centraba en las letras, en la escritura, procurando no tener que corregir ni siquiera una letra.

Una noche aprovechó que no estaba el encuadernador para entrar en su despacho con la excusa de que se había quedado sin tinta. El eunuco, mudo, asintió. Pudo observar algunas de las copias más venerables de la biblioteca esperando su turno para una restauración. Había varios ejemplares del libro sagrado, uno procedente de El Cairo, otro de Tremecén. Había un tratado de medicina andalusí. ¿Sería una copia de Ibn Rushd, el famoso hijo de la Qurtuba califal, que había sido salvada de la quema de su biblioteca a manos castellanas, dos siglos atrás, tras la conquista de la ciudad? Se fijó en el primer libro que reposaba sobre el escritorio forrado de cuero del encuadernador. Estaba lleno de dibujos vegetales y contenía descripciones y dosis recomendadas. ¡Era un libro de farmacopea! Con cuidado, le dio la vuelta, intrigado por las inscripciones en pan de oro. Tenía las costuras abiertas, estaban sustituyendo la cubierta de madera antes de reencuadernarlo con cuero nuevo. ¡Una copia del libro de Dioscórides, el más importante libro de farmacopea de la Antigüedad! Lo palpó con veneración, pasando una a una varias de sus más de cuatrocientas páginas ilustradas y comentadas. Abrió al azar. Delante de él se mostraron los trazos elaborados y suaves de una planta, con su raíz bulbosa, sus tallos rectos, sus ramificaciones más finas, su simiente redonda, a todo color, con varias gamas de verdes y colores térreos. El oro rodeaba la raíz, representando el suelo fértil. ¡El dibujo era perfecto! Conocía esa planta. Leyó los caracteres griegos junto a las grafías árabes.

—¡Es el *apsinthion*, la hierba que los romanos llamaron artemisia! —reconoció emocionado. Leyó la traducción árabe; era una hierba amarga que los habitantes de la antigua Tracia empleaban para elaborar la absenta, una popular bebida tonificante de la Antigüedad.

Suspiró casi como si estuviera tocando la piel de una mujer. Su tacto le reveló que podía percibir las elevaciones suaves de los trazos de las tintas sobre el papel apergaminado. Oyó pasos que se aproximaban. Cogió la tinta de uno de los estantes antes de que el eunuco sospechara por su tardanza y salió del despacho, despidiéndose del grueso tomo con una última mirada. Si la biblioteca se incendiara y tuviera que elegir, ese libro sería el primero que salvaría.

3

Bajo el sol de Fez

La política impregnaba todos los aspectos de la vida en Fez. Bastaba con sumergirse en las calles y pararse alrededor de las fuentes para encontrarse en medio de acaloradas discusiones sobre el futuro del Islam. Los meriníes aspiraban a recobrar todo el control de la península Ibérica, mientras que, según decían sus caídes, los nazaríes parecían contentarse con su reino arrinconado del sur, y decían que su situación desesperada se debía a su falta de fe. Era el castigo divino. Las relaciones entre los dos reinos musulmanes hermanos estaban en frágil equilibrio, sobre todo después del golpe de Estado meriní, porque allí el poder también había cambiado de manos. Ninguno de los reinos musulmanes de ambos lados del Estrecho era inmune al fratricidio ni al asesinato.

El nuevo sultán meriní, Abu Salim, antiguo huésped de la Al-Hamrā, recibió al depuesto sultán nazarí con los brazos abiertos, a él y a su comitiva. La corte meriní estaba dividida, como la nazarí, entre los partidarios de Ismail y el Bermejo, y los seguidores de Muhammad. Desde Garnata llegaron noticias preocupantes de que los usurpadores habían borrado los registros militares para sustituir a los emires y demás mandos que no les eran afines por militares de su confianza, sin tener en cuenta valía ni experiencia. Nadie sabía si Muhammad volvería algún día a pasear por Madinat Garnata.

En la madraza Qaraouiyyin los días transcurrían largos y agotadores para Ibn Shalam. Era uno de los estudiantes más pobres, y los que lo veían se lo hacían notar con sus miradas de desprecio. A veces algunos de sus compañeros se dignaban hablarle tras las clases para preguntarle algunas dudas sobre la recogida del malvavisco o la elaboración del jarabe de almendras amargas y cidra. Ansioso por lograr su deseo, puso precio a sus conocimientos y algunos pagaron por sus explicaciones. A escondidas completaba las lagunas de sus compañeros en la interpretación de los hadices del Profeta y diseccionaba ratas para estudiar su biología. A veces se preguntaba, sopesando las monedas que sus compañeros depositaban furtivamente en su mano, si además de sus conocimientos no estaría vendiendo una parte de su alma.

Un día a la semana se les permitía descansar. Entonces, después de limpiar las cocinas y las salas de estudio, Ibn Shalam se aseaba en los baños de la institución y, tras la oración, deambulaba por la ciudad. En una ocasión se dirigió a la casa de correos con la misiva que había escrito la tarde anterior a su padre. Su madre había muerto dos años antes, sin que pudiera ayudarla. Y por eso estudiar allí era tan importante para él. Salvaría vidas. Sería un gran farmacéutico. Se dejó llevar por los sentidos durante un rato, deambulando por el laberinto de calles estrechas y encaladas. Se adentró en uno de los zocos, atraído por el bullicio, y se detuvo por los tenderetes para admirar desde los platos de cobre y las teteras hasta los pañuelos de seda verde menta y azul chillón. Se dejó rodear por el olor a especias; probó las aceitunas encurtidas con romero y cáscara de naranja, saboreó los dátiles, se sintió tentado por los dulces con miel y por las mandarinas. Los cambistas vendían oro al peso; varios campesinos ofrecían sus hierbas, sus afrodisíacos. Lámparas, telas, alfombras, babuchas, todo estaba a su alcance. Podía oír a los curtidores, a los afiladores, a los zagales que se ofrecían como guías improvisados. En su paseo abandonó el barrio de la mezquita y, cruzando el río Fas por uno de los puentes de piedra, se encaminó al barrio de los Andalusíes, en la margen derecha, disfrutando del familiar aroma del cordero especiado, las voces de los aguadores, los arrieros con sus mulas cargadas de cacerolas y ollas de cobre. Se dejó sorprender por el olor de los naranjos y por la magnificencia de los palacios y mezquitas, en especial la mezquita andalusí, con su fantástico minarete verde y blanco.

Compró un racimo de dátiles y un vaso de té helado, ¡oh maravilla!, hielo en su vaso, hielo procedente de los neveros del Atlas en su té de hierbabuena, y caminó hacia Fez el-Jedid, la nueva medina del poder meriní. Sus monarcas, considerando que la vieja ciudad era demasiado pequeña para contener los palacios que merecía su magnificencia, decidieron construir fuera de las murallas jardines, mezquitas, escuelas coránicas, zocos, y así nació el nuevo barrio. Atravesó la vía principal, la calle mayor de los meriníes, llena de tiendas de orfebres, donde admiró sus filigranas de plata y rubíes, y continuó hasta llegar a la explanada llena de palmeras de la residencia del sultán. Allí estaba, magnífico y enorme en su diseño de mármol, estuco y madera de cedro, Dar-el-Makhzen, el palacio Real de las puertas doradas.

Y como en un ensueño, cuando daba el último sorbo a su té helado, se encontró con su amigo, el poeta del caravasar. Abdel se sorprendió de encontrarle allí. Se saludaron amistosamente. Era el primer rostro que en aquella tierra hostil lo recibía con amabilidad. El poeta se llamaba Al-Nariya. Era mucho mayor que él, aunque aparentaba menos edad que la que realmente tenía, cuarenta y seis años. Ibn Shalam tenía veintiséis. Le ofreció una visita guiada por el bazar. Enseguida fue evidente que conocía la ciudad mejor de lo que Ibn Shalam suponía. Y sus propias ropas se habían enriquecido, con destellos de plata en su saya azul marino bajo su túnica verde con ribetes rojos.

—Esta ciudad es maravillosa, llena de oportunidades para todos. ¿Encontraste lo que esperabas? ¿Te tratan bien? —preguntó Al-Nariya mientras sorteaban a los vendedores de palomas y palpaban apreciativamente las alfombras meriníes.

—Las clases son intensas y somos pocos alumnos por clase, no más de tres docenas. Aparte, tengo que trabajar para pagarme el alojamiento y la manutención, en las cocinas, atendiendo la mezquita, sirviendo en los baños y en la biblioteca. Lo mejor son las clases de anatomía. ¡Incluso tienen un modelo de cera del cuerpo humano, un regalo del emperador de Bizancio al sultanato de Damasco! Cuando puedo, cambio otros trabajos por barrer o fregar la sala del herbolario y aprovecho para investigar, conocer, probar nuevas plantas. Agotador... ¡pero apasionante!

Al lado del poeta, Ibn Shalam casi se sentía un pobre campesino. Comparó sus ropas con las de su amigo; sus cuidadas manos con las suyas, encallecidas; su barba recortada con precisión con la suya, descuidada. Y sin embargo, con orgullo captó en los ojos de su oyente el brillo de la envidia. Le ofreció del racimo de dátiles, que aceptó gustoso.

—Algún día también yo saciaré mi curiosidad por la medicina. Pero mis tareas me lo impiden. Soy un exiliado por la nueva situación política de nuestra tierra. ¡Al-Ándalus! —Tomó otro dátil del racimo, saboreándolo, y compró una taza de agua a un aguador ambulante, cargado con dos enormes odres de piel y varias tazas de cobre rojizo de distintos tamaños. Su aliento olía a alcohol y Al-Nariya rio con regocijo ante el suspiro que soltó Ibn Shalam—. ¡También aquí preparan hidromiel, el *aqua mulsa* de los antiguos romanos! Y fermentan la miel que mana de los higos maduros, al igual que en la Axarquía malagueña o en la Alpujarra. Y siempre hay rincones donde ocultar algunas vides.

—Pensaba que Abu Salim no toleraba ninguna desviación de las normas. Se habla de su gran intransigencia.

—Hecha la ley, hecha la trampa. Incluso me pareció ver en el camino parras en los pequeños huertos. —A mediodía, el sol de primavera brillaba deslumbrante sobre el palacio de Dar-el-Makhzen—. Debo irme. Que Alá te guíe por el camino recto, ¡y esperemos volver a Garnata algún día! —Y así se despidieron.

El encuentro con otro nazarí le llenó el espíritu de buenos presagios. Tenía que hacer una visita importante. Abu estaba allí, en Fez. Su padre le había escrito que el hijo del herrero había huido como parte de la comitiva real con el depuesto sultán

Muhammad. Abu Ibn Zamrak había decidido sacrificar su nuevo cargo en la Cancillería en pos de la justicia divina y para proteger su vida, ya que no apoyaba a Ismail II ni a Muhammad el Bermejo, los dos usurpadores del trono nazarí. Abdalá, además, estaba acosado por las deudas y aquélla era otra razón importante para verlo. Abu podría ser fiador y garante ante la asfixia de los acreedores. Así, su padre lo urgía a que se entrevistara con él.

Por indicación de Al-Hazziz había conseguido la dirección de la casa palacio donde se alojaba Abu junto con otros miembros de la corte nazarí en el exilio. Dos guardias reales meriníes custodiaban la puerta de entrada. Un asistente estaba sentado a la sombra en el umbral del vestíbulo, y le exigió su nombre y su cometido, impidiéndole cruzar las puertas.

—Me llamo Abdel Ibn Shalam. Quiero hablar con Abu Ibn Zamrak.

El asistente arqueó las cejas. Lo miró de arriba abajo.

—¿El secretario de la Cancillería? —preguntó con desprecio. El estudiante asintió nervioso. El asistente dio dos palmadas y otro ayudante se acercó a él; inmediatamente se perdió en el interior de la casa palacio en busca del secretario—. Espera fuera.

El sol era abrasador. Ibn Shalam se preguntó cómo lo recibiría. De vez en cuando, su padre le había contado cómo paso a paso Abu se había hecho un hueco en la administración nazarí. ¡Hacía tantos años que no lo veía! ¿Recordaría él su nombre? ¿Recordaría su rostro? ¿Recordaría sus juegos de niños, cuestas arriba y abajo en los entresijos del Albayzín, con agrado o lo recibiría con el desprecio de quien ha abandonado la pobreza y desea olvidar su pasado?

Cuando el sirviente anunció al *katib* nazarí que un hombre preguntaba por él y le dijo su nombre, Ibn Zamrak dudó. ¿Sería la misma persona, el hijo del arriero Abdalá? El asma le había desaparecido en su desarrollo de niño a hombre. Abdalá, los halconeros..., todo parecía muy lejano en el tiempo. Hacía años que no veía a Abdel. ¿Se reconocerían? ¿Sentiría algo? Ibn al-Jatib le había dicho en los primeros años bajo su tutela que un buen político, en los momentos decisivos, no tenía amigos, ni esposa ni hijos, porque los sentimientos ahogaban la razón y anulaban la templanza del corazón y la frialdad de la mente. Y ya no eran dos niños. Él era un hombre y un político, con responsabilidades. Tenía un importante asunto entre manos y no se fiaba de nadie en Fez. Pero ese recién llegado..., si no experimentaba nada en su presencia, sería como un desconocido. ¿Y qué buen político lamentaría la suerte que corrieran los desdichados que se cruzaran en su camino, si servían a sus propósitos?

Un hombre joven se acercó a paso rápido por el pasillo en penumbra seguido del ayudante del asistente. Era bien parecido, y vestía con elegancia. Era evidente que aquel hombre había prosperado. A Ibn Shalam el corazón le dio un vuelco al reconocer aquellos ojos negros y vivaces en el rostro sonriente del burócrata que se le acercaba con los brazos abiertos.

—¡Abdel Ibn Shalam! ¡Por Alá bendito! —Se fundieron en un abrazo—. ¡Tú aquí, en Fez! ¿Qué haces ahí fuera, al sol?

Ibn Zamrak fulminó al asistente con la mirada; éste palideció y balbuceó palabras de disculpa que el secretario de la Cancillería despreció sin más. Hizo pasar al estudiante al interior de la casa, fresco y aromatizado con esencias de rosas y albahaca, hasta llegar a un patio con soportales, lleno de vegetación y sombra.

—Te traigo saludos de mi padre, desde Garnata. Él me dijo que estarías en Fez.

—¿Y tú? Mālaqa está muy lejos de Fez. Tu visita no es casual. ¡Cuéntamelo todo!

Sentados en el patio, a la sombra de grandes abanicos, tomaron té helado junto a un enorme reloj de arena. Hablaron largo rato sobre la ciudad de la Al-Hamrā y recordaron las carreras de caballos del día de Al-Ansara, la fiesta del solsticio de verano, que conmemoraba tanto la natividad de Juan el Bautista como la hazaña de Josué, quien pidió ayuda divina para que el curso del sol se detuviera, y evitó así que el ejército de los amorreos exterminara a su pueblo. En el transcurso de los años ambos se habían quedado sin madre.

—¿Tu padre sigue bien, con buena salud? —preguntó Ibn Zamrak, cogiendo el vaso metalizado lleno de té caliente que le ofreció un sirviente.

—Desde que enviudó no ha vuelto a tener alegría. Mi hermana Asma cuida de él. Mi hermano Malik se ha alistado en el ejército. El sultán Ismail ha roto los tratados y temo que la guerra llegará otra vez al reino. Y yo estoy aquí mientras mi padre soporta las deudas que contrajo para costear mi formación. He de esforzarme. No puedo defraudarlos.

Nada. Ibn Zamrak no sentía nada en su corazón por aquel compatriota del pasado. Ibn Shalam sería su hombre. Bebió un largo sorbo de té antes de continuar la conversación. Abdel seguía siendo tan crédulo como recordaba.

—Abdalá es un hombre íntegro, y puede estar bien orgulloso de ti. Quizá pueda ayudaros. —Ibn Zamrak dejó su vaso de té sobre la mesita, mientras dos esclavos negros los abanicaban para aliviarles del tórrido calor de la tarde. No dejaba de mirarlo fijamente—. Ya me ves, convertido en un burócrata. El propio visir Ibn al-Jatib está aquí conmigo en Fez, departiendo con los embajadores y embelesándolos con su palabra. Le encanta Fez. Por las calles se asemeja a un poeta y se hace llamar Al-Nariya.

Ibn Shalam abrió los ojos con asombro al reconocer el nombre. Había oído sobre la fama de ese hombre, cuyo poema a su llegada desde Garnata en un viaje diplomático años atrás había emocionado hasta las lágrimas al anterior sultán meriní Abu Inān, quien no se vio capaz de negarle nada a quien hablaba con tanta sabiduría y belleza. En la madraza su nombre había estado en boca de todos los profesores.

—Aquí tengo múltiples compromisos —continuó Ibn Zamrak—, y no puedo alejarme de Fez. No obstante, debería realizar un viaje personal al sur, una visita de cortesía a las tribus bereberes de Siyilmasa. Te propongo que vayas en mi nombre como portador de mis saludos y de un regalo para sus caídes. Conozco aquí poca gente de confianza, pero puedo confiar en ti, mi compatriota y amigo. A cambio, me comprometo a saldar la deuda pendiente de tu padre con los prestamistas judíos. Ambos saldremos beneficiados. ¿Aceptas?

Ibn Shalam pensó rápidamente lo que aquello podría suponer. Su padre ya se había esforzado demasiado y le estaba fallando la salud. Era una gran oportunidad para liberarse de aquella carga que pesaba sobre sus espaldas. Agradecido, le dijo a Ibn Zamrak:

—Acepto. ¿Qué he de hacer?

Ibn Zamrak sonrió con los ojos relucientes. El reloj de arena dejó fluir sus últimos granos, quedando vacío. Ambos se levantaron.

—Todo quedará organizado de inmediato. Enviaré a un guía a buscarte a la madraza. Ahora he de dejarte. —Abu lo cogió del brazo afectuosamente—. Ha sido bonito recordar aquellos tiempos de niñez. Te despido como a un hermano.

Y le dio un beso en cada mejilla. Por un instante, Ibn Shalam dejó de sentirse solo en tierra extraña.

—Suerte en tu cometido —le dijo por último el secretario de la Cancillería desde el umbral de la puerta, junto a los soldados—, y que Alá proteja tu camino.

En cuanto se despidió de él, Ibn Zamrak hizo llamar al guía, quien se presentó después de la cena. Abu-Jarik entró con renuencia; había oído hablar de los ataques de ira del secretario, y él había llegado más tarde de lo previsto. La guardia le hizo pasar a su despacho. Se inclinó ante él.

—Me habéis llamado y he venido, ¿qué solicitáis de mí?

—El viaje se realizará en breve. Sabes que serás recompensado con largueza, así que no te demores. —Los ojos de Ibn Zamrak relampaguearon al entregarle una caja—. En el interior de este libro está la carta.

El guía de rostro curtido se arrodilló ante él.

—¡Sabéis que contáis con mi plena devoción a la causa! ¡No os defraudaré! Pero pensaba que estabais vigilado por el sultán.

—Yo no iré. Otro hombre irá en mi lugar, y deberás cuidar

de él hasta encontrarte con los bereberes de Tinmal. Es un estudiante de la madraza Qaraouiyyin. Se llama Abdel Ibn Shalam y es un compatriota mío, del que no temo ningún mal. El imán Al-Hazziz te sabrá indicar dónde se aloja. Recógelo mañana mismo al amanecer y partid enseguida. —Le lanzó una bolsa con dinero, que el guía cogió al vuelo con avaricia—. Para los gastos del viaje. ¡Corre! Considéralo un adelanto. ¡Tu vida está en mis manos! ¡Y ahora vete!

El guía volvió a inclinarse; se colocó su turbante, cogió el pesado paquete y salió de la casa palacio como una sombra. El secretario se quedó a solas. Del escritorio cogió el borrador de la carta que había escrito y ocultado dentro de la nueva encuadernación de cuero del libro. Entre aquellas tapas de cuero y madera estaba su futuro y el futuro del Islam. Ibn al-Jatib estaba acabado y sin esperanzas, pero él terminaría lo que el visir no era capaz de terminar. ¡Ibn Zamrak se sentía un elegido de Alá! Joven, decidido y fervoroso, había seguido no obstante el consejo de su mentor de mantener abierta siempre una segunda posibilidad.

—Haz lo que debas, en tu corazón y según Alá —le había dicho Ibn al-Jatib cuando intuyó sus inquietudes—, pero no muerdas la mano que te da de comer mientras no tengas la certeza del éxito. ¡Nunca se sabe!

—¿Certeza? Los usurpadores están corrompidos y nuestro señor desconfía de los bereberes. Estoy contigo, mi maestro. Seguiré tu consejo —le había respondido Abu.

Acercó a un candil el borrador, leyéndolo mientras la llama lo prendía hasta que desapareció entre volutas y cenizas.

A Ibn Shalam le pareció que apenas había cerrado los párpados y conciliado el sueño cuando lo despertaron bruscamente. Aún no había amanecido. Se sobresaltó, estaba soñando con que se repetía una pesadilla en la que se ahogaba envuelto en una tormenta de arena del desierto, y se encontró cara a cara con un viejo consumido que lo miraba totalmente despierto y listo para emprender un largo viaje.

—¡No tengas miedo! Me llamo Abu-Jarik, servidor de la madraza, y desde ahora seré tu guía. Es hora de prepararse para partir. Recoge tus cosas más imprescindibles, pues nos esperan largas jornadas de camino.

Apenas había luz. El amanecer sólo se adivinaba más allá de las murallas por la tenue claridad azul celeste que devoraba poco a poco la oscuridad de la noche. Por una puerta accesoria pasaron a la mezquita después de lavarse y realizaron la primera oración del día en la inmensidad de la sala de oración; sus palabras reverberaban en mil ecos entre las columnas, los arcos y los mocárabes, y Alá estaba allí, escuchándolos a ellos dos. Ibn Shalam pidió que le diera fuerzas para sobrevivir y se postró una vez más sobre la alfombra, abrumado por su presencia. Pero Alá, el más grande, el Misericordioso, nada respondió.

Nadie salió a despedirlos cuando abandonaron la mezquita. Dos mulas tozudas los esperaban, equipadas con víveres y agua, y cargadas con diversos presentes. Con ellas atravesarían las montañas del sur de la ciudad; después llegarían al primer caravasar camino a los montes de los hintata, y quizás a Siyilmasa, junto al desierto, el inicio de la ruta del oro hasta Tombuctú y el Níger.

Desde su dormitorio, a salvo de miradas indiscretas, Al-Hazziz contempló por la celosía cómo los dos hombres se adentraban en las sombras de la primera callejuela. Por el libro y su silencio había obtenido una cuantiosa suma.

—¡Ese libro es muy valioso! —había exclamado Al-Hazziz antes de entregárselo al guía cuando Abu-Jarik le presentó el cofre lleno de esmeraldas, según habían acordado. El imán había hundido sus groseras manos esparciendo las gemas como si fueran agua—. ¡Se requerirán años para hacer una copia semejante a partir del ejemplar que se conserva en la biblioteca de Bagdad!

—No lo dilapides demasiado pronto. Tu silencio será tu vida —dijo el guía—, y ese estudiante debe partir conmigo inmediatamente.

—Llévatelo. Nadie notará su ausencia.

Había sido el negocio de su vida, una vida llena de placeres y gustos cultivados y costosísimos. Se palmeó su grueso vientre con alegría. Sobre su inmensa cama, tres jóvenes esclavas nubias de piel de ébano dormían enseñando sus pechos suaves y tiernos y su feminidad entrelazadas con los cojines de color crema que inundaban el lecho. Rio gozoso al contemplarlas, volvió a sentir el vigor de la sangre enderezando su miembro y, dando gracias a Alá, se dirigió hacia la más joven de las tres, apenas una niña hecha mujer, devorándola con la mirada.

4

Camellos y arena

El guía y el estudiante atravesaron la ciudad sin detenerse, y nada hablaron. Cruzaron calles y plazas; las mujeres recogían agua para sus casas de las fuentes, el olor a harina y a pan horneado hendía el aire llenándolo de un aroma apetecible, algunos comerciantes entraban en la ciudad buscando las alhóndigas y los baños se abrían para los hombres. Las teterías ofrecían un té fuerte y dulzón junto con unas pastitas de almendras y piñones. Se oía el llanto de niños pequeños desde la calle. Cuando llegaron a las murallas y dejaron atrás la ciudad, Ibn Shalam sólo volvió la cabeza una vez para contemplar desde el camino el resplandor de las cúpulas rojizas con los primeros rayos de sol. E inmediatamente las llamadas a la oración desde los minaretes cruzaron el aire haciendo que bandadas de palomas echaran a volar.

Hacía fresco. La temperatura era agradable todavía. Sabían que según avanzaran haría más calor, sin el amparo de las sombras de las construcciones ni de las fuentes para refrescarse. Otros viajeros y comerciantes seguían el mismo camino y se unieron a ellos. Avanzando por la ancha calzada vieron fértiles campos de cebada y trigo, almunias cerca de los arroyos, varias acequias y, más allá, el Atlas Medio, con sus faldas cubiertas de bosques; en los picos más altos volaban las águilas.

Abu-Jarik conocía la región como la palma de su mano.

—He sido guía toda mi vida. Conozco todo el norte del reino, desde Agadir hasta Nador, y desde el Estrecho hasta Siyilmasa y más al sur, hasta el río Draa. —Hizo un alto al contemplar una manada de camellos, con sus labios caídos y sus grandes párpados, mientras rumiaban incansables con sus grandes dientes amarillos. Sobre dos de ellos iban mujeres, resguardadas del sol y de las miradas indiscretas por dos pequeñas tiendas de un azul turquesa intensísimo, atadas con cinchas a las bestias. Al frente de las mujeres y tras ellas, custodiándolas como a un tesoro, iban varios bereberes y un *sheij*, un líder religioso, un hombre sabio y respetable. El grupo los adelantó sumergiéndolos en un intenso hedor animal—. Bordearemos el Atlas Medio, llegando a Beni Mellal, y cruzaremos el Gran Atlas, donde existe nieve permanente junto al desierto. Y después de eso, amigo mío, está el mar de arena. Cerca de Tafilalet están los dominios de los hintata. No te fíes de un bereber. Aún esperan la llegada de un nuevo *Mahdi*, un guiado por Dios, que los saque del desierto y los guíe hacia las tierras fértiles que ahora atravesamos y más allá de Yabal Tarik, hasta Al-Ándalus.

—Un guiado por Dios... Pero no hay más dios que Alá, y no hay más guía que Mahoma, su profeta. Y Al-Ándalus no es más que un sueño que se marchita —respondió Ibn Shalam—. ¿No hay paz entonces en este reino? Y dices que no me fíe, pero tú eres bereber.

—Quería decir que no te fiaras de nadie más. Son tiempos violentos —respondió Abu-Jarik—. Nuestro sultán, Abu Salim, que viva muchos años, depende del apoyo de varios clanes bereberes para sostenerse en el poder. Ellos mismos y su familia, bereberes de la tribu meriní, están divididos. A cambio de alianzas y apoyo él no se inmiscuye en sus territorios del desierto, donde cada tribu hace y deshace a su antojo.

En una almunia cercana, varias mujeres sacaban agua de un pozo con ayuda de una noria tirada por un mulo. Eran jóvenes y reían ajenas a su escrutinio. El guía se pasó la lengua ligeramente por sus labios resecos.

—¡No te preocupes! Aparte de guía soy también tu protector.

—Abu me habló de un regalo de cortesía. ¿Está en esa caja?
El guía lo miró de forma penetrante. La mirada de un asesino, pensó el nazarí, y se estremeció.

—Dijo que si eras inteligente, preguntarías. Hacemos una visita en su nombre, de índole particular, y sí, el regalo está en esa caja. ¿Quién mejor que tú para explicárselo a sus destinatarios? Llevamos un libro de farmacopea. —Y escupió en el arenoso suelo.

Algunos carros que los adelantaban no llevaban sólo mercancías, también portaban niños. La familia entera acompañaba al cabeza de familia. Supo que su camino no los llevaría a Mequinez, otra importante ciudad meriní, para gran decepción suya.

Cruzaron grandes campos de olivos y acebuches, algunos negros, viejos y retorcidos, seguramente centenarios. La confusión y la excitación nublaban la mente del nazarí, adormecida por el calor, en aumento, y la monotonía del avance en sus mulas. ¡Un libro de farmacopea! Abu-Jarik montaba delante de él. Se preguntó qué libro sería, protegido bajo la manta de viaje en su estuche de madera. Tomó el pellejo de agua y echó un largo trago. Aún no debían preocuparse por el precioso líquido, la llanura esteparia quedaba lejos.

—¿Cuántos días de viaje tenemos por delante?
—No menos de siete, no más de catorce. Si todo va bien —apostilló Abu-Jarik con una sonrisa desdentada. Le faltaban varias piezas dentales, un incisivo, dos colmillos y una paleta, pero las demás eran blanquísimas, resultando un vivo contraste con su cara flaca y oscurecida por años y años de sol.

Tardaron cinco días en alcanzar Beni Mellal. El sol les recordaba la cada vez más cercana llegada del verano; amanecía con brumas matutinas que cubrían los campos llenos de árboles y vegetación. Cruzaron por campos de naranjos, por grandes palmerales, donde los campesinos se afanaban en recoger enormes cantidades de dátiles que ponían a secar a la sombra sobre esteras o colgando los grandes racimos. Ibn Shalam compró una medida, que compartió con Abu-Jarik. Nunca los había probado tan dulces y sabrosos. Atravesaron grandes arboledas de cedros y vieron numerosos monos entre las ramas. A veces el camino aparecía cubierto de grandes losas de piedra. Cuando acampaban por la noche junto a otros grupos, Ibn Shalam miraba el cielo del desierto, purísimo, donde las estrellas titilaban como gemas con luz propia, mientras a su alrededor algunos cuidaban los fuegos y la cena, otros cantaban y tocaban flautas y tambores, y las furtivas miradas de las mujeres se escabullían en las sombras.

Cuando despertaba siempre encontraba a Abu-Jarik, celoso guardián, usando la valiosa posesión que transportaban cubierta con la manta de viaje a modo de almohada. ¿Estaba dormido o sólo fingía? El frescor de la noche traía a su tienda prohibidos aromas de alcohol, de caldos espirituosos. Abu-Jarik bebía una especie de leche fermentada, de olor fuerte, agrio y apestoso. El celo con el que abrazaba el estuche le hizo entrar en sospechas. ¿Era un enviado? ¿Era un prisionero? ¿O más bien un condenado?

Tanto empezó a obsesionarse con el cometido del viaje que Abu-Jarik se reía de él cada vez que le mencionaba su deseo de saber qué libro transportaban.

—¡Qué ansiedad por un libro! Te puedo asegurar que no es más que eso. ¡Te comportas con la angustia de la mujer ansiosa por recibir al hombre que desea!

En Beni Mellal los grupos de viajeros se dispersaron. A mediodía buscaron sitio en la alhóndiga, repleta de sacos de dátiles y de sal, trigo, goma arábiga y olíbano; de deliciosos olores a tajín de cordero y té de menta, y de viajeros intrépidos, comerciantes ansiosos por cerrar a voces los últimos tratos antes de partir. No vio a ningún bereber allí ni en las calles por las que pasaron al caer la tarde. Burros, acémilas y camellos reposaban en sus establos a salvo del calor.

Tras lavarse y realizar la última oración del día en la mezquita preguntaron por la mejor ruta hacia el territorio de los hintata.

—Si buscáis a los hintata, ya no los encontraréis en su montaña sagrada. En esta época llevan sus rebaños al sur hacia el oasis de Siyilmasa —dijo con una profunda voz gutural el caravanero, un ser enorme de brazos monstruosos con la tez negrísima surcada de marcas de viruela. Los miraba de soslayo, como evaluándolos como potenciales víctimas de un asalto en cuanto salieran del refugio de la ciudad. Abu-Jarik le mantuvo la mirada. El caravanero miró a ambos lados, vigilando si alguien más les prestaba atención, y sacó del zurrón que llevaba al hombro una cajita de madera tallada—. Loto negro. El mejor, del lejano reino de Xin —dijo en un susurro—. Sólo os cobraré cinco dírhams el pellizco. ¿No lo has probado nunca? —le dijo al asombrado nazarí—. Hazlo y entrarás hoy mismo en el Paraíso. Tus pies abandonarán la tierra, tu cuerpo entrará en una agradable somnolencia, y vislumbrarás un nuevo mundo, lleno de colores, olores y formas de mujer. ¡Pruébalo!

Una pareja de guardias entró de ronda en el patio de la alhóndiga. El caravanero ocultó la caja de nuevo.

—También os ofrezco mujeres, las mejores de la ciudad. Buscadme dentro de una hora en la puerta del zoco. Yo no os he dicho nada. —Y se perdió entre las sombras de las escaleras. Los guardias los miraron, bebieron agua de la fuente y, tras recibir algunas monedas de algunos comerciantes, se marcharon.

—¡Loto negro! —siseó excitado por la curiosidad Ibn Shalam mientras subían a su cuarto después de asegurarse del cuidado de sus animales.

—Seguro que es hachís adulterado. Ni se te ocurra ir en su busca o eres hombre muerto. Además de comerciantes, en la alhóndiga hay traficantes de esclavos, ladrones y asesinos. Cierra la puerta hasta el alba mientras estoy fuera. —Ibn Shalam enarcó las cejas—. No temas, a mí no me pasará nada. Voy a investigar. ¡Cierra bien con llave! —Y desapareció con una extraña sonrisa.

A Ibn Shalam no le importaba que su guía fuera en busca de prostitutas, lo que le preocupaba en verdad era que presentía que él no encajaba en el viaje que estaban realizando. Algo no iba bien. Deshizo con cuidado los bultos y paquetes que llevaban de equipaje a la luz del candil hasta que encontró la caja de madera de cedro con grabados al fuego y un pasador con cerradura de metal. Examinó la cerradura. El ojo era diminuto. La caja tenía cuatro dedos de anchura y era pesada. La llave debía de tenerla Abu-Jarik. ¡Sí, eso era! ¡La había visto! ¡La llevaba colgada del cuello con una cadenilla! ¿Qué libro contendría? Acercó la nariz a la cerradura; además del olor del viejo libro, percibió un sutilísimo aroma a lavanda y clavo que lo transportó a su adolescencia, cuando en época del ramadán se entretenía incrustando especia de clavo en las redondas naranjas del luminoso patio de su casa familiar, inundándolo de olor a cítrico y amargor.

Unos fuertes ruidos y gritos del piso de abajo le hicieron volver a la realidad.

—¡Asesino, asesino! —gritó una voz, seguida de ruidos de metal, mobiliario destrozado y gemidos apagados; por último, oyó pisadas apresuradas y más voces, en un idioma que no conocía. Alguien pidió un médico. Dos guardias con cotas de malla entraron a la carrera en el patio exigiendo orden en nombre del sultán. Se escucharon tintineos de metal. Asustado, Ibn Shalam volvió a ordenar los paquetes y pertenencias de Abu-Jarik como los había encontrado.

Estaba cansado, pero no consiguió dormir de puro nerviosismo. Se despertaba cada poco temiendo ver en cualquier momento su puerta destrozada y una sombra, la gigantesca silueta del caravanero, cuchillo en mano, dispuesta a buscar oro en el interior de sus entrañas.

Salió de su cuarto legañoso y con ojeras. Abu-Jarik ya estaba esperándolo abajo sentado sobre un cojín y tomando té de menta con otros viajeros, saboreando aún el final de la noche y su silencio. Parecían bereberes. Una joven chica, sin velo, de rostro almendrado moreno y ojos rasgados y negros, lo miró insinuante con una medio sonrisa mientras recogía un cántaro de agua de la pila del patio. El nazarí no pudo menos que contemplar con un suspiro sus formas de mujer, su trasero y sus piernas silueteadas bajo su chilaba negra.

—Nos vamos —anunció un satisfecho Abu-Jarik—. Nos unimos a un grupo de viajeros, por un módico precio, que parten hoy hacia Tombuctú pasando por Siyilmasa.

Ibn Shalam contempló al grupo que rodeaba a su guía. Jóvenes y viejos, delgados pero fibrosos, todos iban envueltos en vestimentas oscuras, unas negras, otras azules; alrededor de la cabeza, el rostro y el cuello llevaban largos pañuelos. Le indicaron por señas, en silencio, que los acompañara en el té matutino, y miró a Abu-Jarik, quien asintió. El jefe del grupo estaba sentado junto a Abu-Jarik, con quien compartía una pequeña bolsa de cuero de la que sacaban una hierba seca preparada para fumar en pequeñas pipas de marfil y barro cocido. La misma muchacha de la pila llegó con una bandeja que contenía sabrosos pastelillos de dátiles y almendras y alfeñiques de miel, un dulce típico. Volvió a sonreírle. También portaba un minúsculo braserillo de cobre con unas pinzas metálicas y varias brasas en su interior. Se sirvieron de las pinzas para compartir una de las brasas. El viejo, seguramente el jefe del grupo, el único con anillos de oro en las manos, sopló con fuerza la brasa para darle vigor al fuego y se la pasó a sus dos invitados tras encender su pipa. Al olor del té de menta se unió el aroma inconfundible y narcótico del hachís. Ibn Shalam iba a rehusar, pero la mirada severa de Abu-Jarik lo obligó a tomar una de las pipas que le ofrecían ya cargada. Aspiró el humo.

El olor dulzón, unido a que tenía el estómago vacío, le provocó náuseas y a punto estuvo de vomitar. Tosió, escupió y boqueó en busca de aire mientras todo el grupo se echaba a reír. Intentando recuperar la compostura oyó también risas jóvenes y femeninas. El jefe, con un gran lunar negro en la mejilla derecha, habló en bereber, y Abu-Jarik tradujo para él.

—Dice que desconoces mucho de la vida si todavía no has

probado el hachís. Los imanes lo prohíben, pero en su opinión es un regalo de Alá a los hombres del desierto —dijo con una sonrisa casi pícara.

Acordaron el pago de dos medidas de trigo por cabeza a cambio de la protección que les ofrecía la caravana. Según decían, salteadores de la tribu hazraya merodeaban por los pasos de las montañas, atentos a las caravanas procedentes del sur. Cuantos más hombres fueran, mejor podrían defenderse si llegaba el caso.

Tardaron apenas media hora en salir de allí, después de orar en el patio de la alhóndiga junto a todos los demás. Un aire sofocante y bochornoso empezó a sustituir el frescor del alba mientras salían de la ciudad. Habían cambiado provisionalmente las mulas por dos camellos viejos y babosos, para gran regocijo del responsable de la alhóndiga, con la promesa de deshacer el cambio en una luna si volvían con vida del desierto, lo que llenó al nazarí de gran angustia.

Junto con el grano que habían comprado como pago, la caravana portaba a lomos de sus camellos potes de miel, ladrillos de sal envueltos en trapos y firmemente sujetos con cuerdas de cáñamo a los animales, y algunos cacharros de cocina nuevos y herramientas. En total formaban una caravana de veintitrés bestias y diecisiete personas, entre ellas dos mujeres cuarentonas y entradas en carnes y tres jóvenes celosamente resguardadas de la vista dentro de sus pequeñas tiendas de algodón azul ajustadas con fuertes cinchas a sus bestias de carga.

—Son las mujeres y las hijas del señor del grupo, quien se llama Nafi Ibn Kosaila. Son de la tribu de los hastuk, por lo que no tenemos que temer, pues están emparentados y en paz con los hintata. Ten cuidado con lo que miras o podemos tener problemas.

Iban delante de las mujeres y detrás de las bestias de carga. El grupo lo iniciaban Nafi y cuatro de sus hijos mayores y lo cerraban cinco parientes más. No estaba acostumbrado al camello, de hecho era la primera vez que montaba en uno, y media hora más tarde, ya sobre los ásperos caminos que dejaban atrás huertas de frutales, almendros y olivos, Ibn Shalam experimentaba una auténtica agonía, revolviéndose continuamente en la silla.

Alguien hizo un comentario que no entendió y algunos de sus compañeros de viaje rieron brevemente. Le sorprendió notar que entre los pliegues de sus vestimentas llevaban largos sables en vainas de cuero. Uno de los jinetes que cerraban la marcha se acercó al trote al nazarí, le habló mientras lo miraba a medias divertido y a medias sorprendido de su torpeza, y le tomó del brazo, afianzándolo en la silla. El camello giró levemente la cabeza para mirar a Ibn Shalam antes de berrear quejoso. El jinete volvió a hablar, Abu-Jarik le respondió y volvió a su posición. Detrás, algunos empezaron a hablar y a reír.

—¿Qué ha dicho? —preguntó Ibn Shalam con rostro de agonía.

—Dice que cuanto menos te muevas mejor, que te dejes transportar por *Buruk*, tu camello. Que como sigas así te vas a desollar el culo antes de que suba el sol.

Ibn Shalam enrojeció súbitamente de vergüenza mientras detrás oía risas femeninas, y dejó de moverse y quejarse, frunciendo la boca en una mueca de disgusto. Calor, animales hediondos, burlas de mujeres, polvo, peste de camellos y un dolor continuo e insoportable en las posaderas. «¿Puede haber algo peor que cabalgar hacia el desierto en camello?», pensó para sí.

Sí, podía haber algo peor.

5

Un regalo envenenado

A lo largo del camino pararon en varias kasbas de paredes de adobe y murallas altas donde refugiarse de los peligros de la noche y las montañas, a reponer agua en los pozos y comprar comida a los lugareños. Ascendieron las montañas dejando atrás bosques de cedros, pinos y enebros, serpenteando en medio de un verdor profundo lleno de humedad y calor, que luego dejaba paso al frío de la noche, amortiguado por la fogata sobre la que las mujeres preparaban la cena al mismo tiempo que los hombres cuidaban de los camellos. Las hijas de Nafi Ibn Kosaila iban y venían mientras los hombres cenaban. Después, ellas se retiraron a la intimidad de una de las tiendas a tomar su cena. El jefe habló para sus invitados.

—Dice Nafi que en medio de estos bosques aún pueden verse panteras moteadas —tradujo Abu-Jarik mientras le pasaban una bandeja con deliciosos pastelillos llamados *bastella*; múltiples capas de pasta fina recubrían una delicada porción de carne de paloma que a Ibn Shalam le pareció exquisita—. En su juventud él mismo intentó cazar una. La persiguió durante días, movido por la promesa de regalarle a su prometida, su ahora primera mujer, una alfombra con su piel. Llegó hasta las cascadas de Todra, de cientos de pies de altura, y cuando la alcanzó, él exhausto, el magnífico animal se volvió entre el agua y la vegetación, como si fuera un ser sobrenatural, lo miró, se sentó y se quedó inmóvil, con esos ojos felinos revelando poder e inteligencia. Despreocupada de él, empezó a lamerse las garras sin dejar de mirarlo. Dice que no pudo disparar las flechas, hipnotizado por esos ojos, se quedó tan quieto como una piedra y durante horas nada hizo. Al caer la noche tuvo miedo, el felino rugió victorioso y supo que estaba a su merced, así que se postró y oró al Grande, al Misericordioso, alabando su grandeza, y temiendo el salto feroz y las garras de acero sobre su pecho en cualquier momento. Al amanecer dejó de orar. El felino no estaba. Él no volvió a cazar nunca más.

Por la noche, después de los dulces, se compartía el hachís; a veces las mujeres también participaban.

—En Mālaqa me enseñaron que esto nubla la razón y enflaquece la voluntad, y que por eso está prohibido por el Profeta. —Abu-Jarik tradujo su comentario y la respuesta. Las mujeres no dejaban de cuchichear entre ellas.

—Si está aquí, entre nosotros, es para usarse para gloria de Alá —dijo el intérprete y guía—. La vida es terrible y Alá sabe que el hombre necesita abandonarse a Él para escapar de este mundo de miserias, y esta hierba es uno de sus instrumentos.

Bajo el influjo de la hipnótica hierba hablaron bajo las estrellas, y cuando tras el rezo al Grande se recogieron en las tiendas, a Ibn Shalam le pareció contemplar dentro de una de ellas la sombra de las piernas de una mujer que se lavaba. Un soplo de brisa entreabrió ligeramente la entrada y pudo saborear con la vista durante un brevísimo momento la carne canela y juvenil de aquella pierna, la mirada de unos ojos negros como pozos, brillantes como estrellas, y el esbozo enigmático de una sonrisa. Aquella noche confusa soñó con el patio de naranjos de su casa; soñó que tenía esposa y que sus labios le devoraban dulcemente; soñó con el rumor cálido de su aliento, con las vaharadas que exhalaba su cuerpo femenino en pleno deseo, y en sus sueños se colaron los dátiles, las palmeras, el calor del desierto y la misteriosa sonrisa de la muchacha bereber.

Con un gemido y muy a su pesar se despertó sudoroso al notar la calidez de su lecho manchado, y se levantó en busca de agua para beber. Por el rabillo del ojo observó cómo Abu-Jarik iniciaba un levísimo movimiento hacia el cuchillo que siempre reposaba cerca de él. «Así que me vigila», pensó Ibn Shalam. El frescor de la noche le hizo estremecerse. Sentado junto a los rescoldos a la manera bereber estaba uno de los hijos de Nafi, imperturbable, insomne y vigilante. Volvió la cabeza, lo miró y lo siguió con la mirada, embozado en sus ropas, mientras el nazarí bebía un sorbo de agua de uno de los pellejos de cabra. Quizás aún pudiera sacar provecho del extraño viaje, aprender nuevos extractos, nuevos jarabes medicinales. Si pudiera tan siquiera ojear el libro que portaban, sería maravilloso.

Al amanecer oraron para dar las gracias a Alá y cargaron a los animales mientras las mujeres preparaban un fuerte té endulzado con miel y un desayuno de tortas de sémola con dátiles y frutos secos. La hija menor del jefe bereber volvió a seguirlo con la mirada, sonriendo. Su padre se dio cuenta.

—¿Te gusta su hija? —tradujo Abu-Jarik—. Cuidado con lo que respondes.

Los familiares lo miraron expectante. Era una situación incómoda.

—No busco ni deseo una mujer por ahora. Estoy dedicado a mis estudios en Fez.

El rostro de Nafi se tensó. Habló con tono de malestar. Abu-Jarik volvió a traducir, preocupado:

—¿Acaso te disgusta? ¿No te parece una buena mujer? ¿No es suficientemente buena para ti? —Algunos de los hermanos terminaron de un sorbo rápido su té y se levantaron lentamente.

—Tu hija es hermosa como los jazmines en flor y su belleza deslumbra los corazones. Soy un hombre pobre y extranjero, y mi sitio está en Al-Ándalus. Se comporta con dignidad, será una buena mujer y un orgullo para su padre, a quien, si Alá así lo dispone, colmará de nietos —respondió el nazarí, sintiendo cómo sudaba por las sienes.

El jefe bereber se relajó y asintió con una sonrisa.

—Grande es su poder y su misericordia, y tú pareces un buen hombre. Aún quedan días de viaje, aún hay tiempo para convencerte.

La tensión del ambiente desapareció como por ensalmo.

Aquel día siguieron ascendiendo y dejaron atrás la vegetación, atravesando los últimos tramos de la montaña entre riscos ardientes, y por fin empezaron a descender al otro lado. Un aire caliente los recibió; la vista era espectacular. La vegetación había cambiado árboles por palmeras y acacias y arbustos espinosos, trocando el verde que dejaban atrás por mil tonos de ocre. El aire caliente venía del desierto, cada vez más cercano. Ese día no encontraron kasbas ni pozos donde renovar su agua, y por primera vez la racionaron, para tormento del nazarí. El sol quemaba cada vez más, y a pesar del sofocante peso de sus ropas, Abdel no cedió ni una pulgada de su piel andalusí al señor del desierto.

A mediodía nadie hablaba ni reía. Bajo el calor aplastante se dirigieron hacia un puñado de palmeras datileras que se arracimaban en torno a un pequeño humedal, el último reflejo de un arroyo desértico. Los camellos se mostraron nerviosos en cuanto llegaron y alguno alzó la cabeza y berreó. Los hombres desmontaron para calmar a sus animales, llevándolos a la escasa charca, pues se comportaban como hormigas excitadas. Incluso Abu-Jarik captó el miedo latente, a pesar de su aliento a alcohol.

Un berrido llegó como respuesta desde el este. Un grupo de guerreros a camello se acercaba a trote ligero hacia el grupo de palmeras. Ibn Shalam sintió que se le aflojaban las piernas. Huir ¿adónde? ¿Luchar? ¿Morir? Abu-Jarik lo agarró y le habló aparte mientras los hombres, entre los lamentos y el miedo de las mujeres, discutían qué hacer. Le dio la caja envuelta en la polvorienta manta de viaje.

—Oculta el paquete entre las palmeras, entiérralo y no hables. Ahora corremos verdadero peligro. Yo te vigilo, no lo olvides.

Ibn Shalam se alejó del grupo en medio de la confusión y excavó con rapidez un somero agujero donde esconder la caja, y la cubrió con varias piedras. Todas las palmeras parecían iguales, así que marcó con un borde de arenisca afilado el tronco de la más próxima a la caja, y regresó al grupo. Nafi Ibn Kosaila decidió que no podían huir ni luchar si querían defender a las mujeres. Así que hicieron fuego, prepararon té de menta y esperaron.

Media hora más tarde llegó el grupo armado. Eran bereberes de la tribu hazraya, saqueadores y ladrones. Saludaron y desmontaron. Algunos de los hombres llevaban cotas de láminas relucientes, obtenidas de soldados meriníes asesinados. Los hombres parecían violentos y miraban a las mujeres con evidente lascivia. Los dos jefes tomaron té y discutieron acaloradamente. Al final, Abu-Jarik tradujo para el andalusí. Respetarían la vida de hombres y mujeres a cambio de un fuerte tributo que impondría su propio *sheij* en su campamento, a un día de camino. Nafi Ibn Kosaila sólo podía aceptar.

Recogieron lo poco que habían desempacado y se dirigieron entonces al este en vez de al sur, rodeados por los salteadores. Al anochecer acamparon sobre la tierra seca y arenosa, sin palmeras ni vegetación que les resguardara. Un guardia custodiaba la entrada a cada tienda. A ellos dos, los extranjeros, se les impondría un tributo más alto, pues parecían hombres de mayor riqueza. Ninguno de los hombres importunó a las mujeres, quienes obtuvieron el mejor de los tratos.

La noche se llenó de gritos cuando los soldados meriníes atacaron el campamento en busca de los ladrones y forajidos hazraya. Los alaridos de los heridos estremecieron la oscuridad mientras a la luz de la hoguera los hombres del sultán, a caballo, pasaban a cuchillo a todo ser viviente, salvo a las mujeres. Abu-Jarik salió armado y mató por la espalda a dos soldados antes de caer fulminado por un jinete que lo atravesó de lado a lado con una lanza. Ibn Shalam se acercó entonces a rastras, como un poseído, a su cuerpo agonizante.

—¡Abdel, Abdel..., ayúdame! —gimió Abu-Jarik con una bocanada de sangre. El guía no daba crédito a lo que le había sucedido. Pero allí estaba, con el pecho atravesado por la punta afilada de una lanza.

—¿Qué hago, Alá, qué hago? —exclamó Ibn Shalam preso de la histeria, y entonces vio la cadena de oro con la pequeña llave colgada de su cuello. El guía se ahogaba y él se concentraba en la llave que abría el tesoro oculto. ¡Debía salvarlo de la barbarie! Abu-Jarik no iba a sobrevivir. ¡Si no hacía algo, fuera lo que fuera, se perdería para siempre! No podría salvar al guía pero sí el misterioso paquete—. Que Alá me perdone, guía, pero no puedo hacer nada por ti. ¡Pero puedes darme la llave! ¡Debo salvarlo!

El estudiante de farmacopea intentó coger la cadenilla. Abu-Jarik reunió sus últimas fuerzas para impedirlo, peleando con el nazarí con el rostro crispado hasta que sus ojos se quedaron fijos.

—Quiera Alá que mueras solo, perro —barbotó el guía, y después dejó de resistirse, con las manos aferradas como una zarpa a las muñecas del nazarí.

Ibn Shalam le arrancó del cuello la cadena y miró alrededor. En mitad del tumulto y de los gritos nadie reparó en él. Pero antes de irse tuvo la misericordia de cerrar los ojos al guía. En medio de la locura y las voces desgarradas de las mujeres por sus muertos y de los berridos asustados de las bestias, escapó hacia el desierto, descalzo y sólo con sus ropas.

Vagó como un perro durante horas. En medio de la oscuridad marchó hacia el este, huyendo siempre de las luces, de los gritos y del fuego. Cuando con la luz del día recuperó la conciencia de sí, se encontró a la sombra de unas zarzas en mitad de la nada. En vez de ayudar a un hombre le había robado, para su gran vergüenza. Pero ¿de qué habría servido? Él no era soldado. Quería volver a Garnata, regresar a su vida..., y se asombró cuando descubrió que era la ambición de poseer aquel libro lo que había dado sentido a su viaje. El guía estaba muerto. No regresaría a la madraza. Nadie sabría nada, salvo él, pero ¿qué podría decirle a Ibn Zamrak para justificarse?

Horas más tarde llegó al palmeral. Sediento, lamió el agua sucia como un perro y se alimentó de dátiles. Le llevó horas encontrar la palmera marcada. Antes de que el sol desapareciera halló la caja, abrió la cerradura con la diminuta llave y admiró aquella fabulosa copia. *De materia médica, por Dioscórides, traducido por Abû Salîm al-Malatî, copiado en Fez por Ahmed al-Umarî, en el año 679 de la Hégira para gloria de Alá, el Misericordioso.* ¡Era el libro que había admirado furtivamente en la biblioteca de Fez! ¿Era su destino que acabara en sus manos? Las coincidencias no existían, sólo el designio de Alá. ¿Eso era lo que estaba escrito para él? Las manos le temblaban de excitación al contemplar los grabados, las descripciones, los colores, el pan de oro de las inscripciones. Observó una tara en la costura del cuero de la tapa; por debajo de ella asomaba una esquina de papel. Cortó la costura. Bajo el cuero había una carta. El corazón se le desbocó, palpitante en sus tímpanos. Rompió el sello de cera carmesí y leyó la carta.

Jeque Al-Mahdi, señor de los hintata, ¡salud por muchos años! Alá el Magnánimo ha obrado su poder y nos ha enviado una señal. En tierras nazaríes todo está convulso tras el golpe de Estado. Mi señor Muhammad mendiga la hospitalidad de Abu Salim, quien desea reafirmaros su oferta de amistad. Es el momento de regresar a Al-Ándalus. Ibn al-Jatib no se opondrá a la invasión; para él la ruina del reino nazarí es inminente. No piensa más que en retirarse de la política. Reunid las tribus y preparaos para cruzar el Estrecho.

Mi señor Muhammad puede ser una amenaza. Y si hiciera falta, cuando os pongáis en marcha yo mismo os ayudaré a entrar de noche, aquí, en Fez, a su propia cámara. Muchos vemos el fin del reino si no os unís a nosotros, e imploramos vuestra ayuda. Las palabras del Profeta estarán de nuestra parte.

Porque os recuerdo que no es ambición ni deseo de gloria ni de riquezas lo que nos hace respirar, sino tan sólo la voluntad del Misericordioso de emplear a sus más humildes servidores en sus planes.

Los portadores de esta carta no deben regresar a Fez. Dejo a la decisión del consejo respetar sus vidas o acercar su alma al Paraíso, como mártires involuntarios por la verdadera causa.

IBN ZAMRAK
Año 737 de la Hégira

¡Infeliz ignorante! ¡No era el libro! ¡Alá le había hecho partícipe de una traición! Pero ¿quién podía conocer los designios inescrutables del Todopoderoso? La muerte estaba entre aquellas palabras, muchos hombres matarían por esa carta. Y una gran angustia se adueñó de él. ¿Cómo podía ser cierto lo que estaba leyendo? ¡El mismo Abu que le había sonreído con un vaso de té en la mano lo había condenado a muerte! Pensó en cuán ingenuo había sido, en la corrupción del poder, y recordó asqueado cómo el secretario del visir le había deseado la mejor de las suertes cuando era seguro que ya había designado, por sus ansias de poder, que él muriera asesinado. ¿Cómo se atrevía a desear la muerte del heredero de Yúsuf I, de su señor, que había procurado siempre la paz? Los meriníes eran una amenaza para Madinat Garnata. Habían alentado el golpe de Estado y en ese momento preparaban el camino para la destrucción del reino nazarí. ¿Ibn Zamrak, un traidor?

¡Era el mismo ser, el mismo Abu que le había confesado que le tenía por un hermano! ¡El mismo junto al que había llorado la muerte de su padre, el herrero! ¡El que se había despedido de él con dos besos traicioneros! ¿Qué mal o demonio había transformado su amistad en traición? ¿Y acaso él mismo no se había contagiado de ese mal? ¿No había ambicionado el libro desde que lo vio sobre la mesa del encuadernador? ¿No había abandonado en la muerte a un hombre tan inocente como él, como si fuera una marioneta en manos de un niño caprichoso, haciéndose aborrecible a los ojos de Alá?

Dolido y trastornado se dejó caer de rodillas en la arena, llorando de dolor por su amistad traicionada, por el peso de la culpa y por el recuerdo de su padre envejecido. Aún sostenía la carta entre sus manos temblorosas. La releyó con la última luz del día, aún sin creerse lo que en ella ponía, y con náuseas levantó la cabeza, vio las primeras estrellas y sintió que el corazón le palpitaba como si fuera a estallar en su pecho.

—¡Alá todopoderoso! —gritó angustiado—, ¿qué es lo que he hecho, dios mío? ¿Y qué voy a hacer ahora?

SEGUNDA PARTE

747-748 (1369-1370)

6

El *hakkak*

Con movimientos precisos, Ibn Shalam cogió con la pequeña cucharilla de plata una medida de sales de badiana y la depositó con pequeños golpecitos de su dedo índice sobre el platillo donde reposaban los demás ingredientes de la receta. El farmacéutico prestó toda su atención al fiel de la balanza, observando su leve desplazamiento sobre la regleta según se iba vaciando la cucharilla. «Ajá —pensó para sí deteniendo su índice en el aire—, ésta es la cantidad exacta, cinco medidas.» Era lo que indicaba el libro de Dioscórides, la obra culmen de la medicina antigua, del que poseía una copia celosamente guardada en el baúl de su habitación.

Depositó la sal sobrante en el vial de cristal, y el vial, debidamente etiquetado, en su armario clasificador. El vial estaba casi vacío. Tomó nota mental de que tendría que encargar más al viejo Abdul, mientras se mesaba la barba. Enjuagó la cucharilla en un pequeño cuenco con agua. La secó con el inmaculado paño siempre presente en el mostrador y guardó el juego de pesas. En el platillo izquierdo de la balanza reposaba una mezcla de sales blancas y hierbas secas sobre un pequeño rectángulo de papel arrugado. Unió las cuatro puntas del papel, las retorció asegurándose de que el contenido no se escaparía y ató el extremo con un trozo de cordel. Unos niños pasaron corriendo por delante de la tienda, bulliciosos y alegres, distrayéndolo un momento mientras escribía con cuidado el nombre de la receta con un pincel fino. «Mal pulso de escritor —rezongó para sí Ibn Shalam—, y mala vista, ¡y yo que admiraba mi caligrafía!» Los estudios y los libros primero, en la madraza de Mālaqa, bella y esplendorosa, y luego los años frente a la balanza de precisión midiendo y pesando habían mermado la vista del farmacéutico.

Los polvos de azufaifo, betónica, canela, centaura, cilantro y cientos de frascos más llenaban las estanterías de los armarios clasificadores que cubrían todas las paredes de la farmacia, pintados de un color verde algo ajado por los años. En medio del olor que desprendían los múltiples ramilletes colgados del techo llamó a su sobrino Ahmed. El otoño había llegado a Garnata, año 747 de la Hégira (1369).

En vez de barrer la trastienda que hacía las veces de consulta y la entrada a la vivienda, Ahmed soñaba despierto apoyado en el palo de la escoba. ¿Por qué las nubes tenían formas caprichosas? ¿Cómo sería el mundo exterior, más allá de la medina? ¿Qué vería desde el cielo si fuera un pájaro, un halcón? ¿Las colinas, los olivares, las montañas y los ríos, las fronteras? Y lo más importante, ¿por qué se sentía como hechizado cada vez que estaba cerca de Aixa, su prima? Agrupó el montoncito de polvo que ya había reunido y dejó la escoba contra la pared. Más allá del pasillo que accedía al patio de la casa el sol iba y venía según pasaban las nubes otoñales, y las hojas del nogal empezaban a caer sobre la pequeña fuente central. Era la primera decena del mes de ramadán. Pronto habría nueces que recoger, riendo y trepando por las ramas del árbol con sus primos Abdel y Aixa. Mirando a través del patio hacia las celosías de madera que cerraban los huecos de las ventanas del segundo piso le pareció ver por un momento los oscuros ojos de su prima, y creyó oír risas. Ibn Shalam lo llamó una vez más, impaciente. No se veía a nadie tras la celosía. Roto el hechizo, Ahmed atravesó la consulta y llegó al mostrador, en donde su viejo tío aprovechaba mientras tanto para contar algunas monedas. De ellas separó un dírham de plata y guardó las demás en su monedero, bajo su saya ocre de mangas anchas.

—Has tardado —le dijo su tío sin mirarlo mientras hacía unas anotaciones en su libro de contabilidad y pasaba por encima la arena secante—. No me gusta que tardes. ¿Qué estabas haciendo?

—Barría el pasillo, tío. Lo siento, tío.

—Hummm —gruñó para sí Ibn Shalam cerrando el libro y depositando la pluma en el tintero.

Ibn Shalam lo miró a los ojos. Su mirada seguía siendo penetrante. Ahmed se sintió incómodo y bajó la vista a sus pies descalzos. Ibn Shalam miró a su sobrino con gesto fruncido; tenía sus mismos ojos negros, sus mismos rasgos, el mismo rostro de tez morena que él tenía a los nueve años. «Mi mismo rostro —pensó—, sólo que veintisiete años más joven.» Parecían más padre e hijo que tío y sobrino. ¡Pobre Ahmed! Malik, su padre y hermano de Ibn Shalam, había muerto en la guerra de la frontera, y su madre había muerto de tristeza poco después. El farmacéutico sabía lo que sentía su sobrino, recordando el rostro de su madre, insustituible, y su presencia, irreemplazable. Pero el pequeño había vuelto a sonreír, feliz, bajo su tutela y junto a sus primos. Tenía toda la vida por delante. Pensar en la juventud perdida lo volvía melancólico. El otoño lo volvía melancólico. Las deudas lo volvían melancólico. «Medio vaso de arrope de granada y limón me haría bien», pensó. Cogió la mezcla que había pesado y se la dio a Ahmed.

—Toma. Llévaselo al viejo Yúsuf al-Hazred. Otras cinco dosis. Dile que si la tos no mejora y aparece la fiebre de nuevo, deberá llamarme e iré a examinarlo. A la vuelta compra una libra de carne de cordero, deberá bastarte con un dírham. ¡Corre y no tardes!

Ahmed buscó en la trastienda su jubón grueso y bajo la mirada de su tío salió por la puerta verde de la farmacia. Atardecía. Desde el barrio del Sened hasta los baños junto al Wadi-Hadarro había una buena caminata. Un viento fresco recorría las calles procedente de la alta cumbre del Yabal Sulayr. Dejando atrás las arquerías con celosías de madera verde de la farmacia de su tío, Ahmed se dirigió a paso vivo al barrio de los leñadores por la calle Ilvira. El empedrado irregular de las estrechas calles aún recogía por su centro, formando un canalillo turbio y zigzagueante, el agua del chaparrón que había caído a media mañana, encharcándolo todo y empapando los multicolores toldos de las tiendas.

La humedad del aire impregnaba el barrio de un paraíso de olores. Plantas de romero, tomillo, laurel, lavanda, menta y albahaca bebían la luz que llegaba a sus macetas de barro junto a las puertas de las tiendas, y también olía al estiércol de las bestias que pasaban. El dulce olor de los dátiles y de la miel y la almendra se escapaba por las ventanas de las casas. Era ramadán, el mes del ayuno musulmán. Mientras brillara el sol el ayuno era obligado, y sólo los niños, los viejos, los enfermos y las embarazadas estaban excusados del riguroso mandato.

Dos perros vagabundos de pelaje sucio se ladraban el uno al otro, chapoteando en el barro de la calle. Las mujeres andaban cargadas con verduras y carne en cestos de esparto, cuchicheando entre ellas, vestidas con camisas largas y túnicas de lana que ocultaban sus curvas, y con las cabezas y las caras cubiertas con un velo blanco. Sólo se veían sus ojos de azabache sobre su tez oscura y, a veces, de pronto, se las oía reír en grupo. Algunos hombres volvían la cabeza para contemplarlas con curiosidad e interés, y no era raro atrapar miradas femeninas furtivas más allá de las celosías de los pisos superiores. Durante el mes sagrado también estaba prohibido el deseo de la carne, o eso proclamaban los almuédanos. Los arrieros obligaban a sus sucias y cansadas mulas, cargadas de alforjas, a acelerar el paso hacia la alhóndiga; los hombres de la ley paseaban en parejas impasibles con sus espadas envainadas al cinto, adustos, severos y atentos a cualquier movimiento. Los niños más pequeños, descalzos, se perseguían a la carrera entre gritos y charcos. Dos vendedores de palomas se hacían la competencia mientras un par de venerables sufíes con turbante blanco inspeccionaban las alas de los ejemplares de uno de ellos. Otras tres parejas de palomas se revolvían inquietas dentro de sus jaulas de madera, soltando plumas sobre el embarrado suelo.

Un halo de incienso llegó a Ahmed al pasar por la entrada de una de las mezquitas, y desde el alminar un almuédano llamó a la oración, la cuarta del día. Las palomas revolotearon asustadas por las voces que de pronto inundaron el aire. Sentado sobre los escalones calizos de la entrada, un mendigo de ropas grises y raídas solicitaba caridad en nombre del Profeta, haciendo tintinear unas pocas monedas dentro del cuenco que movía con una mano seca y larga, como una zarpa. El mendigo, viejo y sucio, lo miró, y su mirada era inquisitiva y dura. Unas mujeres tomaban con cántaros agua de la boca del aljibe junto a la mezquita.

—Ven, pequeño, mira, ¿quieres ver una herida de guerra? —graznó con voz ronca y rota el mendigo, y levantando un poco la saya le enseñó el horrible muñón que era su pierna izquierda.

Con un escalofrío, Ahmed apartó la vista horrorizado y echó a correr mientras el mendigo se echaba a reír. Apretó el dírham en su mano izquierda hasta que dejó de oírlo, y siguió andando para llegar al río Hadarro y desde allí ascender por su margen derecha. Dejó tras de sí el olor pestilente y penetrante de las tenerías de cuero, los olores a sudor y polvo de las tiendas de los ropavejeros y los dulces aromas de las teterías. A él llegaron los olores fragantes del arrabal de Ajšāriš, con sus ricas casas palacio y sus frondosos cármenes, cuyos árboles teñían el paisaje de verde y oro por encima de los tejados rojizos. En las frías aguas del río, algunos viejos, impertérritos, con las sayas remangadas por encima de las rodillas, intentaban con sus bateas arrancar en el declinar de la tarde pepitas de preciado oro rojo al nuevo barro que las aguas arrastraban.

Ahmed divisó la Puerta de los Tableros, situada bajo el lienzo de la muralla que unía la antigua fortaleza Qadima, cruzaba el Wadi-Hadarro y ascendía hacia la Al-Qasaba, de torres altas y rectas, de murallas rojas, insomne y vigilante, bajo el sol y bajo las estrellas, de la fabulosa Madinat al-Hamrā, residencia del sultán Muhammad V. El sultán, contra todo pronóstico y esperanza, había regresado a Madinat Garnata.

La puerta estaba custodiada por dos soldados de mirada ruda y escrutadora equipados con cota de malla y armados con adarga y espada. Varios soldados y arqueros vigilaban desde las almenas del adarve el incesante paso de la gente, mujeres, comerciantes, viajeros, judíos y cristianos. Cristianos en Garnata. Su padre, Malik, había sido un soldado nazarí. Siempre parecía ausente, como si soportara el peso de una gran vergüenza. Su madre lloró días enteros cuando se fue para no volver, y lloró más cuando lo enterraron en las afueras. El padre de Ahmed había muerto el año anterior en la guerra contra los castellanos por la ciudad de Priego. Muhammad V había obtenido una importante victoria, pero ello no palió ni el dolor de su madre ni el suyo. Su padre había muerto por la gloria de Alá. El Corán predicaba la tolerancia, pero para Ahmed el dolor aún era demasiado reciente. Su tío farmacéutico se había hecho cargo de él, y un día Ahmed había vuelto a sonreír.

Adyacente a la muralla se encontraba la Mezquita del Nogal y anexos a ella, los baños ziríes. Ése era su destino. En aquel momento un viajero de cara pálida y rasurada con un turbante se cruzó con él. Cristiano, pensó Ahmed, y en medio del gentío que ascendía y bajaba la calle lanzó una patada a su espinilla. Los guardias de la puerta próxima, cómplices, miraron hacia otro lado. El cristiano gritó asombrado, y dolorido buscó con la mirada al culpable, pero Ahmed ya se había refugiado en la oscuridad de la entrada de los baños.

Las puertas estaban abiertas. La mezquita y los baños compartían entrada, y tras una pequeña antesala había otras dos puertas, una enfrente según se entraba y otra a la derecha. La primera era grande, con puertas de dos hojas de madera de roble, daba acceso al recinto sagrado, donde a esas horas se hacía oración. La puerta lateral daba a un pequeño patio, donde dos altos nogales pugnaban por prevalecer. En torno al patio había unas pequeñas habitaciones, dedicadas al servicio de los baños, de donde se desprendían aromas reconfortantes a ropa limpia y a lavanda, y al otro lado, los baños en sí. Una amenazante sombra de color ébano se interpuso entre Ahmed y el acceso al patio.

—Eh, tú, mequetrefe, ¿adónde crees que vas? —El gigantesco eunuco nubio que vigilaba la entrada desde el alhamí de los baños lo detuvo poniendo su enorme manaza negra y callosa sobre su hombro. Vestía la túnica blanca propia de los sirvientes de los baños. No llevaba ninguna arma a la vista. No le hacía falta. A Ahmed le parecía el demonio encarnado, con esos dientes afilados y blanquísimos en contraste con su piel negra. Tragó saliva antes de hablar.

—Traigo una medicina para Yúsuf al-Hazred, de parte de mi tío Ibn Shalam, el farmacéutico. —El esclavo nubio frunció el ceño.

—Dámelo. Yo se lo daré.

—No.

El corazón de Ahmed se aceleró, pero decidió que no se dejaría amedrentar por un esclavo. Aunque fuera enorme. No pudo evitar tragar saliva otra vez. Silencio. La mirada del eunuco se endureció por momentos. Un relámpago de pánico lo atravesó con un escalofrío.

Tap, tap, tap. Sobre el empedrado del patio sonaron unos suaves golpecitos dados por una vara de encina. Toses. Delgado y de andar comedido, detrás del guardián apareció la figura ligeramente encorvada de un anciano venerable con barba blanca, corta y pulcramente recortada sobre su seco y marcado rostro. Vestía una túnica gris sobre un jubón blanco, y tenía una venda de la misma tela tapando sus ojos ciegos. El guardián lo miró de soslayo. La vara del anciano llegó a sus pies, y éste apoyó su mano izquierda en el brazo del esclavo.

—Ah, mi buen Hassan, estás aquí. No seas duro con él. Déjalo pasar. —El esclavo soltó a Ahmed, quien le dirigió una mirada triunfal. Hassan le mostró una mal disimulada mueca de fastidio—. Te conozco. Eres Ahmed. Hueles a betónica. —Posó la mano sobre la cabeza del muchacho. Su mano era delgada y de dedos hábiles, y olía a romero.

Yúsuf llevó a Ahmed al otro lado del patio, a una pequeña habitación. Olía a limpio, a lavanda. Era sencilla y luminosa, con dos velas encendidas, toda encalada de blanco, con una diminuta estancia separada que hacía las veces de cocina. La cama tenía unas impecables sábanas blancas. Yúsuf le mostró dos taburetes junto a una mesita y se sentaron. Sobre la mesita había un cuenco con media docena de manzanas amarillas.

—Le traigo la medicina de mi tío Ibn Shalam. Cinco dosis. Si la tos no mejora y aparece la fiebre otra vez, mi tío dice que lo avise y lo examinará. —Le tendió el envoltorio de papel. Yúsuf al-Hazred lo tomó entre sus manos y aspiró su olor, lenta, profundamente. Contrastaban sus manos, vivaces, cuidadas, ágiles, con su aspecto enjuto y envejecido.

—Ah. —El viejo parecía saborear cada uno de los aromas. Sonrió—. Dale las gracias a tu tío de mi parte, bendito sea Alá. La tos ya casi no me molesta. Su medicina es efectiva. Toma. Creo que esto saldará mi deuda. —Con un movimiento casi felino sacó de su jubón dos dírhams de plata, y a la vez le ofreció una manzana del cuenco—. La manzana es para ti.

Unas risas alegres y femeninas llegaron a la estancia, como en la lejanía. Ahmed se sobresaltó. El anciano ciego le sonreía mirándolo, «pero sin verme, claro», pensó Ahmed. Hassan asomó por la puerta. Ahmed guardó los dos dírhams con el que ya tenía y mordió la manzana. Crujiente. Fresca. Dulce.

—Ya han terminado. Esperan tu presencia en los baños.

Hassan miró a Ahmed con disgusto y, a una señal de Yúsuf, se retiró. El viejo se levantó y con una seña le indicó a Ahmed que lo siguiera. Fueron al arcón. De su interior Yúsuf sacó un zurrón de cuero repujado, y se lo tendió a Ahmed, quien lo cogió sin saber qué hacer o decir.

—Ven conmigo. Verás algo que muy pocos pueden ver, sólo los poderosos, o los ricos, pero no podrás decírselo a nadie. ¿Quieres ayudarme hoy en los baños?

¿Que si quería ayudarlo en los baños? ¿Estarían sucios? ¿Habría que limpiarlos? Ahmed nunca había ido a los baños. Cuando había que lavarse, su tía Fátima calentaba agua al fuego y Ahmed y su primo Abdel se apresuraban a lavarse a la vez en media tinaja. Después, aparte, le tocaba el turno a su prima Aixa. Dulce Aixa.

—¿Qué hay que hacer? —preguntó Ahmed con curiosidad.

Yúsuf lo tomó por un sí. Cogió su vara de encina y se dirigieron hacia los baños. La bolsa que portaba Ahmed no pesaba demasiado. Mientras andaban, Yúsuf apoyó su mano izquierda sobre el muchacho.

—Aparte de un anciano soy un *hakkak*, y ésta, pequeño Ahmed, es la hora de las mujeres. Los hombres no pueden mezclarse con las mujeres fuera del hogar, eso dice el Corán. Pero yo puedo entrar porque soy *hakkak*, ciego, y el deseo ya no me domina. Me abandonó hace mucho tiempo; y tú no eres hombre aún. Ellas permitirán que te acerques conmigo. No temas. Sígueme y no digas nada. Sobrevivirás.

Un *hakkak*. Un masajista.

Cruzaron el patio hacia la entrada del baño. Hassan los observó bajo el elevado arco de herradura que formaba el alhamí, pero no hizo nada por detenerlos.

—Te vas a meter en un lío, Yúsuf.

No se permitía a los hombres entrar en el baño a la hora de las mujeres, pero Yúsuf era el mejor *hakkak* del barrio, y su ceguera había potenciado su sentido del tacto hasta el punto de ser el preferido por las mujeres. Ahmed era un niño, inocente tal vez, pensó Hassan. El reglamento no decía nada de niños inocentes. «Si este viejo excéntrico quiere ganarse una ración de látigo, allá él. El amo me ordenará que se la dé yo, y lo haré con gusto.»

—Vamos, Ahmed. Entremos —dijo Yúsuf ignorando a Hassan.

Ahmed se volvió. Hassan mostró sus dientes blanquísimos. Había algo siniestro en esa sonrisa y Ahmed sintió un escalofrío.

Atravesaron la gruesa cortina de la entrada y un pequeño arco escarzano, y se encontraron en la sala del vestuario. El duro estuco de las paredes estaba pintado de bermellón. Frente a la entrada, sobre el enlosado de ladrillo, varios cojines gruesos rodeaban una mesita de madera sobre la que había una tetera caliente y varios vasos. Olía a canela. De los percheros de las paredes colgaban ropas de mujer, y de uno de ellos, varias toallas blancas. En un rincón había zuecos de madera. A la derecha de la entrada, tras una cortina marrón, se ocultaba una letrina, y más allá, tras una cortina azul oscuro, estaba la sala fría.

Yúsuf se quitó toda la ropa excepto los calzones, mostrando su cuerpo blanco y envejecido, colgó sus vestimentas en un perchero y se calzó un par de zuecos, e indicó a Ahmed que hiciera lo mismo. Ahmed se sintió cohibido por desvestirse ante un desconocido, hasta que recordó que Yúsuf era ciego. Hacía frío. Cogieron la bolsa y entraron en la siguiente estancia.

La cortina azul volvió a su sitio y el mundo exterior desapareció para Ahmed. Con la boca abierta por la maravilla, contempló la luz cenital que entraba por las lucernas estrelladas y octogonales, las *madawi*, y los arcos de herradura con las yeserías de ataurique sobre columnas de ladrillo que separaban dos alcobas laterales, una a cada lado de la sala. En ellas, las servidoras de los baños, las *masitas*, realizaban la manicura a varias mujeres e incluso teñían el pelo con alheña a una de ellas. Mujeres. Ahmed se sintió confuso e incapaz de hablar. Había cuatro *masitas* y cuatro bañistas sentadas, y dos grandes calderos de agua fría. Las ocho eran jóvenes hermosas de piel tostada y tersa, y ojos y pelo oscuros, y salvo la toalla que rodeaba sus cinturas estaban desnudas. Una sirvienta tocaba el laúd melancólicamente. Charlaban y reían, y al entrar los dos callaron momentáneamente, pero al momento reanudaron su charla.

—¿Quién viene contigo, Yúsuf? —comentó una de ellas, jocosa.

—Un pequeño amigo y mi ayudante hoy, con vuestro permiso. —Y con una reverencia Yúsuf acercó a Ahmed a las mujeres. Un delicioso aroma lo envolvió. Sus cuerpos parecían tan cálidos... Ahmed no podía dejar de mirar al suelo.

—Qué guapo eres, y qué tímido. Sé bueno ahí dentro. —Le acarició el pelo y lo besó en la mejilla. El vaho de su cuerpo y de su largo pelo azabache lo envolvió durante un largo y desconcertante segundo, esas formas, esas curvas de mujer. ¿Así sería también Aixa algún día?

Yúsuf era ciego, pero no tonto, y casi podía ver las mejillas ruborizadas del pequeño. «Ah, juventud perdida que se fue, y con ella, la inocencia, pequeño Ahmed», reía para sí. Por la puerta central pasaron a la sala templada, y el calor los envolvió en forma de humedad y vapor. La sala era cuadrada, y en tres de sus lados había galerías de arcos de herradura apeados en columnas sin basa. Ahmed no salía de su asombro al contemplar la gran bóveda esquifada llena de lucernas octogonales que esparcían haces de luz cálida y multicolor, pues estaban cubiertas por vidrios tintados. Y más mujeres, al menos doce, igualmente despojadas de ropa salvo de cintura para abajo, sentadas en bancos y taburetes de madera, que hablaban en cuchicheos con movimientos lánguidos y calmados mientras el vapor las envolvía. Ahmed se dio cuenta de que él y Yúsuf estaban sudando. El suelo estaba templado. En cada esquina del rectángulo central había una tinaja con agua y un cazo, y cada poco alguna de las mujeres cogía agua con el cazo y la derramaba sobre el suelo templado, consiguiendo que se alzaran lentas volutas de vapor.

Cruzaron la estancia y pasaron a la sala caliente, donde el suelo quemaba la piel, de ahí la necesidad de los zuecos. Frente a la entrada había un portón de dos hojas cerrado. A ambos lados, dos pequeñas pilas de inmersión de agua caliente, y en los laterales, dos alcobas con arcos de herradura, y dos candiles. Al pie de una de las pilas había un par de zuecos. Un aroma a especias, como a incienso, inundaba el aire haciéndolo pesado y somnoliento. El mismo calor de la habitación adormecía, invitando al sueño. En las alcobas había sendos catres alargados con toallas sobre ellos. Las notas del laúd llegaban lentas, lentas, lentísimas. Yúsuf tosió, y en el silencio se oyó el chapoteo del agua y una voz.

—¿Yúsuf? Salgo ahora mismo. Hummm...

Como viviendo dentro de un sueño, Ahmed vio absorto cómo de una de las pilas surgía el cuerpo de una joven desnuda, húmeda, maravillosa, que entre los ecos del agua alzaba la cabeza y lo miraba. Le sonrió y tras calzarse los zuecos fue a la alcoba próxima y se cubrió con una toalla. Mientras se tumbaba boca abajo en el catre, Yúsuf y Ahmed se aproximaron a ella. Se había recogido el largo y negro pelo en una trenza sobre la cabeza. Sus ojos y cejas oscuras y su piel morena de seda sin mácula se volvieron a ellos, y Ahmed tuvo un sobresalto. Era bellísima, y le estaba sonriendo con curiosidad. Su suave espalda despedía un aroma dulzón y cálido.

—Es un amigo y, hoy, mi ayudante —dijo Yúsuf, adivinando la pregunta. Se arrodilló sobre un cojín para estar a la altura del catre—. Abre la bolsa, Ahmed, y dame el vial verde.

Ahmed hizo lo que se le pedía y tendió el frasco al anciano, quien abrió el vial. Un aroma a almendra se esparció en torno a ellos, y tras verter una pequeña cantidad en el hueco de las manos se lo devolvió cerrado a Ahmed.

—Observa ahora, pequeño. ¿Ves? Y ahora lo esparces. Es aceite de almendras, fragante, delicado y excelente para la piel. Es mi instrumento como *hakkak*, y con él me adentraré en su cuerpo y en su mente, pues un *hakkak* es también un sanador.

El anciano frotó sus manos aceitadas una contra otra; una vez calientes, las puso en la base de la espalda de la joven, a ambos lados de la columna, y empezó a deslizarlas relajadamente hacia la cabeza, muy despacio, luego hacia los hombros y hacia abajo, en movimientos largos y firmes, repartiendo el aceite. Tras varias repeticiones tomó las manos de Ahmed entre las suyas, las untó y le hizo seguir los mismos gestos. Ahmed casi se olvidó de respirar. Nunca había tocado la espalda de una mujer. Su piel era suave y caliente. ¿Sería así la espalda de todas las mujeres, la espalda de Aixa?

—Cierra los ojos y deja que tus manos moldeen el contorno del cuerpo, como si estuvieran esculpiendo barro —le murmuró Yúsuf.

No tardaron en oírse unos lánguidos ronroneos de placer. Luego empezaron a amasar su carne, suavemente, con las manos bien abiertas, como haciendo masa, por los costados, el torso, los hombros, y al rato siguieron con masajes circulares con los pulgares sobre los músculos, a lo largo de la columna, entre los deliciosos omoplatos, que pedían susurrantes besos y caricias. Ahmed notaba cada uno de sus músculos relajados bajo sus manos, el palpitar de su corazón, la tibieza de su carne y el calor de la sala, que todo lo envolvía, mareándolo casi hasta hacerlo entrar en éxtasis...

Cuando salió de los baños al frío de la calle ya había anochecido. A la luz de las lucernas se guió por las calles; andaba tambaleante, casi sonámbulo, y enfrente de él los rostros de la bella desconocida y de Aixa se mezclaban, el mundo oculto de las mujeres, su calor, su risa, su carne..., sus manos aún olían a almendra, y decidió que si había un futuro para él, lo había encontrado. Sería *hakkak*.

De repente se acordó de la libra de carne. Su tío se pondría furioso. Tropezando, corrió en busca de la casa del carnicero, perdiéndose de vista en la oscuridad de las estrechas callejuelas.

7

El regreso del heredero

Desde lo alto de la Al-Qasaba al-Hamrā un centinela contemplaba a los escasos viandantes que aún se distinguían en la oscuridad de la noche. Las lucernas perfilaban el recorrido de las calles, desde la Gran Mezquita y la madraza hasta los baños ziríes y el Maristán; más allá, el camino discurría paralelo a la muralla junto al Hadarro, hasta zigzaguear en busca de las montañas y del paso hacia Wadi Ash. La brisa nocturna traía los suspiros del Yabal Sulayr. El aire de la montaña rodeaba la ciudad palatina en abrazos fríos.

El centinela se aferró a los pliegues de su capa buscando resguardarse del aire súbito que, a ráfagas, parecía querer convencerlo de que no era más que un juguete a su antojo. Quejarse no serviría de nada. Al menos no llovía, no en aquel momento. Quizás el frío de la noche trajera nieve a las cumbres. Los neveros se llenarían de hielo. Desde la Al-Qasaba la ciudad palatina estaba en silencio, silencio apenas roto por las pisadas de la guardia y el tintineo de los anillos de las cotas de malla. Las antorchas y linternas iluminaban los caminos y los jardines, y también las estancias en construcción. Muhammad V había regresado de su exilio en Fez con grandes esperanzas.

El reino de Aragón, con habilidad maquiavélica, había entablado fluidas relaciones con el traidor Muhammad el Bermejo, único dueño del Estado nazarí tras provocar el asesinato de Ismail II. Por el apoyo prestado en su lucha contra Aragón y sus naves corsarias, que intentaban hacerse con el control marítimo del Estrecho hundiendo cuanto barco meriní, nazarí o castellano estuviera a su alcance, Muhammad V había podido contar con el apoyo de Pedro I, rey de Castilla, y los usurpadores, derrotados en los campos de batalla, habían pedido clemencia. El rey castellano había dado muerte con sus propias manos a Muhammad el Bermejo y había enviado su cabeza a Muhammad V como señal de que la guerra había concluido. Se restauraron las treguas y los dos reyes se prometieron alianza y amistad. En el año 740 de la Hégira (1362), Madinat Garnata se había engalanado para recibir al legítimo heredero de Yúsuf I. Una paz vigilante y comprada reinaba desde entonces, pero era paz, al fin y al cabo.

En su exilio en tierras meriníes, Muhammad había contemplado la arquitectura de los señores del desierto, las fuentes murmuradoras en patios ocultos, los esbeltos alminares, los jardines ornados de rosas, los mármoles de las mezquitas, los estucos, los rosetones, los azulejos multicolores alrededor de los arcos, las maravillosas creaciones de su pasado más glorioso... Se prometió entonces que si su destino era volver a contemplar el atardecer desde Madinat al-Hamrā, haría de ella una joya, más bella y hermosa que los rubíes que se derramaban de sus manos al hender las deseadas granadas. Y el sultán, cuando regresó a su amada ciudad por la gloria de Alá, decidió cumplir su promesa.

Habían pasado ya siete años desde su regreso, y las obras en los recintos palaciegos no habían parado desde entonces. Donde antes había pared se abrían nuevas puertas. Donde antes la triste cal cubría un muro, se sustituía por yeserías. Donde los arcos yacían en soledad, se los acompañó con las palabras del Profeta y también con el lema de la dinastía: «*wa la galib illa Allah*», sólo Alá es vencedor.

«Porque escasas son las fuerzas y muchos los enemigos, y todo morirá algún día, incluso el sultán, incluso las fuentes, incluso la Al-Hamrā. Y sólo Él sobrevivirá», dijo el sultán con un suspiro cuando vio la primera pared con su escudo.

La Mezquita Real estaba dispuesta para la oración, y un cambio repentino de la dirección de la brisa trajo a la solitaria posición del centinela aromas a sándalo. Era el comienzo de la quinta oración del día y el momento de la ruptura del ayuno. Miró al pie de las almenas. En cuanto oyera al imán terminar los ciclos de oración daría buena cuenta de la jarra de agua y de la empanada de cordero. Después de la oración las calles se llenarían de bullicio, hasta altas horas de la madrugada, con las gentes bailando y cantando, por la gloria de Alá.

Las puertas se abrieron y la comitiva real entró en la mezquita. Todo estaba preparado. Como cada noche durante el ramadán, con el fin de la luz del día los guardias se apostaron en el camino que iba desde las estancias reales hasta el recinto sagrado, flanqueando a la familia real. Vestido con sedas garnatíes y algodón, Muhammad V encabezaba el grupo, seguido de sus hombres y sus hijos, descendientes de Ibn Nasrí. Tras la familia real aparecieron el gran visir Al-Jatib e Ibn Zamrak, su discípulo y secretario del sultán. Por otra puerta aparecieron las mujeres. El imán los recibió, se inclinó en su presencia y ellos entraron, hombres y mujeres separados, hasta postrarse en dirección este, hacia La Meca, sobre las alfombras de algodón y lana, de apariencia rústica frente al mármol, el estuco y las maderas nobles. Dos guardias armados con adarga y espada cerraron las puertas y se postraron fuera, pero la voz del imán se escuchaba a través de las celosías de las ventanas.

¡En el nombre de Alá, el Compasivo, el Misericordioso!
Alabado sea Alá, Señor del universo,
el Compasivo, el Misericordioso.

Todos los orantes empezaron a recitar las suras del Corán. El imán y gran cadí Al-Nubahi no dejaba de sorprenderse en su fuero interior de ver a la familia más poderosa del reino nazarí postrada con la frente tocando el suelo ante él. Muhammad V había regresado y había enriquecido la mezquita. Las volutas de sándalo y de incienso los rodeaban, fundiendo las palabras de las oraciones con los deseos y ambiciones de los hombres.

La oración terminó. Muhammad se mantuvo postrado con la frente en contacto con la alfombra. Irguió la cabeza, abrió los ojos hacia el mihrab y se levantó. Todos lo imitaron. Su tez era morena y en sus negros ojos asomaba la determinación de quien ha conocido la traición y ha sobrevivido a ella.

Los guardias se cuadraron a su salida de la Mezquita Real. Los sirvientes, de blanco, apagaron las lámparas y cerraron los pórticos y las puertas de cedro con sus aldabones labrados en bronce, y depositaron la llave en manos del imán. El gran visir Ibn al-Jatib observó al sultán desde atrás, y por un momento le recordó a su padre, Yúsuf I, tan ansioso como él por sobrevivir al tiempo y al olvido, por dejar tras de sí un halo de inmortalidad.

Cruzaron los jardines, donde la fragancia del arrayán habitaba sobre el silencio de los estanques en frío y quieto remanso, y se dirigieron hacia el palacio de Comares, la residencia real mientras acababan las obras del nuevo palacio, aún un caos de materiales de construcción custodiados por una guardia permanente. Pero no sólo la renovación de los palacios ocupaba el pensamiento del sultán, y Al-Jatib lo sabía. Otra idea lo atormentaba desde hacía meses, algo que a veces le impedía dormir por las noches en su lecho palaciego y del que él, Al-Jatib, debería ser su instrumento ejecutor llegado el momento, y esa idea era la venganza.

El gran visir y su discípulo y *katib* del sultán Ibn Zamrak se inclinaron mientras el sultán se retiraba a sus aposentos y la guardia personal cerraba las puertas y se apostaba vigilante; después, se encaminaron hacia sus palacios, en la medina.

—Arde en venganza —murmuró Al-Jatib—. Mañana llegará el embajador del nuevo rey castellano.

—Enrique de Trastámara —recordó Ibn Zamrak; bajo y delgado, sus facciones eran hermosas y en sus ojos soñadores se perfilaba una inteligencia rápida y despierta, aun a pesar del ayuno.

En sus palacios los esperaba una cena vivificante, pero tendría que esperar un poco más.

—Enrique el usurpador, Enrique el débil y el bastardo, Enrique el asesino —replicó con crueldad Al-Jatib—. ¡Mercenarios! ¡Mercenarios franceses! —Bajó la voz al darse cuenta de que casi estaba gritando; las paredes tenían oídos—. El sultán desea vengarse. Desea que se haga justicia. En Montiel la traición venció al honor y además se han puesto en peligro nuestros tratados y alianzas. Dicen los informadores que el capitán francés Du Guesclin había negociado con el rey Pedro su salida a cambio de rendir la fortaleza, pero en vez de cumplir su palabra, ¡maldígalo Alá!, lo condujo directamente contra el campamento del bastardo, hasta la misma tienda donde lo esperaba cuchillo en mano Enrique de Trastámara. Se enfrentaron a muerte, y el rey Pedro derribó a su hermanastro, dispuesto a lograr la justicia divina, cuando el francés lo atacó a traición desde atrás, como una mujer taimada, y favoreció a su señor, quien al final prevaleció. Dicen que el bastardo cortó luego la cabeza al vencido y la arrojó a un sendero para que se la comieran los perros. Pero hay más. Al mercenario francés no sólo le pagaba el bastardo castellano, también lo hacía el perro aragonés.

El visir se refería a Pedro IV de Aragón. Aragón se estaba convirtiendo en una potencia marítima. Sus barcos tenían la osadía de atacar las costas del Estrecho, en poder musulmán, según le conviniera. Los sultanes de Ifriqiya los habían recibido como amigos esperando obstruir las rutas hacia Oriente. Incluso se decía que habían hecho un pacto con los piratas de Al-Borani, y que desde aquel minúsculo islote en tierra de nadie habían organizado una flota de corsarios con gente de baja ralea y de toda nación y condición, que no aceptaban más señor que el que les pagaba con oro, fuera cristiano o musulmán. Pedro IV era la encarnación de la ambición y había favorecido el final de la guerra civil castellana apoyando a las compañías francesas de Bertrand Du Guesclin, que defendían los intereses del usurpador Enrique de Trastámara: hacerse con la Corona de Castilla.

Ibn Zamrak se detuvo un momento y miró a su maestro, espigado, de pelo blanco y barba corta y cuidada en la que unas pocas hebras negras, en la barbilla y en las comisuras de los finos labios, se negaban a desaparecer. Sus ojos castaños seguían tan vivaces como siempre sobre su pálida tez. Al-Jatib le sostuvo la mirada. Ibn Zamrak no sabía las últimas noticias, y mientras las asimilaba llegaron a su casa palacio.

—El reino de los meriníes también ha sido tentado, pero ellos no nos traicionarán, al menos de momento. Por ahora el Estrecho es frontera segura. El sultán quiere venganza.

—Llevará tiempo prepararlo. Sabemos que tienen agentes aquí, sospecho que entre los genoveses.

—Tenemos tiempo. —Al-Jatib sonrió—. Alá recompensa la paciencia. El sultán también la recompensará. El bastardo debe morir, y también el perro aragonés. Es la voluntad de Alá.

Ibn Zamrak no replicó, con una inclinación se despidió de su maestro y entró en sus aposentos, y tras él, su guardia. La buena estrella que guiaba los pasos del *katib* no había dejado de alumbrar su camino desde que conoció a Al-Jatib. El lejano día en que Al-Jatib, *katib* de Yúsuf I, visitó la escuela, el destino del hijo del herrero cambió para siempre. Volvió a la realidad. Sus padres ya habían muerto. No tenía más familia ni más obligaciones que las acordes con su rango, un puesto en palacio muy importante. Pero no era suficiente.

Llegó a sus estancias, donde unas lámparas lo recibieron con luces multicolores. Quizá pudiera dedicar media hora después de cenar a continuar su nuevo poema.

¡Cuánto recreo aquí para los ojos!
Sus anhelos el noble aquí renueva.
Las Pléyades le sirven de amuleto;
la brisa lo defiende con su magia.

En la sala comedor, al calor de los braseros, una figura lo estaba esperando sobre los cojines de terciopelo con ribetes bordados. Sobre la gruesa alfombra de algodón había una pequeña mesita donde se hallaba la cena, la única comida del día. Con sus estilizados, finos y elegantes dedos de piel canela suave y tersa la figura cogió un oloroso y dulce dátil del racimo del centro de las viandas. Acercándoselo a la boca con lentitud jugó con él, entreabriendo sus sensuales labios y acariciando con su lengua fina y rosada entre sus dientes, blancos y perfectos como perlas, el extremo dulce y deseable del dátil, acariciándolo, tanteándolo, cerrando los labios en torno a él y saboreando sus jugos con los ojos entornados. Las largas pestañas yacían lánguidas sobre el rostro joven y placentero, y el pelo azabache formaba largos bucles que caían en cascada, libres, sobre la espalda, los hombros y sobre el vestido de seda de la joven, cubriendo sus pechos.

Ibn Zamrak se deleitó con la imagen de su amada un instante demasiado largo. Presintiéndolo, ella levantó los párpados y lo vio, junto al arco, mirándola y sonriéndole con pensamientos que después de la cena compartiría en la calidez del lecho con ella. De forma traviesa introdujo el dátil en su boca y luego los dos dedos que lo habían sostenido, uno detrás de otro, deleitándose con el azúcar que había quedado adherido a su cálida piel; al fin sonrió, siempre mirándolo, mientras él se acercaba y la besaba en los labios y probaba el dátil que le ofrecía de su boca.

—Te he estado esperando mucho rato, mi señor —comentó ella mientras él se sentaba y se servía algo del pollo con verduras de la fuente central.

—Mi dulce Zaina, a veces las obligaciones reales no concluyen con el atardecer. Eres tan hermosa que me duele cada instante que demoro mi encuentro contigo.

—Prueba esto, mi señor, esta carne de cordero especiada con piñones y pasas te deleitará.

—Te he traído un pequeño regalo —dijo Ibn Zamrak. Ella se acercó más a él, intrigada por la sorpresa.

—¿Y qué es? —Ibn Zamrak metió la mano en una de sus mangas y la sacó, cerrada. La abrió dejando que una perla de ámbar colgara en el aire desde una cadenilla de diminutos eslabones de plata. La gargantilla era preciosa, y ella emitió un ronroneo de satisfacción mientras, con los ojos brillantes, le permitía que se la colocara desde atrás alrededor de su cuello aromatizado, del que pendía otra cadenilla de plata, ésta con una medalla—. ¡Es preciosa! —exclamó Zaina, besándolo efusivamente. Luego miró embelesada su nueva joya. A través de la perla de ámbar, como un tragaluz, todo se veía dorado.

—No hay sitio para tanto ornamento, tanta belleza, salvo tu piel —dijo él, sonriendo.

—Me encanta, mi señor. Esta otra medalla, más sencilla, la conservo con cariño desde que me la dio mi maestra de canto, una vez que consideró que, al fin, mi voz estaba más cerca del cielo que de la tierra. Pero ésta, oh, ¡ésta es maravillosa! ¡Todo se ve del color de la miel!

Ibn Zamrak se consoló en los brazos de la dulce Zaina. Despertó varias veces en la intimidad de la alcoba, junto al tacto suave y sedoso de la fragante cabellera de su amante. No era el frío lo que turbaba su reposo. El lecho estaba surtido de mantas de lana suave, y en la oscuridad del recinto podía ver más allá de las cortinas de seda translúcida que separaban el lecho del resto de la alcoba, al otro lado de los arcos, los rescoldos aún activos y calientes del brasero que caldeaba la habitación. Las delgadas hebras de paz que la diplomacia nazarí conseguía hilar con los reinos cristianos que rodeaban al último enclave musulmán de Occidente siempre amenazaban con romperse en el instante más insospechado. No podían permitírselo. La supervivencia del reino dependía de ellos, pues estaban solos, y tampoco podían contar con la ayuda de los reinos islámicos del otro lado del Estrecho. Los meriníes, a pesar de las formas y de las muestras de hermandad y buena convivencia, estaban deseando que los castellanos aplastaran a los nazaríes, dispuestos a apoderarse, ansiosos como buitres, de las rutas comerciales que traían el oro del Sudán y llevaban las sedas garnatíes a Egipto y a la antaño poderosa Damasco.

«Así que Pedro IV de Aragón está implicado», reflexionó Zamrak. El perro aragonés, como lo llamaba Al-Jatib, deseaba la destrucción de los últimos supervivientes de Al-Ándalus, y como siempre, los cristianos defendían su derecho a la guerra como una cuestión religiosa, bajo la que se escondían los verdaderos intereses, el comercio de las sedas. El reino aragonés era el rival comercial del reino garnatí en el mar Mediterráneo, y Pedro IV, de genio violento y colérico, lo quería todo. Lo que diez años de guerra con Castilla no habían podido conseguir lo había obtenido por otros medios, como la traición. Pedro I de Castilla, el gran amigo del monarca nazarí, había sido asesinado en Montiel por su hermano bastardo Enrique de Trastámara con la ayuda del mercenario francés, y el bastardo era ya rey.

Aún recordaba aquellos días de primavera en los que Muhammad V de Granada había recibido la noticia. En la sala de audiencias, su rostro se transformó en piedra mientras el mensajero enviado por el agregado comercial de los genoveses en Barcelona relataba la versión oficial y los rumores que circulaban sobre aquella muerte en extrañas circunstancias. Aún recordaba los sollozos que un día escuchó en los jardines, y semioculto tras uno de los arcos vio al sultán llorar la muerte de su aliado y amigo, él, que no había llorado antes por ningún cristiano y que por ninguno volvería a llorar así después. Desde entonces, para el sultán ya no había alianzas. Estaban solos rodeados por un mar de infieles y de hermanos codiciosos, cuyas olas embravecidas había que sortear día a día.

En unas horas se presentaría el embajador enviado por el nuevo rey castellano, Enrique I de Trastámara, para renovar los tratados del anterior rey y mostrarle los deseos de paz y prosperidad del nuevo monarca. Odiaba a los embajadores castellanos. ¿Acaso no sabían de la utilidad de los baños? En opinión de Al-Jatib, era un alivio para el monarca que se sentara en el trono real sobre un pedestal, así no tenía que soportar los desagradables olores que emanaban los castellanos. Ibn Zamrak había viajado varias veces por el reino de Castilla de incógnito y lo primero que percibía en los pueblos y ciudades era el hedor que los envolvía. Por no hablar de las posadas y mesones. Se estremeció al recordarlo y buscó la calidez del cuerpo de Zaina.

Además, por la mañana también tenía que atender a un nuevo y pomposo proveedor de mármol para las columnas del futuro palacio, soportar su imparable verborrea sobre las maravillas de su producto y discutir durante un tiempo interminable el precio del encargo, las condiciones del transporte y el plazo de entrega. Todo sería magnífico cuando las obras acabasen, pero de momento era un caos. Su único consuelo era la poesía. Al igual que había hecho con Ibn al-Yayyab, maestro de Al-Jatib y primer visir de Yúsuf I, le había concedido la más maravillosa de las gracias, hacer realidad sus anhelos de inmortalidad. Por deseo de Muhammad V, sus versos tapizarían las paredes de los nuevos recintos, rodearían los arcos en amorosos abrazos, las tacas de aguas fragantes, las fuentes de los futuros jardines. ¿Acaso podía un poeta soñar con algo mejor que ver plasmada su obra en semejante belleza?

Zaina se revolvió en sueños, murmurando palabras ininteligibles, rozándose desnuda contra el cuerpo desnudo de Zamrak bajo las mantas, hasta que consiguió encontrar la postura que buscaba. Una vaharada cálida se escapó de su cuerpo de mujer, llenándolo de ternura. Él sonrió mientras le acariciaba los senos, mullidos, acogedores, buscando unos nuevos versos para su último poema, inconcluso.

8

Un deseo

Ahmed consiguió comprar la libra de carne y llegó a su casa antes del definitivo anochecer. A esas horas el barrio estaba desierto. Sólo se cruzó con un grupo de borrachos tambaleantes que parecían cristianos y que procuraban no armar demasiado ruido. Por las celosías se escapaban las luces de velas, lámparas y candiles. Ahmed tiritó de frío. Las mezquitas tenían las puertas abiertas de par en par para todo aquel que prefiriera ir a ellas a realizar la última oración y la ruptura del ayuno.

Corrió sin parar. Pronto desde el alminar sonaría la llamada del almuédano, y entonces sería demasiado tarde para él, su tío lo regañaría y azotaría, y con seguridad se quedaría sin cena. Llegó a la puerta verde de la farmacia, cerrada, y dos tiendas más allá giró a la derecha y se metió por el callejón adyacente, hacia la puerta de atrás de la casa. Tiró del cordel y oyó el tintineo apagado de la campanilla de la cocina. Desde el frío callejón podía ver titilar las estrellas. Oyó pisadas, y la puerta se abrió revelando la figura de su tía Fátima, con un candil en la mano, ocupando todo el vano de la puerta. Estaba furiosa.

—¡Conque aquí estás, haragán! —gritó enfurecida, y cogiéndolo de la oreja con la mano libre lo metió en la casa—. ¡Hace más de dos horas que te fuiste! ¿No te he dicho mil veces que es peligroso andar por ahí de noche? ¿Has traído la libra de carne? ¡Seguro que no!

—Perdón, tía —murmuró en un susurro casi inaudible, atemorizado—. Lo siento. Aquí está la carne. —Casi podía sentir los golpes con la temida vara de encina con la que su tío imponía disciplina cuando él o Abdel se portaban mal.

—Conque lo sientes, ¿eh? —replicó su tía mirándolo a los ojos. Ahmed bajó la mirada, tiritando de frío y compungido. Fátima dio un suspiro resignada. Su voz se dulcificó—. Al menos has traído la carne. ¿Qué vamos a hacer contigo, Ahmed? Creo que ya va siendo hora de que vayas a la escuela con tu primo. Allí te enseñarán disciplina. —Se agachó y le dio un beso en la mejilla—. Anda, ve al comedor, la cena estará lista en un momento.

Fátima cortó la carne en trozos pequeños, los sazonó con una mezcla de condimentos y los ensartó en unas varillas de cobre que puso en las brasas del fuego. El pequeño Ahmed siempre estaba soñando. Ella tenía treinta y cinco años, y aunque de naturaleza esbelta, notaba que su cuerpo estaba cambiando. Se estaba haciendo más ancha de caderas. Para ella, Ahmed era como un hijo más. Un delicioso aroma a carne a la brasa empezó a inundar la cocina.

Ahmed salió al patio con un candil y fue al hueco de las escaleras donde estaba la letrina. Se cruzó con Aixa, que lo miró intrigada por sus ojos húmedos, pero él la evitó y se enjugó los ojos con la manga. ¡Y pensar que los cristianos, según le contaba a veces su tío, no sabían qué eran los baños ni la higiene! No quería ni imaginar cómo olería una ciudad castellana.

Aliviado, se lavó las manos en el aguamanil del rincón y fue al comedor. Ya estaban esperándolo. Sobre la amplia esterilla estaba dispuesta la cena, para los mayores la única ingestión en todo el día durante el ramadán. Dos pequeños braseros caldeaban la estancia, y sentados sobre los cojines estaban su tío Ibn Shalam y su primo Abdel a la derecha, y Aixa a la izquierda. Un cojín verde amplio y hermoso estaba libre junto a su tío, era el puesto de su tía Fátima. Otro cojín, más bien pequeño y gastado, indicaba el sitio de Ahmed, junto a su primo Abdel.

Ahmed entró sumiso, con la cabeza gacha, se sentó sobre su cojín y esperó en silencio. Su tío mantuvo su posición, con los ojos cerrados, meditando, mientras esperaba a que viniera su mujer.

Al poco llegó Fátima con los deliciosos pinchos, que inundaban con su aroma especiado la pequeña habitación. Los puso junto al pollo frito, las albóndigas de verdura con arroz, la ensalada con nueces, queso y miel, y los pequeños dulces de azúcar y almendra. De postre había un cuenco con las primeras naranjas y algunas manzanas amarillas. A Ahmed se le hacía la boca agua.

La voz del almuédano sonó en la lejanía. Era el inicio de la quinta oración del día, la más importante durante la festividad, porque indicaba la llegada de la noche, y durante el ramadán estaba prohibido ingerir comida alguna mientras brillara el sol sobre el horizonte. A esa señal, Ibn Shalam empezó a recitar las oraciones, y toda la familia le respondió, hasta que finalizaron y el almuédano calló. Entonces Ibn Shalam tomó cuatro albóndigas de la fuente y se la pasó a su mujer. Con ese gesto, como un encantamiento, la familia volvió a la vida. Aixa cogió una aceituna. Abdel probó una hoja de ensalada y manchó la estera; Fátima lo regañó.

—¿Qué ha pasado, Ahmed? —le preguntó su tío mientras echaba agua en su vaso—. Has tardado mucho.

—Me retrasé en los baños. El viejo Yúsuf al-Hazred me contó varias historias —mintió Ahmed, inquieto en su sitio—. Me dio una manzana.

Su tío lo atravesó con la mirada. Nervioso, Ahmed se apresuró a coger una varilla con trozos de cordero especiado y añadió que Al-Hazred le había pagado. Dejó la carne, sacó los dos dírhams de plata de su jubón y se los entregó a su tío, que seguía mirándolo fijamente. Por fin los tomó de su mano, aunque su semblante seguía estando serio.

—Abdel, Ahmed debería ir a la escuela —comentó Fátima mientras saboreaba las nueces con miel de la ensalada.

—Me hace falta en la farmacia. Aún es muy joven.

—Yo creo que no.

—Necesito que alguien me haga los recados, los envíos de recetas.

—Puede hacerlos por la tarde.

«Oh, no, se acabaron los juegos después de comer», se lamentó Ahmed para sí.

—A veces me cuesta leer los recetarios y la memoria me está fallando.

—Tu memoria está perfectamente y yo ya no puedo enseñarle más. Sabe distinguir las letras. Sabe sumar y restar. Es hora de que vaya a la escuela.

Ibn Shalam lo dejó estar. Era evidente que Fátima lo tenía pensado así desde hacía tiempo.

—Mañana hablarás con el maestro. Su mujer Aida me ha dicho que por la tarde él estará en casa, leyendo. Ve a verlo con Ahmed y llévale algunos pastelillos de almendra. Lo predispondrá a tu favor.

—Está bien, está bien, Fátima. Bueno, Ahmed, mañana veremos al maestro.

—¡Qué bien! —exclamó alegre Abdel, un año mayor, pero más alto y corpulento que los chicos de su edad. Parecía a las puertas de la hombría—. ¡Lo que nos vamos a reír juntos en clase!

Ya en su dormitorio, los dos niños empezaron a cuchichear en cuanto Fátima les dio un beso de buenas noches y cerró la puerta. Desde los jergones de paja acercaron cabeza contra cabeza con las mantas por encima para cubrirse del frío de la noche.

—¿Qué hacéis en la escuela?

—Aprendemos primero a leer y escribir, y después los maestros nos enseñan el Corán, teología, y matemáticas y geometría toda la mañana.

—Qué aburrido.

—¡Qué va! Te gustará. Además, tenemos un rato de recreo a media mañana. ¡Es divertido jugar a matar castellanos!

—Oh, vaya —exclamó Ahmed—. Eso está mejor.

—Aunque los primeros días, por ser nuevo, serás del bando castellano, y el maestro te preguntará continuamente, para ver si prestas atención. Si contestas mal, la primera vez no pasará nada, sonreirá indulgente; la segunda, se enfadará. A la tercera conocerás su vara de fresno.

—Oh no. Otra vara no —murmuró Ahmed. Eso no le gustaba en absoluto.

—Y dime, ahora de verdad..., ¿qué pasó en los baños? —preguntó Abdel. Su primo enrojeció pero no dijo nada—. ¡Venga ya! No diré nada. ¿No te he contado yo cosas de la escuela? —Ahmed dudó, pero era su primo y era mejor que él, mejor tenerlo de su lado en la escuela.

—Yúsuf me enseñó los baños.

—¿Nada más? —preguntó Abdel lleno de curiosidad.

—Y vi mujeres.

Abdel se calló, sorprendido. El silencio duró sólo unos segundos.

—Eres un mentiroso, Ahmed. Nadie puede entrar a esas horas. Un eunuco vigila la entrada. A mí nunca me han dejado pasar.

—No miento. Yúsuf me oyó y me dejó pasar. Hassan; se llama Hassan, y me dejó pasar cuando Yúsuf se lo dijo. Me dio una manzana.

Abdel rio por lo bajo.

—¡Qué suerte! ¿Eran como Aixa? —Ahmed no dijo nada. ¿A qué se referiría?—. ¡Qué envidia! ¡Como se enteren mis padres te zurrarán de lo lindo! Pero yo no diré nada, no te preocupes.

Ahmed suspiró aliviado. Recordó a la joven de los baños, los aceites, y volvió a suspirar. En la oscuridad escuchó de nuevo a su primo.

—Vas a ir a la escuela. El maestro te preguntará el primer día qué quieres ser de mayor. ¿Qué quieres ser de mayor?

—¿Tú qué quieres ser, Abdel?

—Mi padre quiere que sea farmacéutico, como él. Pero creo que seré soldado. Como tu padre. ¿Y tú?

—Aún no lo sé —mintió Ahmed. Pero en secreto se imaginó que la piel que tocaba era la de su prima, y se preguntó si sería tan suave y tan cálida como la de aquella mujer.

Fuera se oía gente que andaba y jaleaba por las calles. Con el fin del poderío almohade tras la victoria cristiana de 590 de la Hégira (1212), en la batalla de Al-Uqab,* Al-Ándalus se había descompuesto en diversos reinos de taifas; una tras otra, en la interminable guerra que enfrentaba dos mundos —el cristiano y el musulmán—, habían ido cayendo las coras, las provincias militares en las que se habían dividido las taifas. Así, en el transcurrir de los años, numerosos huidos musulmanes habían acudido a la capital nazarí en busca de refugio. Pero en la calle no sólo había musulmanes que celebraban la caída de la noche; a ellos se unía parte de la población extranjera de la ciudad. Los judíos, celosos de sus tradiciones, vivían en su propio barrio, aunque eso no impedía que los jóvenes buscaran cualquier excusa para mezclarse con sus amigos musulmanes. También había cristianos. La colonia genovesa era floreciente, ya que ellos eran los principales compradores de las sedas garnatíes, y aquellos intrépidos comerciantes llevaban consigo a sus mujeres y a sus familias.

También podían encontrarse en Garnata castellanos, aragoneses y portugueses, casi siempre comerciantes, aunque también había mesoneros, posaderos y herreros. El vino y la cerveza estaban prohibidos para los musulmanes, pero no para las demás religiones, y era en las noches de fiesta como aquélla cuando el vino y el hidromiel corrían por las calles, en los mesones, en las tabernas y en los burdeles, a pesar de las prohibiciones.

En uno de los burdeles todo había terminado. Un orondo genovés se desplomó resoplando a un lado de la cama; sudaba y olía a ajo. Ella odiaba el ajo. Odiaba vender su cuerpo en aquel burdel, de aquella forma.

—Oh, princesa, ha sido maravilloso —gimió el genovés—. Ven conmigo y te cubriré de oro, te daré una vida digna de una reina.

—Sabes que no puedo, querido. Tengo que cuidar de mi madre.

—No quiero que otros te toquen.

* Batalla de las Navas de Tolosa (16 de julio de 1212).

—¡Qué tonto eres! —Y con una sonrisa lo besó en los labios—. Sabes que siempre estoy para ti.

«Falso, todo falso —pensó ella—, gordo seboso.» El ajo otra vez. Se sintió sucia y deseó ir a los baños, como todos los días. Odiaba al genovés, pero era su mejor cliente, el más generoso, y el viejo capitán castellano que llevaba el negocio no permitiría que se marchara así como así. Acarició los rizos grasientos del genovés, como parte de la transacción comercial que acababan de consumar.

«Oh, Alá, ayúdame. Sucia, sucia, tan sucia. Quiero volver a sentirme limpia otra vez, limpia como los ojos de ese niño de los baños.»

9

Una idea peligrosa

Ahmed y su tío visitaron al maestro Rashid al día siguiente. Hombre paciente y tranquilo, su venerable edad no impedía que aún pudiera manejarse perfectamente. Incluso había vuelto a casarse después de años de viudedad con una mujer, Aida, treinta años más joven que él, y ella estaba embarazada. Su ojo ciego no impedía que la visión con el que le quedaba fuera más penetrante que muchas miradas sanas.

El maestro Rashid imponía, no por su presencia, sino por la densidad de sus conocimientos. Parecía viejo y débil, pero en realidad estaba poseído por una terrible sed por la vida. Miró a Ibn Shalam. Hablaron del tiempo, de medicina, de poesía, de historia. De la historia de Ahmed, sin padre ni madre. Su padre había muerto en la guerra. Su madre había muerto en Garnata, rota por el dolor. ¿Qué mujer podría soportar que su esposo hubiera preferido inmolarse en un mar de espadas a permanecer con ella y con su hijo?

—Lee mucho y vive más —le dijo Rashid al pequeño. La apergaminada piel de su rostro estaba surcada por una infinita red de pequeñas arrugas en la que sobresalían sus ojos, uno blanco y ciego, el otro gris y duro, penetrante como el frío del hielo.

—Sabe sumar y restar. Está aprendiendo a leer y a escribir.

Quizás ha llegado el momento de que sepa más —dijo Ibn Shalam.

—Eso por supuesto. La pluma es más fuerte que la espada; ¿tú quieres ser soldado? —preguntó Rashid.

Ahmed negó con la cabeza.

—No —dijo.

—¿Por qué no? —preguntó de nuevo el maestro. Ahmed se concentró con expresión ensimismada antes de dar una respuesta.

—Todos mis amigos quieren ser soldados. Yo quiero ser otra cosa.

—¿Qué quieres ser, pequeño? —El niño enrojeció, bajó la cabeza y no contestó.

—Contesta al maestro —le advirtió su tío.

—No puedo decirlo —balbució.

—¿Me lo dirías si te azotara cincuenta veces con la vara de fresno?

Ahmed alzó la cabeza horrorizado, y sintió que empezaba a temblar; la mirada de Rashid lo atravesaba.

—No lo sé. No quiero decirlo —murmuró aterrorizado pero decidido a callar.

Ibn Shalam empezaba a enojarse con su sobrino, e hizo el gesto de darle un coscorrón, pero Rashid lo detuvo.

—Está bien, Ahmed. Mírame, Ahmed. —El pequeño lo miró—. Mi misión es enseñar, y me gusta. ¿Te gustaría aprender cosas nuevas?

—Sí —contestó Ahmed, convencido—. Me gusta aprender.

—Empezará mañana. Ya hablaremos dentro de una semana de mi retribución. —Ibn Shalam asintió con la cabeza—. Hasta mañana, Ahmed.

—Hasta mañana, maestro.

Fueron meses agotadores. Se levantaban temprano para atender sus obligaciones en la casa antes del alba, y después, por la tarde, ayudaban al farmacéutico a repartir las recetas entre los clientes, o lo acompañaban a recorrer el zoco a última hora para comprar hierbas y ungüentos. Una tarde, Abdel y Ahmed fueron testigos de un asesinato. Una mujer salió huyendo de una casa seguida de un hombre, que la cogió del brazo y la derribó de una bofetada. Los vecinos se asomaron a las ventanas al oír los gritos. La mujer se liberó y, de pronto, una tercera figura se acercó cuchillo en mano y apuñaló al primer hombre. A las voces de los vecinos huyó corriendo, perseguido por los hombres de la ley. La mujer se arrodilló junto al muerto. Los vecinos se acercaron y los rodearon con curiosidad. Un guardia los descubrió en los soportales y los dispersó. Los dos niños corrieron hasta la casa. Abdel tenía los ojos brillantes. Le gustaba la violencia.

En la escuela eran veinte niños, separados en dos grupos, por edades. Ahmed se unió a la clase de su primo. Todos los días comenzaban dando gracias a Alá, recitaban el Corán y aprendían de memoria nuevas suras y hadices que el maestro recitaba primero y ellos repetían después. Luego, Rashid les explicaba su significado, a qué hacían referencia. La historia del Corán, la Hégira de Mahoma, sus preceptos.

El maestro Rashid descubrió que el pequeño Ahmed, al igual que su primo Abdel, no había perdido el tiempo. Leían y escribían mejor que la mayoría, y aquellos que los superaban eran dos años mayores que ellos. En las clases de cálculo y geometría escuchaban absortos los axiomas de Euclides: por dos puntos pasa una recta, por un punto, infinitas. Ahmed había alzado la mano.

—Infinitas son muchas, maestro. ¿Es que alguien las ha terminado de contar? —Rashid lo había mirado fijamente y Ahmed, cohibido, se había vuelto a sentar.

—¿Has contado tú cuántas gotas hay en el mar? Infinito quiere decir inabarcable. En el mar hay muchas gotas, pero no hay infinitas, todo sería mar, las montañas, incluso el cielo. Prueba lo siguiente. Sal a la pizarra.

Ahmed se echó a temblar y salió, cohibido y enrojecido.

—Pinta un punto con la tiza. —Lo pintó—. Y ahora traza líneas rectas que pasen por el punto.

Ahmed empezó a cruzar rectas por el punto, intercalando

una más en cada bisectriz que formaba cada pareja adyacente, hasta que el punto adquirió el tamaño de una manzana. Ahmed paró.

—¿Y bien? —preguntó Rashid con media sonrisa bailando en su único ojo sano.

—No paro de pintar y no termino. En verdad hay muchas.

—Infinitas —respondió Rashid, satisfecho, y le ordenó sentarse. Ahmed regresó a su pupitre, pensativo—. Bien —dijo Rashid cogiendo el trapo para limpiar la pizarra—, ahora vamos a continuar con la lección sobre puntos, rectas y planos, así que...

—Maestro Rashid —dijo Ahmed dubitativo, con la mano alzada.

—¡No, Ahmed, no lo interrumpas, no le gusta! —siseó Abdel desde el pupitre contiguo.

Rashid se volvió, serio, con una cara amenazante.

—¿Qué quieres, Ahmed?

—¿Por qué las rectas que pasan por un punto son infinitas y no muchas?

—Porque es uno de los axiomas de Euclides. Es uno de los cimientos de su geometría. Un axioma no puede demostrarse. Te lo crees porque es verdad.

—¿Y cómo sé que es verdad?

—¡Porque lo es! —gritó Rashid. Estaba perdiendo la paciencia. Ahmed tragó saliva, nervioso, pero tenía que hacer otra pregunta y no podía contenerse. Abdel lo miró y le dio por perdido—. Y ahora que nadie más va a poner en duda a Euclides, hablaremos de rectas y de sus propiedades... —Siguió borrando la pizarra.

A su espalda, una voz volvió a interrumpirlo.

—¿Lo que dice el Corán son axiomas?

Rashid se volvió perplejo más que enfadado. Era Ahmed otra vez, con la mano levantada, aterrorizado, pero con la valentía suficiente como para hacer la pregunta. Interesante. Ya pensaría en ello más tarde. Ahora debía imponer autoridad, enseñarles disciplina a él y al resto de la clase.

—Ahmed, acércate al estrado.

Aquel día probó la vara de fresno, pero no lloró. Aprendió que a veces era peligroso pensar en voz alta.

—¿No hay niñas en la escuela? —preguntó un día Aixa de improviso mientras su madre peinaba su largo, negro y sedoso pelo en el tocador del piso superior. Fátima recordó cuando ella misma hizo esa pregunta a su madre, hacía ya tantos años.
—No, hija; no. Los hombres han creado un mundo de hombres —dijo Fátima—. Dicen que es la voluntad de Alá, pero no es cierto. Los hombres tienen su sitio, las mujeres tienen su sitio. El mundo es el reino de los hombres, pero la casa es el imperio de las mujeres.
—No entiendo lo que dices, madre.
—Ya lo entenderás cuando pasen unos años. Quizás algún día las niñas vayan también a la escuela —comentó con una sonrisa Fátima—. ¡Tantas cosas tendrían que cambiar! Pero mientras los hombres no cambien no cambiará tampoco el mundo. Ahora ve y dile a tu padre con una sonrisa que vamos al mercado.

Fátima la vio alejarse. Su hija era un año menor que Abdel y tenía la misma edad que Ahmed, y ya empezaba a mostrar a los ojos de su madre el inicio de sus rasgos de mujer. Como todas las madres, de generación en generación, enseñaba a su hija aquello que el mundo de los hombres les negaba. Mientras su esposo atendía la farmacia, en la casa, a ratos, después de terminar las tareas del hogar por la mañana, o por la tarde, cuando Ahmed y Abdel repartían las recetas de casa en casa, ella y Aixa se sentaban y le hablaba del mundo que conocía, de la importancia de la familia, de lo que debía saber una mujer.

Fátima oyó a Aixa subir las escaleras; dos dírhams de plata en moneda fraccionaria tintineaban en su pequeño monedero. Se apresuró a colocarse el velo blanco y bajó a su encuentro, listas para hacer la compra diaria.

Una tarde, Fátima se sentó con Aixa, dispuesta a hablarle de mujer a mujer.

—Estás creciendo y aún debes aprender mucho. Todo lo que te diga te servirá para el momento en que te cases. No basta con que seas cariñosa, amante y fiel. Los hombres son como cachorros —dijo Fátima a su hija—, si no los entretienes, se aburren y dejan de prestarte atención.

—¿Por qué?

—Porque son así, sencillos, como niños. Y una de las habilidades que debes aprender es a cantar, como hacen las *qaynas*, las cantoras. ¿No has escuchado a las vecinas cuando van al aljibe? Ellas cantan canciones de amores furtivos, esperanzas y desencuentros, y los hombres las escuchan embobados y en silencio desde las puertas de las teterías y de los comercios. ¿Conoces alguna canción?

—Me sé una. La que habla sobre una joven que recuerda a su amado, que ha partido a la guerra, y ella lo espera, deseando que regrese con vida. Te he oído cantarla muchas veces en la cocina.

Fátima sonrió. Esa canción le traía recuerdos. Era la que estaba cantando cuando conoció a Ibn Shalam en la fuente de Aynadamar. Y la mujer del farmacéutico empezó a cantar, emocionándose al describir cómo la joven chapoteaba en el agua con sus manos, rompiendo el reflejo de su imagen, y en la miríada de reflejos creía ver a su amado sonriéndole. Fátima paró de cantar.

—Ahora tú. ¿Has oído cómo vibraba mi voz? Gesticula conmigo. La, la, la. Prueba tú sola. La mujer que deleita a su marido está por encima de todas las demás.

—Madre..., ¡me da vergüenza!

—No hay nadie más en casa. ¿No has cantando nunca?

—Sí, pero no me escuchaba nadie.

Su madre le cogió la mano.

—Si quieres, puedes cerrar los ojos. Te sentirás más cómoda. Hazlo. Como yo.

Aixa respiró profundamente. Y cantó. Al principio, de su garganta sólo salió un hilo de voz, pero poco a poco fue subien-

do su tono y su fuerza, y cuando abrió los ojos y miró a su madre vio que Fátima estaba llorando.
Esa voz no era la de una niña. Era la voz de un ángel.
Era como si las palabras flotaran alrededor, envolviéndolas con una calidez sobrecogedora, como si se materializaran en un sueño de tal belleza que las convirtiera en las protagonistas de la canción. Fátima despertó de su ensoñación y volvió a respirar. Aixa, asustada por sus lágrimas, había dejado de cantar. Se limpió con el dorso de la mano.
—Madre, ¿estás bien?
—¡Alá todopoderoso! —exclamó su madre, abrazándola y cubriéndola de besos.

El invierno casi había quedado atrás. El ramadán hacía semanas que había concluido y los cristianos habían celebrado el aniversario del nacimiento de su profeta. El sol aparecía y desaparecía según iban y venían las nubes. Las tiendas tenían desplegados los toldos para evitar el agua de lluvia que amenazaba con caer en cuanto las nubes se juntaran un poco más.
Ahmed corrió con todas sus fuerzas por las callejuelas. Se escondió detrás de una esquina y contó hasta diez antes de asomarse. Nadie lo seguía. Jugaban a castellanos y nazaríes. Su primo Abdel era nazarí. Él, por ser nuevo, era del bando castellano. Era el último que quedaba sin ser capturado. Si lograba llegar a la plaza y alcanzar el olmo donde lo esperaban sus compañeros de equipo, podría liberarlos. Si lo capturaban, su equipo perdería.
Dobló la esquina y se refugió detrás del tonel de una taberna. Olía a vino. Dentro se oían ruidos y voces de cristianos, que hablaban y reían. La gente iba y venía. De repente, oyó detrás el bufido de un caballo. Un siseo cortó el aire y sintió en su espalda un relámpago de dolor, repentino y penetrante. Ahmed gritó, sorprendido, y se dio la vuelta. Se hizo el silencio en el interior del establecimiento.
—¿Qué haces ahí apostado, sinvergüenza? ¿Oliendo el vino? ¿Ansiabas probarlo, mal creyente? ¡Respóndeme o te sacaré las palabras a latigazos antes de devolverte a tus padres!

Ante él estaba el almotacén Ibn Hunayn, el representante de la *hisba*, la institución islámica encargada de velar por el mandato coránico de practicar el bien e impedir el mal. Montaba una yegua árabe gris perla con motas oscuras. Había atado las riendas al pomo de la silla, llena de arabescos, y en las manos sostenía un látigo. Vestía una rica saya amarilla con bordados, una camisa azul y un turbante blanco. El almotacén era famoso por el celo con el que desempeñaba su trabajo, desde el control de los pesos y medidas en el zoco hasta la limpieza de las calles y la moralidad.

Ibn Hunayn no esperó respuesta, y alzó la cabeza. Lo acompañaban dos policías. Los hombres y las mujeres se habían detenido a curiosear, a ver al infractor. A pesar del dolor de la espalda, Ahmed se esforzó por contener las lágrimas. Se sentía observado por toda la multitud y murmuraban sobre él, mientras él se sofocaba de vergüenza.

—¿Alguien lo ha visto tocar ese vino? ¿Alguien conoce a su familia? —exigió Ibn Hunayn con la mirada puesta en los curiosos. Las mujeres bajaron la cabeza en silencio, los hombres se inclinaron ante él y negaron.

—Es el sobrino de Ibn Shalam, el farmacéutico, oh almotacén —dijo entonces una vieja. «Oh no», pensó Ahmed aterrorizado.

—¿Es eso cierto? —Ahmed asintió mirando al suelo, rojo de vergüenza—. ¿No deberías estar en otro sitio, en la farmacia ayudando a tu tío, o en la escuela? —Ahmed volvió a asentir—. Yo hablaré luego con tu tío. ¡Márchate, sinvergüenza! —Ahmed se inclinó otra vez—. Y vosotros destruid ese tonel, ¡derramad el vino en las alcantarillas!

Ahmed escapó de allí como pudo por entre la multitud mientras los dos policías rompían el barril con dos hachas. El asustado dueño, un extranjero, salió entre lamentos, y se llevó dos latigazos en la espalda, que lo acallaron, una multa y la amenaza de un castigo más contundente si volvía a poner su impía mercancía al alcance de los fieles y, sobre todo, a la vista de los niños.

Ahmed corrió de vuelta a la escuela, con los oídos aún zumbándole con los latidos, lleno de preocupación, imaginando las miradas desaprobatorias de hombres y mujeres, sus murmuraciones, y oyendo la amenazante voz del almotacén.

—¡Te tengo! —Uno de los niños mayores se abalanzó sobre él, como un depredador sobre una presa asustada e indefensa.

—¡Déjame! —Ahmed se defendió inútilmente. El muchacho lo arrojó al suelo.

—¡Te tengo! —repitió el muchacho—. ¡Castellanos! Os hemos vencido otra vez. Te creías muy listo, huyendo y escondiéndote con los infieles, ¿eh? —Y con una media sonrisa le dio una patada en el costado. Ahmed gritó de dolor y unas lágrimas rodaron por sus mejillas sucias. Sus ropas estaban mojadas y llenas de barro, se levantó, pero el muchacho, mayor que él, volvió a tirarlo al suelo y se golpeó en la cara—. Te crees muy listo, ¿verdad? Te crees mejor que nosotros, ¿verdad? Entonces ¿por qué eres tú quien está en el suelo? —Y volvió a patearlo—. Si te vas de la lengua te la cortaremos.

Le habían pegado. Lo habían humillado. Le habían robado los dos cuartos de dírham que atesoraba en su bolsa, y cuando regresó a la escuela ya habían empezado la clase de geometría. Él era el último y llegaba tarde.

Todos se volvieron para mirarlo.

En silencio, Ahmed, dolorido y avergonzado, se inclinó humildemente y con los ojos fijos en el suelo llegó a su banco. Su primo Abdel lo miró con ojos espantados, lleno de inquietud, preocupación y sorpresa. El banco crujió cuando se sentó, y nadie más hizo ruido. Ahmed clavó la vista en el pupitre sin atreverse a levantar la cabeza.

El maestro Rashid bajó del estrado y llegó hasta él. Estaba perplejo. Ahmed estaba sucio, tenía el rostro magullado y tenía sangre en la sien y las manos. Con la vara de fresno le levantó la barbilla lentamente y lo obligó a mirarlo. Quizá no fuera un ejemplo de disciplina, pero algo enorme había sucedido.

—¿Qué ha pasado, Ahmed?

«Si te vas de la lengua te la cortaremos», recordaba el sobrino del farmacéutico para sí una y otra vez. Rehuyó la mirada del maestro conteniendo las lágrimas a duras penas.

—¿Qué ha pasado, Ahmed? —repitió Rashid.

Nadie hacía el más mínimo ruido. Abdel apretó los nudillos hasta que se le marcaron, blancos. Alguien le había pegado. Alguien tendría que pagar por ello. Rashid se estaba impacientando.

—Levántate —le ordenó Rashid lleno de severidad.

Ahmed se levantó y al instante recibió en el trasero una tunda de varazos, que lo devolvió lleno de dolor a la realidad. Cerró los ojos con fuerza, conteniendo los sollozos mientras se le escapaban las lágrimas de entre los párpados.

—Así aprenderás a contestar cuando se te pregunta por tu propio bien. Abdel, lleva a tu primo a casa, y que se quede allí. Dile a tu tío que hablaré con él mañana por la tarde.

Los dos se levantaron y se marcharon en silencio, uno lleno de vergüenza y dolor, el otro lleno de rabia.

—Ahmed, ¿quién ha sido? ¡Dime quién ha sido ahora mismo!

—Mohamed. Yúsuf. ¿Por qué me han pegado?

No dijeron nada más el resto de camino hasta casa. El rostro de Abdel era inescrutable.

Fátima les abrió la puerta y al verlos allí se llevó horrorizada las manos a la boca para no gritar al ver a Ahmed. Parte de su cara estaba amoratada por los golpes y empezaba a hinchársele. Tenía un labio partido y un rastro de sangre coagulada en la sien izquierda. Cojeaba y tenía los costados entumecidos. Mirando a ambos lados de la calle les hizo pasar con rapidez al interior mientras a voces mandaba a Aixa que buscara al otro lado de la casa, en la tienda, a su padre.

Abdel se quedó en el patio, inmóvil como una estatua mientras llevaban a su primo a la habitación. Ibn Shalam exclamó con rabia contra todos los perros cristianos mientras contemplaba al chico. Fátima y Aixa avivaron el fuego de la cocina para poner a calentar agua en un cazo de cobre.

—¿Qué pasó, Abdel?

—No lo sé, padre. Dice que dos muchachos mayores de la escuela le han pegado.

—¿Y esto? —exclamó consternada Fátima al ver los verdugones que se marcaban en la espalda del niño mientras lo desnudaban para examinarlo y lavarle las heridas. Estaba lleno de cardenales.

Ahmed no pudo soportar más y rompió a llorar. Tarde o temprano su tío se enteraría, para qué demorar más la situación. Pensó en la vara de encina.

—¡Fue el almotacén, tío! ¡Yo no hice nada, pero me vio y...! —No pudo terminar la frase entre sollozos; su tío le puso la mano suavemente en la cabeza con una expresión a medio camino entre la confusión y el disgusto, también conmovida.

—Está bien, Ahmed. Supongo, Abdel, que debes regresar a la escuela. ¡No hagas nada! Habla con el maestro Rashid. Deja que él se ocupe.

—Dijo que no hacía falta que Ahmed volviera mañana, que vendría mañana por la tarde para hablar contigo, padre.

—Está bien. Márchate ya.

Abdel se guardó su indignación y salió de vuelta a clase. Mientras lo lavaban y le limpiaban las heridas con agua con esencia de romero, Ahmed le contó a su tío el incidente con el almotacén y con los dos chicos, y cuando Fátima lo consoló dejó de llorar y se sumió en un profundo sopor. Ibn Shalam preparó una tila para él y volvió a la farmacia, donde un cliente aguardaba. Fátima lo acostó en el lecho, conmovida por el sufrimiento de su sobrino. Le dio un beso y le dejó dormir.

El cliente, un curtidor obeso, esperaba pacientemente en un taburete ante la mesita que tenía dispuesta en un rincón de la farmacia. Aún quedaba un poco de té de canela caliente, y se sirvió una taza. Ibn Shalam regresó y se disculpó. Examinó las úlceras de sus piernas.

—Lo lamento, he tenido una urgencia familiar. ¿Quién le dijo que con rejalgar y oropimente sus heridas curarían? El remedio no es económico. De hecho es bastante caro, y a veces provoca efectos secundarios, como la caída del cabello.

—¡Ya apenas tengo cuatro pelos ralos! Un tío abuelo me lo ha aconsejado, insistentemente. Sigue vivo y tiene una edad venerable. Pagaré, si de verdad funciona. ¡Estas piernas me torturan día y noche! —Ibn Shalam dejó de examinarlas y el hombre volvió a ocultarlas.

—¿Conozco a ese pariente? ¿Es alguien de mi gremio? ¿Es

de aquí? —El farmacéutico lo miró con sospechas. El cliente comenzó a sudar, nervioso.

—No creo que lo conozca. ¿A qué vienen tantas preguntas? Vive en Hisn Moclín. No me importa que el remedio sea caro. ¿O cree que no podré pagarlo? —El curtidor puso una gruesa bolsa de monedas sobre el mostrador, e intentó cambiar de tema—. ¿Ha sufrido alguien de su familia un percance? ¿Su esposa? ¿Su hijo?

—Mi sobrino, se ha indispuesto recientemente en la escuela, quizás algo le ha sentado mal. Nada grave, por fortuna, gracias a Alá —mintió Ibn Shalam, y sin saber por qué sintió una gran vergüenza sobre sus hombros. Preparó la receta para las úlceras, mezclando partes iguales de cardenillo y oropimente molido y cernido, y cal apagada—. Lave las llagas primero con agua caliente, luego con vino y por último espolvoree la receta sobre la herida, dejándola al aire un día antes de vendar. Debe cambiar el vendaje cada dos días. Regrese si apareciera fiebre; habría que retirar el vendaje y aplicar un emplasto de malva.

Ibn Shalam introdujo los polvos en un pequeño frasco de cerámica con un tapón de corcho.

El cliente pagó sin rechistar y salió de la farmacia, andando con dificultad. Usaría una parte del frasco. El genovés que le había aconsejado la receta y la había pagado se quedaría con la otra mitad. ¿Que el hombre era rico y orgulloso para arrastrarse hasta una tienda de la calle? No era asunto suyo. Él no habría podido permitirse el remedio y ahora aliviaría su dolor.

Abdel volvió a la escuela. También a él le habían pegado cuando era más joven, pero la última vez, la humillación fue tan grande que prometió que nunca más sería débil. Desde entonces quiso ser soldado, como había sido el padre de Ahmed, para atravesarlos con la espada, para degollarlos como a corderos, para arrancarles las entrañas y los ojos, cortarles la lengua y las orejas, abrirlos en canal y atiborrarse de su sangre.

Habló con el maestro al terminar la clase. Él lo escuchó circunspecto sin decir nada mientras observaba los detalles, los gestos, la mirada del chico, que delataban su afán de venganza.

—Está bien que defiendas a la familia, Abdel, porque la familia y los lazos de sangre son más valiosos que ríos de oro, y así lo alaba el libro sagrado. Pero no quiero otro altercado. Reprime tu ira. La veo en tus ojos. Si me entero de que te has enfrentado con Mohamed o Yúsuf, te expulsaré de la escuela. ¿Me has entendido bien? ¿He hablado claro?

Abdel se mordió la lengua, asintió sin una palabra y se marchó. Apenas había salido de la escuela cuando vio a Mohamed y Yúsuf en la calle, fanfarroneando con otros muchachos y riendo. «Reíd, reíd —pensó Abdel—, hijos de mala cerda, ya ajustaremos cuentas cuando os confiéis», y siguió su camino intentando pasar de largo sin mirarlos.

—¡Eh, tú!

Abdel no hizo caso.

—¡Eh, te estoy hablando! —gritó el muchacho malcarado.

Abdel siguió caminando, tenso como la cuerda de un arco, sin volver la vista, con la respiración agitada, y empezó a sudar. Oyó tras de sí pasos a la carrera y echó a correr callejuela arriba, esquivando a varias mujeres con cántaros de agua, a muleros camino de la alhóndiga y un puesto de verduras que estaba cerrando y recogiendo la mercancía. Era menor que ellos y más ágil. Dejaron de perseguirlo.

—¡Huye como un conejo! ¡Valiente familia la tuya! ¡El bragazas y el cobarde! —gritaron burlándose de él.

Abdel se volvió al instante, resoplando, blanco de ira, pero no encontró nada a mano para arrojarles y continuó corriendo lleno de frustración hasta su casa.

Ahmed no se levantó a comer. Fátima le llevó un caldo de pollo con algunas verduras que sorbió con tristeza y una manzana. Le dio un beso en la cabeza y lo dejó descansando. Ibn Hunayn, el almotacén, visitó a su tío para recriminarle la actitud de su sobrino, pero su gesto adusto se relajó cuando se enteró de que lo habían apaleado, y habló largo rato con él.

—No hay un porqué —le reveló el almotacén—. El fuerte somete al débil porque disfruta imponiendo su fuerza. Hazte fuerte, no para someter sino para sobrevivir al fuerte. Si eres fuerte, no te atacarán; si eres débil, actúa de tal modo que parezcas fuerte. Y para ello confía en Alá.

Pero Ahmed pensó en silencio que Alá no había estado allí para detener los puños ni las patadas de los dos violentos muchachos ni el látigo del almotacén, el mismo hombre que le dirigía en esos momentos palabras de sosiego. Las injustas heridas en su espalda habían traspasado la piel y dejado marcas también en su alma.

10

Lazos de sangre

Un viernes, antes de la oración de mediodía, Aixa acompañó a Fátima a los baños. Era la hora de las mujeres. Hassan el eunuco las dejó pasar y cruzaron el patio bajo el nogal. Se quitaron la ropa en la primera sala y se cubrieron con toallas. Aixa nunca había estado en unos baños, porque eran para las mujeres y ella aún no lo era. Se sintió cohibida por desnudarse delante de desconocidas, y sintió que las mejillas le ardían de vergüenza. Todas las mujeres con las que se cruzaron camino de la sala caliente se volvieron para mirarla.

—¡Qué niña tan hermosa! ¡Qué rostro tan perfecto! ¿Es tu hija?

Y Fátima asentía con orgullo.

—Eres preciosa. ¡Qué orgullo de mujer! —admiraron las *masitas.*

—Aún no, aún no lo es, pero lo será pronto. Por eso quiero que vea lo que tiene que aprender una mujer.

—¡Ah, eres previsora, Fátima! —dijo una mujer de mediana edad—. Acércate, niña, ven y siéntate con nosotras. La alheña, el kohl, los perfumes, todo eso sirve para dominar a los hombres. ¿Creen que son ellos los que tienen el poder? ¡Ja!

La mujer le acarició la barbilla.

—Tienes una piel preciosa. Con alheña no sólo la conservarás muchos años joven y brillante, también puedes cubrirla de dibujos ensortijados que vuelven locos a los hombres. Ellos creen que son sólo eso, dibujos misteriosos, pero son más que eso. Es la forma de ganarse el favor de los espíritus, para protegerse del mal de ojo o para conseguir el corazón de un hombre.

Le enseñó los tatuajes que recorrían el dorso de sus manos en múltiples geometrías y espirales. El calor la agobiaba. Estaba transpirando.

—También permite que el pelo luzca sano y fuerte —le explicó su madre, acariciando su melena de bucles negros y húmedos por el vapor.

—¡El kohl! —exclamó una de las *masitas*, que se arrodilló para cogerle las manos y hacerle la manicura—. Cuando en tu boda aparezcas maquillada con tus ojos brillantes sobre negro azabache no habrá varón que no te mire y se eche a temblar. Tus manos son preciosas. ¡Más parecen de una princesa que de una trabajadora!

—¿Y de los perfumes? ¿Qué podrías decirme? —se atrevió a preguntar la niña, maravillada por ser el centro de atención.

—¡Hay tantos! Los más caros vienen de Bagdad y de Egipto, donde mediante fórmulas legendarias consiguen fabricar los filtros de amor y desamor más eficaces que se conocen, y todo por el interés que puso en ellos una reina legendaria llamada Cleopatra.

—¿Filtros de amor? —Aixa hizo un mohín de incomprensión, que dibujó los dos hoyuelos de sus mejillas.

—¡El amor, la pasión! ¿Acaso crees que todo eso no es más que un adorno? No. Es sólo el preludio de algo maravilloso, del encuentro de un hombre con una mujer. ¡Tienes mucho que aprender! —exclamó una joven poco agraciada que la atravesaba con la mirada.

Las mujeres rieron y algunas suspiraron por la juventud de Aixa y su inocencia. Fátima sonreía con orgullo por la acogida que había tenido la niña en los baños. Aixa se quedó con ganas de saber más y con más detalle. La semilla de la curiosidad ya había arraigado en ella.

Los días cada vez eran más largos. Una tarde, Ibn Shalam, como no encontró a Abdel, visitó con Ahmed al viejo *hakkak* de los baños para llevarle la última destilación de aceite de romero que había preparado.

Hassan se inclinó ante el farmacéutico, lo que llenó de orgullo a Ahmed, pero a él lo miró insolentemente, lo que lo llenó de temor. Al-Hazred y el farmacéutico se saludaron efusivamente, como viejos amigos, y el *hakkak* les hizo pasar al pequeño cuarto que Ahmed ya conocía. Había crecido desde aquella primera visita.

Su tío le entregó el vial lleno de aceite de romero y el masajista le pagó con dos dírhams de plata. Hablaron largo rato sobre la familia, la salud, los negocios, la política del reino, sobre los castellanos, y también, entre vaso y vaso de té de canela, sobre Ahmed y Abdel.

—Los dos son buenos chicos. Estudian y cumplen los preceptos, pero mientras que Ahmed a veces está más en el cielo que en la tierra, como un poeta o un soñador, mi hijo cada vez se parece más en carácter a mi difunto hermano. Le gustan la violencia, las armas. Tiene su misma mirada. —Ibn Shalam suspiró, y sonrió a Ahmed—. Tu padre, Malik, siempre gustó de las peleas, del combate, del ejercicio físico, era el más fuerte, el más rápido. Como tu abuelo, que combatió en el ejército de Yúsuf I, el padre de nuestro sultán. Pero eso me entristece, porque me temo que morirá joven.

—Exageras un poco, Abdel —comentó Al-Hazred—. Si la juventud no fuera impetuosa, no sería juventud. ¿Te gusta la escuela, Ahmed?

Ahmed se sonrojó, aunque sabía que el masajista ciego no podía verlo.

—Sí.

—Su maestro dice que es aplicado —dijo Ibn Shalam— y que podría ingresar en la madraza, aquí en Garnata, si no estuviera casi siempre pensando en las musarañas.

—Tío, ¿por qué Hassan te saludó con una reverencia?

—Tu tío le salvó la vida —respondió Al-Hazred—. Llegó a Garnata flaco y lleno de pústulas. Mi amo lo compró barato, pero moribundo. Tu tío veló por él cinco días hasta que sanó. ¿No te gustaría estudiar farmacopea o medicina?

—No lo sé. Quizá.

Anochecía. Ibn Shalam y Ahmed ya habían regresado de los baños; estaban en la trastienda desmontando y limpiando el alambique que antes habían usado cuando Abdel llegó a la casa y llamó a la puerta trasera. Abrió su madre, que se alarmó inmediatamente al verlo jadeando y pálido.

—¡Hijo mío! ¿Qué te ha pasado?

—Madre, dame agua, por favor —pidió con la voz ronca.

—¡Abdel, ¿estás bien?! —preguntó asustado Ibn Shalam mientras lo examinaba. No tenía ninguna herida, sólo algunos rasguños en las piernas y las manos.

—Estuve jugando en la plaza junto al aljibe de los alfareros, y al volver intentaron robarme. Salí corriendo, me caí un par de veces. Pero no me robaron.

En un instante eterno, el rostro de Ibn Shalam pasó de mostrar el alivio más agradecido a la ira más profunda, y le dio a su hijo una bofetada terrible que dejó de piedra a su esposa y a su sobrino. Inmediatamente se arrodilló y lo abrazó, estrechándolo con lágrimas en los ojos.

—¡Estúpido! —balbució Ibn Shalam—. ¡No vuelvas a hacerlo! Si vuelve a suceder y te acorralan, ¡págales! ¡Hijo mío, son sólo monedas! Y tú eres mi hijo. ¡Hijo mío! ¡No vuelvas a hacerlo, bendito sea Alá que estás a salvo!

Emocionado, confuso y aún aturdido, Abdel se desmoronó y se echó a llorar en los brazos de su padre. Pero su corazón ya se estaba endureciendo; aquélla fue la última vez que Ahmed vio a su primo verter lágrimas.

Por la noche, Abdel no podía dormir. Las imágenes de sus manos manchadas de sangre se le aparecían entre sombras aterradoras.

—Ahmed, ¿estás dormido?

Su primo no contestó. Abdel había seguido toda la tarde a uno de los muchachos que habían apaleado a su primo, hasta que encontró una oportunidad para su venganza junto a un callejón. Abdel se miró las manos en la oscuridad, sus manos, que eran las que habían cogido una piedra, las que la habían levantado primero y la habían bajado sobre la cabeza del desprevenido muchacho por la espalda. Ni había gritado. No se dio cuenta de que llevaba en la mano la piedra manchada de sangre hasta después de empezar a correr; entonces, la tiró a un muladar. Se tensó al recordar el momento y la huida frenética por las cuestas y callejones. Pero nadie lo había seguido. Alá había mirado hacia otro lado. ¿No era señal de que lo que había hecho era lo correcto?

—Se ha hecho justicia, primo, se ha hecho justicia. Nadie volverá a tocarte. —Y se sintió extraño, no por los remordimientos, sino diferente a su primo. Su niñez había quedado atrás.

A muchos días de viaje de allí, en tierras cristianas, Al-Tazi se mezcló con la muchedumbre que se agolpaba en las calles de Toledo para recibir con júbilo a su rey. El hedor le parecía insoportable. Los excrementos de caballo y los ríos de orines que corrían por los callejones se fundían con los perfumes de rosas y lavanda, y también azahar, de las flores que algunas mujeres lanzaban al aire desde las ventanas de los pisos superiores. Mozárabe convertido, la recompensa sería inmensa si cumplía su cometido, y en el peor de los casos alcanzaría el Paraíso. Los jinetes a caballo ya habían cruzado el puente de piedra sobre el río Tajo, y tras entrar por la puerta sur de las murallas se encaminaron hacia la catedral. Hombres y mujeres se agolpaban para verlos mejor, y él se unió a su fervor, empujando hasta alcanzar la primera fila, vigilada de cerca por soldados de la Corona de Castilla a pie, rudos, barbados y sucios. Llegó la vanguardia y el júbilo y el griterío estallaron. Tras los caballeros y el portaestandarte con el pendón cuartelado del reino iba el rey, Enrique II de Castilla, de la casa de Trastámara. Sonreía a la multitud curiosa que se agolpaba junto a las viviendas. El nazarí vio una oportunidad. *¡Al Akbar! ¡Allahu Akbar!*

Lleno de adrenalina se lanzó hacia el rey, con un puñal en cada mano. Con el izquierdo atravesó el corazón del guardia que intentó detenerlo, y entre los gritos de consternación del gentío y el asombro del rey saltó hacia él con la intención de hacerle caer del caballo y apuñalarlo, pero ni siquiera llegó a rozarlo. Un jinete lo ensartó con su lanza y lo arrolló, y varias espadas lo cortaron y lo sajaron mientras, lleno de sangre, comprendía con una sonrisa agradecida al Profeta que ese día estaría en el Paraíso.

Cuando lo examinaron, encontraron en el cinto un tercer puñal, de factura árabe. Un soldado se lo llevó al rey. Era un puñal de orejas; estaba seguro de que no era casual. Enrique II se lo guardó en el cinto y sin decir ni una palabra espoleó al caballo, adelantándose hacia la catedral. Dos soldados recogieron los restos del muerto y otros dos al soldado caído. La multitud escupió sobre el rostro del árabe según iban pasando. Al-Tazi había muerto sonriendo.

Semanas después, a hora avanzada, en el palacio de Comares aún había luces visibles desde el exterior. Entregado el mensaje, el judío se retiró de la sala de audiencias con una reverencia. Cuando salió, los guardias cerraron las puertas, y se quedaron solos el visir y el *katib* frente al sultán. El enviado había fracasado.

—Alá es inescrutable, mi señor, pero encontraremos otra oportunidad —comentó el visir Al-Jatib.

Muhammad V no dijo nada pero lo taladró con la mirada desde el trono. El visir se apresuró a inclinarse en una reverencia.

—Majestad, hay otro asunto que tratar. Es referente a las obras del nuevo palacio —dijo Ibn Zamrak. Eso atrajo el interés del sultán a pesar de su cansancio.

—¿De qué se trata, *katib*?

—Las nuevas exigencias castellanas vaciarán el tesoro real. No podemos seguir con las obras, por ahora. Además, hemos tenido ciertos problemas con el proveedor de mármol para las columnas, que ya estamos solucionando —se apresuró a añadir Ibn Zamrak ante la peligrosa expresión que se leía en los ojos del monarca nazarí.

Muhammad V se levantó del trono, agotado, con un movimiento súbito, y apretó los puños.

—¡Quisiera Alá poner a mi alcance las cabezas de los reyes cristianos! ¡Y quiero mi palacio! No volváis a molestarme con nuevos fracasos. ¡No quiero saberlos!

Con un gesto de su mano lleno de hastío les ordenó retirarse.

Bella es la Al-Hamrā, hermosos son sus recintos y jardines, y espesos sus muros, tanto como oscuras y tenebrosas son sus celdas-pozo. Nadie oyó, salvo el verdugo, los gritos desesperados e inhumanos que surgieron de la garganta de la víctima, arrancados con el látigo durante toda la noche, hasta que expiró al rayar la nueva alba, para gloria de Alá.

11

Un aviso

Ibn Shalam era camellero. Amanecía, y los camellos, los primeros en despertar al atisbar la claridad que precedía al alba, empezaron a lanzar sus berridos saludando el nuevo día. Vio un cuervo posado en el suelo arenoso. Pareció que graznaba, pero no emitió sonido. Se levantó y salió fuera de la tienda a orinar. Observó el cielo, aún oscuro en el Occidente. La estrella matutina brillaba con luz propia antes de que el sol la ocultase. Aún no había salido y la temperatura era alta pero agradable. Volvió a la tienda, se purificó lavándose las manos y la cara en la palangana, extendió la alfombrilla hacia el este, hacia La Meca, se postró y empezó a orar.

Cuando acabó, el sol ya había surgido del horizonte, atravesando la polvorienta piel de la tienda con una claridad opaca pero deslumbrante. Fuera, los camellos berreaban, y otros miembros de la caravana los abrevaron en el oasis. De repente se dio cuenta de que vestía como un bereber: llevaba una túnica azul oscuro, casi negra, hasta los pies, y un turbante y un pañuelo le protegían el rostro del siroco, el viento caliente del desierto. ¿No era farmacéutico? ¿Qué hacía él allí? Claro. Esperaba un cargamento de especias. Había ido a recogerlo más allá de Fez, al oasis de Siyilmasa.

Sin que se diera apenas cuenta, el campamento había sido

recogido, y la caravana inició la marcha otra vez. Volvió a ver al cuervo, pero tampoco pudo escucharlo en esa ocasión, aunque parecía abrir el pico para emitir sus graznidos. Ibn Shalam se extrañó. Uno de sus compañeros de caravana espantó al pájaro arrojándole una piedra. El ave se alejó hacia el este. La caravana estaba formada por cincuenta babeantes y sucios camellos, de aliento enfermo y cargados de bultos, cajas de madera, bolsas de piel curtida y sellada llenas de especias del Yemen, pimienta de Shirāz, té del Indostán, joyas de Samarcanda. Se regodeó con un puñado de dátiles de Mursuk, gruesos, arrugados y oscuros, llenos de dulzor, con una pulpa densa y espesa, mientras dejaba que *Andruk*, su camello, lo meciera bajo el sol sobre las dunas.

Empezó a tener mucho calor.

Detrás de él, *Inbriz el Mulato* gritó. Se dio la vuelta y contempló cómo una espesa columna de calor y polvo avanzaba como una centella hacia ellos, ocultando el horizonte. El viento comenzó a soplar, silbando ensordecedor en sus oídos y arrastrando la arena, que penetraba la ropa y la piel como miríadas de diminutos cuchillos. El aire se hizo irrespirable. Ibn Shalam se cubrió el rostro. En un frenesí, todas las bestias y hombres echaron a correr despavoridos como fantasmas tragados por la oscuridad que traían el calor y la arena, empujados y derribados una y otra vez por el siroco en un infierno de muerte que despedazaba telas, destruía cajas y lanzaba los tesoros de los hombres a los dioses del aire y del desierto. Ibn Shalam cayó al suelo y perdió de vista a su camello y a los otros dentro de la tormenta de arena ardiente, aire sofocante y voces partidas y desgarradas que lo rodeaban por todas partes. La boca se le llenaba de arena, lo atacaba por todas partes, él luchaba pero se asfixiaba, no podía respirar, el viento silbaba con voces de demonios. Alá, Alá, aullaba Ibn Shalam, y no podía respirar, y cuando de rodillas la arena lo cubrió, inmovilizándolo en una prisión de sílice, se hizo el silencio. Sólo en ese momento pudo escuchar un graznido claro y estridente sobre él. «Te lo avisé», escuchó en su mente antes de que el pájaro fuera arrastrado por el vendaval caliente. Pero lo peor era que allí, junto a él, había alguien más. Una mano reseca le agarró la ropa como una zarpa vengativa, y el farmacéutico no pudo moverse.

«Abdel, Abdel..., ahora estás cerca de mí. ¡Has vuelto! ¡Quédate conmigo, lejos de los vivos!», le susurró el olvidado guía Abu-Jarik, triunfante, con el olor nauseabundo de la carne infestada de gusanos. Ibn Shalam sólo podía gritar en su mente, ciego, sordo, abrasado e inmóvil, mientras el peso de la arena comenzaba a aplastarlo y se asfixiaba enterrado vivo en las fauces del desierto, vivo en la angustia de la desesperación, en la antesala de la muerte.

Ibn Shalam se despertó de la pesadilla en su lecho lleno de desesperación, con el rostro desencajado, porque el sueño era real, se asfixiaba, le aplastaban el pecho, no podía respirar. Fátima se despertó inmediatamente y empezó a gritar llena de pavor.

—¡Abdel, Abdel, Abdel! ¿Qué te pasa?

—¡Me ahogo! —gimió, lívido.

Sentía una opresión insoportable en el pecho y con cada latido el dolor se propagaba a los brazos, los hombros y el cuello. El sudor mojaba su piel. Ella empapó su propia ropa de cama en agua limpia para refrescar el rostro sofocado y ardiente del farmacéutico, quien boqueaba como si respirar fuera su único destino en la vida. Abdel llegó corriendo, estremecido por la urgencia de su madre. En el dormitorio su padre se ahogaba, intentando balbucir algunas palabras.

—¿Qué hago, Abdel, qué he de hacer? —Su esposa temblaba, llena de pánico, mientras él seguía aferrándose a sus manos con todas sus fuerzas, intentando hablar. De su boca salía una espuma blanca que Fátima enjugaba y limpiaba inmediatamente.

—¡Al..., alhol... va! ¡Alhol... va!

—¡Alholva! —exclamó Abdel, y su padre asintió con la mirada llena de súplica y desesperación, justo cuando, cogidos de la mano, aparecían detrás de Fátima Ahmed y Aixa, paralizados de miedo.

De inmediato Fátima comprendió, y mandó a Aixa y a Ahmed encender fuego en la cocina y poner agua a calentar. Mientras, Abdel corría en la oscuridad hacia la farmacia con un candil en la mano. Tropezó en el patio, cayó y volvió a levantarse, maldijo los escalones, cruzó la sala anexa que hacía de despacho y consulta y entró en la farmacia. ¡Alholva! ¿Dónde estaban las semillas de alholva, las semillas de alholva secas, que enrarecían el aire cada vez que se destapaba el tarro, esas pequeñas semillas de color blanco que su padre recetaba a los viejos sufrientes de asma? Abrió los armarios, buscó, maldijo a los cristianos, hurgó en las profundidades de los estantes. Algunos tarros cayeron y se rompieron en decenas de fragmentos de cerámica, esparciendo áloe y especia de clavo por el suelo. ¡Ahí estaba! Llegó a la cocina cuando el agua empezaba a hervir y echó varias cucharadas dentro de un paño. Lo anudó y lo introdujo en el agua caliente, y sin esperar más que unos segundos quitó el recipiente del fuego y lo subió corriendo a la habitación.

El aire olía a alholva, enrarecido y desagradable, pero no reparó en ello. Fátima tomó el paño, lo escurrió y lo colocó sobre el pecho de su esposo, sobre su frente. Su respiración, muy agitada, empezó a calmarse. El ligero color azulado de su piel empezó a desaparecer. El olor de las semillas calientes, purificante y dilatador, impregnó la casa. Tomó parte del agua, convertida en tisana, la vertió en un vaso y se la dio a beber a Ibn Shalam; después reemplazó el paño. El rostro del farmacéutico se sosegó, y buscó con las suyas las manos doloridas de su esposa, mientras Fátima mandaba a Abdel a que buscara al médico, Abu al-Hallaj. Eran vecinos, y al poco volvió con él y subió a la habitación. Sólo permitió quedarse a Abdel.

Las manos de Ibn Shalam estaban agarrotadas sobre su pecho.

—Ayúdame, hijo —pidió el médico—. Abdel, soy Abu al-Hallaj. Déjame apartarte las manos. Necesito explorarte.

—Me duele —gimió el farmacéutico. El médico asintió.

Separaron sus manos y mientras Abdel empapaba una nueva compresa en la cocción de alholva y la colocaba sobre la frente de su padre, el médico apoyó su oreja contra el pecho del enfermo, concentrándose en escuchar su respiración y sus latidos. Eran rápidos e irregulares. El farmacéutico parecía estar perdiendo la conciencia.

—¿Tienes en la farmacia corteza de sauce? —preguntó Abu al-Hallaj.

Ibn Shalam asintió, confuso. Sus dientes rechinaron por el sufrimiento. El brazo izquierdo se le había dormido.

—Pequeño Abdel, necesito esa corteza. Trae también ajos y alcohol de vino y que tu madre ponga más agua a hervir. ¡Rápido! ¡Y trae un almirez!

Aixa y Ahmed buscaron y llevaron el tarro con la corteza de sauce mientras Fátima subía el agua y Abdel machacaba los ajos. Su olor sulfuroso le hizo llorar. Esposa, hija y sobrino volvieron a dejarlos solos, llenos de preocupación.

El médico comprobó el contenido machacado del almirez y añadió el alcohol. A continuación echó en otro recipiente la corteza de sauce con agua hirviendo.

—Ambos fluidifican la sangre y abren las arterias. Es un ataque al corazón.

El rostro del farmacéutico era ceniciento y su piel estaba fría y húmeda.

—¿Se va a morir? —preguntó Abdel, angustiado.

—Sólo si Alá así lo quiere. —El médico filtró el ajo macerado y luego, en otro vaso, la corteza de sauce—. Bébete los dos, despacio. Ayúdame a incorporarlo, Abdel. —Y le frotó con agua caliente el pecho y el cuello.

Los minutos se hacían interminables. Tras la puerta se escucharon algunos gemidos y palabras ininteligibles.

Por fin, Abu al-Hallaj salió y pidió un té. Fátima ya lo había previsto. Lo tomó mientras todos esperaban en silencio a que les dijera algo. El veterano médico carraspeó antes de hablar.

—Sigue vivo. Ha tenido un ataque, he visto muchos, un ataque al corazón. El corazón se cierra, deja de latir, la sensación de asfixia atenaza al paciente. Ahora lo que deberá hacer es descansar. Nada de esfuerzos, nada de levantarse de la cama en una semana, quizá dos, y sobrevivirá. Le he puesto una varilla de incienso, lo tranquilizará y lo ayudará a dormir.

Fátima se echó a sus pies, dándole las gracias entre lágrimas. Le dio tres dírhams de plata; era su tarifa.

Al día siguiente la farmacia permaneció cerrada, y al siguiente, y bastantes más. Aixa se encargó de la limpieza de la casa. Fátima salía lo justo para comprar comida; no se movía de la cama, atenta a su esposo, a ratos consciente, la mayor parte de los días sumido en sueños.

Un día, Ibn Shalam abrió los ojos. Fátima, rendida de cansancio, estaba de rodillas en el suelo con la cabeza y los brazos sobre la colcha de la cama, dormida. En su rostro se veían las señales de su espera. Él sonrió lleno de ternura y le acarició torpemente la cabeza, con la larga melena esparcida sobre sus hombros. Ella despertó de inmediato, sobresaltada, y sus miradas se encontraron como cuando se conocieron en la fuente de Aynadamar, más allá del Albayzín: él, un prometedor estudiante, joven de mirada penetrante; ella, sonriente y cantarina mientras cimbreaba su cintura a cada paso con la cántara de agua desde el aljibe de los curtidores junto a sus amigas, riéndose de los hombres.

—¿Te acuerdas? —preguntó él, con voz débil.

—Tú dijiste que ojalá fueras cántaro para sentir mis manos, para bailar mis pasos, para mojar mi cuerpo, para beber de mis labios. Y yo respondí que no necesitaba un poeta, sino un hombre que se atreviera a llevar el cántaro.

—¿Me atreví? —Sonrió.

—Y lo rompiste —sonrió ella. Le tomó las manos y se las cubrió de besos en silencio. Luego lo besó en la boca.

—¿Qué día es hoy? —preguntó él.

—Estás vivo. ¿Acaso importa nada más?

Fátima y Aixa atendieron la farmacia mientras Ibn Shalam guardaba reposo. Éste, desde la cama, semirrecostado, deslizaba entre sus dedos su *misbaha*, su rosario, con sus noventa y nueve cuentas grabadas con cada uno de los nombres de Alá, a la vez que murmuraba las oraciones y las alabanzas al Misericordioso. La luz del sol entraba en la habitación filtrada por la celosía de madera de nogal de la ventana. Oía a los pájaros cantar en el patio. A veces el ajetreo de la calle interrumpía su oración.

Por las mañanas, en ocasiones, captaba las pisadas y la melena al aire de Aixa, que cruzaba el patio y subía los escalones; poco después la tenía llamando a la puerta para preguntar cuál era el remedio para aliviar los juanetes, en qué frasco guardaba los pistilos de azafrán, si debían fiar a tal o cual cliente, y lo más importante, con una sonrisa y un beso en sus manos, si se encontraba mejor o necesitaba alguna cosa. Luego se marchaba dejando tras sus rápidos pasos aromas de naranjas, clavo y canela, mientras su padre contemplaba como hipnotizado el ondear de su pelo oscuro y el contraste de su vestido largo y blanquísimo con la piel tostada de la niña. Esto sumía a Ibn Shalam en una profunda melancolía.

¿Cuánto tiempo le quedaba de vida? ¿Cómo vivir sin angustiarse por el futuro incierto que les aguardaría a su esposa, a sus hijos? Él siempre había deseado llegar a conocer a sus nietos... «Oh Alá —pensó mientras deslizaba una cuenta más de su *misbaha*—, qué será de ellos cuando yo falte.» Fátima era lista. Tendría que dedicarle más tiempo para que aprendiera todo lo que tenía que conocer para llevar el negocio.

—Ella es fuerte, ella podría. Oh Alá, debo hacer testamento —murmuró para sí, pasando otra cuenta del rosario. Miró el arcón de madera envejecida que había bajo la ventana y pensó en el libro que guardaba en su interior. ¡Qué lejanos estaban los años de juventud y de pasión, en la madraza de Mālaqa, en los callejones de Garnata!—. Debo preocuparme por el libro de Dioscórides. Y por la carta. ¿Seguirá en Fez?

Se acordó de las palmeras, del desierto, del olor de los camellos, de la mano del moribundo, cerrada como una zarpa. Su hijo Abdel debía saberlo, debía conocer cómo huyó del desierto, cómo ocultó la comprometedora carta en uno de los tomos de la biblioteca de la mezquita Qaraouiyyin y cómo regresó a Garnata para salvar su vida. Algo bueno sucedió entonces;

cuando retornó a Madinat Garnata, su padre le mostró asombrado una carta de puño y letra de Abu Ibn Zamrak llegada esa misma mañana, en la que lamentaba la muerte de su hijo y le decía que había cancelado su deuda en su nombre, como compensación por su pérdida y en su recuerdo y memoria. Abdalá, viendo el rostro de su hijo, no quiso saber más.

Abdalá había muerto sin conocer la verdad. Después de casarse con Fátima, Ibn Shalam supo que el retorno del sultán depuesto y su corte era inminente. Un rebrote de peste en Mālaqa lo disuadió de salir de la capital. Pero nada pasó tras su regreso, y la vida continuó. Con los años, Ibn Zamrak se convirtió en un nombre sin rostro, en una amenaza vaga que parecía haberse desvanecido, confinada en Madinat al-Hamrā, lejos de los hombres de a pie y de las penas y alegrías del día a día de la gente humilde. Y el farmacéutico pensó que todo era porque había sido olvidado.

Cuán equivocado estaba sólo lo descubrió cuando ya fue demasiado tarde.

12

Preparando una traición

Zaina dormía como una criatura inocente, con sus largas pestañas acariciando sus delicadas facciones, con sus sensuales labios llenos de vida y de juegos. Con un dedo, él jugó por un instante a hacer bucles con uno de sus sedosos rizos, y ella siguió inmersa en sus sueños, ajena por completo a la figura masculina que no podía apartar la vista de ella y de su cuerpo de mujer.

—Qué hermosa eres —suspiró el *katib*—. Ojalá pudiera estar contigo así, para siempre.

Era suya y de nadie más, de eso estaba seguro. Sus espías le tenían bien informado. Y comprendía que a veces quisiera escaparse del cerrado ambiente palaciego aunque no se lo permitiera.

En la senda oscura atravieso bosques sombríos
en espera del amanecer.
Bajo las estrellas hechizadas
resuena aún tu aliento y el consejo
de no demorarme.
El ansia es fuego en tus rasgos celestiales.
Tu imagen es mi guía
y tu recuerdo, mi fuerza.

En el camino todo es árido
pero prevaleceré.
Alá es testigo y guía mis pasos
impacientes, más allá de dudas,
hasta el horizonte donde
me darás el agua de tu boca.

¿Qué pasaría si un día ella no estuviera? Eso era imposible. Ella lo amaba. ¡Ay del osado que intentara arrebatársela! Gota a gota le quitaría la vida, y cuando suplicara clemencia, su agonía sería redoblada. En las celdas-pozo había decenas de hombres que pedían constantemente la muerte, pero los verdugos eran expertos, y tal como el visir les había ordenado conseguían que muy pocos abandonaran su hospitalidad.

Suspirando, Ibn Zamrak se levantó del lecho con las primeras luces del día, pasó bajo los arcos y tras salir del pequeño baño anejo al dormitorio se vistió con las elegantes sedas que el servidor había dejado una hora antes en el salón contiguo. De nuevo en la habitación, tomó del armario vestidor una cajita de plata, la abrió y se frotó con la piedra aceitosa por el cuello, el pecho y los antebrazos, impregnando su piel con el atrayente olor del almizcle. Divertido, probó a colocar su brazo perfumado bajo la naricita de Zaina, que pareció espabilarse un poco gimiendo ligeramente en sueños. Guardó la caja, se postró en silencio sobre la alfombra de oración y tras orar salió del dormitorio cerrando la puerta de roble con cuidado para no despertarla.

El visir lo esperaba en sus dominios de palacio para tratar un importante asunto mientras desayunaban. Insomne desde hacía años, Al-Jatib se sentía cada vez más consumido y harto de las intrigas políticas y de las envidias y adulaciones de la corte y de los cortesanos. Se sentía sumamente fatigado y el rey no había cumplido su promesa. No lo había liberado de sus cargas y obligaciones para que pudiera cumplir su deseo de peregrinar a La Meca. Amargado, había salido del dormitorio sin despertar a las mujeres y en su estudio había escrito palabras de desahogo a su amigo Ibn Jaldún, el infatigable historiador meriní, al otro lado del Estrecho.

Os quiero hacer saber que estoy harto de todo, el malhumor se ha apoderado de mí y las enfermedades me acosan. Éstas no se pueden curar mientras persista su causa, que es mi participación en la política. No he dejado ningún camino por recorrer, pero sin resultado alguno, y si no hubiese ocupado mi mente, después de vuestra marcha de Garnata, en escribir, mi situación habría sido inaguantable.

No hallo gozo en la comida porque mi salud está quebrantada, ni en las mujeres, por la desaparición de la juventud y la falta de descanso, ni en los vestidos, por el cambio de la vejez, ni en obtener dinero, por la debilidad de la esperanza.

¿Acabaré yo como los que me precedieron, Ibn al-Hakim y Ridwan, ambos asesinados a traición y en las tinieblas de la noche? Sus rostros se me aparecen ensangrentados, ando atento al peligro que esconde cada lugar y cada movimiento, trasnochando y esperando el peligro, enfrentándome al mundo desde el que me atacan las espadas por todos lados.

Recordadle al nuevo sultán Abu Faris 'Abd al-Aziz, sol de los meriníes, la amistad que este humilde y envejecido servidor del Estado le profesa, y declaradle mi firme intención de saludarlo, cuando las circunstancias lo permitan, dentro de mi siempre aplazado viaje de peregrinación, no como ministro, sino como un amigo.

Que Alá, el Omnipresente, el Grande, el Único, guíe vuestros pasos.

IBN AL-JATIB
21 de yumada I, año 748 de la Hégira

«Oh, sultán de un reino que se extingue —pensó Al-Jatib—, ¿hasta cuándo durará tu poder? ¿Cómo es posible que el esclavo que se acuesta agotado en su lecho al caer la noche halle más descanso y felicidad que yo, visir del Estado nazarí? Y además están los otros, Ibn Zamrak a la cabeza, como parte de la prole que devora a sus padres.»

Dejó la pluma en el tintero, secó la carta con arena de escribano y estampó su sello personal en el lacre de cera roja. Su hijo ya estaba haciendo todos los preparativos necesarios, tan sólo faltaba la ocasión. La pena por traición era la muerte. Cerró los ojos y descansó la mente por un momento a la espera del nuevo inicio de la farsa en la que, por decisión propia, se había transformado su vida.

13

El ángel

El aroma a almizcle aún flotaba en el aire cuando Zaina se despertó. Tirando de un cordel hizo sonar una campanilla de plata que avisaba a sus servidoras de que estaba dispuesta para ser atendida.

Las *masitas* entraron riendo. Le quitaron la ropa y comprobaron la temperatura del agua del baño.

—El agua está a punto —dijo una de ellas.

Zaina se desnudó y entró en el seno.

La más joven de las sirvientas pasó una mano por la espalda de Zaina.

—¡Qué piel más hermosa! —exclamó con admiración.

—Es la que ha conquistado al *katib*. Es de todos mis tesoros uno de los más codiciados. Hummm. Pero estar tan bella exige muchos sacrificios, niña.

Agua caliente, toallas suaves, jabones perfumados de las más diversas esencias, azahar, rosa, jazmín y aceite de almendras fueron puestos a su alcance mientras trataban su suave y tersa piel y sentía el tacto cortante de la cuchilla con la que una *masita* depilaba sus axilas y pubis de acuerdo con las prescripciones del Corán. Lavaron su pelo con agua de albahaca y menta, las uñas de sus pies y manos fueron sometidas a manicura y pintadas de un rojo intenso y le aplicaron kohl en los párpados, resaltando sus negrísimos ojos. Fueron envolviendo a la joven en finos tejidos de colores vivos, y al fin, con una reverencia, las servidoras se retiraron. La joven se contempló en un espejo de cobre pulido que adornaba una de las paredes del dormitorio. La imagen le mostraba a una mujer bellísima. Los rizos de su melena negra caían en cascada sobre su vestido naranja y rojo.

—Estás deslumbrante —se dijo Zaina a sí misma con una sonrisa, mirándose en el espejo.

Haisa, su sirvienta principal, siempre vestida de blanco en señal de luto, murmuró con aprobación al ver su elegancia.

—Los porteadores están listos para descender a Madinat Garnata, señora. —Zaina asintió, preparada. El olor a arrayán y jazmín, a rosas y a lirios, se entremezclaba con el ruido cantarín de los chorros de las tres fuentes que daban nombre a aquella casa palacio, que caían de sus surtidores de cobre sobre las tazas de mármol blanco. Era la amante del ambicioso secretario del sultán y ninguna otra mujer en palacio, ni siquiera la favorita del harén, gozaba de tanta libertad de movimientos.

Cuatro fuertes esclavos sostenían una silla de manos sobre sus hombros. Haisa y ella subieron a la litera y corrieron los velos después de indicar al eunuco nubio su destino. Al medido paso de los esclavos, con su transporte precedido y seguido por los tintineos de las armas, recorrieron las callejas de la medina fortificada hasta salir por la Puerta de la Justicia, y abandonaron Madinat al-Hamrā. Zaina se sentía afortunada a pesar de todo por haber llegado a conquistar una posición de poder, pero eso no la liberaba de sentirse tan prisionera como los eunucos que sostenían su silla de cedro y marfil, porque Madinat al-Hamrā era el límite de su libertad. Pero ella sabía cómo huir de las miradas y del ambiente cortesano que la rodeaba en la ciudad-fortaleza, tan lleno de vileza y maldad. No era la primera vez ni sería la última.

Los esclavos descendieron por los bosques de cedros, con ella a salvo de miradas indiscretas detrás de los velos de la litera. Siempre debía estar localizada dentro de la ciudad palatina, pero Zaina sabía que ese día Ibn Zamrak tenía varias recepciones reales en palacio, además de ser día de Consejo de Ministros, y él, invariablemente, se demoraba en sus citas con ella. A veces la espera la aburría, a veces la ponía rabiosa de celos que Ibn Zamrak prefiriera la compañía de pomposos emisarios y aduladores servidores y recaderos a su fragante y suave presencia. Ella, en aquellos momentos, prefería buscarse sus propias distracciones.

Abandonaron los bosques y llegaron a los pies de la colina Sabika, junto al río Hadarro. Arrugó la nariz al oler los penetrantes taninos de las tenerías y descendieron junto al río. La maravillosa variedad de gentes y costumbres, judíos, cristianos, musulmanes, de países cercanos y lejanos excitaba y estimulaba su curiosidad, permitiéndole escapar del ambiente enrarecido y asfixiante de la corte, que a veces la ahogaba y agotaba hasta la extenuación. Se encaminaron por uno de los puentes a una casa colindante con el barrio de Ajšariš, donde las estaban esperando.

Zaina estaba preparada para satisfacer a un hombre en todos sus sentidos. Tacto, vista, gusto, olfato y también oído. Además de concubina era también una *qayna*, una cantora destinada a amenizar a los hombres con su melodiosa voz y sus danzas, al compás de los laúdes, adufes y tambores. Poseía una bonita voz y una habilidad innata para los cánticos y la poesía.

De la mujer que las recibió se decía que había cantado ante los emires y ante el propio sultán de Bagdad. Luego había sido entregada al gobernador de Egipto, y en El Cairo sus contoneos y su voz habían enloquecido a cuantos la habían escuchado. Pero la belleza de su juventud y el fuego de la pasión hacía mucho que se habían extinguido, y con casi ochenta años se resignaba a enseñar entre lágrimas lo que ella había aprendido. Interrumpió a la dulce voz que cantaba, al considerarla inapropiada.

—Zaina, bella niña, ¡no desafines! ¿No te he dicho cientos de veces que al llegar a esa entonación deberás moderarte o no serás capaz de dar más de ti? Y debes vigilar tus pasos. Empieza de nuevo.

Zaina se serenó y bebió el agua que le ofreció una niña; los laudistas recomenzaron la canción. Cantar era difícil; hacerlo a la par de los movimientos de las caderas lo era aún más. Pero

Zaina no era un *qayna* cualquiera. Las lentejuelas de los velos tintinearon conforme su cadera seguía los laúdes y su voz acaramelada cantaba a un hombre inexistente. Los velos se abrían y cerraban mostrando los muslos bellamente torneados de piel canela. Mientras su vientre se movía de un lado a otro, ella andaba, exhibiéndose, mostrando sus encantos, gesticulando con brazos y manos, y ofreciendo sus jugosos labios mientras los versos salían de su boca y su voz colmaba la habitación. Al llegar al clímax de la canción por segunda vez, no falló.

La anciana cantora asintió con aprobación.

Terminada la lección, Haisa y ella salieron de regreso al punto de encuentro, donde las esperaba la litera para ascender a Madinat al-Hamrā.

—¡Qué tarde tan hermosa! —exclamó Zaina con goce, aspirando el aroma de los claveles que colgaban de las ventanas—. ¿Crees que habrá regresado a palacio? Hoy me he sentido pletórica. Creo que me he superado.

—Su voz es perfecta, señora —opinó Haisa—, y es una lástima que el secretario prefiera la compañía de escribanos y ministros a la suya.

—Esta noche pienso recordarle que yo también existo. Varias veces. —Rio con voz cantarina y traviesa al pensar en el encuentro que tendrían esa noche—. ¿Sabes?, no podría imaginarme una vida mejor, es mejor incluso que la de las concubinas del sultán. Porque lo tengo sólo para mí.

—Eso no durará, señora.

Zaina la cortó con un gesto.

—Ya lo sé. Ya lo sé, no me digas nada más. Es un político, y sí, ya sé que un político sólo es importante en función de sus alianzas. Si debe hacerlo, se casará con alguna mujer perteneciente a una familia noble. —Suspiró—. Pero sé que algún día se dará cuenta de que yo estoy allí, y no seré sólo una concubina. Seré su espo...

Zaina se calló. Al pasar por las cercanías de una plaza oyeron de pronto una voz extraordinaria, que estaba cantando. Intrigadas, se dirigieron hacia allí. Una joven esperaba pacientemente a que del caño de una fuente se llenara su cántaro, y se entretenía cantando.

—¡Es la voz de un ángel! —exclamó Zaina, admirada.

Y no era la única persona que se había parado junto a los soportales. Varios hombres, sentados junto a una mesita de té, detuvieron su partida de ajedrez para escuchar aquella voz armoniosa llena de juventud y de fuerza. Un barbero dejó de recortar la barba de su cliente para salir fuera de su establecimiento y apreciar aquella belleza, no fuera que el ruido de sus tijeras perturbara aquella maravilla. Y su cliente salió tras él. Varias mujeres se volvieron intrigadas y cuchichearon sobre aquella joven, que parecía ser la hija del farmacéutico.

Aixa miraba cómo el cántaro se llenaba hasta colmarse, sin darse cuenta del hechizo que había tejido con su voz. Dejó de cantar. Se dispuso a coger el cántaro para colocarlo sobre su cabeza y dirigirse a su casa. El mundo volvió a girar. Los hombres reanudaron la partida interrumpida tan dulcemente. El barbero continuó su labor. Las mujeres se alejaron camino del zoco.

Zaina dejó a Haisa y se acercó a la niña. Emocionada, continuó el canto por el verso donde Aixa había terminado su canción. Aixa se volvió, boquiabierta. ¡Era una mujer muy hermosa! Llevaba los ojos pintados con kohl, su piel era tersa y canela, y los adornos de oro y el vestido y los velos de seda le indicaron que no era una mujer cualquiera.

—¡Has estado maravillosa! Tu voz... es un regalo del cielo. ¡Qué joven tan hermosa! Y cuando seas mujer lo serás mucho más. Estás creciendo. Estás descubriendo tu propio camino. Y, cariño, ¡será extraordinario! —exclamó Zaina, recorriendo con sus manos adornadas con alheña el contorno del rostro de Aixa. La niña enrojeció de vergüenza por la admiración que aquella joven bellísima le estaba profesando.

Mirando con sonrisa confiada cómo la niña la contemplaba con fascinación, Zaina se quitó una cadenilla de plata con una medalla que llevaba al cuello, y la colocó alrededor del cuello de princesa de la joven. La niña procuró que su turbación no hiciera que le temblaran las piernas.

—¿Cómo te llamas? —Los bucles oscuros de la melena de Aixa le parecieron fascinantes.
—Aixa.
—Es un regalo para ti. ¡Alá te cuide y proteja de todo mal!
La besó en la frente, emocionada, y se fue. Aixa la vio alejarse con su sirvienta. Tocó la medalla una y otra vez, para cerciorarse de que no había sido un sueño.

La mujer entró por la cocina y allí se quedó, esperándola. Fátima buscó en el patio detrás del nogal, donde, separado por un cerco de cantos rodados grises, crecía un pequeño arbusto muy ramificado, con hojas alternas de color verde amarillento y pequeñas flores amarillas de cuatro pétalos, arracimadas en los extremos. Su olor era fuerte y desagradable. El Profeta cantaba maravillas de la alsabade, o ruda, como la llamaban los latinos, pero lo que no sabía era que entre sus cualidades estaba la de ser un eficaz abortivo. Con cuidado seleccionó varios ramilletes frescos con sus flores recién abiertas y los llevó al laboratorio. Encendió un pequeño fuego y calentó agua en un cacharrito de hierro.
—Tendrás dolores toda la noche, quizá vómitos y diarreas, pero es normal. Al alba todo habrá terminado. Deberás estar en ayunas la mañana siguiente, limpiando tu interior con manzanilla. —La mujer tomó el frasco, dio las gracias, pagó los dos dírhams de plata y salió.
Hacerlo a espaldas de su esposo le parecía triste, pero era necesario. Las mujeres acudían a ella. ¿Era justo? ¿Era moral? No todas las mujeres estaban preparadas para ser madres, o bien ya tenían demasiados hijos que alimentar, o eran demasiado jóvenes, o lloraban por las consecuencias de una relación ilícita. Había muchas razones para ayudar a esas mujeres y ninguna conmovería el corazón de los hombres.
Tras limpiar los utensilios que había empleado, Fátima subió al dormitorio para ver a su esposo. Le entristecía tener que ocultárselo, pero era mejor así. Le tomó la mano y se la besó. Vio que estaba escribiendo.

—Te echaba de menos, Abdel. Eres un buen hombre.

Ibn Shalam sonrió. Estaba escribiendo.

—¿Qué escribes?

—Una carta a un proveedor —mintió, y la besó en la mejilla—. Bajo enseguida.

Fátima lo besó a su vez, sonriéndole, y cerró la puerta. Ibn Shalam suspiró. Estaba escribiendo el testamento. No sería largo; sus posesiones eran escasas. Aparte de la casa y de la farmacia del Sened, poseía en la Vega una pequeña parcela que tenía arrendada y que le proporcionaba una pequeña renta anual. Y tenía el libro, por supuesto.

Todo lo legaba a Fátima, excepto la parcela de la Vega, que sería para Abdel. El capital familiar lo dividiría en cinco partes, una para su esposa, otra para su hijo, otra para su sobrino y dos partes para su hija, destinadas a ser parte de su dote. Por cierto, habría que encontrarle pronto un marido. ¡Qué alegría si pudiera ver a sus nietos antes de morir! Morir, qué palabra tan dramática y tan triste. Tenía que buscar un esposo para su hija.

Él sabía que Fátima no estaba de acuerdo. Ella quería que sus hijos conocieran el amor. «¡Amor, palabra mágica! Llena el mundo de locura, seca ríos, mueve montañas, logra lo imposible y oculta bajo un manto de silencio los hechos más inconfesables», se lamentó para sí el farmacéutico.

—¿Qué es ser mujer, madre? —preguntó Aixa a su madre a modo de prueba, dejando el cántaro en la cocina.

—Ser mujer es a ser niña como la diferencia entre un retoño de rosal y un rosal crecido y lleno de perfume. Aún eres joven, pero pronto la naturaleza te hará mujer, y los hombres te mirarán y te tratarán de un modo diferente. ¿Por qué preguntas?

—Oh, tenía esa curiosidad, algo que escuché en la calle —respondió Aixa eludiéndola.

14

El soldado de Alá

Abdel se escapó de las clases después del descanso y llevado por un incierto deseo bajó hasta el barrio de la Gran Mezquita. Si el maestro Rashid abrigaba alguna sospecha sobre él por la extraña muerte del otro alumno, no lo manifestó de palabra, aunque la mirada de su único ojo lo atravesaba como una saeta llameante. Atravesó los callejones de la alcaicería, donde se fabricaban y vendían las piezas de seda nazarí. Los guardias que custodiaban las entradas del barrio del mercado de la seda lo miraron ceñudos, tomándolo por alguno de los pillos que robaban de los bolsillos de la gente confiada o echaban mano a algunas de las valiosas mercancías puestas sobre los mostradores aprovechando los descuidos de los vendedores. Las voces y los regateos eran constantes y surcaban el aire de un lado a otro; se vendía en unas tiendas y otras a un precio determinado, cuidando de que la feroz competencia no bajara sus precios en el último momento para arrebatar clientes. El trato personalizado y la confianza mostrada en el pasado eran la clave para que los compradores, ya fueran comerciantes árabes o genoveses, cristianos o judíos, se fiaran de unos u otros tratantes de telas nazaríes.

En el corazón de Madinat Garnata, rodeada por el olor de la seda cruda y de las esencias de azafrán, se ubicaba la Gran Mezquita, desde donde el gran cadí, Al-Nubahi, vigilaba el severo cumplimiento de las normas islámicas. Pasó por delante de sus puertas revestidas de bronce, abiertas a los fieles en todo momento, maravillosa entre las más hermosas mezquitas por su construcción con bellas columnatas de mármol blanco y su singular minarete, en cuyo cenit, en lugar de la media luna islámica, descansaba un gallo con las alas abiertas conocido como el «gallo de los vientos», del que se decía que era un talismán para entretener al viento fuerte cuando éste soplaba desde las montañas y que no dañase a la ciudad.

Frente a la entrada principal de la Gran Mezquita se abría una gran plaza llena de naranjos y granados plantados en cuadrícula alrededor de una fuente de taza octogonal, cuyo surtidor, que nunca se congelaba, ni siquiera en lo más crudo del invierno, aportaba el refrescante eco del agua en los días luminosos. Numerosos puestecillos de prestamistas, perfumistas y aguadores se distribuían alrededor, ofreciendo sus servicios a los paseantes y a los clientes de las teterías. Al otro lado de la plaza, frente a la Gran Mezquita, se situaba la madraza, la escuela de estudios superiores, con su nívea portada de mármol blanco bellamente labrado y su entrada en arco de herradura con inscripciones coránicas, encima de la cual había dos grandes losas de mármol que imitaban dos ventanas. Una de las dos hojas de la puerta estaba entreabierta y se vislumbraba un patio y una alberca en su centro, y alrededor, pequeñas habitaciones con arcos sostenidos por columnas. Un guardia custodiaba la entrada.

De una frutería robó un jugoso melocotón del que dio buena cuenta a la sombra de los granados. Lavó sus manos en la fuente de la plaza y entró en la mezquita; allí se descalzó y en el bosque de columnas, frente al mihrab, se postró sobre la alfombra roja de lana gastada. Era una más de las personas que buscaban ese día refugio y sosiego, apartados del ajetreo diario. Necesitaba saber si lo que iba a hacer era lo que realmente quería.

Quería ser soldado. Quería conocer nuevos mundos, otras culturas, pero por encima de todo deseaba blandir un arma, convertirse a la religión de la guerra. Su tío Malik, el padre de Ahmed, había sido soldado, y él lo recordaba lleno de vitalidad.

«¡Vamos, Ahmed! ¡Y tú también, Abdel!», les había gritado en sus días más optimistas, si al regresar de la ronda los sorprendía jugando dentro de la casa. Los cogía, uno en cada brazo, y los volteaba, girando, subiendo y bajando, hasta que chillaban de alegre terror. Los músculos del soldado eran firmes y fuertes. Su tío Malik lucía rabiosamente atractivo con su uniforme militar, la cota de malla, el cinto y la espada, el capacete de cuero y la adarga. Lo había visto apostado por encima de la gente común, sobre las murallas; impertérrito, respondía al fin a sus jubilosos gritos de niño con una sonrisa de reconocimiento, siempre vigilante, siempre preparado, lanza en mano. Y cuando, en casa, afilaba la espada en el patio, tenía en los ojos un fulgor extraño que hipnotizaba a Abdel.

El padre de Ahmed había muerto en la batalla de Priego; el odio hacia los cristianos se había adueñado de la mente de su sobrino, y el tiempo había convertido el recuerdo de Malik en más luminoso y atractivo. Pero aunque quiso saber más sobre él, el farmacéutico no respondía a sus preguntas, sólo movía la cabeza en silencio. ¿Acaso no corría por sus venas la misma sangre? ¿Por qué su padre no comprendía los impulsos que lo incitaban a la acción, a la violencia, a combatir al infiel como le inculcaban a diario en la escuela?

Por las noches, a veces lo acosaba el recuerdo de su crimen. Al principio se despertaba espantado por el fantasma de aquel muchacho al que había arrebatado la vida, pero después aprendió a conjurarlo y en sus sueños volvía a acabar con él de mil formas diferentes, a fuego, a cuchillo, despedazando sus entrañas hasta que no quedaban vestigios de él, y ya no lo molestó más. En pocas semanas había conseguido que fuera a él a quien miraran con respeto y temor. Era él el que cobraba un impuesto revolucionario a los muchachos que temían sus puños, era él el que frecuentaba el burdel donde no hacían preguntas, el que vendía hachís adulterado a sus compañeros más osados, compartiendo una vieja pipa de madera, el que respondía con miradas impertinentes a los severos rostros de los profesores, que sospechaban de él, pero no se atrevían a concretar acusaciones.

Muy cerca de la madraza, próxima al edifico de aduanas de la alcaicería, encontró la oficina de reclutamiento. Al salir de la mezquita había pedido una señal y Alá había respondido. Ante el espanto de la gente, un halcón se abalanzó de improviso sobre un grupo de palomas que bebían en la fuente; vencida una de las aves, se la llevó entre sus garras dejando un reguero de sangre y plumas que salpicó la frente de Abdel. Un sirviente de la mezquita salió al ruido de las voces maldiciendo al ave que había convertido en impura aquella agua, y se aplicó con un balde de madera y un trapo húmedo a retirar la sangre del empedrado de la plaza y de la taza de mármol. Abdel se acercó a él y en la bruma formada por la sangre que se diluía en el agua creyó ver el humo de una batalla y caballos embravecidos. Se lavó con agua del balde ante la extrañeza del servidor, quien lo ayudó secándole la frente.

—La sangre de inocentes te ha salpicado; no es la primera vez ni será la última.

Furioso, se libró de él, quien se encogió de hombros y prosiguió con su tarea. Tuvo el impulso feroz de estrangularlo allí mismo y hacer realidad sus palabras. Caminó decidido hacia la oficina de reclutamiento, respiró hondo y entró.

La puerta estaba entreabierta y no se veía ningún guardia. El único signo visible en el exterior era la bandera carmesí con el emblema y el escudo de la dinastía. Dentro no había nadie a la vista. Eran los bajos de una casa. Una amplia mesa escritorio tras la que había una alta silla de madera labrada y una silla de tijera de cuero y madera eran el único mobiliario de la estancia. Detrás de la mesa se adivinaba la luz que entraba desde un patio y el arranque de unas escaleras. Toda la casa estaba encalada.

Abdel preguntó en voz alta si había alguien. Estaba a punto de irse cuando una voz ronca y profundamente gutural le respondió con un deje de exasperación.

—Salgo enseguida. ¡Bienvenido, en nombre de Alá!

Ante él se presentó un hombre de aspecto formidable. Tenía la barba pulcramente recortada; la nariz aguileña mostraba una antigua cicatriz que surcaba parte de la morena mejilla izquierda, volviendo el rostro profundamente inquietante. Los ojos eran oscuros y profundos. El hombre era un soldado reconvertido en funcionario. Tendría poco más de cuarenta años. Alto, robusto pero no entrado en carnes, iba vestido de soldado, con una sobrevesta de cuero que le llegaba por debajo del cinto y calzas de algodón blanco. Llevaba unas desgastadas botas militares que daban la impresión de haber recorrido demasiadas millas, y del cinto pendía un puñal de orejas de exquisita manufactura. Si no hubiera sido por la cicatriz, sus facciones lo habrían hecho pasar por un intelectual. Varias hebras de pelo cano se marcaban en la zona de las comisuras de sus labios, curtidos por el sol. Sus manos eran recias, callosas y robustas. Sin duda, lo que más impresionaba eran sus ojos profundos y negros, negrísimos, como pozos de experiencia.

De un vistazo examinó de arriba abajo al joven de buenas trazas y fuerte que tenía ante sí, mientras se secaba las manos en una toalla de algodón azul. Abdel continuaba mirándolo absorto y supo que quería ser como él.

—Entra y siéntate, muchacho, que aquí no nos comemos a nadie. Ante todo sé bienvenido. ¿Qué deseas?

Abdel entrecerró la puerta de la entrada y se sentó frente al soldado-funcionario, que ya había tomado asiento en la silla alta. Un sirviente llegó detrás. A una señal se retiró y trajo un grueso libro, papel, pluma y tinta. El soldado lo miraba, no mostraba impaciencia ni desinterés, tan sólo observaba al muchacho librar su propia batalla interior.

—Deseo ser soldado —dijo al fin Abdel.

—No sabes lo que quieres —replicó severo el agente de reclutamiento—. Por si no lo sabes, estamos en guerra permanente. Contra los aragoneses, contra los castellanos, contra los genoveses, los meriníes..., el reino tiene mil amenazas. La frontera es impredecible. No hablemos de dinero, hablemos de tu vida. ¿Sabes cuánto vale una vida en la frontera? Nada. ¿Por qué quieres ser soldado?

—Mi tío era soldado... —empezó a decir Abdel.

—... y estaba impresionante —le cortó el agente— con su uniforme completo, y os contaba historias igualmente impresionantes. No queremos reclutas atraídos por la moda militar.

—Mi tío murió en la batalla de Priego. Su mujer murió de pena después.

Una pausa suavizó la expresión del soldado.

—Lo lamento. Pero la venganza no es razón suficiente para entrar en nuestro ejército. ¡Es el último ejército musulmán de Occidente! ¡El último y el más esplendoroso! Y al otro lado sólo hay un mar cada vez más embravecido de infieles dispuestos a expulsarnos de la que ha sido nuestra casa durante siglos. Dime, ¿por qué quieres entrar en el ejército realmente?

—¡Quiero probar la excitación de la batalla!

—¡Insensato! ¡Muchos como tú ya han sido pasto de las aves de rapiña en primera línea de combate! ¡No soportarías ni un día en el frente! ¡Te desmayarías con el olor de la primera sangre! ¿Serías capaz de matar a alguien?

—¡Sí! ¡Porque ya lo he hecho! —exclamó furioso Abdel. El soldado lo miró fijamente. «Así que también tiene eso en la mirada», reconoció Abdel. El soldado tenía que haber matado a muchos. A muchísimos.

—¿Qué edad tienes?

—Catorce años. Ya soy un hombre —mintió Abdel, irguiéndose todo cuanto pudo en toda su corpulencia creciente de juventud.

—Ya veo. Los hombres deciden su propio destino en vez de esperar a que el destino los alcance. Tus manos me dicen que no has trabajado en el campo, en la Vega, por ejemplo, ni recogiendo aceituna. ¿Serás capaz de soportar la instrucción? Habrá que endurecer tu cuerpo y eso no te gustará, te lo garantizo.

Estuvo unos momentos pensativo contemplándolo. Fue en ese mismo momento cuando, con una sencilla frase, dejó atrás la despreocupada felicidad de la juventud y se adentró en las tinieblas de la vida adulta.

—Lo seré.

—Entonces, si es así, piénsalo hoy de nuevo fríamente, habla con tu familia... Ven mañana a esta oficina en cuanto amanezca y entrarás a formar parte de la tropa. No tendrás nada que reprocharte si cambias de decisión, porque somos hombres libres para gloria de Alá.

Había entrado en la oficina siendo un joven y al salir se sentía transformado en un hombre.

Ahmed no había ido ese día a la escuela. Se había quedado en casa, vigilando la farmacia y dando de comer a las gallinas del patio mientras su tía iba al zoco. Su prima realizaba las labores de la casa, y su tío seguía en su cuarto, aletargado. Se dedicó a limpiar uno por uno los tarros y potes de las estanterías, tomando nota de las personas que se acercaban hasta el establecimiento en busca del farmacéutico. Sus encargos tendrían que esperar hasta que Ibn Shalam despertara.

Aixa cantó. Su voz se adueñó de la casa. Atraído y fascinado por la melodía, Ahmed dejó la farmacia, atravesó el despacho y el pasillo hasta el patio y se dirigió hacia la cocina. La celestial música salía de allí. Sin hacer ruido y con el corazón sobrecogido se acercó lentamente y miró por la puerta entreabierta. Escuchó el ruido del agua al caer desde lo alto sobre un balde. Aixa estaba de espaldas a él, desnuda. Estaba lavándose dentro del balde ancho, y mientras se aseaba estaba cantando. El agua resbalaba por su piel húmeda, vistiéndola desde los hombros redondeados y tiernos hasta los dos hoyuelos de la zona lumbar, y seguía resbalando más abajo. Sus caderas se estaban ensanchando. Sus piernas eran bonitas y delicadas. Tenía recogido el pelo, y su apetecible cuello estaba al descubierto.

Una extraña agitación, similar a la que había experimentado en el *hammam* tiempo atrás, pero más intensa, se apoderó de él. La observó minutos interminables, paralizado por la sorpresa, y ella seguía cantando, deslizando su esponja por sus brazos, su espalda, su pecho, y por el resto de su ser. Un presentimiento le decía que no podía permanecer allí. Poco a poco, conteniendo la respiración, se alejó de la puerta y de la estancia con gran fuerza de voluntad, antes de que su prima lo descubriera. Su voz retumbaba en sus oídos, ¿o era el rápido palpitar de su corazón? Turbado y confuso, regresó a la farmacia. Si el Paraíso existía, tal y como decía el maestro Rashid, él acababa de atisbarlo por la rendija de aquella puerta.

15

La confabulación

—Quiero alistarme en el ejército —repitió Abdel a su padre aquella tarde. Ibn Shalam no salía de su estupor mientras comprobaba el trabajo de Ahmed. La paja y la arena de los animales estaban sucias. Terminaron de adecentar un poco el pequeño corral y echaron unos puñados de trigo y mijo que las gallinas picotearon con avidez.

—Muchos se alegrarían de dar un hijo al ejército del Islam, pero yo no, Abdel. He visto lo que hacen las guerras: destruyen familias, arruinan los campos y corrompen el alma. Mi hermano cayó víctima de ellas. Cuando murió, su mujer perdió su vida llena de pena, y de ellos sólo nos queda Ahmed. ¡Así que no entiendo por qué tienes que alistarte!

—¿Por qué se enroló mi tío, padre? —preguntó Abdel mientras recogía la paja sucia y los restos de plumas y excrementos y los echaba en un saco de arpillera.

—Tu abuelo Abdalá se deslomó hasta matarse trabajando los campos de otros como jornalero, y consiguió instalarse en Garnata con tesón, trabajo y sacrificio. También pensaba que era la mejor forma de acabar con nuestra violencia natural. A su hermano lo ajusticiaron en Wadi Ash, y eso siempre fue un estigma para la familia. —Abdel abrió los ojos, sorprendido por la revelación.

—Pero ¿por qué lo ajusticiaron?

—Por violador y ladrón. Alá prueba a los hombres y algunos sucumben a las tentaciones. —Ibn Shalam se acordó también del guía del desierto, muerto sin su auxilio. Hizo una pausa—. Por eso tu abuelo Abdalá se vio obligado a huir de Wadi Ash. Y tu tío Malik, el padre de Ahmed, disfrutaba también con la violencia. Lavémonos las manos, esto está terminado.

»Dejó los estudios —continuó después Ibn Shalam— y se alistó con catorce años. A los diecisiete lo enviaron a la frontera occidental. Con veinte ya era alarife,* y tenía cuarenta hombres bajo su mando. Las ciudades fronterizas eran conquistadas y perdidas una y otra vez. Con veintitrés, atacó Iznájar y fue hecho prisionero, y estuvo cautivo dos años, hasta que fue liberado. Estaba lleno de ira contra los cristianos. Dos años más tarde, Iznájar volvió a ser atacada por nuestro ejército, pero fue rechazado. Malik se sentía a gusto en el fragor de la batalla. Su compañía perdió casi todos los hombres por su culpa.

—¿Qué hizo?

—Dicen que se acercó demasiado a las murallas de la ciudad y, desoyendo las órdenes de su caíd, no regresó tras las líneas. Los cristianos hicieron una salida con caballería y rodearon a su escuadra, atacándola hasta casi exterminarla antes de que el caíd reaccionara y saliera en su auxilio. Dicen que se comportó como un demente enloquecido, sediento de sangre, y a los cristianos que capturó los hizo matar en venganza. El hijo del capitán castellano que defendía la plaza estaba entre ellos, con lo que se perdió un buen rescate. Lo sometieron a juicio militar.

—¿Y qué le sucedió? —preguntó Abdel con ansiedad.

—Lo degradaron a soldado raso y lo retiraron del frente. ¡A él, cuya mayor ilusión era llegar a ser parte del cuerpo de guardia del sultán! Nunca superó la afrenta. Intentó unirse a los voluntarios de la fe que vinieron en nuestro apoyo desde el reino de los meriníes, pero lo rechazaron, y su vergüenza le consumió el alma en un odio profundo. Se casó, nació Ahmed... Cuando,

---

* Alarife se refiere tanto a un maestro de obras, un arquitecto, como a un cargo militar nazarí (*arif*). Esta segunda acepción es la que se emplea aquí.

repuesto, Muhammad V pidió voluntarios para tomar Priego, no lo dudó, y corrió en busca de la gloria de Alá y de su propia muerte en combate. Dicen que mató a muchos.

Los ojos de Abdel brillaban llenos de excitación. Su padre había cerrado los ojos momentáneamente, recordando aquellos hechos tan dolorosos.

—Recuperó la dignidad de su nombre a cambio de renunciar a su esposa, a su hijo, a su familia. ¿Ésa era la voluntad de Alá? ¿Es voluntad de Alá que tú sigas su camino? Veo en tus ojos una voluntad de hombre; nada puedo imponerte ya. Lo que Alá ha dispuesto que así sea, pero preveo que morirás joven. Al menos hazlo siendo un hombre de honor.

Y ante el asombro de su hijo se inclinó en silencio aceptando su decisión. Esa tarde, Ibn Shalam sintió el paso del tiempo como una losa de piedra sobre sus hombros. «Todo es cíclico, todo vuelve a repetirse una y otra vez —pensó mientras besaba en la frente a su esposa en la cocina—, mismos hechos y diferentes actores, todo nace y perece, salvo el tiempo mismo y el Único, ¡alabado sea!»

La cena fue una reunión familiar llena de silencios. El almotacén ensalzaba siempre la entrega de sangre joven al servicio del Estado y del Islam. Siempre había guerras y escaramuzas que necesitaban de nuevos soldados. La paz del reino era una paz intranquila y vigilante. El peligro siempre existía en las fronteras. Y en el Estrecho la marina disputaba el control de las aguas a los aragoneses, que partían del puerto de Valencia, y sus aliados genoveses, y a las naves de guerra del Imperio meriní. Castilla se recuperaba de la guerra civil. El rey bastardo, Enrique I, afianzaba su corona otorgando amplias prerrogativas a los condes y duques a costa de su propio poder. La paz existía, era cierto, pero ¿por cuánto tiempo? En silencio, después de ser anunciada la decisión del primogénito, Fátima contenía para sí sus sollozos, angustia y ansiedad mientras servía los platos sobre las esteras a la luz de los candiles, una cena especial de despedida.

—Pero ¿por qué te vas? ¿Adónde te llevarán? —preguntó su hermana, confusa.

—No lo sé. Mañana lo sabré.

—Será como con tu tío. Pasarás los primeros meses de entrenamiento en la fortaleza Qadima. Ahí descubrirán tu valía. Después... todo estará en manos del destino.

Ahmed no decía nada. Pensaba en su padre. Pensaba en cómo sería su vida sin su primo.

—Hoy es un día importante. Abdel ya dirige sus pasos por sí mismo. ¿Y tú, Ahmed? ¿Qué será de ti? ¿Qué harás con tu vida?

Ahmed levantó los ojos y miró a su tío.

—¿Ya he de elegir? —Su tío asintió—. Me gusta la geometría. La perfección de las formas. La belleza estética. —Pensó en la sedosa piel de las mujeres—. ¿Puede eso servir?

—¡Ya lo creo! Si te esfuerzas, ¿quién sabe? ¿Un nuevo Tales de Mileto? ¿Un nuevo Pitágoras? ¿Euclides? Matemático, astrónomo, arquitecto o incluso médico. Eso está bien, Ahmed, muy bien.

El entusiasmo que vibraba en las palabras de su padre penetró en Abdel hondo como un cuchillo caliente en la mantequilla fresca. La envidia brilló en sus vengativas pupilas.

Fátima no dijo nada. Con un pañuelo se secó disimuladamente las lágrimas, en silencio, y volvió a guardarlo. Ibn Shalam se dio cuenta y la abrazó con ternura.

—Mi hijo... un soldado —murmuró ella de forma apenas audible, y su esposo asintió, besándola en la mejilla.

—Madre... —comenzó Abdel y tomó su mano por encima de los platos vacíos, pero ella se liberó de su contacto de un tirón furioso, se levantó y empezó a recoger los restos de la cena.

Terminada la cena, el farmacéutico se llevó aparte a su hijo a su habitación y cerró la puerta. Abdel le dirigió una mirada interrogativa.

—Antes de partir, como primogénito debes saber un secreto. Mi corazón está débil. Puede que no me quede mucho, o que viva muchos años, ¡quiera Alá! Sabes que en mi juventud, antes de casarme con vuestra madre, estuve en Fez.

—Sí.

—En Fez existe una biblioteca maravillosa que pertenece a la mezquita Qaraouiyyin, y en ella hay un libro concreto, un libro que dentro guarda una carta que quizá no debería existir. Pero existe, ¡perdóname Alá!, y puede que algún día te sea de utilidad. Y si te cuento esto es porque me pesa la conciencia. ¿Quién diría que estas manos, mis propias manos, son las manos de un asesino?

—¿Mataste a un hombre? ¿Cuando eras joven? —exclamó Abdel sorprendido, acercándose a su padre, que estaba sentado sobre el borde de la cama. Ibn Shalam asintió.

—En el desierto. Ingenuo de mí acepté un encargo para aliviar mi pobreza y me vi involucrado en un ataque de soldados meriníes. Pudiendo ayudar a un hombre moribundo no lo hice; el hombre murió y yo le robé. Escapé huyendo con el regalo que íbamos a ofrecer a un caíd. Dentro estaba esa carta.

—¿Qué ponía, padre? ¿Por qué te hizo huir, en vez de pedir el auxilio de las autoridades?

—Mejor que no lo sepas, y si te digo esto es porque en caso de extrema necesidad puede salvarte la vida. Escúchame atentamente. El libro está en la planta baja, junto a la zona de los copistas. Según entras, el tercer pasillo a la derecha, la tercera estantería, el tercer anaquel. Lo guardé en el tercer libro que encontré. Un tratado de poesía de Ibrahim Ibn Said. Su cubierta es azul. Tiene una cinta verde como separador de hojas. Es fino. La cubierta tenía deteriorada una de las costuras. Dentro metí la carta, doblada. Salí antes de que el eunuco que custodiaba las copias, entretenido en vigilar a varios copistas, me reconociera. ¡Recuérdalo! ¡Tercer pasillo, tercer estante, tercera balda, tercer libro! ¿Lo has entendido?

—Dices que huiste. ¿Te perseguían? ¿Temías por tu vida? Padre, ¿alguien más sabe todo esto que me estás contando?

—No, y quiero que siga siendo así. ¿Para qué preocupar innecesariamente a tu madre, si todo ha quedado olvidado? Pero me parecía importante que lo supieras tú. Porque si yo faltara, tú serías el cabeza de esta familia.

Un orgullo genuino por la confianza demostrada hinchó el

pecho del joven. Su padre cerró los ojos y dio un profundo suspiro de alivio. Había soportado en secreto la pesadumbre de su conciencia durante once años.

El gran cadí Al-Nubahi recibió con afecto al secretario del sultán. Rara vez Ibn Zamrak permanecía en Madinat Garnata a la caída de la noche, pero las sucesivas obligaciones en palacio lo habían obligado a retrasar su encuentro hasta aquella hora tardía, tras la última oración del día. En las dependencias anejas a la Gran Mezquita, el propio cadí le sirvió té de cardamomo y le ofreció pequeños pastelillos de carne realizados para él apenas unas horas antes en uno de los obradores.

—Bien, ya estamos aquí. Y ahora, ¿qué podemos hacer? ¿Cómo podemos eclipsar al visir? —preguntó el cadí.

Ibn Zamrak tomó un pastelillo de la bandeja y se arrellanó entre los cojines.

—Va a hacer un viaje a la parte oriental del reino, oficialmente para reconocer en persona la situación del territorio. Creo que es la excusa que ha encontrado para confirmar el apoyo de sus aliados. Sé que pasará por Lawsa, su feudo familiar, para asegurarse de que no lo traicionen. En Ronda hará otra escala, y sé que llegará incluso a Yabal Tarik. ¡Seguro que desea comprar la fidelidad de la plaza fuerte a su persona! La necesita tanto él como nosotros, porque es el puerto de llegada de las tropas de los voluntarios de la fe.

—¿Y el sultán se lo ha autorizado, sin más?

—Sin más. Sé que ha escrito cartas a Ibn Jaldún, pero no he podido enterarme de su contenido.

—¡Está tramando algo! No pienso tolerarlo por más tiempo. Todo cuanto digo lo transforma él con el dulce veneno de sus palabras en el oído de Muhammad. Y se ha atrevido a opinar sobre asuntos de fe. ¡No sólo a opinar, sino a escribir sobre teología!

—¿Qué está escribiendo?

—Dice que obras místicas para aliviar su alma, ante el desamparo que sufre por parte del sultán. ¡Y tiene la osadía de pronunciar esas palabras delante del propio Muhammad!

Ibn Zamrak se mesó la barba, pensativo.

—¿Podemos acusarlo de algo? Nada de cuanto digo al sultán sobre el inmenso patrimonio que ha acumulado o sobre los rumores de su abuso de poder parece afectarlo. ¿Existe algo pecaminoso en sus escritos? ¿Desafía a la palabra del Profeta?

—¿Desafiar?

—Imagínate que se opusiera a la doctrina malikista, o que en su ignorancia malinterpretara el Corán.

El cadí asintió, comprendiendo adónde quería llegar el secretario.

—Lo malinterpretará. Porque yo soy el gran cadí y nadie me supera en el conocimiento de la Sagrada Palabra. Pero para juzgarlo necesitaría una copia de sus escritos.

—Puede hacerse. Si realiza ese viaje, estará fuera varias semanas. Yo mismo entraré en su despacho y realizaré una copia.

—Si demostráramos que pretende convertirse en sufí, tendríamos una gran baza a nuestro favor... ¡Sufíes! ¡Eremitas solitarios que se burlan del Islam, creyendo que son los únicos a los que escucha el Misericordioso! ¡Aquí reina la doctrina de Malik Ibn Anas! ¡El Islam se manifiesta en la comunidad, donde se revela la voluntad de Alá! Pero ten cuidado. El visir no ha llegado a su puesto por ser descuidado o ingenuo, y tiene muchos oídos en palacio.

—Lo sé. Por eso estamos aquí, en la Gran Mezquita, en vez de en Madinat al-Hamrā.

16

Un último grito

El sol lucía radiante. En la plenitud del mediodía, Zaina se había disfrazado de sirvienta y escapado de su vida controlada. Recorrió el barrio judío aprovechando su escapada, sumergiéndose en las callejuelas de paredes encaladas y deteniéndose de vez en cuando a admirar los trabajos de los orfebres, la delicadeza de las gargantillas de plata, las pulserillas de estrellas, los colgantes y anillos. Los pequeños fuelles atendidos por los aprendices avivaban los fuegos que calentaban las cazoletas con el material fundido; luego, vertían este material en los moldes de madera, o bien obtenían largas hebras plateadas que curvaban y trenzaban con habilidad, engarzando unas piezas con otras y formando intrincados diseños, como diademas y redecillas nupciales de extremada belleza. Las vestimentas oscuras, las *kipás* y los bucles que colgaban de sus sienes de acuerdo con los preceptos de su religión no restaban habilidad a los maestros. Pasó por delante de su pequeña sinagoga, con su extraño candelabro de siete brazos, sus velas y el incienso, cuyo aroma susurrante llegaba a la calle.

Ibn Zamrak mantenía unas excelentes relaciones con la comunidad judía como parte de la responsabilidad de su cargo. Por lo que ella sabía, las redes comerciales que los judíos habían tejido por toda la Cristiandad continuaban por los dominios del

Islam y seguían más allá de Persia hacia el este, hacia los territorios de hombres de piel amarilla y ojos entrecerrados. Un día su amante le había traído una muestra de la maravillosa seda que elaboraban en aquellos lejanos países, tan fina que siete de aquellos pañuelos multicolores apenas tapaban la desnudez de la piel. El camisón de seda china era tan maravilloso que aquella noche recompensó a su amante con interminables horas de pasión y placer desatado como pocas veces había experimentado.

A los ojos del mundo en ese momento era una criada. Sólo sus ojos eran visibles; ésa era la maravilla de los disfraces. Había sido Haisa quien le había enseñado cómo pasar desapercibida por las calles. De una fuente tomó con las manos un trago de agua clara y sin demorarse más inició el ascenso a Madinat al-Hamrā atravesando la muralla interior por el barrio del Mauror, por la Puerta de las Torres Bermejas. Entró por la Puerta de la Explanada y recorrió las calles de la ciudad palatina oculta tras el velo, esquivando a la gente llena de ansiedad.

Los guardias, inmunes al paso del tiempo, al hambre y a la sed, seguían dispuestos inmóviles como estatuas de piedra junto a las jambas de las puertas. En la casa palacio todo parecía seguir igual. La hora de comer se acercaba y pronto se oirían las voces de los almuédanos llamando a la tercera oración del día. Unas nubes ocultaron temporalmente el sol, llenando de juegos de luces y sombras los hieráticos rostros de los soldados. Como parte de su disfraz había comprado un canasto de mimbre de una cestería, apenas un cuarto de dírham, y lo había llenado de algunas verduras, lo que había consumido las pocas monedas de las que disponía ese día. Se acercó a la entrada trasera. Se oían las voces de los portadores de su silla, que aún esperaban en los establos. Llamó con la señal convenida con la aldaba y la puerta se abrió.

—Estaba preocupada, mi señora. Os habéis retrasado más de lo que esperaba —dijo Haisa cerrando la puerta con rapidez pero silenciosamente.

—¿Alguna novedad? —preguntó Zaina mientras la sirvienta la ayudaba a quitarse su disfraz. Un baño de agua caliente y perfumada la estaba esperando; unas deliciosas albóndigas de semillas de sésamo y carne de cordero, acompañadas con zumos y agua y tortitas recién hechas, desprendían su olor desde la cocina, donde la cocinera daba los últimos retoques. El aroma que desprendían era suficiente para hacerle la boca agua. Una leve punzada en el estómago le recordó que estaba hambrienta. Suspiró pensando en el agua caliente llena de aromas de vainilla.

—El amo vino, mi señora, y preguntó por vos. La sesión de palacio se ha suspendido. Os está esperando en los jardines. Ha ordenado poner la mesa bajo la pérgola del jazmín, entre los parterres.

—¿Qué le has dicho?

—Que salisteis, aburrida de esperarlo, y que volverías para comer. Está de mal humor. Como hombre que es no le gusta que le hagan esperar.

Se relajó en los baños de la casa apenas lo suficiente para sentir cómo el sudor y la porquería del polvo del camino abandonaban los poros de su piel. No era bueno hacerle esperar tanto. Se vistió con unas ropas sencillas, unos zuecos claros de madera y le secaron el pelo cuidadosamente. La cara descubierta, unas gotas de perfume de canela discreta y estratégicamente distribuidas y un pellizco de crema de almendras para la piel fatigada, y lista, la sirvienta había desaparecido.

Lo encontró tumbado en un diván de madera a la sombra del jazmín que crecía enredándose en los travesaños de la pérgola. El ruido del agua corriendo sonaba por doquier. Las nubes iban y venían; quizá si se juntaran un poco más, llovería. El tercer rezo ya había concluido. Ibn Zamrak había abandonado sus ropas palaciegas y se había vestido con una discreta chilaba blanca y zuecos de madera. Tomaba de un cuenco que había sobre la mesa un racimo ya bastante consumido de uvas negras, pequeñas y jugosas, ligeramente pasas tras haber permanecido casi dos meses en el frescor del sótano, colgadas de las vigas.

Los sirvientes pusieron la mesa y sirvieron la comida mientras ella se acercaba y le daba un beso en la frente. Él ni se inmutó. Se sentó a la mesa, servidas las albóndigas y varias salsas y otros manjares en los platos, y él siguió sin decir palabra. Olía a almizcle. Ese aroma era suficiente para excitarla. Los sirvientes los dejaron solos.

—Tuve la fortuna de que dos audiencias se cancelaran antes de comer y, ¡por Alá!, veo mi fortuna transformarse en desdicha. Para un día que llego puntual me encuentro con tu ausencia.

De uno de los cuencos tomó un pequeño trozo de cordero en salsa de almendras. Había también orejones, higos, tajín de carne de pollo y manzanas amarillas, con la piel ligeramente arrugada. De un recipiente cerámico envuelto en esparto para aislarlo del calor se sirvió un vaso de mosto; mientras, con la otra mano, dejó a un lado del diván los documentos que estaba leyendo. Miró a su amante. Zaina estaba igualmente hermosa vestida o desnuda, al natural o disfrazada. Para alivio de ella no parecía estar enfadado. Sonreía.

—¡Me viste! —comprendió ella un instante después. Él bajó los pies del diván ofreciéndole un sitio a su lado y tomó entre sus dedos una guinda en almíbar que pasó por entre sus labios. Ella aceptó golosa el dulce que le ofrecía. Su apetito era feroz.

—Te vi —respondió Ibn Zamrak—. A pesar del velo y tu camisa de sirvienta te reconocí cuando pasaste cerca de la Mezquita Real, hacia el exterior. ¿No tienes bastante aquí dentro? ¿No cuido de que nada te falte? Entonces, ¿por qué no haces más que desobedecerme e incumplir lo que te digo?

Ella no dijo nada, saboreando con delectación la salsa que había quedado adherida a sus dedos. Lentamente dirigió sus manos hacia él, avanzando por su muslo, metiéndose bajo su camisa, jugando a hacer rizos con el vello de su vientre.

—A lo mejor deberías castigarme. Aquí mismo, ahora... —le sugirió con un susurro y una mirada llena de complicidad.

Cuando despertó en el diván, empezaba a refrescar. Definitivamente el sol había quedado oculto por las nubes. Quizá lloviera. Decía Haisa que sus rodillas no se equivocaban nunca. Los dolores anunciaban lluvia. Hizo sonar una campanilla de plata y al momento el ama de llaves apareció junto con varias sirvientas, que retiraron los platos a medio terminar y recogieron los muebles. Zaina se levantó despojándose con cierto pesar de la fina manta de lana con la que Ibn Zamrak la había arropado antes de irse.

—¿Adónde ha ido mi señor?

—Marchó a palacio. Dijo que volvería por la noche y dejó ordenado que os preparáramos la habitación. Hoy dormiréis aquí. También nos prohibió dejaros salir.

—Al menos podrías enviar a alguien a buscar a Zuleima y a Sadissa o a Layla a palacio. Tomaremos té de hierbabuena.

Haisa asintió y se retiró. En las habitaciones ya habían colocado algunos braserillos con ascuas. Sobre el lento fuego habían dejado caer algunas gotas de esencia de romero que vivificaban el aire. «Esta mañana fui libre y ahora vuelvo a ser prisionera», pensó Zaina para sí.

Las dos cortesanas reían a gusto con las ocurrencias de la amante del *katib*. En la sala de las mujeres del palacio de las Tres Fuentes, Zuleima y Layla escuchaban absortas el relato que inventaba Zaina con grandes aspavientos de las manos y voces ridículas según hablaba cada uno de los personajes de su historia. El día se había nublado por completo, anochecía y desde hacía un rato caía una lluvia insistente, lo que había obligado a las tres mujeres a abandonar apresuradamente su paseo por el jardín y a buscar refugio en la casa. Un brasero de bronce lleno de ascuas, con tres patas en forma de estilizados caballos forjados, calentaba la amplia habitación tapizada de alfombras y cojines, llena de tés aromáticos y dulces sobre varias mesitas auxiliares. Una campanilla de plata estaba al alcance de Zaina para satisfacer cualquiera de sus necesidades o caprichos. Dos viejos tañedores de laúd mudos tocaban desde un rincón de la sala una suave y agradable melodía que intentaba, con la habilidad de las manos expertas de la vejez y años de práctica, dar vida musical al ritmo de la historia que salía de los apetitosos labios de la hermosa joven. Nada las entretenía más que el juego de las historias. Tomaban al azar un puñado de palabras, objetos cotidianos, lugares, hechos de la compleja realidad, y creaban un universo fantástico donde todo era posible, incluso la libertad más allá de su prisión dorada. Zuleima y Layla eran dos exiliadas meriníes. Sus esposos, príncipes aliados de Muhammad V, habían buscado y recibido su protección cuando Abu Faris 'Abd al-Aziz subió al poder en el reino meriní. Sus risas resonaban por toda la sala.

—Y el joven príncipe castellano —continuó Zaina en un ambiente festivo— bebió de la copa que él mismo había preparado para su amada, porque ella se había enterado de sus intenciones. «Bebed, amado mío, conmigo —su vocecilla falsa arrancó aplausos de su público— esta deliciosa bebida.» El eunuco cojo, al que sólo le habían cortado medio miembro pero que podía valerse perfectamente como hombre con la mitad que le quedaba, les acercó las bebidas cambiadas. Él la miró expectante y ella fingió que el elixir surtía efecto mientras se desternillaba de risa por dentro. «Oh, amado mío, siento un calor en el pecho, qué desazón tengo. Marchaos, por favor, hasta que os llame mañana. De repente oléis fatal. ¡Bañaos, bravo caballero!» —Las risas la interrumpieron un momento—. Perplejo, el príncipe se retiró, y al recoger de manos de los criados su caballo, el corazón le dio un brinco, y lo miró con nuevos ojos. «¡Por san Jorge, qué me pasa! ¡Qué hermoso es!» Le acarició la cabeza, las crines, el cuello, el torso. El caballo lo miraba entre asombrado, estupefacto y preocupado. «¡Por san Jorge, creo que me he enamorado! ¡Para qué quiero a las mujeres... si tengo a mi caballo!» Y corrieron ligeros camino al castillo. «¡Qué animal más fuerte! ¡Cómo suda, cómo huele! ¡Qué veloz!» El animal no corría, más que correr huía de su amo, pero, claro, como lo llevaba encima no conseguía dejarlo atrás ni un pie. Cuanto más lo acariciaba, más rápido corría. En su trastornada cabeza, al príncipe la cara del caballo y el rostro de la princesa se le hacían la misma por momentos (tampoco la princesa Eulogia era una belleza, borracha sí, pero no hermosa), y el pobre caballo se imaginaba al príncipe subido a una banqueta y dando un empellón sospechoso desde atrás, lo que aumentaba su pavor.

Zaina miró el reloj de arena; el tiempo para contar su historia ya había concluido.

—Fueron muy felices, sobre todo el príncipe, pero aunque comieron perdices no tuvieron descendencia. ¡Una lástima!

Unos acordes finales de laúd completaron su historia entre los aplausos y risas de sus amigas. Los tañedores de laúd, aun mudos, sonreían abiertamente con sus ocurrencias.

Una campanilla de plata sonó desde el patio y la puerta se abrió para dar paso a Haisa, que entró sonriendo.

—Mis señoras, han mandado recado desde palacio para que regreséis en vuestras literas.

—¡Qué lástima! Zaina, ha sido la mejor historia que hemos escuchado en toda la tarde —la felicitó Zuleima mientras sus propias sirvientas las ayudaban a colocarse el velo azul con hilos de plata.

—¡Eres única! ¿De dónde sacas la inventiva? No te importará que nos adueñemos de tu historia, ¿verdad? —le pidió Layla.

—¡Claro que no! Saludad a Sadissa de mi parte. —Y se despidieron efusivamente.

La noche tenía que ser perfecta. Había deseado que la cena con el *katib* se desarrollara en el jardín, pero la amenaza de lluvia desaconsejaba esa elección. Montaron la mesa en el comedor principal. Zaina hizo encender todos los candelabros, colocó velas aromatizadas en las ventanas abiertas, y los jardineros extendieron una alfombra de pétalos de rosa alrededor de la mesa. Hizo colocar la mantelería más fina, la vajilla más lujosa, el servicio de plata y oro, y en verdad disponía y ordenaba como si fuera más que una amante.

Estaba radiante. Se había preocupado de estar especialmente bella porque quería que aquella noche fuera la mejor de su existencia. Esa noche le comunicaría a Ibn Zamrak que estaba embarazada. No lo había pensado ni planeado, simplemente había sucedido. Haisa había descubierto sus síntomas, ausencia de regla, voracidad en el comer, náuseas matutinas, pechos crecidos y una inexplicable felicidad. Era feliz, y tenía la convicción de que la noticia alegraría también al *katib*. En aquella cena en la intimidad desvelaría su secreto.

Las cocineras se habían esmerado. Perdiz rellena de ciruelas pasas, tajín de cordero con manzanas asadas, truchas de Munt Farid con salsa de alcaravea, granadas abiertas, melocotones confitados y peras caramelizadas se acompañaban de mosto blanco, té y agua helada de los neveros del Yabal Sulayr. Todo estaba preparado para ser llevado al comedor.

Pero una mano homicida, conocedora de aquella cena íntima, había esparcido el contenido de un vial sobre los melocotones confitados, la fruta preferida del *katib*. Tuvo que actuar rápido. Las cocineras revisaron los platos por última vez y dos criadas los llevaron a la mesa, donde Zaina esperaba pacientemente, y se retiraron a la casa del servicio, en la huerta. Sólo quedaron en la casa palacio los dos guardias que custodiaban la puerta y ella.

No pudo resistirse, y tomó uno de los melocotones. ¡Irresistible! Transcurrió una hora, y luego otra más antes de que un mensajero de palacio anunciara que el secretario se retrasaría esa noche y que no cenaría en casa, con gran decepción para Zaina. Despidió de la sala al mensajero y al guardia. Furiosa, cenó sola y llena de mal humor. ¡Hombres! ¡Qué desperdicio de preparativos y de ilusiones! Pero tenía hambre. Se acarició el vientre con ternura. La hinchazón era casi imperceptible. Picoteó de todos los platos, quizá comió demasiado, porque se notó indigesta y con la boca reseca. La fruta la aliviaría; tomó otro de los apetitosos melocotones.

El melocotón, mordido, cayó al suelo.

Cuando al rato Haisa se enteró de que había llegado un mensajero de palacio salió de la casa de servicio y cruzó la huerta llena de pánico. Desde el patio, vio en la ventana la vacilante luz de un candil , y en ese momento su portador dio tal grito que la casa palacio despertó de golpe como un hormiguero lleno de hormigas confusas. Haisa entró corriendo en la sala. Parte de los platos estaban destrozados sobre el suelo, con la comida volcada. Ibn Zamrak estaba arrodillado y, en sus brazos, Zaina parecía dormida. Pero no lo estaba. Había sangre y vómitos a su alrededor.

—¡Llamad a un médico! ¡Id a buscarlo! ¡Pronto! —gritó con la cara desencajada de desesperación.

17

Tiempo de cólera

El médico real que la examinó no logró devolverle la conciencia antes de que muriera. Ibn Zamrak sintió el dolor de su pérdida como no lo había sentido por nadie en su vida. El médico tanteó el rostro aún febril y la sangre de la desgraciada Zaina.

—En las mujeres fértiles es normal sangrar varios días al mes, los días impuros que recoge el Corán, pero éste no es uno de esos casos. Sólo en tres ocasiones he contemplado algo parecido. Este vómito, esta hemorragia, el aliento a ajo, el rostro rubicundo, mi señor *katib*, esta mujer ha muerto envenenada.

Ibn Zamrak no salió de su estupor y se abrazó a la mujer, aún caliente.

—¿Con qué? ¿Cómo?

—Con oropimente, mi señor. Arsénico. No huele, no sabe y la víctima no lo descubre hasta que es demasiado tarde. Alguien se aseguró de que esta cena fuera la última. ¡Alá así lo ha dispuesto!

—¡Guardias! ¡Guardias! ¡Cerrad las puertas! ¡Traed a todo el servicio aquí! ¡Que nadie salga ni entre en la casa!

Todas las mujeres de la casa estaban allí, despiertas y aterradas por el suceso. Todas menos una.

—¿Dónde está Haisa? —gritó con una premonición.

Nadie supo responder.

—¡Haisa! ¡Buscadla, por toda la ciudad! ¡Pedid refuerzos! ¡Traedla a mi presencia, viva! —Y se derrumbó entre la ira y la pena, sollozando.

El médico se acercó a él e intentó que aflojara la fuerza de su abrazo a la muerta, pero no lo consiguió. Las mujeres se unieron a sus lamentaciones, dando grandes muestras de dolor y de pena.

—Ahora ya no puede hacerse nada, salvo prepararla para su funeral. Debes dejarla marchar, *katib*.

—¡Estaba embarazada! —sollozó con voz queda una de las *masitas*.

—¿Qué dices? ¿Qué estás diciendo? —El *katib* se levantó y era terrible mirarlo a la cara. Cogió del cuello a la mujer y la arrojó contra una pared, alzándola en el aire. Las mujeres se apartaron aterrorizadas.

—¡Estaba embarazada, mi señor! ¡Iba a tener un hijo vuestro! —respondió entre lágrimas.

—¿Cómo lo sabes?

—¡Soy madre! ¡Sus pechos, su vientre, sus náuseas! ¡Lo sabía! ¿No os fijasteis? ¿No os disteis cuenta?

Paralizado por la revelación, soltó a la mujer, que se escabulló hacia un rincón. El médico le dijo algo. Ibn Zamrak lo miró sin entenderle y, trastornado, se derrumbó desmayado por la pena. Haisa no apareció.

La enterraron un día nublado. En cualquier otro lugar, su familia, sus hermanos y tíos habrían llevado la parihuela sobre sus hombros desde la mezquita, con su cuerpo cubierto con una mortaja blanca, entre lamentos, lloros y ramas de arrayán. Sus amigas habrían ido vestidas de blanco inmaculado tras ellos, junto a su madre, a sus tías. La habrían llevado desde la medina hacia los silenciosos caminos entre los olivos, y los vecinos y parientes la habrían despedido en su último viaje al atravesar los callejones hacia el cementerio.

Pero ella no había sido una mujer cualquiera, y, no obstante, había estado sola. Su hermoso cuerpo, sus rizos desbocados, sus sensuales labios habían abandonado el calor de la carne cálida para convertirse en algo inerte, frío y sin embargo cruelmente bello y cautivador. Por expreso deseo de él, la habían llevado desde la casa del médico al palacio cuyas fuentes tanto disfrutó en vida, y en un rincón especialmente hermoso, rodeado de rosas y arrayanes, le habían dado sepultura postrando su cuerpo en la tierra desnuda, de lado y mirando a La Meca, adonde ya no podría peregrinar. Pocos fueron sus últimos acompañantes bajo el cielo nublado, las princesas Layla, Sadissa y Zuleima y su amante Ibn Zamrak. En el aire helado que bajaba de la sierra le dijeron adiós, y su cuerpo perfumado quedó cubierto por la esponjosa tierra que alimentaba el jardín, velado únicamente por los dos testigos, las dos estelas funerarias orientadas a La Meca y colocadas en los pies y la cabecera. En el mármol de Ilvira ordenó grabar su nombre y un verso que compuso en su dolor:

La estrella que alumbró mi mundo
vuelve ahora al cielo, inalcanzable,
y el rocío no puede contar mis lágrimas.
¡Bella Zaina!

Estaba embarazada. Esas dos palabras habían quedado grabadas a fuego en la mente de Ibn Zamrak y la incomprensión lo abrumaba. ¿Por qué no se había dado cuenta?, ¿por qué no le había dicho nada? ¿Quién habría querido asesinarla?

Fue el gran cadí quien lo iluminó en sus tinieblas.

—Creo que no era ella la destinataria del veneno. El asesino te buscaba a ti. ¿Un sicario de los cristianos? ¿O un sicario del visir?

Y Haisa no había aparecido.

Un ansia demente por el trabajo y sus obligaciones se apoderó de él, y multiplicó su actividad, trabajando por diez hombres, día y noche. El visir se apiadó de él y le transmitió sus condolencias; el propio monarca le concedió el privilegio de su compañía en su círculo familiar, pero la belleza de las jóvenes de palacio le hizo poco bien. ¿Haisa lo hizo sola? ¿La ayudó alguien? ¿Quién? No podría esconderse para siempre. Todas las salidas de la ciudad estaban vigiladas. E hizo correr el rumor de que daría una gran recompensa a cambio de su vida.

La encontraron oculta dentro de un carro, con destino a Wadi Ash, en la puerta del norte de la ciudad. La había delatado un viejo talabartero, quien se había dado cuenta de su presencia al subirse a la trasera del carro. Haisa opuso una gran resistencia a ser apresada, y en el forcejeo cayó al suelo una bolsa que se abrió derramando su contenido. Estaba llena de doblas de oro castellanas. En la puerta se formó un gran tumulto por conseguir alguna de aquellas monedas. Ante la evidencia de su traición, la sirvienta se dejó arrastrar.

En la prisión palatina de Al-Gudur la desnudaron, la colgaron y la cubrieron de latigazos, pero a pesar de sus gritos no le hicieron ninguna pregunta. La bajaron y con garrotazos bien medidos la apalearon hasta que su cuerpo quedó cubierto de hematomas, pero sin derramar nueva sangre, y por último la tumbaron sobre un potro y estiraron sus miembros hasta la agonía. Cuando la tuvieron que reanimar porque se había desmayado, entró Ibn Zamrak.

—¿Cómo has traicionado al Islam? ¡Tú, la gobernanta de mi propia casa! ¿Todo por dinero? ¿Por vil dinero? —Los verdugos tensaron los tornos. Haisa apretó las mandíbulas en su agonía. Destensaron el torno.

—Tengo un sobrino. Está preso en Qalat Yahsūb y su vida está en peligro. ¡Es huérfano, y mi única familia! ¡Dijeron que lo liberarían!

—Entonces ¿fueron los castellanos? ¿O estás inventando una inútil excusa? Vas a morir. Pero puedes acortar tu sufrimiento. ¿Quién te pagó? ¿Quién quería mi muerte?

—Un comerciante, un genovés. Francesco de Necco. Vive junto al zoco, en una casa amarilla, próxima al puente de la alhóndiga del río Hadarro. ¡Piedad!

—¿Tú la tuviste? ¿La tuviste? Sabías que esa noche cenaríamos a solas, Zaina y yo. Y que yo me retrasara por asuntos diplomáticos fue lo que salvó mi vida. Mataste a Zaina. ¡Mataste a mi hijo!

Su voz era fría y amenazante.

—¡Piedad! —repitió Haisa—. ¡No quería matar a Zaina!

—Ya lo sé. —La mujer palideció—. Traedme al comerciante. Esperaremos.

Al cabo de un rato, los soldados se presentaron a la carrera ante el *katib*. Habían buscado la casa del comerciante, encontrándola cerrada. Forzaron la entrada; no encontraron a nadie. Preguntaron a los vecinos. Al parecer, el comerciante había salido precipitadamente de la ciudad.

—¡Habla! ¿Cómo envenenaste la cena?

—Vertí una poción de un frasco sobre los melocotones. Una dosis mortal. ¡Piedad!

—Porque tú sabías que yo los elegiría. ¡Basta de gimoteos! —Ibn Zamrak se levantó—. ¿Y cómo obtuvo el comerciante el frasco? ¿Lo compró aquí? ¿Quién preparó el veneno?

—¡No lo sé!

—¿La descoyuntamos ya, señor? —preguntó uno de los verdugos, impaciente por hacer crujir sus articulaciones.

—No. Aún no quiero que muera. Aún debe seguir sufriendo.

A los seis días, la muerte se la llevó piadosamente.

—¿Oropimente, mi señor? Sí, es un remedio muy antiguo, para curar úlceras sangrantes y enfermedades de la piel, pero debe ser preparado con precaución —explicó el farmacéutico de palacio—. Es antiguo, y caro. Se paga bien. Uno de sus componentes es tóxico. En Persia, el rey Mitrídates lo conocía bien. Era uno de sus venenos favoritos.

—¿Se puede obtener aquí, en Garnata?

—¡No es de dominio público, señor! Sólo gente preparada conoce de su existencia. Pero es posible que los farmacéuticos tengan alguna cantidad a su disposición. Yo, por ejemplo, ¡oh mi señor!, tengo una pequeña cantidad.

Ibn Zamrak lo miró de forma diferente, intensamente, y a una señal suya un guardia de su escolta puso la punta de su espada bajo la barbilla del funcionario, obligándolo a ponerse de puntillas.

—¡Piedad, señor! ¡Soy inocente! ¿Qué iba a ganar confesándome culpable? —A una imperceptible señal del secretario, el soldado guardó la espada.

—¡Quiero una lista de todos los establecimientos!

Ibn Zamrak fue recibido por el visir en su palacio de Aynadamar. Varios ministros estaban con él en el jardín del estanque, tomando té y charlando animadamente sobre política y filosofía.

—Por mi parte —replicó Muley Hassan, el ministro de agricultura—, si bien es cierto que Malik Ibn Anas, venerado sea, ha estipulado que todo lo que fue y será ya está en el libro sagrado, pienso que esa interpretación tiene más un sentido metafórico que real. El hombre siempre será el mismo, pero las circunstancias cambian y debe adaptarse. Igual debe hacer la ley, pero manteniendo la esencia de la moral.

—Pero la moral puede desvirtuarse. Y si se desvirtúan reglas y obligaciones para adaptarnos al hombre, estamos negando la infalibilidad de Alá. ¿No sería eso negar la esencia del Islam? Todo está escrito —respondió el gran cadí—. Por ejemplo, comer cerdo. La carne es buena, el cerdo es carne, luego la carne de cerdo es buena. O en vez de cerdo, pongamos un hombre. ¡Desde su tumba, Aristóteles acaba de destruir en un segundo un principio de nuestra religión! —exclamó Al-Nubahi.

—¿En qué nos distinguiríamos de los cristianos entonces? —preguntó otro invitado.

—No es cuestión de distinguirse, sino de ser buen musulmán. ¿Puede perjudicar al alma de un hombre comer carne de cerdo, siguiendo con el ejemplo? —comentó Ibn al-Jatib. Vio al *katib* y le hizo señas para que se acercara.

—¡El cerdo es impuro! ¡Luego si eres musulmán, no debes comerlo! —defendió Al-Nubahi.

—Pero ¿su alma es de él, de Alá o de la comunidad? Si yo comiera cerdo y nadie lo supiera, ¿notaría alguien si soy peor o mejor musulmán por ello?

—Seguro. Si fueras musulmán y hubieras comido, tu mala conciencia te quitaría el sueño, y si no fuera así, no serías musulmán, sino infiel.

El visir se dirigió a Ibn Zamrak irritado por la respuesta del gran cadí.

—Excelencia —dijo Ibn Zamrak—, solicito permiso para reunir un grupo de soldados a los que encomendaré una pequeña misión en la ciudad. Busco a una persona. A un traidor y espía.

—¡Espías! ¡Aquí! —No supo Ibn Zamrak si en el tono del visir había burla—. Tienes mi permiso.

—Por ejemplo —continuó Al-Nubahi con arrogancia—, ¿me estás diciendo que alguien que se suicidara seguiría siendo tan musulmán a los ojos de Alá como quien muriera naturalmente, porque sólo el suicida sabría que comete suicidio? No veo eso posible. El Libro niega esa posibilidad.

—Pero ¿quién debe juzgar, Alá o la comunidad? —inquirió el visir.

—La comunidad es la representante de Alá todopoderoso y misericordioso. El hombre no está aislado. No somos sufíes.

—Cierto, cierto. Pero somos hombres y no conocemos los designios del Poderoso —dijo Ibn al-Jatib—. ¿Qué opinas, *katib*?

El secretario estaba sumido en otros pensamientos.

—A veces los hombres están ciegos y sordos, pero incluso así Alá nos guía, y el Corán es parte de esa guía. —Al-Nubahi asintió complacido—. He de irme, excelencia. —Y se despidió de ellos.

El secretario del visir envió a sus agentes por toda la ciudad para adquirir de todas las farmacias y boticas muestras del remedio tóxico. Cuando Ibn Shalam oyó que el gremio estaba siendo objeto de una investigación, presionó a su mujer para que confesara lo que sabía que ella le ocultaba.

—Sé que están buscando a alguien. Se oyen rumores de la muerte en palacio de una mujer embarazada. ¿No tienes nada que contarme?

Fátima bajó los ojos.

—No —respondió con voz queda.

—Fátima, ¡no estoy ciego, ni soy tonto! ¡He visto una maceta con ruda entre las demás plantas del patio! ¡Es la hierba de expulsar al niño!

Su mujer, descubierta, se arrojó al suelo y abrazó sus rodillas.

—¡Perdóname, perdóname! ¡He ayudado a abortar!

Ibn Shalam tuvo que sentarse al sentir palpitaciones en su pecho.

—Entonces ¿es a ti a quien están buscando? ¡Estás loca! ¡Nos has buscado la ruina!

—¡Fui discreta! ¡Siempre lo he sido! ¡Nadie sabe nada!

—Pero ¿por qué?...

—Porque no es justo, Abdel. ¡No es justo! —exclamó mirándolo a los ojos—. ¡Las mujeres también deben ser escuchadas! ¿No es mejor eso a que, desesperadas por una prole numerosa a la que no pueden alimentar, terminen ahogando a un pequeño en una tinaja? ¿No es mejor eso a que una niña muera de parto por ser demasiado joven para concebir?

—¿Y pensaste en tu familia cuando jugabas a desafiar al gran cadí y a Alá?

Fátima se echó a llorar. Él apretó el puño, luchando en su interior con un conflicto de emociones, pero al final abrió la mano y la posó sobre su cabeza. Inseguro, decidió esperar. Su secreto seguiría siendo secreto. Pero le prohibió hacerlo nunca más. Ella se lo prometió.

Por eso el farmacéutico tembló cuando un funcionario entró un día en su farmacia. Cuando solicitó de él su mejor remedio contra las llagas y las úlceras, Ibn Shalam suspiró aliviado en parte.

—Me cobras caro —comentó astutamente el funcionario—, ¿seguro que es el mejor remedio? ¿Qué contiene?

—Contiene lo que necesitas, ni más ni menos. ¿Quién lo pide? ¿Quién lo quiere saber?

—No te incumbe. —Cogió el frasco que le ofrecía, pagó y se fue.

Fátima apareció tras la cortina, temerosa.

—No, no. No pasa nada —la tranquilizó su esposo.

En pocos días, los funcionarios proporcionaron los frascos y los nombres al farmacéutico de palacio. Había decenas de nombres, pero después de que el farmacéutico comprobara la falsedad de muchas de las recetas, quedaron reducidos a diecisiete.

—No se puede ser más preciso, señor —se disculpó el farmacéutico de palacio—, incluso es posible que ese espía adquiriera el producto en su propia tierra. Lo lamento. El sultán siempre cuenta con un probador de comida. Os recomiendo que adoptéis las mismas precauciones.

Con un gesto le dejó la lista y se fue. El *katib* se sentía gastado, triste, cansado de todo y vacío. Y solo, terriblemente solo. Cogió una copa de mosto de la mesa y se dispuso a leer la lista. Al leer el séptimo nombre, la copa se le cayó al suelo.

18

El color de la guerra

Lejos de allí, desde lo alto de la atalaya no parecía divisarse nada especial aparte de los fuegos de las otras torres en la lejanía y las tímidas luces que atravesaban la oscuridad de la noche desde las ventanas de las casas. Abdel había conseguido su objetivo. Era soldado. Después de dos meses terribles y agónicos en la vieja fortaleza Qadima, lo habían destinado a las afueras de Ilyora. Desde lo alto de su torre, alejada de la población y orientada a vigilar la frontera, miró al norte, hacia los montes y campiñas más allá de los cuales terminaba el Islam y se alzaban los reinos cristianos. Todas las semanas había escaramuzas. La fortaleza de Ilyora disponía de una guarnición joven en la que las bajas eran constantemente repuestas. Estando en la frontera, ahora entendía las amargas palabras del reclutador acerca del destino del reino nazarí. «Somos los últimos», se recordaba una y otra vez. Él estaba junto a otros siete soldados en la torre de la Gallina, llamada así porque era la primera desde donde se podía ver avanzar al enemigo y la que, con sus señales, debía sacudir de su somnolencia a la red defensiva que se había tejido alrededor del territorio dominado por las fortalezas de Hisn Moclín, Ilyora y Munt Farid. Un aviso que llegara demasiado tarde podía ser tan malo como uno que no llegara nunca.

El frío de la noche impregnaba de rocío las ropas, las piedras de la torre, el casco y las armas. Había recibido un jubón de cuero curtido, una cota de malla usada, un casco, una adarga, una espada y un puñal de orejas. Durante los dos durísimos meses de preparación había recibido instrucción del uso del arco y la ballesta, y había aprendido a montar a caballo, pero su preferencia se decantó por el uso de la espada. La espada para detener, parar y contraatacar, y el puñal para aniquilar por sorpresa. La ballesta lo impresionaba por su potencia y alcance, a setenta pies de distancia podía derribar a un jinete de su caballo, y no había armadura que resistiera el impacto del pivote con punta de acero. El daño era terrorífico y mortal de necesidad. De momento no estaba a su alcance, no sólo porque se necesitaba una gran corpulencia para armarla, sino porque su número era escaso en los arsenales.

—Dadme un batallón de ballesteros —les decía el instructor— y no habrá enemigo en campo abierto, a pie o a caballo, que pueda resistirse. La muerte será vuestra única compañera fiel a partir de ahora.

Era soldado de infantería y no era poco. Bastantes habían abandonado antes de finalizar los dos meses. Algunos incluso habían muerto durante los entrenamientos. El más veterano de su torre, Hassan, seguro que la había esquivado muchas veces, y en su mirada se podía ver la frialdad de la experiencia. Era el guardián, el *nāzir* del grupo, y en su lanza enarbolaba un lazo verde, la *uqda*, con el escudo nazarí y el número que identificaba a la escuadra.

Prestó atención al norte de su posición. Qalat Yahsūb, que los cristianos habían rebautizado como Alcalá la Real, estaba allí, insomne, más allá de la tierra de nadie. Los cristianos habían aprendido a lanzar sus tropas los viernes, cuando los labriegos y campesinos acudían en masa a las mezquitas. El imán Al-Nubahi de la Gran Mezquita había escrito una proclama en la que eximía a los soldados de acudir a la oración si así lo requería la defensa de la frontera en nombre de Alá.

Atacaban los días de niebla, cuando las brumas dificultaban las comunicaciones con fuego y señales de espejos entre las torres, a veces en grupos numerosos para atraer a las tropas en una maniobra de distracción, mientras atacaban por otra parte alguna de las tres fortalezas principales; otras veces lo hacían en grupos reducidos que se limitaban a hostigar a las torres atalayas, robando caballos y armas, o destruyendo cortijos, caseríos y cosechas para regresar sin demora a la seguridad de la fortaleza de Alcalá. La resistencia nazarí era desesperada y era una guerra de desgaste que no podía ganarse. El pueblo lo comprendía y por eso se unía a ellos en la defensa de la frontera. Numerosas alquerías habían sido fortificadas, convirtiéndose en alquerías amuralladas donde protegerse de las incursiones enemigas y organizar la resistencia. Garnata no podía permitirse perder cosechas ni más hombres. ¿Por qué no llamaban en su auxilio a los hermanos musulmanes del otro lado del Estrecho?

—No los necesitamos —escupió Hassan por la mañana—. ¡Malditos bereberes del desierto! Pedidles un favor y te exigirán diez a cambio. Llamadlos para proteger una ciudad y pondrán a su sultán en el trono de la Al-Hamrā. Bastante tenemos con soportar a sus fanáticos voluntarios dentro de las fortalezas. Pero no, ellos no estarán en el primer contacto, sino nosotros, somos nosotros los que sangraremos primero. ¿Qué traen las postas? ¿Pan duro otra vez? ¡Puaj!

La torre era de planta redonda y maciza. La puerta de entrada estaba a un nivel superior, a doce pies del suelo. Se accedía a ella gracias a una escala de cuerda que podía recogerse. Existía en la base del lateral sudoeste una pequeña poterna que conducía a un sótano abovedado donde guardaban leña y provisiones, y donde tenían colocados varios jergones de paja. En la habitación superior, aparte de un escaso mobiliario, mantenían siempre un par de linternas encendidas, un espejo con el que se comunicaban a distancia y leña para hacer señales de humo cuando había que avisar a las medinas fortificadas más próximas, en su caso, Ilyora e Hisn Moclín. No faltaba en el sótano una rejilla que permitía que escapara el humo cuando encendían fuego para pasar la noche. La pared estaba ennegrecida por el tizne y las cenizas. También guardaban una raída alfombrilla de lana para cumplir con las prescripciones de la oración.

Cada dos días, un arriero les llevaba a lomos de una vieja

mula gris y tozuda provisiones y agua, casi siempre algo de carne salada; pan, a veces duro, a veces del día, con forma de tortas y hogazas, rústico, con la corteza agrietada y oscura; frutas del tiempo, como granadas, manzanas, a veces alcachofas crudas y nabos tiernos, y en contadas ocasiones y en secreto, un pellejo de vino recio. Los lugareños conocían que ellos eran la última frontera, y las ancianas, cuando podían permitírselo, agasajaban a aquellos soldados que podían ser sus hijos con cabritillo frito con almendras, dulces de miel y leche, higos secos enharinados y otras vituallas. El pueblo y el ejército formaban una sola entidad frente al enemigo cristiano.

Era media mañana. Hassan inspeccionó las alforjas con las provisiones que quedaban. No había más vino. Calentaron un poco de agua en una cazuela y echaron algunas porciones de carne de cordero ahumada, unos manojos de romero silvestre y tomillo, algunas collejas que Abdel había encontrado ladera abajo, el pan duro y tres nabos algo rancios pero aún comestibles, y lo dejaron cocer todo en la fogata del sótano. Lo que peor llevaban eran las noches cubiertas de niebla. Apenas podían verse los otros torreones y las fortalezas quedaban aisladas como islas en sus cimas rocosas en medio de un océano de bruma. Por fortuna eran noches de luna a pesar de las nubes. No esperaban que los cristianos atacaran bajo la luz cenital que ella esparcía, fantasmagórica en el viento helado que precedía al amanecer.

Jalid volvió a tensar fuertemente la cuerda del arco. Desde lo alto de la atalaya, Abdel contempló cómo su musculoso brazo tiraba de la cuerda obligando al arco a combarse casi hasta el límite, y apuntaba al tronco de un pino, enemigo imaginario, contenía la saeta con gran esfuerzo y soltaba de pronto. La cuerda restalló contra el brazal de cuero y la flecha salió disparada rauda como una serpiente con un silbido del aire; el impacto seco y percuciente con que se clavó fulminante sobresaltó a los dos caballos que estaban atados en las proximidades de la torre. «Un gran impacto», pensó Abdel y así se lo gritó. Jalid negó con la cabeza, pensativo.

—No es bastante —comentó recuperando la respiración—,

a sesenta pies el tiro debe ser mortal. No debe herir, sino matar. Es un tiro de precisión. Pero observa esto.

Jalid agitó un poco los brazos para relajarlos del esfuerzo anterior, cerró los ojos, respiró profundo, y cuando los abrió ardían como brasas, e impulsado como por un resorte disparó, tomando de la aljaba de su espalda una, dos, tres, cuatro flechas en apenas unos segundos. Los silbidos taladraron el aire antes de que las flechas se clavaran consecutivamente, y Jalid gritó exultante. Todos se asomaron. Todas se habían clavado en el mismo árbol a unos cincuenta pies de él. La primera flecha de la tanda se había desviado un poco de las demás, pero lo asombroso era que la tercera había desgajado el astil de la segunda, y más difícil todavía, la cuarta había hecho lo propio con la tercera. Tres blancos consecutivos en una misma diana.

—¡Magnífico! —lo felicitó Hassan, el *nāzir*.

—¿Cómo es que estás aquí en vez de en la guardia de palacio? —preguntó otro de los soldados. Jalid no contestó.

—Lo estuvo —respondió Hassan por él—, pero no diré más.

De entre los árboles, donde estaban clavadas las cuatro flechas que Jalid ya se dirigía a recuperar en la medida de lo posible, asomó la cabeza de otro de los soldados, con el rostro aún descompuesto.

—Por Alá, no sé si tengo el vientre más suelto ahora que antes. ¡Podrías vigilar dónde disparas antes de hacerlo! Creo que fueron esos malditos higos de anoche.

—Te comiste por lo menos doce —dijo Jalid ya junto al tronco intentando recuperar las puntas con la daga. Sonrió malicioso. El otro lo miró malhumorado.

—¿Quién eres, mi madre? ¿Ahora controlas qué como o qué no como? Ten cuidado, Jalid, eres rápido con el arco, pero nada más. —Y el soldado, llamado Jaafar, se encaró con él. La sonrisa de Jalid se transformó en una mueca de desprecio. Se miraron cara a cara.

—Ya basta, vosotros dos. ¡Guarda esa daga, Jalid! —ordenó Hassan.

—¡Enemigos a la vista! —anunció de pronto Abdel desde lo alto.

Hassan dejó de afilar el puñal de orejas, guardó en la bolsa de su cinturón la piedra y subió por la escala hasta el piso y luego hasta lo alto. Miró hacia donde indicaba Abdel mientras los demás sofocaban el fuego de la comida en el sótano, preparaban los dos caballos y se colocaban los cascos y las armas. Jalid examinó minuciosamente las puntas de las veinte flechas que tenía en el aljaba, como si tuviera para ello todo el tiempo del mundo.

—¿Cuántos dirías que son? —le preguntó a Abdel. El sol de la mañana había levantado las brumas. El cielo estaba medio cubierto y hacía frío. En dirección norte se veían diminutas figuras que a veces esparcían casi inapreciables reflejos del sol y dejaban tras de sí un leve rastro de polvo. Iban a caballo, ascendiendo los arroyos, buscando uno de los dos pasos que atravesaban los montes orientales. Al fondo, detrás de ellos, se alzaba la fortaleza cristiana de Alcalá.

—Cuarenta, cincuenta..., cincuenta y siete. Uno de ellos lleva un estandarte.

—No se ve tras ellos a la infantería, así que es probable que sea una expedición de saqueo. ¡Informa a nuestras dos torres!

Abdel bajó a la estancia inferior y subió el espejo. Orientándose con las marcas talladas en la parte superior de las almenas dirigió el pulido metal a las dos torres próximas, pertenecientes a la segunda línea de defensa, una en dirección a Ilyora y otra hacia Hisn Moclín. A la señal convenida indicó cinco decenas, señaló el norte y les avisó de que estaban a tres millas de su posición. Hassan entretanto ordenó a Jaafar que inspeccionara la zona este, junto al arroyo de Vallequemado, cuyo siniestro nombre hacía referencia a que era el paso favorito de los cristianos, el más cómodo para una incursión a caballo, con varios vados fácilmente atravesables con carretas.

—¡No te entretengas! ¡Comprueba si han enviado también tropas a ese paso, y si es así, avisa a los habitantes de las alquerías del valle para que huyan!

Jaafar asintió y de un salto subió a un garboso alazán castaño y se perdió entre los pinos y las encinas. Las incursiones eran terribles, pero de entre dos males horrorosos eran preferibles a una verdadera guerra de conquista. Hassan había estado en Algeciras y por las noches los muertos todavía se le aparecían en sueños.

Abdel recibió contestación en unos minutos. Mensaje recibido. Mantener posición en caso de ataque. Se enviarán refuerzos. Fin del mensaje.

—No enviarán refuerzos —comentó irónico Jalid.

Del sótano subieron tres arcos cortos, no tan fuertes ni de tanto alcance como el de Jalid, pero suficientes para la defensa de la torre. La estancia superior tenía distribuidas por sus muros varias saeteras desde donde disparar al amparo de la torre. También subieron el almuerzo a medio preparar, el agua que quedaba en los odres, leña y comida y las adargas, y cerraron la puerta y el postigo del ventanuco enrejado del sótano. Tenían a su disposición seis haces de flechas, en total ciento veinte unidades. Si las agotaban, ya sólo quedaba esperar el asalto con escalas o la llegada de las tropas nazaríes.

—No vendrán —tranquilizó uno de los siete soldados a Abdel, quien respiraba excitado. El soldado retiró la escala de cuerda y atrancaron la entrada de la estancia superior—. ¿Para qué iban a subir a esta atalaya pudiendo conseguir botín en las alquerías de los alrededores? Si fuera una conquista, vendrían con más tropas.

—¡No me preocupo, lo que quiero es tener una oportunidad de luchar en vez de estar encerrado aquí, esperando sentado como una vieja!

—A mí lo que me preocupa es llegar al final de la semana y cobrar mi mesada. ¡Oh sí! Por la gloria de Alá, claro.

Desde la atalaya el sol iba y venía, pero el aire frío que llegaba desde el norte no cesaba. Las diminutas figuras seguían avanzando, a ratos ocultas por las zonas arboladas, pinos, encinas y robles, álamos y fresnos junto a los arroyos. En un par de horas a lo sumo estarían allí.

Un ruido en la arboleda más cercana, un poco más allá del claro coronado por la atalaya, llamó su atención. Por un momento el mundo se detuvo para Abdel y los movimientos se hicieron desesperadamente lentos. Un rostro desconocido salió tras el añoso tronco de una encina. Un arco. Una flecha. Los latidos sonaron uno a uno y entre ellos había un abismo de tiempo.

Vio la flecha que iba hacia él. Se acercaba, se acercaba. Miedo. Asombro. Sus brazos no respondían. Ya había recorrido la mitad de la distancia cuando empezó a levantar la adarga para protegerse. ¡Pero qué exasperante lentitud de movimientos! Ya era demasiado tarde. Como un corredor fugaz, la flecha llegó a la altura de su rostro, las plumas eran grises, el astil pasó a unas pulgadas de su cara, silbó inquietantemente cerca de su oído derecho y sintió el roce de las plumas en su oreja. Con un sobresalto terminó al fin de levantar la adarga y el tiempo volvió a recuperar su ritmo habitual. Otra flecha se clavó con un fuerte impacto en la madera y el cuero, y Abdel se puso a cubierto detrás de una almena y gritó la alarma. Tuvo tiempo de ver cómo el rostro enemigo caía con una flecha clavada en el pecho. Seguro que era de Jalid. Pero había más.

El caballo que quedaba rompió las riendas y salió huyendo espantado por los gritos. Abdel descendió al piso inferior y atrancaron la trampilla. Por las seis saeteras podían observar al enemigo. Contaron hasta quince soldados, uno de ellos iba a caballo, con una espada ancha al cinto, botas y jubón de cuero, y bajo el jubón llevaba una cota de mallas con mangas; un casco con nariguera ocultaba su rostro. Daba órdenes. Había cuatro arqueros que se ocupaban de estorbarlos disparando a las rendijas por las que los miraban. Hassan observó con preocupación que varios soldados se afanaban por construir varias escalas de madera con dos pinos derribados, y tres más cortaban el sendero de acceso a la torre. Sabían lo que hacían, se mantenían al amparo de los árboles más allá del claro dominado por la torre. Cuando vio que encendían fuego y que uno de los arqueros clavaba en la punta de sus flechas trozos de tela que untaba con brea en un recipiente de cerámica, supo que las cosas iban a ir muy mal.

—¡Han terminado las escalas, *nāzir*! —gritó uno de los soldados.

—Van a asediar la torre. ¡Disparad a los arqueros en cuanto estén al alcance!

De un baúl sacó un estuche de cuero cerrado con una hebilla; lo abrió y extrajo de él un pequeño libro. Era una copia del libro de claves empleadas en la red de comunicaciones; y lo puso cerca de la linterna que siempre se mantenía encendida.

—Lo destruiremos en su momento si no hay más remedio. ¡El último que quede deberá quemarlo aun a costa de su vida!

Sacó también una copia del Corán y lo dejó a la vista de todos.

—No sé si sobreviviremos al día de hoy —dijo Hassan—, pero recordad que luchamos por el Islam. ¡Dad lo mejor de vosotros y estaréis conmigo en el Paraíso! ¡Alá es grande!

—¡Uno menos! —gritó Jalid. Otro de los arqueros había caído.

—¡Aprisa, no puedo contenerlos! —suplicó otro de los soldados.

Los tres arcos cortos no podían competir con el de Jalid, hecho de madera, cuerno y piel en Tremecén. El capitán cristiano había dado las órdenes; rodeando la torre, bajo los árboles, tres arqueros prendieron fuego a sus flechas empapadas en brea y dispararon a la puerta. Inmediatamente se oyeron los impactos y se empezó a percibir un tufillo acre. Otro de los cristianos lanzó con ayuda de una honda otro proyectil incendiario, que cayó en lo alto de la atalaya con un ruido sordo. ¿Era la imaginación de Abdel o empezaba a hacer calor? De pronto no pudo evitar pensar en que morirían como conejos atrapados.

Jalid dio otro grito de triunfo, pero una flecha cristiana atravesó la saetera con su llameante carga y se clavó en el pecho de uno de los nazaríes, llamado Anuar. Con gritos pavorosos cayó al suelo intentando apagar con sus manos desnudas el fuego que ya prendía en sus holgadas ropas de algodón, ennegreciendo la reluciente cota de malla.

Tomando una decisión rápida, Hassan, al grito de «Alá es grande», segó de un tajo en la cabeza la vida del infeliz; al mismo tiempo, Abdel sofocó con una manta el conato de incendio que en su angustia había provocado el muerto. El olor de la carne quemada le dejó en la garganta un regusto amargo.

Otro golpe seco retumbó sobre la trampilla. El humo empezaba a llenar la habitación. Hubo un intento de colocar una escala, pero Jalid lo abortó. Todos veían que la situación era insostenible, así que prendieron fuego al libro de claves y al Corán. Mejor al fuego que con los infieles. Uno de los soldados parecía desesperado y lloraba en silencio. Los arqueros seguían disparando cuando veían blanco, pero los cristianos aún no tenían prisa. Habían preparado grandes haces de leña, ramas caídas y hojas, listos para amontonarlos junto a la torre. Hassan no tenía dudas, intentarían quemarlos vivos.

El jinete se acercó a una distancia prudencial y habló a voz en grito:

—¡Moros! ¿Acaso tenéis prisa por alcanzar hoy vuestro Paraíso? ¡Resistís inútilmente! ¡Rendíos a mi rey, Enrique II de Castilla, y podréis implorar su clemencia!

—Nos matarán a todos —tradujo Jalid lúgubremente con la mirada torva.

Una flecha fue la respuesta, y la montura cayó. El capitán se levantó protegido por dos de sus soldados con escudos, y enfurecido no demoró más la estratagema final. Mientras los arqueros hostigaban las saeteras para anular los arcos nazaríes, los soldados llevaron la leña al pie de la torre; al otro lado, protegidos con maderas, portaron las escalas hasta debajo de la puerta medio carbonizada.

Abdel sintió una repentina calidez en su entrepierna y lleno de disgusto comprendió que el pánico lo dominaba. Respiró hondo. El humo ya casi llenaba la estancia. De la trampilla superior empezaban a caer ascuas y astillas ardiendo; no duraría mucho. Habían desgarrado una de las mantas para cubrirse la boca y protegerse del humo. Fuera se oyó un sonoro golpe contra la puerta, y ésta crujió entre chispas y ascuas.

—¡Soldados! —gritó Hassan, desenvainando su espada de mango de marfil tallado con el anagrama de la casa nazarí, mientras con la otra mano sujetaba la lanza con la *uqda*, la seda verde teñida de negro por el humo—, ¡los guerreros de Dios no podemos morir! ¡Por Garnata! ¡Por el Islam!

Con un solo grito todos desenvainaron. El soldado que lloraba cayó muerto con una flecha ardiendo clavada en su espalda. Tomaron el baúl y usándolo de ariete hicieron saltar en mil pedazos la puerta ardiente; teñidos de negro en medio de las voces se precipitaron al vacío más allá de la cortina de humo.

En su desesperada salida arrollaron a uno de los cristianos, que desde el lateral intentaba, subido a una escala, debilitar con un hacha la ya inexistente puerta. El cristiano y los nazaríes cayeron con gran griterío al suelo, doce pies más abajo. Fuera, cogidos por sorpresa los soldados enemigos, tuvieron unos segundos de ventaja. Abdel atravesó al caído, rompiendo con todas sus fuerzas jubón, carne y huesos, y un gran chorro de sangre cubrió su brazo y su rostro, vaciándole las entrañas al sacar la espada. El sabor salado de la sangre lo volvió loco.

Hassan atravesó con la lanza a otro soldado, tiñendo la enseña de rojo, y Jalid lanzó su puñal contra un arquero que ya se disponía a disparar. Otro soldado nazarí cayó con la cabeza abierta de un tajo y sus sesos se desparramaron sobre la tierra. La torre estaba en llamas. Por la ventana de ventilación enrejada habían incendiado el sótano y un humo espeso subía entre el frío y las brumas, alto y negro hacia el cielo, visible a otros muchos ojos.

Los cristianos intentaron rodearlos. Habiendo tomado las armas de los caídos, tres arqueros estaban a la espera flecha en mano, impacientes por encontrar un blanco claro, un disparo certero. El capitán cristiano, no muy alto pero robusto, de barba y pelo castaño y ojos furibundos, se dirigió hacia donde estaba Hassan. Se miraron con un odio animal y ancestral. Sus mundos eran opuestos; no había sitio para los dos. Gritando se enzarzaron en combate.

Jalid era tan hábil con la espada como con el arco. Otro soldado nazarí cayó, rota su adarga, y dos enemigos se ensañaron con él destrozando su cuerpo mientras caía; el ruido de los filos sajando carne y metal era terrible. Espalda contra espalda, Jalid y Abdel rechazaban las acometidas y atacaban, giraban, sorteaban las fintas enemigas buscando un hueco en sus defensas. Los dientes les chirriaban, y Abdel oía las risas de los muertos invitándole a reunirse con ellos. Con el vello erizado, lanzó la adarga al rostro de su oponente, quien no pudo esquivarla; atravesó su cuello con la espada, y las vértebras crujieron al romperse.

Hassan luchaba como un toro enloquecido, espada y lanza en mano. El capitán cristiano perdió la espada, rota por la empuñadura, y cayó al suelo. Con un grito de victoria, el *nāzir* alzó el asta ensangrentada dispuesto a clavarle en el suelo como a un insecto. Una flecha, dos flechas impactaron en su cuerpo, y aún tuvo fuerzas para intentar lograr la victoria; pero, tambaleándose, el capitán sacó un puñal y se lo clavó en el bajo vientre. Con la espada, Hassan lo empaló hasta la empuñadura de marfil mientras recibía insensible otras dos flechas por la espalda. Soltó la espada; gritando a su dios con la boca llena del sabor salado de su sangre, miró y alzó la *uqda* al cielo y cayó, muerto.

Sólo quedaban Jalid y Abdel. Los arcos sonaron de nuevo. Jalid se protegió con la adarga, pero Abdel gritó al recibir la flecha en el hombro. Buscando al enemigo con un dolor atroz, lanzó su puñal contra uno de los arqueros, clavándoselo en un ojo; cayó muerto.

Otro soldado se abalanzó sobre él, pero desvió su estocada rodando por el suelo, evitando otra andanada de flechas, girándose en el barro como una bestia desesperada. De pronto sonaron cascos de caballos y ruidos de tambores, y los soldados fueron abatidos. Con el rostro bañado en sangre, Abdel cayó sumido en el olvido de la inconsciencia.

19

El vaticinio del *hakkak*

Había pasado casi un año desde que Abdel Ibn Shalam presentó a su sobrino Ahmed al maestro Rashid. El erudito tuerto había vuelto a ser padre. Su joven esposa le había dado un rollizo hijo. Aida sirvió a su marido y al farmacéutico un dulce té de menta al calor de las brasas que brillaban dentro del brasero de cobre. En la habitación adyacente se oía una voz de mujer que arrullaba a un niño, seguramente era la madre de Aida. Ella sonrió al farmacéutico con una sonrisa llena de juventud y dulzura que sobresaltó a Ibn Shalam, y se retiró para que los hombres siguieran hablando de sus asuntos. La tarde se iba poco a poco, en pocas semanas llegaría el solsticio de invierno, y no tardaría en oírse la llamada de la mezquita. Fuera olía a humedad. Seguro que la cima del Yabal Sulayr tendría la primera capa de nieve.

—En cuanto lo vi, supe que Ahmed estaba dotado para estudiar. Debes estar orgulloso de él. ¡Si tan sólo se centrara más! Sinceramente, y lamento decírtelo, espero que el camino de tu sobrino sea distinto del de tu hijo.

—Ya hemos hablado de eso muchas veces. ¡Alá es inescrutable! Pero quería hablar con usted, maestro Rashid, de mi hija Aixa. Pronto será mujer y quiero encontrar para ella un hombre digno y piadoso. ¿A quién podéis aconsejarme?

El maestro y el farmacéutico hablaron largo y tendido sobre posibles candidatos para su hija. El hijo de un panadero, el del médico del barrio, un soldado hijo de un curtidor, y el primogénito del administrador de los baños del arrabal. Al final acordaron que Ibn Shalam se citaría con el padre del último en cuanto el maestro Rashid conviniera una cita con él en nombre del farmacéutico. Tardaría varios días en regresar de un viaje por la costa.

Pero esa cita nunca tuvo lugar.

Mientras en la frontera la sangre se vertía, en Madinat Garnata, Aixa seguía teniendo molestias. Hacía pocos días que su hemorragia, súbita, dolorosa y desconcertante, había comenzado. Aquel día se había sorprendido por la sangre oscura que manchaba las sábanas. Su madre se hizo cargo de todo. Echó de la casa a su padre y a su primo, quienes hubieron de contentarse con encargarse de la farmacia y dormir en el despacho anejo. Dos días más tarde llamó a sus amigas y a las madres de sus amigas, y a sus tías y primas, familiares de Ibn Shalam. Por propia voluntad, aquel día, Ahmed y su tío dejaron la casa en poder de las mujeres; había demasiada feminidad y voces para soportarlo.

Así que lo celebraron todas juntas. Comieron cordero y acelgas, y unos bocados parecidos a la *bastella* merini pero más sabrosos; incluso bebieron vino dulce hecho con uvas pasas prensadas, y rieron y bailaron todo el día y toda la noche.

—Y eso ¿por qué lo hacen? —preguntó Ahmed.

—Porque Aixa ahora ya es una mujer y celebran que ya tiene edad para casarse, ser fértil y dar muchos hijos al Islam.

Cuando en la intimidad de las habitaciones, sus tías contaban lo que suponía la regla, el dolor que coincidía con el fin de cada período de mes lunar, la sangre y los hijos.

—Por donde sale, por ahí entrarán el hombre y su semilla.

—¿Y también duele tanto?

—La primera vez te dolerá como si te desgarraras por dentro, un dolor que te atraviesa la espalda como un relámpago.

—¿Y a los hombres no les sucede nada semejante? ¡Es injusto que ellos no sufran, madre! Además, ¿quién me querrá ahora, sabiendo que mancho las sábanas?

Las mujeres se echaron a reír. Su tía Asma, la hermana de su padre, la besó en la frente.

—Te aseguro que no te faltarán hombres que te sigan detrás, como los perros en celo. Porque debes cuidar tu tesoro. ¡Qué envidia de juventud! —suspiró Asma, acariciando la melena negra de su sobrina, sus redondeados pechos de color canela, firmes y turgentes. Aixa se ruborizó. Le habían quitado la camisa y estaba desnuda. Iban a vestirla como una mujer. Tiritaba de frío.

—Ya sé que son pequeños —murmuró Aixa ruborizándose aún más—. ¡Qué feos son! —Todas rieron por su ocurrencia.

—Crecerán con la edad, hija mía —dijo Fátima.

Calentaron agua y le añadieron unas gotas de esencia de rosas y canela. Lavaron a Aixa mientras contaban historias de las mujeres del Profeta, la risueña Aixa, la bella y justa Um-Salma, la prudente Jadiya, la ardiente Zaina, la inteligente Hafsa, la insaciable María *la Copta*. Pintaron sus manos con alheña por primera vez y la iniciaron en los secretos del maquillaje y del perfume. La vistieron con una camisa blanca de lino nueva, con bordados de hilos marrones y naranjas alrededor del cuello, de los puños y en los bajos. La camisa le llegaba por debajo de la cintura, tapando el fino vello negro y púber que suavemente perfilaba su sexo. Sobre ella colocaron una larga túnica blanca también de lino y otra túnica más de algodón azul, más gruesas, cumpliendo así los requisitos del Corán. La ropa debía ser lo suficientemente suelta para que la silueta de la mujer no pudiera ser vista, y a la vez suficientemente gruesa como para que no se pudiera ver a través de ella ni el color de su piel ni las formas, y debía ser modesta para no atraer la atención de los hombres.

Asimismo, el Corán prohibía a los hombres portar oro o vestir seda, pues estaban reservados para las mujeres. La madre de Aixa le puso unos pendientes de oro, y sobre la cabeza un pañuelo azul de lentejuelas engarzadas que realzaba la belleza de su frente de piel morena sin mácula. Le colocaron un velo azul con el que cubrieron su rostro, y le enseñaron a colocarlo, a mantenerlo fijo y a bajarlo. Pintaron sus ojos con kohl, y enviaron al chiquillo de una vecina a buscar a Ibn Shalam.

Cuando Ibn Shalam llegó, fue recibido por su mujer, quien en silencio lo tomó de la mano y lo llevó al dormitorio. Las mujeres, al llegar él, agacharon la cabeza en señal de sumisión. Podía oler a rosas, el olor fresco de las flores inocentes, y a canela, el aroma sensual de las mujeres. Mientras las mujeres se apartaban para mostrar qué había detrás de ellas, Fátima habló para él, conduciéndolo adentro.

—Esposo mío, ésta es Aixa, tu hija, que desde hoy se ha convertido en mujer. ¡Contempla su rostro, sangre de tu sangre! Y vela por su honor, mi bienamado, al igual que haces conmigo. Búscale un esposo digno, que la ame y la haga feliz, como tú me haces a mí.

En medio de la habitación estaba Aixa, vestida de azul, hermosa como no la había visto antes Ibn Shalam, y su corazón dio un brinco cuando su hija se bajó el velo y contempló sus ojos maquillados, sus uñas pintadas, sus tatuajes, el colorete de sus mejillas. La emoción lo embargó cuando empezó a cantar, como le había enseñado su madre. Todos quedaron embelesados con su voz, con los movimientos de sus labios, con su mirada emocionada. Terminó la canción y con la cabeza baja y la vista fija en el suelo se acercó a su padre y le pidió su bendición. Ibn Shalam la besó en la frente y ella alzó la cabeza, lo miró y sonrió.

—Velaré por ti, sangre de mi sangre, y por tu honor. Alá es testigo de mis palabras —proclamó Ibn Shalam lleno de satisfacción y orgullo, y sintió que su niña Aixa ya sólo existiría en sus recuerdos.

Las mujeres estallaron en una gran algarabía y él se marchó mientras ellas celebraban una cena con las viandas que él había encargado a lo largo del día. Cuando al día siguiente Ahmed y su tío regresaron a casa después de haber dormido en casa de su vecino, el médico Abu al-Hallaj, quien los había acogido muy amablemente, y Ahmed vio a su prima, a sus ojos ella parecía terriblemente mayor. Seguía siendo afectuosa con él, pero supo instintivamente que los juegos de infancia con ella habían terminado.

Aquel día festivo para las mujeres ellos dos habían estado en los baños. Su tío se había reunido con el administrador y había charlado largo rato con él en su pequeño despacho. Mientras, había dejado a Ahmed bajo la vigilancia del viejo *hakkak* Al-Hazred y del inamovible eunuco Hassan.

—Deja que me aproxime. Ah, pequeño Ahmed, estás más alto. Has crecido. —Las manos del masajista seguían oliendo a romero y almendras, pero Ahmed lo veía más débil y marchito—. El maestro Rashid, que Alá le mantenga la vista por muchos años, me ha dicho que eres hábil con los números. ¿Aprendiste ya la décima parte del Corán? ¿Te gustan las leyes?

—Prefiero modelar, crear, construir. Sé que a mi tío le gustaría que me dedicara a la medicina para ayudarlo en la farmacia, o que fuera jurista, como el prestigioso Al-Nubahi, nuestro gran cadí. Aprendí el Corán, pero tengo inquietudes.

—¿Inquietudes? —inquirió Al-Hazred con gesto de saber la respuesta de antemano.

—Me gusta plasmar figuras en el papel, dibujar contornos, animales, edificios. Incluso..., incluso figuras humanas.

El ciego le tomó la mano fuertemente y le advirtió con severidad:

—Ten cuidado con lo que dices. Estás cruzando el límite de lo prohibido por el Corán. Y me alegro, porque yo sabía que tú eras diferente. Pero en Garnata reina Malik Ibn Anas y su doctrina, todo lo decible está dicho y escrito en el Corán, más allá está sólo la herejía. Todo estanco, con el aire viciado de siglos, sin pensamientos que sean savia nueva para gloria del Islam. Algo parecido le ocurre al reino. ¿Quieres saber, Ahmed, cómo me quedé ciego?

—Sí; te escucho.

—En Hisn al-Monacar yo era un estudiante de teología apreciado por mi tutor. Esperaba iniciar una próspera carrera jurídica bajo las órdenes del imán local. Un día tuve la desgracia de encontrar escondido detrás de una estantería de la pequeña biblioteca de la mezquita un desconchón que me reveló una oquedad en la pared, y en ella había una caja carcomida por el tiempo.

—¿Qué pasó?

—La abrí y para mi desgracia leí el libro que había dentro. Era una copia de la *Ihya*, un tratado teológico de Al-Gazali que se creía perdido. Entusiasmado fui a enseñársela al imán Ibn Nayib, malikista hasta el extremo. «Esta obra es herética —gritó furibundo—, y tú has pecado contra Alá al traer de las sombras lo prohibido, condenado y olvidado.» Fui denunciado al almotacén, en el juicio me condenaron, cuatro guardias me prendieron; ante mis ojos, el libro fue quemado e inmediatamente, en un acto de misericordia divina, cegaron mis ojos, testigos de lo prohibido. Fui vendido como esclavo, perdiendo rango, título y honores, y tuve que soportar el exilio. Pero las verdades de la *Ihya* no pudieron arrebatarlas de mi mente. ¿Es el Dios que conocemos y que nos han transmitido El Que En Verdad Es, o es sólo una interpretación de los hombres?

»Así que si tienes inquietudes, que no agosten tu savia, y ocúltalo a los ojos de los intransigentes. El malikismo oficial no admite la novedad o la reinterpretación. Lo que fue escrito así es y así será, por los siglos de los siglos.

—Me confundes, Al-Hazred. ¿Cómo aquello que hago con todo el deseo de mi alma para gloria de Alá puede condenarme?

Al-Hazred sonrió.

—¿Para gloria de Alá o para la tuya? Esa pregunta y ese dilema tienen siglos de antigüedad. Ten cuidado. Alá puede ser benevolente, pero la mayoría de los hombres son definitivamente crueles. Alá es grande, pero creo que los hombres podemos ser miserables. ¿Te asusta lo que digo? Soy viejo, Ahmed, y aunque no la pueda ver oigo la muerte que viene tras mis pasos, así que poco me importa ya el juicio de los hombres a mis palabras.

—Pero no puedes morirte, *hakkak* —pidió Ahmed con ansiedad—. Tienes que enseñarme. Tienes que contarme los secretos del aceite y de la piel, los misterios del masaje. Quise ser *hakkak* después de aquel día..., de aquel día en que también conocí la primera espalda de una mujer.

A tientas, con una paleta, Al-Hazred retiró la cobertura metálica de agujeros calados del brasero, meneó las brasas y volvió a taparlo.

—Demasiado tarde, Ahmed. Un mal me come por dentro. No duraré mucho. Ser *hakkak* es un trabajo de esclavos. Aunque yo encontré en él mi consuelo, alabado sea Alá, tú estás hecho para algo más. Y aunque no seas *hakkak*, tu prima aún puede estar al alcance de tus manos.

—Pero ¿cómo has sabido...?

—Lo sé —lo interrumpió Al-Hazred—, sé oír tus latidos, tu respiración, los silencios. No olvides lo que aquel día aprendiste. Te harás un hombre, y en tus manos hay habilidad para hacer otras cosas que no son masajes.

¿Cómo se haría él un hombre? Por la noche, se durmió con el nombre de Aixa en los labios.

20

Prisionero

Una lastimosa fila de hombres atados avanzaba a trompicones por un sendero gastado. Atrás dejaban los montes orientales y avanzaban prisioneros por tierras fronterizas, pero tierras cristianas. Vigilados por hombres a pie y a caballo marchaban como podían, privados de comida desde hacía varios días. Tras los hombres a pie iban algunos carros que transportaban heridos inconscientes.

Abdel despertó dolorosamente de su oscuro sueño, mecido por el vaivén del paso constante de las mulas. No abrió los ojos de inmediato. Estaba muerto. «Estoy en el limbo», pensó. Cuando palpó las tablas astilladas con las yemas de los dedos, notó el frío soplo del atardecer y escuchó los gemidos de los que lo rodeaban implorando a Alá, se dio cuenta de que aún podía respirar, aunque un dolor punzante lo atravesaba cuando inspiraba a fondo. Abrió los ojos y vio las nubes grises que anunciaban la caída de la tarde más allá de las moscas que zumbaban de un lado para otro. Intentó apartarlas de su rostro, pero se sentía sumamente débil y las dejó estar. Con dolor se palpó el pecho y notó la compresión que le producía un vendaje. Veía borroso. En torno a él había cuatro hombres tumbados. El de su izquierda había dejado de respirar y estaba frío.

Abdel apartó la mano después de cerrarle los ojos. Otros

cinco hombres iban a pie tras ellos, con las ropas manchadas de sangre y con vendas en el rostro, el torso y en torno a algún muñón; fijaban la vista en el horizonte infinito, que se oscurecía poco a poco. Uno de los del carro lo miró, pero no dijo nada. Abdel se fijó en el muñón donde antes debía de haber una pierna izquierda. Reconoció las verdes ropas nazaríes de algodón y lino. También se dio cuenta de que los habían desarmado y les habían arrebatado las cotas de malla.

—¿Qué ha sucedido? —preguntó al hombre cojo de mirada triste.

—Llegamos de Hisn Moclín para auxiliar a las atalayas del norte. El grueso de fuerzas cristianas nos esperaba ya arriba, entre las encinas y los pinos.

—¿Cuánto hace de eso?
—Tres días ya.

Un soldado a caballo trajo un odre de agua y se lo dio al conductor. En el pescante, otro soldado lo lanzó al carro. Abdel bebió tres largos sorbos; nunca nada le había parecido tan maravilloso como sentir la escurridiza agua entre sus labios resecos. Los soldados dijeron algo que no entendió, pero ellos se echaron a reír. ¡Infieles! ¿Cómo había acabado allí? ¿Dónde estaría Jalid?

Intentó alzarse algo más apoyándose en los codos, pero la cabeza le dio vueltas y volvió a tumbarse. Se sentía demasiado débil y hambriento para responder a las burlas del barbudo cristiano montado. Jalid no estaba allí. Nadie más de su destacamento estaba allí. Ellos no estaban allí y Abdel no entendía por qué él seguía vivo.

—¿Nos derrotaron?

El otro se encogió de hombros desanimado, pero asintió.

—¿Y los muertos? ¿Los enterraron?
—Los incineraron, malditos sean los infieles.

¡Incineración! Se acordó del maestro Rashid. Los musulmanes debían ser enterrados en contacto con el suelo desnudo y con el rostro orientado hacia La Meca, sólo así entrarían en el Paraíso anunciado por el Profeta, con las bellas huríes, las más bellas de entre las bellas mujeres al servicio de los fieles de Alá.

Sus cuerpos habían sido profanados al entregarlos al fuego. Sus almas no conocerían el Paraíso. ¡Qué infamia!

—¿Adónde nos llevan?

Su compatriota volvió a encogerse de hombros.

—A Alcalá o a otra ciudad fortificada. Nos mantendrán vivos. Nos interrogarán, intentarán pedir un rescate por nosotros, y en el mejor de los casos nos matarán.

Tenía fiebre y hambre, así que aquellas palabras, pronunciadas con tanta resignación, casi le parecían llenas de lógica e inamovibles por el destino.

—Y ahora ¿qué? —preguntó Abdel para sí, con un susurro febril; pero el otro no respondió.

En esos momentos de incertidumbre, Abdel pensó en su familia, en sus padres, su hermana. En su primo.

Ahmed, lejos de allí, permanecía en Madinat Garnata sentado en un banco de piedra contemplando el zoco en la plazoleta del aljibe de los alfareros. Después de ayudar temprano en la farmacia de su tío no fue a la escuela. Su último encuentro con Al-Hazred lo había llenado de desasosiego. El viejo *hakkak* se moría. Había vivido, había buscado lo diferente y lo habían condenado de por vida. ¿Acaso el arte no era una manifestación de la gloria de Alá? ¿Qué maldad podía haber en dibujar, en pintar, en esculpir a un ser humano? El maestro Rashid condenaba duramente a los cristianos por su idolatría, por su promiscuidad, por sus ofensas a lo más íntimo de la religión del Profeta. La representación de la divinidad era un gravísimo pecado, era convertir lo divino en algo terrenal y pecaminoso, era transformar lo trascendente y perfecto en una imagen de los defectos y miserias del mundo terrenal. ¡Un dios al que se vislumbraba en una madera pintada era una ofensa a la idea de divinidad y perfección!

La representación humana era también pecado según el Corán, porque era deformar la creación de Alá. Ahmed pensó en Aixa. Miró hacia los tenderetes, donde en medio del gentío un grupo de jóvenes mujeres cubiertas con sus velos realizaban sus compras. ¿Cómo podía ser pecado representar el cuerpo humano? ¿Cómo podía ser pecado el cuerpo de una mujer?

Las jóvenes charlaban animadamente entre ellas. Llevaban sus cestos de mimbre con pan, algo de carne, pescado salado, espinacas y acelgas, y deliciosas naranjas, y regateaban con astucia, guiñando los ojos, riendo, frunciendo sus menudas cejas. Los tenderos se quejaban, imploraban a Alá por tener que soportar a unas clientas tan inmisericordes con sus precios, defendían sus mercancías, acordaban un nuevo precio. Cedían y pesaban el producto en la balanza o en las viejas romanas, y el intercambio de monedas se producía entonces. Un ayudante del almotacén deambulaba por el zoco velando por la limpieza de los puestos, la salud de las gallinas, conejos y pollos, la fidelidad de las balanzas, y recogiendo las tasas mercantiles.

Ahmed escuchaba las voces femeninas y una extraña inquietud lo invadía. Miraba cómo hablaban entre ellas, cómo movían las manos con sus dibujos de alheña. Miraba los tobillos que quedaban al aire al moverse. Intuía las formas que ocultaban las túnicas. Para su sorpresa, se dio cuenta de que las jóvenes lo estaban mirando entre sonrisitas. Sólo veía sus ojos. ¿Qué estarían murmurando? ¿Hablarían sobre él? ¿Qué dirían? Empezó a ponerse nervioso. Ellas seguían mirando. Él las miraba a su vez mientras avanzaban hacia la vendedora de lana. Una de ellas se separó del grupo y se acercó a él. ¿La conocía?

Él se puso de pie. Por un momento pensó que ella lo había confundido con otra persona. Aturdido, se dio cuenta de que algunos hombres la estaban observando mientras se aproximaba a él. Ella llegó a su lado, le echó los brazos alrededor del cuello. Todo sofocado, Ahmed sintió el roce eléctrico de sus labios, su olor a azahar, su aroma femenino. Aixa se separó de él con una sonrisa.

—Hola, Ahmed. ¿No me has reconocido? —preguntó ella risueña. Realmente lo había sorprendido.

—¡Aixa! —balbuceó con la cabeza llena de pensamientos contradictorios. Ella se bajó lentamente el pañuelo dejando ver de nuevo su maravillosa sonrisa. Sus ojos brillaban.

—Dicen mis amigas que eres muy guapo. Les gustaría que

las conocieras cuando puedas. ¿No tendrías que estar en la escuela?

—Sí, debería —contestó Ahmed recuperando el habla.

—Tranquilo. Te guardaré el secreto. ¡Adiós! —Y con un guiño lleno de interpretaciones se alejó de él hacia la panadería. Ahmed se sentía en el Paraíso, aunque le temblaban las piernas. Se frotó las mejillas recordando de nuevo la sensación de los besos recibidos. Era cierto. No lo había soñado. Como también era cierto que los hombres se volvían para mirarla cuando pasaba, y a pesar de la punzada de celos que sintió también creció su orgullo, porque sólo a él lo había besado, no a los otros.

Se alejó del banco y se fijó en un hombre que asentía ante un puesto cubierto de pequeños bloques de piedra y roca. Un asno atado a un carro cercano comía heno de un cubillo a la sombra de una lila. Se dejó acariciar por Ahmed.

—Claro, claro que sí. No habría problema en cortar la cantidad de material pedida. Aunque por último está el problema del transporte.

El cliente, un hombre de rostro oscuro y barba negra espesa, vestido con una saya castaña, sonrió astuto como un zorro.

—Entonces, veinte carretas de mármol a un dinar de oro, dos de plata y cinco dírhams, si pago yo el transporte y me rebajas dos dírhams de plata por cada carro por ahorrarte la molestia...

—Que sea sólo un dírham.

—... Bien, un dírham más los tres dírhams por cada cuatro carros por pagos a aduana suman en total veinticuatro dinares de oro, tres de plata y cinco dírhams, ¿cierto?

—Espera un momento —le pidió el vendedor.

—Pero recuerda que si no cumples el contrato, te exigiré tres dírhams de plata de rebaja adicional por cada carro, y eso hace que se quede todo en veintitrés dinares de oro, siete de plata y un dírham, porque mis bestias tienen que comer, así que te descuento cuatro dírhams.

—Por Alá, me estás liando. —El vendedor repetía sus marcas en el papel y sumaba con los dedos—. ¿Cómo sabes que me retrasaré en la entrega?

Mientras, el cliente se había puesto a redactar con letra ágil el contrato, con sus términos.

—Porque lo sé, tu cantera es una explotación pequeña. En total, veintitrés dinares de oro, siete de plata y un dírham. Léelo, fírmalo y pagaré ahora mismo el veinte por ciento. —Y abrió una bolsa de la que sacó cinco dinares de oro. La visión del oro cegó al vendedor.

Mientras rascaba al paciente asno en la cabeza, Ahmed se dio cuenta de que el cliente no iba solo. A poca distancia, dos guardaespaldas vigilaban a la multitud. Iban vestidos de azul índigo, con turbantes del mismo color, a la manera bereber.

—De acuerdo —asintió el vendedor, dispuesto a firmar las tres copias del contrato, una para él, otra para el cliente y otra para el almotacén.

Ahmed se concentró en los números y con un sobresalto se dio cuenta de que lo estaban engañando. El almotacén se dirigía hacia ellos.

—Está engañándolo. Ésa no es la suma que debe recibir.

El cliente lo miró con desprecio.

—¿Qué sabrás tú, hijo de camello? Firma ya —apremió al vendedor. El vendedor levantó la mano. Soltó la copia del documento.

—Espera. ¿Por qué lo dices, pequeño amigo?

Ahmed se concentró en el vendedor, evitando la furibunda mirada del cliente de tez oscura.

—Los veinte carros, más el descuento de un dírham por carro, más los tres dírhams por cada cuatro carros en pago de aduanas suman veinticuatro dinares de oro, nueve de plata y cinco dírhams, y si le restamos a eso por posible demora tres dírhams por carro, y las cuatro piezas para alimentar a sus bestias, quedan veinticuatro dinares de oro, tres de plata y un dírham. Es decir, que con el contrato perdería sesenta dírhams.

—El zagal es listo. —El vendedor sonrió mirando al cliente con ojos calculadores.

—¡Al infierno con él! ¿Me estás llamando mentiroso?

—Que Alá os guarde —dijo Ibn Hunayn, el almotacén, seguido por dos fornidos policías. Todos inclinaron la cabeza a su saludo—. ¿Habéis cerrado algún negocio hoy? ¡Qué mármol tan blanco! Veo un contrato sobre los bloques. ¿Algún acuerdo, entonces?

El vendedor habló primero. El almotacén leyó el contrato.

—Hemos acordado vender veinte carros por veintitrés dinares de oro, siete de plata y un dírham, pagando el cuarenta por ciento por adelantado, es decir, nueve dinares de oro y cinco de plata.

—Pero aquí pone el veinte por ciento —corrigió Ibn Hunayn.

—¡Oh! ¡Mil perdones! Es un error de redacción. Corrijámoslo, ¿de acuerdo?

El cliente, pensativo, asintió. Se corrigió y ante Ibn Hunayn firmaron los contratos, y el vendedor recibió su anticipo.

—Que Alá os guíe, y recuerda pagar la aduana cuando llegue la mercancía. —El almotacén se marchó, mirando a Ahmed como si lo conociera.

—Eres astuto, comerciante. Que Alá guarde tu fortuna —dijo el cliente antes de marcharse con sus dos guardaespaldas, con una sonrisa satisfecha.

—Gracias, pequeño amigo —dijo el vendedor a Ahmed.

—¿Por qué ha dejado que le robe? —preguntó Ahmed extrañado.

—Negocios. Con lo que he recibido por adelantado puedo especular. Me resarciré de esos sesenta dírhams que he perdido. ¿Cómo te llamas?

—Ahmed Ibn Malik.

—Yo soy Yabal Ibn Taled. Eres rápido con los números. Necesito un ayudante. Si quieres aprender cómo son los negocios, búscame aquí el último jueves de cada mes o en mi cantera en Al-Mariyyat. No podrás perderte. Mis piedras tienen mi nombre de pila. Y para que te animes, toma, con la mayor de mis gratitudes. ¡Que Alá sea contigo!

Entusiasmado y agradecido, se despidió de él y echó a andar rápidamente por las callejuelas buscando a los orfebres plateros. El comerciante de mármol le había dado un dírham de plata. ¡Un dírham de plata! En su cabeza pensaba qué haría con ese dinero. Era su primera ganancia obtenida por sus propios medios. ¿Podría comprar un anillo, una gargantilla, alguna sortija o un par de pendientes para Aixa? ¡Qué idea tan fabulosa!

21

El despertar de la rosa

Las jóvenes vieron a Ahmed, azorado, perderse entre los puestos del zoco.

—Así que ése es tu primo Ahmed. ¡Es tan guapo! —dijo una de sus amigas.

—Le has dado un beso. Eso es porque te gusta —dijo otra.

—¡No! Pero me gusta comprobar cómo se sonroja cuando me acerco a él. —Todas rieron con picardía—. ¡Mis tías me dijeron que los hombres se derriten cuando se les acerca una mujer!

—Pobrecillo. Míralo, está sudando. Y se vuelve para mirarte.

Todas le sonrieron y Ahmed se alejó, nervioso e indeciso. Ellas rieron de nuevo antes de dirigirse hacia el aljibe.

—¿Te has descubierto ya? —le preguntó casi con un susurro una chica de su misma edad llamada Sara.

—¿Descubrirme?

—¿No has notado nada nuevo?

—Hay días en que me siento inquieta sin ningún motivo. Por el sangrado, me dijeron mis tías.

—No. Es por otra cosa, muy próxima. Desde el ombligo, bajando hacia la ingle, notarás un bultito, oculto por un repliegue. —Las otras jóvenes la escucharon con atención—. Pruébalo. Búscalo.

—No entiendo lo que dices. Mi madre no me ha dicho nada de eso.

Sara bajó aún más la voz. Todas se aproximaron a ella.

—Porque dicen que no está bien que una mujer lo sepa. Es para su marido, no para ella. Pero yo no creo que esté mal.

—¡No quiero oírte! —dijo una, tapándose las orejas.

Una vieja que las observaba cuchichear mientras barría los escalones de su casa levantó la escoba de repente, amenazándolas.

—¡Gallinas, gallinas, idos a cloquear a otra parte! ¿No tenéis nada mejor que hacer, haraganas? ¡Id a sacar agua de la fuente! —Y las dispersó con su mal genio. Eran jóvenes y hermosas, y tenían toda la vida por delante. Eso era excusa suficiente para odiarlas.

Aixa no olvidó las palabras de Sara. Habían pasado tres días desde que dejara de sangrar. Al llegar la noche se sintió tentada por la curiosidad. Cuando todos dormían, se palpó en la oscuridad de la noche, metiendo sus manos bajo su camisón. Buscó su ombligo, tanteando la tersa piel de su vientre, y bajó sus manos hasta alcanzar el inicio de su suave vello púbico. Con cuidado abrió ligeramente las piernas. El roce de las yemas de sus dedos le transmitió una sensación desconocida, y aunque apartó las manos sobresaltada tuvo que reconocer que no era desagradable. Era diferente.

Volvió a colocar sus dedos en el mismo sitio. Prestó atención un instante al resto de la casa. Todo seguía en silencio. No quería que nadie la oyera. Poco a poco descubrió que sus dedos, hábilmente, con un ritmo suave, la hacían jadear. Experimentó de pronto una sensación fluida y todo se hizo más resbaladizo. Con la boca entreabierta y los ojos cerrados recorrió en círculos los senderos que su cuerpo le pedía. Arqueó la espalda. ¿Cómo podía ser malo nada de aquella oleada de placer? Y eso no fue más que el principio. Se sintió como si navegara en un río cuya corriente acelerara y se acercara poco a poco a una gran catarata. Ya no pudo parar. Se dio cuenta de que podían oírla y se obligó a cerrar la boca y a contener sus gemidos, la corriente fluvial la llevó al borde del precipicio hasta que el río por fin la lanzó al vacío, derramándose. Aixa se abandonó a la sensación, que la colmó en el éxtasis. Temblorosa y sofocada, tardó varios minutos en recobrar la respiración.

No sentía arrepentimiento, y si los hombres decían que aquello estaba mal, bastaba con no creerlos y que no se enterasen. Una agradable somnolencia se apoderó de ella, y antes de dormirse se preguntó si aquello sería patrimonio exclusivo de las mujeres o si los hombres también experimentarían algo semejante. ¿Por eso introducían la semilla en la mujer? ¿Era eso lo que una mujer experimentaba su noche de bodas? Se sentía intrigada, pero cerró los ojos y se durmió.

—Madre, ¿todas las mujeres conservan su virginidad como regalo a los hombres?

Fátima la miró turbada. Dejaron de coser.

—¡Niña, ¿a qué viene esa pregunta?!

—Me refiero a que... ¿los hombres también ofrecen su virginidad a las mujeres? ¿A sus esposas? ¿O no?

Su madre no dijo nada. Su expresión de sorpresa cogió desprevenida a Aixa. Fátima se obligó a romper el incómodo silencio.

—Hija, ya hemos hablado de que el mundo exterior es de los hombres. El Profeta tuvo nueve mujeres. No todas eran vírgenes cuando él las conoció, y además, por eso mismo, para ocho de ellas él tampoco lo era.

—Entonces, ¿por qué es tan importante conservarla?

—Porque sólo se puede dar una vez, hija. Es algo irrepetible. ¿No crees que entregarla debe ser un acontecimiento único?

—Tal vez.

—¿Tal vez? No. Lo es. Lo será también para ti. —La mirada de Fátima se hizo más profunda y llena de curiosidad—. A mí puedes decírmelo. ¿Hay algún joven que te haya dicho algo?

—¡Madre! —exclamó Aixa ruborizándose—. No.

—Sabes que eres muy hermosa, y muchos hombres jóvenes del barrio lo aprecian también. Si no me crees, basta con que prestes atención cuando estés en la calle y te bajes el velo. Los hombres serán marionetas mientras seas bella.

Aixa se acordó de las palabras de su amiga Sara; sería curioso comprobar si causaba el mismo efecto sobre los hombres que no eran de su familia.

—¡Ahmed, Ahmed! —llamó Aixa desde el piso superior. Estaba fregando el suelo de rodillas. Su primo subió, contento de ser objeto de su atención.

—¿Qué quieres?

—¿Puedes subirme la palangana? Está en la cocina. —Y le sonrió con rostro de súplica. Ahmed se precipitó escaleras abajo. Aixa esperó a que regresara con ella—. Pero con agua, Ahmed, por favor, yo no puedo.

Su primo gruñó, pero de nuevo una sonrisa suya compensó su petición y bajó otra vez, sacó agua de una tinaja y llenó la palangana. Aixa lo había vuelto a conseguir.

—Aquí está —dijo Ahmed, deseoso de volver a la farmacia con su tío. La dejó sobre el suelo.

—Gracias, primo. —Y le dio un beso en la mejilla—. ¿Por qué no aprovechas para bajar este balde de agua sucia? ¡Gracias por tu ayuda!

Y Ahmed bajó las escaleras por tercera vez, esperanzado y henchido de contento. Así, Aixa comprobó que las palabras de su madre y de sus tías eran ciertas.

22

El peso de la ley

Ibn al-Jatib repasó mentalmente el exiguo equipaje con el que salía de su casa palacio en la calle Real de la Madinat al-Hamrā mientras bajaba las escaleras de mármol con pasamanos de madera de cedro perfumada. Llevaba consigo los escritos de los que no podía prescindir: su obra descriptiva sobre las gentes de Madinat Garnata, otra sobre los reyes de la Al-Hamrā y un libro sobre los grandes reyes del Islam, varias obras que acabaría en el exilio al que se dirigía, algo de ropa y diversas cantidades de oro y joyas. Todo lo demás, el contenido de su biblioteca, sus casas del barrio del Albayzín y de Aynadamar, sus fincas en la Vega, los lujosos muebles de maderas preciosas y marfil, el frescor de las fuentes, sus patios de naranjos, años de trabajo y recuerdos, quedaría atrás para siempre. Su hijo Alí lo esperaba en los patios exteriores junto a varios caballeros que les servirían de escolta. No habría traición, estaban comprados y los acompañarían al otro lado del Estrecho.

Se acercó al caballo y un sirviente lo ayudó a subir. Ibn al-Jatib se sentía por un lado deprimido por la vida que iba a perder, irrecuperable, pues sería imposible regresar después de dar el primer paso, y así, treinta años de servicio al trono nazarí desaparecerían para siempre en las arenas del tiempo. Pero por otra parte se sentía liberado al fin de la pesada carga que había arrastrado como los bueyes, paso a paso, resoplando, sin parar, y por ello se marchaba esperanzado en el futuro. «¿Qué queda, sino la esperanza en el cambio?», pensó Al-Jatib.

—Todo está listo, padre —dijo Alí, y Al-Jatib asintió.

A la señal de Alí toda la comitiva salió por el portón de entrada a la calle principal de la medina fortificada. Sonrió a la multitud que los despedía, ocultando sus verdaderos sentimientos con la facilidad camaleónica de años de ejercicio de la política. Parte de sus pertenencias ya estaban al otro lado del mar, en la ciudad meriní de Salé. La tristeza daba paso a la melancolía al recordar que pronto volvería a ver la tumba de su primera mujer, Iqbal, muerta en aquel primer exilio en tierras africanas diez años atrás, y las lágrimas debidas al recuerdo casi asomaron a sus ojos cansados. En Garnata dejaba abundante familia para la que ya lo había arreglado todo; nada les faltaría.

Dejaron atrás la Mezquita Real, asustando a varias palomas blancas que alzaron el vuelo hacia el cielo raso y azul, donde el sol brillaba en todo lo alto a pesar del frío. Estrictamente hablando faltaban algunos días para el solsticio de invierno, pero el frío llevaba meses adelantado. Las cumbres del Yabal Sulayr estaban radiantes, completamente vestidas de blanco. Hacía años que no subía por los caminos de los neveros a tocar la nieve. Ya no podría hacerlo. Oficialmente partía para realizar una visita de inspección a las fronteras orientales del reino, hasta llegar a Yabal Tarik. Cruzaron sin problemas la Puerta de la Justicia. Dejaron atrás a los guardias, al cadí sentado en el interior de la puerta, a la muchedumbre que entraba a la ciudad palatina. Ibn al-Jatib respiró profundamente aliviado. Estaban fuera. Hasta que no dejaran atrás la medina no se sentiría a salvo de la implacable mirada del sultán y de la alargada sombra de su secretario personal. Temía a Ibn Zamrak, porque en los últimos meses se habían desvelado en él oscuras facetas, y era probable que su huida le diera a él el poder que ansiaba. Le había hecho partícipe de muchas de sus opiniones sobre política, sobre los cristianos, sobre la gestión del Estado. Y se había visto obligado a vigilarlo, después de conocer con sorpresa que mantenía reuniones periódicas con el gran cadí Al-

Nubahi. Además, Ibn al-Jatib presentía que Ibn Zamrak lo culpaba de la muerte de su concubina. Y el comportamiento de su secretario había cambiado. En más de una ocasión había firmado en su nombre, había postergado ejecuciones, había liberado presos y había promovido encarcelaciones, actuando más allá de sus cometidos. Sabía que alguien, de noche, buscaba en su gabinete, pues por la mañana el visir encontraba sutiles cambios en los papeles de su mesa. Algunas de sus cartas se extraviaban misteriosamente, o acababan en manos equivocadas. Pero Ibn Zamrak siempre se disculpaba con una sonrisa, y siempre tenía una lisonja y una excusa para su comportamiento. Sí; lo temía. «¡Piensa en Salé y en la ciudad santa de La Meca!», se dijo a sí mismo. Demasiado tiempo había postergado el viaje tan deseado.

Creyó empezar a sentir los primeros soplos del aire en libertad. «Así deben de sentirse los esclavos que son liberados», pensó. Se preguntó si duraría mucho.

Cuando el visir y sus protectores bajaban la cuesta a la medina para encaminarse hacia Mālaqa, adelantaron a uno de sus súbditos. Nadie lo había reconocido desde que había salido de su casa palacio, oculto bajo una capucha y con una vara en la mano para descender a Madinat Garnata. Lo acompañaban a una distancia prudente una docena de soldados vestidos de paisano, con las espadas ocultas bajo los mantos verde y ocre. El *katib* del sultán llegó al Wadi-Hadarro, cruzó por el puente que desembocaba a la calle Ilvira por encima de las tenerías y los curtidores y buscó la farmacia que le había descrito el funcionario de la lista. La encontró, próxima a una tahona. Puso su mano derecha en la puerta verde y entró.

—Sé bienvenido. ¿En qué puedo servirte, ciudadano? —le dijo el farmacéutico.

Una mujer y un joven estaban concentrados en la limpieza de los estantes y de los tarros de especias. La mujer debía de ser su esposa. ¿Sería ése su hijo? Se le parecía, desde luego.

—¿Puedo ayudarte en algo? —repitió Ibn Shalam. Ibn Zamrak se volvió hacia él y se quitó la capucha, acercándosele por la parte abierta del mostrador.

—Abdel, Abdel, ¿no me reconoces? ¿Ha pasado tanto tiempo?

Aquel rostro agraciado, sus vivaces ojos y esa sonrisa maliciosa despertaron un recuerdo dormido en el tío de Ahmed, y dio un respingo cuando cayó en la cuenta. Mientras, Ibn Zamrak le dio dos besos a modo de saludo, y ya no tuvo dudas.

—¿Abu? ¿Abu el hijo del herrero? ¡Por todos los ángeles del cielo! —Ibn Shalam se apresuró a mentir, porque no se alegraba de verle; empezó a temer por su vida. Se sintió acalorado y necesitaba sentarse. Le dolía el pecho—. ¡Fátima, tráenos té! ¡Ahmed, acompaña a tu tía, vamos!

Se sentaron en los cojines junto a la mesita de espera.

—Hace cuánto que nos vimos, ¿doce años? ¿Trece? Casi he perdido la cuenta. Veo que has prosperado, y que la educación que tu padre se esmeró en darte ha tenido su fruto, ¡Alá lo tenga en el Paraíso! —valoró Abu Ibn Zamrak recorriendo con la vista el establecimiento—. Desde que me visitaste en Fez. Eso es, desde entonces no había tenido noticias tuyas. Casado y con hijos, ¿cierto?

Ibn Shalam asintió. Tenía la boca reseca y sintió una urgente necesidad de ir a la letrina.

—¿Sigues trabajando en palacio? ¿Te has casado? —dijo por decir algo; no se le ocurría nada más.

—Oh, mi trabajo es muy absorbente, no tengo tiempo para ello. Ahora no es posible. —Y su mirada se ensombreció—. Pero dime, amigo, ¿qué sucedió en Fez? ¿Cómo es que sigues vivo? La caravana fue atacada, lo sé, pero no hubo supervivientes. O eso me dijeron.

—Alá me salvó la vida. Fue casi un milagro. Estaba fuera, de noche, haciendo mis necesidades, cuando surgieron soldados de la nada e incendiaron las tiendas y pasaron a todo ser vivo a cuchillo. Hui al desierto, lleno de pavor, y conseguí llegar a un oasis. Desde allí, los caravaneros me llevaron a la costa, al océano. Tardé meses en regresar a Mālaqa. No me atreví a volver a Fez, no después de lo que presencié.

—¿Y no te preocupaste de regresar a la mezquita? ¿Por qué?

—¡Temí que alguno de los autores de la matanza estuviera en Fez y me reconociera y quisiera matarme!

Ibn Zamrak paladeó el té de canela, dando las gracias a Fátima, que se retiró con una sonrisa sumisa. «Sí —pensó—, ahí tienes razón.»

—Pero yo te habría protegido, ¡y yo que lloré tu muerte tanto tiempo! ¡Hasta escribí a tu padre detestándome por no haber cuidado de ti! Sería Alá quien así lo quiso.

—Sería Alá.

Aixa, mandada por su madre, les llevó a los dos hombres unos dulces de miel y almendras y regresó a la cocina. La niña ya mujer le sonrió tímidamente, y un reflejo de plata en su cuello le llamó la atención. Lo reconoció inmediatamente. Se quedó paralizado. ¿Cómo había llegado a ella? Haisa. Haisa debía de haber robado la medalla, se la había dado al comerciante genovés y éste había pagado con ella. Tanto el genovés como la gobernanta de su casa habrían ideado que el farmacéutico cargara con las culpas. ¡Pero Ibn Shalam ocultaba secretos que él le arrancaría!, ¡la culpa era merecida!

Ibn Zamrak se recompuso en un instante, ocultando todos sus pensamientos con una habilidad camaleónica de años de experiencia. El *katib* miró alejarse a la niña, sin mostrar piedad ni compasión ni emoción alguna.

—Es hora de irme. La casualidad nos ha reunido de nuevo. Te deseo años venturosos, Abdel. A ti y a toda tu familia —se despidió de él, sonrió a Fátima y a Ahmed y salió de la farmacia.

—¿Es alguien que ya conocías? —le preguntó Fátima despreocupadamente. Ibn Shalam no contestó. Su corazón palpitaba incesantemente. Presentía que algo iba muy mal, terriblemente mal.

Habían pasado sólo unos minutos cuando los soldados irrumpieron en la farmacia, entrando por la puerta verde y por la cocina. Desde las casas adyacentes los vecinos espiaron curiosos y a la vez temerosos desde detrás de las celosías de madera.

—¡Daos presos en nombre de la ley, de nuestro sultán y de Alá! —gritó uno de los policías. Se oyeron los gritos aterrados de las mujeres.

Ibn Shalam, lleno de confusión por una parte, y por otra, de indignación por aquel atropello, intentó contener a los hombres armados, que desenvainaron sus espadas de debajo de las capas. Fátima y Aixa, asustadas, corrieron escaleras arriba. Ibn Shalam les arrojó una palangana y una silla, pero sólo los paró un instante. Por suerte para él, tenían órdenes de capturarlos vivos. Aquellos hombres eran profesionales. Lo inmovilizaron tras golpearle el rostro y el torso, y lo sacaron a rastras. Fátima y Aixa estaban aterrorizadas. Ahmed intentó pegar a uno de los soldados, y lo vapulearon hasta que escupió sangre. Los arrojaron a la calle a los pies de la ley, del almotacén. Hacía frío.

—¿Qué hemos hecho, en nombre de Alá? ¿Qué es todo esto? —rogó Ibn Shalam.

—¡Cállate! —gritó uno de los guardias, y alzó la mano para golpearlo, pero un gesto de Ibn Hunayn lo retuvo. El almotacén desenrolló una orden sellada con el lacre del gran cadí Al-Nubahi, y comenzó a leer en voz alta para que todos pudieran oírlo.

—En nombre del Grandísimo, del Eterno y Misericordioso, y de su más fiel y humilde sirviente, nuestro amantísimo sultán Muhammad Ibn Yúsuf, señor de los creyentes, garante de la ley y la justicia, y celoso defensor de la verdad del Profeta y del Corán. El gran cadí Al-Nubahi, guardián de la fe de la Gran Mezquita, os acusa de atentar contra el Estado y el Islam, y por ello seréis juzgados. Los denunciantes aportarán pruebas irrefutables y preservarán su anonimato por orden del gran cadí. ¡Guardias, lleváoslos!

En medio de gritos desgarradores separaron a la fuerza a Ahmed y a su tío de Fátima y Aixa. La humillación y la impotencia que sentía Ahmed eran inabarcables. A su tío se le saltaron las lágrimas. Ellas lloraban desesperadas.

—Pero ¿por qué? ¿Por qué esto, en nombre de la justicia divina?

—¡Abdel! ¡Abdel! —gritó Fátima a su esposo. Ya no había tiempo para contarle nada.

Uno de los esbirros intentó arrancarle del cuello a Aixa la cadenilla de plata que había recibido de la *qayna*, pero ella se resistió.

—¡No! ¡Es mía!

De un bofetón el soldado la derribó, y siguiendo órdenes precisas le arrancó la cadena, destrozando el enganche.

—¡Lleváoslos de una vez! —ordenó el almotacén mirando los pisos superiores de las casas de la calle, llenos de caras incrédulas—. ¡Aquellos que sean cómplices de esta chusma sufrirán las mismas consecuencias, prisión y tortura!

Los vecinos huyeron de las celosías y Fátima ahogó un grito de desesperación, mirando a su marido, que se había quedado mudo de la impresión.

—¡Aixa! —gritó una y otra vez Ahmed lleno de miedo, hasta que se perdió de vista en la oscuridad.

—¡Soy inocente! —fueron las últimas palabras que Aixa escuchó a su padre. Los soldados se llevaron aparte a las mujeres por un lado y a los hombres, por otro. Marido y mujer se miraron estremecidos por el horror antes de separarse para siempre.

En la Gran Mezquita tío y sobrino soportaron el juicio del gran cadí, quien acusaba al farmacéutico de mercadear con venenos para horror de inocentes. Él lo negó todo, y Al-Nubahi, furioso, le envió a las garras del *katib*, solo. Ahmed no pudo siquiera despedirse de él, abrumado por los acontecimientos.

Por orden de Ibn Zamrak, el farmacéutico fue llevado aparte a las cámaras de Al-Gudur y sometido a una lenta tortura. Sus gritos resonaron en las paredes de piedra.

—¡Sabes cuáles son tus pecados! ¡Declúralos en voz alta! —le exigió el verdugo. Un escriba estaba presente dispuesto a anotar su confesión.

—¡No he hecho ningún mal contra Alá! —gritó Ibn Shalam con un ronco alarido.

—¿No es cierto que has vendido recetas prohibidas? ¿No es cierto que has provocado la muerte de inocentes? —El verdugo le mostró algo—. ¿No reconoces esta medalla? ¡Habla claro, porque tu vida está en juego!

—¡¡No!! —respondió sabiendo que nadie más conocía el secreto de Fátima. Pero el verdugo no se refería a eso. Una sombra murmuró algo al verdugo, quien le tendió la medalla que colgaba de una gargantilla rota. La sombra besó una medalla de plata con tristeza.

—¿No es cierto que estuviste en el desierto de Fez, camino de Siyilmasa?

Supo que lo torturaban por el libro. No dijo nada.

Los verdugos lo cogieron entre dos y le aplicaron en la mano unos nudillos especiales, con tornillos, que ejercieron una presión insoportable en las falanges de sus dedos, hasta que los huesos chasquearon, uno tras otro. Si pensaba que ya no podía sufrir más, el farmacéutico estaba equivocado. Gritaba como una bestia moribunda, pero de su voz ronca sólo salían quejidos pavorosos e inhumanos.

—¡Sí! ¡Estuve en Fez!

La sombra apareció tras el verdugo. Asintió. El verdugo volvió a preguntarle.

—¿Qué hiciste con el libro? ¿Qué hiciste con el libro?

Le rompieron varias falanges más y le golpearon en las rótulas, en los nudillos, con barras de acero. Desde su cadena, atado a la pared, Abdel Ibn Shalam creyó que se transfiguraba de dolor, pero no podía hablar. ¡Porque si decía que tenía el libro y que conocía la carta, su familia moriría inmediatamente con él! Desesperado, intentó ganar tiempo.

—¡Nos atacaron los soldados del sultán durante la noche! ¡Es cierto! ¡Las tiendas fueron incendiadas! ¡Todo, el libro, los muebles, las mujeres, todo se consumió en las llamas!

—¿Dices la verdad? ¿Dices la verdad? —le siguió presionando el verdugo. El farmacéutico calló, desmayado.

—Haced que despierte —ordenó Ibn Zamrak con la voz fría y serena.

El interrogatorio prosiguió, interminable, durante dos días

consecutivos, y después Alá le arrebató el farmacéutico al *katib*, lo que lo llenó de cólera.

Pero su muerte enfrió la ira de Abu Ibn Zamrak. Quizá decía la verdad, quizá no. Si el hijo de Abdalá el arriero tenía algún secreto, se lo había llevado consigo.

Cinco días más tarde llegó a Garnata un jinete solitario desde Mālaqa. Atravesó la Vega bajo la lluvia como una exhalación, cruzó la medina, y tras presentar sus credenciales a los guardianes de las murallas ascendió el monte de la Sabika, esquivando a la incesante multitud que subía y bajaba de la ciudad palatina, buscando un refugio del agua que caía. Era un correo militar que había recorrido sin tregua las millas que lo separaban de Yabal Tarik. Lo detuvieron en la Puerta de la Justicia por negarse a descabalgar, tan urgente era su cometido.

—¡Abrid paso! ¡Vengo de las fronteras occidentales! ¡Apartaos, os digo! —gritó el correo espoleando a su montura. Las mujeres gritaron. Los hombres lo amenazaron y el cadí de la puerta llamó a los soldados a grandes voces. Lo único que consiguió el mensajero, exasperado, fue que los dos recodos de la puerta se obstruyeran por la gente asustada y enfurecida. Por un momento pareció que el caballo se pondría de manos.

—¡Quieto! ¡Identifícate!

Los soldados lo rodearon con las lanzas. La gente se apartó y salió huyendo en tropel.

—¡Detenedlo! —exclamó el caíd.

—¡Vengo desde Yabal Tarik! ¡Traigo un mensaje urgente para el sultán! ¡Mirad! ¿No reconocéis el sello del visir? ¡Dejadme pasar y llevadme ante el rey!

Y a voces exigió ver al sultán, exhibiendo en su mano derecha una carta con la autorización y el vistoso sello lacrado del visir. Era viernes y faltaba poco para mediodía. El sol estaba oculto por las nubes. Las montañas estaban cubiertas de nieve. Hacía frío.

Media hora después, el general Utman entraba en el salón del trono seguido de varios de sus hombres y del correo militar llegado de las tierras occidentales. Inclinaron la cabeza ante el sultán.

—Excelencia, lo único que mi señor Abu Faris 'Abd al-Aziz ruega es que no abráis vuestro corazón a los enviados de los rebeldes de Tremecén, ni acojáis a los fugitivos mendicantes que huyendo de la justicia divina de mi señor os imploren vuestra protección —dijo el embajador meriní antes de interrumpir su discurso al ruido de los recién llegados.

El gran cadí Al-Nubahi se adelantó para hacer una observación al monarca sobre la petición del embajador, pero el rey levantó la mano y exigió silencio.

Muhammad V los observó desde el trono del Mexuar. La sala del trono era espectacular. El trono real estaba situado media braza sobre el suelo bajo una hermosa cúpula ceñida por un mar de cristal sin fisuras de azulejería y alicatados en las paredes, con inscripciones recubiertas con pan de oro y rodeadas de lapislázuli molido. Unos arcos muy decorados definían el contorno de la cúpula, sostenidos por cuatro columnas de mármol torneado. Tres escalones elevaban al señor de los nazaríes por encima de sus súbditos. El soldado gibraltareño se humilló más aún ante la visión de su señor, vestido de seda y oro, con una camisa de ricos bordados en rojo, verde y granate. El sultán nazarí se preguntó intrigado a qué se debería aquella intromisión inesperada. Ibn Zamrak, inquisitivo, centró su atención en el general. Al fondo de la sala, dos músicos tocaban una sutil melodía arrancando las notas a sus laúdes africanos.

Los militares volvieron a inclinarse ante el sultán nazarí. El general Utman miró primero al embajador meriní y luego a Ibn Zamrak con un gesto que el *katib* interpretó a la perfección.

—Embajador, como podéis ver han surgido asuntos de extraordinaria importancia que deben ser atendidos ahora. Tendremos presente vuestras consideraciones y os rogamos que os retiréis. Recibiréis contestación a vuestras peticiones y a vuestros argumentos tan pronto como sea posible.

Todos lo miraron y el enviado meriní entendió que no tenía nada que alegar, así que asintió y salió del Mexuar.

A un gesto del sultán todos levantaron la cabeza.

—Mi señor, ha llegado este mensajero de las fronteras occidentales del reino con una noticia inesperada. Ibn al-Jatib ha huido.

—¿Cómo dices, general? —preguntó el sultán con asombro, incapaz de creer lo que le decía.

—Ha huido, mi señor. Este correo recibió esta carta suya desde los muelles de la Roca de Tarik. —Ibn Zamrak recogió la carta que Utman tendía al sultán. A una señal suya el secretario la abrió rompiendo el lacre. Empezó a leerla y su rostro se ensombreció. Dejó de leer. Ordenó a sirvientes y soldados que se marcharan, quedando en el salón el sultán, el general, el gran cadí y él.

—¿Qué dice? —preguntó Al-Nubahi. Ibn Zamrak siguió mudo, con la vista fija en el documento, pero sus manos temblaban.

—Se ha... marchado... al otro lado del Estrecho. Ha desertado de sus cargos públicos... Ha abandonado Garnata.

—¡Es imposible! ¡Estaba vigilado! —exclamó Al-Nubahi.

—Compró a sus guardianes —lo cortó Utman.

—¡Dame la carta! ¡Silencio! —exigió Muhammad. Todos callaron. El sultán leyó la carta. La lluvia caía fuera torrencialmente. Dentro se elevaban volutas de humo desde los braseros de bronce que caldeaban la sala real.

Jamás, a lo largo de mis años a vuestro servicio, he cometido la menor falta en la gestión económica, ni he violado los secretos de Estado. Ahora que os he dejado, no os pido bienes, ni a mis hijos ni a mis mujeres, que están en vuestro palacio como gobernantes o sirvientes. Sólo os pido una cosa: a vos mismo, os pido que tengáis para mí el mismo trato que para vos.

Por ello, abandonar Garnata, abandonarlo todo, me parece un acto razonable y justo. Dos años me pedisteis de gobierno y os he dado diez. La vejez me acosa y los deberes de palacio han ahogado durante demasiado tiempo los deberes de mi espíritu. He de cumplir mi último peregrinaje, y pronto partiré a los lugares santos, visitaré El Cairo, Jerusalén y la ciudad santa de La Meca. El sol nace y se oculta todos los días sin faltar nunca a su cita eterna, e igualmente no dejará Alá de iluminaros en su infinita sabiduría, aunque para mí la esplendorosa visión de la poderosa Al-Hamrā bajo las cumbres nevadas del Yabal Sulayr haya quedado atrás ya para siempre.

Que el Misericordioso, el Grande, guíe vuestros pasos, señor de los creyentes, garante de la libertad y la justicia, defensor de la fe, custodio de la verdad revelada.

IBN AL-JATIB
16 del mes de shabán del año 748 de la Hégira

El sultán dejó la carta en su regazo y no hizo caso de los que lo miraban expectantes. Se sumió en sus pensamientos. ¡El gran visir había huido para siempre! ¿Cansancio? ¿Traición? Nunca había sucedido nada semejante en toda la historia del reino nazarí. La política del reino había quedado descabezada. Al-Jatib conocía muchos secretos de Estado, y por primera vez desde hacía mucho tiempo una profunda incertidumbre se adueñó del sultán. Se avecinaban tiempos tempestuosos.

Lo primero, se dijo, sería nombrar a un sustituto del visir cuanto antes. Pero ¿a quién?

Si en Madinat al-Hamrā había alguien en condiciones de asumir el relevo, ese alguien estaba en aquella sala y próximo a él. Miró a su derecha y le tendió la mano.

TERCERA PARTE

748-755 (1370-1377)

23

El lobo

La noticia de la huida del primer ministro nazarí se propagó rápidamente hasta las cortes de Castilla y Aragón. Sabedor de su debilidad política, Muhammad V eligió a un sucesor con el beneplácito del gran cadí Al-Nubahi, e inmediatamente fue presentado con honores ante los embajadores cristianos y los representantes de las comunidades judía y genovesa. Así, para gran regocijo suyo, Abu 'Abdalá Muhammad Ibn Yúsuf Ibn Muhammad Ibn Zamrak se convirtió en gran visir, y a su cargo se añadió la jefatura del ejército musulmán. Reorganizó las defensas occidentales e impulsó la terminación del nuevo palacio real, donde sus versos encontraron su lugar para la eternidad. Porque Ibn Zamrak sabía hablar de los jardines y de los surtidores, iluminado por su temple y por un don divino.

Fuera del refugio de la literatura, el nuevo visir fue implacable con sus enemigos. El gran cadí Al-Nubahi y él acusaron a Ibn al-Jatib, refugiado en la corte merní al otro lado del Estrecho, de traición e infidelidad al sultán y de herejía. Ordenaron la quema de todos los libros de Al-Jatib por ser contrarios al dogma y la moral musulmanes, lo condenaron a muerte y procedieron a la confiscación de todos sus bienes. La pira pública se alimentó de cuantas copias se encontraron, incluidas las donadas a la madraza, y el fuego llegó bien alto hasta el cielo.

El gran cadí Al-Nubahi recibió una carta de Ibn al-Jatib donde negaba todas las acusaciones e incidía en los propios recelos personales de Al-Nubahi, su persecución y la traición de Ibn Zamrak:

Todas vuestras absurdas acusaciones no tienen más fundamento que las de vuestra retorcida imaginación, y vuestras palabras ponzoñosas y envenenadas han trastornado a cuantos os rodean, cegándolos y contagiándolos con vuestro propio odio.
¿Traición? ¿Infidelidad? ¿Cómo os atrevéis a llamar traición al cansancio de un hombre agotado por la amargura de la política? Mi vida, mi entera existencia, la he consumido al servicio del Estado. ¿Acaso por eso mi recompensa ha de ser esperar siempre lo peor de un momento a otro? ¿Recibir censura constante, que me achaquen siempre los conflictos del Estado cuando soy inocente, que de mi cuello cuelguen las calamidades cuando nada tengo que ver con ellas? ¿Quién otro habría soportado lo que he soportado yo, quién buscaría convertirse en objetivo de las intrigas que causan los celos del gallo y los odios que llevan ocultos los que montan a caballo? ¿Hasta cuánto más habría de soportar la marabunta de los que corren a mi oficina encargándome cosas que ellos no pueden hacer, y que si yo no consigo, ponen el grito en el cielo? ¿Por qué he de seguir tolerando a los que se sientan en mi puerta, dan cuenta de mis pasos, en mis idas y venidas difunden maledicencias contra mí mientras mis actividades son detestadas, a mis recorridos se les fija un plazo, mis dificultades son divulgadas, se provocan intrigas, y en las mezquitas cunden quejas contra mí?
Y cuando los que uno considera aliados se revuelven y mudan la piel como serpientes, proclaman sus mentiras impunemente, se quitan la máscara, asustan a los testigos veraces y compran la palabra torcida de maledicentes, ¿qué salida le queda entonces al hombre recto y sufriente?
¿Cómo puede ser herético y pasto del fuego lo que vos mismo sancionasteis años atrás como acorde con la ortodo-

xia? ¿Dónde está ahora la viga que antes os impedía ver correctamente? ¿Serán condenados también los que en aquel momento aprobaron con rumores propicios aquellos mis pensamientos? ¿O ahora son los mismos que arrojan mis reflexiones al fuego que vos mismo habéis propagado?

¿Es ése el obrar de un cadí, de un hombre justo? Porque sé que si miráis en vuestro corazón, de ser otro, lo acusaríais de impío, de ser retorcido con sus pensamientos e ignorante de la tradición y de la ley. ¿No sería ese hombre el más hipócrita de todos los hombres?

—¡Traedme papel y tinta! ¡Rápido! —ordenó a voces Al-Nubahi desde su despacho con las manos temblorosas por la furia. El gran cadí buscó sus palabras por un rato y luego derramó con su pluma cuanto corroía su interior:

Habéis mencionado repetidamente en vuestros escritos los muchos favores que habéis prodigado, y sin embargo tan sólo habéis participado en una cosa: en lo que os interesa y en vuestros proyectos terrenales. Son personas como vos las que destruyen nuestra fe en los hombres, personas que construyen donde nunca viven, ahorran lo que nunca gastan y prometen lo que no está a su alcance, pero estén donde estén las alcanzará la muerte aunque se refugien en torres inexpugnables.

En vuestra carta hay mucha palabrería injuriosa lejos de la vergüenza y el pudor, lo que prefiero no mencionar para no ensuciar mis manos. Os refugiáis en los palacios de quienes no os conviene, engañando a nuestro sultán respecto a vuestras verdaderas intenciones; olvidáis las muestras de aprecio que os brindaron quienes os defendían y buscáis la autoalabanza igual que un perro tonto y manso frente a un amo complaciente.

No dejo en el olvido vuestras continuas injerencias en los temas que no os conciernen, siempre metiendo el hocico como un hurón o una comadreja, buscando aprovecharos de la justicia en vuestro favor, entorpeciendo mi labor y perjudicándome ante el sultán, liberando de la cárcel a cuantas personas encadenadas por mí os interesaba, siempre por motivos egoístas.

Sufrí vuestro desprecio por los asuntos judiciales y por vuestra indiferencia a los asuntos religiosos.

Respecto a los escritos religiosos, manifestasteis me temo la calumnia contraria a la ley islámica, acusando de defectos a los ulemas. Se han contado cosas abominables de las que no se osa hablar y que siembran en los corazones odio y alejamiento. Todo ello provocando mi sufrimiento, lo que aumenta mi recompensa ante Alá.

Desde el exilio en Tremecén y protegido por el sultán Abd al-Aziz, Ibn al-Jatib se defendió airadamente, y el cúmulo de acusaciones que recibió como respuesta no tuvo límite ni freno, siendo acusado de deslealtad, de egocentrismo desmedido, de ambición fuera de cálculo por la acumulación de bienes y riquezas y de traición a su monarca, porque si al huir de Garnata tenía como propósito el aislamiento y la búsqueda de Alá, ¿cuál era entonces la razón de que no hubiera partido ya hacia La Meca y sí emplease su tiempo en las mismas tareas de gobierno al amparo de otros monarcas? Pero la más grave acusación recayó sobre sus escritos religiosos y teológicos, que fueron calificados de heterodoxos, heréticos y contrarios al Profeta, y por todo ello Al-Nubahi e Ibn Zamrak intentaron por todos los medios a su alcance su extradición al reino nazarí para someterlo a juicio.

Una delegación dirigida por Al-Nubahi se presentó en Fez con la intención de lograr la extradición de Ibn al-Jatib, o su castigo allí mismo, y ese castigo no podía ser otro que la muerte por traición.

Pero Abd al-Aziz, tras oír sus palabras, sólo bostezó delante de toda la corte, sonoramente. La delegación nazarí enrojeció de indignación.

—Si todo lo que decís es cierto —habló el sultán meriní—, que sus libros son heréticos y que sus obras místicas van contra el Corán, y lo sabíais antes, ¿por qué no lo castigasteis entonces? ¿No serán otras vuestras razones? No accederé a vuestra petición.

Los delegados salieron airados de la sala del trono, entre las miradas hostiles de los meriníes.

Ibn al-Jatib se aferró a la protección de los señores meriníes y empleó todo su poder de convicción con ellos, porque sabía el futuro que le aguardaba si volvía a entrar en Al-Ándalus. A pesar de las encendidas peticiones desde la corte nazarí, el sultán Abd al-Aziz se negó a entregar al antiguo visir, porque consideraba inviolables las sagradas leyes de la hospitalidad.

En el año 750 de la Hégira (1372) llegó al palacio de la Al-Hamrā la sorprendente noticia del fallecimiento del sultán Abd al-Aziz. El antiguo visir se quedaba así sin su principal valedor, y lleno de temor, Ibn al-Jatib se entrevistó con todos los pretendientes al trono de Fez, sin lograr el apoyo ni el interés deseado por proteger su vida. El país se sumió en una lucha entre parientes por el poder, y allí intervino Ibn Zamrak, prometiendo el apoyo de la corte nazarí a uno de ellos con la condición indispensable de la detención y entrega de Ibn al-Jatib. Costó convencer a Muhammad V; había tratado al antiguo visir toda su vida. El gran cadí, enfatizando la culpabilidad de los escritos de Ibn al-Jatib, fue quien finalmente logró que el hijo de Yúsuf I firmara el decreto de extradición.

Abu l-Abbas Ahmad se alzó con la victoria final sobre todos sus familiares y fue aclamado en las mezquitas de Fez como nuevo sultán de los meriníes. El primer decreto que firmó fue la detención del antiguo visir nazarí, su ingreso en prisión y la confiscación de todo su patrimonio. Cumplía así la promesa realizada. Exultante, Ibn Zamrak irrumpió en el salón del trono de Comares con la carta en que se lo comunicaba en la mano para anunciarlo de inmediato al sultán. Ibn al-Jatib estaba prisionero por fin. Muhammad V sólo suspiró.

24

El heredero de Ibn Nasrí

El tiempo pasó sin tregua. Los días y las noches se sucedieron unos tras otros, sin poder en el mundo que pudiera detenerlos. Los brotes de las viñas crecieron en primavera, se convirtieron en pámpanos bajo cuyas sombras surgieron los diminutos frutos que en verano se transformaron en esferas luminosas llenas de azúcares y de promesas para el paladar cauto, hasta que los días se acortaron, llegaron los fríos, las hojas se marchitaron y cayeron, y las viñas volvieron a dormir bajo los cielos fríos, hasta que el invierno se rindiera de nuevo al sol.

Pasaron tres años más en Al-Ándalus tras la muerte del sultán meriní Abd al-Aziz.

La brisa nocturna era fresca. Ocho fornidos esclavos porteadores llevaron al visir en su litera hasta palacio. Empezaron a caer algunas gotas débiles. Las cumbres del Yabal Sulayr amanecerían nevadas. Las lámparas alumbraban las puertas de la residencia real, custodiadas por dos soldados de la guardia palatina. Estaban impresionantes. Iban armados con lanza y adarga, y llevaban espadas al cinto. Las cotas de láminas despedían reflejos dorados a la luz bailarina de las lámparas. Bajo la cota vestían una camisa de manga larga de seda carmesí. Completaban su atuendo el pantalón verde oscuro, las botas de piel negra y un casco de guerra lleno de repujados e inscripciones en bronce, con nariguera y protectores faciales. La música estaba sonando. Cruzaron las puertas y los esclavos bajaron la litera. El mayoral de palacio le dio la bienvenida, humillándose en su presencia. Los recintos reales aún no estaban terminados. Las obras se habían reiniciado y paralizado varias veces, en sucesivas ocasiones, siempre dependientes de la situación financiera del tesoro real. Algunos contratistas habían sido ejecutados. Sobre la explanada que años atrás se había realizado derribando parte de los antiguos palacios se erigían ya varios arranques de muros, hasta la altura de una persona. Una amplia cortina de color carmesí impedía la vista del amplio solar en construcción desde el pasillo de acceso. Las modificaciones en los diseños habían sido constantes. La lluvia que empezaba a caer volvería a empantanar los trabajos de drenaje. Parte de la explanada se encontraba abierta en zanjas, por donde los fontaneros meterían muy pronto tuberías de cerámica. El diseño de ese patio interior incluía un jardín rebajado y una fuente. Además, aprovecharían para meter el saneamiento de los nuevos retretes.

Las discusiones entre el maestro de obras y el jefe de jardinería habían paralizado varias veces ese tajo, por lo que las cañerías no habían sido colocadas y el drenaje funcionaba sólo parcialmente. Desde hacía dos años, cada vez que llovía aquello se convertía casi en una alberca. Lo peor era que en los viejos edificios adyacentes el maestro de obras había advertido algunas fisuras iniciales en los enlucidos de las paredes. Si no terminaban pronto el drenaje, el suelo de los cimientos antiguos empezaría a ceder.

En otras zonas, los muros de carga que ya se erguían parcialmente sobre el terreno empezaban a delimitar pasillos y recintos. Todos los días, sobre la explanada, un peón repasaba con yeso vertido entre sus manos línea a línea el diseño de construcción. Ibn Zamrak se imaginaba cómo sería la nueva residencia real, un hechizo para los sentidos, pero los problemas eran constantes. Aparte del presupuesto, dos contratistas de mármol habían sido rechazados. El diseño incluía abundante mármol en las solerías y en las arcadas alrededor del patio. Las adulaciones de los proveedores por hacerse con el contrato real eran incesantes, hasta ser insoportables. Pero aunque el reino nazarí disponía de importantes canteras, el sultán quería un mármol especial, blanco purísimo, sin imperfecciones, y todavía no había quedado satisfecho.

La contratación de artesanos aún estaba en marcha. Había carpinteros de Qurtuba, yeseros de Lawsa, albañiles y peones de Mālaqa, pintores de paredes, talladores, artistas que estaban empezando literalmente a invadir la medina palatina. Sobre todos ellos había una gran vigilancia. Los controles eran estrictos. Ibn Zamrak había introducido a varios de sus agentes entre los artesanos y dos espías cristianos habían sido descubiertos y ajusticiados.

En el salón del trono del palacio de Yúsuf I, padre del sultán, se había preparado un gran banquete para los embajadores cristianos, los representantes de la comunidad judía, los miembros del consejo de Estado, el gran cadí y varios imanes, los jefes del ejército nazarí y comerciantes y notables de la ciudad.

El perfume de las mujeres se percibía en la antesala del salón procedente del piso superior, donde observaban las cortesanas y favoritas de palacio. Las mujeres no podían mezclarse con los hombres públicamente. Desde las celosías de madera podrían observar todo lo que sucediera abajo. La llegada del visir fue anunciada por el mayoral.

—Su excelencia Abu 'Abdalá Muhammad Ibn Yúsuf Ibn Muhammad Ibn Zamrak, gran visir del reino, por la gloria del sultán y de Alá.

Todos lo miraron y se inclinaron en reconocimiento antes de proseguir con sus conversaciones.

Muley Ibn Asan, el ministro de agricultura, charlaba animadamente con el rabino Ibrahim.

—Todo esto que veis proviene de los bancales de nuestra exuberante Alpujarra. Bueno, los dátiles vienen de la costa, y son casi tan exquisitos como los de Persia. No tengáis reparo en probarlo todo.

—Yahvé dice que seamos moderados en nuestros placeres. Esto no lo había visto antes. ¿Qué son estos racimos de bayas anaranjadas?

—¡Ah, eso! Son serbas. Me las ha traído un arriero de Atalbéitar. Espero que os gusten.

El rabino tomó una baya. Miró con interés hacia donde estaba el gran visir, considerando si era el momento de acercársele, pero varios militares y Al-Nubahi se le adelantaron y decidió esperar. Tenía una cuestión que tratar con él.

Las mesas estaban dispuestas dejando un pasillo central hasta el trono. Estaban llenas de frutos secos, azufaifas, dátiles, acerolas, dulces de manzanas. Los esclavos se afanaban en rellenar las copas de todos los invitados mientras esperaban de pie la llegada del rey nazarí. Apareció pronto, vestido con majestad y grandeza, y lo acompañaba su hijo Yúsuf, ya casi un hombre, prácticamente de la misma edad con la que Muhammad V había alcanzado el trono real.

—Señor de la Alpujarra y de la Axarquía, emir de los creyentes, dominador de la Vega y de las costas orientales, su majestad Muhammad Ibn Yúsuf, y el descendiente de Ibn Nasrí, nuestro amado príncipe Yúsuf.

Los que aún no conocían al heredero se inclinaron mirándolo con curiosidad. Los embajadores cristianos se fijaron en los ricos vestidos y en las joyas que portaba.

—¡Qué hermoso es! —cuchichearon las mujeres tras las celosías de la galería superior.

Era la fiesta de su presentación oficial. Al día siguiente habría luna nueva y daría comienzo el ramadán, un nuevo ramadán, y Madinat Garnata seguía siendo musulmana, así que era la noche propicia.

Yúsuf tenía los ojos y la frente despejada de su padre, y era tan alto como él. De su madre había heredado el resto del rostro y su piel clara. Al igual que su padre, el joven príncipe disfrutaba de las carreras de caballos y gustaba de ejercitarse en los hipódromos a las afueras de la medina, y desafiar a quien quisiera a correr por la explanada de Bib al-Rambla. En la madraza estaban algunos de los mejores tutores del reino, que se desplazaban a palacio a impartir sus lecciones a los príncipes y a los hijos de los nobles meriníes exiliados. Algunos de los maestros, como Ibn Furkun, Al-Sarisi, Ibn al-Muhanna y otros tan famosos como ellos, habían sido testigos silenciosos de la condena a muerte del anterior visir, cuyo nombre estaba prohibido mencionar.

—¿Tiene ya esposa? —preguntaron en voz baja varios invitados observando al príncipe. El preceptor real los oyó y negó con la cabeza.

—Aún no. Pero hay varias candidatas —dijo Al-Sarisi.

—¿Qué tendría que hacer para que intercedieras por mí? —quiso saber un comerciante de sedas—. Mi hija es muy hermosa y cariñosa. Le agradaría conocerla.

—Debo velar por su bienestar, como pupilo mío que es. Invítame a comer, deja que la vea y la contemple y que admire sus cualidades y quizá pueda hacer algo por ti.

Los asistentes dejaron paso a la guardia de palacio, formada por prisioneros cristianos raptados de niños y convertidos a la fe auténtica. Eran famosos por su lealtad inquebrantable a la Corona y su devoción por la pureza de las costumbres musulmanas. Darían su vida por el monarca en cualquier momento, por cualquier motivo. El general nazarí Utman Ibn Yahya Ibn Rahhu los había seleccionado personalmente, porque era la única forma de evitar que los voluntarios de la fe meriníes consiguieran acercarse al entorno de la familia real. Nunca se podía saber cuándo los aliados se volverían enemigos encarnizados.

El probo funcionario Al-Sarisi sonreía a los presentes con satisfacción. Desde el regreso de Muhammad V había sido destinado como preceptor personal de los hijos del rey por recomendación de Ibn al-Jatib. Pero el haberle negado su ayuda en su juicio final no lo había eliminado de la lista de sospechosos del visir Ibn Zamrak, que siempre estaba al acecho. En todo caso, estaba en mejor situación que los demás. El rey lo apoyaba, y su sucesor también lo protegería en el futuro si mantenía su amistad. Pero cuando uno miraba a Ibn Zamrak no podía estar seguro de demasiadas cosas.

—¡Es una fiesta magnífica! —exclamó el preceptor real ante sus aduladores, y todos asintieron—. No recuerdo una así desde... hace años —rectificó su discurso al darse cuenta de que iba a nombrar al innombrable.

—Me preguntaba si apreciaríais que os invitara a comer mañana.

—¿Estará vuestra hija para agradarnos con su perfumada presencia?

El comerciante dijo que sí.

Al-Sarisi saludó con una sonrisa a los embajadores cristianos, quienes respondieron con una inclinación de cabeza.

—De acuerdo entonces, y si me disculpáis debo hablar con mi viejo amigo Ibn Furkun.

En el salón del trono de la torre de Comares había una gran expectación. Se rumoreaba que los voluntarios de la fe pretendían colocar a uno de ellos en la silla del visirato.

—¿Es eso cierto? —murmuró el conde de Tovar, emisario del rey de Castilla, cuando el intérprete le tradujo lo que oía.

—Dicen que en la costa meriní los astilleros están construyendo grandes naves. Es conocido que el sultán Abu l-Abbas Ahmad prefiere una política agresiva a una diplomacia conciliadora.

—Si eso fuera cierto, apoyando a los voluntarios nos ganaríamos su favor y a la vez una importante influencia en la corte nazarí. —Y diciendo esto pensó que haría posible el cobro en oro de todos los tributos atrasados. Cuando Garnata fuera completamente exprimida, entonces sería el momento de invadirla antes de que Abu Salim lanzara una ofensiva desde el otro lado del Estrecho. Habría que atacar sus puertos en el mismo momento en que se avanzara sobre la Al-Hamrā.

—Mi señor, parece que van a hablar —dijo uno de sus acompañantes.

Muhammad V subió al trono y todos callaron. Su hijo esperó a que le hiciera una seña con la mano y subió los tres escalones que los separaban. Los cristianos formaban un grupo reducido y silencioso que prestó atención al traductor que iba con ellos cuando el rey empezó a hablar.

—Estimados ciudadanos de mi reino y estimados invitados; representantes cristianos, de la comunidad hebrea, de los gremios de los comerciantes. Respetables doctores de la fe, miembros de la judicatura, generales de mis ejércitos, sed todos bienvenidos. ¡Alabado sea Alá!

»He querido celebrar en presencia de todos vosotros la mayoría de edad de mi primogénito, y si Alá así lo quiere, mi sucesor cuando llegue el momento. Aquí tenéis a mi hijo Abu al-Hayyay Yúsuf, heredero de Ibn Nasrí. La gloria de Alá sea con él.

»Nuestras cordiales relaciones con los reinos de Castilla y Aragón seguirán manteniéndose, respetando mutuamente nuestras fronteras y garantizando los derechos de rescate sobre los prisioneros. Pero Garnata es fuerte, y sabed, embajadores y emisarios, que vuestra petición de las parias a cambio de paz será de nuevo desatendida.

Se oyó un murmullo de descontento en el grupo de los cristianos, que apretaron los dientes pero nada dijeron.

—Príncipe Abd al-Rahman Ibn Abi Ifullusan —continuó el sultán—, acércate.

La tensión creció en la sala. Era el dirigente de los voluntarios de la fe en tierras andalusíes.

—Somos hermanos de religión y como tales nos tratamos entre nosotros. Habéis sido fieles vecinos y amigos en momento de necesidad. Por eso merecéis una recompensa. —Muhammad V se detuvo un momento saboreando la expectación que había creado. El escriba de palacio tomaba nota diligentemente de cuanto se decía—. Podéis volver a vuestra tierra sin más demora y llevar mis saludos a vuestro pariente, el sultán Abu l-Abbas, junto con mis presentes en agradecimiento. Vuestras tropas serán guiadas desde ahora por mi hijo y heredero, Yúsuf, quien seguro no habrá de desmerecer las altas esperanzas puestas en él. Vuestro anillo. Dádselo.

El príncipe meriní se alzó de su inclinación intentando recobrarse de su cara de asombro. A su alrededor, el jefe del servicio secreto, el gran cadí Al-Nubahi, el general Utman y la judicatura acogieron la decisión con murmullos aprobatorios. A un gesto imperioso del sultán, el príncipe Abi Ifullusan se quitó el anillo de oro que representaba la jefatura meriní y se lo dio al heredero, y con una última reverencia forzada salió a grandes pasos de la sala.

A una señal del mayoral empezaron a entrar sirvientes con

bandejas con salteados de liebre con hongos, cabritillos asados de carne melosa y suelta, perdices escabechadas rellenas de higos y otros manjares. El monarca y su heredero bajaron de la tarima del trono y el gran cadí y el general Utman se unieron a ellos. Ibn Zamrak quedó rezagado. Contemplaba el maravilloso artesonado del techo, representación de los siete cielos del Paraíso, y miraba también las celosías de la planta primera, desde donde los observaban sombras furtivas, cuchicheando entre ellas. Las femeninas voces podían escucharse si uno prestaba atención. Ah, la mujer...

> *... paraíso de vergeles, que así te ofreces,*
> *otórgame el bocado de tus frutos,*
> *el mosto de tus labios,*
> *donde el amanecer envidió la frescura*
> *de tu juventud lozana y fecunda.*

La inspiración del poeta de palacio fue interrumpida por el grupo de representantes cristianos, que se acercó al visir para realizarle una consulta. Uno de ellos, pulcramente afeitado, vestido de azul oscuro y chaleco gris de lana, se inclinó a modo de saludo. Hablaba el árabe, aunque lentamente y con dificultad, como si dentro de la boca estuviera paladeando un puñado de avispas, opinó para sí Ibn Zamrak con desagrado.

—Disculpadme, excelencia. Soy José Luis Pérez, conde de Tovar y representante de nuestro rey soberano, Enrique II de Castilla. La paciencia de nuestro monarca se agota. ¿Os arriesgaréis a padecer represalias por negarnos lo que por derecho nos corresponde? Vuestros tributos deben atenerse a los acuerdos pactados. Vulneráis nuestra amistad quebrantándolos.

Cuando Ibn Zamrak contestó, el conde de Tovar tuvo que recurrir al intérprete. No estaba acostumbrado a la refinada habla de la corte.

—Los acuerdos que se pactaron siempre se han respetado, pero Garnata ya no se considera vasallo tributario, sino un reino independiente que desea tratar con Castilla, con Aragón o con cualquier otro reino de igual a igual. Los tributos que reclamáis se os retendrán a buen recaudo, como compensación por vuestras incursiones en la frontera. Sois vosotros quienes habéis cruzado la línea occidental en repetidas ocasiones. Vuestra amistad es extraña. ¿Os parece inadecuado? Respetad las fronteras pactadas y venid con humildad a nuestros palacios, donde seréis recibidos como merecéis. —Ibn Zamrak los examinó de arriba abajo con una sonrisa burlona—. A ser posible, venid limpios. Oléis mal.

El intérprete miró al visir alarmado. No tradujo la última frase. El rabí Ibrahim, de la comunidad judía, acudió como contemporizador.

—No es un momento de confrontación o de desconfianza, sino de celebración y fiesta —dijo el rabino—. Yahvé dice que hay un momento para todo y éste es el de alegrarse por la mayoría de edad del heredero. Los embajadores cristianos son siempre bienvenidos si loables son sus intenciones.

—Y sin duda eso es así —dijo el gran visir—. Disfrutad de la velada. —Y se alejó de los castellanos sin mirar atrás.

—Sois hábil con las palabras —dijo el conde de Tovar—. ¿No habéis pensado en dedicaros a la política? Me vendría bien un apoyo más en esta ciudad, un emisario. —El intérprete empezó a traducir, pero el rabino lo detuvo. Entendía y hablaba castellano.

—Soy emisario de Yahvé —respondió Ibrahim besando la estrella de David que colgaba de su cuello—, del único señor que no traiciona a sus súbditos.

Los cristianos se inclinaron de nuevo y se sentaron en su mesa, junto a los judíos y los comerciantes. Era obvio en qué se estaban empleando las parias no pagadas: en rearmar al ejército nazarí, y en la Al-Hamrā.

Ibn Zamrak se sentó aún sonriendo, pensando que en ese momento las amenazas de los emisarios castellanos no eran de temer. Su rey se encontraba una y otra vez cabalgando frenéticamente a lo largo y ancho de su reino, buscando el apoyo de los nobles, manteniéndose siempre en un equilibrio inestable. Muchos de la nobleza se estaban haciendo inmensamente ricos a costa del patrimonio de la Corona. Enrique II tenía más urgencia en mantener en pie el castillo de arena en que se había convertido Castilla que en armar un ejército contra el reino musulmán. Los nobles que lo habían apoyado reclamaban, incluso por la fuerza, que cumpliera sus promesas: más tierras, más oro, más poder. Un nuevo rey, un mal rey, viva el rey.

Mientras los comensales disfrutaban de la cena, los músicos entraron y se colocaron en un rincón de la sala. Al unísono, pero con melodías diferentes, dos laúdes empezaron a sonar, manteniendo entre ellos una conversación como si fueran marido y mujer, dos esposos en el reencuentro de cada noche. Un sirviente encendió con una lamparilla quince varillas aromáticas colocadas estratégicamente en la sala sobre las mesillas, cerca del trono, y en los alféizares de las ventanas. Un olor envolvente llenó la estancia. Los humos volátiles y sus cenizas hablaban de sándalo, incienso, mirra, azahar, del embrujo de las noches mágicas de Damasco, de las fiestas beduinas en las noches de Samarkanda, del descanso en los jardines de Medina al-Zahra.

Con el retemblor de los timbales cinco bailarinas de piel aceitunada entraron por la puerta vestidas con siete velos. Sus rostros también iban velados, y los ojos maquillados hablaban de noches inmersas en los placeres de la carne. Algunos comensales celebraron con satisfacción las curvas femeninas que empezaban a danzar entre las mesas. Los delicados tobillos de las mujeres portaban cascabeles. Los velos estaban orlados de lentejuelas doradas y cada estremecimiento de la música levantaba suspiros entre los asistentes.

—¡Qué maravilla, qué lozanía! —exclamó el ministro de comercio, desnudándolas con la mirada—. ¡Egipto entero debe de estar llorando su ausencia! —Y se pasó la fina y pálida lengua por los labios. Algunos que lo observaban se echaron a reír, pero otros le respondieron con una mirada de desprecio.

Los cristianos estaban absortos con las bailarinas, como si nunca hubieran visto a una mujer moverse así. Las jóvenes movían sus caderas rítmicamente despertando el deseo de aquellos hombres rudos. La música empezó a ser rapidísima y enfervorizadora, como rapidísimos eran los movimientos de las bailarinas, sumidas en un frenesí de giros, temblores y círculos. Cada vez que se arrancaban un velo de la cintura la música lo dominaba todo. Algunos ya no prestaban atención alguna ni a la música ni a los postres, a pesar de la deliciosa fruta y del fabuloso pastel de higos con azúcar de caña que les fue ofrecido. Las cairotas iban despojándose de los velos uno tras otro, dejando ver sus piernas desnudas y perfectas. Las voces y las palmas de los hombres resonaban en las paredes del palacio. Con una explosión final cayeron los últimos velos, y las bailarinas, extenuadas y sudorosas, se postraron a los pies del monarca. La música calló y los aplausos y las palabras de admiración de los hombres llenaron el salón del trono. Ibn Zamrak vio a las bailarinas de El Cairo retirarse sumisas y humildes.

—Por los santos clavos de Cristo —dijo uno de los emisarios castellanos entre dientes—, ¿a qué estamos esperando para atacarlos y hacernos con sus mujeres?

El conde de Tovar les exigió silencio con un gesto. Una de las bailarinas lo miró y le guiñó un ojo antes de sonreírle. El corazón le dio un vuelco.

—¡Mirad! —dijo otro—. ¡Vino!

Un servidor le había llenado la copa de vino tinto y los castellanos sonrieron por primera vez.

—Por gentileza del sultán —explicó el sirviente a través del intérprete, y el embajador cristiano, que había ido decidido a odiarlos, sintió vergüenza por el comportamiento de su comitiva.

25

En nombre de Alá

Era muy tarde, pero como era habitual en él, el jefe del servicio secreto y emir se encontraba en su despacho en la torre del homenaje de la Al-Qasaba al-Hamrā, todavía trabajando entre papeles. La burocracia tenía pasos complejos. Miró las oscilantes llamas del candelabro. Un búho ululó oculto desde el bosque del río. Era muy tarde. Utman selló la última acta, enrolló el documento, lo lacró y depositó su pluma junto al tintero. Se permitió un bostezo. Una llamada a su puerta interrumpió su breve ensoñación.

—Adelante —dijo recomponiéndose rápidamente sobre la silla.

Uno de los soldados de guardia entró en la sala.

—Mi señor, se ha presentado un informante. Dice que es muy urgente y que requiere vuestra atención inmediata. Ha dicho «Jasconius».

Jasconius era el nombre de un monstruo marino mítico de la Antigüedad, que moraba en el Océano Tenebroso. Era una contraseña. Para el militar significaba que el peligro venía del mar. Los meriníes. Pocos informantes conocían esa clave.

—Déjalo pasar.

Se presentó un hombre enjuto y encorvado, de pelo cano y ralo y mirada ávida.

—Abraham..., cuánto tiempo. ¿Qué tienes que contarme?
—Señor, tengo información valiosísima. Pero su precio será alto.
—Habla.
—Cerca de la ebanistería de la Calle Real, más allá de la segunda fuente hay un caserón con una tahona. Los meriníes prepararan una traición. Pretenden entrar en palacio y asesinar al sultán.
El jefe de los espías lo miró de hito en hito.
—¿Cuándo será eso?
—Esta noche, mi señor.
—¡Guardias! —gritó el emir—. ¡Reunid a la tropa! —Se levantó y le lanzó una bolsa con diez dinares de oro—. Si lo que dices es cierto, nada te faltará en lo que te queda de vida. Si es falso, no esperéis ni tú ni tu familia vivir mucho más. ¿Cómo lo has sabido?
—Mi primo político es el panadero. Les alquiló el piso de arriba. Vio armas y los ha escuchado esta tarde hablar en bereber. Dejó a su familia durmiendo y corrió a decírmelo. No tenéis demasiado tiempo.
—Irás con la tropa. ¡No quiero un escándalo! ¡Que no lleven cota! —ordenó al alarife.

En el caserón de la tahona, diez hombres vestidos de negro se preparaban para salir ocultos al amparo de la noche. Su jefe los revisó con la mirada. Faltaba sólo la cobertura. Un carro de transporte cubierto los llevaría al punto convenido antes de salir de la medina hacia Hisn al-Monacar. Se le había procurado al carretero un salvoconducto para evitar sospechas. Cerca de la mezquita había un callejón discreto. Se habían apilado varias cajas de forma conveniente ocultas bajo las sombras de uno de sus muros. Ese muro daba a los jardines de palacio. Desde allí entrarían al recinto de Comares y, por una puerta accesoria, a los aposentos reales. Estaban preparados para entregar su vida por el Islam.
Se oyeron unos crujidos amortiguados y los cascos de unas bestias sobre los adoquines de piedra. El carro había llegado a la puerta trasera.

—Adelante, voluntarios. En silencio.

El conductor asintió al verlos y el jefe lo saludó. Subieron todos y el carro se puso en marcha. En pocos minutos llegarían al callejón, bajarían y el carro partiría sin ellos. No se preveía una huida.

—Recordad que Alá está con nosotros y por nuestro juramento Él juzgará nuestros actos. ¡El Paraíso nos espera! —Y todos asintieron.

Llegaron al callejón y el carro se alejó. Las cajas seguían apiladas. Se ocultaron en las sombras al oír pisadas a la carrera. En cuanto pasaron de largo subieron a las cajas y uno a uno saltaron el muro, cayendo sobre macizos de romero. Tenían poco tiempo.

La tropa de la guardia secreta llegó a la tahona, asaltándola. Sólo encontraron a la aterrorizada familia del panadero, que Abraham reconoció. No había nadie más.

—¡Aquí no hay nadie, judío! —exclamó el alarife desenvainando un cuchillo y colocándoselo en la garganta.

—¡Espera! —gimió Abraham, y una idea le iluminó la mente—. ¡El carro! ¡El carro que salía de la medina!

Los voluntarios cruzaron el jardín en dos grupos y accedieron a la alberca. Un soldado estaba bajo los soportales. El jefe lo señaló e indicó a dos de ellos que se aproximaran en silencio. Dos sombras, un ruido leve y un gorgoteo, y todo terminó en un instante. El camino estaba despejado.

—¡Vamos! —susurró el meriní a sus hombres.

Cruzaron la estancia de la alberca y llegaron a la poterna. Estaba abierta, como se había convenido y pagado.

Los soldados de la entrada a la medina iban a dejar pasar el carro de la tahona cuando las voces a la carrera los alertaron. El conductor fustigó a los dos caballos a voz en grito y arrolló a dos soldados. Se dio la alarma, sonó una trompeta y sus ecos perturbaron todas las murallas.

—¡Mi señor, aquí! —indicó un soldado al alarife señalando el callejón. Las cajas apiladas no estaban allí por casualidad. El informante quedó bajo la custodia de dos soldados y el alarife decidió que aquello tenía prioridad sobre el transporte huido.

—¡Rápido! ¡Al muro!

Saltaron al jardín. Había matorrales pisados. Entendió que todo era cuestión de minutos. Corrieron hacia la poterna, que había quedado abierta. Sus pisadas dieron la alarma en palacio.

El conductor pensó que podía escapar. En cuanto saliera del recinto desengancharía un caballo y correría hasta Wadi Ash hasta reventarlo. Se ocultaría en los montes hasta que pasara el peligro y después podría regresar a la costa.

Pero lo estaban observando sin que él lo supiera. Dos flechas salieron disparadas desde lo alto de las Torres Bermejas y se clavaron en su espalda. Con un espasmo de sorpresa perdió el control de los dos caballos y el carro volcó, arrastrándolo por la cuesta empedrada más de cincuenta pasos antes de estamparse contra un olmo centenario. Los caballos continuaron su loca carrera, rotas las riendas. No podía moverse. No sentía las piernas.

Oyó pasos rápidos pocos minutos después y vio varias linternas sobre su cara. La sangre lo estaba ahogando. Una de las flechas le había perforado un pulmón. Lo zarandearon con fuerza para que no perdiera la consciencia.

—¿Quién te envía? —le gritaron una y otra vez—. ¿Quién te envía?

—El Grande, el Misericordioso —balbuceó antes de que sus ojos se vidriaran y una sonrisa quedara congelada en su cara.

Oyeron la trompeta y supieron que sólo tendrían una oportunidad. El salón antesala del dormitorio real estaba delante. Habían subido las escaleras de la torre, y tres soldados nazaríes se precipitaron hacia ellos. La lucha se intensificó cuando por detrás se incorporaron los hombres del servicio secreto. Los voluntarios eran expertos; acabaron con los tres defensores y se abalanzaron contra la puerta. Las bisagras hicieron saltar esquirlas de ladrillo de la pared y las jambas crujieron, pero la puerta de encina aguantó el envite.

La guardia del emir los rodeó dispuesta a descuartizarlos. Uno a uno todos los voluntarios cayeron bajo las espadas. Sólo quedó su jefe herido, quien luchaba como un león repitiendo los nombres de Alá.

—¡No lo matéis! ¡Ha de vivir para ser interrogado!

Dejó la espada, sacó un cuchillo e intentó cortarse el cuello, pero el alarife se arrojó sobre él y se lo impidió en el último momento. Fueron necesarios cinco hombres para reducirlo.

—No morirás, no. ¡Nos lo dirás todo!

Y todo fue recogido antes de que nada llegara a oídos ajenos. Una cuadrilla de limpieza eliminó la sangre del suelo embaldosado. Y por orden del general Utman, el rey fue hábilmente retenido en el harén un día completo, la puerta y el alicatado fueron restaurados y el asunto fue silenciado. Se redobló el número de hombres de guardia.

Dos semanas más tarde, por la noche, el general Utman y el jefe del servicio secreto visitaron la torre de Al-Gudur, iluminada de rojo por las antorchas. Los soldados que custodiaban la puerta los dejaron pasar. La explanada frente a la torre estaba cubierta de agujeros enrejados. Eran las temibles celdas-pozo, donde los más desdichados sufrían el calor de mediodía y el frío de la noche. La torre tenía cuatro sótanos donde se almacenaban armas y pertrechos, grano y tinajas de agua. Del último sótano, lúgubre y húmedo, partían varios corredores que permitían el acceso subterráneo a los pozos. El carcelero les abrió la puerta de la celda más aislada y se retiró a una orden del militar. Utman tomó una de las antorchas. Allí, semidesnudo, sucio y magullado, aterido de frío, había un hombre sentado en el suelo con la espalda contra la pared y abrazado a sus rodillas, meciéndose adelante y atrás al ritmo de unas palabras ininteligibles. Nadie diría que aquel hombre había sido un poderoso y temido príncipe merini.

—Mi señor Abd al-Rahman Ibn Abi Ifullusan —empezó el emir nazarí—, la acusación que pesa sobre vos es sumamente grave. El gran cadí os acusará de conspiración y traición. Los voluntarios de la fe que fueron detenidos ayer por nuestro servicio secreto han confesado que pretendían atentar contra nuestro sultán y vuestro protector por órdenes directas vuestras. No evitaréis la condena a muerte con vuestra negativa a confesar.

El príncipe meriní no dijo nada, sólo suspiró, temblando de frío.

—Sin embargo, por aprecio a vuestra fidelidad en ocasiones pasadas, os queda una posibilidad de salvar la vida. Sois un hombre rico en vuestro país. Las palabras pueden convencer. Las voluntades pueden comprarse.

El prisionero volvió el rostro, derrotado.

—¿Cuánto?

—Diez mil dinares de oro —dijo el general nazarí—. Con ellos la corte meriní sabrá de vuestra situación antes de que la sentencia se ejecute. Sabed que vuestro anciano padre pregunta por vos constantemente desde que hace dos semanas desaparecisteis de la vida pública. Nadie más que nosotros sabe que estáis aquí, y aquí permaneceréis hasta que os busque el verdugo. Nadie sabrá qué os sucedió. ¿Por qué lo hicisteis? ¿Acaso no os bastaba con retiraros al otro lado del mar, como se os ordenó?

—¿Cómo huir, si veo el final de Al-Ándalus? —gimió Abi Ifullusan—. Madinat Garnata no podrá contener la marea de los infieles. Quizá tendrá un breve respiro, pero perecerá. Los reyes nacen y mueren, pero sólo Dios es vencedor. ¿No es ése el emblema nazarí? Tenía que intentarlo. Nada me importa ya.

Utman y el jefe de los espías se miraron con preocupación.

—Sois el guía y adalid de miles de hombres, y el orgullo de vuestro pueblo. ¿Serviréis mejor al Islam si morís y el ejército de los voluntarios desaparece? ¿Y no está prohibido el suicidio? Porque si no apuráis vuestras posibilidades, es como si lo estuvierais cometiendo. Aceptad el trato que os propongo y aguardad al otro lado del mar. Los vientos volverán a soplar favorables.

—¿Es cierto que el anterior visir fue ejecutado por Ibn Zamrak?

—El gran cadí y el nuevo visir son grandes hombres. Los grandes hombres actúan movidos por la ambición y el poder.

Nosotros no somos vuestros enemigos. Queremos la pervivencia de Garnata y del Islam. Ibn al-Jatib se precipitó en sus acciones y su muerte debilitó nuestra causa terriblemente. Vosotros podéis ser un gran aliado. Firmad este documento por el que libraréis dicha cantidad a nombre de nuestro contacto en la comunidad hebrea del Realejo y seréis libres para reuniros con vuestro padre. Reorganizad vuestra flota, y cuando llegue el momento nada podrá evitar que desembarquéis, y el verdadero Islam prevalecerá.

El príncipe los miró a los ojos. Tomó la pluma y el documento y firmó la libranza. Los dos nazaríes se inclinaron en una reverencia y se retiraron.

—¿Y bien? —preguntó Utman—, ¿qué opinas?

—Ha firmado su libertad y su silencio. Sigilosamente las piezas van encajando. No sospecha nada y así debe ser. Mientras el pueblo apoye a la Casa Real no podremos hacer nada. Paciencia. No cometeremos el error de Al-Jatib.

—¿Qué haremos con el gran cadí?

—Ni los más poderosos pueden sortear el encuentro con el Misericordioso por mucho tiempo. Una vez que desaparezca será más fácil para nosotros. Así que dejemos que jueguen a ser albañiles y que construyan su palacio.

Fuera de la torre la noche estaba despejada y era fría. El jefe de los espías miró las estrellas. Un prisionero gemía en uno de los pozos por el dolor de los latigazos.

La corte meriní puso en movimiento a sus embajadores para impedir que se dictara la sentencia contra Abi Ifullusan. El mensaje de detención del príncipe conmocionó a los grandes señores, quienes veían cómo día a día las relaciones con el reino nazarí se deterioraban, para regocijo de los comerciantes genoveses y aragoneses que recalaban en sus costas. Se enviaron emisarios al gran cadí Al-Nubahi solicitando las pruebas que fundaban sus acusaciones. La situación era delicada. El príncipe Abi Ifullusan había estado patrocinado por los sectores más extremistas y contaba con el apoyo de muchos voluntarios de la fe, quienes, tras el anuncio de su deposición, se habían alistado al ejército regular nazarí. El propio sultán Abu l-Abbas lamentaba que se diera crédito a tanta palabra falsa y se olvidaran las gestas realizadas, los servicios prestados y los pactos firmados, y apelaba a la fraternidad entre hermanos musulmanes para proponer un canje, un intercambio.

El gran cadí reaccionó airadamente cuando escuchó al emisario y entendió que su autoridad quedaba puesta en entredicho. Y más aún cuando supo que proponían intercambiarlo por una mujer.

—¿Un intercambio? ¿Una mujer? ¡Quiera Alá que el océano se seque antes de que un culpable de un delito capital quede impune bajo mi mandato!

26

La cantera del halcón

Las arenas del tiempo, insondables, imparables también, habían caído incesantes fuera de Madinat Garnata. Un ave rapaz, un halcón, voló alto hacia el sol, sin saber que mediaba el año 753 de la Hégira (1375).

Ahmed se quitó el sudor de la frente con el dorso de la mano derecha. El sol era implacable. Alzó la vista al cielo azul y sin nubes y vio al halcón planear sobre su cabeza antes de encontrar refugio en uno de los paredones verticales frente a la cantera.

—Vuela alto y vuela lejos, rapaz, donde los hombres o mi escoplo no puedan encontrarte. ¡Huye, tú que puedes!

Con la piel tostada por el sol reanudó su labor. Cogió el sucio martillo y siguió clavando las cuñas de roble secas en las grietas de coronación del gigantesco bloque. Estaba sentado en la cabeza de aquel monstruo de piedra en la ladera de la montaña, a cincuenta pies de altura. Por encima de él la ladera continuaba con los esquistos que ocultaban la veta de mármol blanquísimo, y más arriba aún dos encinas raquíticas dominaban la cumbre junto a varias matas de tomillo silvestre.

La vista era espectacular. Podía ver las cabañas de los obreros, los bloques caídos, el almacén, los talleres de los canteros, el pueblo de Hisn Macael sobre su promontorio rocoso, con sus casas bajas de fachadas encaladas, los dos arroyos secos que alimentaban los pozos, los campos de almendros y olivares en las bancadas bajo el pueblo y a su alrededor, y más allá veía el viejo fortín y la senda serpenteante que llevaba a Al-Mariyyat, al puerto de mercaderes y al mar.

El halcón se aferró a la pared con sus garras. Con el martillo en las manos, Ahmed esperó, hipnotizado por el bello animal. El halcón lo miró, le chilló dos veces, inquisitivo, y volvió al aire, hacia el sur.

Las cuñas secas rechinaron al incrustarse en las fisuras. Ahmed apretó los dientes por el esfuerzo y por los recuerdos. En su mente se sumergió en las callejuelas empinadas del barrio garnatí del Albayzín, por donde corría alegre perseguido por sus compañeros de infancia, y recordó la calle donde los halconeros que daban nombre al barrio mostraban colgadas de las fachadas de las tiendas las jaulas con sus vistosas aves, que chillaban amenazadoras agarrando fieramente los barrotes con sus garras.

Ahmed bajó el martillo y cerró los ojos por el dolor, rechinando los dientes. Maldijo por lo bajo y se examinó el dedo machacado. No parecía roto. Afortunadamente no había empleado toda su fuerza. Tosió y se sacudió el polvo blanco. El rojo de la sangre empapó casi enseguida el dedo índice de su mano izquierda. Tomó una sucia tira de algodón de la bolsa de herramientas y se hizo un vendaje rápido. Le iba a molestar durante días a la hora de coger el cincel y el escoplo. Dio varios golpes más hasta asegurarse de que la última cuña había quedado profundamente encajada y con cuidado gateó alejándose del borde. Se puso en pie, rodeó la cumbre, llena de vegetación rala, y tomó la senda que bajaba hasta los talleres de la cantera. Se ajustó el sucio turbante y se frotó la barba de varias semanas. Estaba agotado, como todos los días. ¡Garnata estaba tan lejos! ¿De verdad habían pasado ya cinco años?

La realidad era la realidad. Trabajaba como un esclavo, vivía como un esclavo, seguía siendo un esclavo. Habían pasado cinco años y se había hecho un hombre.

Tendría que volver a subir a lo alto del bloque al atardecer, con la última luz del día, para empapar de agua las cuñas. El frescor de la noche evitaba que el agua se evaporase. Por la noche las cuñas se hincharían, agrandando la fisura. Con un poco de suerte en un par de días podría meter un dedo en ella. Se necesitaban tres dedos de ancho al menos, según había estimado Yabal Ibn Taled, su amo y señor, y su protector, en ese momento ya un próspero comerciante de mármol. Con una fisura de tres dedos de anchura, la brecha se hundiría en aquella mole más de diez pies, suficiente para extraer de la piedra bellas y esbeltas columnas de un blanco purísimo.

Mientras en la frontera occidental la amenaza cristiana continuaba, la región oriental se centraba en el comercio, en el mar. Los sultanes del reino meriní y de los hafsíes de Ifriqiya esperaban con ansia sus remesas de mármol de Macael, famoso por la finura de su grano y por su color blanco perfecto, impacientes por elevar sus mezquitas y palacios hacia el cielo, para gloria de Alá y de sus nombres.

Yabal Ibn Taled había sido afortunado. Había estado en el sitio oportuno en el momento adecuado. El sultán meriní Abd al-Aziz había muerto; su heredero era un niño, y el regente Abu Bakr al-Gazi había querido levantar una mezquita en honor del fallecido. Ibn Taled vio una oportunidad dorada, y del cargamento que había llevado a Salé regaló diez columnas maravillosas de un blanco puro y sin mácula. Los notables del reino tomaron buena nota del astuto comerciante y pronto recibió nuevos contratos. En dos años había transportado cuatro cargamentos de losas para solerías, fuentes y columnas. Su fortuna se había incrementado al mismo ritmo que su peso corporal. Poseía por fin un barco propio en los muelles de Al-Mariyyat. Él decía que su buena suerte había comenzado con su primer encuentro con Ahmed.

Por su parte, Ahmed no lo creía.

—¿Cómo es eso posible? —le replicó una vez enseñándole las cadenas.

—Existen filósofos que opinan que en esta vida todo está en equilibrio, dividido en principios opuestos pero complementarios. El hombre y la mujer, el bien y el mal, el cielo y la tierra, el fuego y el agua, la felicidad y la desgracia, la vida y la muerte. Si un hombre es infeliz, entonces, por compensación y por equilibrio, habrá otro que será muy dichoso. En tu caso, ese otro hombre soy yo —le contestó Ibn Taled.

Ahmed pensó en ello un momento.

—Entonces, si hay un dios, ¿hay un antidiós? ¿Qué dicen a eso los filósofos?

Ibn Taled dio un respingo y lo miró alarmado en silencio por un rato.

—Lo que estás sugiriendo es una herejía. Será mejor para ti no pensar tanto y aceptar el designio de Alá. Yo soy rico y tú eres pobre. No le des más vueltas. Eres como un amuleto para mí y por la consideración que te tengo no haré que te azoten. Piensa en esto: ¿cómo podrás liberarte si mueres?

Y Ahmed no tuvo más remedio que callarse.

Dejó el sendero pedregoso y llegó a la explanada de la cantera. Se sacudió el polvo. Gruesas gotas de sudor sucio le corrían por la cara. En la cantera había más esclavos. Detrás del taller daba la sombra. Ahmed evitó al capataz con su látigo enrollado colgando de la cintura, llegó a la sombra protectora rodeado por el repiqueteo incesante de los martillos y cinceles y se agachó sobre la tinaja de agua fresca para los esclavos. Le quitó la tapa y hundió en el agua el cazo de madera de olivo que estaba atado con una cuerda de cáñamo a una de las asas. Bebió hasta saciarse. ¿Por qué la vida no era tan sencilla como eso, como beber poco a poco, a sorbos lentos, el agua que reclama un esclavo sediento?

Tapó la tinaja. Volvió a quitarse las gruesas gotas de sudor que empapaban su cara, deseando que fuera ya de noche, y entró en el taller de cantería. El taller era de madera y piedra, y por supuesto, la piedra era mármol. El suelo era de mármol. Estaba formado por una miríada de fragmentos que no eran comerciales, bien porque estuviesen fisurados, bien porque fueran absolutamente irregulares. Ahmed reconocía aquí y allá pentágonos, heptágonos, incluso eneágonos. La geometría que estudió en su niñez lo había maravillado, aunque ya no pudiera recordar todos los axiomas de Euclides. Dentro había diez trabajadores, de los cuales tres eran oficiales de cantería y cuatro, hombres libres contratados; el resto eran esclavos, entre los que se contaba Ahmed. En una sección, uno de los oficiales examinaba los bloques extraídos, según su tamaño, y los marcaba con una señal, un código que su gremio reconocería, para señalarlos como aptos para extraer de ellos diferentes piezas. Desde la peor calidad (si era posible menospreciar aquella excelente piedra), que se empleaba para cortar losetas destinadas a los clientes menos pudientes y exigentes, hasta el blanco más puro, para tallar y pulir las mejores columnas, que eran el producto principal de la cantera. Ese mármol de la mejor calidad, digno de reyes y potentados, tenía nombre propio, *almaluki*. Por lo visto, algunos de los mejores bloques de *almaluki* tenían otros destinos, porque no eran marcados ni quedaban registrados en los libros de contabilidad. Eran bloques con un destino misterioso, de los que el propio Ibn Taled se encargaba y sobre los que nada se sabía nunca más. Después de seleccionar los bloques por calidad y tamaños, Ibn Taled en persona, o, en su ausencia, el encargado, el rudo Tarik Ibn Ahmed, disponía qué destino se daba a cada uno de ellos. Para producir enlosados llevaban los bloques prismáticos escogidos con ayuda de rodillos de madera hasta debajo de la sierra de corte. La larga hoja de acero estaba llena de dientes pequeños y se apoyaba en un bastidor formado por dos dobles pilares de madera de encina. Se podía regular tanto la altura como el ancho del bastidor. De cada extremo de la sierra tiraban dos hombres, al principio con delicadeza mientras la sierra empezaba a hender la piedra, y luego a buen ritmo una vez que toda la hoja estaba ya dentro del bloque. De vez en cuando tenían que parar para rociar el corte con agua. Ello enfriaba la hoja y a la vez limpiaba la hendidura. El agua sucia era recogida en cubos, pues el polvo de mármol se mezclaba con yeso para formar estucos. Cada vez que echaban agua, también esparcían por la hendidura sílice finamente molida. Era el roce de la arena de sílice con el mármol, y no la sierra, lo que lograba cortar los bloques en losas. Éstas, una vez cortadas, se volvían a coger una por una y se las terminaba a escuadra.

En otra zona del taller se izaban los bloques con ayuda de

dos poleas y un cabrestante. Una vez de pie, con la única ayuda de un martillo y escoplos de diversas formas y tamaños, dos oficiales y tres esclavos experimentados redondeaban las aristas verticales y extraían fragmento a fragmento las partes superfluas hasta que de las entrañas de cada piedra salía a la luz una columna tallada, que pasaba a la siguiente fase del proceso, el pulido. Era el trabajo más laborioso, el más delicado y el que requería mayor paciencia. Era la tarea que más agradaba a Ahmed.

En la última parte del taller, dos escultores especializados tallaban capiteles, ábacos, bases, y también vaciaban bloques bajos para hacer fuentes. En el almacén había tazas de fuentes de diversos tamaños, redondas, hexagonales, e incluso había una que serviría como baño para pájaros. Una vez tallado cada elemento en sus líneas generales, los dos escultores, auténticos profesionales, cubrían golpe a golpe los bordes y laterales con las palabras del Profeta en varias formas de escritura cúfica.

Ahmed disfrutaba con el tacto de la piedra esmeril sobre las aristas suavizadas por el roce continuo del polvo de sílice. El agua lo refrescaba, después del calor en lo alto de la cantera. Sabía cuál era su puesto. Los dos especialistas trabajaban totalmente inmersos en sus creaciones, quitando tan sólo lo necesario para hacer hablar al mármol con las suras del Corán. Estaban muy cerca de él, pero Ahmed se sentía separado de ellos por un abismo. Ellos eran libres, tenían prestigio y tenían habilidad, formación y destreza. Él era esclavo. Todo lo demás, si algo había en él, estaba lastrado por su condición. Disfrutaba cuando conseguía que la columna tuviera el tacto de seda de la piel de una mujer, cubierta tan sólo por el velo que creaba el agua al resbalar por ella, limpiando las pequeñas partículas de arena, pero él quería más. A veces se preguntaba si el viejo *hakkak* seguiría vivo. Ahmed quería llegar a ser maestro escultor. Miraba con envidia a sus dos compañeros de taller. Por la noche se preguntaba una y otra vez por qué Alá había sometido a su familia al castigo que llevaban padeciendo cinco años, y cómo recuperarían el dominio de sus vidas como ciudadanos libres.

—¡Ahmed! —gritó Tarik, el encargado, mirando el final del atardecer mientras entraba en el taller. Varios obreros lo siguieron, abriendo el portón y metiendo varios bloques de seis pies de altura por otros tantos de grosor—. ¡Lleva las estacas de hierro y el odre del agua al bloque de coronación, y no tardes en volver a casa, que tu amo quiere hablar contigo!

Ahmed lo miró con resentimiento y afirmó con la cabeza, en silencio. Cogió las estacas y el agua, dejó el taller y volvió a subir por el sendero pedregoso a lo alto de la cantera. Estaba muy cansado.

Corría aire. El sol estaba a punto de ocultarse por el oeste, hacia Garnata. Cogió la maza. De rodillas sobre lo alto del bloque, Ahmed hincó las estacas de hierro en la grieta y golpeó, golpeó, golpeó, golpeó. Las cuñas de madera quedaron sueltas, volvió a encajarlas más profundamente con la maza y las empapó de agua. El sol enorme y rojo teñía de sangre el cielo mientras desaparecía. El viento volvió a soplar. Ahmed estaba muy cansado. Sintió que se desvanecía y creyó que caía, como un pájaro sin alas, hacia el desierto suelo de la cantera, cincuenta pies abajo.

Se alarmó y despertó de repente de su ensoñación. Por poco se había quedado dormido. Respiró con fuerza, temblando de agotamiento, y volvió a bajar al taller con las herramientas. Sólo estaban ya los dos vigilantes de la cantera, que lo observaron en silencio mientras salía del recinto y se dirigía trastabillando hacia el pueblo, rodeando la ladera con la última luz del día.

27

El comerciante de mármol

Ahmed llegó a la casa de Yabal Ibn Taled. Llamó a la puerta de servicio, le abrieron y entró. Rodeó el patio. Salió al huerto y entre la higuera y el almendro llegó al pequeño cobertizo que hacía las veces de hogar y de celda. Antes de hablar con Yabal se lavó, se puso una muda limpia y se recogió el pelo con otro pañuelo a modo de turbante.

Ahmed cruzó de nuevo el huerto y el patio y llegó a la cocina. Hurtó una croqueta de pescado, que comió con avidez, y se presentó ante el mayoral de la casa. Éste lo miró de arriba abajo con ojos escépticos y le hizo esperar unos minutos antes de anunciarle que el señor de la casa lo recibiría en aquel momento. Recorrieron la casa, cruzando un nuevo patio interior con un estanque pequeño lleno de lirios y rodeado de soportales con columnas de mármol blanco y marfil. Dos guardias vestidos con jubones de cuero, espada en ristre y lanza en mano, bereberes de piel casi negra y ojos como carbones, de rasgos afilados y aguileños, protegían una puerta de ricas maderas de ataracea con rombos y estrellas octogonales. Eran las estancias privadas del comerciante. Ni siquiera sus tres mujeres podían entrar allí sin su consentimiento. Los dos guardias lo miraron intimidatoriamente, impasibles. El mayoral abrió la puerta, hizo pasar a Ahmed y cerró, quedándose fuera.

Dentro de la estancia el suelo estaba cubierto de alfombras de seda. Se dividía en dos partes. Una de ellas cumplía las funciones de un despacho. La otra salita servía de recepción, con cojines bordados de oro y plata, en verde y rojo, en azafrán e índigo, en azul y violeta, sobre una alfombra persa, con una pipa de agua, una mesita con vasos metalizados y una tetera, siempre caliente, con té de cardamomo preparado para cualquier visitante inesperado. Yabal lo esperaba en el despacho, sentado en una alta silla de roble tras la mesa. Parecía estar revisando libros de contabilidad. Junto a él había un tintero, varias plumas de ganso, arena secante y un candelabro de bronce. Detrás de él, ocultas por una mantilla de fino algodón, se silueteaban seis formas prismáticas apiladas. ¿Quizás eran algunos de los misteriosos bloques de *almaluki* ajenos a la contabilidad oficial? Alzó la cabeza, con su mirada viva y penetrante, e indicó a Ahmed que se acercara. Ahmed permaneció de pie, intrigado y con cierto miedo.

—¿Cuánto tiempo llevas conmigo, Ahmed? —preguntó Yabal, mirándolo y juntando las manos sobre la mesa. Los amplios ropajes azul marino que vestía no ocultaban su obesidad. Su mirada se había hecho más aguda—. ¿Te acuerdas de cuándo te di mi protección?

Ahmed rememoró aquella noche terrorífica en la que separaron a su familia invocando a las leyes divinas, desgajando a los hombres de las mujeres. Tras haber sido golpeado una y otra vez en el cuartel civil en presencia de un Ahmed petrificado de terror, aquella misma noche su tío fue arrastrado de madrugada hasta la Gran Mezquita y declarado culpable en un juicio sumario por el gran cadí Al-Nubahi.

—Se os acusa de asesinato. Porque eres farmacéutico, ¿cierto? Conocedor de numerosas recetas. ¿Qué tenéis que alegar al respecto? —preguntó Al-Nubahi.

—Sí, soy farmacéutico, pero no sé de qué habláis.

—Yo creo que sí, así que dime cómo es posible que no te avergüences de lo que has hecho.

—Soy inocente. Alá lo sabe.

—¡Cómo te atreves! Nuestro informante dice que tú y tu mujer, en connivencia con los cristianos, habéis distribuido pócimas venenosas provocando la muerte de inocentes. ¿Es cierto? —inquirió otra vez el gran cadí.

—Antes de que conteste —pidió Ibn Hunayn, el almotacén, también presente—, solicito hablar con él. La acusación es tremenda y yo doy fe de que hasta ahora no he tenido queja de ningún vecino sobre ningún comportamiento sospechoso por parte de esta familia.

—Está bien —lo cortó Al-Nubahi—. Te doy un momento. Aprovéchalo, Ibn Shalam.

—Escúchame, farmacéutico, nunca he visto algo así. Si es cierto o no, no tengo palabra para afirmarlo, pero creo que alguien te ha traicionado. —Y murmuró más bajo aún—: ¿No puede haber sido tu mujer? Sé cómo son las mujeres, tienen doblez de pensamiento. Denúnciala y os salvaréis tú y tus hijos.

Ibn Shalam lo miró como si estuviera loco.

—¡Eso no es cierto! ¡No haré algo así!

—Si ella es culpable, será lapidada. Pero si tú te declaras culpable, salvarás su vida a costa de la tuya, y vivirá sin honor.

—¡Pero si soy inocente! ¡Somos inocentes!

—No me has entendido, vecino. ¡Para el gran cadí esa opción no entra en consideración! Pero declarándote culpable salvarás a tu familia.

Ibn Shalam persistió en su inocencia, desafiando la paciencia del gran cadí.

—¡Basta! ¡Guardias, sacadlos fuera de mi vista, y en cuanto a ti, mentiroso, te arrepentirás por no aprovecharte de mi clemencia! ¡Llevadlo a Al-Gudur!

El farmacéutico palideció, arrastrado a la fuerza por dos soldados.

—¡Todo se arreglará, Ahmed! ¡Por Alá! ¡Fátima! ¡Aixa! ¡Ahmed, cuida de ellas! —se las apañó para librarse un segundo y acercarse a su sobrino y susurrarle al oído, antes de que volvieran a golpearle—. ¡El baúl, Ahmed!

No volvió a saber de su tío ni de su familia nunca más.

Y al amanecer Ahmed salió de Garnata como esclavo, sobre un carro renqueante, por el camino hacia la medina de Wadi Ash. En ese momento ya estaba sin voz y sin lágrimas. Se despidió de las murallas de la fortaleza Qadima, del Albayzín, de la fortaleza de la Al-Hamrā, del fragante barrio de Ajšāriš, del río Hadarro. Encadenados, sin esperanza ni sueños, los esclavos de la caravana remontaron las estribaciones del norte del Yabal Sulayr hacia un futuro incierto y triste, muy triste.

Garnata, la *maktab*, los halconeros, el *hakkak*, todo lo que había conocido se alejaba de él. Madinat Garnata desapareció de su vista. Recordó al maestro Rashid, que decía que todo era designio de Alá, y se dio cuenta de que eso ya no lo creería jamás. Era la mano del hombre la que los había destrozado.

Los esclavos pensaban que su destino sería Wadi Ash, pero allí en realidad fueron acoplados a un transporte de esclavos aún mayor cuyo destino era Al-Mariyyat, la principal medina costera del reino nazarí. Ahmed caminó leguas y leguas entre fugitivos de la ley, asesinos, ladrones y parricidas, y entre prisioneros de guerra cristianos, algunos casi muchachos. Con el corazón en un puño, Ahmed se preguntaba por su primo Abdel, si seguiría vivo, si conseguiría prestigio y fama, si podría rescatarlos antes de que fuera tarde. Atravesaron inmensas llanuras de arcilla seca cocida por el sol. Se internaron por caminos serpenteantes entre colinas desnudas, yermas y pedregosas bajo un infierno abrasador y seco, buscando los pozos y las sombras donde algunos campesinos exprimían el agua que podían robar del suelo para trazar verdes líneas de vergel, con norias, álamos y palmeras. Las hiladas de esclavos se reducían por el camino. Algunos eran vendidos en las aldeas. Otros murieron de sed y locura.

Llegaron a Al-Mariyyat, y el soplo de la brisa marina hizo revivir a los esclavos. A la vista del mar, Ahmed volvió a llorar en silencio, mientras el comerciante de esclavos, con las puertas de la ciudad a la vista, explicaba exultante a sus esclavos que si habían sobrevivido hasta llegar allí era porque Alá tenía algún destino para ellos, así que era motivo de celebración. Esa noche los esclavos tuvieron una cena abundante, donde incluso se sirvió mosto. Ahmed comió con ansia animal, como todos los demás, salvo un viejo, compañero de infortunio, quien lo miró y se lo recriminó.

—Nos ceban antes de la subasta, pequeño —dijo el viejo con la voz ronca y los ojos enrojecidos—. Se vende mejor un esclavo con buen aspecto que uno moribundo.

Pero Ahmed tenía hambre y no se detuvo.

En el puerto de los mercaderes fueron subastados al mejor postor dos días más tarde, junto a la fabulosa nave de las Atarazanas Reales. Un gran gentío iba y venía por las calles del puerto, y la multitud contemplaba el género con curiosidad.

Alá se apiadó de él.

Yabal Ibn Taled estaba en el puerto, negociando un transporte de material hacia Asdra. Necesitaba esclavos. Y lleno de sorpresa, vio a Ahmed junto al hombre anciano, mientras el vendedor hacía intentos desesperados por convencer a los posibles compradores para que se llevaran a un joven inexperto y a un viejo enfermo.

—¡Pero miradlos bien, por el santo profeta! ¿No estáis hartos de esclavos rebeldes? Éstos no se rebelarán. —Y el vendedor miró al público con escepticismo. Llevaba un látigo al cinto y un grueso lapislázuli en un anillo—. A un precio reducido os llevaréis a casa un aprendiz sumiso y atento y un experimentado herborista que sabe leer, escribir y llevar una contabilidad.

Algunos espectadores parecieron animarse. Parecía una buena oferta.

—¡Pero qué estás diciendo! —gritó un asistente—. ¡Menudos lotes has traído hoy! Podías haberte ahorrado el viaje desde Garnata. Te doy diez.

—¿He oído diez dinares? —exclamó el vendedor, esperanzado.

—Diez dírhams de plata. ¿A quién intentas engañar? Son un hombre moribundo y un niño lloroso.

Los murmullos del público apoyaron aquel comentario.

—Mira al niño. Es bien parecido. Puede darte otros servicios. ¿Qué tal cinco dinares?

—Bien, visto así..., que sean tres dinares.

—Yo te daré cinco dinares por ellos —exclamó Yabal Ibn Taled en voz alta, y todos se volvieron para mirarlo. Había entendido que era una señal de la justicia divina ver allí a aquel joven, cargado de cadenas, y pujó por ellos—. Cinco dinares, ahora, en efectivo.

Ahmed se quedó mirándolo de hito en hito.

El vendedor miró al otro pujador, quien se encogió de hombros y negó con la cabeza.

—¡Vendidos! Tuyos son. —Y se acercó murmurando a la oreja del anciano—: Habéis tenido suerte, perros. Si me llegáis a costar el dinero, os desuello vivos. ¡Tómalos, noble señor! En cuanto vea tus monedas, por supuesto.

—Por supuesto.

Un enorme eunuco separó las cadenas de ambos del anillo de acero donde se encontraban atados a los demás esclavos aún por subastar.

—¡Yo te conozco! —exclamó Ahmed, y de repente comprendió—. ¿Somos tus esclavos?

Ibn Taled no dijo nada.

Sí, Ahmed tenía presente cada noche cuánto duraba ya su destierro. Preguntarle si sabía cuánto tiempo llevaba cargado de cadenas era como preguntar si el sol brillaría al día siguiente. El anciano murió el primer año.

—Cuatro años, nueve meses, cinco días —contestó Ahmed.

La respuesta satisfizo a Yabal.

—Desde que te compré, mis negocios han prosperado. Te has portado bien. Has trabajado duro sin queja alguna. Has llevado la contabilidad del taller con precisión. Tarik apenas ha usado el látigo con vosotros. Acabo de comprar otra cantera, que me proporcionará un mármol amarillo crema con veteados en marrón claro. Necesitaré un nuevo encargado en aquella cantera. Quiero que seas la sombra de Tarik. Quiero que aprendas de él y llegues a ser mis manos y mis ojos en la cantera del Halcón.

Una oscura sombra de decepción cubrió el rostro de Ahmed,

y no pasó desapercibida para Yabal. Ahmed no quería manejar el látigo si podía evitarlo. No quería ser encargado. ¿Qué opciones le quedaban? Yabal lo miraba en silencio fijamente. Si no quería ser encargado y no convencía a su amo de que su deseo era ser escultor y de que tenía la habilidad para ello, entonces moriría como esclavo allí. A menos que se fugara. El castigo para un esclavo fugado y capturado era la flagelación hasta la muerte. ¿Quién iba a recriminar a su amo el uso de su legítimo derecho a castigar a su esclavo?

—No parece que te agrade mucho la oportunidad que te ofrezco. Es un paso. Es lo que necesito. Sírveme bien y podrás comprar tu libertad.

¡La libertad! Según recordaba Ahmed del libro sagrado, un esclavo podía liberarse a los siete años de servicio si había mostrado su valía y era digno del Islam. Trabajar como hombre libre significaba cobrar un salario. Podría ahorrar lo suficiente para trasladarse de nuevo a Madinat Garnata. Sabría un oficio. En la vieja Ilvira o en Lawsa existían prósperas canteras donde podría probar suerte. O podría hacerse soldado, como su padre, como su primo. Las posibilidades que surgían ante él eran como las tentaciones del diablo a cambio de su alma. Ahmed respiraba agitadamente en silencio. Yabal seguía escrutándolo con ojos calculadores.

—Tengo esta carta para ti. Uno de mis agentes comerciales en Garnata ha hecho averiguaciones para mí, sobre tu familia —Ahmed se sobresaltó con la noticia, mudo de asombro y de la impresión—, pero no te la daré a menos que obtenga de ti lo que deseo. ¿Qué decides?

Durante cinco años había rogado día y noche por conocer la suerte de Fátima y Aixa, y allí tenía las noticias que ansiaba, en la carta lacrada que había sacado Yabal de uno de los cajones. Si aceptaba ser encargado, la carta sería suya, llegaría a ser libre, podría volver a Garnata, podría abrazar a Aixa. Si aceptaba ser encargado, no sería jamás escultor; nadie querría tomarlo como aprendiz dentro de dos años. Si se negaba, las palabras de Aixa y Fátima quedarían relegadas a ese cajón quién sabía si seis años o más, hasta que Yabal volviera a hacerle una oferta parecida.

Para entonces podrían estar muertas, quizá como su primo Abdel. Ahmed estaba dividido en dos y su angustia debía de reflejarse en su silencioso rostro, porque Yabal sonreía.

Su sonrisa era parecida a la del gran cadí Al-Nubahi. Astuta, llena de dobles intenciones y también cruel. Como con un soplo de aliento divino, el recuerdo de aquella sonrisa maligna inspiró a Ahmed la única respuesta auténtica que podía salir de su corazón. La pesada carga de la elección se desvaneció como una niebla fantasmal y clavó sus ojos encendidos en los ojos del comerciante.

—Eres mi amo y señor, y mi destino me ha puesto en tus manos, para gloria de Alá. Has sido durante este tiempo mi protector. Me has mantenido con vida y has velado por mi cuerpo y mi alma. Soy tu servidor y mi vida está en tus manos. Puedes hacerme tu encargado y seré la honra de tu nombre, pues eres un hombre piadoso y justo, y gozas de la protección de Alá. Pero puedo jurarte por el Paraíso, por el sagrado nombre del Profeta, por el Corán, que si me haces aprendiz de escultor, llevaré tus fuentes y columnas a los palacios de los más grandes, a la mismísima Al-Hamrā, y ríos de oro correrán y desbordarán tus manos, y tu nombre y tu memoria permanecerán eternos en la piedra tallada cuando todo lo que nos rodea sea cenizas. Lo juro por mi alma eterna.

28

La decisión de Ibn Taled

—No sabes lo que dices —replicó Ibn Taled al fin—. Pero así como Alá dispuso que fueras tan insolente también dispuso que yo tuviera gran paciencia. He arriesgado y mi vida es próspera. ¿Eres ambicioso para conseguir lo que deseas? ¿De verdad pondrías en peligro tu alma inmortal?

—Lo soy. La pondría.

—¿Te enfrentarías a los dogmas de nuestra fe si tu ambición lo exigiera?

Ahmed no contestó inmediatamente. «Mide tus palabras —dijo para sí—, y recuerda que eres un esclavo, pocas palabras han bastado para llevar a muchos hombres a la tumba.»

—Los hombres pueden equivocarse. Sólo Alá es infalible y todopoderoso. Contradecir a los hombres no significa desafiar al Altísimo, sino buscar una nueva iluminación a su palabra.

Yabal Ibn Taled asintió en silencio. Ahmed no era un hombre más, tenía algo, quizás un don. Sabía pensar. Y de su trabajo no tenía queja. Había habilidad en sus manos. Su agente en Garnata había investigado cuál había sido la razón de la condena de Ahmed y su tío, y nada había trascendido, salvo que fueron acusados de actuar contra la recta moral musulmana por el gran cadí en persona. «Hay algo sobre ellos que escapa a mi razón —pensó Yabal—, y quizá no lo averiguaré nunca.»

—No haré de ti mi encargado —decidió Ibn Taled en voz alta—. Estoy seguro de tu lealtad hacia mí, porque en estos cinco años has sido hombre de palabra. Así que te convertirás en aprendiz de escultor si eres capaz de convencerme de tu habilidad. ¿Sabes bereber, Ahmed?

—No, mi señor. Apenas unas palabras —contestó Ahmed, aturdido por la respuesta que había recibido. ¡Sería aprendiz! Estaba dispuesto a lo que fuera, llegaría hasta la luna si fuera preciso.

—Dentro de dos días partirás hacia Al-Mariyyat con uno de mis escultores. Aprende de él todo cuanto quiera enseñarte. Pregunta cuanto él te permita. Partiréis en barco hacia el puerto meriní de Al-Qalaa. Estaréis de regreso antes de una luna. Presta mucha atención a cuanto veas, a todo lo que se te indique, y a tu regreso probarás tu habilidad. Tu audacia ya tiene aquí tu recompensa. Toma la carta. Es reciente; mi agente me la envió hace una semana. Puedes retirarte, y que Alá sea contigo.

Ahmed tomó la carta temblando de la emoción. Inclinó la cabeza profundamente agradecido y salió del despacho, dejando atrás a guardias y jardines. Llegó al cobertizo y abrió la carta.

La había escrito Asma, la hermana de Abdel Ibn Shalam. Tras el juicio, Asma había acogido a Fátima y a Aixa, que habían quedado recluidas en su casa, pero a los pocos días fueron buscadas por el almotacén y no supo más de ellas. La casa con la farmacia y la parcela que poseían en la Vega fueron expropiadas por el Estado. El esposo de Asma, Abdalá, era carretero de aprovisionamiento del ejército. Se enteró de que las dos desdichadas habían sido subastadas junto a otras mujeres y que estaban en Mᵊalaqa. Allí la familia de Fátima pudo comprar su libertad, pero para Aixa había sido demasiado tarde y había embarcado hacia Fez; nada más sabía de ella. Fátima había muerto de tristeza. Abdel probablemente estaba muerto. La fortaleza de Hisn Moclín había sido atacada. La frontera tardó meses en estabilizarse de nuevo. De él no se supo nada más. Toda su guarnición había muerto.

Ahmed continuó leyendo, con las manos temblorosas y los ojos húmedos.

El agente comercial me dijo que sigues con vida, aunque sea a muchas leguas. Algunas de vuestras pertenencias siguen aquí, en mi casa. De tu tío, mi hermano, nadie sabe nada, y lo más probable es que ya no esté en este mundo.

Dejó de leer. Recordó con emoción las últimas palabras del farmacéutico encomendándole que cuidara de la familia. Sólo quedaba Aixa, perdida en algún lugar del sur. Tenía que buscarla. Tenía que encontrarla. Miró sus cadenas y se echó a llorar.

No había cuerpo, pero Ahmed rogó y rogó, y al final Ibn Taled donó una losa de mármol para la tumba de su tío, en su memoria. Sólo puso su nombre, porque no sabiendo nada que confirmara la muerte de sus primos tenía la pequeña esperanza de que aún estuvieran con vida. La estela no era de las mejores del taller, pero el tratante ordenó que uno de sus escultores grabara en ella unas palabras del Corán, precedidas por una media luna islámica:

A quienes obedezcan a Alá y a su Enviado,
Él los introducirá en jardines regados por aguas vivas,
en los que morarán eternamente.

La última línea la talló Ahmed. Ése fue su primer trabajo como aprendiz.

29

La historia de la rosa

Concluido el juicio contra el farmacéutico, el gran cadí ordenó que se encerrara a las mujeres. Aixa se aferró a las manos de su madre, abrazándola mientras las conducían a empujones a la casa de su tía Asma, donde serían recluidas.

—¿Qué pasará ahora, madre?

Fátima estaba demasiado atemorizada para contestar y se limitó a apretarla contra sí para alejarla de los soldados, que la observaban con ojos hambrientos de mujer.

Su tía Asma las recibió sorprendida por los golpes en la puerta y por el dictamen del gran cadí. Cuando se fueron los soldados, su esposo Abdalá quiso saber qué había sucedido. Luego dejó solas a las mujeres, mientras salía precipitadamente para interesarse por el paradero del farmacéutico.

—Pero ¿qué hemos hecho, madre? ¿Y padre?

—No lo sé. Hija mía, duerme. —En su interior le remordía la conciencia, pensando una y otra vez si no sería su destreza para aplicar la planta de expulsar al niño lo que los había conducido a aquella situación—. Ya nos dirán algo. Todo se aclarará, te lo prometo.

Asma se dirigió a calentar agua a la cocina, enjugándose las lágrimas. Aixa esperó a que saliera.

—Pero ¿tenemos algo que temer? ¡Yo sé que padre es inocente!

—Ya lo sé, hija. Él es inocente. Pero yo no. —Y ante el asombro de Aixa no quiso decir nada más.

Abdalá regresó con noticias de que el farmacéutico había sido visto camino de los cuarteles la Al-Hamrā sin más detalles, y les dijo que al día siguiente haría nuevas gestiones. Pero antes del alba llamaron a la puerta de la casa, para buscarlas a las dos.

—¿Qué sucede? ¿Qué ocurre? ¿Adónde nos llevan?

—El gran cadí ha hablado. Se os destierra a Mālaqa.

—¡A Mālaqa! —repitió Aixa con el corazón desbocado. Dos eunucos armados las sacaron de allí, a pesar de las protestas de sus parientes. Fueron conducidas a una casa menor, donde un herrero las esperaba en un patio, y la joven vio con horror cómo colocaban grilletes y cadenas a una larga hila de fugitivos. Les tocó su turno; los grilletes impedirían que huyeran.

—¿Y mi marido? ¿Dónde está Abdel? —preguntó Fátima con la esperanza de verlo entre los demás. Pero el farmacéutico no estaba allí, y para su consternación las hicieron subir a un carro cubierto y custodiado. Atravesaron la medina dejando atrás casas y murallas, y en los arrabales las obligaron a descender, junto a decenas de fugitivos y esclavos, hombres y mujeres, separados en dos filas. Su vida había dado un vuelco tan radical que las dos mujeres estaban aturdidas y no dijeron ni una palabra, hasta que un hombre a caballo examinó sus documentos y leyó sus nombres.

—No deis problemas y no conoceréis esto —dijo señalando el látigo que colgaba enrollado de un lado de su silla; y señalando sus testículos añadió—: ni esto. —Las dos enrojecieron de vergüenza e indignación.

—¡No somos esclavas! ¡Soy la mujer de un farmacéutico! ¡Él pagará lo que pidas!

—No sois esclavas, sólo condenadas y fugitivas, y además tengo instrucciones de que no tengáis oportunidad de ser redimidas en Garnata. ¡Probad en Mālaqa! Y ya no eres la mujer de un farmacéutico. Él ya no podrá cuidar de ti. En este momento, en nombre del Estado, sois sólo mías.

Fátima giró su rostro con aversión, evitando mirarlo, pero él sonrió a Aixa, quien se sintió sucia de repente.

El viaje hasta Mālaqa fue una pesadilla. Sus pies anduvieron milla tras milla, endureciéndose. Los tobillos se les despellejaron por el roce con el hierro. Sufrieron el sol implacable sobre su tersa piel, que envejecía. El polvo del camino, el hambre, la sed y la tristeza las debilitaron, especialmente a Fátima, aunque se negaron a pedir clemencia. Cada vez que las veía, el capataz sonreía a Aixa.

—Estamos solas, hija. Todo ha quedado atrás. Intentemos llegar a Mālaqa. Esto es lo más parecido a la esclavitud, hija mía, de la que tantas cosas terribles se cuentan.

—¡Abdel! Él puede rescatarnos, pedir clemencia por nosotras.

Fátima, débil, tropezó y a punto estuvo de caer de bruces si no hubiera estado su hija para agarrarla.

—Escúchame, Aixa. Ese capataz puede ser la llave de nuestra libertad. He visto cómo nos mira. Si lo convencemos para que haga llegar noticias nuestras a mis tíos en Mālaqa, podrán reunir nuestro rescate y liberarnos.

—¿Cómo vas a convencerlo? —Y de repente cayó en la cuenta—. ¡Eso no! No dejaré que lo hagas. ¡Vender tu cuerpo! Eso no, por Alá.

Fátima cogió el rostro de su hija, que el cansancio no había marchitado aún. Sus ojos brillaban con fiereza. Las lágrimas de impotencia corrían desde los ojos enrojecidos hasta la barbilla, dejando un surco en sus mejillas.

—¡Que Alá me perdone! Hija mía, no veo ninguna otra forma.

Pasaron por la medina de Lawsa. El capataz no dejaba de merodear junto a ellas.

—Podría dejar que os lavarais la próxima vez que vadeemos un río.

—Lo agradeceríamos, señor —respondió Fátima sumisa.

—Antes prefiero que los piojos me coman viva —replicó Aixa desafiante, pero su madre la contuvo, ofreciendo una sonrisa temerosa al capataz. Éste asintió en silencio, alejándose a lo largo de la fila en la que hombres y mujeres asimilaban su nuevo destino.

El calor de los días, la soledad de las noches y la tristeza llenaban sus horas sin ninguna alegría y muy poca esperanza. Al día siguiente el capataz cumplió su palabra y pararon junto a un arroyo. Fátima le sonrió agradecida la siguiente vez que pasó junto a ellas.

—¿Por qué lo haces? Estás deshonrando a mi padre, tu esposo.

—Porque creo que Alá quiere que purgue mis pecados. Aixa, a espaldas de tu padre ayudé a abortar a numerosas mujeres y tu padre lo descubrió, sin denunciarme. Me perdonó, ¡bendito sea!

—Entonces, tú lo mataste.

—No. No digas eso. Que Alá me juzgue, no tú. Quizá no lo entiendas aún.

Su hija se apartó de su lado. Pero Fátima volvió a tropezar y Aixa evitó otra vez que cayera. Estaba sedienta, agotada y tenía fiebre, y Aixa se llenó de piedad por ella.

Antes de llegar a la vista de la medina costera, Fátima se desvaneció en mitad del camino. Su hija se arrodilló junto a ella y suplicó agua. Se le acercó una sombra, látigo en mano. Los encadenados habían dejado de avanzar.

—Madre, levántate, ¡vamos!

El capataz desenrolló el látigo y ofreció agua a Aixa, quien sin beber se la entregó a su madre, sedienta y anhelante. Se levantó poco a poco.

—Estoy bien, ¡pero no me sueltes!

—No lo haré.

El capataz recuperó el pellejo de agua en medio de las murmuraciones de los demás esclavos, que veían con envidia aquel trato de favor. Chasqueó el látigo en el aire.

—¡Vamos, escoria! —gritó el capataz, acallando las quejas de disgusto—. ¡No os paréis!

—Madre, perdóname. No debí hablarte así.

Fátima la besó en la frente.

Ocurrió antes de llegar a Mālaqa. Aixa estuvo pendiente en todo momento de que Fátima no desfalleciera de pena al ver la silueta de la fortaleza de la medina recortada contra el mar.

—¡Tenemos que enviar un mensaje a mis tíos! ¡Ellos nos rescatarán! Hija mía, no quiero el cautiverio para ti. Tú eres joven. Tienes que vivir.

—¡Acelerad el paso, esclavos! ¡Mañana algunos llegaréis a Mālaqa! Otros no. Así que portaos bien. Portaos bien conmigo esta noche. —Rio ante Fátima.

Anochecía cuando llegaron a una almunia a la vista de la medina. El capataz fue recibido por varios criados que lo ayudaron a descabalgar y le ofrecieron agua de azahar para lavarse las manos y una toalla. Se disponía a entrar en la casa mientras los guardias llevaban a los encadenados a dos barracones cuando una voz lo detuvo.

—¡Capataz, piedad! ¡Déjame hablar contigo! —Era Fátima. Los demás la miraron de repente. Ella se resistió a avanzar mientras no le hiciera caso.

—¡Perra! ¡Camina! —Y un guardia se dispuso a golpearla, pero el capataz lo detuvo.

—Espera. Tú eres Fátima, y tú, Aixa. Te concedo un instante. Habla.

—Por favor, ¡te lo suplico! Haz llegar un mensaje a mi familia en Mālaqa. Ellos reunirán un rescate por nosotras y serás satisfecho. Por Alá, danos una oportunidad.

Los demás esclavos murmuraron entre ellos, atentos a lo que podía suceder.

—¡Míralos! ¡Mírate! ¿Crees que podrás reunir el dinero que se pida por vosotras? ¿Crees que no averiguarán que faltas en mi lista cuando os entregue al mercader del zoco?

—Puedes decir que morimos en el camino, puedes decir que la tristeza y el hambre nos mató.

—No hay dinares que me convenzan de que yo envíe ese mensaje. Déjame.

—¡Capataz! —exclamó ella desesperada—. Pagaré el precio que desees, no con oro. Conmigo. Por favor.

—¿De verdad estarías dispuesta? —El capataz la miró de arriba abajo—. No. Pareces una pordiosera, desesperada y taimada. ¿No te has visto, sucia y ajada? Tu juventud quedó atrás hace tiempo, aunque fuiste hermosa, sí. ¡Es demasiado tarde! ¡Debiste haberlo propuesto antes! No puedo hacer nada por ti.

El capataz le dio la espalda dejando a Fátima abochornada, cuando una voz junto a ella lo llamó por dos veces. Él se detuvo.

—Entonces tómame a mí. Toma mi cuerpo virgen, y permite que mi madre escriba esa carta.

Los ojos del capataz relampaguearon de lujuria. Fátima intentó sujetarla, pero Aixa se soltó de ella y cogiendo sus cadenas se las mostró al capataz.

—Mi cuerpo será tuyo a cambio de esa petición. Libérame.

Estaba sucia, pero eso podía arreglarse. Su melena estaba deslustrada y sus ropas, gastadas y desgarradas en los bordes. La piel de sus tobillos sangraba, pero ¿a quién le importaban unos tobillos? El capataz ordenó que la separasen de la fila y la lavasen para llevarla a su casa. Fátima lloraba, derrotada.

—Si te escapas o no me satisfaces, tu madre morirá, ¿lo entiendes?

Aixa asintió en silencio. Miró una vez más a Fátima antes de desaparecer con las sirvientas. Le dieron de comer. La lavaron y la vistieron y la presentaron ante aquel hombre detestable. Una feroz lucha tuvo lugar en su interior, entre su determinación por sobrevivir y el arrepentimiento por su oferta.

—Ahora, baila para mí.

Y al compás de dos músicos, Aixa bailó y bailó hasta la extenuación bajo la atenta mirada del capataz, que sentía cómo el vigor de la sangre le palpitaba en las sienes. Con unas palmadas ordenó que sirvieran vino, y en las copas se vertió una droga para el placer.

—Bebe y ahora ven a mí. Desnúdate.

Aixa asintió, pero aquellos ojos mezquinos la paralizaron. El sudor hacía que los velos se le pegaran al cuerpo, insinuando muslos y caderas, y sus pequeños senos. El capataz se pasó la lengua por los labios. Se acercó más a él. Estaba mareada.

—No puedo —gimió, derrotada.

—¿Cómo? Oh, sí, ¡sí que puedes!

Y él mismo le arrancó un velo de la cintura, rasgándolo y

aterrorizándola. Aixa, pudorosa, se tapó su feminidad y sus pechos con las manos y retrocedió un paso, tambaleante.

—¡No! ¡Alá bendito! ¡Déjame salir!

Pero el capataz ya tenía planes para ella. El hombre se levantó con una agilidad sorprendente para su corpulencia, y ella echó a correr, pero las puertas y las ventanas estaban cerradas. Lo único que obtuvo fue una sonrisa cruel. El hombre avanzó en su busca. La joven se sintió al borde de un abismo, acorralada como una fiera salvaje. Cojines, mesitas, platos, copas, adornos de latón y de cerámica; lanzó todo cuanto estuvo a su alcance para detenerlo, hasta que presa de la desesperación, de improviso, se lanzó desde el rincón contra él, dispuesta a arañarlo, a morderlo, a sacarle los ojos y también a morir.

Pero la pelea duró sólo un instante. De un terrible bofetón, Aixa cayó al suelo entre los cojines y la mesita volcada, quedando conmocionada. Y el hombre dio un salvaje grito de triunfo y se abalanzó sobre ella. La droga hacía su efecto, aturdiéndola. Le pareció que su cuerpo no era el de ella, sino el de otra persona, a la que desnudaban a la fuerza, a la que mordían los tiernos pezones, cuya boca buscaban. El roce de la barba le lastimó la piel. Aixa apretó los puños e intentó liberarse, pero no tenía suficiente fuerza. Tenía ganas de llorar y de morirse.

El descenso a los infiernos ocurrió cuando el capataz le dio la vuelta y la forzó a que separara las piernas. Se echó sobre ella, lamiendo su nuca y su espalda.

—Tu tesoro es demasiado valioso para dilapidarlo ahora. Pero aun así, hay una forma de que cumplas tu promesa.

Y sin más preámbulos, la penetró por el ano brutalmente y sin contemplaciones. El dolor de aquel trance no lo olvidaría jamás. Al hombre no le importó que la sangre empapara la alfombra de cachemir, ni los gritos desgarrados y roncos de Aixa. La joven llamaba a sus padres implorando que su sufrimiento terminase, y Alá escuchó sus palabras. El capataz se derramó dentro de ella y salió de su cuerpo. Aixa suplicó que la muerte llegara, pero la muerte pasó de largo.

El capataz acarició su rostro enrojecido por el llanto, el dolor y la bofetada. Seguía siendo angelical, y su pelo ensortijado olía a juventud mancillada. Se vistió y tocó una campanilla. Tres sirvientas de gesto sombrío la ayudaron a cubrirse y la sacaron de allí. Aixa se tambaleaba. Sintió la sangre correr por sus muslos.

—Que tu madre escriba la carta y la haré llegar a tus parientes. ¡Soy hombre piadoso! Cumpliré mi palabra. Vete.

Aixa fue devuelta a su madre al amanecer y se derrumbó en sus brazos entre sollozos incontrolables. La carta fue enviada y supo Fátima que sus tíos harían todo lo posible por rescatarlas. Al día siguiente entraron en Mālaqa. La llegada a la casa del mercader de esclavos del Estado junto al zoco fue como una bruma en sus recuerdos. Aixa iba de la mano de Fátima, ausente del mundo.

El estrado estaba rodeado por muchos visitantes del zoco, en el que se subastaban los esclavos. Entre los asistentes había familiares de los desdichados dispuestos a pagar por la liberación de sus seres queridos. Sabedor de aquella realidad, el mercader infiltraba a varios de sus agentes entre la muchedumbre para subir las pujas. A instancias del mercader, el capataz había recibido instrucciones precisas.

—¡Ahora vais a salir ahí y ofreceréis un buen aspecto! Sois mi mercancía. Quien no sea comprado irá a las canteras. ¡Preparaos para ser desencadenados!

Toda la estancia estaba vigilada por numerosos guardias. Un hombre intentó escapar cuando fue soltado de sus grilletes, pero fue cogido y apaleado brutalmente delante de todos hasta ser un amasijo gimoteante. Lo arrastraron por los pies fuera del cobertizo, para horror de todos.

—Que no lo intente nadie más. La próxima vez no seré tan generoso. Y ahora, por orden. ¡De uno en uno! —El mercader salió de la sala, sacó sus listas y se dispuso a vender su género al mejor postor.

Cuando llegó el turno de Fátima, el capataz la detuvo con el látigo enrollado.

—De uno en uno. Suelta a tu hija. —Y las dos mujeres se soltaron. Sólo entonces Aixa pareció reaccionar, temblando descontroladamente como una niña pequeña.

—¡Todo irá bien, todo irá bien, mi amor! —Fátima le dio un beso en la frente entre los empujones del capataz, y salió al estrado.

Los tíos de Fátima cumplieron su palabra. Habían vendido precipitadamente tierras y casas para liberar a su pariente, y la reconocieron en cuanto la vieron. Pujaron por ella y para su alivio resultaron adjudicatarios. Fátima fue llevada a una casa aneja, en espera de que la transacción comercial fuera consumada.

Aixa se aferró a una hebra de esperanza; se sentía dispuesta a salir al público cuando el capataz dio paso a un nuevo esclavo. Aixa avanzó, pero aquel hombre atroz la detuvo.

—No. Tú no.

Tres horas más tarde, Fátima se reencontró con sus parientes, derrumbándose en sollozos entre sus brazos.

—¿Y Aixa, mi niña, la luz de mis ojos? ¿La habéis rescatado también? ¿Dónde está?

Sus tíos se miraron turbados entre sí antes de contestar.

—Hemos esperado hasta el final de la subasta. Ella no ha salido al estrado.

Fátima sintió que su corazón se helaba.

—¿Cómo dices?

—Ella no ha salido al estrado —repitió su tío, desviando la mirada.

30

El aprendiz

Ahmed partió hacia la costa, hacia Al-Mariyyat, con el más joven de los maestros escultores que trabajaba para Yabal Ibn Taled en la cantera del Halcón. Se llamaba Sadam al-Malawi, tenía veintiocho años y era de talla menuda, de cuerpo vigoroso y con un gran concepto de sí mismo. Poco antes de la llegada de Ahmed había conseguido el rango de maestro. Su especialidad era el vaciado de bloques para la talla de fuentes, y la escritura de las suras del libro sagrado en las losas destinadas a sepulturas. Tras su barba cerrada y sus ojos castaños se escondían muchas generaciones de su familia dedicadas a la talla de la piedra. El mármol era su vida, como la de muchos otros en Macael. Sus antepasados habían tallado columnas para la Gran Mezquita de Qurtuba, junto al Wadi-al-Quibir. En la familia de Sadam aún se conservaba en la memoria, transmitida de generación en generación, la posición exacta de las columnas con la firma de su antecesor. Ahmed escuchaba por el camino lleno de asombro.

Fue Sadam quien el día antes de la partida grabó las primeras líneas de la lápida para el tío de Ahmed. Ahmed insistió en ayudarlo. Sadam no estaba de acuerdo. Yabal se lo ordenó. De mala gana, le enseñó a Ahmed las cuatro herramientas básicas, la uñeta, el puntero, la martellina y el cincel, cómo cogerlos y usarlos, y lo guió en la talla de sus primeras palabras. De vez en cuando negaba con la cabeza, exasperado. Ahmed aceptaba todas las correcciones, hablaba poco y avanzaba menos, pero continuó hasta terminar. Sadam iba a compartir un mes con él, lejos de su familia. Sólo lo compensaba el salario adicional que recibiría de parte de Ibn Taled.

Sadam no tardó en dejar claras las condiciones del viaje.

—En mi opinión eres demasiado mayor para ser aprendiz. Yo cogí mi primer escoplo a los cinco años. A los diez ya tallaba las primeras palabras. A los dieciséis dominaba las caligrafías *nasji* y *musalsal*. A los dieciocho empecé a tallarlas para encargos comerciales. A los veintidós empecé a tallar en escritura cúfica y me nombraron maestro.

»Antes de tallar deberías saber caligrafía, el porqué de cada trazo, las reglas de las composiciones según el triángulo equilátero, el círculo y el cuadrado. ¿Tienes cualidades para sentir la belleza y expresarla en la piedra? Lo dudo, pero ya veremos. Cuando te dirijas a mí, me llamarás maestro. Cuando me dirija a ti, te llamaré Ahmed, o simplemente aprendiz. En un mes tendrás que aprender mucho.

—Sí, maestro —dijo Ahmed. Era más alto que Sadam y casi tan fuerte como él. A Sadam lo henchía de orgullo tener a alguien dependiente de él.

—No partiremos inmediatamente a tierras meriníes. En el almacén que Ibn Taled tiene en el puerto podré enseñarte lo más básico, según me ha indicado. Allí hay bastantes fragmentos no comerciales que podrás destrozar a gusto. ¡Ay de ti como me hagas perder la paciencia! Que quede claro: si yo no apruebo tu trabajo, Yabal no aprobará tu trabajo, y volverás a la cantera. ¡No sabes la enorme oportunidad que te ha dado! No sé qué habrá visto en ti.

—Sí, maestro.

—Por supuesto, un aprendiz también es un sirviente. Sigues siendo un esclavo, y yo un hombre libre, así que espero que te comportes dignamente y con humildad.

—Sí, maestro.

—Sólo he subido tres veces a lo alto de la cantera, y fue horroroso. Afortunadamente es mi destino realizar trabajos más elevados. ¿Te gusta la cantera, aprendiz?

—Preferiría llegar a maestro escultor, maestro.

La respuesta hizo sonreír a Sadam, y para alivio de Ahmed calló durante unas horas. El nuevo aprendiz pensó para sí que el viaje en semejante compañía se le iba a hacer muy, muy largo.

En cuatro días atravesaron montañas pedregosas, llanuras desérticas y llegaron a los cerros abruptos al norte de la medina. Las dos mulas tozudas que montaban no se lo pusieron fácil, y al fin descendieron por el paso que sorteaba un espolón del monte Al-Mudayna, llamado Yabalī por los habitantes de la ciudad. Ahmed vio el mar en el atardecer y dio gracias a Alá por haber vivido lo suficiente para contemplarlo de nuevo. Toda la medina estaba al alcance de su vista. Estaba orientada al sur, hacia el mar. A poniente, una montaña de mediana altura llamada Al-Kunaysa penetraba en el mar más de una milla cortando el litoral en ángulo recto. Ellos se dirigían a la Puerta de Pechina, que Ahmed ya conocía; por allí había entrado él cargado de cadenas años atrás. A su derecha se encontraba un barranco que se dirigía a la Puerta de Mūsa, y al sur de éste estaba el cerro de la Al-Qasaba, de murallas sólidas e inexpugnables. Más allá del cerro estaba el arrabal de Al-Hawd, un espacio yermo y sin construcciones salvo las murallas que lo rodeaban.

En el centro de la ciudad se distinguía la Mezquita Mayor. Un poco más al sur estaba la alcaicería. El cerro de la Al-Qasaba invadía parte del barrio, y la población se repartía por toda la pendiente.

—¿Adónde nos dirigimos, maestro? —preguntó Ahmed.

—A la casa de Ibn Taled. ¡Al-Mariyyat! Huele a mar. ¿Acaso has visto una ciudad más luminosa que ésta?

—La humedad me ahoga, maestro.

Sadam se burló de él.

—Ah, sí, me olvidaba, eres de tierra adentro, de terrones y secarrales áridos. Aunque dicen que no toda Garnata es así.

—No lo es, maestro. Las nieves del Yabal Sulayr alimentan su vega en verano.

Ahmed estaba absorto. Volvía a la civilización y todo lo miraba con avidez. El olor del pescado fresco lo golpeaba desde todas partes.

—En mi vida he olido algo así, maestro.

—Ya verás qué maravillas. ¡Y qué mármol!

Al arrabal situado a levante lo llamaban Al-Musalla, y era el más poblado de la medina. Y más a levante aún, ya fuera de las murallas y al otro lado del río Andarax, se encontraba la vega, extensa y fértil, limitada por el mar y el cabo de Gata en el extremo este y por las montañas al norte de la ciudad.

Al acercarse a la Puerta de Pechina atravesaron la necrópolis adyacente a la puerta, con sus numerosas estelas de mármol blanco, tanto colocadas de pie como tumbadas. Los más pudientes en vida poseían su propio monumento funerario, los más humildes eran enterrados en una simple fosa, cubierta con piedras, ladrillos o cerámica. Dos guardias nazaríes armados con cota de malla, adarga y lanza vigilaban la entrada de la muralla, hacia la medina. El aduanero paraba cada carro que entraba exigiendo las tasas. Sadam y Ahmed no llevaban mercancía alguna sobre sus mulas y pasaron sin problemas. La gente pululaba por las calles. Dominando el gentío, las viviendas y los barrios gremiales, estaba siempre la Al-Qasaba. Se dirigieron hacia el sur, e inmediatamente entraron por un callejón lateral, hasta llegar a unos baños, donde se asearon. El mediodía estaba próximo. Llegaron al barrio de los artesanos, en el arrabal de Al-Musalla. Realizaron la oración del mediodía en el oratorio del barrio y comieron en un mesón varios espetos de sardinas frescas con aceitunas aliñadas, pan del lugar y una jarra de hidromiel, y ya repuestos se dirigieron al barrio marítimo.

Zigzaguearon hacia el sur de la ciudad. Por todas partes se oía a los aguadores. El olor a mar y a pescado era constante. Pasaron cerca de la Mezquita Mayor, rodeada de puestos de cambistas y orfebres, y cruzaron las murallas interiores por la Puerta de las Carretas, llegando a las atarazanas.

Ahmed se quedó mirando con la boca abierta.

—Maestro, esto es magnífico.

—Por lo menos sabes apreciar la belleza. Eso está bien. Es un comienzo.

El brillo era cegador. Aquella puerta era inmensa. Por encima de todo el gentío podía ver soldados nazaríes en lo alto de los edificios anexos.

La gran puerta de mármol blanco que el sultán había ordenado erigir para las Atarazanas Reales a semejanza de la de Mālaqa daba una medida de su magnificencia. Daba paso a una nave de más de trescientos pies de largo por cincuenta de ancho y ciento cincuenta pies de altura. Era el principal astillero del reino y contaba con su propia guarnición. Allí se construían los grandes barcos de la flota nazarí. Las murallas de la ciudad llegaban hasta el mar y tras ellas se encontraban el gran puerto y los muelles. El tráfico comercial era incesante, y tan intenso que tuvieron que establecer un servicio de transporte de gabarras desde los muelles hasta los barcos anclados en la bahía. Sadam decía que dicho servicio constaba de más de cien unidades, y que las principales mercancías eran uvas, telas y cerámicas.

El puerto militar era adyacente al puerto comercial, y en sus muelles se mecían doscientas naves, siempre preparadas para partir. Su misión era la protección de las rutas marítimas y de las costas del reino, rechazando las incursiones de la piratería meriní y los intentos de invasión marítima del reino aragonés, que, en alianza con los genoveses, aspiraba al control de todo el Mediterráneo. La armada era insustituible. Los castellanos amenazaban al reino por vía terrestre y los aragoneses y meriníes por vía marítima. Contra ellos contendía Al-Mariyyat, y desde hacía generaciones la familia de Ibn Maymun había proporcionado prestigiosos marinos, que habían realizado incursiones en Ifriqiya y más allá de la Roca de Tarik hasta el Gran Océano, atacando incluso las tierras de Al-Arman, a las que los cristianos llamaban Normandía.

—¿Ibn Maymun? Nunca he oído hablar de él —declaró Ahmed.

—¡Qué sabrás tú! No eres un hombre de mundo. Eres un esclavo. Fue un gran marinero y navegante. Dicen que navegó por el Océano Tenebroso, y que vio países donde las mujeres tienen la piel del color de la leche, y el cabello dorado y los labios rojos como fresas. Gracias a su familia los piratas de Al-Borani han sido mantenidos a raya.

—¿Piratas?

—Piratas. Ésos no respetan ninguna religión. Aprendiz, qué aburrido eres. ¿No conoces nada de política?

—No, maestro.

Sadam suspiró. Ya estaban en las proximidades de la casa de su patrón.

Dos años antes, Yabal Ibn Taled había comprado cerca de las atarazanas una casa almacén donde podría almacenar el mármol trabajado de sus canteras antes de fletarlo hacia su destino. Era una casa de dos plantas, de muros anchos y fuertes, custodiada por un matrimonio de guardeses y cinco mercenarios experimentados. En el mismo barrio estaba también el cuartel de la comandancia de Marina. La seguridad era necesaria. En el interior del almacén se acumulaban bienes en mármol por valor de cientos de dinares. Sadam ya conocía al matrimonio, que se ocupaba de la correspondencia, la burocracia oficial y el mantenimiento de la casa para su señor. La casa estaba dividida en tres zonas: la del almacén propiamente dicho, que utilizaba casi toda la planta baja; la residencia de los guardeses, que comprendía tres habitaciones a la entrada, junto al patio central, y la planta superior, que era la residencia de Ibn Taled. Los mercenarios se alojaban en un sótano, donde también había sitio para la servidumbre. Los mercenarios eran elches, cristianos conversos. Los miraron torvamente y Sadam se estremeció.

—No los mires. Seguro que son asesinos o algo peor.

—Son hombres. Seguro que sangran como todos los demás, maestro.

Ellos se rieron al ver al esclavo conservando la tranquilidad y no así su amo, a quien le temblaban las piernas.

—En el sótano siempre hay sitio para un invitado más —dijo uno de los mercenarios a Sadam, guiñándole un ojo. Los demás rieron.

—¡Bárbaros! —exclamó el tallador, y les dio la espalda.

Sadam y Ahmed dispusieron su acomodo en un cuarto de la planta baja, donde se almacenaban basas, pilastras y columnas de diversas alturas. Incluso había seis columnas salomónicas, con su forma en espiral, procedentes del derribo de una vieja construcción judía. El cuidador de la casa les ofreció alojarlos en una pequeña habitación de la planta superior, a lo que Sadam se negó.

—Ahmed, quiero que convivas con el mármol, respires el polvo del mármol, comas con el mármol, duermas con el mármol, sueñes con el mármol. ¡El mármol será el único objeto de tu existencia!

El hombre les dispuso allí mismo unas esteras donde dormir y les llevó dos jarras de agua limpia, papel, pluma y tinta, que colocó sobre una pequeña mesita auxiliar antes de dejarlos solos. El día era caluroso. El sol caía a plomo en el patio. Los gruesos muros proporcionaban cierta protección ante el calor. El pequeño cuarto estaba en el lado de sombra. El patio estaba solado con mármol, y un pequeño surtidor vertía agua en una fuentecilla de donde bebían los gorriones de la calle. Se respiraba tranquilidad y sosiego. Había visto ya tanto mármol en su vida que el lujo de la casa no le impresionó.

Sadam sacó de su pequeño equipaje un estuche de cuero enrollado y cerrado con una cinta, donde portaba sus herramientas personales de trabajo. Abrió el estuche y se las mostró una por una al aprendiz.

—Durante seis años has trabajado en la cantera. Sabes desbastar el mármol y sabes pulir. Sabes cómo cortar la piedra. Sabes del tacto que puedes alcanzar con él. Has visto cómo mi compañero y yo trabajábamos en el taller. Si prestaste atención, ya has recorrido medio camino. Éstas serán las prolongaciones de tus dedos y de tu mente.

Por sus manos pasaron bruñidores con punta recta y curva, buriles de lama larga, graneadores de punto y de líneas, un mateador, un rascador a media luna, escalfiladores, un compás de escultor, cinceles planos y cinceles de mano, y dos mazas, una de una libra y otra de dos. Primero pensar, luego marcar y esculpir y por último adornar y refinar, eran las reglas de oro. Durante un mes completo, Ahmed se dedicó desde antes del alba hasta después del atardecer a practicar y practicar la talla y el vaciado del mármol con la caligrafía *nasji*. No se preocupó de nada más; todos los días empezaban igual. Apenas cerraba los ojos cuando sentía que lo despertaban. Era la guardesa. Amanecía.

—Despierta. Hay que ir a por leña y a por pan. Vamos.

Y una parte de él regresaba a la niñez, preguntándose dónde estarían sus primos.

31

El cautivo

Abdel seguía vivo. Desde su captura en la frontera había estado cinco años encerrado en la prisión que había bajo la fortaleza cristiana de Alcalá la Real. En su celda, el hijo del farmacéutico rememoraba una y otra vez su llegada a aquella ciudad.

Olía mal. Donde antes había existido una mezquita habían levantado con sus piedras una iglesia. Lo que antaño fueron baños árabes lo habían convertido en cuadras para asnos y caballos. Un intenso olor a orines corría calle abajo por las cuestas.

—¡Mirad, traen prisioneros! —jalearon los niños, aunque Abdel no los entendía. Uno de los presos sí comprendía el castellano. Dos soldados los obligaron a bajar del carro y los golpearon para dejar bien claro que eran ellos los que mandaban allí. Subieron andando penosamente hasta el castillo.

Uno de los nazaríes estaba muerto. Lo dejaron en el carro y éste se alejó renqueante. Uno de los soldados dijo algo riéndose y les escupió.

—¿Qué ha dicho? —murmuró Abdel.

—Que en el fuego siempre hay sitio para un árabe más.

Algunos habitantes les tiraron piedras. Eran mujeres, y los soldados las dejaron estar, lo que era un escarnio para los musulmanes.

—Son viudas. Dicen que esperan que nos descuarticen y nos echen a los cerdos.

Atravesaron el recinto, en lo alto del cerro, bajo la enseña castellana que ondeaba en la torre del homenaje, y un intérprete, un mudéjar, les preguntó uno a uno el nombre, la ciudad de procedencia, su ocupación y el nombre de alguien que pudiera avalarlos. Ahmed, encadenado, lo maldijo por traidor en nombre de Alá, y como recompensa los soldados le dieron dos bofetadas que le hicieron sangrar por la nariz. Los registraron con un número y después los encerraron en el sótano de la prisión de la fortaleza.

Cinco años estuvo allí encerrado. La luz de los días iba y venía a través de una pequeña rejilla de ventilación en lo alto de la pared de piedra de la celda, lúgubre y oscura. Los hedores de los hombres, sudor, enfermedad, orines y muerte, se mezclaban en el aire, haciéndolo casi irrespirable. La puerta era maciza y estaba clausurada con una barra. Había guardias por todas partes. Dos veces al día les daban alimento y agua. Al cabo de los meses, se desesperaba por huir de allí.

Cuando alguno de los prisioneros moría, los guardias podían tardar días en darse cuenta; los mismos compañeros de celda lo ocultaban para poder repartirse las raciones adicionales, hasta que el olor era tan insoportable que el cadáver se delataba por sí mismo. El *fakkak*, el intermediario enviado por las familias de los cautivos para negociar su rescate, vino varias veces el primer año. Los compañeros de celda de Abdel morían de enfermedades o eran rescatados a cambio de fuertes sumas de dinero, pero él permanecía. ¿Dónde estaba su familia? Desesperado, durante la última visita del *fakkak* en el primer año, le suplicó que buscara a su familia.

—Soy Abdel Ibn Abdel Ibn Shalam, mi padre es farmacéutico. Tiene una tienda en el Sened, en la calle Ilvira. Pagará por tus servicios. Dile que estoy aquí prisionero. Dile que me estoy volviendo loco. —Las manos le temblaban en su súplica. Tenía un aspecto demacrado, con el pelo largo y enmarañado y la barba descuidada. Estaba desesperado y agarraba del brazo al intermediario como si no fuera a volver a verlo con vida.

El *fakkak*, un hombre mayor de ropas limpias, manicura cuidada y barba pulcramente recortada en torno a su satisfecha cara, lo miró con astucia, pensando en los beneficios.

—Mis gestiones no son gratuitas. Y si descubro que tu padre es un pobre esclavo, sin medios ni recursos, ¿quién me pagará por mi tiempo perdido? Cinco dinares, no menos.

La puerta se abrió a un gesto. Las bisagras chirriaron. Seis guardias estaban detrás, atentos a cualquier problema que surgiera. El intermediario intentó salir, pero Abdel lo agarró con todas sus escasas fuerzas. Los guardias entraron.

—¡Cómo voy a engañarte! ¡Te digo que es cierto, él te pagará! ¡Búscalo y sácame de aquí! ¡Ten piedad de mí, por Alá! —gritó Abdel lleno de terror. De un golpe, uno de los soldados tumbó a Abdel, quien quedó inmóvil. El *fakkak* se recompuso la ropa, pensativo, antes de salir.

—Está bien. Pero no te prometo nada.

La puerta se cerró. Las bisagras volvieron a chirriar. Las barras fueron colocadas en su sitio. En la oscuridad, Abdel oyó las pisadas y los tintineos de metal que se alejaban. Algunos de sus compañeros de celda lo miraron burlonamente; ellos saldrían pronto, no como aquel pobre desgraciado. «Ellos me buscarán, ellos me buscarán, ellos me buscarán y me sacarán de aquí, padre, madre, ellos me sacarán de aquí», pensó Abdel, y sollozando de desesperación aquella noche durmió profundamente.

Pero las semanas pasaron y nadie preguntaba por él. A veces la puerta se abría y se llevaban a uno o dos. Habían pagado su rescate y eran libres de volver a tierras musulmanas. Llevaba más tiempo que nadie en la celda, tanto que de vez en cuando volvían a torturarlo y a interrogarlo para demostrarle que no se olvidaban de él.

Cuando a los seis meses llegó de nuevo aquel *fakkak*, creyó que enloquecía de alegría. El *fakkak* entró por la puerta y señaló en la oscuridad.

—¡Has vuelto! ¡Ja, ja, ja! ¡No era un sueño!
—Es ese de allí —señaló el *fakkak* al guardia.
Los guardias cogieron al hombre que estaba al lado de Abdel. Abdel tardó en reaccionar, pero cuando comprendió que seguiría allí, se volvió loco de rabia y se abalanzó sobre uno de los guardias. Otros dos soldados entraron por la puerta al oír el tumulto.
—¡Perro musulmán! —gritaron golpeándolo armados con garrotes hasta que Abdel se encogió en el suelo, sometido por los golpes, llorando como un niño. El cautivo liberado temblaba al salir de allí, pero no volvió la vista atrás. Por un prisionero apaleado todavía podía pedirse rescate; al menos, un rescate mayor que por un muerto.
—Tus padres ya no están. La farmacia ya no existe. Nadie puede avalarte. No puedo hacer nada por ti. La comunidad intentará pagar tu rescate, pero no te puedo garantizar cuándo ocurrirá eso. Que Alá se apiade de ti —se despidió el *fakkak*.

Para Abdel la oscuridad era como un manantial de agua fresca donde él se sumergía todos los días y donde olvidaba su cautiverio y su desgracia. ¿Sus padres habían muerto? ¿La farmacia ya no existía? ¿Cómo había sucedido todo aquello? Aquella noticia fue para él un terremoto existencial. Estaba solo, un punto en un universo de infieles. Al principio quiso morir. Se negó a comer. A sus compañeros de infortunio no les importó, se repartieron sus raciones. También se negó a beber. No tenía fuerzas para seguir viviendo así, sobre todo sabiendo que no tenía esperanzas de nada. Moriría allí, porque ésa era la voluntad de Alá.
—Morir, moriremos todos algún día. Algunos ya lo han hecho en combate, pero tú tienes pan y agua, aunque sea en prisión. ¿Pondría eso Alá a tu alcance si deseara que murieras? —le preguntó un compañero.
—Déjame en paz. Vete al infierno —contestó Abdel sin ganas.
—Así te pudras, ingrato.

Una noche sin luna tuvo una revelación. Se despertó sobresaltado. Un ruido sordo, como un rumor creciente, había perturbado su sueño, pero en la fortaleza cristiana todo estaba en silencio. El rumor se repitió por segunda vez; ¡alguien había mencionado su nombre!: «¡Abdel!» Contuvo la respiración, sofocado, esperando descubrir algo más, pero sus compañeros de celda dormían. Se oían los pasos de un centinela inquieto en la lejanía. Nada más. Se preguntó qué significaría todo aquello. ¿Era el anuncio de su locura? Por tercera vez, el rumor le retumbó en los oídos, más fuerte; todo estaba lleno de voces en su cabeza y Abdel no pudo ignorarlo. Abrió los ojos y se despertó en una inmensa estepa, al aire libre, y al amanecer el horizonte se cubrió de polvo levantado por un ruido ensordecedor. Lleno de miedo y confusión se arrodilló frente a la nube de polvo, dispuesto a orar a Alá por su alma y a pedirle clemencia. Al tocar el suelo con la frente por tercera vez, un inmenso ejército irrumpió desde el horizonte, avanzando como el viento sobre sus monturas. Miles y miles de piadosos musulmanes cabalgaban hacia él, con cientos de banderas en seda verde, roja y oro alzadas al viento, y gritaban en el nombre de Alá, el Compasivo, el Misericordioso... Pasaron de largo, envolviéndolo. Abdel se humilló, cubriéndose de polvo y arena, y pensó: «Yo quiero ser parte de ese ejército.» Y una voz le dijo al oído: «Ve y vence, ¡para los justos será el Paraíso!» Sobresaltado, se despertó cubierto de sudor en la oscuridad de la noche. Los infieles no doblegarían al Islam, y se arrodilló dando gracias por la revelación.

Recuperó las ganas de vivir, en especial cada vez que veía al soldado cristiano que le había llamado «perro musulmán». Sus ojos ardían con fiereza, esperando el momento. Aún tendría que esperar dos años más. Los guardianes castellanos contemplaron con recelo su nueva determinación, y una mañana, en pleno día, empezó a recitar el Corán.

Los soldados cristianos se quedaron atónitos. Las suras se oían en el patio de armas a través del ventanuco enrejado de las celdas.

—Pero ¿qué es eso? ¡Haced callar a ese perro! —exigió el cura de la fortaleza.

Los guardias abrieron la puerta y vieron a Abdel postrándose repetidamente hacia el este, sin dejar de entonar su salmodia. Los demás presos se apartaron de él. Dos soldados entraron y lo molieron a patadas.

—¡A ver si te callas, marrano musulmán! ¡Ni esto es una mezquita ni tú estás en tu tierra!

—Traed al ruiseñor, que va a cantar de lo lindo —ordenó burlón el sargento de armas.

El cura bajó las escaleras y le acercó un crucifijo al rostro.

—¡Arrepiéntete de tu idolatría! ¡Cristo nuestro señor quiere acogerte en su seno! ¡Acepta tu bautizo y su perdón!

Abdel le escupió y un guardia le sacudió un puñetazo con su guantelete de malla, haciéndole sangrar por la nariz y por la boca.

—*¡Allahu Akbar!* —exclamó desafiante a pesar de la sangre.

—¡Arriba! —ordenó el sargento—. ¡A las anillas!

Lo colgaron de dos anillas y le fustigaron la espalda con un látigo. Cuando perdió la conciencia le echaron agua fría; despertó inmediatamente, y frotaron su espalda con sal y vinagre. Los alaridos retumbaron por toda la fortaleza, y después siguieron azotándolo hasta que volvió a desmayarse.

—¡El amor de Cristo te acoge, hermano, el amor de Cristo te acoge! —le dijo el sacerdote cuando lo descendieron.

Doblegaron su cuerpo, pero no su mente, y los demás compañeros de celda empezaron a murmurar sobre él. Lo llamaban *shahid*, el mártir.

El *fakkak* llegó un día, y cuando abrieron la celda, Abdel lo miró a los ojos. El *fakkak* lo señaló, y los guardias lo sacaron. «*Shahid, shahid*», dijeron algunos de sus compañeros, despidiéndolo.

—Sabía que vendrías a buscarme —le dijo, y después miró fijamente al soldado castellano, aquel que lo obsesionaba, porque para él representaba a toda la Cristiandad. El soldado desvió la vista, acobardado.

Había pasado cinco años en aquel sótano, y la luz del día lo deslumbró. Era media mañana. El *fakkak* había liberado a otras doce personas. Revisaron su salvoconducto una vez más, y todos montaron a caballo. En voz baja, habló a los liberados en lengua árabe.

—Sin mí y el salvoconducto sois enemigos en tierras cristianas, así que no os separéis. No pararemos de cabalgar hasta que lleguemos a tierras musulmanas, a Ilyora, después de mediodía. En vuestras monturas tenéis agua y frutos secos. ¡Así que alejémonos de esta tierra de infieles!

Las puertas de la fortaleza se abrieron y descendieron la rampa de piedra, abandonando el peñón rocoso sobre el que se levantaba. Giraron varias veces, siempre bajando, y por fin traspasaron las murallas exteriores. Bajaron la cuesta atravesando un barrio de casas bajas, cuyas chimeneas humeaban con el grasiento olor de la carne de cerdo. Los alcalaínos los miraron con poco interés. Los liberados avanzaban aturdidos, al volver a la vida. Incluso vieron mujeres jóvenes, llevando agua, verduras, acarreando leña, las primeras mujeres que veían en mucho tiempo. Las observaban con una mezcla de deseo y de desprecio. Eran mujeres. Eran parte del enemigo. Salieron sin problemas de la población. A lo lejos, detrás de los primeros montes que el camino rodeaba, se podría ver Ilyora. Abdel dejó que la montura cabalgara sola y cerró los ojos, aspirando el aire otoñal. Había nubes sobre los montes. Con un poco de suerte llovería. ¡Hacía tanto tiempo que no sentía caer las gotas, que no olía la tierra húmeda!...

El *fakkak* frenó un poco su caballo y se puso a par de Abdel.

—Conque te llamaban *shahid*... El mártir. Quizá sea así. Conozco a muy pocos que hayan sobrevivido cinco años en manos castellanas.

—Sabía que vendrías. Tuve una revelación.

—No fue la comunidad quien pagó tu rescate, sino el ejército. Alguien supo de ti. Te esperan en la Al-Qasaba de la Al-Hamrā.

Abdel abrió los ojos desmesuradamente.

—¿Quién me ha liberado?

—Yo no lo sé. Llevarte a Ilyora: mi cometido termina allí, *shahid*. Pero tienes un amigo poderoso. Eres afortunado.

Cuando llegaron a Ilyora, la población los recibió con exclamaciones de alegría. Tres de los liberados desmontaron en el acto. Eran de ese pueblo, y se fundieron en un abrazo con sus familias cuando salieron a recibirlos. Les dieron de comer y de beber mientras atravesaban las tres líneas de murallas y ascendían a lo alto de la peña, donde el comandante de la fortificación los esperaba. Habían estado en territorio enemigo. Los interrogaron en busca de cualquier dato que pudiera ser de utilidad, datos sobre el número de soldados de la guarnición, posibles preparativos, moral de las tropas, estado de la fortificación. Se les pidió que dibujaran dónde habían estado, qué torres habían visto, qué puntos eran los menos vigilados, el ánimo de la población. Todo podía servir, y se los exhortó a callar todo cuanto habían dicho. Abdel comprendía que los espías castellanos también estaban entre ellos. El alarife se despidió.

—Hay más hombres allí. ¿Cuándo se los liberará? —quiso saber Abdel.

—No hay dinero para todos. Puedes sentirte afortunado. Estáis en casa. ¿Qué más puedo hacer por vosotros?

—¡Un baño, por el bendito Profeta, quiero un baño! —exclamó uno de los liberados lleno de esperanza, y todos asintieron impacientes.

—¡Ah, qué sencilla recompensa! Que así sea. —Y con dos palmadas llamó a un subordinado y ordenó que nada les faltara a aquellos hombres.

Les dieron un alojamiento cómodo, comida y bebida, y pudieron por fin usar unos baños árabes. «¡Ah, civilización!», suspiró Abdel al sumergirse en la pila de agua caliente. Los barberos trabajaron a destajo. Les dieron ropas limpias y las que llevaban fueron pasto de las llamas.

«*Shahid*», murmuraban a su paso, y él, lleno de orgullo, les mostraba las cicatrices que cubrían su espalda, les hablaba de su visión y los urgía, como iba a hacer él, a buscar el camino del Paraíso.

—¿Creéis que no podemos vencerlos? ¿Que todo está perdido? ¡No! Alá me ha revelado que tenemos que tener fe. ¡Alejad vuestra pesadumbre! ¡Venid conmigo a Garnata! ¡El sultán requiere corazones dispuestos! ¡Alá es grande!

Pero aunque lo escuchaban admirados nadie estuvo dispuesto a seguirlo.

Habían oído las habladurías sobre el cautivo que había sobrevivido un lustro en las tenebrosas cárceles cristianas. Las madres lo buscaban con veneración, para preguntar si había visto allí a sus hijos, si seguían vivos cuando él fue liberado. Abdel se compadecía de ellas cuando debía negar con la cabeza.

Era entonces cuando recordaba que él también había tenido padre y madre, hermana y primo, y se preguntaba qué encontraría en Garnata cuando llegara. En aquellos momentos una gran ira y una gran tristeza lo invadían, y rezaba a Alá para que llegara pronto la hora de su venganza.

32

El regreso

Llegó a Garnata tres días más tarde con un salvoconducto militar para entrar en Madinat al-Hamrā. Lo primero que hizo fue presentarse en lo que había sido su casa, en el barrio del Sened. El *fakkak* había dicho la verdad. La farmacia ya no existía. Tras las puertas verdes descoloridas había en aquel momento multitud de ropas ordenadas sobre caballetes y mesas, y túnicas colgadas de ganchos en las altas vigas de madera. Olía a sudor y a viejo. Un joven lo observaba tras los cristales, doblando una desgastada saya marrón. Habían instalado una ropavejería. Abdel entró y preguntó por su tío y su familia. Nada le dijo, ni siquiera cuando la amargura de saberlos perdidos hizo que Abdel casi perdiera los estribos.

—¿Dónde están los anteriores dueños? ¿A quién compraste la casa y la tienda?

—¡Suéltame, me haces daño! Las sacaron a pública subasta. Esta casa era del Estado. Todo es legal. ¡No conozco a quién pertenecía antes!

—¡Pero algo sabrás, algo habrás oído! Las habladurías de la gente siempre van de boca en boca. ¡Alguien los habrá visto!

—¡Te digo que me sueltes! ¡Fueron detenidos una noche, no sé más! Pregunta a los vecinos. ¡Si no me sueltas, llamaré a la policía y te denunciaré ante el almotacén!

A Abdel le dieron ganas de abrirlo en canal de arriba abajo y sacarle los intestinos. Su rostro era feroz, y a pesar de todo percibió que aquel joven flacucho decía la verdad. Lo soltó y salió a la calle.

Cinco casas más abajo había vivido el médico del barrio, Abu al-Hallaj. El médico había muerto. Abdel se presentó.

—¿Quién eres? —le preguntó la vecina entreabriendo apenas la puerta. Iba totalmente vestida de blanco en señal de luto.

—Abdel Ibn Abdel Ibn Shalam.

—No creo que seas él. Está muerto. —Intentó cerrar, pero Abdel metió un pie en el hueco.

—¡Necesito saber qué ha pasado! ¡Me han liberado de la prisión cristiana y me encuentro con que mi familia ha desaparecido!

La viuda lo miró dubitativa.

—¿De veras eres el hijo de Fátima y Abdel? ¿No sabes nada?

—He estado cinco años preso en tierras castellanas. ¿Qué ha sucedido?

—¡Ay, hijo de la desgracia! Pasa y yo te lo contaré.

La viuda le abrió y le hizo pasar. La tristeza cruzaba la cara de la mujer mientras le contaba la cruda verdad de aquel día fatídico al hombre en que se había convertido el niño Abdel. El almotacén se los había llevado como si fueran malhechores y herejes, y nadie más había visto a su familia. Quizá debería preguntarle a su tía. Ella no sabía más.

Un hombre apareció por el patio. Era elegante. Vestía buenas ropas e iba afeitado. Abdel se sintió sucio y desdichado por lo que estaba descubriendo. El hombre se parecía a Abu al-Hallaj, pero en más joven. Lo miraba con desprecio. Abdel no apartó la mirada.

—Madre, déjalo. No debes hablar con él. Su familia está proscrita. ¿Es que quieres que tengamos problemas?

—Mi padre estaba enfermo. ¿Por qué lo detuvieron?

—No lo sé, ni me importa. Lo declararon enemigo del Estado. El gran cadí en persona dictó la orden de detención. ¿No te basta? ¿Acaso quieres morir en un calabozo, o colgado de una soga? Vete ahora, por favor, no nos avergüences más.

La mirada de Abdel se endureció. Posó la mano sobre la

empuñadura del puñal que llevaba al cinto, y por un momento pensó en rajarlo, pero entre ellos estaba la viuda, quien con mirada suplicante le pidió sin palabras que no cometiera una locura, o ella se quedaría sola. Sólo por eso, Abdel apretó los labios, dio media vuelta y salió de allí.

En casa de su tía Asma fue recibido con gran alegría y gran tristeza a la vez. Abdalá estaba fuera de la ciudad. Aún guardaba las escasas pertenencias que habían rescatado de la farmacia, como el arcón del farmacéutico. Sus ropas todavía estaban allí. Asma las conservaba, porque aún esperaba que alguno de sus sobrinos volviera algún día. El velo azul con lentejuelas doradas de Aixa aún conservaba un rastro de perfume. Abdel lo olió, recordando los viejos tiempos y los juegos en el patio familiar junto al nogal.

—Recuerdo una y otra vez cuando se lo pusimos el día en que se convirtió en mujer. ¡Era tan bonita! Las lentejuelas enmarcaban su rostro. Y todo apenas cuatro días antes de que los arrestaran. Fátima y Abdel eran los padres más felices del mundo, hijo mío. ¡Qué vueltas da la vida! Sería el designio del destino. Sólo de tu primo Ahmed sé algo. Es esclavo en las canteras de Hisn Macael.

—Déjame solo —rogó con voz ronca por la emoción. Asma salió de la habitación.

Lo que su padre había vaticinado se había cumplido. Él era el cabeza de una familia perdida. Ahmed, un esclavo. Aixa, desaparecida. Conmovido, olió el velo, lo dobló delicadamente y lo devolvió al arcón. Dentro no encontró nada de interés. Todo lo que contenía eran restos de un pasado que no volvería. Se despidió de su tía.

—Ahora debo irme, tía. Pero volveré. Quiero saberlo todo. ¡Necesito saberlo todo o me volveré loco!

Su tía Asma le acarició la cabeza con sus ajadas manos, como hacía muchos años atrás.

—Ésta es tu casa. Ve con mi bendición.

Se dirigió a Madinat al-Hamrā. El pasado ya había pasado, el presente estaba sucediendo y el futuro estaba por llegar.

Comprobó con desagrado que parecía haber aumentado el número de infieles que había en la medina. ¡Comerciantes cristianos, genoveses! ¡Madinat Garnata no los necesitaba! ¡Antes se comerían las piedras que aceptar sus manos contaminadas del olor del cerdo! Se cruzó con uno de ellos; lo miró fijamente. El cristiano tuvo la osadía de sostenerle la mirada.

—¡*Allahu Akbar!* —gritó, y le escupió a los pies, intentando provocarlo. Varios ciudadanos se unieron a él y rodearon al castellano. Abdel volvió a escupirle. El comerciante fue prudente; aguantó la humillación, bajó la cabeza y se alejó en silencio—. ¡Así os marcharéis pronto, muy pronto!

El comercio seguía prosperando. Los políticos y jefes de Estado siempre podrían pelearse entre ellos, pero el dinero era el dinero, y los dinares y los dírhams fluían de unas manos a otras con facilidad. Subió la cuesta hacia los jardines reales, donde las carretas iban y venían, avanzando perezosamente. Los nuevos palacios seguían en obras. A la entrada de la Puerta de la Justicia un soldado le miró de arriba abajo y, encontrándole sospechoso, le exigió una identificación. Parecía un novato, y Abdel le desafió con la mirada antes de darle sin más respuesta la carta sellada.

—No te muevas, forastero —el soldado frunció el ceño, no sabía leer. Hizo una seña a un compañero suyo. El otro abrió la carta y descifró las letras con lentitud.

En silencio, el hijo del farmacéutico lo imaginó en mitad del combate, en la torre en llamas de la frontera. Se habría cagado en los pantalones y se le habría caído la espada de la mano al primer golpe.

—Este hombre es un soldado rescatado. Se lo espera en la comandancia —dijo el otro soldado al novato, que ya no le miró igual. Le devolvieron el salvoconducto.

Atravesó la concurrida puerta con el resto de la gente y llegó a la explanada frente a la Mezquita Real, donde se agolpaban los tenderos y los puestos ambulantes, los perfumistas, los cambistas, los vendedores de especias y los matarifes. Se veían sacos y piedras apilados, tablones de andamios, y se oían los esfuerzos de los hombres y esclavos levantando vigas y pilares entre tanto alboroto. Se disponía a torcer a la izquierda, cruzando el barranco que separaba la fortaleza militar de las estancias palaciegas a través de la puerta que había levantado Yúsuf I, cuando oyó cantar a una mujer. Se volvió. Una comitiva se dirigía por la Calle Real hacia palacio; ocho esclavos portaban a hombros una litera. La voz provenía del interior, de detrás de los velos. Indeciso de repente, siguió a la litera. Al llegar a palacio, los esclavos bajaron la litera para que su ama descendiera y entrara rodeada de sus sirvientas. Los velos se entreabrieron. La joven iba vestida en seda de color azafrán, incluyendo el velo con lentejuelas, y varias cadenas de oro adornaban su cuello, sus muñecas y sus tobillos. Al pisar el suelo y dirigirse al umbral de la puerta custodiada por los guardias, se giró, como con un presentimiento. Su mirada se encontró con la de Abdel, quien se estremeció.

—¿Aixa? —preguntó dubitativo. Su hermana tendría que ser como ella, de su misma edad. Ella entró en palacio, ignorándolo.

Roto el hechizo, Abdel retomó su camino, desestimando sus vagas fantasías. No debía engañarse. Aixa estaba perdida en algún lugar de Fez, si es que aún estaba viva. Lo estaban esperando en la Al-Qasaba; quizás allí encontraría alguna respuesta.

Un sirviente a la carrera le entregó recado de que esperaban su presencia inmediatamente en casa del embajador meriní y le rogó que lo siguiera. Intrigado, Abdel siguió al sirviente.

Dentro de la casa palacio, en la Calle Real, le hicieron pasar por varios jardines hasta llegar a una sala. La casa estaba llena de soldados vestidos de negro. En la sala lo esperaba una persona. Cuando se quitó el velo, la reconoció, temblando de emoción. ¡Cuánto había cambiado! Ella se echó en sus brazos.

—¡Aixa! ¡Estás viva!

—¡Abdel, hermano mío, Abdel, oh Alá, sigues con vida!

—Pero ¿qué sucedió? ¿Qué pasó?

Y su hermana lloró. Aixa le contó el edicto del almotacén, la sentencia del gran cadí y la terrible separación a la que los sometieron.

—Me arrancaron de manos de madre en el muelle de Mālaqa y me vendieron como esclava en Fez... al dueño de un burdel. ¡No me mires así! ¿Acaso no estoy viva, aunque haya vendido mi cuerpo? ¿Acaso tenía alguna oportunidad de rebelarme contra los que me violaban una y otra vez? Y ahora soy una concubina de palacio, y sigo viva. ¡Y tú también!

—Y también Ahmed lo está. Pero madre está muerta. Y padre también, casi con certeza.

Aixa se sentó sobre un diván, triste. Abdel le tomó las manos suaves, blancas y pintadas con alheña, entre las suyas, morenas, callosas y sucias.

—¡Ten esperanza! Prometo que seréis libres. Seremos libres. —Y Abdel recordaba las últimas palabras de su padre, y se preguntó qué pondría en esa carta. Desde ese momento tenía un objetivo, pero antes lo esperaban en la Al-Qasaba al-Hamrā—. He de irme. ¡Pero no me olvidaré de ti, ni de Ahmed! ¡Volveré!

—Adiós, hermano —le dijo ella con voz queda, como si fuera una segunda despedida definitiva, y lo besó en la mejilla. Olía a fragancia de rosas. Verdaderamente se había transformado en una joven bellísima.

Abdel cruzó el barranco tras la Puerta del Vino y penetró en la vieja Al-Qasaba al-Hamrā por la puerta flanqueada por las dos viejas torres ziríes. Un guardia lo acompañó tras leer el salvoconducto. Atravesaron el corredor, y Abdel volvió a sentirse en un lugar que le era familiar, donde sabía qué hacer. Los gruesos muros ahogaron los ruidos tumultuosos del exterior. Rodearon la torre, anduvieron por el adarve y entraron en la torre principal. Subieron a la tercera planta. Registraron su nombre y le hicieron pasar. Un suave aroma a almizcle inundaba la habitación. Detrás de una mesa de despacho dos hombres de espaldas estaban consultando un plano. Los dos se volvieron al saludo del oficial que custodiaba a Abdel. Al principio, Abdel no lo reconoció. Uno de ellos hizo una señal, y el otro se marchó saludando al recién llegado al pasar junto a él. Al salir, cerró la puerta del despacho. El hombre que quedaba sonrió a Abdel. Aquella sonrisa torcida y burlona era inconfundible, a pesar de los años, las nuevas arrugas y las nuevas cicatrices.

—¡Jalid! —exclamó Abdel al reconocerlo de repente.

—Hola, compañero —respondió sonriendo.

33

Un nuevo nombre

Era Jalid, sin duda. Era la misma mirada penetrante, la misma sonrisa complaciente. La cuidada barba recortada estaba veteada de hebras canas alrededor de las comisuras de los labios. Iba vestido con una camisa carmesí con adornos en oro alrededor del cuello y de las muñecas. Sobre la mesa había un puñal de orejas dentro de una vaina de cuero con grabados cúficos en los que se alababa a Alá. Colgado en la pared estaba su arco, que Abdel reconoció de inmediato. Se miraron en silencio, evocando recuerdos de seis años atrás. Abdel bajó los ojos y se llevó su mano derecha al pecho, los labios y la frente en señal de reconocimiento. Era evidente que Jalid nunca había sido un soldado más, sino un oficial de alta jerarquía.

—Abdel Ibn Abdel se presenta a tus órdenes, caíd, para servir a la gloria de la dinastía nazarí. ¿Cuáles son tus órdenes, mi señor?

Jalid se le acercó, lo tomó por los hombros y lo besó en las mejillas a la manera musulmana. Rodeó la mesa y se sentó en una silla de tijera con nácar incrustado en la madera noble, quedando la ventana a su espalda. Por ella se veía la medina, el barrio del Albayzín, el Sened y, al fondo, también la Vega, fértil y exuberante como una mujer, sumisa a los pies de la montaña palatina.

—Puedes seguir llamándome Jalid, aunque no es más que uno de mis muchos nombres. Me han dicho que tuviste visiones y que la gente te respetaba como mártir. Yo no busco mártires, sino buenos soldados. Tú lo eras. Confío en que lo sigas siendo. Yo no dudo de tu fe. De hecho, tu valor y tu honor salvaron tu vida y tu rango en el ejército, porque tu familia fue proscrita.

Jalid esperó unos segundos, pero Abdel no dijo nada ni hizo gesto alguno. Su rostro se había hecho impenetrable.

—El que tú dieras tu vida al ejército fue una suerte para tu familia, pues representabas vuestro honor y piedad musulmanes, y eso evitó un destino peor para ellos. Tú los salvaste de la muerte, Abdel. Haber sobrevivido cinco años sometido a los infieles ha logrado que su condena se haya suavizado. No sé más detalles, pero el gran cadí en persona los acusó.

»Nosotros creímos que estabas muerto. ¿Recuerdas la batalla, espalda contra espalda, junto a la torre en llamas? En realidad no era nada más que la avanzadilla. El grueso de las tropas ya había cruzado los pasos. Tu aviso fue crucial, Abdel. Cuando el *fakkak* nos puso sobre tu pista, supe que Alá tenía nuevos proyectos para ti. Ahora estás aquí y has probado ser un digno musulmán. Te doy la posibilidad real, Abdel, de devolver toda la honra a tu familia, el levantamiento de la proscripción. Todo quedaría perdonado y olvidado. Quiero que seas parte de mis soldados de élite.

Los ojos de Abdel ardían llenos de ansiedad y fiereza. Haría lo que fuera por restaurar el honor de su familia. ¡Su madre y su padre, muertos; su primo, esclavizado, y su hermana, prostituida! ¿Tan gran mal habían hecho? Sobre sus hombros había una pesada carga, pero era joven, fuerte, endurecido como el hierro en el yunque del herrero, y tenía una misión divina. Él era un elegido. Jalid era un emisario de la Verdadera Voz.

—¿Qué he de hacer? —preguntó dispuesto a todo. Jalid se dio cuenta de que Abdel se había convertido en un hombre peligroso, duro y correoso. Y eso le gustaba. Sería uno de los mejores soldados que había entrenado.

—Conoces a los voluntarios de la fe, los fanáticos guerreros que nos prestan nuestros hermanos meriníes para ayudarnos en nuestra yihad contra los cristianos. Han oído hablar de ti. Te desean en sus filas, y yo quiero que estés entre ellos. ¿No quieres llegar a la gloria? Ellos te entrenarán y terminarán de moldearte, pero seguirás estando bajo mis órdenes. Si te muestras digno, quizá llegues adonde pocos alcanzan a estar, en la guardia palatina, cerca del sultán. Yo confío en ti.

—Alá es grande y me dará fuerzas. Mi fe es indestructible. Acepto.

—¡Excelente! No esperaba menos. Partirás inmediatamente con un grupo de elegidos hacia la costa, a Hisn al-Monacar, donde embarcaréis para cruzar el mar. La ciudad imperial de Fez es vuestro destino. Si vuelvo a verte, es que superaste todas las pruebas. Toma este salvoconducto, preséntaselo al oficial de guardia en el otro despacho y que Alá guíe tus pasos, Abdel Ibn Abdel.

Los nuevos camaradas eran veteranos experimentados. No conocían más actividad que la guerra, ni más descanso y sosiego que la religión. Cuando no estaban entrenando entre ellos se preparaban para la oración.

—Sabemos que encontraremos la muerte en combate porque Alá nos ha llamado, así que deseamos contar con su bendición y su fuerza —le dijeron—. ¡No pararemos hasta recuperar las cadenas que los cristianos se llevaron hasta Navarra para escarnio del Islam!

—¿No basta orar como en la *maktab*?

—No. Debes profundizar. ¡Esto no es la *maktab*! Buscamos a Alá y esperamos que Él nos encuentre y nos haga invulnerables a todo lo que no sea su palabra. Y como al llegar aquí vas a empezar una nueva vida también te daremos un nombre nuevo.

—Suleyman —sugirió Abdel.

—Que así sea.

Aprendió la rutina con rapidez y se liberó en parte de su angustia. Al igual que a Jalid, se les había dado un nuevo nombre, y por tal se conocían entre sí. El hijo del farmacéutico se llamó desde entonces Suleyman.

La primera semana recibió golpes de forma continua.

—¡Estás enmohecido! —le gritó el instructor una y otra vez—. ¡Es un milagro que sigas vivo! Cualquier ladronzuelo podría reducirte a papilla.

—Lo dudo —le replicó jadeante y enfurecido. El instructor redobló sus golpes con la espada de madera. Una y otra vez burlaba la guardia de Suleyman y lo golpeaba en las costillas, en la espalda y en los muslos.

—¡Quiero que sufráis! —gritó el instructor dirigiéndose a todos—. ¡Que sufráis y sangréis hasta que sepáis luchar con la espada! ¡Aquí podemos curaros, pero en la batalla estos moratones os marcarían el camino a la tumba! ¡Moriríais sin honor, y sin honor no hay Paraíso!

Suleyman paró un golpe por fin y luego otro y pudo devolver una estocada y luego otra.

—¡Así! ¡Así! ¡Venga, muévete! ¡Cuida tus pies!

Sus conocimientos de la lucha estaban borrosos en su mente, y durante los cinco días que tardaron en organizar la expedición comprendió que tendría que esforzarse mucho. Pero los golpes ya no le dolían como seis años atrás. El Profeta estaba con ellos. El dolor era parte de la penitencia.

El baño era un ritual sagrado, pues cuidaban mucho de estar purificados para la práctica religiosa. Se lavaban tres veces, las manos, las partes pudendas, las manos de nuevo, los brazos, las piernas, el torso, las manos otra vez y el rostro, antes de secarse y vestirse con una camisa limpia. Leían las suras del libro sagrado, discutían la interpretación de los hadices del Profeta, entonaban en voz alta las salmodias del imán y practicaban la abstinencia temporal, porque en sus creencias las mujeres eran impuras, esquivas como pájaros, llenas de dobleces y engaños, y sigilosas como serpientes. En el Paraíso que iban a conseguir tendrían a todas las bellas huríes, las mujeres perfectas para los musulmanes perfectos, a su alcance y para su plena satisfacción. Así lo había dicho el Profeta y así se lo habían prometido los ulemas, los doctores de la fe.

Salieron de Madinat al-Hamrā el 12 del mes de shabán del año 754 de la Hégira (1376). Recorrieron rápidamente las leguas que los separaban del mar y tres días más tarde embarcaron en Hisn al-Monacar rumbo al sur. Un guía de los voluntarios de la fe iba con ellos. Suleyman nunca había visto el mar y le pareció algo maravilloso y sublime. El duro ejercicio al que lo sometían, subiendo por las escalas y asegurando jarcias, aunque se le desollaron las manos y los labios se le cuartearon por el calor y la sal, lo recibió con alegría. Después de tantos años de inactividad, levantarse dolorido mecido por aquel cascarón renqueante y sentir el relente de antes del amanecer, avanzando siempre hacia el sur, sin obstáculos, le dio una sensación de vitalidad y libertad que no había tenido en mucho tiempo.

El grupo estaba formado por doce hombres. En sus vidas anteriores algunos habían sido presidiarios y asesinos, redimidos por las armas. Otros eran militares de carrera. Por último había tres hombres libres. Aunque todos afirmaban actuar movidos por la piedad a Alá y la defensa del Islam, esos tres hombres en especial proclamaban haber recibido una llamada divina. Tras la llamada habían desatendido sus anteriores ocupaciones, habían abandonado a sus familias y habían dedicado su alma a la teología antes de dedicar su cuerpo a la guerra. Suleyman se sentía identificado con ellos.

—¿Miedo? —les decían a los marineros de la embarcación, quienes los trataban con admiración reverencial—. ¿Por qué habríamos de tener miedo? ¿Miedo a la pobreza? ¿Miedo a las espadas? ¿Miedo a la muerte? Nosotros no luchamos por dinero, sino para la gloria del Islam. Más allá de la muerte nos espera el Paraíso, lleno de mujeres y placeres sin límite, lejos de este mundo de mentiras y engaños. No tememos a los reyes ni sus leyes. ¿Por qué deberíamos? ¿Acaso son ellos los que guían nuestro destino? Todos ellos morirán algún día, pero Alá es imperecedero. ¡Someteos a su voluntad! Vosotros, marineros, tenéis vuestras familias, vuestro propio camino, pero no temáis encaminaros hacia un destino más alto cuando el Misericordioso os reclame.

—Pero ¿qué será de ellos si así lo hiciera? ¿Quién los mantendría? —preguntó uno de los marineros. Algunos cerca de él asintieron, expectantes. El guía se dirigió a él, con su viva y penetrante mirada. Apoyó su mano derecha en el hombro del marinero.

—¿Cómo te llamas?

—Abdalá.

—Escúchame, Abdalá, escuchadme todos. Es cierto que el Profeta os promete una recompensa cierta más allá de la muerte. Pero no debéis temer tampoco por vuestras necesidades materiales en esta vida. Nuestro soberano y señor, Abu l-Abbas, el Grande, os garantizará la manutención y cuidado de vuestras familias mientras lucháis para contener la marea de infieles que invade nuestros antaño gloriosos dominios. Y cuando disfrutéis de la gloria del Paraíso, vuestras mujeres e hijos estarán a salvo, orgullosos de vosotros. ¡Dichosos los elegidos para morir por Alá!

El marinero asintió pensativo mientras todos gritaban exaltados por las cautivadoras palabras del guía. Él conocía a los hombres, sus preocupaciones mundanas, sus debilidades. Tiempo atrás había sido como ellos, hasta que en el desierto del Sahara un día todo cambió para él. La laxitud de las leyes y de las autoridades en Garnata le repugnaba. No era extraño que los cristianos rondasen cada vez más cerca, como lobos alrededor de un rebaño de ovejas temblorosas. Era un castigo de Alá. Los hijos del desierto sabían cómo venerar de verdad a Alá y por eso no eran derrotados.

Al anochecer del segundo día se levantó un fuerte viento, preludio de la tormenta que se avecinaba. La noche fue terrible. El barco crujía de proa a popa mientras subía y bajaba las olas monstruosas. El velamen fue recogido a toda prisa a la luz de los relámpagos, los hombres gritaban roncos del esfuerzo sin entenderse, las cuerdas se tensaban y la lluvia martilleaba sobre cubierta en ráfagas furiosas y frías. No se veían las estrellas ni la luna. Suleyman tuvo miedo de nuevo. No de la muerte, no de los hombres, sino del viento que silbaba agudísimo entre las jarcias y los mástiles de una forma sobrenatural. El vello se le erizó de puro pánico. Una ola barrió la cubierta. Suleyman cayó por la borda a la oscuridad del abismo líquido que se abría ante él. Se oyó un «¡Hombre al agua!» desde cubierta. Él gritó como un niño indefenso antes de ser engullido por aquel mar convertido de pronto en un monstruo gélido y voraz.

34

Almaluki

Tras la recepción oficial, el rabino Ibrahim se acercó al visir una vez que el soberano se hubo retirado. Los comensales fueron saliendo, siempre vigilados por la guardia palatina.

—Excelencia, no quiero molestaros, pero debo tratar con vos un asunto importante. Desde que el jefe de los africanos fue depuesto, un número importante de sus voluntarios ha reembarcado rumbo a su tierra. Hemos perdido buenos amigos, buenos compradores y nuestras rentas se resienten. Quizás este año podríais cumplir vuestra promesa de rebajar nuestros impuestos y vuestras comisiones, excelencia.

—¿No dice vuestro dios que es mejor la humildad y la pobreza? ¿Para qué queréis entonces más dinero? Vuestros médicos, arquitectos, abogados, cirujanos y escritores son bien tratados en Garnata. ¿Estáis insatisfechos?

Ibrahim se apresuró a disculparse.

—¡Oh no, mi señor! Recordad nuestros préstamos a la Corona cuando tuvisteis necesidad, ¿cómo podéis dudar de nuestra generosidad, de nuestro agradecimiento por darnos refugio y libertad, en este último rincón en un continente lleno de infieles? La verdad, señor, es que deseamos construir una nueva sinagoga y llenarla de libros de nuestra erudición, pero eso cuesta dinero y mi comunidad agradecería vuestra generosidad.

Ibn Zamrak asintió pensativo y en silencio.

—Me sentiría dichoso si pudiera hacer algo por vosotros, pero el tesoro real ya está comprometido. Mi soberano está satisfecho con vosotros, y en su nombre podría gestionar que trajeran de otros reinos los libros necesarios para llenar vuestros anaqueles, pero no sé qué podríais ofrecernos vosotros.

Al rabino se le humedecieron los ojos de felicidad.

—En verdad, puedo ofreceros más de lo que pensáis. Conozco a un hombre que desea conoceros. Cuando habléis con él, comprenderéis que Yahvé nunca abandona a sus siervos fieles y nos guía por el buen camino. A cambio de esos libros yo os ofreceré algo inigualable.

—Me intrigas, rabino, pero no es momento para hablar. Dile a ese hombre que venga a palacio mañana, con tu recomendación, y el mayoral concertará una cita.

Ibrahim se inclinó lleno de agradecimiento, pensando en que todos los hombres tenían algún punto débil; el del visir era la búsqueda de la gloria y de la inmortalidad.

Dos días más tarde, el rabino Ibrahim mandó recado para concertar una cita con Ibn Zamrak. Su hombre había llegado con varios días de antelación y solicitaba audiencia. Después de la oración de mediodía el hombre entró en la Cancillería de palacio. Era un hombre obeso, de vestimenta ostentosa, con un turbante blanco. Llevaba una carta de recomendación del rabino. Un sirviente le ofreció té mientras esperaba la llegada del visir. Ibn Zamrak no estaba de buen humor. Los aragoneses habían hundido un mercante nazarí a la vista de las costas africanas después de apoderarse de su contenido, compuesto por varios cargamentos de seda, cerámica, aceite y oro. Se daba por muertas a cuarenta y tres personas. El armador de la nave, al recibir la noticia en Al-Mariyyat, había cogido un cuchillo y, dando gritos, había aporreado la puerta del embajador aragonés exigiendo justicia, hasta que se formó una multitud enfurecida que tuvo que ser disuelta por la guardia del puerto.

Ibn Zamrak accedió al zaguán y arrojó con furia los documentos que portaba sobre la mesita de la entrada, que se tambaleó y volcó. Un esclavo negro, apenas un niño, se apresuró a recoger el fajo de escritos intentando recomponer el montón sin alterar su orden. El visir pasó de largo y entró al salón de escritura. El mayoral se le acercó, le dijo algo al oído y señaló al desconocido, que observaba toda la escena con ojo crítico. Los calígrafos volvieron a su tarea, pluma en mano, tras la brusca interrupción causada por el visir. Ibn Zamrak entró en su despacho por una puerta lateral. Cinco minutos después, el mayoral hizo pasar por la puerta principal al visitante, quien se presentó como Yabal Ibn Taled, tratante de mármoles.

—Así que comercias con mármol —comentó el visir con desgana, harto de los proveedores, tras leer la carta de recomendación del rabí Ibrahim—. Y supongo que querrás convencerme de la maravillosa textura de tu piedra, mientras por el camino ya estás transportando columnas de arenisca astutamente revestidas de estuco de marmolina. Al último infeliz que se le ocurrió tan brillante idea para engañarme le arrancaron los ojos ayer en el calabozo. —Le ofreció para su inspección un bote de marfil ricamente tallado con una tapa articulada. Algo había en su interior. Yabal Ibn Taled no se atrevió a abrirlo.

—No vengo a ofenderos ni a haceros perder vuestro valioso tiempo, excelencia. Como habéis leído, el rabí Ibrahim alaba la calidad de mi piedra por encima de cualquier otra, y deseo que al menos sea suficiente para que no dudéis de mi honestidad por el momento.

Ibn Taled calló, esperando alguna pregunta que no surgió. Con una indicación, el visir lo autorizó a seguir hablando.

—Es conocido en el gremio que la Casa Real tiene problemas para satisfacer las exigencias del sultán respecto a los materiales para sus nuevos palacios. Cualquiera de los otros comerciantes dirá que su mármol es el mejor. El mío no es el más barato, pero cuando lo veáis, contemplaréis que de verdad supera al de todos mis rivales.

—¿De qué conoces al rabino?

—Un primo mío se casó con una sobrina segunda suya,

muy querida. Yo regalé a mi primo Mustafá una fuente de mi mejor mármol. Su mujer quedó muy agradecida y de vez en cuando atiendo pedidos de su comunidad.

—Supongamos que vuestro mármol es como decís. ¿Habéis traído alguna muestra? ¿Algún bloque? ¿Alguna pieza con la factura del taller?

—El rabino Ibrahim, excelencia, se tomó la licencia de informarme sobre qué tipo de pieza podría inclinar la balanza a mi favor. No os he traído una, sino tres piezas, para que juzguéis de una manera más precisa mi mercancía. Están fuera, sobre un carro custodiado por mi propia gente. El mayoral sabe que está aquí. Mis hombres esperan una señal para traerlas si así lo deseáis, excelencia.

—Está bien. —Ibn Zamrak hizo sonar una delicada campanilla de plata, el mayoral entró y recibió orden de permitir la entrada de la mercancía.

Seis robustos hombres procedentes de las canteras de Ibn Taled en Al-Mariyyat introdujeron cada una de las piezas, las dos primeras entre tres, la última, de forma alargada y cilíndrica, entre los seis. Las piezas iban envueltas en una carísima pieza de terciopelo rojo. Los escribas y calígrafos levantaron las cabezas de sus escritorios y se pusieron en pie movidos por la curiosidad. Dos guardias, a una señal del mayoral, impidieron que se acercaran a menos de seis pies de los hombres de Ibn Taled, quienes dejaron las piezas en el despacho del visir, se inclinaron en una reverencia y volvieron a salir. El mayoral cerró la puerta por fuera. Las tres piezas estaban colocadas de pie. El visir se levantó de su mesa y las rodeó. El comerciante desató las cuerdas de seda que mantenían fijas las envolturas. Cuando Ibn Taled retiró las telas, el visir emitió un audible gruñido de odio y satisfacción. Examinó las piezas durante un buen rato, en silencio. A un gesto suyo, Ibn Taled volvió a taparlas.

—Realmente, Ibn Taled, el rabí Ibrahim sabe apreciar la belleza —le comentó Ibn Zamrak mirándolo astutamente. El comerciante bajó la mirada con humildad fingida. En su fuero interno supo que había ganado a sus compañeros del gremio.

—Excelencia, sabed que vuestras palabras son un elogio

para mi taller y mis canteras, y sabed también que deseo conocer si puedo hacer algo para predisponeros más a mi favor.

—En realidad, sí podéis. Un joyero del barrio judío cuyo nombre el rabino Ibrahim conoce bien tiene entre sus manos una gargantilla de plata finísima, de delicada factura, con una medallita, cuyo dueño ya jamás podrá ir a recogerla, y que a mí, personalmente, me complacería destinar a mejores usos. Tenía el cierre destrozado, y si ha hecho bien su trabajo, la gargantilla ya estará reparada y lista para su nueva ama. La belleza siempre debe rodear a la belleza. Yo sería más comprensivo con nuestro asunto si asumierais el coste de la reparación. Pero no os prometo nada. El rabino Ibrahim os llevará nuevas noticias, si las llega a haber. Y ahora marchaos. Que Alá os acompañe.

Ibn Taled se retiró, comprendiendo lo que el visir le había dicho.

Aquella tarde no hizo ni frío ni calor. Las nubes bajaban del cielo, cubriéndolo lentamente. Los rayos cálidos que intermitentemente rasgaban el gris y mortecino palio iluminaban la fachada de la torre de Comares y la gran alberca del patio de los Arrayanes. Era media tarde. El monarca paseaba lentamente entre los macizos olorosos, deteniéndose a cortar un brote y a aspirar su aroma fragante. El ataque aragonés no quedaría impune, aunque aún no sabía cómo tomarían venganza. Quizá..., quizá lo menos arriesgado fuera pedir a los señores de Tremecén que abordaran los barcos aragoneses atracados en su puerto, o pagarles para que retuvieran sus naves. La segunda opción parecía la más prudente.

«Pero ¿cuándo has obrado tú con prudencia, perro indigno?», dijo para sí aplastando en su mano el tierno brote. Se refería a Pedro IV de Aragón. La savia fragante manchó su palma y deseó que fuera sangre real aragonesa.

A pesar de la elocuencia que siempre demostraba en público, Muhammad V sabía la auténtica realidad del reino. Garnata no subsistiría para siempre. El sultán miró el estanque sin ondas, a pesar del surtidor que lo alimentaba constantemente tras caer el agua en la fuente. ¿Por qué había de ser así y no de otra forma? ¿Cuál era el secreto del agua y de los hombres que habían tallado la fuente del suelo?

Un ruido a su espalda interrumpió sus pensamientos. Los guardias habían dejado pasar al visir. Ibn Zamrak se acercó al monarca.

—Señor, disculpadme. Tengo algo en mi despacho que deberíais ver, si lo deseáis, excelencia.

Muhammad V lo miró inexpresivo y esperó paciente a que continuara.

—Habéis esperado demasiado y también vuestros palacios. Si lo que puedo ofreceros no os satisface, entonces no mereceré ni vuestra confianza ni el visirato. Seguidme, os lo suplico.

El rey lo siguió sin pronunciar palabra. Llegaron a la Cancillería y entraron en el despacho del visir. Allí estaban las tres piezas cubiertas por terciopelo. Ibn Zamrak descubrió la primera de ellas, la más esbelta. Era una columna de un blanco perfecto, casi irreal. El sultán la palpó, sorprendido y absorto, como si fuera el cuerpo de una mujer, en silencio, gozando de la lisura acuosa de su superficie, brillante y perfecta.

—La trajeron esta mañana. Espero que sea de vuestro agrado, mi señor.

Había esperado durante años recibir algo semejante. Aquél era el diseño, aquél, el acabado, aquél era el mármol que quería para sus palacios.

—¿De dónde proviene? —habló por fin el monarca.

—De una cantera de Hisn Macael en particular.

—Es perfecta. Simplemente perfecta. No busques más. ¡Al fin! ¿Qué son las otras dos muestras?

El astuto visir tendió una vara de hierro al monarca y se apartó cinco pasos.

—Vedlas por vos mismo, excelencia, y juzgadlas.

Una tras otra cayeron las telas. Eran dos bustos que el monarca reconoció enseguida. Por si cabía la duda, en la base estaban escritos sus nombres. Uno decía Enrique II de Castilla. El otro, Pedro IV de Aragón.

Con la vara recorrió lentamente el frío rostro de mármol *al-*

maluki puro e inmaculado del rey aragonés, taladrándolo con la mirada. Luego centró su atención en el rey castellano y al llegar al mentón del busto levantó el brazo y lo fustigó con furia una, dos, tres veces, antes de que cayera al suelo. Del pómulo saltaron tres esquirlas. La oreja derecha se quebró. Luego golpeó la otra cabeza hasta que rompió la corona que la remataba. Varios sirvientes se acercaron alarmados por los golpes y los gritos de furia, pero, desde la puerta, Ibn Zamrak les ordenó marcharse con un gesto.

—¡Perros! —exclamó el sultán—. ¿Cuándo saludarán las trompetas vuestra muerte?

Muhammad V recobró el aliento inspirando profundamente.

—Os prometí que os traería las cabezas de los reyes cristianos, y os prometí que terminaría vuestros palacios. ¿Estáis satisfecho, mi señor?

El monarca sonrió por primera vez en aquel día que pronto terminaría.

—Creo que mañana seguirás siendo visir, Ibn Zamrak. ¿No merecería este mármol tan magnífico alguno de tus versos?

Ibn Zamrak se inclinó en señal de obediencia.

35

El aprendizaje de la rosa

Aixa se debatió y chilló inútilmente tratando de escaparse de las manos de los dos hombres que la arrastraban hacia el puerto. Uno de ellos puso fin a sus gritos enseñándole un cuchillo y poniéndoselo en el cuello.

—¿Callarás ahora? Te cortaré la lengua. ¡Lo haré! ¿Callarás ahora? —La joven dejó de debatirse, aunque se resistía a avanzar. La gente los miraba, pero evitaban la mirada de los dos hombres. Pasaron cerca de los astilleros.

—Pero ¿adónde me lleváis? ¡Dejadme! ¡Señor, ayúdeme! —le suplicó a un desconocido que los miraba con curiosidad. Aixa lo agarró de la manga.

—¡Suéltalo! Es mi hermana —explicó uno de los captores—. Está trastornada por la muerte de su esposo, pero en Fez se recuperará junto a la familia.

—¡No! ¡No! ¡Me raptan contra mi voluntad!

—¡Deja al hombre tranquilo, hermana! Ve con Alá, amigo. —Y el hombre se alejó lleno de incertidumbre, pero no le gustaba el aspecto de aquellos hombres.

—¡Está trastornada! ¡Está trastornada!

Al acercarse al muelle pararon delante de un barco mercante. Subieron por la pasarela. En la cubierta los esperaba el mercader. Se detuvieron ante él.

—¿Adónde me llevas? —preguntó Aixa.

El mercader no contestó. Se acercó a la joven, tomó su rostro por la barbilla, lo observó en silencio y le robó un beso. Ella tuvo arcadas de repugnancia por su aliento infecto y sus dientes amarillos por el café.

—Olvida tu pasado, porque ahora eres mía, ¿entiendes? ¡Mía! Encerradla junto a las demás.

La bajaron en la oscuridad a la panza de aquella nave junto a decenas de otras mujeres, las había más jóvenes y también mayores que ella. Dándose cuenta de que nunca más volvería a su tierra, Aixa sufrió un súbito desvanecimiento. Unas manos anónimas impidieron que cayera al suelo violentamente.

El viento soplaba a favor del barco. En un día y medio recorrieron la distancia que los separaba de las costas meriníes. Aixa estaba agotada. Descendieron en un nuevo puerto atormentadas por la sed y el hambre, y su pesadilla seguía siendo real. Todas estaban asustadas y muchas andaban cogidas de la mano.

—¿Qué nos pasará?

—Somos esclavas. Seremos vendidas como carne para los hombres —desveló una mujer que ocultaba su rostro para no mostrar los cardenales—. Sí, como unas rameras. Ahora ya lo sabéis.

Del puerto fueron conducidas a una casa próxima y colocadas en fila en una amplia sala, ante el mercader, que daba cuenta de una mesa llena de manjares ante treinta y siete mujeres débiles y hambrientas.

—Quien obedezca y asuma su destino comerá y vivirá. Quien no quiera... —Fue interrumpido por tres jóvenes, que salieron de la fila para alcanzar la mesa, pero varios guardias lo impidieron, y fueron golpeadas sin piedad y obligadas a regresar de nuevo a la fila a rastras.

El mercader se lavó las manos y se levantó. Recorrió la fila, seleccionando a varias jóvenes. Se paró ante una de ellas, junto a Aixa.

—Tú. ¿Eres virgen? ¡Contesta! —Ante su silencio le cruzó la cara, derribándola—. ¡Ponedla en pie! Te lo repetiré otra vez. ¿Eres virgen?

—No —dijo en un susurro. Recibió otra bofetada.

—¡Mala respuesta! —les gritó el mercader—. ¡Si os preguntan, sí, lo sois! ¡Siempre lo seréis antes de recibir el dinero! ¿Eres virgen, muchacha?

—Sí. Lo soy, si tú quieres.

—Bien. ¡Tú también! —Y señaló a Aixa—. ¡Llevaos a estas cuatro a la segunda habitación y preparadlas!

Les dieron al fin comida y agua. Las lavaron y vistieron con vestidos limpios, y las mostraron en otra habitación ante un invitado que conversaba con el mercader. El invitado era un hombre obeso, con gruesos anillos de oro en los dedos. Llevaba un turbante verde. Su mejilla derecha tenía un gran lunar verrugoso.

—Dijiste que seleccionara para ti entre mi nuevo cargamento. ¡Bien! ¡Dime si mi gusto ha menguado!

—¡Oh, sí, son muy hermosas! —Dejó el té de canela junto a la mesita—. ¿Cómo os llamáis?

—Decid vuestro nombre a vuestro nuevo señor.

—Dalilah.

—Miriam.

—Sertab.

—Aixa.

El hombre las observó una por una, rodeándolas, oliéndolas en la nuca, detrás de las orejas, palpando sus muslos. Todas se estremecieron; cuando estuvo frente a ella, Aixa no pudo evitar dirigirle una mirada de odio, que él aceptó como un desafío. La hija del farmacéutico bajó los ojos inmediatamente, temerosa de su atrevimiento, soportando que aquel hombre obeso y perfumado con sándalo la desnudara con la mirada durante varios interminables minutos. Después se volvió al mercader.

—Hay trato —concluyó satisfecho.

El mercader dio unas palmadas y dos eunucos se las llevaron de la sala, subiéndolas a una carreta cubierta para su traslado inmediato al sur. Dentro, un ama las vigilaba. En el exterior, varios hombres a caballo protegían el transporte, delante y detrás de la carreta.

—¿Adónde vamos?

—A Fez —respondió la mujer. Tenía una voz viva y rápida, como acostumbrada a ordenar—. Me llamo Jadiya y desde hoy dependeréis de mí. Sed sumisas y obedientes.

—¡Pero mi familia no está en Fez! ¡No quiero ir allí! —gimió Miriam, la joven de pelo cobrizo y piel blanquísima.

—No me importa qué queráis. Ahora no tenéis más familia ni voluntad que la de nuestro señor y amo. Vuestro destino es el burdel.

—No. No pienso entregar mi cuerpo a nadie. ¡A nadie!
—Dentro de la carreta había cojines y una tetera. Miriam tomó uno de los platos de cerámica, lo rompió e intentó abrirse las venas, pero Jadiya fue más rápida, le tiró de los pelos, la abofeteó y le arrebató el fragmento; luego, convertida en una furia, continuó pegándole con una fina fusta de esparto entrelazado en el torso y en los muslos, hasta que Miriam suplicó que parase.

—¡Haréis lo que os diga! ¡No quiero más descontento! Alá ha trazado vuestro destino, así que aceptadlo pronto.

—El Corán prohíbe la esclavitud. ¡Un creyente no puede ser esclavizado por otro creyente! —replicó Aixa indignada y furiosa. La vieja se volvió y la dobló a fuerza de golpes, siempre sin tocar su rostro, hasta que se hartó de ella.

—¡Hijas de Alá! ¿Quién os ha pedido vuestra opinión? ¡Tenéis comida y bebida y seguís vivas, es más de lo que merecéis! ¡Tú, especialmente tú! ¡Te tendré vigilada! ¡O hacéis lo que os digo o seréis lapidadas!

No hubo más incidentes en el resto del viaje. Las marcas de la fusta duraron días en su piel, y Aixa, que necesitaba alguien a quien odiar, centró su ira en aquella mujer terrible.

Dentro de las murallas de Fez fueron sometidas al aprendizaje más doloroso, el del quebrantamiento de su voluntad, y de la forma más violenta posible. Los hombres hacían cola para entrar en sus cuerpos y poseerlas, uno tras otro, hasta que extenuadas por el cansancio, el desprecio propio, la tristeza y el llanto, dejaron de llorar. No sentían terror, pánico, remordimientos ni tormento. A las vírgenes, como Aixa, se les respetó su naturaleza, hasta que se encontrara a un hombre que pagara generosamente por ellas. Pero su cuerpo fue violentado por otros medios y por otros orificios, aparte de su feminidad. Tras tres noches infernales, al fin sometidas, Jadiya las dejó descansar, ofreciéndoles ricos manjares y enviando a las cuidadoras para que las lavaran y perfumaran.

—No comiendo no mejoraréis vuestra situación. ¡Tenéis que estar hermosas, o no tendré piedad con vosotras! Os han mancillado tantas veces que ya no podréis salir de aquí con la cabeza alta. Bastaría una palabra mía al imán para que se os aplicara la lapidación, si no sois discretas. ¿No lo habéis presenciado nunca? Os atarán las manos y os vendarán los ojos. Oiréis los insultos de la muchedumbre y recibiréis sus esputos de desprecio. En medio de sus amenazas se os bajará a un hoyo en el suelo y se os atarán los pies. Y cuando recibáis la primera piedra en vuestra carne la lluvia de ira ya no se detendrá. ¡Se armará tal barullo que la multitud no escuchará vuestros gritos, vuestras súplicas! —Las mujeres la miraron aterradas—. Caeréis al suelo con el cuerpo lleno de golpes, y las piedras seguirán abatiéndose sobre vosotras mientras haya piedras y los que las arrojen tengan fuerzas en los brazos; seguirán así hasta asegurarse de que vuestro cuerpo destrozado y cubierto de sangre haya expirado. Lo peor no será para la primera de vosotras, ¡sino para la última, porque antes seréis testigos de la muerte horrible de las que os precedan! —Una mujer gritó—. Así que comed u os forzaré a que lo hagáis, ¡y no será agradable!

Había más de treinta mujeres como ellas en aquella casa, y viendo con asombro que la mayoría aceptaba su existencia fueron sometiéndose al mando de Jadiya. Todas excepto Aixa. El odio por aquella mujer se extendió en su corazón a cuanto hombre conoció desde aquel momento en adelante, pero a golpes aprendió a guardarlo para sí. Cuando los hombres se acercaban a su lecho para poseerla se sorprendían de su entrega, pero ella, mientras, se imaginaba que les daba muerte violenta de mil formas diferentes.

Jadiya oyó las alabanzas que de ella hacían los hombres y se lo transmitió a su amo. Un atardecer, Aixa fue llevada a las dependencias anejas a la mezquita Qaraouiyyin, con sus tejados de color esmeralda. Dos sirvientes la acompañaron hasta una de las habitaciones superiores. Había pasado un año desde su llegada, y su cuerpo seguía formándose, haciéndola más mujer. La habitación olía a aromático sándalo. Aixa vio una varilla quemándose lentamente sobre un lujoso escritorio de maderas nobles con taracea. Una cama enorme llena de cojines parecía reservada para ella. El hombre del lunar la esperaba.

Cuando Al-Hazziz la contempló frente a frente se quedó sin aliento. La seda la vestía por completo. Su melena oscura, larga y ensortijada caía en cascada sobre su espalda, siendo visible por debajo del borde del pañuelo de seda verde que cubría su cabeza. Sus caderas y sus pechos se habían desarrollado, madurando y dotándola para el placer.

—Tú eres Aixa, entonces. No te recordaba tan hermosa ni tan apetecible. ¡Por Alá que es cierto que tu belleza ha crecido! Puedes llamarme Hiram. ¿Sigues siendo virgen? ¿Se te ha respetado, como ordené?

—Sí, mi señor.

—Entonces, enséñame ahora qué has aprendido.

Ella se le acercó sumisa. Sin rozarlo, quieto él como una figura de piedra, se le insinuó, rodeándolo, acercando sus manos y sus muñecas perfumadas a aquel hombre obeso y complaciente y de aliento de albahaca, a la vez que le murmuraba palabras tiernas sobre la vida de las mujeres del Profeta, sobre la fragilidad de la vida y sobre su ansia por ser tomada por él. Al-Hazziz respiraba sofocadamente, y al fin se dio cuenta Aixa de que podía dominar a los hombres. Tres veces intentó Al-Hazziz, el poderoso imán de la mezquita Qaraouiyyin, tenerla entre sus brazos, y tres veces Aixa se escabulló, sonriendo y evitándolo, acercándose y alejándose, y entretanto, uno a uno, los velos de seda iban cayendo. Ella le recordaba las palabras del Corán sobre la necesidad de ser paciente y él se contenía, hasta que Aixa permitió que el hombre la tocara. La hija del farmacéutico se sentía por primera vez superior a cualquiera de los hombres que mercadeaban con su cuerpo, y se dispuso a odiarlo, pero Al-Hazziz no era un hombre cualquiera.

En la vida pública, Al-Hazziz se mostraba discreto y actuaba con moderación, pero en la intimidad de su casa daba rienda suelta a sus apetitos. Respetó su virginidad, pero él sabía cómo proporcionar placer, y según la penetraba de espaldas, mezclado con su desprecio, Aixa experimentó una sensación diferente. No estaba fingiendo. Se odió a sí misma, pero no podía evitarlo. Empezó a gemir hasta que pareció que no había nacido para ninguna otra cosa y, al escucharla, Al-Hazziz, acostumbrado a la fingida expresión de sus esclavas, se derramó dentro con su último grito.

Después, hubo silencio en el cuarto por un rato. Resoplando, el imán se dejó caer a un lado, pensando en su excelente adquisición. Aixa pensó en su madre. Pero había descubierto que el placer podía separarse del amor. Podía sentir desprecio y repugnancia por ese hombre, por cualquier hombre, y a la vez deleitarse con el placer que su cuerpo le regalaba, y ya no quiso renunciar a él.

A ese encuentro siguieron muchos otros. El propio imán, celoso de la fama que la belleza de Al-Ándalus iba ganando entre los hombres de la ciudad, decidió un día sacarla del burdel y mantenerla alejada de todos los demás, salvo de él. Aixa pasó a vivir en su casa, y la furia crecía en ella. Al-Hazziz, sin embargo, no veía más que fogosidad en una joven insaciable, porque eso era lo que le permitía vivir: saber transformar su odio en entrega sin límites en el lecho.

Puesto que ésa era su nueva vida, buscó el olvido del sexo para no recordar lo que había perdido, y aunque no olvidaba a su familia, tuvo que aprender a darlos por muertos para no sufrir por su recuerdo. Pero aunque lo negaba, en su corazón ardía una llama de esperanza de que su situación podía cambiar, y ella estaba decidida a lograr ese cambio de la única forma que su nueva existencia le permitía.

Para desgracia del imán, llegó un día en que el reino merní tuvo un nuevo gobernante. Su apoyo y valedor fue depuesto en un baño de sangre, y el nuevo sultán, Abu l-Abbas Ahmad, quiso asegurarse la lealtad de los notables del reino, afectos o no a su persona. Al-Hazziz, que temía por su vida, maniobró astutamente para ganarse el favor real. Desde su púlpito en la mezquita, se opuso incansablemente a la relajación de la moral, dio la bienvenida al nuevo amo de Fez y animó al almotacén a cerrar cuanta casa de prostitución conociera, excepto la suya, salvada por un generoso soborno que compensó con creces. Hizo un generoso donativo al tesoro del palacio real, pero aquello no fue suficiente para impedir que fuera visitado por un emisario. Una feroz guardia negra protegía al enviado del sultán, quien tomó uno de los melocotones que el propio Al-Hazziz le ofreció en una bandeja de plata.

—¡No podéis dudar de mi lealtad! Soy defensor de la Palabra del Profeta. Vuestro señor es el aire fresco de la renovación. Con él, el reino recuperará la estabilidad.

—Seguro, imán, que esas mismas palabras ya las empleaste antes con el anterior gobernante, y también con su antecesor. ¿Estaban ellos equivocados? ¿Lo estamos nosotros? No puedes tener dos señores.

—No, no, nada de eso es incompatible. Ellos leían el mismo Corán, pero defendían la voluntad de Alá con menos vigor, ahora lo comprendo. Por eso Abu l-Abbas Ahmad renovará la fuerza del reino. Sería voluntad de Alá que él triunfara donde otros no han mostrado entereza suficiente.

—Para ser un hombre piadoso, un erudito, tienes una fortuna notable. El sultán Abu l-Abbas Ahmad, alabado sea, ha oído sobre ti acusaciones terribles. Sería una lástima que la mezquita Qaraouiyyin perdiera a su guía espiritual por una indisposición.

—El sultán puede confiar en mi apoyo a su causa. He hecho una importante donación. Mis palabras pregonan su justicia. ¿Qué más puedo hacer para ganarme su confianza?

—Duplica tu donación. —El emisario lo miró, interesado en su reacción. Al-Hazziz palideció, pero inclinó la cabeza asintiendo con resignación. El emisario siguió hablando—: Otra cosa más, imán. El sultán desea renovar el harén, incorporando bellezas que le sean afectas, y ha oído comentarios sobre una extranjera que vive en tu casa. Es una joya ponderada por muchos, una exaltación de los sentidos. El sultán desea que esa mujer pase a su poder.

—Pero... —balbuceó Al-Hazziz mientras pensaba en el modo de negarse a la petición sin ofender—. No os preocupéis, ahora mismo haré que se presente ante nosotros. Mi casa es su casa.

Tocó una campanilla de plata. Una anciana arrugada y enjuta entró en su despacho.

—Que Iqbal se presente ante mí.

Pocos minutos después, una joven nubia de pelo negro, rizado y corto, labios carnosos y nariz chata, con la piel de ébano, se presentó ante ellos, sumisa y en silencio. Era hermosa. Su figura era proporcionada y sus pechos adolescentes, turgentes.

El emisario la contempló antes de volverse hacia Al-Hazziz con frialdad.

—¿Te estás burlando de mí? Ésta no es la joven de la que hablo, imán. ¿Tu disposición a mentirme es un reflejo de tu lealtad al amo de Fez? ¿Tienen doblez tus palabras y tus actos? ¿Harás que me marche ofendido? De qué sirve el oro si la voluntad de los hombres no lo acompaña... Yo conocí a esa joven. Yo fui uno de los que ponderó sus dones. ¡Así que no vuelvas a burlarte de mí!

Al-Hazziz se disculpó una y otra vez, y no viendo otra alternativa ordenó a la vieja ama que les llevara a Aixa.

36

Tierra de hintatas

Suleyman se hundió en las aguas turbulentas. Por un instante, le pareció que el universo que había conocido se transformaba en una silenciosa y helada prisión de negritud total que congelaba sus miembros. Gritó, pero nadie lo oyó. De su garganta sólo salieron burbujas atropelladamente. El sordo rumor de las aguas resonaba grave en sus oídos. Pataleó y braceó como una mosca cogida por las alas, indefenso, perdido, sin oxígeno. El vaivén del oleaje le hizo emerger cuando los pulmones ya le dolían demandando una bocanada de aire.

El mar llenaba todo lo visible de crestas oscuras de espuma y sal. Cerca de él brillaban algunos faroles del barco, pero cuando por fin iba a gritar pidiendo auxilio una ola volvió a sumergirlo, y de nuevo el silencio volvió a él, dentro de su trampa.

Percibió un contacto duro en su espalda y sintió pánico. Lo primero que su mente embotada por el miedo imaginó fue a un feroz monstruo marino dispuesto a devorarlo. Intentó debatirse y el aire escapó de sus pulmones. Recordó cuando de niño chapoteaba con su primo en las riberas del río Hadarro. Recordó que nunca aprendió a nadar, y que ya no tendría tiempo. Se dejó arrastrar medio inconsciente por el abrazo férreo que lo aprisionaba y que lo llevaba hacia la superficie. Y sintió de pronto una calma repentina. Se vio rodeado de un gran verdor.

Sus pies descalzos avanzaban sobre un camino de arena fina como oro en polvo. El cielo era de un azul intenso como no había visto nunca. Todo lo que alcanzaba la vista era un inmenso palmeral, y de pronto oyó música y las risas de muchas mujeres entre las palmeras. ¿Cómo había llegado allí, si aún no lo había merecido? ¿Cómo ganaba un hombre el Paraíso? Pero las risas de las mujeres se alejaban, se desvanecían, y él no podía alcanzarlas.

—¡No! ¡Esperad, no desaparezcáis!

—Abdel. Abdel —dijo una voz en su mente—. Sé la mano ejecutora de mi justicia. Porque yo te he elegido y tu hora aún no ha llegado. Sé sumiso a mi Palabra y serás recompensado.

Abdel corrió tras las voces pero fue en vano. La luz se fue, las palmeras desaparecieron, el camino se convirtió en una confusa mezcolanza de fría agua salada y burbujas. Antes de morir tenía que cumplir su designio divino.

Tres marineros valientes tiraron de la cuerda que unía al guía meriní con el barco cuando vieron a las dos figuras emerger de las aguas. Otros más se unieron a ellos. El oleaje los había distanciado treinta brazas del barco en pocos minutos. El velamen estaba destrozado y la tormenta no cesaba. Nada podían hacer salvo rezar a Alá.

—¡Respira, hermano, respira! —le ordenó el guía, a duras penas a flote por el esfuerzo.

«Eso puedo hacerlo», pensó Suleyman, pero no pudo. Antes de que su mente pudiera ordenar algo más a su cuerpo le venció la inconsciencia.

Los sacaron rápidamente del agua helada y todos los que quedaban en la cubierta bajaron a la bodega a resguardo de los elementos. Bajo un farol tumbaron al ahogado, y el guía, encomendándose a Alá, sopló aire, labios contra labios, dentro de sus pulmones encharcados. A la quinta espiración, una convulsión azotó el cuerpo del nazarí; le dieron la vuelta y expulsó el agua de mar, volviendo a la conciencia entre estertores, hasta que su respiración se normalizó. Tiritaba violentamente y su tez tenía el color de los muertos.

Lo desnudaron y le dieron las ropas secas que pudieron encontrar. El guía le dio un vaso de vino fuerte y dulce de Mālaqa por gentileza del capitán del barco. El alcohol lo ayudaría a entrar en calor. Se oyó un crujido siniestro sobre sus cabezas y un fuerte golpe en cubierta, como de un árbol al caer. El capitán apretó con fuerza el *misbaha* entre sus manos.

—Creo que hemos perdido el mástil mayor.

El guía no se inmutó y volvió a concentrarse en Suleyman.

—Sobrevivirás si vences el frío.

Suleyman asintió agradecido sin palabras, entre temblores. El guía se sentó a su lado, sacó su *misbaha* y habló al capitán:

—Y ahora, hermanos, recemos a Alá y encomendémonos a él, porque no podemos hacer ninguna cosa más.

Las oraciones no impidieron que se abrieran varias vías de agua. Durante toda la noche lucharon contra las olas y la fatiga, taponando los intersticios del barco. Las cuadernas crujían con cada vaivén. En algunas juntas del doble casco podía meterse un dedo, atravesando la pared interior hasta tocar con la yema la madera exterior de la nave. Por las juntas rezumaba agua; las tapaban con estopa, cuerdas, trapos, maderas y clavos. La nave se estaba inundando. El agua ya les llegaba por debajo de las rodillas cuando se hizo la calma. La tormenta se alejaba con un rumor. La lluvia dejó de martillear la cubierta. El vaivén se hizo más calmado y acompasado.

En la fría hora que antecede al alba, el capitán y el guía subieron a la cubierta. Soplaba la brisa y estaban empapados. Todo permanecía oscuro aún. La luna seguía tapada por las nubes, aunque no llovía. Más allá de la puerta se adivinaba un caos de aparejos rotos, velas desgastadas y cuerdas caídas. Volvieron al interior del barco. El tiempo les había dado tregua, pero aún no podían descansar. El primer oficial, que también era el carpintero, se dedicó junto con su ayudante a revisar el vientre de la nave, tapando las fugas una a una mientras todos los demás, sin excepción, formaban una cadena humana desde el interior hasta la borda, pasando cubos de mano en mano ininterrumpidamente. Ya habría tiempo de preocuparse por las mercancías. Si no salvaban el barco, estarían condenados. Suleyman, débil aún, fatigado como todos, se maravillaba de que el mar, tan espléndido, albergase en su interior tanto la vida como la muerte.

Cuando amaneció, el sol salió por la popa. El rumbo del barco había cambiado. Se dirigían a las Columnas de Hércules, al estrecho que separaba Al-Ándalus de Ifriqiya. Desayunaron por turnos con la autorización del guía, ya que era ramadán.

—El Profeta es comprensivo. Ya habrá tiempo de ayunar si seguimos con vida. El musulmán esforzado en vivir es grato a los ojos de Alá.

El capitán ordenó despejar la cubierta. Los restos fueron seleccionados, nada fue desperdiciado. Los trozos no aprovechables se guardaron para leña. Del pañol de proa sacaron nuevas cuerdas y velas de repuesto. Lo peor era que el timón estaba destrozado, así que estaban a merced del viento y las aguas. Arrancaron parte de las tablas de la cubierta para poder construir un timón arcaico y provisional. Sin más repuestos, con un solo mástil y con el barco medio desvencijado lograron poner rumbo sur.

—Me has salvado la vida. He tenido los sueños de la muerte —reconoció el hijo del farmacéutico ante el guía—. Dime qué puedo hacer por ti y lo haré.

—Mantente con vida para derrotar en nombre de Alá a cuantos cristianos se crucen en tu camino. Si estás vivo, es por un motivo. Los sueños son mensajes del Divino. —Y Suleyman supo con seguridad que había sobrevivido porque el designio de Alá lo protegía.

Se abrieron claros en el cielo. Un suave viento los empujó hacia el continente africano. Parecía un milagro que todos hubieran sobrevivido. A estribor, Suleyman identificó un punto oscuro, de color ocre terrizo, inmóvil en las aguas.

—¿Qué es aquello de allí? ¡Mirad!

—Es la isla de Al-Borani. Un refugio de piratas —respondió el capitán—. Antes respetaban nuestros barcos, combatían a los cristianos en nombre de Alá, pero ahora no son más que mercenarios sin alma. ¡Dicen que incluso se han vendido a los aragoneses! Cuanto más nos alejemos mejor. Si han sufrido esta tormenta con tan mala fortuna como nosotros, estarán refugiados en sus grutas subterráneas, porque la isla es inhóspita. No crece ni un árbol. La tierra es salobre, y ellos son despiadados. En ese peñón rocoso sin dueño ni señor ellos han fijado su patria, y como piratas que son, no entienden de moral ni de honor. Nos arriesgaremos a llegar a la costa meriní sin ayuda.

—¿Estamos cerca?

—A menos de un día, nazarí —le contestó desde detrás el guía, de quien aún no sabía el nombre—. Los piratas no se atreverán a tocarnos mientras yo esté con vosotros. No desafiarán al enviado del sultán.

—No arriesgaré mi barco ni lo que queda de mis mercancías. Con esta brisa favorable, tocaremos tierra al finalizar el día si la tormenta no vuelve.

El cielo se había despejado casi completamente. Inspeccionaron las mercancías. Buena parte de la loza nazarí había sobrevivido a la tormenta. Veinte hermosos jarrones ornados con gacelas yacían hechos añicos en el fondo de la bodega, para disgusto del capitán. Una pequeña fortuna se había perdido y también su comisión.

Al anochecer todos se llenaron de júbilo. Al sur se divisaban las luces de un pueblo de pescadores. Entraron en un pequeño fondeadero de la playa de Al-Qalaa y echaron el ancla. Llegaron a tierra en barca. El guía y los voluntarios durmieron en casa de un viejo y devoto médico, quien permitió al guía que enviara a uno de sus criados como mensajero a la medina de Beni Boufrah. Allí había un representante de los voluntarios de la fe que los estaba esperando impacientemente para conducirlos a Fez.

El almuédano llamó a la oración al alba. Las brumas cubrían la medina. Las mujeres se apresuraron a buscar agua, a calentarla para el aseo de los hombres, y el médico envió al horno a su hijo mayor mientras el criado mensajero regresaba con mulas para el transporte.

—Dijeron que no se retrasaran, que apenas quedaba tiempo —dijo el criado.

—Es cierto. Debemos apresurarnos. —El guía se despidió

afectuosamente del médico, y luego del capitán y su tripulación, ya en la playa, pensando en la reconstrucción de su barco. Se pusieron en camino.

Suleyman preguntó adónde se dirigían.

—Llegaremos a Fez y desde allí al desierto, que es nuestro auténtico destino. Hisam es mi nombre y la región de la tribu hintata será vuestro nuevo hogar.

El norte del reino de los meriníes era muy similar a las fértiles vegas del Sinnil, con campos de cebada segados, higueras, palmeras y olivares. Los pozos, con sus norias y sus burros, proporcionaban el agua que corría por las acequias.

—Mi padre tenía una parcela en la Vega de Madinat Garnata. Era muy fértil. ¿Qué es eso de allí? ¿Acebuches?

—Sí, son acebuches. Su aceite es muy apreciado por las mujeres. Su semilla y los hollejos de su molienda son usados para alimentar a las cabras y los burros.

—Creo que me sentiré bien aquí.

El guía sonrió.

La brisa marina los acompañó hasta bien tierra adentro. A las dos horas llegaron a un pueblo. Era Beni Boufrah. En la entrada había una gran finca rodeada por muros encalados. Las puertas de la residencia estaban abiertas, pero dos guardias las custodiaban.

—Sed vosotros mismos. El jeque Said es un gran hombre y gran devoto del movimiento, y detecta la mentira a la primera. Su generosidad es tanta como vengativa su ira. Esperad a que se os llame.

—No tengo nada que ocultar —replicó uno de los hombres.

—Todos tenemos un pasado.

El jeque Said entrevistó a los voluntarios nazaríes, uno a uno, en presencia de Hisam.

Los recibió en el salón de su amplia vivienda, sentado sobre cojines de seda roja. Varios braseros de bronce sobre trípodes de hierro calentaban la sala. Dos bereberes de expresión adusta, vestidos totalmente de negro, desde los pañuelos que cubrían su cabeza y ocultaban su rostro hasta las babuchas, vigilaban con mirada atenta a todos los que entraban en el salón. Hisam estaba sentado a la derecha del jeque. Un escriba vestido de blanco y con la cabeza cubierta con un pañuelo amarillo tomaba nota de cuanto le indicaban. Estaba sentado en el suelo, con las piernas cruzadas y con un escritorio portátil. Toda la sala estaba cubierta por alfombras llenas de motivos geométricos.

El jeque Said era un hombre corpulento, con barba castaña recortada; iba vestido de blanco y llevaba el turbante verde de los que habían peregrinado a La Meca. Su cara redonda y afable contradecía sus maneras, sus gestos y sus muecas burlonas. Su voz era rica y profunda, con resonancia. Cuando fue su turno, Suleyman se descalzó en el zaguán, junto a la entrada, penetró en la sala y se sentó de rodillas frente al jeque y ante una mesita baja. Sobre la mesita había un cuenco con varias naranjas amargas con especies de clavo incrustadas en su corteza, despidiendo un olor fragante. El guía lo presentó ante el jeque, quien con un gesto de la mano indicó al escriba que anotara su nombre y su procedencia.

—¿Qué experiencia tienes de la guerra?

—Luché en Ilyora contra los cristianos de Alcalá. Todos mis compañeros murieron. Yo estuve preso cinco años hasta que mi rescate fue pagado.

—¿Cómo es que no escapaste antes? Sé que los cristianos explotan a sus prisioneros como bestias para cultivar sus campos. ¿No recordaste lo que ordena el Profeta, abandonar por todos los medios posibles las tierras de los infieles? ¿Eres blando de corazón, de piernas débiles, o ni siquiera lo intentaste?

Hisam observó a Suleyman con curiosidad, esperando su respuesta.

—Los cristianos castigaron mi rebeldía y mi fe. Mientras a los demás los enviaban a los campos, yo me pudrí todo mi cautiverio en la celda. Olvidé mi nombre y mi razón muchas veces, pero Alá siempre estaba allí para recordarme que sólo Él marca el camino de los hombres. Y aquí estoy ante ti, para servir al Islam; y, si puedo decirlo, también espero vengarme de ellos algún día.

—Entonces ¿conoces la muerte?
—Sí. —Suleyman recordó a Mohamed, a sus compañeros de atalaya, a sus camaradas de cautiverio—. Cuando uno comparte durante días celda y lecho con un muerto sin dar parte a los carceleros para obtener una ración extra de comida, puede decir que conoce la muerte.
—¿Qué anhelas en tu corazón?
Miró a Hisam, dubitativo.
—Alá sabe que los hombres son de carne y sangre, no de esencia divina. Los deseos mueven a los hombres y con ellos los hombres mueven montañas. Dinos tu deseo —lo animó el guía.
—Mi familia fue separada por una sentencia injusta, ajusticiada y proscrita. Quiero restaurar su honor. Mi deseo debe de ser legítimo, porque fui salvado de las aguas, gracias a Hisam.
—¿Para recuperar su honor pagarías con tu sangre y tu sacrificio?
La esperanza brilló en sus ojos. ¿Sería eso posible?
—Sí.
—Entonces tu sangre y sacrificio no serán en vano. —Y lo despidió con un gesto.

Esa misma tarde partieron hacia Fez. Acamparon de noche. Entonces, después de rezar y cenar, todos acosaron al guía con preguntas.
—¿Es cierto, guía? ¿Puede hacer lo que prometió? —preguntó uno de ellos.
—Dependerá de vosotros. Ahora formáis un grupo. Velad por que vuestro grupo cumpla su misión, y vuestros deseos se cumplirán.
—¿Se cumplió tu deseo, guía? —preguntó otro. Él lo miró con seriedad.
—Puedo deciros que sí y deciros la verdad o quizás engañaros. El apoyo del sultán y de las tribus del sur a la causa islámica es un consuelo terrenal para nuestras desdichas. ¿Es eso lo que os mueve? ¿La ambición de un deseo egoísta? Que Alá juz-

gue cada uno de los corazones, yo no lo haré, pero sabed que algunos moriréis durante vuestra preparación.

—¿Y por qué hemos de partir tan rápido hacia el desierto? —preguntó Suleyman.

—Pronto se conmemorará el aniversario de la muerte del *Mahdi*, del Enviado que una vez alzó su voz para unir a las tribus nómadas bereberes. ¿No has oído hablar de Ibn Tumart, el *Mahdi*, el guía de los almohades? Era de la tribu masmuda. Luchó contra los sultanes almorávides y la relajación de la moral que imperaba, y los derrotó, cruzando el Estrecho hasta Al-Ándalus. Pero el sueño de los almohades no fructificó. Querían un reino grandioso, un imperio de la fe universal, que abarcara desde las rutas de la India hasta el fin de la tierra en suelo cristiano. En esta fiesta formaréis parte de la tribu. Es importante para nosotros y lo será para vosotros.

En Fez sólo se detuvieron medio día, para desesperación de Suleyman.

—¿Y la mezquita Qaraouiyyin? Me han dicho que es digna de verse. ¿Cómo puedo llegar a ella?

El guía le señaló el alto minarete de tejado verde y lleno de mocárabes.

—Es allí, es inconfundible. Fez es famoso por su mezquita y su madraza. Su biblioteca es una de las más surtidas del reino. ¡Pero hoy no podemos detenernos!

Suleyman grabó el minarete en su memoria.

—Volveré.

Finalizaba el ramadán. En tres agotadores días de viaje tuvieron ante sus ojos las murallas rojas de Marrakech y sus alminares, y pasaron de largo, dejando atrás la ciudad. Se dirigieron a las montañas del Atlas. Ascendieron por el valle del Nifs, donde el frío era intenso. Un grupo de jinetes bereberes les dio el alto, e Hisam los saludó con gran regocijo. Eran de los hintata, famosos por la velocidad de sus monturas negras y por su

habilidad a caballo. Vestían de negro y sólo sus ojos eran visibles. Después de hablar con ellos, el guía informó a los nazaríes:
—Son guerreros hintata. Las otras cabilas ya están allí. —Suleyman se fijó en las grandes tiendas que el guía les señalaba, inmensas, frescas y espaciosas, sujetas por mástiles—. Los hazraya, los gadmiwa, y sobre todos ellos los masmuda, gentes de las distintas tribus del desierto, ya están en Tinmal, en el *ribat* de la montaña, el monasterio que fundó el *Mahdi*, y donde está la cueva con su tumba. Antes de que se ponga el día llegaremos allí.

Intercambiaron con los guerreros una leve inclinación de cabeza en señal de aceptación. Les pasaron un pellejo con agua, del que todos bebieron, e Hisam les ofreció a cambio unas tortas de higos y nueces. Comieron y bebieron sin descabalgar, observándose mutuamente, y por último los dejaron pasar, deseándoles la guía de Alá por sus caminos.

—Ya estamos en su territorio. Mañana será la celebración del *Mahdi*.

Llegaron a Tinmal. Dejaron atrás el pequeño poblado de casas de adobe y sus palmeras y ascendieron por el camino de montaña al *ribat*. Frente a los muros del monasterio fortificado se extendía una explanada llena de hogueras y grandes tiendas bereberes, donde los señores de las tribus y sus hombres resolvían rencillas, acordaban matrimonios, intercambiaban ganado y comentaban noticias de las tierras del Gran Desierto y más allá.

El guía los dejó en una tienda, junto a su gente.

—Sed bienvenidos. Mis hermanos, mi familia os acogerán esta noche y mañana será la fiesta. Poneos cómodos. Estáis en vuestra casa.

Una muchacha les hizo entrar en la tienda y les ofreció té caliente. Era hermosa y sonreía con timidez.

—¿Quién es? —preguntó Suleyman con un susurro al guía cuando pasó junto a él.

—Es Halifa, mi sobrina.

La joven era muy hermosa y sus ojos eran grandes y oscuros.

—Halifa —repitió el hijo del farmacéutico para sí. Ella pareció escucharlo, lo miró y le sonrió, y algo se conmovió dentro de él como no había sucedido en mucho tiempo.

Todos saludaron la llegada de los nazaríes, compartiendo con ellos su humilde cena. Cada tribu había llevado cabras y ovejas que serían sacrificadas para la celebración del día siguiente. El *Mahdi* y sus compañeros, de la tribu de los masmuda, eran venerados como libertadores. Les dio nuevas tierras y los devolvió a la pureza de sus creencias. Algún día llegarían las señales de su nueva venida, y entonces, decía un anciano, volverían a cruzar el mar y las montañas, hasta la tierra de los hombres albinos, y vivirían en tierras fértiles que semejarían el Paraíso, donde el agua correría en abundancia.

—¿Y qué será de sus moradores? —preguntó uno de los hombres. El anciano sonrió.

—¡Ah, ellos! Se convertirán y cumplirán los preceptos o su sangre fertilizará las nuevas tierras.

—¿Y cuáles serán esas señales? —preguntó Suleyman—, ¿cuándo sucederá eso?

—El siroco llegará y no lo tocará; el halcón lo precederá y bajo la protección de Alá será intocable. Convocará a los hombres del desierto y todos lo seguiremos porque Alá estará con él. Eres joven; quizá tú vivas para verlo. Pero yo aún no pierdo la esperanza.

El nuevo día comenzó con la oración dirigida por un imán desde el alminar del *ribat*, el monasterio fortificado. Estaba formado por altos muros ocres de adobe, almenados. Un adarve recorría el perímetro superior. Las ventanas exteriores eran rendijas, y su interior era un laberinto de calles angostas para facilitar su defensa. Dos solitarias palmeras, decrépitas, flanqueaban el pozo del patio principal. Olía a viejo y a polvo. Era el día del *Mahdi* y de la ruptura del ayuno.

El imán recordó tiempos mejores, los exhortó a ser buenos musulmanes y a preservar la pureza del Islam, y a continuación se hizo una gran peregrinación a la tumba. En filas ordenadas, los asistentes de las diferentes tribus bajaron al sótano del semiderruido monasterio, a la gruta a la que daba acceso. Dentro de la gruta, una losa rectangular en el suelo ribeteada con la *shahada*, la profesión de fe, tallada a lo largo de los bordes en caracteres cúficos, marcaba el lugar de la tumba. Ante ella se postraban y oraban.

—Es vuestro turno —les dijo Hisam.

—¿No es esto una herejía? ¿Reverenciar a un hombre? ¿No habría que hacer como con la tumba del Santo Profeta, ocultarla a los fieles para que no se confundan y dirijan su fe al único que le corresponde, a Alá? —murmuró uno de los tres nazaríes considerados elegidos.

—No confundas idolatría con veneración. Recordar a los que nos sirven de ejemplo no es ofender a Alá, es engrandecer la memoria de los muertos y sus acciones.

—No me postraré ante esa tumba. Me niego.

El guía lo miró en silencio con gravedad. No dijo nada e indicó a los demás que pasaran. El hombre renuente salió de la gruta. Hisam murmuró algo en bereber a uno de los guardias.

Una guardia permanente custodiaba el lugar. No faltaban los ladrones que intentaban profanarlo, movidos por las leyendas sobre las riquezas que albergaba la cueva. Un bereber se acercó a Suleyman.

—Sí, has oído bien, riquezas. ¿Sabías que las caravanas de Siyilmasa y del Sudán se acercaban hasta aquí para visitar al *Mahdi*? Y todas, todas, dejaban un presente a sus pies. Pero ya no hay tesoros aquí, salvo su tumba, que no tiene precio.

—Y los presentes ¿dónde están?

—Ah, la vida de las tribus es dura. El Sudán es rico en rubíes y oro, y Alá sabe que el destino de las riquezas es y será siempre emplearlas para gloria de su Nombre.

Les comentaron que, de tiempo en tiempo, las cabezas de los saqueadores se apilaban en el centro del patio.

—¿Por qué? —preguntó Abdel.

—Son advertencias al falso peregrino.

Eran muchos, y hasta que no llegó el mediodía no cesó la visita. Tras la tercera oración, bajo el cielo despejado y frío de las montañas, los matarifes sacrificaron las reses y escudriñaron las entrañas en busca de signos propicios. Se puso la carne en las hogueras y los músicos amenizaron la comida. Después del té, los más jóvenes y osados tomaron los caballos para desafiarse en carreras, en la destreza con el arco y la lanza; los bereberes más osados desenvainaron las espadas y desafiaron a los recién llegados nazaríes, provocándolos. Un nazarí aceptó el desafío, pero no era tan hábil ni tan rápido como los bereberes. Cayó al suelo, herido. Los bereberes gritaron. Pronto Suleyman y sus compañeros se vieron acosados, escarnecidos por los insultos y golpeados. Los guerreros hintata eran formidables. Uno de los nazaríes se acobardó, dejó caer su espada y levantó las manos, en señal de sumisión. El jefe de los hintata le escupió y le cruzó el rostro, indignado.

—¡Sois unos débiles! ¡Deberíais acabar en una fosa en el desierto junto a todos los demás! ¡Vuestro amigo es una deshonra! ¡Por eso Garnata jamás vencerá! ¡Os falta fe! ¡Sois como esos cristianos marranos, débiles y falsos!

—¡Basta! ¡Basta! —intentó detenerlos el guía Hisam, temiendo que la prueba se convirtiera en un orgía de sangre; pero los jefes de las tribus se mantuvieron impasibles, y tuvo que apartarse para no ser golpeado.

Sopló el viento del desierto. Suleyman creyó oír su nombre en el aire. Se levantó una gran polvareda y la explanada pareció un campo de batalla. Dos veces cayó Suleyman y dos veces consiguió levantarse en medio del frenesí de los participantes. Algunos bereberes los atacaron montados a caballo. El nazarí renuente cayó al suelo. Se oyó un grito entre los caballos. Se levantó sangrando con un brazo inerte. A Suleyman le dieron un empujón y lo perdió de vista. El hijo del farmacéutico golpeó al caballo de uno de los oponentes con el puño, y el animal se encabritó, tirando a su jinete. El hazraya maldijo en bereber al caer al suelo, pero el público vociferó enfervorizado por la lucha. Los jefes consensuaron entre murmullos que la prueba ya era suficiente, y a una señal suya los guerreros bereberes se retiraron. Los nazaríes habían sido derrotados.

Algunos participantes resultaron heridos. Dos murieron, y fueron llorados por sus familias. Una de las víctimas era el nazarí renuente. Los ancianos asintieron en silencio, cerrándole los ojos.

—Es la voluntad de Alá. Era su destino.

La prueba era un recordatorio de que en la tierra de los hombres la vida y la muerte estaban unidas, y así debía asumirse, sometiéndose al deseo de Alá.

Celebraron el funeral por los caídos alrededor de las hogueras. A las mujeres se les permitió llorar antes de enterrarlos dentro del *ribat*. Un caíd sacó de su tienda una caja de taracea y de ella extrajo una banderola verde con las palabras del Profeta. Junto a las hogueras los hombres fumaron hachís y pasaron la banderola a sus invitados. Hisam tradujo para ellos.

—El *Mahdi* Ibn Tumart portaba esta banderola con su Consejo de los Diez en su última batalla frente a los sultanes almorávides de Marrakech. Sus sucesores la conservaron y ha sobrevivido hasta nosotros, hasta que venga a guiarnos de nuevo. ¡Los sultanes han corrompido la fe! Pero nosotros conservamos la auténtica fe. Y vosotros también. Ya sois hintatas. Viviréis como nosotros y lucharéis como nosotros.

Les pasaron un Corán encuadernado en madera y cuero. Las amarillentas hojas casi crujían al pasarlas. Los invitaron a leerlo. Nadie pudo. Ninguno podía leerlo. Todos los nazaríes se miraron entre sí, alarmados. El círculo de bereberes, envuelto en los humos de las pipas de cerámica, los observaba en silencio sin perder detalle. Un Corán escrito en una lengua que no era el árabe era una herejía. A Suleyman le pareció que los hintata tenían las manos sobre las empuñaduras de sus espadas y cuchillos, y en su mente confundida temió una carnicería, un baño de sangre, y se acordó de la pila de cráneos del *ribat*. Seguro que no todos eran de ladrones. Un viejo de cara marcada habló en bereber. Hisam volvió a traducir para ellos:

—Las palabras del Profeta están aquí. En nuestra lengua, por inspiración del *Mahdi*. Y por eso intentaron aniquilarnos en el pasado y nos oprimen en el presente. ¡También nosotros somos musulmanes! ¿Quiénes beben vino? ¿Quiénes negocian con los francos, los aragoneses, los genoveses? ¿Quién paga sus tributos en vez de alzarse contra quienes los oprimen? Vosotros erais como ellos y ahora sois bereberes puros. Ahora sois hintatas. ¡No lo olvidéis nunca!

—Somos hintatas, somos hintatas... —Todos murmuraron aprobadoramente y Suleyman volvió a aspirar el humo de la pipa. En su ensoñación, volvió a encontrarse en la llanura, donde un gran ejército del Islam lo rodeaba. El sol brillaba espléndido. El ejército atravesaba campos de trigo más allá de la frontera, e iba arrasándolo todo a fuego camino de una fortaleza sobre una loma que Suleyman reconoció. ¡Era Qalat Yahsūb! ¡Era el día de su venganza, y él era un hintata!

—¡Por Al-Ándalus y por el Islam! —gritaba con la espada desenvainada, y un coro de voces llenas de rabia resonó a su espalda, mientras los castellanos huían llenos de terror.

37

El zoco de Taza

Después del ramadán, Ahmed se levantó en Al-Mariyyat. Era antes del alba y con la piedra de amolar afiló los cinceles. Pensaba que ya dominaba lo suficiente la caligrafía *nasji*, la del uso cotidiano y habitual.

—¿Cuándo me iniciarás en la otra escritura? —le había preguntado un día a Sadam.

—¿Cómo te atreves? ¡Aquí el maestro soy yo y yo decido qué haces y qué no! ¡Harás *nasji* hasta que los grillos canten a coro mi nombre!

—Sí..., maestro.

Sin decírselo a Sadam, había dedicado parte de su tiempo a la escritura cúfica, de trazos más rectos y angulosos, más severa, más oficial. Si se enteraba Sadam, se enfurecería por su osadía. Podría hacerle volver a la cantera, o que Ibn Taled lo enviara a galeras. ¿Sería eso posible? No quiso pensar en nada más que en sentir el cincel en una mano y la maza en la otra, para descubrir qué se ocultaba en aquella losa. Era maravilloso ser escultor. Terminó por definir el trazo vertical de la letra *alif*.

—¿Sabes por qué es la primera letra del alfabeto? Porque es la letra con la que Alá designó al primer hombre y con la que se inicia su nombre, así que es la letra más santa de todas —le había explicado Sadam.

Ahmed prosiguió su labor y con el cincel más fino esculpió la lacería de la letra *dad*. Contempló su obra. Era toda suya. «En el nombre de Alá, el Clemente, el Misericordioso.» La *basmala*, el inicio ritual de las suras del Corán, estaba rodeada por un cartucho, y las letras subían y bajaban alineadas y enlazadas con elegancia. No lo había hecho con prisa, y por eso las ojeras se le marcaban.

El sol salió y un gallo cantó en uno de los patios. Los vendedores de pescado salado voceaban su género por la calle. Había terminado a tiempo. Los alminares se llenaron de cantos llamando a la oración. Escondió la placa entre las otras destinadas a ser vendidas. Era el día de la partida. Cruzarían el mar y su talento y su futuro se someterían a la prueba final.

—¡Ahmed! ¡No tardes en recoger los instrumentos o partiré sin ti! —le gritó Sadam desde el patio.

Se despidieron de los caseros, en la calle cruzaron la muralla interior y llegaron al barrio de los pescadores. Evitaron a los pescaderos y sus carros llenos de caballas y sardinas, que se dirigían al zoco. En el puerto comercial la gente subía y bajaba de los barcos. Los estibadores tiraban de cuerdas y poleas para levantar los pesados fardos y embarcarlos en su nave de destino. La carga del barco de Ibn Taled requería una carreta tirada por dos asnos tozudos. Dos de los guardias mercenarios partirían con ellos. Antes de salir de la casa, Sadam había escrito a su patrón y había tomado varias cartas que debía entregar al otro lado del Estrecho. Ahmed se preguntaba si en la carta Sadam diría algo de él.

Cuando cruzaron por la pasarela de embarque, a Ahmed le temblaron las piernas. No le había importado subir a lo alto de las canteras, pero allí el suelo se movía. El mar subía y bajaba, subía y bajaba. Era un movimiento hipnótico y sentía su estómago contraído por el vaivén. El aprendiz estaba lívido. Se pasó el dorso de la mano por la frente para quitarse el sudor a la vez que se agarraba a la borda clavando las uñas en la madera. Con cada balanceo pensaba que se caería.

—Esto es insufrible. ¡Por Alá, me estoy poniendo enfermo!

Sadam se rio de él a carcajada limpia, al igual que los marineros, cuando Ahmed tuvo que asomarse a la borda por los espasmos de las arcadas.

—Sobre el barco has recuperado la humildad, ¿verdad, Ahmed?

—La boca me sabe amarga —balbuceó.

Un marinero se apiadó de él y le dio una pera fresca.

—Mastícala despacio y entretente con ella. No pienses en el oleaje. Aun así, tienes suerte. El mar está calmo. Hay gente a la que navegar, simplemente, no le sienta bien. Tú debes de ser uno de ellos.

—Gracias, amigo.

Sadam se alejó hacia la popa, riendo.

Ahmed no dijo nada. Una vez que todo fue cargado se limitó a sentarse en donde le indicaron, cerrando los ojos y agarrándose a una jarcia para no rodar. La cabeza le daba vueltas. La última semana, Sadam había estado especialmente esquivo, como receloso. Ahmed se temía lo peor. ¿Lo engañaría? ¿Se merecía Sadam la confianza del tratante de mármol? ¿O desde que el destino lo había unido a él ya había quedado sentenciado?

Al anochecer, llegaron a la costa con viento a favor. Ahmed desembarcó pálido y con las piernas débiles, y Sadam no dejó de reírse de él. Desde el fondeadero de Al-Qalaa se dirigieron a la medina próxima más importante, Taza, confluencia de la ruta costera de las caravanas con el camino sur hacia las ciudades más importantes. Ahmed preguntó si después irían a Fez. Sadam lo miró con desprecio.

—Yo soy el guía, no tú. Nuestro cometido será breve. Deberías estar agradecido por este mes de asueto. Ya lo recordarás cuando vuelvas a las canteras.

El escultor se quedó mirándolo como esperando una respuesta, y el sobrino del farmacéutico se esforzó en comerse su orgullo.

—Sí, maestro. Perdóname, maestro.

—Recuerda que ni yo ni Ibn Taled concedemos segundas oportunidades. No hemos llegado y ya me estoy arrepintiendo de haberte traído. No, no creo que éste sea tu sitio.

O eso no quería decir nada o lo significaba todo. ¿Lo estaba provocando para hacerle fracasar, o lo había decidido desde que partieron de Hisn Macael? Ahmed apretó con todas sus fuerzas las riendas de los dos asnos que tiraban del carro, pero en sus manos encallecidas no sintió nada.

Un plan loco lo asaltó por la noche. ¿Por qué no escapar allí, en tierra desconocida, y buscar fortuna como hombre libre? Ya no estaba en el reino nazarí. Los guardias habían bebido vino después de cenar, y al día siguiente estarían en Taza. Aún podía ser dueño de su futuro. Pero ¿escaparse le serviría a Aixa o tendrían que pasar seis años más mientras se abría paso sin nadie que lo conociera?

Cogió una pequeña piedra y se la tiró al guardia más cercano, que se sacudió medio despierto como si una mosca lo molestara. Cogió otro guijarro y se lo tiró de nuevo. En vez de levantarse se dio la vuelta. El otro estaba sentado sobre el carro mirando las estrellas y le daba la espalda. Sadam estaba dormido. No tenía cuerdas ni cadenas que lo retuvieran. Sólo su palabra.

El zoco de Taza era inmenso. Estaba situado junto a la impresionante Gran Mezquita, con sus inmensos arcos de entrada. Las tiendas estaban tan abarrotadas de gente que parecía increíble que los vendedores y clientes pudieran entenderse.

—Ahora ¿por dónde? —preguntó Ahmed abriéndose paso entre la gente a codazos. Detrás iba la carreta con Sadam a las riendas. Los guardias iban detrás.

—¡Sigue por allí, por aquel callejón! ¡Epa, epa! —gritó a los asnos.

—¿Agua, señor, agua? —le gritó un aguador al aprendiz, atosigándolo—. ¡Agua pura del Atlas! ¡Medio dírham, señor!

—¡No quiero nada! ¿Te refieres a aquel junto a la tahona?

—¡Sí! ¡Venga, moveos, malas bestias! —dijo el escultor sacudiendo las riendas. Los animales avanzaron con desgana.

Dejaron sus pertenencias en la alhóndiga del barrio de los ebanistas.

—Vosotros esperad aquí —les dijo Sadam a los guardias—.

Vamos a buscar un sitio, Ahmed. Cuando lo tengamos, traeremos la mercancía. Hoy será tu día de prueba: vende tanto como puedas, ¡obtén beneficios! ¡Y cuidado con tus pertenencias!

Las celosías de madera de cedro eran maravillosas. Los alfareros ofrecían múltiples diseños para cocinar el tajín, en cerámica esmaltada y barro cocido, así como candiles, lámparas, reposacacerolas y pipas de cerámica. El color de las sedas nazaríes era inconfundible, de una textura finísima en varias tonalidades de verde, rojo, ocre y naranja. Las especias del Lejano Oriente estaban dispuestas en montones para regocijo de los transeúntes: comino, clavo, pimienta verde, blanca y negra, y el preciado azafrán. En medio de los aromas, Ahmed se encontró de nuevo por un momento en la vieja farmacia de su tío mientras éste pesaba en la balanza escrupulosamente los ingredientes de una receta. Ahmed suspiró con tristeza. Todo eso ya era pasado.

Encontraron un pequeño espacio junto a los pescaderos, pero lo desdeñaron. ¿Quién se interesaría por su mercancía con el olor de los arenques en salazón envolviéndola? Por un módico precio, un herrero les cedió una zona de su establo.

—Pero está sucio —apreció el aprendiz—. Hay restos de comida y estiércol.

—¿A qué estás esperando? Ve a la alhóndiga, trae el carro y apresúrate a limpiarlo todo antes de descargar el género.

—Por unas monedas extra os puedo echar una mano a descargar —se ofreció el herrero—. Ahora no hay mucho trabajo.

—No hace falta, mi esclavo es joven y fuerte, se bastará él solo.

Allí montaron una mesa sobre dos caballetes y colocaron las lápidas y las losas con cuidado, apoyando el borde inferior en una estera y el superior sobre un saquito relleno de arena.

Los aguadores no daban abasto. Sadam buscó con la mirada al almotacén del zoco. Lo vio casi inmediatamente, montado sobre un caballo blanco que lo hacía fácilmente perceptible entre la multitud.

—Estate atento, mira, por allí va la autoridad. ¡Sé complaciente!

Se notaba que era una persona satisfecha de sí misma. Funcionario, una vida resuelta, el reconocimiento de la comunidad, un sueldo seguro y poder sobre todos sus conciudadanos. Los tenderos le hacían alabanzas y atendían a sus gestos con diligencia.

—Es el almotacén.

Cuando pasó junto a ellos, Sadam se presentó y le rogó que evaluara la calidad de su producto y le informara sobre las tasas del mercado.

El almotacén se mesó la barba contemplando el género; de pronto, observó una pequeña placa, finamente pulida y decorada con lazos geométricos que hacían referencia a una sura del Corán que hablaba de la importancia del interior del hogar.

—El hogar es el sustento del hombre y mi despacho es tan áspero a la vida... Qué belleza de placa, qué mármol tan fino. Creo que te conozco. ¿No viniste aquí el año pasado? No creo equivocarme si digo que esto es mármol de Al-Mariyyat.

Sadam se la regaló y el almotacén alabó su producto y le deseó una jornada provechosa. Esa placa de mármol la había grabado Sadam. Miró a Ahmed con aire triunfal. Ahmed comprendió que si quería vender su trabajo debía buscar sus propios clientes, y empezó a hablar a voces proclamando la bondad del mármol de Macael; llamaba a todo aquel que pasaba por delante del puesto para que contemplara la mercancía.

—¿Eres un cliente de buen gusto? ¿No te gustaría una hermosa frase grabada para el patio de tu casa, o alrededor de tus macetas, junto a tus fuentes? ¿No tienes fuente? ¡No hay problema, también las tallamos! ¡Míralas, tócalas sin ningún compromiso!

Si Sadam había pensado que la vergüenza detendría a Ahmed, se había equivocado. Reaccionó diciendo que su trabajo era mejor porque era el maestro, y Ahmed, sólo aprendiz, y rebajó su oferta aun sabiendo que quizás Ibn Taled lo obligaría a poner la diferencia de su propio bolsillo. La gente se volvía al oírlos, y algunos hombres se pararon a ver el género. La gente atrajo a más gente. Muchos se quedaban alrededor, entretenidos por el espectáculo que ofrecían, uno contra el otro, lanzándose indirectas y pullas sin amedrentarse. Sadam hablaba con la experiencia del tratante y su orgullo de maestro, mientras que a Ahmed lo animaba el ímpetu del aprendiz y la inventiva del desesperado.

Porque estaba desesperado. Cuando los clientes comparaban, preferían el trabajo de Sadam, de mejor acabado y más al gusto de los locales. Él ya había viajado allí en más ocasiones, y tenía conocidos y contactos dentro del mercado. Sabía qué vendía más y cómo venderlo, y eso le suponía una ventaja que Ahmed no lograba superar.

De los dinares de oro habían pasado a los dírhams de plata, y de ahí, Ahmed pasó sin previo aviso a los cuartos de dírham. Sadam era un hombre libre que tendría que rendir cuentas a Ibn Taled si el beneficio no era el esperado. Ahmed era pobre y no tenía nada que perder reventando los precios, ya que recordaba con exactitud las palabras que Sadam le había dicho: debía lograr vender su mercancía, es decir, dinero a cambio de género. Pero no había especificado qué cantidad. Sadam lo miró estupefacto, y el aprendiz aprovechó su estupor para acercarse a los clientes, tomarlos del brazo y llevarlos ante las placas que él había grabado. Un hombre de rostro solemne con un espantamoscas de pelo de cebra parecía a punto de decidirse, y Ahmed optó por mostrarle su obra secreta.

—Espera, no, ésa no es digna de ti. Por ser tú quien muestra verdadero interés te enseñaré algo que tengo reservado, debajo de esa placa. ¡Aquí está! ¿Qué te parece?

El hombre emitió un gruñido de satisfacción al ver la escritura cúfica mientras se mesaba la barba. Otros hombres se asomaron por encima del hombro.

—¿Y eso lo has hecho tú, aprendiz? —dijo una voz llena de reproches. Sadam lo miró cara a cara de forma agresiva. Ahmed siguió hablando al cliente sin hacer caso a nada más.

—Observa la escritura. ¿No enlazan bien las letras? ¿No es digno de ser soporte del Corán? Mira los motivos del borde, la perfección del corte a escuadra, la lisura del vaciado. ¿No está bien realizada? ¿No es bello su color? Entonces, ¿cuál es el reproche que me harás para no llevártela?

—Me gusta —dijo el hombre al fin—. Te daré medio dírham.

Sadam dejó escapar un gemido de disgusto. Ahmed estaba a punto de aceptar cuando otro hombre lo interrumpió.

—¡Espera! ¿Y si yo te diera un dírham por ella?

—Mi maestro, aquí presente, se alegraría por ello, pero este otro hombre la pidió primero. Aunque ¿acaso no vale dos dírhams? ¿Nadie daría dos dírhams por esta maravillosa placa? ¿Tú no darías dos dírhams?

El hombre solemne vio que perdía la puja y accedió a ello.

—¡Espera otra vez, hombre! ¡Por Alá, que esa placa es buena! ¡Yo pagaré tres dírhams por ella, aprendiz!

Ahmed miró a Sadam, quien negó con la cabeza.

—Soy hombre de palabra. Lo lamento. Mi maestro Sadam también vela por mi moral. Tuya es, por dos dírhams. —El hombre solemne sonrió al pagar y se llevó su mercancía.

Sadam vendió varias más también en escritura cúfica, que cobraron bien. Por dos cuartos de dírham, Ahmed vendió otra estela más, la última que había hecho antes de dedicarse a su placa cúfica.

La atención de la gente decayó cuando Ahmed dejó de ser vendedor y volvió a ser un humilde aprendiz. Con orgullo y satisfacción interior dio los dos dírhams y medio de plata a Sadam, quien permaneció con el rostro hierático e inexpresivo.

—Cobraros me parecería un crimen si no lo hubiera hecho antes —comentó el herrero riendo—. ¡Qué espectáculo! Sois un buen negocio. Venid aquí cuando queráis. ¡Sois un aliciente para las ventas!

El día siguiente fue aún más productivo. Nuevos clientes se acercaron hasta ellos, atraídos por los comentarios sobre sus piezas que habían esparcido los compradores del día anterior. Sadam cerró varios tratos de suministro de fuentes, enlosados y columnas. Un cliente salió protestando a grandes voces por los precios, pero volvió más sosegado horas después dispuesto a pagar algo más. Las negociaciones eran complicadas, ya que muchas veces los lazos de amistad entraban en juego. No vender a un determinado cliente recomendado podía significar pérdidas en un futuro cercano. Más importante que la bolsa llena de monedas eran los contratos comerciales que Sadam iba guardando en su carpeta de cuero.

Dos días más tarde, Sadam recibió en la alhóndiga un correo de Ibn Taled en el que se les ordenaba volver inmediatamente a la Península.

—Pero si sólo llevamos aquí cuatro días. Queda aún mercancía por vender.

Sadam lo miró y Ahmed calló.

—No me digas lo que yo ya sé. ¡Y empieza a empacar de inmediato!

A pesar del frío y del mal tiempo, y de la peligrosa travesía que les tocó en suerte en medio de una tormenta, llegaron a Al-Mariyyat sin contratiempos. Ahmed se postró en el muelle comercial de la ciudad y besó el suelo, dando gracias a Alá con las piernas temblorosas.

Tras las montañas de la ciudad costera, el desierto soportaba un invierno frío y seco. Cuando corría, el aire atravesaba las capas, las túnicas y las camisas, helando el tuétano de los huesos. Con las manos entumecidas por el frío avanzaron sin darse tregua hasta Hisn Macael. Dos veces había intentado Ahmed descubrir qué sería de él, pero Sadam no dijo nada.

Entrar en la casa del tratante de mármoles fue como encontrarse en el Paraíso. Era uno de los raros días de lluvia, y la gente estaba contenta. La lluvia arreció al poco de ponerse a cubierto. Ahmed nunca había visto correr el agua por las ramblas en los cinco años que llevaba allí. Decían que cuando el agua se enfurecía, corría por ellas desbocada, y arrasaba casa, caminos y montes arrastrándolo todo a su paso hasta el mar, y que mar adentro, en la calma después de la tormenta, los marineros podían beber el agua dulce de las ramblas.

Les dieron ropas secas y una cena caliente. Cuando entró en la pequeña casa donde dormía, Ahmed sintió un escalofrío. Estaba nervioso. Ibn Taled lo hizo llamar a su despacho.

Sadam ya estaba allí sentado, junto al tratante, mientras la más joven de las esposas de Ibn Taled les servía té de cardamomo. Con un gesto, hizo pasar a Ahmed y lo invitó a sentarse.

Todo un honor que Ahmed apreció. Por un momento había olvidado que era un esclavo.

—Sadam no ha querido decirme nada de vuestra estancia al otro lado del mar hasta que no estuvieras delante, lo que lo honra. Ahora ya puedes hablar.

En primer lugar, Sadam le ofreció su carpeta de cuero con los contratos comerciales. El viaje había sido un éxito. Las piezas del taller seguían teniendo bastante aceptación entre los meriníes. Ibn Taled revisó los contratos mientras Sadam lo informaba de los requisitos que pedían, el tipo de piedra y los detalles concretos. Dos veces, el tratante reconoció los nombres que firmaban; ya les había servido su mercancía antes.

—Todo esto nos proporcionará trabajo por unos meses —concluyó Sadam. Ibn Taled asintió satisfecho.

En segundo lugar, el maestro escultor le presentó la bolsa con el dinero obtenido y las notas donde había apuntado qué piezas había llevado, el precio de coste, el de venta esperado y el de venta real. El peso de la bolsa desconcertó al tratante. Cuando leyó la lista puso el grito en el cielo. Abrió la bolsa. Veía muchos dírhams y moneda fraccionaria y pocos dinares.

—¡No os envié a malvender mi piedra ni a arruinarme! ¿Creísteis que era un viaje de placer? ¡Oh Alá, dame paciencia! —gritó Ibn Taled.

Sadam intentó convencerlo de que no era tan terrible. Habían ampliado la clientela en Taza y sólo unas pocas piezas habían sido vendidas por debajo del coste. Volvió a mostrarle los contratos. En uno de ellos se pedía doce columnas, previa entrega de una de muestra. Cada columna costaría cuatro dinares de oro. ¿No compensaría el beneficio futuro esa pequeña pérdida?

Ibn Taled cogió un puñado de monedas y las tiró al aire.

—¿Y qué me importa a mí lo que pueda suceder o no, no se sabe cuándo? ¡Tú! ¡Tú me vas a recompensar por este despilfarro! —Y con un gesto abarcó la casa—. ¿Crees que todo esto me ha salido gratis?

El maestro escultor aguantó estoicamente la furia de su patrón. Ibn Taled se levantó y paseó nerviosamente por la sala, hablando de cómo cuando era niño llevaba en cestos de mimbre los trozos de mármol destinados a ser reducidos a polvo para preparar estucos, hasta que compró su libertad y se hizo encargado.

—Todas y cada una de estas monedas me corresponden. —Y con avaricia fue recogiendo las fracciones y dírhams que había arrojado—. ¡Así que no me digas que deje de gritarte!

Ahmed pensó que Ibn Taled los había recibido con buen humor y que en ese momento estaba furioso. Pocas veces lo había visto así. Convertía el dejar de ganar un cuarto de dírham en una catástrofe. «Así es como se acumula la riqueza —reflexionó el aprendiz—, peleando hasta la última moneda.»

Poco a poco se dejó convencer. Una cosa era obtener pocos beneficios y otra no lograr siquiera compensar los gastos. El viaje había tenido beneficios. Los contratos conseguidos eran un bálsamo para su ambicioso corazón.

—Me pregunto si la causa de este pequeño revés económico ha sido tu aprendiz. ¡Enséñame las manos! —exigió el tratante a Ahmed. Estaban encallecidas, con la piel cuarteada por el frío. Entre los pliegues tenía adherido todavía polvo de mármol a pesar del agua y los baños, y también alrededor y debajo de las uñas—. ¿Y bien?

—Este aprendiz apenas ha sido mejor que el primero. Muchas veces tuve que guiar su deficiente trabajo. Sus progresos han sido lentos y sus piezas, malvendidas. Es demasiado mayor. Demasiado viejo.

Ahmed se contuvo lleno de indignación, con los ojos abiertos como platos. Cerró los puños con fuerza. Ibn Taled aún no había terminado.

—O sea que logró vender sus piezas a pesar de tener que competir con las tuyas. Nadie compra una placa fea, aunque sea barata, sobre todo si las palabras del Profeta, bendito sea, están escritas en ella. Pero aún no me has dicho lo que quiero oír.

—Me asombró su descaro como vendedor en el mercado. ¡Por él tuvimos que enzarzarnos en una guerra de precios! Si hubiera estado callado como un aprendiz humilde, habríamos vendido a un precio más alto. ¡Pero él quería vender fuera como fuera! Es testarudo. Es meticuloso. Labró a deshoras, sin mi consentimiento. Si no hubiera vendido aquella placa cúfica, habría jurado que no tenía futuro conmigo. Pero me equivoqué. Es ágil de manos y mente. Me obligará a esforzarme para no verme superado. Por Alá, es apto.

Ahmed tembló de alegría y se avergonzó de haberlo juzgado mal, de haber dudado de las palabras del tratante. ¿No le dijo que Sadam era un hombre íntegro? Y sería su aprendiz, a pesar de sus manías. Sadam se permitió una media sonrisa de orgullo de maestro. Los malos augurios se disiparon.

Ibn Taled los observaba. Era una noticia excelente. Necesitaba un equipo de su confianza para la gran obra de su vida. Sopesó la bolsa, sopesó a los dos hombres con la mirada. Suspiró, cerró la bolsa y les sonrió. «Lo hecho, hecho está», pensó el tratante de mármol para sí.

—Me alegra oíros, porque tenemos una gran obra entre manos, que o bien llenará nuestros bolsillos y hará brillar nuestros nombres, o bien nos cargará de cadenas en galeras. He conseguido un gran encargo del visir Ibn Zamrak. Hemos de reorganizar el taller para poder cumplir el plazo impuesto. ¿Soñaste con volver a Garnata, Ahmed?

Tanto Ahmed como Sadam fueron presa de una gran excitación.

—Pero ¿de qué se trata, mi señor? ¿Trabajar para palacio? ¡Eso será un gran honor!

—Y una gran responsabilidad. Espero que podamos estar a la altura. En principio, serán ciento veinticuatro columnas con sus basas, capiteles y ábacos de mármol puro. Habrá que reorganizar los pedidos, traer a más hombres de las otras canteras y hacerlo rápido. Rashid se encargará de los pedidos pendientes y de los nuevos contratos que has traído. Eres mi mejor escultor, Sadam. No me falles. Ahmed te ayudará y así seguirá aprendiendo. Te compensaré con un extra sobre el porcentaje habitual de las ventas. En cuanto a ti, Ahmed, tu esfuerzo merece algo más que palabras.

Ibn Taled abrió la bolsa y le dio un dinar de oro.

—Esto no es comprar tu fidelidad, porque sé que la tengo,

sino premiar tu honorabilidad. Pudiste escapar y has vuelto, dando valor a tu palabra. Ahora marchaos. Desde mañana se avecinarán grandes días para todos nosotros.

¡Un dinar de oro! Era la primera recompensa a su labor. Realmente confiaban en él, y Ahmed se sintió dispuesto a todo. Incluso a seguir con su maestro y sus manías. «Alá recompensa y abre caminos a quien se acoge a su voluntad», reflexionó. El dinar de oro era un paso más para comprar su libertad.

—Necesitarás mucho más —dijo Sadam adivinándole el pensamiento—. Una única moneda no te servirá de mucho.

—Lo usaré como un hombre libre cuando llegue el momento. Lo juro —dijo Ahmed. Pero luego se lo pensó mejor—. Maestro, tómalo. Quiero que mi tío tenga la mejor lápida posible, una mejor que la que tiene ahora. Quiero la obra de un profesional, para honrar su memoria. Tú tienes la sabiduría y la experiencia. Yo sólo soy tu aprendiz.

Sadam tomó el dinar lentamente y asintió con gravedad.

A la mañana siguiente, mientras Sadam y Rashid, el otro maestro escultor, se enzarzaban en el taller en una discusión interminable, el veterano Tarik y Ahmed observaban el frente de piedra blanca adonde los obreros estaban trasladando pieza a pieza el andamiaje. La cantera se estaba explotando en cuatro niveles. Ibn Taled esperaba encontrar más vetas de *almaluki*, pero sólo había una. La veta estaba en el segundo nivel. A veinte pies del suelo las ásperas manos del capataz acariciaron la superficie blanca. Ahmed prestó atención a lo que le decía.

—No es fácil distinguir dónde acaba un buen mármol y dónde empieza un mármol excelente. Pero fíjate. Aquí. ¿Ves ese blanco intenso y lechoso? El cristal es tan puro que brilla por sí solo y las superficies se hacen escurridizas. Su tacto es casi sedoso.

—¿No se quebrará al extraerlo?

El viejo capataz y encargado sonrió.

—Yo lo conozco bien. Pero ya soy viejo. Esperaba enseñarte muchos secretos, pero por lo visto tienen otros planes para ti.

Yo lo extraeré con infinito cariño, como se da a luz a un niño del vientre de su madre. Pero algo debe hacerse antes. Hay que retirar los dos niveles superiores. No podré sacar el *almaluki* si no vences antes a la montaña, Ahmed.

Y señaló la cima, en donde varias encinas raquíticas resistían el aire seco y frío aferradas a la tierra casi estéril que cubría el mármol.

Debajo de ellos, dos operarios dieron un grito de advertencia, y el andamio se tambaleó. Se agarraron a los puntales de madera. Una atadura transversal se había roto bajo ellos. «Ahora no —masculló Ahmed, resoplando—, ahora no.» Como siempre que ocurría algo así, bajaron con cuidado hasta el nivel inferior, guardando el equilibrio por la pasarela. Ahmed llegó hasta la unión y cogió cuerda que llevaba en su bolsa de herramientas. Volvió a asegurar la atadura y soltó el aire, aliviado. El riesgo de accidentes siempre existía, pero no podían permitir que sucediera ninguno.

Mientras en el taller seguían discutiendo quién prevalecería en la cantera, el rudo capataz sacó su látigo más largo y empezó a repartir a diestro y siniestro, azuzando a los obreros para que trabajaran con ahínco. Cualquiera que estuviera a su alcance oyó el chasquido sólo una vez, porque después el látigo encontraba dónde causar dolor y castigo.

38

El arquitecto

El visir miró a través de la ventana de su despacho los jardines, con la pluma aún en la mano. Buscaba la inspiración para completar un verso. Aún pensativo paseó la vista por los muebles de roble, por el Corán de tapas verdes regalo de un agente comercial de El Cairo, las yeserías blancas con letras doradas y fondo de lapislázuli, y la columna de mármol inmaculado.

> *La albura de tu piel oculta*
> *es fulgor de la noche perlada*
> *de tu rocío,*
> *luminosa fuente de agua calma*
> *en tus sueños de rubor e inocencia...*

¡Qué idea! De pronto, del ruido acompasado de las tijeras de podar de un jardinero surgieron las palabras que le faltaban, y se disponía a escribirlas cuando el mayoral entró por la puerta accesoria, interrumpiéndolo.

—Perdón, excelencia. El arquitecto y el maestro de obras solicitan audiencia, mi señor.

Con un gesto de hastío malhumorado, Ibn Zamrak le indicó que los hicieran pasar. La inspiración se había desvanecido y con ella su último verso. Más dinero y más hombres; ya conocía la historia de siempre.

El maestro de obras era un hombre que frisaba en la cincuentena. Bajo y robusto, sus manos eran gigantescas y amenazadoras. En otoño rompía nueces para sus nietos con una sola mano, de dos en dos. Sabía dirigir a los hombres, y era testarudo como una mula. Con Yúsuf I había participado en la construcción de la torre de Comares y de la alberca del patio de los Arrayanes. Más tarde fue asignado al mantenimiento de palacio. Cuando las viejas estancias fueron derribadas tras el retorno de Muhammad V, fue el primero en ofrecer su experiencia. Debido a las sucesivas paralizaciones de las obras había estado destinado a reparar las fortificaciones de las fronteras occidentales. Y había vuelto. Se llamaba Jaffa y los hombres lo temían. Era el perro de presa del visir.

El arquitecto no parecía ni joven ni viejo. Su frente estaba despejada, su pelo era grisáceo. Sus ojos, brillantes. Era alto, delgado y de tez pálida, y llevaba el turbante verde de los peregrinos. De su cinturón de cuero colgaban siempre su compás, una escuadra metálica graduada y una plomada. Su mirada irradiaba una luz misteriosa. Había viajado por tierras cristianas y musulmanas. Se rumoreaba que era hijo de elches, de cristianos renegados. Se desconocía su nombre. En Garnata se hacía llamar Al-Qalati, aunque era seguro que poseía otros nombres. Con el padre del rey había conocido las tierras castellanas y más allá, como parte de sus embajadas. Había admirado los monasterios leoneses de San Miguel de la Escalada y de San Pedro de Montes por su sobriedad, por el silencio que envolvía sus muros y a sus piadosos habitantes; había conocido la fresca abadía de los monjes de Silos, y había reconocido que en todos ellos podía habitar Alá. ¿Se podía reducir la divinidad a una palabra, a unas letras escritas sobre un papel o una pared? ¿No podría ser que todos los hombres percibieran un mismo y único misterio religioso, y que no se hubieran dado cuenta de ello?

El arquitecto portaba varios rollos bajo el brazo. Con hastío, Ibn Zamrak recogió parte de los papeles esparcidos por toda su mesa.

—Papeles, papeles, papeles —tarareó Ibn Zamrak con humor avieso—. Hechos, Al-Qalati. Quiero avances.

—Y avances os traigo, excelencia. Jaffa, ayúdame, haz el favor. Despliega éste.

Entre los dos hombres lo extendieron sobre la mesa, cubriéndola por completo. El plano estaba lleno de anotaciones. Se adivinaban recintos y corredores.

—Si dais permiso, excelencia.

—Ilústrame. A ver. Si ésta es la entrada oeste, este recinto debe de corresponder al solar inacabado. —El visir sonrió con autosuficiencia.

—Es el patio central del nuevo conjunto, excelencia.

—Soy todo oídos, arquitecto.

Al-Qalati desplegó otro plano de detalle sobre la mesa del visir.

—En el patio del nuevo palacio pondremos una fuente, y los cuatro ríos del Paraíso confluirán en ella. Los cuatro cuadrantes serán ajardinados, reflejo de sus bosques. Los mocárabes harán de estalactitas, al igual que las cuevas de donde nace el agua de los ríos. Así, el palacio será un reflejo de la fertilidad de este reino. De las grutas manará el agua que forma los ríos, riega los valles y los convierte en fértiles lugares donde crecen bosques frondosos, y en el centro de todo, dominando el reino, estará la Casa Real nazarí, donde el monarca ofrece el agua y es el sustentador de la vida. El rey debe aprobar el diseño.

—Está bien. Intentaré que lo vea cuanto antes.

—Pero hay un problema —dijo Jaffa—. Hay que colocar la fuente ya. Las albercas de los jardines de verano estarán pronto terminadas y hay que probar las atarjeas y las demás conducciones. Y también los desagües. ¿Qué fuente se pondrá?

—Tendría que ser de mármol —apuntó el arquitecto—. A juego con el solado de los corredores del patio.

—¿Y qué son estos laterales en torno al patio?

El arquitecto le quitó al visir los planos de las manos, e hizo una inclinación.

—Con todo respeto, excelencia, sería mejor explicárselo al rey en persona.

Ibn Zamrak lo taladró con la mirada. «¡Perro impuro! —pensó—, tú también tienes ambiciones, ¿verdad?»

—¿Algo más que queráis tratar conmigo? —preguntó el visir fríamente.

—Los tabicones y los muros de carga de las crujías ya están casi terminados a la altura del primer nivel, pero no podemos avanzar hasta que se coloquen las columnas. ¿Cuándo llegarán? —preguntó Jaffa.

Al-Qalati rodeó la columna que el visir tenía en su despacho.

—La piedra es preciosa, pero el diseño... ¡Es tan anticuado! Habrá que personalizarla, y habrá que aumentar la esbeltez de la columna.

—¿Más aún? ¿Qué le pasa a la columna? —dijo Jaffa, rascándose la cabeza perplejo.

—Queremos que sean únicas, ¿verdad? El conjunto no ha de parecer pesado. Ha de dar la impresión de ser ligero y delicado, de ser frágil, y por ello más hermoso. ¿Cuándo podremos ver al rey?

Ibn Zamrak suspiró. ¡Cuánto deseaba que acabaran las obras!

—Intentaré que sea lo antes posible.

La audiencia tuvo lugar aquella misma tarde en el salón de Comares, lo que demostraba la importancia que el rey daba a la construcción de su palacio. Demasiado tiempo había estado esperando. Por el tradicional respeto filial musulmán, Muhammad V había concluido los trabajos que había ordenado iniciar su padre y que con su trágico asesinato no pudo terminar. El nuevo palacio sería sólo obra suya. El príncipe Yúsuf estaba también en la audiencia. Bajo el maravilloso techo que representaba el firmamento y el centro del universo, el arquitecto y el maestro de obras desplegaron los planos y dibujos, llenos de anotaciones manuscritas. Un joven ayudante de Al-Qalati tomaba notas sobre cuanto decía el arquitecto. Para el visir, la maniobra estaba clara. Al-Qalati no construía sólo para el rey, sino también para sí mismo. El arquitecto quería su parte de gloria, su porción de inmortalidad.

—Los cimientos del sótano bajo el cuadrante norte ya están consolidados. El año de parada de trabajos ha favorecido su reposo, y los muros de carga de ladrillo macizo del perímetro exterior del patio ya están levantados.

»Los mocárabes con que se embellecerán las entradas y salidas de cada estancia y los arcos de acceso al patio, además de representar las estalactitas de las grutas desde donde mana el agua del Yabal Sulayr, son el negativo de la cúpula de una mezquita, porque todo está sometido a Alá, y bajo su poder. Todo está organizado en torno a una medida, la medida de un hombre, que además coincide con la vuestra, majestad. Así se logrará el recogimiento, el retorno a la humildad.

»Bajo la constante piedad de Alá, la belleza nos recordará que sólo somos hombres. El patio también será un oasis. Así como las fatigadas caravanas atraviesan la aridez del desierto gracias a la vida que los minúsculos pozos del camino otorgan, el hombre vive y sufre, y necesita un lugar de reposo donde montar la tienda, beber y refrescarse a la sombra, lejos del sol ardiente. Las estancias serán las tiendas en torno a las palmeras, que estarán representadas por las columnas, bajo las cuales se esconde el tesoro de la preciada agua.

»Los palmerales de El Cairo son un deleite para los sentidos al atardecer. Cuando el sol desciende y el calor se atempera, la sombra de las palmas refresca la piel, el rumor del Nilo se pausa en su descenso y las aves callan, quedando sólo el roce del paseante sobre el suelo arenoso. El almuédano llama a la oración, y todo el que pasea, sea solo o acompañado, encuentra paz, no importa qué pesares cargue en su alma. Las galerías este y oeste tienen doble medida, para permitir el paseo acompañado. Bajo los templetes, que representan un palio de hojas de palma entrecruzadas, puede uno sentarse en compañía a conversar sobre los asuntos del hombre y su alma.

El rey, su primogénito y el visir escuchaban maravillados.

—¿Así que éste es el hombre? —murmuró el príncipe Yúsuf a su padre—. ¿Dónde estaba escondido? Es increíble, padre. Asombroso.

El sultán asintió, pero con un leve gesto le pidió silencio. El arquitecto seguía hablando. Ibn Zamrak reconoció que el arquitecto de edad indefinida tenía un maravilloso don de la palabra. ¿Qué edad tendría? ¿Quince, veinte años mayor que él? El visir miraba los planos y sus anotaciones mientras lo escuchaban, y leía palabras como «mármol», «lapislázuli», «oro»; para él, además de belleza, representaban gastos extraordinarios. Los embajadores cristianos habían reclamado oficialmente el pago de los tributos pactados, so pena de un nuevo enfrentamiento militar. ¿Cuánto duraría la paz? Y esa paz era sumamente gravosa para el tesoro real.

—Acaso, cuando uno sale al jardín al anochecer tras la oración, y la brisa nocturna lo refresca, ¿no le susurra al oído palabras al pasar entre los árboles? Los muros no serán mudos. Se embellecerán con zócalos alicatados y se cubrirán de versos, y la estancia se llenará de susurros y alabanzas a la vida, al Islam, a vuestra majestad, a la casa nazarí y a Alá. No habrá rincón donde el visitante fatigado no encuentre palabras de aliento.

»Pero antes de poder enlucir los muros y hacer realidad todo eso habrá que colocar las columnas. El material es excelente, pero, majestad, las columnas deben ser más esbeltas. El hombre agotado que salga al patio no deberá agobiarse con la carga de los muros sobre sus hombros faltos de descanso, sino que la carga deberá ser ligera. Las columnas han de ser más esbeltas. Necesitamos esas columnas. Necesitaremos aquí a los talladores.

El rey miró al visir, exigiendo respuestas.

—Visir, los recursos del reino están a tu alcance. Trae a los talladores. Protege las rutas de transporte desde Al-Mariyyat. Envíales esclavos para las canteras, pero no demores más las obras. El arquitecto es de mi máxima confianza. Sirvió a mi padre y quiero que me sirva a mí. Al-Qalati, pido algo más. Con mi amigo, el soberano Pedro I, fiel siempre a su palabra, paseé por el monasterio de los monjes cristianos de Silos, venerables y santos, en tres ocasiones. El silencio y el recogimiento fortalecían el espíritu. ¿Qué puedes darme para obtener el silencio, para lograr la soledad lejos de la política y del mundo?

El arquitecto asintió con la cabeza. Conocía ese monasterio. Ya había pensado en ello.

—No hay mayor sosiego que oír el agua. Cerraréis los ojos y las paredes callarán. Las puertas de acceso serán cerradas y sólo escucharéis la fuente que brotará del centro. Su pureza y su ritmo acompasado os rodearán hasta rendiros a ellos.

El monarca cerró los ojos, pensativo, imaginándose la escena.

—¿Cómo habéis imaginado la fuente?

—Puesto que de las montañas fluyen los ríos hasta alcanzar la capital, la fuente representará el trono real, vuestro trono, garante de la paz, y será un símbolo de vuestro poder. Representará fuerza, seguridad, estabilidad. Aún debo meditar sobre qué la colocaré.

—Padre, colocad un león —sugirió el príncipe Yúsuf—. Aún recuerdo el que vi en el zoco de Fez, en el viaje que realicé con mi tutor Al-Sarisi. Era majestuoso, y aun tras las rejas de su jaula no me atreví a acercarme a él. Poned un león, varios leones, como símbolo de realeza y de nuestro ejército. Que sepan que no estamos indefensos.

—Una idea interesante —admitió Al-Qalati.

—Trabajad en ella —dijo el rey—. Mi padre puso leones en el Maristán, el hospital público, pero parecen pesados, inertes. Deberán ser diferentes. Los leones serán mi ejército, y sobre ellos descansará mi poder.

—No es habitual la representación escultórica.

—No sólo defenderán mi trono, sino también el Islam. ¿Qué será de él si Garnata cae? El gran cadí Al-Nubahi nos orientará al respecto. En verdad me gusta la idea. Seguid adelante y no paréis mientras dure la paz.

Con una reverencia, todos se inclinaron ante el monarca y su heredero, y salieron de la torre a la gran alberca.

—Mi señor —dijo Jaffa al visir—, los albañiles se rebelan. Dicen que los salarios son bajos. Que no han cobrado todas las horas que se les ha hecho trabajar y no hacen caso a mis órdenes. Incluso han nombrado a un cabecilla que pretende pedir audiencia ante vuestra excelencia, incluso ante el rey si es preciso, para exigir más dinero. ¿Qué he de hacer?

—Convócalos mañana en la obra, y con mi guardia delante

veremos quién se atreve a contradecirme. Si ese cabecilla insiste, recibirá toda mi hospitalidad. Lo invitaremos a pasar una temporada en la peor de las celdas-pozo. Por cierto, ¿no tenemos acaso prisioneros de nuestra religión en las cárceles de palacio? Coge a los más desesperados que no tengan delitos de sangre. Ofréceles redimir sus penas con trabajos forzados. ¡Qué excelente idea, Jaffa! ¿Por qué no se me habrá ocurrido antes? Sustituiremos a todos los que se niegan por esos prisioneros. O cumplen lo acordado, o descansarán en prisión. Más bien sufrirán.

—Excelente idea, mi señor.

Al-Qalati no ocultó una mueca de profundo rechazo y disgusto.

—No veo cómo podría trabajar en esta obra alguien coaccionado sin que el resultado de su trabajo no se viera perturbado.

—Alá es misericordioso, y yo también. Seguramente Al-Nubahi lo aprobará como muestra de la piedad de nuestro rey. Quien no tenga el corazón puesto en el trabajo sino en los dinares no trabajará en el nuevo palacio. Eso pedisteis. Los prisioneros duplicarán sus esfuerzos para ser merecedores de la libertad, y los albañiles indecisos y poco conformes entenderán que no les gustaría conocer nuestros subterráneos.

Jaffa soltó una carcajada, haciéndose cómplice del visir.

—Recuérdalo, Al-Qalati. Eso te estimulará —le dijo sonriendo torvamente.

El visir esperó algún comentario del arquitecto, pero éste se limitó a inclinar la cabeza y a volver a su estudio, situado en una dependencia de la Cancillería Real.

¿Cómo podrían comprender esos hombres necios el gran privilegio que les había otorgado el destino? ¿Cuántos no hubieran deseado intervenir en la magna obra que estaba proyectando? No podrían comprenderlo, pensó el arquitecto. No se trataba sólo de una cuestión monetaria, aunque eso también era importante, por supuesto. Se trataba de crear belleza, serenidad, permanencia, una obra digna de reyes y de la inmortalidad. En Toledo, su primer maestro le había enseñado la Escuela de Traductores fundada por el Rey Sabio. En vida del rey Pedro I de Castilla había intervenido como ayudante en la comitiva de artesanos que Muhammad V le había enviado para restaurar los perdidos Reales Alcázares. ¡Ah, rey Al-Mutamid, qué fue de ti y de tu taifa de Isbilya! Y los cristianos, los mismos que habían destruido todas las mezquitas, habían respetado los palacios almohades. En Qurtuba, la Gran Mezquita también había sobrevivido, ¡pero a qué terrible precio! La armonía de la sucesión de arcos fue destrozada para colocar frente al mihrab varios pilares de piedra masivos, las figuras de los santos cristianos, del profeta Jesús y de su madre. «Mientras que el musulmán se humilla ante Alá —reflexionó para sí el arquitecto—, ¡los cristianos se ponen en pie, en actitud desafiante!» Las campanas de metal habían sustituido al almuédano. La perfecta proporción del edificio había sido mancillada. Del mundo musulmán europeo sólo la belleza había logrado una amnistía de los reinos cristianos. «Y pronto el oleaje de su fe de cruz y espada lo inundará todo —pensó con amargura—, destruyéndolo todo y desterrándonos al olvido.»

Entró en su despacho, donde las mesas de caballetes estaban cubiertas de planos con esbozos de diseños. Al-Qalati se concentró en apartar los pensamientos negativos. Cerró los ojos y volvió a sumergirse en la geometría euclidiana. Tomó la regla, el cartabón y el compás, y sintió que sus útiles empezaban a bailar sincronizados. El zócalo sería maravilloso. Se imaginó sus piezas como si fuera un rompecabezas, y dedicó el resto del día y parte de la noche a plasmar con carboncillo sobre el papel la pieza que había imaginado, parcialmente pintada, girando y duplicándose, multiplicándose hasta llenar el infinito.

En el fondo, eso decían Euclides y los eruditos. En el infinito, en lo inabarcable, estaba Alá.

39

La rosa se abre

Aixa fue llevada ante el emisario del sultán meriní. La hija del farmacéutico seguía creciendo en belleza. El emisario la contempló, apreciando su desarrollo. Cuando él apartó el pañuelo que escondía su rostro, Aixa le dirigió una mirada desafiante. El emisario sonrió a Al-Hazziz.

—Es ella. Una litera escoltada la recogerá esta tarde. El sultán apreciará tu amistad y tu voluntad.

Saber que saldría de allí y del alcance de Al-Hazziz fue una recompensa suficiente para Aixa, que lució radiante. Había aprendido mucho en su larga estancia con el imán. En palacio, las perspectivas de futuro podían ser muy diferentes. Su cuerpo era su arma en el mundo de los hombres.

Jadiya, llamada secretamente para prepararla, la aleccionó por última vez mientras la vestía.

—¡Eres afortunada! En palacio vivirás mejor que la inmensa mayoría de las mujeres, aunque ahora no me creas. Si hilas bien tus posibilidades, puedes dar un heredero al sultán. Recuerda a la pobre Jadiya, que te trató siempre bien. No te olvides de mí.

—No lo haré —respondió Aixa con una sonrisa. En cuanto estuviera en su mano, se encargaría de que la mujer muriera de alguna forma horrible.

Desde la litera, Aixa contempló cómo se alejaban de la mezquita y se adentraban en Fez el-Jedid, la ciudad nueva, avanzando entre la gente por la avenida principal. Los ciudadanos se apartaban al paso de la guardia de negros eunucos que el sultán había destinado a su protección. Llegaron frente a las grandes puertas de madera maciza revestidas de bronce, resplandecientes con el sol del atardecer. Era la entrada principal al palacio de Dar-el-Makhzen, pero pasaron de largo, rodeando el perímetro de la muralla que encerraba al palacio hasta llegar a una entrada secundaria, por la que la litera accedió a un patio ajardinado.

El emisario estaba junto a un gran hombre negro, vestido con ropas oscuras, como él, de nombre Eliah: era el máximo responsable de la seguridad del harén del sultán. La recibieron sentados a la sombra de unos grandes arcos, junto a un estanque con surtidores. Varios chicos púberes les daban aire con grandes abanicos de plumas de avestruz. Los cojines estaban bordados en oro y plata. El jardín era enorme y estaba cuidado con esmero por numerosos jardineros que cumplían con su trabajo pacientemente, ajenos a las recepciones de palacio. Más adelante, Aixa se enteraría de que eran mudos y sordos, para que con sus palabras no pudieran traicionar cuanto allí acontecía. La hija del farmacéutico estaba asombrada por la riqueza que veía a su alrededor, en contraste con las casas de adobe y tapial de las calles de la medina. La litera descendió al suelo ante los dos hombres y Aixa bajó de ella.

—Ella es Aixa —le indicó el emisario al eunuco.

—Soy Eliah, guardián del harén, y desde hoy custodio de tu libertad. ¿De dónde eres? ¿Rumí? ¿Judía?

Aixa ya iba aleccionada. Desde el primer día les habían inculcado en el burdel las respuestas que debían dar a las preguntas de los hombres. Decir la verdad suponía ser descartada para la oportunidad que se le presentaba.

—Soy rumí, hija de un batanero converso. Las tropas nazaríes me raptaron en la frontera cristiana y me llevaron a la capital, y me llamaron Aixa. No recuerdo mi otro nombre.

—¿Eres virgen?

—Lo soy, ya que preguntas. Sí, lo soy, si se requiere —respondió Aixa desafiante. Eliah se levantó. Ella jamás había visto a un hombre tan alto ni tan corpulento. Se sintió intimidada por su mirada y bajó los ojos al suelo.

—Tu lengua es la de una víbora. Mide tus palabras. El sultán no será tan paciente, y si le haces enfadar no te matará, no, sino que te entregará a los soldados y morarás en los cuarteles, de catre en catre, en vez de entre cojines de seda. ¿Es eso lo que quieres?

—No —respondió ella, con un escalofrío de terror al recordar sus tres terribles primeros días en Fez.

—De todas formas, tu respuesta ha sido cabal, porque sí, si él lo pregunta, ¡alabado sea!, serás lo que te pida. Y ahora sígueme.

El eunuco se despidió del emisario. Dos de los aniñados púberes los siguieron cruzando las estancias de palacio y los jardines interiores con las últimas luces del día. Todo cuanto veía era digno de maravilla. Lo arcos de herradura, los alicatados, los artesonados del techo, los macizos de rosas, las yeserías, todo era muestra de la riqueza y tiranía de los señores del desierto. Entraron por una puerta accesoria custodiada por dos guardias de aspecto exótico y subieron a unas amplias estancias en el piso superior. Toda la primera planta estaba ocupada por el harén. Según subía, Aixa oía multitud de voces femeninas y se asustó pensando qué encontraría, demorando sus pasos. Eliah percibió su miedo mientras ascendían el último tramo de las escaleras.

—Es costumbre que cuando una mujer nueva llega al harén esa misma noche sea tomada por el sultán, aun interrumpiendo el orden impuesto en el harén. Cada día cohabita con una diferente, siguiendo un ciclo, y la ruptura de ese ciclo hará que algunas se sientan mal dispuestas hacia ti. ¡Especialmente, la que le tocaba hoy! Sé discreta; es mi consejo.

En cuanto la puerta se abrió todas la miraron. Entró tras ella el gran eunuco, y se dieron cuenta con decepción de que era una nueva concubina, y era muy hermosa. Por ello mismo, desde ese instante se granjeó enemigas.

—Ella es Aixa. Y esta noche dormirá con el sultán. Así se ha dispuesto.

Una de ellas se levantó de los cojines y se acercó a ella con gesto amenazador. Al aproximarse esgrimió la afilada punta del mango de un peine de hueso con la intención de rasgar aquel rostro sin mácula, pero el eunuco Eliah se interpuso, arrebatándoselo sin miramientos.

—¡Cuidaos de tocarle ni un solo cabello antes que el sultán!

—No podrás protegerla cuando te vayas, eunuco, desecho de hombre. —Eliah ni se inmutó—. ¡No necesitamos a ninguna más aquí!

—Señora, no te toca a ti decidirlo. —Y cerró la puerta, dejando a Aixa rodeada de mujeres. Algunas se le acercaron con curiosidad. Otras la miraban en la lejanía con envidia, recelo u odio. Aixa vio rostros muy bellos, pero con orgullo se dijo que no tanto como el suyo. Dos se aproximaron a ella amigablemente.

—Ven, siéntate, bebe té y come con nosotras; cuéntanos tu historia —se ofreció una de ellas, llamada Sarah, sacándola del círculo de concubinas.

—Ten cuidado con ésa, es Mara, una de las favoritas del sultán. Le has arrebatado su noche. Te odiará —le dijo la otra—. Tienes que aprender mucho sobre la vida aquí, y debes hacerlo rápido o tu estancia será breve. Me llamo Dalilah.

Ellas eran judías, incorporadas de niñas al harén cuando su padre, joyero, fue objeto del antojo del sultán. Por negarse a pagar lo estipulado por el recaudador, fue preso y torturado hasta la muerte. Su patrimonio fue requisado. Como muestra de piedad, sus dos hijas huérfanas fueron acogidas por el sultán.

—Dices que vienes de tierras cristianas. ¿Es cierto?

—Soy tan rumí como mi madre —respondió Aixa sin más explicaciones—. Me llevaron a Mālaqa y de allí a Fez. Un imán se prendó de mí, y él me ha regalado al sultán.

—Eres discreta, pero puedes decirlo. ¿Al-Hazziz? —Aixa se extrañó, aunque no vio nada malo en asentir. Era la verdad—. No eres la primera que llega desde sus manos. Ese hombre cuida mucho de tener cerca púberes de toda clase.

Las *masitas* entraron en busca de la recién llegada para prepararla. Antes de que se la llevaran, Aixa hizo una última pregunta:

—¿Cómo es él?
—¿El sultán? Cuida de sí y de su gozo, nada más. ¡No lo irrites si no quieres perder la cabeza!

En los baños de palacio la bañaron, masajearon su piel y la untaron con aceites para que estuviera hidratada y perfumada. Pintaron sus manos con alheña; sus uñas, de intenso color rubí; y la maquillaron. Su melena negra quedó recogida bajo un velo azafrán; alrededor de su cuello colocaron una cadenilla de plata con cascabel, y una vez vestida y preparada, Eliah la llevó ante el sultán, a sus cuartos privados. Mientras cruzaba estancias y patios, Aixa vio rostros fugaces tras las celosías de madera de los pisos superiores, y pensó en qué murmurarían sobre ella.

El sultán Abu l-Abbas Ahmad no era como el imán. A diferencia de Al-Hazziz, era alto y bien proporcionado. Su nariz aguileña y sus ojos penetrantes, su piel tostada por el sol y surcada de finas arrugas, hablaban de una existencia dura junto al desierto. Su barba, negra y pulcramente recortada, le daba un aspecto noble. Sus manos parecían vigorosas. Sí, no era como el imán Al-Hazziz. Su cuerpo era el cuerpo de un guerrero, y ser desvirgada por él fue su mejor apuesta por su propia supervivencia.

La vida del harén estaba estrictamente regulada, porque de él dependía no tanto el disfrute del sultán como la supervivencia de la dinastía. El gozo sexual del sultán estaba unido a la necesidad de engendrar una descendencia que le proporcionara unión política con una u otra familia del reino, según las circunstancias. Aixa tuvo que soportar como todas las demás largas épocas de castidad, porque en el harén la política hacía poderosas a las hijas de determinadas familias en detrimento de las demás. Y por eso mismo, cuando le llegaba el turno, procuraba entregarse al máximo para que no fuera olvidada. Ella no tenía familia. Sólo se tenía a sí misma, y cuidaba de que su cuerpo fuera un instrumento perfecto.

Un día, Aixa se peinaba cerca de la ventana cuando se le acercó Mara con una sonrisa, y se sentó cerca de ella.

—¿A que no sabes qué historia fabulosa me han contado?

—No. ¿Cuál? —quiso saber Aixa. Otras concubinas próximas a ellas callaron para oír su conversación.

—Trata sobre una madre de Madinat Garnata y su hija, las dos esclavas por un delito contra la ley. Se dirigían a Mālaqa para ser vendidas. —Mara elevó progresivamente su voz para que todas la escucharan. Aixa siguió peinándose, pero con más lentitud. ¿Quién le habría contado eso? ¿Jadiya? ¡Maldita! Su corazón se aceleró. Mara prosiguió—: Estaban tan desesperadas que no dudaron en vender sus cuerpos a los capataces, a los campesinos que encontraron en el camino, incluso copulaban con los asnos y los perros. ¡Pero ya antes estaban llenas de lascivia! ¡Su familia, esposos, hijos y hermanos, las había abandonado y denunciado por su comportamiento! Dijeron que preferían una muerte horrorosa a seguir viviendo con ellas.

—Tu historia es repugnante —dijo Aixa conteniéndose, en tono serio. Deslizó con cuidado una mano cerca de los cojines—. ¿Y cómo termina?

—La madre y la hija fueron separadas. La madre se quedó en Mālaqa, y se alegró de que la hija fuera embarcada hacia Fez, pues se sentía liberada de su horrible presencia. La hija tuvo que prostituirse, y dijo que era rumí para no ser detenida por impura. Aixa, ¿de verdad eres una rumí conversa? ¿Te gustan los animales? ¡Eres una perra de Al-Hazziz! —Y le escupió llena de desprecio, pero falló. Aixa interpuso con habilidad un cojín entre Mara y ella, deteniendo su desprecio, y se lanzó contra la concubina celosa. Derribaron una mesita. Aixa intentó asfixiarla con el cojín.

—¡No sabes nada sobre mí! ¡No te atrevas ni a mencionar a mis padres, jamás! ¡Jamás! ¿Me oyes? —Una joven del harén, asustada, había gritado por la ventana pidiendo ayuda. Eliah subió las escaleras a grandes zancadas y abrió la puerta encolerizado.

—¡Separaos! ¡En nombre del sultán! —El odio entre las dos mujeres era ya un abismo insuperable.

—¡Zorra! —le espetó Mara.

—¡Rumí! —replicó Aixa, y Mara se puso roja de indignación, y juró que se vengaría.

Su ascenso fue silencioso. Ella fue testigo y a la vez verdugo impasible; las muertes eran violentas, envenenamientos y asfixias. La lucha en el harén por la atención del sultán era continua. No quería ser como las olvidadas, las mujeres del harén que languidecían sin ser llamadas nunca. Algunas que conseguían la confianza del sultán se erigían en gobernantas y administradoras, y a su alrededor crecían camarillas de aduladoras. La propia Aixa tuvo que someterse, y eligió con cuidado a quién unirse. Las envidias y los celos eran feroces, soterrados bajo la vida relajada, los baños, los paseos por los patios privados y las visitas al lecho del sultán. Bajo una sonrisa podía existir una amenaza. Bajo los cojines se guardaban los peines de hueso, de extremos afilados como estiletes.

Mara se fijó en la amistad creciente entre Aixa y Dalilah. Una tarde, un alboroto conmocionó al harén. Una de las mujeres había caído por las escaleras, y no se movía. Aixa se acercó con las demás, y se estremeció. Tuvo un presentimiento.

—¿Dónde está Dalilah?

—Creo que estaba cerca de las escaleras —le respondió Mara con una sonrisa maligna que heló el corazón de Aixa. La joven desnucada era Dalilah. Estaba muerta. La guerra en el harén se había declarado.

A Aixa le tocaba compartir el lecho con el sultán. Abu l-Abbas tenía el corazón dividido entre un puñado de mujeres, y Aixa estaba entre ellas. ¿Cuál sería su puesto? Aixa tuvo una idea. Antes de entrar en la cámara real, y sin que nadie la viera, se golpeó con el puño en el ojo izquierdo. Reprimió un grito. Cuando entró y la vio el sultán, tan hermosa y mancillada, la examinó alarmado, con voz ronca, como si le hubieran clavado una daga donde más doliera.

—¿Quién te ha hecho eso? —preguntó Abu l-Abbas, palpando con delicadeza su magullado rostro.

—Ha sido Mara. Por celos. —Y se echó a llorar en sus musculosos brazos con toda la falsedad y desamparo de que fue capaz.

Más tarde supo que habían castigado a su rival con veinte latigazos. El sultán ya estaba en sus manos.

Aixa fue reconocida como una de las favoritas del sultán, fuera de las alianzas políticas. Las nuevas jóvenes la adulaban para que las tomara como protegidas. Pronto hubo que tenerla en consideración en la vida del harén. Su influencia se extendía. Su nombre se deslizaba por la corte de boca en boca. En las celosías tuvo sitio preferente. Pero una persona podía traicionar su pasado. Esa persona era Jadiya. Eliah, como un perro domesticado, escuchaba y callaba en su presencia, mientras ella hablaba.

—¿Eres Jadiya, mujer? —le espetó Eliah, el eunuco, acompañado por dos guardias, cuando ésta salía un día hacia el zoco.
—¿Sí? —Jadiya se arrepintió demasiado tarde de haber hablado. Los dos soldados se la llevaron a rastras por la fuerza. Nadie la volvió a ver. Jadiya, la gobernanta del burdel, tuvo la muerte violenta que según Aixa se merecía.

Aixa empleó toda su persuasión, todos sus encantos, toda su habilidad aprendida durante años para mantenerse próxima al sultán. Para ello no dudó en traicionar a cuanta mujer del harén maldecía al nuevo gobernante. Si había nuevas incorporaciones al harén, ella era la primera en enterarse.
—Querida, no tengas miedo. Ven, siéntate aquí, con nosotras. Soy Aixa.
—Hola. Yo soy Aamaal —dijo una nueva concubina nerviosa y llena de temor.
—Ven, Aamaal, háblanos de ti —le dijo Aixa con una sonrisa. Se ganaba la confianza de las recién llegadas y aprendía sus secretos y debilidades, lista para desvelarlos si era necesario. Así minaba y debilitaba a los grupos de sus oponentes.

Se empleó con tanta perfección con Abu l-Abbas Ahmad que él no dudaba de su valía; pero la política obligaba, y aunque la alejó de su lecho no lo hizo de sus pensamientos. La vida de

Aixa dio un vuelco cuando Eliah le comunicó que por orden de Abu l-Abbas Ahmad se la requería a su presencia. El sultán le dijo que debía retornar a Al-Ándalus.

—Serás mis ojos y mis oídos en la corte nazarí, una vez que el príncipe de los voluntarios de la fe ha fracasado en su misión. ¡Qué gran deshonra para el príncipe! ¡Y qué oportunidad para ti! Mara quiere matarte. Me murmuró al oído dulces promesas de nuevos goces de su cuerpo si aceptaba alejarte de mí.

—¡Oh, mi señor! ¿Es un castigo entonces, en vez de una recompensa? ¿Un destierro en vez de un honor?

—No, Aixa. Pero no podré tener siempre a Eliah cerca de ti para protegerte. Y como gozas de mi confianza irás a Madinat Garnata. Allí podrás servirme bien. Se requiere gran discreción.

¡Al-Ándalus! Aixa no podía creerlo. La sensación de una angustia desconocida se apoderó de ella. Era la forma que el sultán había pensado para alejarla de los peligros de Dar-el-Makhzen, donde las favoritas estaban conspirando para anular su influencia. Aixa sabía que su vida corría peligro. ¡Garnata! Los recuerdos de una vida casi olvidada brotaron a borbotones. Parecía que pertenecieran a otra persona. Se vio de nuevo en el zoco, mirando con picardía a su primo Ahmed. Pero ya no era una niña y ya no estaba asustada. Estaba preparada para lo que el destino le reservara en Madinat al-Hamrā.

—Las palabras de mi señor son órdenes para mí.

40

Nuevas noticias

Los enviados del visir les hicieron acelerar los preparativos. Les habían mandado una nutrida guarnición para proteger el transporte y numerosos esclavos con carretas para cargar las pesadas piedras hacia Madinat Garnata. Los fustes de las columnas fueron redondeados groseramente para reducir el peso de las carretas. Multitud de piedras cúbicas sin tallar fueron incluidas en ese primer envío, y la numerosa caravana armada se dirigió sin más dilación a la capital del reino.

—Aún no me creo que vuelva a Madinat Garnata. Siento miedo y aprensión por lo que encontraré, y a la vez alegría y esperanza.

—¿Desde cuándo faltas de allí? —preguntó un viejo esclavo redimido de galeras.

—Cinco años.

—¡Cinco! Bien podrían ser un mundo. ¡Han pasado tantas cosas!

Sadam se acercó a ellos.

—Podrías hablarnos de ello. Me gustaría saber qué vamos a encontrar allí.

—El sultán ha afianzado su poder, y su visir, su nuevo visir, dirige personalmente la ejecución de las obras en Madinat al-Hamrā. Él lo controla todo. No hay nada en palacio que no llegue a sus oídos.

—¿Nuevo visir? ¿No era Ibn al-Jatib? —preguntó Sadam.

—¡Provincianos! ¡Hace años que Ibn al-Jatib murió! —El esclavo calló, mirando si alguien lo escuchaba. Bajó la voz—: Más bien, fue asesinado. O eso se dice. Por el nuevo visir. Ibn Zamrak.

—¿Ibn Zamrak? —El aprendiz prestó atención.

El esclavo asintió.

—Es muy ambicioso, y temido. Se dice que provocó la muerte del antiguo visir mediante un juicio injusto. Ibn al-Jatib se había refugiado en Fez, pero muerto su valedor, su antiguo discípulo y el gran cadí consiguieron que fuera detenido. El propio Ibn Zamrak se trasladó a tierras meriníes para formar parte del juicio en que lo condenaron, y dicen que era tal su deseo de eliminarlo, que no pudo esperar a que se dictara la sentencia, e hizo que lo ejecutaran en su celda, como si fuera un asesino. Cuando lo enterraron, hizo que lo sacaran de la tierra y quemaran su cuerpo, ¡como hacen los infieles!, para que no pudiera entrar en el Paraíso. Sólo el príncipe de los voluntarios de la fe habría podido obstaculizar su carrera hacia el poder... Pero ya estoy hablando de más.

Sadam sacó dos monedas de plata.

—También consiguió que expulsaran del reino al príncipe meriní, quien cedió su puesto al heredero Yúsuf. ¡Lo canjearon por una mujer! ¿No lo habéis oído? ¡Por una mujer meriní! Y se dice que, en parte, es por eso que Muhammad V está construyendo un nuevo palacio, para su concubina meriní. El resto del harén se sublevó. ¡Fue la comidilla de la ciudad durante semanas! Quien la ha visto dice que es una belleza para los sentidos. Y que no sólo ha cautivado al sultán..., sino también al propio visir. Y ahora, mejor será que me calle.

En Madinat Garnata, el sultán exigió conocer los últimos avances respecto a la construcción de sus palacios.

—Están seleccionando su mejor mármol, excelencia —le explicó el visir—, y en estos momentos los primeros bloques y piezas ya están en camino junto con los escultores. El arquitecto ha rediseñado otra vez los mosaicos. Dijo que debían ser perfectos. Los alfareros de Fajalauza traerán en breve las primeras muestras de azulejos. Los carpinteros preparan los moldes para los yeseros y los aprendices hornean los primeros acopios de tejas. Al-Qalati dice que sin las columnas no puede avanzar, porque los muros para los pisos superiores quedarían desequilibrados. Jaffa, el maestro de obras, está empleando peones en enterrar las conducciones que surtirán las fuentes y letrinas de palacio. No estamos ociosos, majestad. Os pido más tiempo.

—Cuando pienso que en cualquier momento la paz de que disfrutamos puede terminarse, todo retraso me parece una eternidad. ¿Y el arquitecto? ¿Qué ha pensado para la sala del harén?

—Lo averiguaré, mi señor —respondió Ibn Zamrak, y todos se retiraron.

Una paloma solitaria se posó en el alféizar de la ventana del despacho de Jalid. Parecía desorientada, pero no perdida. Tropezando con el pequeño pergamino que transportaba atado a una de sus patas, la paloma se acercó al bebedero que había junto a la ventana. Jalid la cogió con cuidado y la enjauló mientras leía el mensaje y escribía la respuesta. El mensaje, como todos, estaba cifrado. Jalid sabía que los halconeros que Ibn Zamrak mantenía en palacio no estaban destinados sólo al disfrute del monarca, sino también a la interceptación de cualquier paloma mensajera que volara sobre la ciudad palatina. Las intrigas de palacio eran continuas. Los emisarios podían ser comprados. El mensaje lo enviaba el gobernador de Mālaqa. En las tierras del Atlas, los voluntarios de la fe estaban reagrupándose. A través de los comerciantes de sedas recibiría otros dos mil dinares de oro para la causa. Las rutas desde Siyilmasa estaban vigiladas por los señores del desierto. En Fez nadie lo había reconocido oficialmente, pero dos mil hombres del ejército meriní habían fracasado en el intento de apoderarse de la montaña de los hastuka. Las bajas habían sido cuantiosas. En el Palacio Dorado, el sultán meriní había hecho rodar las cabezas de varios capitanes. Las distintas facciones políticas intentaban una vez más reunir fuerzas suficientes para hacerse con el poder, y eso era peligroso para Madinat Garnata, porque si el país de los meriníes se enzarzaba en una guerra civil, el reino nazarí no podría contar con su ayuda en caso de un ataque cristiano. Sería el fin.

Miró a la paloma, que en aquel momento metía la cabeza en el bebedero para tomar agua y la alzaba tragándola con avidez, refrescándose.

—Pobrecilla, pobrecilla. —Y pensó en cuántos hombres ambiciosos la habrían acogido como portadora de sus ambiciones.

Por eso, si querían vencer, la confederación de los señores del desierto debía lograr la victoria rápidamente una vez que se diera el momento oportuno. Hombres, dinero y armas. Convencer a los hombres clave de la administración del reino no era tarea fácil, rápida ni barata. Enrolló con cuidado el mensaje cifrado y soltó a la paloma.

—Evita a los halcones del visir y sus señuelos y vuela imparable. ¡Ve, con mis bendiciones!

Jalid la observó alejarse de la Al-Qasaba al-Hamrā. «Resistid el mediodía, esperad al atardecer.»

Aquella noche, Al-Qalati se encontraba fuera de palacio. En los arrabales del Albayzín, la guardia palatina custodiaba la puerta del taller de los más reputados alfareros garnatíes, donde el arquitecto mostraba a los artesanos sus diseños de los zócalos del nuevo palacio. En los hornos aún encendidos se cocían muestras de cerámica de varios colores, en losetas que luego, a golpe de martillo fino, se recortaban con la forma solicitada.

El maestro alfarero seguía mirando los diseños con incredulidad.

—No puede hacerse. ¡No puede hacerse! Pides demasiado y me das poco tiempo.

—Deberá ser como pido. De estos bocetos deberás preparar mil unidades de cada uno para dentro de un mes, en colores azul, verde, negro, blanco y rojo. ¿La reputación de tu taller no es la que se oye por el gremio?

—¿Cómo? Llevo veinte años haciendo cerámicas para la Casa Real. ¡Es un insulto!

El alfarero se levantó de repente, haciendo oscilar las llamas de los candiles. Era un hombre de aspecto feroz. Con sus grandes cejas erizadas, su barba entrecana y sus grandes manos acostumbradas a amasar la arcilla, parecía dispuesto a echar al arquitecto sin demasiados miramientos.

El arquitecto no se inmutó. Se limitó a apurar el té.

—Es un gran negocio el que estás a punto de perder. Tengo el favor real. Ya has visto a mis guardias de palacio. El rey ha dejado a mi elección y responsabilidad la contratación de los artesanos. En Lawsa hay un competidor que sí me tomará en serio.

Al-Qalati hizo un amago de levantarse, pero el alfarero se disculpó rápidamente y lo invitó a quedarse un rato más.

—Si acepto el encargo, deberé parar la producción de otros diez clientes. ¿Quién me compensará por ello?

El arquitecto echó mano a su bolsa. La soltó de su cinturón y se la lanzó al alfarero. Dentro había treinta dinares de oro.

—El tesoro real te compensará. Toma esto como adelanto, será señal de que aceptas. Quiero lo mejor. No quiero que los azulejos se desconchen con los fríos del próximo invierno.

—Nos esforzaremos. Tus bocetos son complicados. Requieren minuciosidad. Triángulos, lazos cúficos, entramados bicolores..., el precio será alto.

—Se te pagará por un trabajo bien hecho. Empieza mañana. Redáctame una lista de todo aquello que necesites y te será proporcionado, pero no te demores. Ahora he de irme.

Sólo cuando subió al caballo, de vuelta a Madinat al-Hamrā con sus escoltas, dejó entrever cuán cansado estaba. Y seguía esperando noticias de las canteras. ¿Dónde estaban los mensajeros?

Al día siguiente, el rey pasó toda la mañana disfrutando de la cetrería en los bosques de la Al-Hamrā. El cetrero posó el ave sobre el brazo enguantado del monarca, quien acarició la cabeza del ave ciega. Un sirviente abrió una de las jaulas y soltó una paloma torcaz. El cetrero quitó la caperuza de cuero al halcón, y el rey lo dirigió hacia donde la paloma volaba en busca de refugio. El halcón la miró fijamente. Muhammad V levantó el brazo y lo lanzó al aire. Ibn Zamrak observó la frenética huida de la paloma. El ave rapaz disfrutaba acercándose y dejándola escapar una y otra vez, hasta que de repente, el halcón clavó sus garras en el lomo de la paloma. Durante unos segundos los dos cayeron al vacío en un revuelo de alas y plumas, hasta que el halcón recobró el control abriendo la cabeza de su víctima de un certero picotazo. A un silbido del rey, el halcón regresó a su brazo. La paloma ensangrentada cayó al suelo, muerta.

—¡Magnífico! —dijo el rey, y dio un dinar de oro al halconero, quien se inclinó en agradecimiento, y un trozo de carne al halcón como recompensa—. ¿Ves, visir? Ojalá todo fuera tan sencillo. Desplegar las alas y echar a volar y liberarse de la tiranía de la tierra. Pero no somos aves. ¡Ah, visir! A veces envidio la sencilla estera del más sencillo de mis súbditos.

—Señor, el palacio está lleno de murmuraciones y habladurías sobre la señora de Fez. Dicen que no niega su sonrisa a ningún hombre. Que el sultán meriní la ha adiestrado para interpretar tus sueños. ¡Incluso que su misión es seducir al príncipe Yúsuf para provocar una guerra civil en el reino! Y que mi señor está ciego por sus encantos de mujer.

—Haz correr la voz en palacio de que a quienquiera que hable en contra de esa mujer se le cortará la lengua y se le sacarán los ojos. Eso incluye a mis mujeres y a mi harén de concubinas. ¡Especialmente a ellas!

El sirviente abrió otra jaula y el rey volvió a lanzar el halcón. El ave rapaz emitió un chillido de satisfacción.

—Pero mi señor, disculpadme. Ya sabíamos cuando la canjeamos por el príncipe Ifullusan que sería una espía de la corte meriní, y sabemos que en estos momentos el sultán Abu l-Abbas mantiene relaciones comerciales con castellanos y aragoneses. Puede ser como tener la oreja del enemigo dentro de palacio.

El halcón abatió a su presa en un picado mortal. El aire se llenó de plumas blancas. El rey interrumpió al visir:

—¿Acaso sería el único espía meriní de la ciudad? En Madinat Garnata nadie está a salvo de ser vigilado. Pero cuando miro en sus ojos y ella me sonríe no veo ni mentira ni traición. Y nada pervive eternamente. Sólo Alá es vencedor, así que dejemos que su voluntad prevalezca y no me amargues este momento de sosiego.

Por la tarde, el visir no pudo hablar con el sultán acerca de una buena noticia. Ibn Zamrak buscó al arquitecto, pero no estaba en su estudio. Los aprendices, que reían y estaban ociosos aprovechando su ausencia, le indicaron que había salido a los jardines.

Al-Qalati estaba atento a las medidas que los peones estaban obteniendo con ayuda de cuerdas llenas de nudos a intervalos regulares. Sobre un trípode había montado una mira aplomada con la que vigilaba la rectitud de las cuerdas según iban alejándose los peones rodeando arbustos y evitando árboles. A ratos les gritaba que parasen y apuntaba las medidas que le indicaban. Algunos paseantes de los jardines los miraban con curiosidad.

—¿Qué haces, arquitecto?

—Este espacio al aire libre está muy desaprovechado. Si me permitís, tomaré las medidas necesarias para adecuar vuestros jardines a las proporciones correctas. ¡Qué espanto de cuadrículas! ¡Qué falta de armonía! Habrá que arrancar bastantes árboles, pero no os preocupéis, plantaremos otros. Y el agua deberá correr por donde le indiquemos, no a su antojo. Sacaremos nuevas acequias y estanques a partir de la gran alberca nueva. ¡Entenderéis que no voy a permitir que un jardín horrible afee el entorno de mi obra maestra!

«Arquitectos», suspiró con resignación Ibn Zamrak moviendo la cabeza.

—Tengo una excelente noticia que darte, Al-Qalati. Las columnas de palacio ya están en Garnata. Ahora mismo están intramuros; han entrado por el viejo camino de Wadi Ash y Basta. Así que deja de inmediato tus medidas y tu jardín y céntrate en dar trabajo a tus hombres. Jaffa ya está en el patio ultimando los preparativos para recibirlas.

Parecía mentira el inusitado vigor que mostró aquel hombre

que no parecía ni joven ni viejo instando a sus peones a que recogieran todo con gran celeridad. Ibn Zamrak buscó la sombra, donde un sirviente le ofreció un vaso de té. Si todo iba bien, antes del otoño los palacios estarían terminados. «¿Qué versos pondré en las paredes, donde la fama perdurará para siempre?», se preguntó.

41

Las palmeras de mármol

¡Garnata a la vista! Ahmed se sentía de nuevo como un niño rebosante de felicidad e impaciencia. Habían pasado casi seis años desde que abandonara su ciudad natal. Había soñado con ese momento en multitud de ocasiones, y por fin se hacía realidad. Era como si estuviera en un sueño o viendo un espejismo. No importaba el cansancio acumulado de las canteras, ni la fatiga del viaje y del camino, ni siquiera la inquietud que le producía la enorme cantidad de valioso *almaluki* que transportaban al alcance de cualquier bandido, a pesar de la escolta del ejército que los acompañaba. Lo único que ansiaba era contemplar las murallas de la medina y la puerta norte de entrada, junto al río Hadarro.

Se había hecho un hombre y su niñez había quedado atrás hacía tiempo, pero era como si volviera a tener ocho años. Volvía a robar almendras garrapiñadas con miel del puesto del zoco, y perseguía a su primo y a sus amigos de juegos del barrio del Sened mientras en las tahonas cocían el pan del día, llenando las calles de un maravilloso olor. Las fragancias del selecto barrio de Ajšāriš con sus laureles, higueras y nogales los envolvieron. Estaban esperándolos junto al Puente de los Labradores. La carga fue repartida en varias carretas tiradas por enormes bueyes para subir la larga cuesta hasta el palacio. La temida guardia real palatina de cristianos renegados mantuvo a raya a los curiosos. Ver ondear el emblema nazarí en lo más alto de la torre del homenaje de la Al-Qasaba zirí, dominando el barranco lleno de árboles y vegetación que el río Hadarro había tallado en la montaña, encendió el corazón del aprendiz y lo llenó de esperanza.

—¡Alá es grande! Mira allí, maestro, la ciudad palatina de Madinat al-Hamrā nos contempla; al otro lado, la fortaleza Qadima, y por encima de todo el viento frío y vigoroso de las cumbres heladas del Yabal Sulayr. ¿No es maravilloso, Sadam? Creí que ya nunca volvería.

Sadam lo observaba todo con aire crítico.

—Hay buena piedra, pero abundan las construcciones sencillas de materiales simples. Creo que aquí recibirían muy bien nuestros nuevos diseños de fuentes. Cuando terminemos en palacio, todo el mundo querrá tener algo parecido. Pero la joya del reino es la bendita montaña y sus nieves. ¡Qué fulgurante debe de ser aquí la primavera! Me alegro de estar aquí, pero estaré más contento cuando todo el material esté en los almacenes de palacio y me haya bañado. ¡Animales perezosos! ¡Boyero, atízales con la pica o estaremos subiendo piedra durante dos lunas completas!

Las mujeres se paraban con los cántaros sobre la cabeza para verlos, y Ahmed se volvió para mirarlas en dos ocasiones. Detrás de los velos se oyeron risas y cuchicheos, y él suspiró como si estuviera despertando de una vida aletargada, triste y árida.

—¡Mujeres de Garnata! Había olvidado la belleza de sus ojos y de sus rostros, el sonido de sus voces.

—No debes desear lo que no puedes poseer —le aconsejó Sadam—. Vivirás más.

—Malviviré infeliz —lo corrigió Ahmed.

Los ociosos sentados sobre los pretiles del río espantaban las moscas mientras miraban los esfuerzos de los hombres de Ibn Taled por mover los carros de bueyes.

—Tened cuidado —dijo un verdulero desde la sombra de una higuera—. Esos bueyes son perezosos. Los conozco bien. ¡Los vendió mi cuñado! Como os detengáis en la cuesta, no habrá forma de obligarlos a avanzar.

Los niños se acercaron a admirar los músculos de los peones.

—¡Arriba! ¡Pon el carro en marcha, boyero! —gritó Jaffa, que había bajado desde palacio para coordinar el tránsito de la caravana. Ahmed ansiaba poder evadirse de sus obligaciones siquiera medio día para averiguar qué quedaba de la vida que había dejado atrás.

Yabal Ibn Taled había enviado una nutrida cuadrilla de peones, talladores y aprendices para terminar las piezas de mármol. Los fustes de las columnas habían sido tallados en Hisn Macael según las últimas correcciones que el arquitecto les había hecho llegar con toda urgencia con un correo militar a caballo. Los ábacos tenían las caras lisas en espera del diseño que Al-Qalati deseaba grabar en ellos. Las basas deberían ser ajustadas una a una.

—Uno de mis muchachos os guiará hasta vuestro alojamiento. ¡Zawi, corre! Guíalos hasta la casa. En palacio querrán veros en cuanto estéis listos. ¡Y vosotros, daos prisa en llegar hasta los almacenes! —gritó Jaffa a los carreteros, alejándose de los canteros.

Los hospedaron en una casa de la medina. A instancias del mayoral del despacho del visir, Sadam y Ahmed se asearon rápidamente y fueron conducidos a la Cancillería mientras sus trabajadores terminaban de subir fatigosamente la mercancía por las cuestas de acceso a la Al-Hamrā.

Ibn Zamrak los invitó a pasar y les ofreció asiento y un reconfortante té con azúcar de caña.

—Procede de nuestra última zafra, en la costa. Probadla, es excelente.

Intentó mostrarse amable y hospitalario, pero cada vez que miraba a Ahmed su memoria le lanzaba una advertencia. Sus ojos, la expresión de su cara, sus gestos le recordaban algo o a alguien. ¿Quién era aquel joven?

—Es mi mejor aprendiz, excelencia. Mi señor Ibn Taled os envía sus más sinceros saludos y lamenta no estar él aquí personalmente. Nuestro trabajo comenzará de inmediato, en cuanto vuestro maestro de obras nos informe de los planes de trabajo y nos facilite una zona espaciosa para trabajar.

—No os preocupéis, se os atenderá convenientemente. Pero me gusta ser sincero. Hay muchas celdas-pozo vacías y disponibles. Jaffa, mi maestro de obras, es muy exigente y os vigilará de cerca. Tomad un adelanto para vuestros gastos. Os animará a trabajar sin descanso. —Y les ofreció una bolsa llena de dinares de oro antes de despedirlos.

Anochecía cuando prepararon las primeras columnas cerca de su posición y colocaron los ábacos en el taller que Jaffa había levantado al lado de la tienda de los carpinteros. Todo el grupo celebró con una gran cena su llegada a la capital. El día siguiente sería durísimo, pero estaban en Garnata, y Ahmed durmió como un niño.

Jaffa era duro y brusco. A los talladores de Sadam y Ahmed los llamó picapedreros, lo que provocó voces y gruñidos de disgusto. Ellos eran artistas del mármol. Cualquiera podía arrancar piedras de un frente rocoso en una cantera. El mármol era diferente.

—¿Quién se ha creído que es él? ¿Un emir? ¿El príncipe de los creyentes? —exclamó Sadam, indignado—. ¡Ahmed, que los aprendices recojan todas esas esquirlas! ¡Esto parece un estercolero!

—Sí, maestro —dijo Ahmed apresurándose a obedecer.

Por orden del maestro de obras, se unieron a ellos muchos peones para llevar las basas y columnas al patio. Ahmed colaboró como uno más. Con ayuda de grandes tenazas de cantería fueron introduciendo cada una de las basas en los huecos que se habían excavado en el patio. Era un buen suelo para la cimentación, formado por conglomerados adecuados. Las paredes de excavación podían hacerse verticales. Sadam vigilaba que nada arañase las piezas durante su manipulación. Los enormes músculos de los operarios se tensaron al sujetar la primera basa. Los albañiles habían puesto una pequeña capa de mortero para compensar las irregularidades del fondo de excavación. Los huecos eran casi perfectos. El dado de cimentación de la basa encajaba casi sin holgura, quedando su parte superior tres dedos por encima de la superficie del patio en obras. Los albañiles nivelaron la pieza con suaves golpes de paleta, y rellenaron la holgura con mortero de cal. Descansaron un momento, jadeantes.

—Perfecto, perfecto —dijo una voz tras ellos. La figura se esfumó entre la gente como una sombra, y Jaffa volvió a gritarles con más energía.

—¡Moveos, picapedreros! ¡Aún os quedan ciento veintitrés!

Varias cuadrillas siguieron colocando basas mientras los albañiles sellaban con mortero de cal la pequeña holgura después de asentar las piezas de mármol con una maza de madera. Sobre cada basa, los herreros colocaban una lámina de plomo con dos protuberancias centrales. Una de ellas encajaba en un hueco superior realizado en la basa, la otra encajaría en la cara inferior del fuste. Los carpinteros preparaban puntales y tacos de madera para la fase de montaje de los fustes. Jaffa daba órdenes, y los hombres, entre ellos Ahmed, rechinaban los dientes y sudaban por el esfuerzo.

Al-Qalati revisó con Sadam los dibujos de los capiteles. Sobre ellos montarían los pesados ábacos. Los aprendices les mostraron los croquis con los motivos caligráficos que pedía.

—Si habéis cortado las piedras con exactitud, los ábacos montarán perfectamente sobre los capiteles. Si no es así..., bien, espero que no tengamos que desechar la pieza.

Sadam llamó a Ahmed, quien corrió hacia el taller resoplando. Tenía las manos entumecidas por el esfuerzo.

—Coge a dos aprendices y marca los dibujos sobre los ábacos. ¡Antes de que acabe el mes los ábacos estarán montados!

—Perfecto, perfecto —asintió Al-Qalati antes de desaparecer del taller. Ahmed se preguntó quién sería aquel hombre con aspecto de asceta.

Las palabras del Profeta se extendían por los capiteles y los ábacos. El gran cadí Al-Nubahi supervisaba que el tallado de las caras no contuviera ninguna palabra heterodoxa. Ahmed podía sentir la mirada y el aliento de aquel hombre mientras cincelaba las palabras letra a letra. No había cambiado casi nada, acaso tenía más canas y más arrugas. Era el hombre que había separado a su familia en la Gran Mezquita. Tuvo que esforzarse por no volverse y preguntarle a la cara qué mal había cometido su familia. Si actuara rápido, el cincel afilado le atravesaría el corazón. Se imaginó el frío cincel empapado por borbotones de sangre caliente. La sangre de aquel miserable no sería suficiente para reparar el mal que les había causado.

—Con calma, con calma, tallador. ¡Impaciencia de juventud! —dijo Al-Nubahi antes de retirarse.

El patio parecía un hormiguero donde todas las hormigas hubieran enloquecido de pronto. Las órdenes de Jaffa y las airadas respuestas de los capataces no interrumpían el frenético ritmo de trabajo.

En varios larguísimos días de trabajo ininterrumpido colocaron todas las basas. Antes de colocar la última, los montadores levantaron el primer fuste. Los carpinteros habían erigido un collarín de madera a seis pies para mantenerlo en su posición cuando lo izaran sobre la basa. Los carpinteros empujaron junto con los peones las vigas de refuerzo y de arriostramiento, y procedieron a unirlas entre sí con largos clavos de hierro.

—¡Daos prisa, por mis muertos, que el visir os arrancará la piel a tiras como la estructura falle, leñadores! —gritó Jaffa.

Algunos se irguieron airados al oír aquel exabrupto. La furia les hacía trabajar con rapidez. Su grupo hizo un esfuerzo más, listo para izar el collarín. Colocaron unas poleas sobre la estructura de vigas de madera. Ataron tres fuertes cuerdas en el pie, en el centro y en la coronación del fuste. Varios hombres se dispusieron a tirar de las cuerdas a través de las poleas.

En medio del gran ajetreo entraron en el patio los guardias elches de palacio. Todos callaron y pararon de trabajar. Las herramientas quedaron silenciosas una tras otra. Todos dirigieron una inclinación reverencial al visir y al sultán.

—Vuestro soberano y señor desea honraros con su presencia y felicitaros por vuestro esfuerzo. Con la primera columna habéis hecho un gran avance. Jaffa, proceded —dijo el visir.

Los músculos y cuerdas se tensaron. El fuste de la columna

se movió un poco. Los dientes rechinaron y los ojos se cerraron por el esfuerzo. Más manos tiraron de las cuerdas y el fuste se izó. Otras empujaron el fuste hasta el collarín y lo sujetaron mientras descendía sobre la plancha de plomo. El fuste bailó hasta que la protuberancia de plomo encajó en su hueco inferior. Los carpinteros cerraron el collarín y lo apuntalaron en todo el perímetro. El primer fuste estaba colocado.

Todos se felicitaron con alivio. El monarca y el visir se retiraron satisfechos. Jaffa volvió a gritar y fueron a colocar otro fuste de columna. Y luego otro. Y otro. Y otro. En el patio habría ciento veinticuatro columnas. Aún faltaban muchas, que aguardaban dentro del taller.

Las columnas, basas, capiteles y ábacos siguieron llegando en días sucesivos. El patio había quedado casi completamente cubierto por puntales, armazones de vigas y riostras, que sujetaban el anillo interior de la columnata. Los aprendices del arquitecto controlaban una y otra vez la perfecta alineación de todas las basas y fustes y su verticalidad.

—¿Por qué colocáis esa lámina de plomo entre la basa y el fuste? —preguntó Ibn Zamrak intrigado.

—Así se disminuye la rigidez de la estructura y permite corregir cualquier mala alineación de las columnas cuando pongamos sobre ellas los ábacos y los dinteles. Sería un desastre que colocáramos las columnas de una vez torcidas para siempre. Además, al dividir las columnas, las hacemos más manejables. No querréis que los palacios se manchen de sangre por un accidente.

Un pequeño ejército de montadores seguía levantando el andamiaje alrededor del anillo de columnas para permitir a los albañiles trabajar con comodidad.

—¿Y cuál será el siguiente paso?

—Montaremos los capiteles y sobre ellos los ábacos y las pilastras de ladrillo. Haremos unos corredores de techos altos pero proporcionados para dar sensación de ligereza al visitante.

El visir tosió por el polvo levantado por los operarios y por el serrín. El olor a madera lo invadía todo.

—Esta zona es intransitable. —Las voces de Jaffa se imponían a todas las demás—. ¿Qué pasará con la fuente? —preguntó el visir.

—He encargado un gran bloque de mármol. He hecho efectivos los poderes que me otorgasteis para tenerlo cuanto antes aquí, en palacio, al igual que los bloques para tallar los leones. Por eso en el lado sur he dejado un espacio, con dos fustes que no se colocarán aún. Por ahí meteremos los bloques y las dos losas hermanas para la sala norte. Todo se tallará aquí, en el patio, porque una vez montadas las columnas no tendríamos sitio para introducir la fuente. ¡Será maravillosa!

Un operario dio un grito en el taller de los marmolistas. Una de las cuerdas había cedido al levantar una basa, atrapándole un pie. Estaba destrozado. El hombre se desmayó. Cuando lo llevaron al médico de palacio todos murmuraron. Era una señal de mala suerte manchar con sangre una nueva construcción. Jaffa impuso orden. Ahmed se sumergió en el trabajo concentrándose en tallar los últimos trazos de un nuevo capitel. Sadam cincelaba la cara de un ábaco.

Los aguadores repartían agua constantemente. A media tarde, el olor a sudor humano debido a los esfuerzos de los peones y albañiles era insoportable. El palacio crecía día a día. Unos esclavos limpiaban incansablemente los desechos y escombros de obra. Sobre los fustes colocaron otra lámina de plomo y los capiteles. Las cuerdas se tensaban y las poleas chirriaban por el peso y el movimiento de elevación. Los carpinteros estaban atentos. Las maderas crujían y desprendían polvo al rozar unas contra otras.

Los hombres tiraron y tiraron de los cabos. El último capitel izado se bamboleó peligrosamente. De pronto, una cuerda soltó un chasquido seco y cedió. El capitel bailó en el aire.

—¡Cuidado! —gritó un aguador.

La cuerda se partió y cinco hombres cayeron al suelo. El capitel penduló de las otras cuerdas, y golpeó uno de los puntales de la estructura que lo sostenía. El puntal crujió y cedió. Los hombres se apartaron en estampida. En medio de una nube de polvo y gritos la pieza cayó al suelo y tras ella la estructura de madera. Se oyeron lamentos de dolor de los heridos. Todos aquellos que no estaban en una tarea comprometida se apresuraron a socorrer a los accidentados, algunos bajo el peso de las vigas de madera.

—¡Aprisa! ¡Apartad las vigas! —gritó Jaffa.

—¡Oh, Alá! ¡No siento los brazos, no siento las piernas! ¡Oh, Alá, no puedo moverme! —gimió desesperado uno de los heridos.

Era difícil moverse entre la pared, la estructura de madera caída y el anillo de columnas apuntaladas. Uno de los hombres fue a buscar al médico. Jaffa no permitió que los demás parasen de trabajar. Demasiados curiosos alrededor de la zona accidentada eran un estorbo en vez de una ayuda.

Sin embargo, muchos se negaron a continuar. Había tres heridos y otro más con la cintura aplastada, que no se movía y balbuceaba con un pie en el más allá. Serían sus últimos momentos.

—¡Misericordia, creo que... ha muerto! —dijo uno de los peones—. ¡Alí! ¡Alí!

Pero el albañil tenía la tez pálida, los ojos abiertos y ninguna señal de vida.

—Está muerto —murmuraron otros, y todos quedaron paralizados.

—¿Quién ha dicho que paréis? ¡Seguid en los andamios! ¡La argamasa os espera en las espuertas y se pondrá como un cuerno si no la colocáis! ¡Vamos! —Y Jaffa iba de un lado para otro empujando a los hombres, intentando que reaccionaran, pero sólo recibió miradas furiosas.

—Está muerto, Jaffa. Alí ha muerto. Esta obra está maldita.

Y muchos asintieron, extendiéndose la palabra como una plaga.

Jaffa se puso rojo de ira.

—¡Como os encierre en los pozos sí que conoceréis esa palabra de verdad! ¡Soldados, no dejéis que salgan del recinto!

Los guardias se apostaron en las entradas y varios hombres se encararon con ellos y con Jaffa.

—¡Eres un perro! ¿No te importa la sangre? ¡Que Alá te maldiga!

—¡Mide tus palabras! Así no terminaremos nunca. ¡Reanudad el trabajo!

El maestro de obras se sintió acosado. Las paletas de albañil poseían cantos afilados como cuchillas. Se dio cuenta entonces de que corría peligro, y con una señal ordenó a los guardias que dejaran salir a todos los trabajadores. Así, a pesar de las voces y amenazas de Jaffa, poco a poco todos dejaron los andamios murmurando. No trabajarían más ese día. Ni al siguiente. Ni al otro.

42

En memoria del farmacéutico

A pesar del accidente, los talladores no pararon su trabajo en el taller. No podían parar. El arquitecto estaba furioso con Jaffa. Ahmed podía oírlos desde el taller.

—¿Cómo ha podido ocurrir? ¡Retrasará todo! ¿Es que no puedes convencer a los obreros sin recurrir al látigo? El gremio de albañiles ha presentado una queja ante el visir y reclaman una compensación para la viuda y las familias de los heridos. Dicen que el cordelero está compinchado contigo. ¡Dos accidentes en una semana! ¿Es cierto? Espero que no. ¡Espero que no!

—¡Es mentira! ¡Dime quién ha sido el hijo de camella que pone en duda mi honor y lo desollaré! ¿Cómo podría hacer yo eso? ¡Es mentira!

—No quiero accidentes. ¡Si hay más retrasos no habrá más excusas! ¡Alá es grande, pero prefiero no llegar a él a través del verdugo!

—No habrá más retrasos. Necesito más hombres. Vaciaré las cárceles si es necesario.

Al-Qalati lo miró con desconfianza.

—Los viejos del lugar me dicen que aún tendremos días sin lluvia. Quiero empezar ya los nuevos trabajos en la residencia de verano. Coge a los hombres. ¡Cógelos! El ritmo de obra debe ser frenético. ¡Pero no pares, por Alá! ¡Y cambia de cordelero, ya!

El arquitecto se dio cuenta de que el martilleo de los talladores había parado mientras hablaban. Despidió a Jaffa y se acercó al taller. Al rumor de sus pisadas los talladores reemprendieron la tarea.

El equipo completo seguía trabajando para satisfacción del arquitecto. Los aprendices menores dibujaban los motivos vegetales, otros hombres pulían con arena fina y piedra de esmeril los recovecos de las tallas de los capiteles y clasificaban los bloques listos y los aún por terminar. En la cara superior de las piezas, que quedaría oculta tras su montaje, Sadam ponía un número. Así controlaba su posición. Ahmed, de su propia mano, talló en la cara inferior de decenas de piezas el nombre de Yabal Ibn Taled, y así cumplió su promesa de llevar su nombre a la Al-Hamrā.

Tan absortos estaban que nadie pareció reparar en su presencia, hasta que un aprendiz alzó la cabeza, lo vio y advirtió a Sadam. Dejó el triple ábaco de mármol que tenía entre manos para hablar con él.

—He terminado el boceto para la fuente. Sé que tenéis experiencia, así que tallaréis también las fuentes menores. La central además estará cubierta de inscripciones. ¿Cuándo podréis empezar? ¿Cuándo llegará el bloque?

—Se vaciará en cuanto llegue, arquitecto. Se hará como deseéis.

—¿Habéis tallado animales alguna vez? ¿Leones?

Sadam abrió los ojos y pensó alarmado que eso era una herejía.

—¡El sagrado Corán no lo permite!

—Lo permitirá el rey y el gran cadí no pondrá objeciones, a su pesar. ¿Podréis hacerlo o no?

Así que ése era el destino de los últimos bloques encargados.

—Lo haremos.

—Lo único en lo que ha cedido el rey ante el gran cadí es en que se asemejarán a los del Maristán. Mis esbozos están en el estudio. ¿Quién se encargará de realizarlos?

—Soy el único que ha visto un león. Ahmed, mi mejor aprendiz, me ayudará con ellos y con la fuente.
—¿Quién es Ahmed?
Sadam lo señaló. Al-Qalati se acercó a él y lo observó mientras trabajaba. Ahmed paró y lo miró intrigado pero con reverencia. El arquitecto era la mente prodigiosa que había diseñado el palacio. Ante él, el aprendiz se sentía como un niño al lado de un gigante. ¿Dónde habría aprendido su ciencia y su técnica?
—Estoy a tu servicio, arquitecto. Tus esbozos serán creados como desees. Tú eres la luz y nosotros, tus herramientas.
—Una herramienta herrumbrosa no servirá a mis propósitos —dijo el arquitecto señalando el escoplo.
—El escoplo puede afilarse. Mis herramientas son mis manos y mi mente, y están a tu servicio, maestro.
—Prosigue, aprendiz —le indicó Al-Qalati con la mano, sonriendo por la sinceridad de sus palabras. En la corte toda conversación tenía dobles sentidos. En aquel aprendiz había una sensibilidad especial. Lo que veía el arquitecto eran unos ojos que revelaban inteligencia, y sin decir nada salió del taller con Sadam.
—¿Le has enseñado tú, escultor?
—Sí —respondió Sadam, no sabiendo qué saldría de aquello.
—Entonces puedes estar orgulloso. Sólo un corazón sincero puede crear sin engaño. Tu aprendiz y tú tenéis mi confianza. Traeré mis bocetos en cuanto los tenga preparados.
Sadam hinchó el pecho lleno de satisfacción.
Ahmed siguió tallando con más ahínco. ¿Quién podría haber adivinado su fortuna? ¡Tallarían leones además de fuentes!

Los trabajos se reanudaron al día siguiente. Fustes y capiteles fueron colocándose con rapidez. Jaffa requirió al visir nuevos refuerzos y, tal como pidió, se vaciaron las cárceles. Todos aquellos prisioneros sin delitos de sangre o contra la religión pudieron redimir sus penas. Además de presos y obreros se asignó de forma permanente una escuadra de ocho guardias elches para asegurar el orden. Las ocho cuadrillas de montadores no daban abasto, y Sadam redobló los esfuerzos de los talleres. Para las labores menos especializadas emplearon esclavos. Observó con alarma que el acopio del taller se reducía rápidamente y que no eran capaces de realizar piezas con la misma rapidez con la que se colocaban.

Los carpinteros necesitaban tanta madera que se quedaron sin material y se requisó de las carpinterías de la medina. Al-Qalati se encargó de que los alfareros mantuvieran sus hornos a pleno rendimiento para preparar las tejas y azulejos. Los operarios fueron colocando los ábacos sobre los capiteles. Muchas columnas tenían su propio ábaco; otras piezas eran compartidas por dos, tres o incluso cuatro columnas. Eran los ábacos de las esquinas de los templetes avanzados sobre el patio. Los bajaron con muchísimo cuidado. Hasta que no se posaron perfectamente en posición, todos dudaron de si los fustes y capiteles estarían bien aplomados y enrasados. Su montaje fue un gran éxito.

Entretanto, los albañiles montaron con cuidado las pilastras de ladrillo sobre los primeros ábacos, y los andamios siguieron elevándose. Todo parecía un bosque de madera seca de puntales y tablones entrecruzados. Varios de los presos preparaban mortero de forma ininterrumpida. Los carpinteros nunca estaban ociosos y prepararon las vigas que colocarían de dintel sobre las pilastras.

Al-Qalati llevó al visir al taller de los yeseros para revisar las molduras de los mocárabes del techo y de las inscripciones que pondrían en las paredes. Con gran habilidad, el maestro desmoldó delante de ellos una pieza con el lema de la dinastía. Era perfecta. Harían falta más, pero eran de gran calidad. Ibn Zamrak no pudo resistirse.

—¿Y dónde están mis versos?

El maestro yesero los guio a la parte trasera, donde varios ayudantes tallaban con delicadeza sus palabras sobre el yeso y la marmolina. Había compuesto un largo poema que se colocaría en las paredes de la sala de las Dos Losas. En el proyecto del arquitecto había una cubierta llena de mocárabes.

¡Cuántos arcos se elevan en su cima,
sobre columnas por la luz ornadas,
como esferas celestes que voltean
sobre el pilar reluciente de la aurora!
Las columnas en todo son tan bellas
que en lenguas correderas anda su fama:
lanza el mármol su clara luz, que invade
la negra esquina que tiznó la sombra;
irisan sus reflejos, y dirías
son, a pesar de su tamaño, perlas.

El visir parecía extasiado ante la visión de sus pensamientos palpables y reales para siempre. Le tembló la voz de la emoción:
—¿Cuándo, Al-Qalati, cuándo veré la sala terminada?
—Trabajamos sin descanso, excelencia. Todos los hombres agradecerían un descanso cuando se levanten todas las pilastras. El mortero necesitará varios días para endurecerse antes de continuar.
—Que descansen entonces, si luego siguen con más vigor. ¿Qué más necesitas?
—Tiempo, excelencia, tiempo para ver terminada mi obra antes de morir, pero no es algo que podáis proporcionarme.

En cuanto se supo que el visir concedería tres días de descanso pagados, todos incrementaron sus esfuerzos, en especial los marmolistas. Por petición del arquitecto, Ibn Zamrak ordenó que el servicio militar de postas fuera a buscar los bloques de mármol que estaban esperando, y dos días después los bloques estuvieron en palacio. Con ayuda de rodillos de madera, cuerdas, muchas manos y algunos latigazos, las piezas llegaron al patio, y allí fueron acopiadas, prisioneras de la cárcel de columnas y andamios. Entre ellas estaban las dos grandes losas para la sala norte.

Los obreros cerraron el anillo interior el día del equinoccio de primavera.
—No ha sido casualidad, Jaffa. Es una señal —dijo Al-

Qalati, y se llevó la mano al pecho. Había sentido un leve pinchazo.

Dos días después, las pilastras de ladrillo estaban concluidas y el visir cumplió su palabra.

El día siguiente era viernes, día sagrado de oración. Los talladores se asearon en los baños junto a la Mezquita Real y disfrutaron de los placeres del vapor, del agua caliente y de los masajes. ¡Qué gozoso era para Ahmed cerrar los ojos rodeado por la bruma del vapor y olvidarse de todo lo demás! Hacía mucho que no disfrutaba así. Todo le recordaba a su vida anterior, cuando era un niño inocente. ¡Cuánto había cambiado! Tenía varias visitas pendientes, así que después de la primera oración en la Mezquita Real aceptó la propuesta de Sadam de recorrer la ciudad, y salieron de Madinat al-Hamrā. En la explanada que se extendía frente a la Puerta de la Justicia se estaban celebrando carreras de caballos. Los animales eran preciosos, de cabeza corta y fina, cuello arqueado con gracilidad, cruz redondeada y cuerpo largo y recto. Los ociosos que los animaban a correr eran muchos. Ahmed no pudo resistirse y apostó un dírham de plata por un caballo llamado *Baraka*, suerte, mientras Sadam apostaba por *Muza*, el conquistador. Volvió a sentirse como un hombre libre. Era joven, tenía trabajo, dinero y estaba en Madinat Garnata, en su primer hogar. Gritó lleno de entusiasmo junto a los demás cuando en la recta final su caballo estuvo a punto de ganar. Tampoco ganó el de Sadam. Perder la apuesta no disminuyó su alegría ni sus ganas de vivir.

Descendieron por la vera del río Hadarro, en donde no parecía haber pasado el tiempo. Las tenerías esparcían su olor por el río aunque los viernes no se trabajara. Todo le parecía viejo y nuevo a la vez. Cruzaron por uno de los puentes y ascendieron hacia el Maristán. Ahmed le rogó a Sadam que antes de cruzar la Puerta de los Tableros se detuvieran en los baños del Nogal. Hassan, el imponente eunuco de su niñez, ya no estaba allí. Otro esclavo corpulento estaba en su lugar.

—*Salam alaikum*. Disculpa, ¿dónde está Hassan, el portero de los baños?

—*Alaikum salam*. Murió en una reyerta hace cuatro años.

—¿Y Al-Hazred, el viejo *hakkak*? ¿Sigue vivo?

—No lo conozco. El único *hakkak* de estos baños es Rahim, un hombre joven de Lawsa.

Era otra parte de su niñez que acababa de desvanecerse para siempre. Resignado, se alejaron de los baños. Cruzaron la muralla y llegaron al Maristán. Entraron en el edificio. Dentro se oían gritos y lamentos y olía a alcohol y a desinfección. De una sala junto al patio llegaban los ecos de las recitaciones de las suras del Corán. Otra parte del edificio, en la planta superior, estaba destinada a las mujeres, pero no vio a ninguna. El estanque del patio tenía dos leones. Había visto los bocetos del arquitecto con Sadam. Se debían suponer fieros, ágiles.

—¿Y así es un león? —preguntó sorprendido Ahmed.

Aquellas figuras eran toscas y entradas en carnes. Decepcionados, salieron de allí. Ahmed vio un gato que se acicalaba sentado en la acera y pensó que tenía la elegancia natural que aquella mole de piedra nunca tendría.

Mientras su mente tomaba nota de la gracilidad del felino, dejó que el gentío los arrastrara a la alcaicería, llena de puestos, voces y aromas. Los comerciantes de sedas voceaban la excelencia de su género. Los aguadores ofrecían agua al sediento. Los puestos de los perfumistas seguían estando cerca de la Gran Mezquita, abierta de par en par. Entraron e hicieron la oración del mediodía. Sadam estaba encantado. A la salida, pasaron cerca de la fuente de las abluciones rodeada de naranjos. Las flores se habían abierto y el olor a azahar se esparcía por todas partes. En una tetería tomaron té de hierbabuena, y mientras apuraban el vaso, Ahmed habló con el dueño y por un poco más les llevó dos pipas de cerámica y un pellizco de hachís. Sadam lo rechazó y Ahmed se encogió de hombros y aspiró su aroma dulzón. Definitivamente era libre del mundo por unas horas.

—Madinat Garnata es maravillosa y bulliciosa. ¡No sé cómo podré volver a recluirme en Hisn Macael! —exclamó Sadam.

—He de irme a tratar un asunto personal, maestro. Cerca de aquí está la madraza, te recomiendo que la visites. Nos veremos a media tarde en la Al-Hamrā.

Con un profundo suspiro subió por el callejón de los ropavejeros hacia la calle Ilvira. El viejo mendigo cojo que había estado sentado junto a la mezquita todos aquellos años ya no estaba.

Habían pintado las puertas de madera de la antigua farmacia de color azul. Fue como si de repente Ahmed se encontrara en un país extranjero. La tienda estaba llena de camisas gastadas, velos, túnicas y babuchas. Al ropavejero parecía irle bien. Varios chiquillos correteaban persiguiéndose entre la calle y el callejón que daba acceso a la cocina. Dudó, pero al final entró en la tienda. Todo era diferente. El olor a ropa usada invadió su olfato, aunque el viejo mostrador seguía allí. Nada era como antes. El ropavejero se acercó a él.

—Sé bienvenido. ¿Deseas comprar un artículo en particular? ¿En qué puedo ayudarte?

Ahmed negó con la cabeza. Un chico que podía ser como él diez años atrás lo observaba medio oculto tras el vano que daba acceso a lo que fue el despacho, y de allí al patio. Olía a comida haciéndose. Sería la mujer de aquel hombre. Todo se había ido para siempre y el aprendiz de tallador salió con tristeza de la tienda ante la mirada perpleja de su dueño.

Se dirigió a la casa de su tía Asma. En cuanto lo vio, tan alto, tan musculoso, tan hombre, la mujer empezó a dar grandes gritos de alegría por el reencuentro. Ahmed siempre había sido el vivo retrato del farmacéutico. Le rogó que entrara en la casa. Se echó a llorar en cuanto su sobrino le contó que sospechaba que el farmacéutico había muerto.

—Fue la voluntad de Alá que sucediera todo aquello. ¡Pobre hermano mío! Al menos no estabas solo. Ahmed, Ahmed, tienes que saberlo, todas son malas noticias y desgracias. Hace meses, tu primo Abdel estuvo aquí. No sabía nada del destino de tu familia. Venía de tierras cristianas. ¡Estuvo cinco años prisionero! Su rostro daba miedo. Ay, Ahmed, no sé dónde está, volvió al ejército. ¡Parecía tan cambiado! Quédate a comer, Ahmed. Mi marido no tardará en regresar. Eres lo único que me queda de mis dos hermanos.

Al final Ahmed no pudo contener algunas lágrimas por mucho que lo intentó. Hacía tanto que no sentía el calor del hogar, de unas manos maternales... Su tía Asma siempre había estado próxima a su familia. Su esposo Abdalá llegó y comieron los tres juntos.

—¡Por Alá! Primero regresa Abdel y luego tú. ¡Después de tantos años! ¿Será el reflejo de la justicia divina? Pero tu primo ha desaparecido de nuevo. Vi un brillo peligroso en sus ojos. ¿A qué te dedicas? ¿Qué haces aquí, en Madinat Garnata?

Ahmed le contó que trabajaba en palacio como tallador y escultor. No dijo que seguía siendo esclavo. Su tío estaba impresionado.

—Tu tía siempre pensó que tu familia era y es inocente. Que alguna mano misteriosa os incriminó injustamente. El almotacén Ibn Hunayn se marchó a Lawsa, donde murió a manos de un perturbado, pero quizás el maestro Rashid sepa algo. Era muy amigo suyo. Aún vive, aunque su salud es muy delicada.

—Conozco a su mujer. Estuve en su casa una vez.

—Dile que vas de mi parte. Yo la conozco bien. Es una buena esposa, aunque muchos digan que es una mala mujer que busca quedarse con sus bienes. Quiere al maestro Rashid y lo cuida como a un niño. Dile que te deje hablar con él —dijo Asma.

—Mi tío tenía un arcón con algunas pertenencias.

—Está arriba, en el cuarto. Lo guardaba para ti o para Abdel. Fue de lo poco que pude recuperar antes de... —Asma calló y Ahmed asintió.

El aprendiz tomó un pastelillo que le ofreció Abdalá, un nido de hilos de miel y almendra, un dulce maravilloso que no había probado desde su niñez. Ahmed salió después de comer en busca del anciano maestro.

El viento de poniente soplaba y había cubierto de nubes primaverales la montaña, la Vega y la capital nazarí. Ya no era un niño en el barrio del Sened. Con nostalgia y resignación intentó no sentirse frustrado por la vida que había perdido. Llegó a la casa del maestro. Aida, la mujer de Rashid, le abrió la puerta con reticencia. Iba vestida de blanco, de luto. Seguía siendo hermosa pero sus ojos no tenían ninguna alegría. Dos niños pequeños se aferraban tras ella a su túnica, mirando al joven desconocido con curiosidad y temor.

El maestro Rashid parecía un espectro, estaba irreconocible. Su palidez era cadavérica. Había quedado reducido casi a la nada. Ahmed tuvo un escalofrío porque sentía que la muerte estaba cerca, rondando por la habitación. La única nota de alegría era un canario enjaulado que empezó a cantar excitado por el visitante. Su mujer se llevó el pájaro al patio.

—Por favor, sé breve. Está muy fatigado y hablar le supone un gran esfuerzo —dijo ella y salió de la habitación.

La cara de Rashid era como una máscara de dolor. Lo peor era que conservaba casi toda su lucidez y su memoria.

—Te recuerdo de niño. Ya eres un hombre. Eso es lo malo de ser el último en marcharse. Todos parten antes que yo dejándome más y más solo. ¡Lamento muchísimo la muerte de tu familia! ¿Recuerdas alguna de mis lecciones?

—Sí. También me acuerdo de tu vara, maestro.

—¡Ah, sí! La vara. Aparte de doler, espero que sirviera para algo.

—A mi familia y a mí nos detuvieron y separaron y no he sabido nunca por qué. No entendí lo que dijeron en el juicio.

Rashid suspiró.

—Joven, acusaron a tu tío de asesinato. ¡Una acusación horrenda! ¡Una deshonra para su profesión! Pero nunca lo creí. Tu tío era demasiado honesto para eso.

El viejo maestro le pidió que se aproximara y se sentara. Tardó unos minutos en ordenar sus ideas y en recuperar el aliento y las fuerzas.

—Hablé mucho con el almotacén, joven Ahmed. No fue él quien ordenó detener a tu familia, ni nadie de la jerarquía religiosa.

—Nos llevaron a la Gran Mezquita. ¿No fue el gran cadí?

El enfermo negó con la cabeza.

—Alguien con más poder. Alguien de Madinat al-Hamrā.

Ahmed se quedó sin aliento. ¿Por qué alguien de palacio habría deseado destruir a su familia?

—¿Quién, maestro?

—Nació en el Albayzín, aquí, hijo de padres levantinos. Estuvo en mis clases por un breve período, y era brillante e inteligente. ¡Pero su orgullo era mayor que su paciencia! Sobre todo después de la muerte de su padre, un herrero pobre pero honesto. Yo acababa de casarme con mi primera mujer. Se lo llevaron a la Cancillería, donde ha prosperado a costa de sangre inocente y de una habilidad innata para las intrigas. Y ahora tú trabajas para él. Y ahora que lo sabes, joven Ahmed, comprenderás que no puedes hacer nada. ¿Quién se atrevería a amenazar al visir Ibn Zamrak?

Ahmed estaba paralizado por la incredulidad y el desasosiego.

—Pero ¿por qué lo hizo? ¿Por qué?

—Alá lo sabe y él lo sabe. Nadie más. He guardado este secreto durante años para poder contárselo a tu primo Abdel o a ti, aunque no puedas hacer nada. Estoy fatigado, joven Ahmed. Está en manos de Alá otorgar justicia. Sigues vivo y eso es importante. Ahora déjame descansar, por favor.

Ahmed le besó la mano en agradecimiento y se retiró.

—Sabía que erais diferentes, tu primo y tú —le dijo Rashid desde la cama antes de que saliera—. Podrías haber entrado en la madraza o incluso en la Cancillería. Qué lástima.

Ahmed regresó a casa de su tía en silencio. Sentía sobre sus hombros el peso de una gran inquietud. Movido por la nostalgia, pidió permiso para ver el arcón. Dentro había ropa de su tío con olor a lavanda. Encontró un velo azul con lentejuelas que había sido de su prima. Y de pronto recordó de forma vívida las últimas palabras de su tío. Tanta vehemencia, tanta desesperación por un arcón debía significar algo. Tenía que haber algo más. Sacó toda la ropa con cuidado y tanteó paredes y fondo. Todo parecía macizo. Examinó los relieves exteriores hasta que encontró un remache que se movía. Excitado, lo movió en horizontal accionando un pasador. Se oyó un clic en el interior. Un panel del fondo se había soltado. Bajo él, Ahmed encontró una caja envuelta en tela de lino. La caja era pesada.

—¿Has encontrado algo, Ahmed? —dijo Abdalá subiendo las escaleras. Ahmed pensó que no era el momento y devolvió el objeto a su sitio, corrió el remache y el pasador y metió la ropa en el arcón. Tomó un par de camisas entre las cuales escondió el velo azul. Se sintió un ladrón. Abdalá ya estaba con él.

—Con vuestro permiso me llevaré el arcón. Lo recogeré mañana. He tomado un par de camisas. Ahora he de irme.

Salió de la casa ansioso por saber el contenido de la caja. Tenía que pensar en la forma de esconder el arcón y de examinarlo sin testigos. De vuelta a la ciudad palatina, empezó a llover. Sólo se le ocurría un lugar donde esconderlo, y regresó a la casa del maestro tuerto.

—Está descansando, no puedes molestarlo —dijo Aida.

—Por favor, es muy importante que hable con él. Por favor.

Aida suspiró y cerró. Ahmed esperó bajo la lluvia. Volvió a abrir.

—Dice que pases, pero sé breve.

El aprendiz se arrodilló ante el enfermo.

—Maestro Rashid..., no puedo decírselo a mi tía, pero sé que puedo confiar en ti. No confío en nadie más.

—Dime qué puedo hacer por ti.

—Encontré un objeto en el arcón de mi tío Abdel. Necesito que me guardes el arcón hasta que pueda examinarlo sin peligro. Me dijiste que mi tío era honesto. Te lo pido para poder limpiar su memoria.

—Aquí estará a salvo mientras yo viva. Ven cuando precises. Te ayudaré en cuanto pueda.

Ahmed se sintió profundamente agradecido.

43

La rosa de los meriníes

El tiempo pasaba silencioso en el desierto. Para Suleyman era una nueva vida. No se sentía solo. Tenía una nueva familia. El rigor que el desierto imponía en la vida de sus moradores se aplicaba tanto al cuerpo como al espíritu. En su continuo peregrinar de oasis en oasis había orado, había luchado y había meditado las sagradas palabras del Corán de los hintata. Tenía una nueva lengua, un nuevo nombre, una nueva familia y pronto tendría una esposa. Suleyman encontraba iluminación donde muchos de su tierra sólo verían aridez extrema.

Estaba ayudando a desmontar las tiendas y pronto amanecería. Tenían una cita en otro pozo para intercambiar alhajas de plata por sal. La familia del guía Hisam era su nueva familia. Halifa, su sobrina, sentía predilección por el nazarí y toda la familia lo aprobaba, porque era un hintata. Un caballo llegó a la carrera hasta el campamento, donde después de la primera oración las mujeres estaban preparando unas gachas de harina para desayunar antes de partir. Era Hisam, el guía.

—¡Tengo una buena noticia que daros a todos, hermanos! Se va a pactar una tregua con el sultán. Pronto, muy pronto, nos reuniremos con las demás tribus y cruzaremos el mar. *¡Insha Allah!*

Todos recibieron la noticia con aprobación. Estaban más cerca de Al-Ándalus.

—Suleyman, acércate. He de hablarte.

Se distanciaron del grupo y se adentraron entre las palmeras.

—Me dijiste que querías saber quién compró a tu hermana. Un *fakkak* me indicó que fue Alí Ibn al-Hazziz, el imán de la mezquita Qaraouiyyin. Es un hombre lascivo y lujurioso, que gusta rodearse de niñas y jóvenes, intentando recobrar la juventud que ya se fue, y después la regaló a palacio. El imán es peligroso y amigo del sultán.

Suleyman cerró los ojos. Apretó los puños temblando de indignación y furia.

—Hijo de perra, juro que lo mataré. Hisam, debo volver a Fez inmediatamente.

El guía le recriminó sus ataduras con el pasado.

—Olvida a tu antigua familia. Quedó atrás. Ahora tienes una nueva y un nuevo destino.

—¡No puedo olvidarlo! Dijiste que somos hintata. ¡Ayúdame! Para los hintata la familia, la tribu, el honor están por encima de todo. Tienes que entenderlo.

El guía miró al horizonte, donde el disco solar se levantaba poco a poco tras las palmeras.

—*Inch Alá*. Es la voluntad de Alá.

Le proporcionó una montura resistente y provisiones y le deseó suerte. Suleyman apretó las cinchas del equipaje, se cubrió la cara con el pañuelo azul a la manera bereber, subió al camello y partió solo hacia el norte.

Llegó a Fez una semana más tarde, y después de alojarse en una alhóndiga acudió a unos baños antes de entrar en la mezquita Qaraouiyyin, con sus extensos tejados verde esmeralda. Se aseguró de que llevaba el cuchillo. Se mezcló con el resto de los estudiantes, que lo miraron de reojo al observar sus oscuros ropajes bereberes. Le preguntó a uno de los guardianes por la sala de los copistas deslizando hábilmente una moneda en sus manos.

La estancia era enorme y estaba llena de estudiosos y copistas que trabajaban en sus mesas. Se descubrió el rostro para no parecer sospechoso. Había varios guardianes deambulando por los pasillos, atentos a los gestos de los estudiantes. Giró en el tercer pasillo a la derecha y buscó la tercera estantería, el tercer anaquel, el tercer libro.

«Lo guardé en el tercer libro que encontré. Un tratado de poesía de Ibrahim Ibn Said. Su cubierta es azul. Tiene una cinta verde como separador de hojas. Es fino. La cubierta tenía deteriorada una de las costuras. Dentro metí la carta, doblada.»

El tercer libro era una relación de las provincias del reino, con una descripción de las gentes. Un tratado de geografía. Buscó en todo el anaquel. El libro de Ibrahim Ibn Said no estaba allí.

Armándose de valor, le preguntó a uno de los copistas, que lo condujo al encuadernador.

—¿Cubierta azul, cinta verde? ¿De Ibrahim Ibn Said? ¡Ah, cierto! ¡No está en su estante! Lo recuerdo, es un libro muy valioso. Su cubierta estaba gastada. El imán Al-Hazziz decidió hace tiempo guardarlo en su despacho. Deberás pedírselo a él.

—¿El imán Alí Ibn al-Hazziz? ¿Sigue aquí?

Al encuadernador le extrañó la pregunta, pero asintió. Suleyman le dio las gracias, turbado. ¡Era la misma persona que había mancillado el honor de su hermana! Era una señal, tenía que serlo. No podía esperar, no podía permitir que aquel ser indigno descubriera la carta antes que él y se aprovechara de ella. Los hintata tenían amigos influyentes, e Hisam le había indicado en su despedida a quién podía acudir en Fez si necesitaba ayuda.

Pidió ayuda y su ruego fue escuchado.

Estaba apostado en un callejón de paredes de adobe observando las celosías de madera de las casas anejas a la mezquita, por las que se filtraba la luz del interior. No sabía si había sido mediante soborno, amenaza o corrupción, pero en aquel momento, tal y como le habían prometido, la entrada de la casa estaba sin la usual vigilancia de los soldados. La puerta estaba entreabierta. Nadie lo importunaría mientras estuviera dentro. Suleyman cruzó la entrada. Una vieja criada lo esperaba con un candil. Tenía la cara surcada de arrugas, envejecida por el sol del desierto.

—No tiene pérdida. El primer piso, la segunda puerta de la izquierda. Sólo están él y dos esclavas. —No dijo más. Extendió la avariciosa mano como si fuera una zarpa y Suleyman le dio el precio estipulado, tres dinares de oro. No tenía tiempo que perder.

El sonido de un laúd se mezclaba con risas y gemidos que se escuchaban tras la puerta. Sacó un cuchillo largo de hoja damasquina, se cubrió el rostro con su pañuelo bereber, dejando sólo visibles los ojos, y derribó la puerta.

El imán de la mezquita, Alí Ibn al-Hazziz, yacía desnudo sobre una chica joven que mostraba una mueca de intenso dolor. Era casi una niña. El imán, tremendamente obeso y casi calvo, lo miró con terror al ver el cuchillo que portaba. Una esclava negra apenas vestida que tocaba el laúd en un rincón lo dejó caer al suelo al irrumpir Suleyman en la habitación. El lecho era enorme y el cuarto estaba cubierto de volutas de humo, dulzonas unas, penetrantes otras, el olor del hachís, del incienso y del loto negro. En un instante, el hintata lo comprendió todo. Había drogado a la niña antes de forzarla.

Con la rapidez de la furia llegó al lecho, abofeteó al hombre haciéndolo rodar al suelo y puso el cuchillo desnudo sobre su cuello grasiento.

—Si dices algo, morirás como un cerdo. ¡Marchaos! —gritó a las mujeres, que salieron corriendo de la habitación.

—¡Llévatelo todo, oro, joyas, pero no me mates! ¡El arcón está ahí! ¡Tómalo todo!

—¡Calla, perro!

—¿No sabes quién soy? ¿Cómo te atreves a irrumpir en mi casa? ¡Huye lejos! ¡Antes de que llegue el alba las tropas del sultán entregarán los despojos de tu cuerpo a los buitres!

Suleyman empezó a deslizar el filo lentamente sobre la piel de la garganta del hombre, que empezó a sangrar. El imán calló, pálido.

—Eres el imán Al-Hazziz, un ser corrupto y despreciable que ha convertido la verdadera fe en algo abominable. Si quieres vivir, deberás responderme. Busco un objeto, un libro de poesía de Ibrahim Ibn Said; el encuadernador me ha dicho que está en tu poder. ¿Dónde está? ¿Dónde lo tienes?

—¿Un libro? ¡No sé de qué me hablas! —mintió el imán con rapidez.

—¡Sí lo sabes! ¡Su tapa es azul, su registro es verde! ¡Haz memoria porque tu vida está en juego!

Los segundos se hicieron eternos mientras el imán intentaba recordar. Cuando Al-Hazziz sintió correr la sangre por su herida en el cuello se orinó de puro miedo. El hintata no se inmutó.

—¡No! —rogó con voz temblorosa, y le ofreció la pequeña llave que colgaba de su cuello—. ¡En el primer cajón de la mesa!

Suleyman abrió el cajón. El libro azul estaba allí. Varias puntadas de la cubierta estaban rotas. ¡Ahí debía estar la carta! ¡Su padre no había mentido! ¡Y eso significaba que sus vidas estaban a punto de cambiar!

El orondo imán sacó sigilosamente un cuchillo de debajo de uno de los cojines. El hintata ocultó el libro entre sus ropajes y se dispuso a saldar la deuda del pasado.

—Vas a morir, hoy. Por tus iniquidades. Violaste a mi hermana. ¡Violaste a mi hermana!

Al-Hazziz se abalanzó sobre él, cuchillo en mano. Pero a pesar de la sorpresa, el guerrero del desierto esquivó la estocada mortal y lo redujo sobre los cojines, retorciéndole la muñeca hasta que soltó el cuchillo. Al-Hazziz gritó, derrotado. Suleyman le puso el cuchillo sobre la yugular.

—¡Violaste a mi hermana! ¡La compraste como si fuera un camello, le robaste la vida y luego la vendiste! —El imán calló y Suleyman apretó un poco más el filo del cuchillo—. ¿Crees que no mereces morir? ¿Debería perdonarte la vida?

—¡No sé de quién me hablas!

—¡Se llamaba Aixa y era una niña! Tenía doce años. ¡La embarcaron desde Mālaqa hace seis años!

—¡Espera! —rogó con voz temblorosa—. ¡La recuerdo! ¡Era muy hermosa y la traté bien! ¡La ofrecí a palacio, al sultán, y ya no sé más! Formó parte del harén. ¡Por Alá, respeta mi vida! Aixa era muy hermosa pero yo no le hice ningún mal.

—¿Ningún mal? ¿Ninguno, como a esas niñas que han huido de este cuarto?

Suleyman cerró los ojos imaginándose el horroroso tormento al que su hermana había podido estar sometida una y otra vez mientras él languidecía en prisión. Los hintata tenían razón.

La auténtica fe se había perdido para siempre. Cuando los abrió, su mirada helada coaguló de puro pánico al imán sudoroso. Suleyman se bajó el pañuelo.

—Mira mis ojos y mi rostro, imán. Míralos bien. Aixa era mi hermana. ¡Húndete en la oscuridad para siempre! —Y con un movimiento preciso, rápido y brutal lo degolló, salpicándolo todo de sangre. El imán intentó gritar, pero de su garganta sólo salió un gorgoteo ensangrentado.

Suleyman huyó de Fez, ocultándose en los montes, y cuando al día siguiente leyó la carta, supo que su viaje sólo había empezado. En Madinat Garnata habría gente dispuesta a pagar cualquier precio por esa carta. Y eso incluía al propio sultán.

En Garnata llovía. Sadam no había podido soportar ocioso más de un día. Cuando regresó a la medina real buscó al arquitecto. Al-Qalati seguía en su estudio, pensando y dibujando esbozos. Aquel hombre era infatigable.

—Pensaba aprovechar estos días para permitirme un pequeño capricho. Voy a construir una escalera singular en la residencia de verano, entre los jardines. Salvará un desnivel entre el paseo y el pequeño oratorio que erigiré en lo alto, más cerca del Misericordioso. Será una escalera de agua. En los rellanos tendrá fuentes para permitir el ritual de las abluciones. Ya había convencido a varios obreros de trabajar, pero con esta lluvia no será posible.

—Arquitecto, yo tampoco puedo estar ocioso. Aprovecharemos la lluvia para adelantar trabajo con calma. He visto el Maristán. Quiero ver los esbozos finales para los leones.

Para resignación de Ahmed, en cuanto regresó a la casa de Madinat al-Hamrā, Sadam y él se pusieron a trabajar. Era el primer aprendiz, un esclavo, y no podía negarse. Decidieron que primero darían volumen al animal y luego lo irían perfilando poco a poco en detalle. Los leones del Maristán estaban sentados. Los del patio palaciego estarían en pie, con la taza sobre sus lomos. Le dieron al animal un porte felino. La pureza del *almaluki* resaltaba los volúmenes de los poderosos cuartos traseros. Trabajaron en el patio sin descanso mientras seis esclavos de palacio los protegían del agua sosteniendo sobre ellos un palio. Después pasaron a los detalles. La fuerza de las patas, las garras visibles, los músculos en tensión, la melena de la fiera y los agresivos dientes, las orejas alzadas amenazantes..., todo era un aviso claro para el visitante. En una semana terminaron el primer ejemplar. Al-Qalati estaba satisfecho.

—Os faltan once más. ¡Pero cuidado! No todos los leones son iguales. ¿Habéis observado los croquis? ¿Veis estas leves diferencias? Son importantes; tal como dijimos, las cañerías de la fuente entrarán por una de las patas y saldrán por la boca.

Y siguieron trabajando con cautela, guardando el secreto de la simbología de los leones.

Cuando los obreros se reincorporaron al trabajo ya no llovía. Todos celebraron la belleza del animal. A mediodía, el rey se acercó a verlo, y un rayo de luz repentino se abrió paso entre un jirón de las nubes e iluminó al león, que refulgió blanquísimo y deslumbrante. Todos lo consideraron una buena señal.

—Arquitecto, esto es excelente —dijo Muhammad V—, pero quiero algo más. Los leones que vayan en el eje que marca el amanecer y el anochecer tendrán una estrella judía en la frente. El rabí Ibrahim lo ha sugerido como símbolo de la unión de lo terrestre y lo divino.

—¿No es acaso también conocido como el Sello de Salomón? ¿No es éste nuestro Mar de Bronce, a semejanza de la fuente del Templo de Jerusalén en cuya superficie se dice que Salomón tenía el don de contemplar el pasado y el futuro? Es más, ¿no son los leones nuestros ejércitos bendecidos por la Divinidad, que otorga la fuerza y la justicia más allá del entendimiento de los hombres? Es una idea excelente, majestad, y se hará como deseáis.

Llegó de nuevo el turno de los carpinteros. Habían dejado incrustado un pivote de madera sobre cada pilastra de ladrillo, de un pie de altura. Con ayuda de poleas y cabrestantes izaron uno a uno los dinteles sobre las columnas. Unos apoyaban sobre dos columnas, otros, sobre tres. En cada uno habían horadado un agujero que recibiría el pivote. Encajaron con cuidado la primera banda del doble dintel de roble destinada a soportar el forjado de las galerías. En dos días todas las pilastras tenían su dintel montado, lo que despertó gritos de entusiasmo. Los ladrillos de las pilastras crujieron al recibir el peso de las vigas de madera. Se comprobó que los dinteles y los muros perimetrales estaban a nivel y enseguida las cuadrillas de los carpinteros comenzaron a techar las galerías apoyando los extremos de los tablones sobre ellos. Todo el patio era como una pequeña torre de Babel de trabajo ininterrumpido que se alzaba hacia el cielo. Cuando se techaron las galerías, los albañiles continuaron donde correspondía el siguiente nivel de la estructura del palacio, mientras los carpinteros preparaban el maderamen de los aleros de lo que sería el tejado.

—¿Ves qué rápido avanza todo, Jaffa? —dijo Al-Qalati—. Éste es el sino de la arquitectura islámica: construye rápido y no te preocupes por el futuro porque la vida y el poder son efímeros. ¿Para qué construir para la eternidad si sólo Alá es eterno? Pero esto perdurará.

—Nada dura eternamente —contestó Jaffa.

—Alá es inescrutable. Pero esto también depende de los deseos de los hombres.

El sol apareció brevemente antes de esconderse. Todo seguía acelerándose, como si los obreros entraran en un éxtasis frenético semejante al de los sufíes.

El siguiente gran desafío para los carpinteros fueron los templetes. Al-Qalati conocía el efecto de los empujes laterales que provocaba el peso de una cúpula, así que hizo colocar un gran marco sobre las pilastras que recibiría las fuerzas de las costillas de las cúpulas y las transmitiría a las columnas.

Del taller de los marmolistas surgieron de pronto las fuentes destinadas al suelo de las salas adyacentes al patio. Los fontaneros esperaban ansiosos la señal de Jaffa, y el sábado, después de la oración de la mañana, instalaron las cañerías de cerámica selladas con arcilla hasta el centro del patio y hasta las salas. En la misma zanja, bajo los pasillos centrales que tendría el jardín, se montaron las cañerías de desagüe, se cubrieron con una capa protectora de ladrillo y mortero y se taparon rápidamente. Mientras varios peones compactaban las zanjas con pisones de madera de olivo, otros obreros colocaron en posición la fuente y el solado de mármol, incluyendo las dos enormes losas de la sala norte. Dos leones estaban terminados y otros dos estaban emergiendo de sus prisiones de piedra.

Al-Qalati estaba en su estudio cuando entró el visir con una hoja manuscrita entre sus manos.

—Toma, arquitecto. Éste el poema que deberás colocar en la fuente.

Al-Qalati lo leyó bajo la mirada impaciente de Ibn Zamrak.

Bendito sea Aquel que otorgó al imán Muhammad
bellas ideas para engalanar sus palacios,
pues ¿acaso no hay en este jardín maravillas
que Alá ha hecho incomparables a su hermosura
y una escultura de perlas de transparente claridad
cuyos bordes se decoran con orlas de aljófar?
Plata fundida corre entre las perlas
a las que se asemeja en belleza alta y pura.
En apariencia agua y mármol parecen confundirse
sin que sepamos cuál de ambos se desliza.
¿No ves cómo el agua se derrama en taza
pero sus caños la esconden enseguida?
Es como una amante cuyos párpados rebosan de lágrimas,
lágrimas que esconde por miedo a un delator.
¿No es en realidad, cual blanca nube,
que vierten los leones sus acequias
y parece la mano del califa que de mañana
prodiga a sus leones de la guerra sus favores?
Quien contempla a los leones en actitud amenazante
sabe que sólo el respeto al emir contiene su enojo.
Oh, descendiente de los Ánsares y no por línea indirecta,
herencia de nobleza que a los futuros desestima,
que la paz de Alá sea contigo y perviva incólume
renovando tus festines y afligiendo a tus enemigos.

—Maravilloso, excelencia. El secreto de la fuente está en él.

—¿Cuándo estará lista?

—Pronto, excelencia. Estamos colocando ya parte del solado de mármol y las fuentes menores.

—En el lado norte se harán cambios. El rey solicita que en vez de unos arcos haya un mirador, reservado para su favorita.

Al-Qalati buscó entre los planos la planta del edificio.

—Pero, excelencia, eso supondrá modificar las distribuciones de los muros de la primera planta. ¡Habrá que derribar parte de lo realizado! ¡Retrasará la obra! —exclamó el arquitecto. Sintió una punzada en el corazón.

—Eres el arquitecto, soluciónalo. ¡Y la obra no deberá retrasarse! Piénsalo esta noche, porque mañana el rey ha solicitado tu presencia para discutir los progresos. No será tan magnánimo como yo.

Ibn Zamrak se levantó y Al-Qalati lo miró aún confuso, casi suplicante.

—¡Pero, excelencia...!

El visir lo cortó con un gesto.

—Suponiendo que el que habla esté loco, que sea sabio quien lo escucha —citó Ibn Zamrak.

El sol amaneció un día más y el ritmo de la obra seguía siendo trepidante. Sobre las galerías, los carpinteros iniciaron el montaje de las cerchas y riostras de madera de los aleros de los tejados. Los techadores empezaron a montar las primeras hiladas de tejas. Los soladores encajaban las losas de mármol en el suelo. Los leones iban ocupando su lugar en el centro del patio. Como había dicho Sadam, Ahmed centraba su vida en el mármol. Trabajaba con una ferocidad febril y lo reflejaba en las muecas fruncidas de los leones. Era la única forma de olvidar todo lo demás. Pensar más allá de la fuente, de los leones y del recinto de palacio le daba vértigo. Y también miedo.

Jaffa se presentó con Al-Qalati en la obra entre todos los hombres. Por primera vez, el arquitecto estaba furioso y no hacía nada para ocultarlo. No le gustaban los cambios de diseño si no los hacía él. Dos peones estaban derribando muros de fábrica ya levantados y enlucidos. Cada golpe de piqueta le dolía en el alma. ¡Él construía, no destruía! ¡Y pretendía construir su última obra para la eternidad! Alá era inescrutable. Cerró los ojos para no ver caer los ladrillos destrozados. Dos esclavos retiraron los escombros para trazar con yeso las líneas de la nueva distribución. Y todo eso por el capricho del rey. «Mejor dicho —pensó Al-Qalati—, por el capricho de una mujer.»

Ibn Zamrak bajó a las cámaras del tesoro. Sus espías le habían enviado noticias frescas del norte de Ifriqiya. Tal como temía, los voluntarios se estaban reagrupando. Las tribus del Sahara llevaban las noticias a todos los rincones del desierto, a todos los moradores ansiosos por el agua de Al-Ándalus y que habían transformado un pasado perdido en el Paraíso alcanzable en vida. Para los cristianos, era el momento en que celebraban la muerte y resurrección del profeta Jesús convertido en su dios. Los espías le informaban de que había un infiltrado en palacio. Los reinos cristianos aumentaban sus escaramuzas en las fronteras azuzados por sus clérigos y su sumo sacerdote, que los instigaba a matar al infiel musulmán a cambio del perdón de los pecados. Y el tesoro menguaba poco a poco. Las obras de reconstrucción que se estaban realizando en toda la frontera costaban tanto como la compra de voluntades y el mercadeo de influencias.

Paseó la mirada por los cofres cerrados llenos de oro y plata, gemas, rubíes y armas de empuñaduras de nácar. Bajo la atenta mirada del guardián del Tesoro Real hundió sus dos manos en una bolsa llena de esmeraldas bajo la luz de la linterna. Había más objetos maravillosos, como vainas cubiertas de filigranas de oro, cotas de malla de ribetes dorados, adargas dignas de un rey, diademas, pulseras, brazaletes y copas de plata y oro, los cálices que habían perdido los habitantes de las tierras conquistadas. Algunas habían sido invadidas de nuevo por los castellanos. Nuevas conquistas, nuevos pobladores, y el reino volvía a quedar disminuido.

Tomó una de las espadas de acero de Damasco. Debía de llevar décadas allí en la oscuridad. La sacó lentamente de su vaina. Era liviana, recta, de doble filo y hendía el aire con el silbido amenazante de una serpiente. Dejó el arma en su sitio y cambió la violencia de la guerra por la suavidad del tacto de la seda. Había piezas enteras de las mejores sedas que se hubieran tejido nunca. El frufrú de la seda verde le recordó una sura del libro sagrado: «A los elegidos se les adornará con brazaletes de oro, se les cubrirá con verdes vestimentas de seda y brocado, y se reclinarán en divanes.»

También le recordó a una mujer. Dejó que el celoso y enorme guardián cerrara la cámara. Se desvió de su camino habitual, hacia los caminos subterráneos que existían en el subsuelo de la Sabika. Casi todos eran de la dinastía zirí. Algunos estaban cegados por los derrumbes y los años. Otros habían sido olvidados. Unos pocos habían sido redescubiertos. Llevaban hasta el río Hadarro, hasta el río Sinnil y hacia la montaña. Muy pocos los conocían. El destino hacía extraños aliados y el túnel que recorría en aquel momento lo conocía una persona más. Sólo con el perfume ella se había delatado.

—Llegas tarde —le dijo con una voz melodiosa, casi risueña.

Ibn Zamrak dejó la linterna colgada de la pared. El techo estaba negro encima. Aquel reposantorchas se había usado muchas veces en el pasado.

—Dime si traes nuevas noticias.

—Los hintata se están reuniendo. También el clan de los hastuka. Los rivales se unen. Los caídes dicen que hay nazaríes entre ellos. Alguien los ha enviado allí con algún propósito.

—Quiero el nombre de esa persona. No toleraré otro levantamiento promovido por los africanos.

Aixa se le acercó lentamente. Él suspiró.

—Mi información tiene su precio, ya lo sabes.

—He intercedido por ti ante el sultán, he liberado presos y he esclavizado rivales. Te he protegido de la ira del gran cadí innumerables veces. He procurado tu seguridad, y tus privilegios. ¡No puedes exigirme nada!

—Ahora ya no es suficiente. El trato ha cambiado.

El visir la miró iracundo, pero, al fin y al cabo, era un hombre, y ella sabía cómo tratar a los hombres. Se acercó a él, permitiendo que sus perfumes lo envolvieran, y entreabrió sus labios sonrosados y jugosos, ofreciéndoselos. Los bereberes, siempre los bereberes. Pretendían llevar la yihad hasta sus últimas consecuencias. Pero él ya no opinaba lo mismo que años atrás, y empezaba a entender los últimos pensamientos de su maestro: nunca se podría ganar la guerra contra los cristianos, así que ¿por qué no sobrevivir sin azuzar a los ejércitos castellano y aragonés? Tendió sus manos alrededor de su cintura, ella gimió apoyando sus manos sobre su pecho con delicadeza, cerró los ojos y saboreó lo que ella le ofrecía.

44

Doce leones y una fuente

En el palacio en construcción, una vez montados los aleros de los tejados, los albañiles quitaron los collarines y andamiajes de las columnas.

—¡Es asombroso! —exclamó Ahmed sin poder contenerse.

Todo el conjunto parecía evitar su derrumbe como por un hechizo, tal parecía su desnudez tosca y sin embargo frágil. Era como entrar en el interior de un enorme animal mitológico, y las cerchas del tejado eran las costillas del animal. Madera y cerámica cubrían poco a poco los tejados. Era el turno de los yeseros. Mientras los albañiles montaban los zócalos de alicatados multicolores, los yeseros colocaban las placas de yeso tallado y marmolina sobre las paredes enlucidas. Junto a la zona sur, los albañiles terminaron de cubrir el viejo aljibe que formaría un patio interior.

A la vez que los jardineros daban forma y alineación a los nuevos setos, y trasplantaban ejemplares de laureles y otros árboles aromáticos de hoja perenne, una cuadrilla de obreros bajo las órdenes de Jaffa construía la escalera de agua. En vez de pasamanos, la escalera tenía tejas invertidas; Al-Qalati había hecho derivar una toma de la acequia para surtirla de agua. En el centro de cada rellano había una fuente. Al-Qalati contemplaba dos escalones de ladrillo en sardinel. En cuanto el mortero fraguara quitarían la compuerta y el agua correría rauda y alegre. Un aprendiz llegó corriendo desde palacio, dio un mensaje a Jaffa y volvió a partir.

—Han terminado los leones. Están tallando la fuente central.

—Tienen los versos. Ve y controla a los fontaneros. Que tengan a punto el sistema hidráulico de la fuente.

Era un sistema ingenioso. Ahmed no dejaba de asombrarse de aquel hombre capaz de construir y diseñar tanta maravilla. El agua que llegaba desde la acequia real subía por el cilindro que sostenía la fuente mediante tuberías que atravesaban una pieza torneada cilíndrica de mármol; por sus extremos el agua salía a la gran taza y al surtidor central. El agua que se vertía en la taza, una vez que subía el nivel, volvía a penetrar en la misma pieza por una rueda de orificios más elevada, bajando por la pieza y el pie de la taza hasta llegar a un cilindro tallado del que se derivaban doce conductos para los doce leones. Los conductos entraban en cada animal por la base de la pata delantera izquierda y salían por la boca de las fieras. Sadam y Ahmed habían tenido mucho cuidado al horadar el hueco en el interior de las esculturas, usando finos escoplos de longitud creciente y atravesando por el frente las amenazantes muecas llenas de dientes. Seis agujeros situados en las losas del canal perimetral en torno a los animales, dispuestos de forma alterna, recogían el agua y la enviaban al desagüe que sacaba el agua del patio. La enorme taza llevaba labrado el largo poema del visir. Sadam estaba orgulloso del trabajo. En tres días todo estaba colocado y montado.

Con ese sistema, el nivel del agua en la taza siempre sería constante. Ibn Zamrak estaba impaciente. Un día llegó el momento de probar la fuente. El sultán, el visir, el gran cadí y parte de la corte estaban presentes. Era viernes, día sagrado. A una señal del arquitecto, Jaffa mandó a un chico para que diera orden de abrir paso al agua de la acometida. Fueron momentos emocionantes. Primero se llenaron las fuentes de las galerías, brotando poco a poco, las siguieron las de los templetes, según el agua seguía avanzando. Los cuatro canales que dividían el patio empezaron a llenarse y el agua empezó a fluir hacia el centro del patio.

—¿Y cómo sabéis que no habrá ninguna fuga o que la presión no reventará las tuberías? —preguntó Muhammad V mesándose la barba.

—Ah, majestad, todo aquello que no está previsto es lo que dota de interés a la vida. Pero aguantarán. Traje a los mejores fontaneros y hemos reforzado todo el perímetro de las tuberías. ¿Oís ese gorjeo? El aire está saliendo —dijo Al-Qalati.

A mitad de camino por los canales, del surtidor de la fuente central brotó un leve chorro inestable mientras salía todo el aire de las tuberías hasta regularizarse, y el agua fue llenando la taza por las salidas a ras del fondo. Los leones seguían secos. El nivel subía en la taza, y cuando parecía que iba a rebosar, se oyó un borboteo y pocos segundos después el agua surgió de las bocas de las fieras, tímidamente, arrastrando polvo blanco, hasta que salieron chorros limpios. El nivel en la taza estaba regulado. Todos hablaban de manera exaltada y emocionada. La fuente y los versos del poeta estaban ya siempre unidos por el agua.

El sultán y el visir se acercaron a la fuente. El rey puso la mano en el chorro que surtía de uno de los leones.

—Es maravilloso, Al-Qalati. ¿Me lo parece? ¿No hay diferencias entre los leones?

Al-Qalati se inclinó en una reverencia.

—Oh, señor de los nazaríes, vuestra percepción es excelente. Es cierto. Son diferentes, porque seis son machos y seis son hembras.

Los leones estaban dispuestos en parejas. Todos eran diferentes entre sí, pero los machos se distinguían por tener una alzada mayor, muy leve, un dedo apenas, que sus compañeras, por su mayor corpulencia y por el mayor volumen de su melena tallada, llena de largos bucles. Las hembras eran más estilizadas y la talla de su pelaje era más compacta, a manera de escamas. Al-Qalati explicó esas diferencias.

—La misión del león en Oriente siempre ha sido la de vigilar y guardar las entradas de la ciudad o de los palacios, enfrentados por parejas. El león representa el ataque de la fuerza contra la debilidad, la victoria sobre el enemigo, y también el triunfo del verano sobre el invierno, del día sobre la noche. Seis parejas escoltaban el trono de Salomón, símbolos de poder y justicia. Los antiguos faraones disponían su trono rodeado de leones dobles. Los leones, símbolos del sol, están colocados lomo con lomo contemplando horizontes opuestos, simbolizando astronómicamente el curso del sol, el transcurso del día, el ayer y el mañana. Son los doce soles zodiacales. Al alcanzarse el mediodía, la sombra y la luz dividirán exactamente en dos partes iguales los recintos de este palacio.

Rodearon la blanquísima fuente. Todos, ministros, guardias, albañiles, fontaneros, tejadores, lo escuchaban fascinados, en silencio.

—Los leones, además, están orientados tres a levante, tres a poniente, tres al norte y tres al sur. Dos leonas miran hacia las salas de poniente y de levante, mientras que dos leones se orientan hacia las salas norte y sur, dividiendo en dos ejes el palacio. El primero, de las leonas, indica los recintos de deleite y disfrute, y el segundo, de los leones, señala adonde el rey impone su autoridad en este mundo terrenal. Además, las seis parejas de leones, dos veces seis, reflejan la unión de lo sobrehumano y el poder, correspondiéndose con los seis días de la Creación. El número par es la dualidad del león, tan débil en su parte posterior como fuerte en su cabeza, es un ser que mata al mismo tiempo que hace renacer.

—Ardo en deseos de ver los palacios terminados. ¿Qué nuevas maravillas tendrás preparadas? Visir, desde hoy, los viernes estos hombres no trabajarán. Lo que veo me satisface. Se han ganado mi reconocimiento y mi respeto, y también su descanso. Descansarán todos, sean hombres libres o esclavos. Al-Qalati, Alá el Misericordioso te ha dado grandes dones. ¿Seguís pensando, gran cadí, que todo esto es contrario a los dogmas? ¿Cómo puede un hombre no emocionarse al oír hablar al arquitecto, al deleitarse con el sonido del agua, al dejarse hechizar por las palabras de los muros que hablan?

—En esta belleza se refleja la presencia de lo divino, señor, nos abre la mente y el corazón, y con humildad reconozco que me equivoqué. Nada hay contrario a los dogmas en todo lo que veo —dijo Al-Nubahi, hechizado por las columnas de tacto sedoso.

Todos inclinaron la cabeza mientras la corte se retiraba del palacio. En cuanto la guardia desapareció de su vista, los obreros dejaron de trabajar. Podrían descansar todos los viernes. Algunos bromeaban dispuestos a celebrarlo gastándose el salario de la semana en vino y mujeres. Jaffa ordenó interrumpir el suministro de agua de la fuente, que dejó de manar. Antes de irse, los fontaneros comprobaron que no había pérdidas de agua. Al-Qalati se anotó mentalmente la conveniencia de que siempre hubiera un par de halconeros en las proximidades del recinto para espantar a todas las palomas que se atrevieran a manchar las esculturas. Los talladores y marmolistas se dieron el capricho de bañarse en los baños de la Mezquita Real por segunda vez, y después Sadam pagó una comida para todos en un mesón regentado por un judío; incluso encargó vino aguado para quien quiso, aunque él no probó ni una gota. Todos hablaban y comentaban una y otra vez las magníficas ganancias que se avecinaban si el trabajo concluía bien, y coincidían en que no volverían a hacer un trabajo semejante en sus vidas.

—¿Cómo puede un hombre poseer tales conocimientos, para construir y plasmar en dibujos lo intangible, la belleza, lo hermoso? —se preguntaba Ahmed en voz alta.

—El arquitecto es un hombre excepcional y está consagrado a su trabajo. Es un elegido. Es el misterio del arte creativo. ¿No lo notaste mientras cincelabas los leones, Ahmed? —preguntó Sadam.

Ahmed asintió, cerró los ojos y dejó que sus manos gesticularan en el aire como si estuviera esculpiendo.

—Mis manos no eran las que tallaban el bloque. Era el león el que pugnaba por salir, por liberarse. El león estaba allí. Algo así debe de ser convertirse en padre. Maestro, gracias por escogerme, por guiar mi aprendizaje, por transmitirme tu experiencia y conocimientos.

Los manjares eran exquisitos. Nunca Sadam había sido tan espléndido.

—¿No se quejará Yabal Ibn Taled por semejante derroche? —dijo uno.

—No lo paga él, ni yo. Lo paga el tesoro real, así que disfrutad todo lo que podáis.

Ahmed se volvió a Sadam.

—Con tu permiso he de resolver un asunto familiar. Necesito un ayudante para que me eche una mano.

—Quien no se concilia con el pasado pervierte su futuro. Tienes mi permiso. Llévate a Amir.

Ahmed y el chico salieron de Madinat al-Hamrā. Fueron a casa de su tía, quien, como siempre, lo recibió con gran alegría. Su marido no estaba. Entre los dos cogieron el arcón del farmacéutico y lo llevaron a casa del maestro Rashid, donde su esposa Aida seguía igual de hermosa y de triste. El aprendiz Amir estaba impaciente por regresar a palacio, pues sabía que todos bajarían a la ciudad en busca de mujeres. Dejó a Ahmed solo con el maestro.

El maestro Rashid estaba aún más consumido, si eso era posible. Su voz era muy débil y parecía haber perdido parte de su lucidez en las últimas semanas. Su fin estaba próximo. Observó desde la cama cómo Ahmed vaciaba el arcón, sacando las ropas de su tío y depositándolas sobre su propio arcón cerrado.

—¡Ah, si hubiese tenido un hijo antes, que ahora fuera joven y fuerte como tú! Mis hijos me miran con miedo, como si fuera un ser horrible. Es la máscara de la muerte. Está por aquí, rondándome.

—No digas eso, no puedes morir todavía.

—Puedo, y lo haré pronto.

Ahmed sintió un nudo en la garganta al acordarse de su tío. Movió el pasador, abrió el falso fondo y tomó el paquete envuelto en su sudario de lino blanco. Se sentó en el borde del lecho del anciano.

—Me pregunto si mi tío no murió por esto.

Lentamente retiró cada uno de los pliegues de la tela, hasta que emergió un libro maravilloso. La pupila del único ojo del maestro se dilató ante tal belleza, recobrando una parte de su fiera mirada.

—¿Qué es, Ahmed, qué pone?

El título era *De materia médica, por Dioscórides, traducido por Abû Salîm al-Malatî, copiado en Fez por Ahmed al-Umarî, en el año 679 de la Hégira para gloria de Alá, el Misericordioso.* Las manos le temblaron de excitación al contemplar los grabados, las descripciones, los colores, el pan de oro de las inscripciones.

—Es un libro maravilloso, sobre medicina y farmacopea. Es..., no encuentro palabras. No había visto nunca algo así.

—¡Una copia del Dioscórides! ¿Cómo lo consiguió tu tío? Pequeño Ahmed, en tus manos tienes una pequeña fortuna. ¡Lo suficiente para comenzar una nueva vida!

Fue pasando las envejecidas páginas de primorosa caligrafía y bellas ilustraciones. La portada de cuero tenía un descosido en las costuras. El maestro Rashid alabó la fama de la biblioteca de la mezquita Qaraouiyyin de Fez.

—Puedo conseguir vender tu libro a un buen precio en la madraza, donde sabrán apreciar su valor. Dar-al-Islam es grande. Eres joven y sabes un oficio. Huye y libérate de tu esclavitud.

—No puedo. Todavía no. Tengo que terminar el trabajo. ¡Es lo más importante que he hecho en toda mi vida! Y también lo más hermoso.

—Me muero y no tengo elección. Tú sí. Elige bien y ojalá no te arrepientas. Dame el libro y negociaré su venta. Guardaré el dinero hasta que vengas, pero no tardes. Los hermanos de Aida cuidarán de ella y de mis niños, pero son avariciosos.

Ahmed cerró el libro, acarició las guardas de cuero y se lo tendió al anciano; en ese momento, escucharon voces en el patio y unas fuertes pisadas. El aprendiz de escultor tuvo miedo. La puerta se abrió de pronto y una figura alta vestida de negro llenó el espacio. Ocultaba su rostro tras un pañuelo. Tras ella, Aida gritaba.

—¡Le dije que no entrara pero no me hizo caso, Rashid! ¡Ahmed, ayúdame! —suplicó la mujer.

El desconocido se bajó el pañuelo. Sus ojos brillaban por la emoción.

—¡Ahmed!
—¡Abdel!

Los dos primos se abrazaron tras casi siete años de separación. Por sus curtidos rostros rodaron lágrimas. El maestro Rashid le indicó por señas a su mujer que los dejara y preparara té.

Abdel contó la historia de su captura y liberación, y su acogida entre los bereberes hintata. Ahmed narró el juicio contra su familia, la separación y su esclavitud en Al-Mariyyat, y su regreso a Madinat Garnata como aprendiz de escultor.

—Tía Asma me dijo que preguntara al maestro por ti. ¡Tenía que decírselo o me estallaría el pecho! ¡Mi padre era inocente! ¡Y Aixa está viva, Ahmed! ¡La he visto, aquí, en palacio!

—¿Cómo puede ser?

—Fue llevada a Fez, esclava, y Alá quiso que retornara a Madinat al-Hamrā.

—Pero ¿cómo lo consiguió?

El rostro de Ahmed se ensombreció cuando su primo le contó la vida de prostituta y concubina que Aixa se había visto obligada a soportar para sobrevivir.

—Aquel que la deshonró está muerto. Y mi padre nos ha dado la llave de nuestra liberación. Con esta carta recuperaremos la honra de la familia y destruiremos a quien nos hizo tanto mal.

Y le pasó la carta a Ahmed:

Jeque Al-Mahdi, señor de los hintata, ¡salud por muchos años! Alá el Magnánimo ha obrado su poder y nos ha enviado una señal. En tierras nazaríes todo está convulso tras el golpe de Estado. Mi señor Muhammad mendiga la hospitalidad de Abu Salim, quien desea reafirmaros su oferta de amistad. Es el momento de regresar a Al-Ándalus. Ibn al-Jatib no se opondrá a la invasión; para él la ruina del reino nazarí es inminente. No piensa más que en retirarse de la política. Reunid las tribus y preparaos para cruzar el Estrecho.

Mi señor Muhammad puede ser una amenaza. Y si hiciera falta, cuando os pongáis en marcha yo mismo os ayudaré a entrar de noche, aquí, en Fez, en su propia cámara. Muchos vemos el fin del reino si no os unís a nosotros, e imploramos vuestra ayuda. Las Palabras del Profeta estarán de nuestra parte.

Porque os recuerdo que no es ambición ni deseo de gloria ni de riquezas lo que nos hace respirar, sino tan sólo la voluntad del Misericordioso de emplear a sus más humildes servidores en sus planes.

Los portadores de esta carta no deben regresar a Fez. Dejo a la decisión del consejo respetar sus vidas o acercar su alma al Paraíso, como mártires involuntarios por la verdadera causa.

IBN ZAMRAK
Año 737 de la Hégira

—Esta carta no fue entregada. Una carta así no es para ser conservada, sino para ser destruida una vez leída. Tu tío huyó de Fez —comentó el anciano maestro.

—Pero ¿cómo ocurrió? ¿Por qué se vio implicado? ¡Quiero justicia para mi familia!

—Acabas de comprender en un instante la realidad de la vida, lo que muchos no entienden en muchos años. Los poderosos siempre vencen y los débiles siempre son aplastados. ¿Quién se arriesgará a acusar al visir Ibn Zamrak? Son los hombres, no Alá, los verdaderos culpables. Soy viejo. No puedo prometerte esperanza, ya que yo no la tengo.

Ahmed decidió que una ciudad donde la corrupción y la injusticia desplegaban todo su alcance y quedaban impunes bajo la protección del sultán, al que llamaban el garante de la paz y de la justicia, era una ciudad en la que él no quería vivir. Recordó la multitud de suras del Corán que decoraban las paredes de las nuevas estancias reales, y la sensación de ser víctima de una profunda hipocresía lo invadió poco a poco como un veneno, hasta que, asqueado, tuvo que salir al patio interior, donde vomitó sobre las baldosas de cerámica. Aida se asustó. Le llevó una jarra de agua y una toalla con la que limpiarse. Ahmed volvió al cuarto. Rashid se compadeció de él.

Abdel, el hijo del farmacéutico, Suleyman el hintata, se negó a aceptar aquellas palabras derrotistas.

—Maestro, dices que nada puede hacerse. No. Me niego a creerlo. Yo sí puedo hacer algo. Ese hombre no quedará impune.

45

La flor de Garnata

Ahmed y su primo salieron trastornados de la casa del viejo maestro. Abdel no dijo nada, sumido en sus pensamientos. En su vida había sufrido injusticias y maldades, pero nunca se había sentido tan abatido y derrotado. ¡Qué futilidad de vida! Toda la alegría de la hermosa experiencia de los últimos meses se había desvanecido. Los niños corrían por las calles persiguiéndose, y él echaba de menos su ingenuidad e inocencia. Subió por la cuesta de los halconeros. Había multitud de jaulas colgadas de las fachadas con aves rapaces con la cabeza tapada por un capuchón de cuero. «Ciego —se dijo Ahmed—, he estado ciego.» Recordó que el visir lo miraba intensamente cada vez que lo veía. Rememoró su encuentro con él en su despacho de la Cancillería. Su tía Fátima, Alá la acogiera, siempre le había dicho lo mucho que se parecía al farmacéutico. Su vida estaba en peligro mientras estuviera en la ciudad palatina.

—Escapa conmigo, Ahmed. Vendamos el libro, liberemos a Aixa y huyamos al desierto —lo tentó el hintata mientras subían por los bosques de la Al-Hamrā.

—¡Aixa! ¡Tengo que verla! No hay nada que me retenga aquí, sólo ella.

Suleyman lo miró en silencio.

—No me opondré, si ella así lo quiere. Y esta carta será

nuestra liberación. Sé de alguien que me recibirá y me escuchará. Volveré a buscarte, Ahmed, y serás libre.

Se despidieron dentro del recinto palaciego. Suleyman entró en la Al-Qasaba al-Hamrā y pidió ver a Jalid. Lo encontró soltando a una de sus palomas por la ventana, hacia el Hadarro. El jefe de los espías se sorprendió de su presencia.

—Pensaba que estabas en Tinmal. ¿Por qué has regresado?

—Porque tengo que restaurar la memoria de mi familia. Mi padre, mi madre, éramos inocentes, oh emir, ¡éramos inocentes! Y necesito tu ayuda. Tengo una prueba del culpable, de su felonía y de su traición. —Y le tendió la carta.

El jefe de los espías la leyó dos veces, pensativo.

—¿Cómo la has conseguido?

—Es una larga historia. —Y le contó el viaje del farmacéutico; su estancia con los hintata, su búsqueda en la mezquita Qaraouiyyin y su venganza sobre Al-Hazziz—. Mi primo y mi hermana están presos por una sentencia injusta. Quiero su liberación, y la caída del visir.

—Tus palabras son una confesión de traición. ¿Te das cuenta de que por mi cargo tendría que detenerte y acusarte de conspiración contra el Estado? Tengo esta carta, sí. ¿Qué querrías que hiciera con ella?

—Enséñasela al general Utman. Preséntasela al sultán. Tú puedes hablar con él.

—¿Quién más sabe de la existencia de esta carta?

—Nadie más.

Jalid tiró de una cuerda dos veces. Sonó una campanilla. La puerta se abrió y entraron tres soldados. Suleyman presintió que algo iba mal, pero antes de que pudiera reaccionar, dos de los soldados lo sujetaron mientras el tercero lo golpeaba dos veces en la nuca con una porra. El hintata quedó inconsciente. Lo sacaron a rastras de la habitación.

—Entonces, hagamos que siga siendo así.

Ahmed trabajó y trabajó deseando que los días pasasen velozmente. En palacio terminaron de tejer los aleros. Los yeseros unieron con arcos los espacios entre pilastras y los llenaron de atauriques. Iniciaron la colocación de los mocárabes después de pintar sus caras vistas, tanto en las galerías como en las salas que estaban en torno al patio, y los marmolistas tallaron capiteles para esas salas. A mitad de semana, el visir entró junto con una joven de rostro tapado y ojos de azabache en la sala norte, donde Al-Qalati había construido el mirador. Jaffa comentó luego que ninguno de los dos había podido reprimir una exclamación de admiración. Los techos de mocárabes estaban a medio montar, pero por los ventanales superiores de la sala de las Dos Losas la luz jugaba, aparecía y se perdía creando una infinita repetición de sombra y luz.

—¡Esto es maravilloso! —dijo la joven rodeando los andamios.

—Allí irá el mirador, y el trono del rey.

Cruzaron la sala. El mirador se adelantaba y daba a un jardín con árboles, agua y vegetación. La vista sobre los bosques del valle del Wadi-Hadarro era espléndida.

—Es soberbio, excelencia.

—Nuestro arquitecto es un elegido de Alá, mi señora.

El equipo de Ahmed no había prestado atención a la pareja. Estaban encajando las piezas de mármol destinadas a la solería que restaba por colocar. Ahmed la miró desde el otro extremo del patio, entre las voces de los obreros. Ella se acercó a acariciar los leones antes de retirarse con el visir por el pasillo de salida.

Era Aixa. Ahmed, mudo de asombro, habría jurado por su alma que era ella, sin ninguna duda. Era y no era. No era aquella niña soñadora llena de promesas. Era una mujer en todos los sentidos. Ahmed agachó la cabeza para que el visir no lo viera, sofocado, atisbando a Aixa por el rabillo del ojo. Estaba viviendo un sueño o una pesadilla.

—¿Te ocurre algo, Ahmed? Estás tan pálido como el mármol —le preguntó Sadam, pero él negó con la cabeza. Era una locura estar allí, verla alejarse, sonriendo y cogida del brazo de aquel asesino. Dejó las herramientas murmurando una excusa ininteligible y los siguió por los pasillos inacabados, entre los andamios y los yeseros, hasta la conexión con el patio de Comares. Junto a la inmensa alberca los esperaba el sultán, deleitándose con el arrayán recién cortado. Varias esclavas portaban grandes parasoles, dándoles sombra. Los tres se dirigieron hacia el salón del trono. Dos guardias impidieron a Ahmed continuar.

—Esfúmate, esclavo —le dijo uno de ellos, empujándolo hacia atrás con la lanza. ¡Ella tenía que saber que seguía vivo! Intentó cruzar. Los dos soldados se lo impidieron. Otros dos más que vigilaban en el patio del estanque desenvainaron las espadas y se dirigieron hacia donde se oía el forcejeo. Los vigorosos pasos de los soldados elches y los tintineos de metal resonaron en las paredes blancas del silencioso patio. Ibn Zamrak se preguntó qué sucedía.

—¡Dejadme! ¡Tengo que pasar!

—¡Maldito seas! —El esclavo era robusto. Los años de trabajo de cantería le habían proporcionado una fuerza superior a la de muchos hombres. Sin embargo, Ahmed se amedrentó al ver a los dos elches que se acercaban con las espadas desnudas. Y gritó una sola palabra:

—¡Aixa!

Las palomas blancas que bebían en el borde del estanque echaron a volar. Los tres se giraron. El sultán se preguntó quién sería aquel esclavo impertinente. El visir le dirigió una mirada crítica. La señora de Fez se estremeció, boquiabierta, al reconocerlo. Ahmed la miró a los ojos y dejó de debatirse. Los cuatro soldados se le echaron encima. Ibn Zamrak se les acercó furioso a grandes pasos. No tenía tiempo en ese momento para averiguar nada más.

—¿¡Un esclavo!? ¿Cómo te atreves? ¡Arrojadlo a los pozos de Al-Gudur! —bramó el visir a los soldados, taladrándolo con la mirada. ¿De qué conocía a aquel joven?

Cuando el sultán visitó a la enviada de Fez aquella noche, se sintió generoso. Ella mantenía con su juventud y lujuria la pasión del monarca, acosándole con su ímpetu y su atrevimiento. Y todo lo hacía manteniendo una fachada de candidez y sumisión, una mezcla tan intrigante que definitivamente había conquistado el corazón del sultán y también su razón.

—¿Sabes, mi rey, qué es lo que he pensado esta mañana? —susurró Aixa al oído del soberano mientras éste se recuperaba aún jadeante del agotamiento del amor—. Sería maravilloso estar más cerca de ti. Me imaginé el antepecho de un arco de un palacio maravilloso donde yo te recibiría, siempre pendiente de tus favores, de tu masculinidad.

Se recreó en bajar sus manos de su cabeza al vello de su pecho, ensortijando sus dedos en sus rizos masculinos.

—Algunas veces rezo a Alá el Magnánimo para que no prolongue mi espera, para que mis muslos suaves y cálidos no tiemblen de impaciencia mientras te demoras en brazos de otras —siguió Aixa. Cerró su mano y tiró suavemente del vello del rey, quien emitió un leve gemido, hipnotizado.

—Sabes que te daré lo que esté en mi mano. Así que trátame con respeto.

Aixa se puso sobre él y lo besó en la frente. Los dos estaban desnudos en el lecho. Abajo, los guardias custodiaban la entrada a la torre. Sólo la luna y las velas aromáticas eran espías de sus palabras.

—Hay algo que quiero pedirte —dijo ella, como si lo hubiera pensado de repente—. ¿Recuerdas la intromisión de esta mañana? El visir ha encarcelado al esclavo. Libéralo.

—¿Por qué? ¿Quién es, tan importante como para que tú me lo pidas?

—Es mi primo, y es mi única familia. Libéralo.

Desde la muerte de su padre, Muhammad no estaba acostumbrado a que nadie le ordenara nada. Ante el gesto de extrañeza del sultán, Aixa posó un dedo en sus labios para que no hablara antes de escucharla.

—Mi señor, tú lo puedes todo. No te enojes conmigo por mis palabras necias. Soy tu sirviente. Soy tu esclava, pero él es inocente. —Y lo besó con los labios entreabiertos, entrelazando su lengua con la de él—. Y hay demasiadas concubinas. No quiero tener competencia.

—No la tienes. —Muhammad la estrechó más contra su cuerpo al sentir de nuevo el vigor de la sangre.

Por orden del sultán, a la mañana siguiente el embajador meriní rescató a Ahmed, magullado y herido, de las celdas de Al-Gudur. El embajador no respondió a ninguna de sus preguntas, pero no hizo falta. Aixa lo estaba esperando en la casa palacio que el sultán nazarí había puesto a disposición de los príncipes meriníes.

Temblando de emoción, Aixa se echó en brazos de su primo, joven y fuerte, y ya un hombre.

—¡No podía creerlo! ¡A pesar de que Abdel ya me lo había dicho! Estás viva, más allá de toda esperanza. —Estaba hermosísima. Sus ojos negros lo miraban con voracidad.

—Y tú también. ¡Y estás en la Al-Hamrā, en mi palacio! —Desvió la vista, como si no pudiera ocultar su vergüenza ante la limpia mirada de su primo—. He sufrido mucho, a manos de muchos hombres. De muchísimos hombres.

Ahmed hizo que volviera a mirarlo.

—Aixa, cuando te vi con el visir se me estremeció la sangre. No sólo por ti, sino por él. ¡Aixa, el visir Ibn Zamrak es el responsable de la muerte de tus padres! ¡Es el culpable de la desgracia de nuestra familia! Somos víctimas de sus ansias de poder. ¿Cómo podrás sonreír en su presencia a partir de ahora?

—¡No lo sabía! ¿Qué estás diciendo? —Aixa recapacitó, recordando las palabras de su hermano—. ¿Hay alguna prueba?

—Abdel me enseñó una carta donde se desvelaba la traición que preparaba Ibn Zamrak contra el sultán cuando era joven. —Y le contó cómo Ibn Shalam se vio implicado, la historia del libro y de la carta en Fez—. En cuanto el maestro Rashid venda el libro de Dioscórides pienso huir, sea como sea, empezar una nueva vida. ¡Huye conmigo!

Aixa lo miró extrañada por la petición. No se lo esperaba. Miró sus vestimentas sucias y raídas y las comparó con su vestido de seda. Miró las rugosidades que los grilletes le habían provocado en las muñecas, y sus propias muñecas de princesa cubiertas de alhajas. Pero en sus ojos, Ahmed reflejaba un fuego que seis años de penalidades no habían podido extinguir.

Un sirviente pidió permiso para entrar en la estancia. De

parte del visir traían un regalo, una preciosa caja de taracea con un obsequio en su interior. Cuando el sirviente se hubo ido, Aixa abrió la caja. Dentro había una nota.

> Para la más hermosa de nuestros huéspedes, de parte del más humilde de sus servidores. ¡Quiera Alá bendecirla con años de ventura!
>
> IBN ZAMRAK

Bajo la nota había una gargantilla de plata restaurada, con una medalla engarzada con finos eslabones. Era antigua. Aixa la miró con extrañeza, hasta que la reconoció. ¡Portaba la medalla que le había dado aquella desconocida *qayna* tantos años atrás! ¡Era la medalla que le habían arrebatado antes del juicio!

—¿Qué sucede? —preguntó Ahmed, alarmado.

Si la joya había llegado a manos del visir, o era una extraordinaria casualidad o no era casualidad en absoluto.

—¡Esta medalla! ¡Me la arrancó un soldado cuando nos detuvieron! ¿Cómo es que el visir me la regala ahora? Tenías razón, Ahmed. ¡Él es el culpable! —respondió ella llena de pesadumbre. ¡Todo era cierto! Sus dudas se disiparon—. ¿Y mi hermano?

—Dijo que alguien podría ayudarnos. Se llevó la carta consigo. Nos separamos. Él se dirigía a la Al-Qasaba.

Aixa llevaba años jugando al juego favorito de la corte, las intrigas. Las diversas facciones que apoyaban a los hombres fuertes del reino se entretenían una y otra vez en lanzar acusaciones y verdades disfrazadas de mentira delante del sultán y de su visir, que era el único cuyo poder se había incrementado. Entre los reinos meriní y nazarí existía, además, una nueva rivalidad feroz y soterrada. Bajo las palabras amables de los embajadores, el sultán meriní Abu-l-Abbas Ahmad había logrado estabilizar el reino de Fez y estaba fortaleciéndose, resuelto a intervenir una vez más en el reino nazarí. Pronto llegaría el momento de decidir a qué bando apoyar. Muchos ya habían hecho su elección. Por eso, el corazón de la concubina dio un vuelco. Lo vio todo claro de repente.

—¡Jalid! ¡Dios mío, Ahmed, Abdel va a ver al hombre equivocado!

Y sólo un hombre podía ayudarla a salvarlo.

46

La conspiración

El hijo del farmacéutico estaba sentado contra la pared en la fría mazmorra, meditando cuál sería su destino y buscando una explicación a la traición de Jalid. Aún no estaba muerto, lo cual ya significaba algo. No le habían puesto grilletes ni lo habían torturado. Tan sólo tenía un doloroso hematoma en la nuca. Triste y meditabundo, vio que la puerta se abría y entraba un hombre con una antorcha. Un sirviente dispuso una silla de tijera frente al prisionero. La puerta se cerró, y el hombre se quedó solo con el prisionero. Al otro lado había cuatro guardias dispuestos a todo a la menor señal de problemas. Jalid colocó la antorcha en la pared.

—¿Por qué? —preguntó el hintata.

—Hace años que los dos reinos hermanos, el nazarí y el meriní, se acechan, se cortejan, se acosan y se traicionan mutuamente. Desde Yúsuf I, el padre de nuestro sultán, la política nazarí frente a nuestros hermanos ha sido una: dividirlos. Por eso, la Al-Hamrā siempre ha alentado a unos y otros príncipes meriníes, acogiendo a los líderes de las facciones opuestas en el poder de Fez... para enviarlos de vuelta cuando así ha parecido oportuno, acentuando su división. Desde el otro lado del mar están convencidos de que la única forma de servir al Islam es enfrentarse hasta la muerte a los ejércitos cristianos, para recuperar todo lo que una vez fue Al-Ándalus.

»Y eso ¿por qué? Porque ellos son más fuertes que nosotros. Fez es el extremo del extenso dominio continuo y sin interrupciones del Islam. Por tierra pueden llegarles refuerzos de Tremecén, El Cairo, Alejandría, Bagdad..., y nosotros estamos aislados, en un rincón diminuto y menguante, acosados por tierra por las tropas castellanas y por mar por la armada aragonesa.

»Cuando Madinat Garnata los necesitó para defender el Estrecho, los sultanes de la Al-Hamrā acudieron a Fez suplicantes y de rodillas, y ahora que el reino es fuerte por la debilidad de Castilla, Muhammad V quiere sacudirse a los meriníes como si fueran pulgas. No. Ésa no es forma de luchar por el Islam.

»Luchar por el Islam sería acoger a todas las fuerzas de Fez y Marrakech en los puertos de Mālaqa y Al-Mariyyat y dirigirse sin dilación hacia la campiña cordobesa, hacia los llanos sevillanos, y luego remontar Castilla hacia Toledo, como una flecha envenenada contra el corazón de la bestia, hasta alcanzar Burgos, Compostela, Pamplona y Zaragoza. Y por último, atacaríamos Barcelona. Cuando nos hubiéramos adueñado de la flota aragonesa, daríamos el salto a las islas, luego a la península italiana, y directamente enfilaríamos hacia Roma. Y su sumo sacerdote pasaría a la historia. ¿Crees que es una locura? No. Puede hacerse. El Islam tiene hombres decididos. Y si puede hacerse, ¿por qué estamos aquí, sentados, uno frente al otro, en las mazmorras de la Al-Qasaba?

»Te lo diré: porque no se pretende luchar contra nadie. El sultán cree que una política de paz y seguridad evitará una guerra inevitable. Y es inevitable porque lo sé. Castilla está empobrecida por los enfrentamientos constantes entre Enrique de Trastámara y sus nobles, y miran con ojos codiciosos las riquezas que Madinat Garnata lleva años acumulando. Sí, vivimos mejor en paz. Pero esta paz no durará. No estamos preparados para la guerra, porque como mucho nos hemos habituado a la defensa. El fin del reino nazarí está próximo.

»¡Pero puede evitarse! A pesar de las intrigas del sultán Muhammad V, por primera vez reina en Fez un dirigente decidido, Abu l-Abbas Ahmad, que ha dominado a sus detractores y está convenciendo a las tribus bereberes para que se unan a él, como hicieron hace años con los almohades. Sí, podría hacerse. Sí, podría conseguirse.

—¿Y mi carta? ¡El visir es un obstáculo a ese sueño! ¡La política de Muhammad V es expulsar para siempre a los voluntarios, e Ibn Zamrak es su mano derecha! Y con la carta obtendrías su cabeza en una bandeja.

—Hubo un pacto. A cambio del apoyo nazarí, Abu l-Abbas Ahmad entregó al antiguo visir Ibn al-Jatib a Ibn Zamrak, quien lo ajustició e hizo que lo asesinaran como a un infiel. Muchos aún no se lo han perdonado, ni aquí ni en Fez. ¿Y quién sustituiría al visir todopoderoso, que controla las finanzas, el tesoro real, la diplomacia, comanda el ejército sólo por debajo del sultán y es un igual del gran cadí? ¡No hay nadie para sustituirlo, Abdel! Si él desaparece, el reino se hunde. Las fuerzas ahora contenidas y aplacadas de las diversas facciones se enzarzarían por el poder dejando el reino en manos de los cristianos antes de que pudiéramos asumir el control sin encontrarnos un reino asolado por una guerra civil, que sería la última, porque tras eso no existiría Garnata. Por eso, hasta que no tengamos un sustituto del visir, no podemos derrocarlo. Pero Alá es grande, Alá provee.

—¿Lo tenéis?

—Lleva años a su sombra, y es de la confianza del sultán. Está casi convencido. El problema es que esta carta, tan directamente peligrosa para el visir, puede hacer pensar a gente más inteligente que nuestro candidato también estaba implicado, lo cual probablemente es cierto. Es un equilibrio delicado, y él se mueve como una serpiente ágil entre los hadices y el Corán, pero teme el derramamiento de sangre en el reino. Pronto entenderá que será inevitable.

—¡Es el gran cadí Al-Nubahi! —exclamó el hintata, y entendió de pronto que había hablado demasiado—. Y ahora, ¿voy a morir?

—Sí. Sabes demasiado; deberías morir. Pero tienes una posibilidad, y sé que como hintata, si te exijo tu palabra o tu vida, me la darás, porque me la debes. Hemos hablado y hemos conspirado en torno a Ibn Zamrak, palabras y palabras. Pero ¿que pasaría si el visir muriera? No haría falta la carta. Apoyaríamos rápidamente a nuestro candidato. Todo se precipitaría. En Fez están listos esperando una señal, mi señal. El visir es un hombre protegido. Eres el *shahid*, el mártir de la fe. Es una misión sin retorno, pero el hombre intrépido que se atreviera a ello gozaría de nuestro favor, y su familia sería protegida.

—¡Dame esa oportunidad! Soy un hintata. Dame mi venganza.

Jalid sonrió y le ofreció la mano, para levantarse.

—La tendrás, compañero. Pronto.

47

Una última esperanza

Era viernes de nuevo. El visir consultó a los astrónomos en las proximidades del solsticio de verano, buscando una predicción sobre cuándo sería más favorable pintar el patio del palacio de Riyad, como se llamaría oficialmente, con los colores de la realeza: oro, lapislázuli, verde, negro y rojo. Al-Qalati había preparado unos maravillosos bocetos y ansiaba tanto como él terminar la construcción.

—Si no hay un pronóstico de quince días sin lluvia, no ordenaré que empiecen los trabajos de los pintores —dijo el arquitecto.

—No discutiré contigo.

—Las salas del harén están concluidas y también la colocación de los mocárabes. Los carpinteros están colocando los canecillos de los aleros y los revestimientos tallados sobre los dinteles y vigas. Los yesos de los arcos están casi concluidos. Faltan sólo las pinturas y el jardín de los cuatro cuadrantes del patio.

—¿Qué plantaréis?

—Trabajé en Isbilya en mi juventud, y estudié un tiempo en Qurtuba. La flor del azahar llenaba el aire de olores fragantes. Colocaremos tres naranjos en cada cuarto, de porte bajo, y en su perímetro haré plantar arrayán. Dentro del cuarto crecerán rosas de Damasco. Los jardineros deberán mantener a raya su altura, para que no perjudiquen la armonía y belleza del recinto. Todo llegará a buen fin si las lluvias de otoño y las heladas de invierno no las marchitan, y si el sol acompaña a la primavera. Sí, será un rincón de solaz y paz.

Tras dejar sola a su prima, Ahmed se reencontró con Sadam y Amir, quienes, preocupados por su ausencia al alba, habían salido a buscarlo. El joven tenía mal aspecto.
—¿Qué te ha sucedido, Ahmed? Ayúdalo, Amir.
—Intentaron robarme —mintió Ahmed, ocultando su estancia en Al-Gudur—. Déjame trabajar. Aunque no pueda tallar, podré supervisar a los aprendices.
—Está bien. —Sadam suspiró con resignación y alivio—. Precisamente ahora, en la recta final, no puedes desaparecer. Pero eres más valioso vivo que muerto.

El sobrino del farmacéutico había recogido de casa del maestro Rashid el dinero de la venta del libro. Le costó mucho convencer a su esposa Aida de la urgencia de su visita. Se despidió del moribundo.
—Maestro, no creo que volvamos a vernos. Ahora tengo una oportunidad. Gracias por tu ayuda. Me enseñaste a amar la belleza y eso me ha salvado de la desesperación. Que Alá te acoja cuando decida recibirte en el Paraíso.
—Joven Ahmed, yo te bendigo, y en memoria de tu tío no olvides nunca el camino de la rectitud, de la verdad y de la justicia. Vete con mi bendición. Mi tiempo, ahora sí, ha concluido.

Ahmed le besó la esquelética mano. Aida los espiaba desde el umbral de la puerta sofocando las lágrimas. El aprendiz se marchó con un nudo en el corazón. El maestro Rashid expiró aquella misma noche, después de despedirse cariñosamente de su mujer y de sus dos hijos.

Los decoradores estaban en la obra. Ahmed estuvo pendiente de ellos y del taller. Aprovecharon el buen tiempo para pintar con celeridad los capiteles y columnas. En los capiteles, las cintas que formaban las hojas de acanto las enmarcaron con unas bandas sin color, y en su interior, sobre fondo azul, pintaron una cenefa de lazo. Adornaron los capiteles con color dorado, azul, negro para el dibujo de finas líneas y fondos de palmas, y rojo, reservado para fondos y pequeñas zonas. Así, gracias a la combinación de varios de esos colores, los pintores complicaban esquemas decorativos sencillos, buscando el disfrute para los sentidos.

—Todo el conjunto será como un tapiz maravilloso que envolverá las paredes, bóvedas y puertas, combinando la belleza con los más humildes elementos para dar soporte al alma, al espíritu del que lo contemple.

El sobrino del farmacéutico no quitó ojo de encima al visir. Ibn Zamrak se limitó a observar la maestría con que los artistas dibujaban cenefas con las palabras del Profeta y aplicaban pan de oro a las letras en los collarines superiores de las columnas.

—Es extraordinario. Cuando todo esté terminado el visitante se encontrará aquí como en el Paraíso. ¡Ah, la maravilla de mis versos!

Dos aprendices estaban pintando de color oro las palabras del visir talladas en el borde de la fuente central.

—En cuanto terminen con la fuente se dedicarán de lleno a los fustes, que pintarán con un bello torneado, jugando con los colores y con el blanco purísimo del mármol.

El oro relucía cegador sobre la blancura de la fuente.

—Arquitecto, el soberano estará satisfecho. Y también lo estará con los nuevos jardines que has creado en los recintos de verano. Te has ganado nuestro reconocimiento a tu trabajo. Ha llegado hasta nuestros oídos que los sirvientes los llaman ahora *Yannat al-Arif*, el Jardín del Arquitecto, en tu honor. Y me fascina tu escalera de agua hasta el nuevo oratorio. ¿Qué nuevos elogios podemos dedicarte?

Al-Qalati se limitó a esforzarse por mantener la sonrisa y por contener el dolor que atenazaba su pecho, como otras veces. Cada vez era más frecuente. Su tiempo se acababa.

A la mañana siguiente, el príncipe Yúsuf regresó de las fronteras y fue recibido con gran agasajo. El sultán se había prometido a sí mismo que no volvería a acercarse al nuevo palacio hasta que no estuviera totalmente terminado.

—Visir, dime si comenzará el verano antes de que concluyan las obras.

—Mi señor, todo lo que comienza acaba algún día. El arquitecto trabaja sin descanso. Pronto lo tendrá terminado.

—El reino de Castilla es un caos. Aragón y Génova respetan los pactos. La felicidad y la alegría han vuelto a mi reino y a mi vida. Sólo un asunto me desvela. Resuélvelo.

—¿De qué se trata, padre? —intervino el príncipe Yúsuf.

—De las relaciones con el reino meriní, príncipe —dijo Ibn Zamrak—. La única forma de asegurar la lealtad de nuestros vecinos musulmanes sería estableciendo lazos de sangre. El sultán actual se encuentra sometido a varios frentes. Sois vos, príncipe, la llave para unir ambos reinos bajo un mismo trono.

—Eres joven e impetuoso —dijo Muhammad V—, y pronto necesitarás una mujer que sea fértil y dé descendencia a la Corona.

—Dicen que las meriníes son hermosas y hechiceras —comentó Yúsuf—, y debe de ser cierto, si nuestra invitada y rehén es la medida de referencia. Más hermosas que nuestras mujeres nazaríes.

El rey había alzado a la mujer extranjera al primer lugar del harén por encima de sus esposas y favoritas.

—¿No es cierto que el arquitecto ha diseñado un mirador que llevará su nombre, donde se alzará el nuevo trono real? —preguntó Yúsuf a su padre con la voz vibrante por la furia.

—Oh príncipe, no debes juzgar las acciones ni las decisiones tomadas a favor del reino. No conoces todos los motivos, por ello os pido que aceptéis la voluntad de vuestro padre —dijo Ibn Zamrak.

—¿Cuándo conoceré esos motivos y razones que me satisfarán?

—Compórtate como el príncipe que eres, sé digno y yo mismo responderé a tus preguntas —dijo el rey.

El príncipe Yúsuf aceptó su palabra con una inclinación de cabeza y no volvió a hablar del tema.

Aixa volvió al nuevo palacio y le hizo un gesto a su primo. Ahmed la siguió hasta los jardines discretamente.

—Seré breve. Esta tarde se resolverá todo, para bien o para mal. Prepárate para huir esta noche. Serás libre.

Ahmed sintió que el corazón le daba un vuelco porque entendía lo que quería decir.

—¡No puedes quedarte aquí! Aixa, la vida ya es demasiado dura como para separarme otra vez de ti. Prefiero ser un esclavo en la Al-Hamrā a un hombre libre lejos de ti. Dime que me odias, que me desprecias y que no quieres que vuelva a verte, y me iré.

Ella bajó los ojos.

—Te odio, te desprecio, no quiero volver a verte.

Él entreabrió los labios y se acercó más a ella, turbándola.

—No te creo.

Aixa levantó la mirada. Y se besaron, en un beso de encuentro entre un hombre y una mujer.

—¡Huye conmigo! —Y algo cambió en ella, porque en ese beso no había intereses, ni maldad, ni traición, y recordó el día en que su primo la espió cuando se bañaba mientras cantaba. Ella sabía que él estaba detrás de la puerta, y se imaginaba su mirada recorriendo su espalda, sus piernas, todo su contorno joven y hermoso. Lo había deseado. Su recuerdo no se había desvanecido. Se había bañado para él.

—Huiré contigo —accedió Aixa ante un Ahmed exultante—. ¡Esta noche! ¡Y ahora vete!

La señora de Fez bajó a los sótanos de la embajada meriní y abrió una puerta oculta, con un bulto en los brazos. En los pasadizos subterráneos de la Sabika, el visir esperaba deseoso la confirmación a sus sospechas.

—¿Quién es el traidor?

—Necesitas un nombre. De los tres sospechosos descarta al príncipe Yúsuf, es fogoso pero inexperto. Sólo quedan dos. Los dos son traidores, visir, pero uno de ellos es un títere. Al otro lo conoces, pero no puedes tocarlo. Tiene pruebas contra ti.

—¿Qué pruebas? ¿A qué te refieres?

—Sabe que hace años Ibn al-Jatib y tú estabais aliados con los hintata.

El visir mudó de rostro, que se transformó en una máscara de odio, y estuvo a punto de perder el control y agarrarla por el cuello. Frenó el impulso y sus manos en el último momento.

—¿Quién te ha dicho todo eso? —dijo Ibn Zamrak con voz ronca.

—Ibn al-Jatib estuvo en la montaña de los hintata después de huir de Garnata, y fue allí después de que Al-Hazziz, el imán de la mezquita Qaraouiyyin, le dijera que había donado un libro de farmacopea al heredero de Ibn Nasrí..., un libro que nunca apareció. ¿Cómo lo sé? Lo sé. En su propia cama, los hombres siempre hablan demasiado. Un estudiante nunca regresó. Ese estudiante era mi padre. Ibn al-Jatib no descubrió nada porque aquel libro nunca llegó a su destino.

Ibn Zamrak la miró alarmado, pero no dijo nada. Ella le mostró algo, adquirido por uno de los agentes a un maestro moribundo.

—¿Era éste el libro?

El visir se lo arrancó de las manos. El viejo tomo se desencuadernó con un sonido de madera rasgada, y el visir se quedó con las tapas en las manos mientras decenas de páginas llenas de miniaturas pintadas se desperdigaban sobre el sucio suelo. El tomo tenía la cubierta descosida cerca del borde inferior.

—¿Dónde está? ¿Dónde está la carta, perra indigna?

—Está en poder del traidor. —El visir palideció de furia y de miedo. Sintió que las paredes del pasadizo lo oprimían—. Tiene pruebas tangibles, y por eso no podrás tocarlo..., salvo que tú tengas a cambio esta otra carta.

Y sacó de la manga un pequeño pergamino enrollado, de los que solían transportar las palomas mensajeras.

—¡Quiero ese nombre!

—Eso tiene un precio.

El visir le indicó que continuara. Parecía una fiera a punto de saltar.

—Quiero mi inmunidad y la de mi familia. Mi hermano Abdel, preso en la Al-Qasaba, y mi primo Ahmed, esclavo en el nuevo palacio, vendrán conmigo antes del alba. Se nos permitirá cruzar la frontera o dirigirnos a los puertos sin ningún contratiempo ni peligro. No se dirá nada al sultán antes de que nos hayamos puesto a salvo y me cubrirás las espaldas en mi ausencia. Ésa es mi propuesta —dijo tendiéndole el pergamino. Era el momento de pactar con el diablo—. ¿Aceptas? ¡Promételo!

—Lo prometo.

—¡Hazlo en nombre de Zaina!

Al oír aquel nombre, la expresión del rostro del visir se hizo terrible, llena de odio y desprecio. Estaba acostumbrado a jurar en nombre de Alá, pero no en nombre de su amante muerta. Y sabía que condenaría su alma si traicionaba su palabra.

—¿De dónde has sacado ese nombre, hija de víbora?

—¡Promételo! —Y con una idea súbita ella le mostró la gargantilla con la medalla de plata que le colgaba del cuello. O todo o nada. Él rugió de furia.

—¡Lo prometo en nombre de Zaina! ¡Acepto a cambio del nombre! ¡Dímelo! ¿Quién es el traidor?

—Entonces que así sea. Tenemos un acuerdo. Tu hombre se hace llamar Jalid.

Ibn Zamrak le arrancó el manuscrito de las manos y lo leyó. Y luego dio tal grito que los túneles retumbaron. Ella se permitió una leve y satisfactoria sonrisa de triunfo. Él alzó la mano, amenazándola lleno de rabia, y gritó de nuevo en un estallido de odio y frustración, llenando los túneles de ecos furiosos. Como una sombra furibunda, se marchó perdiéndose en la oscuridad. Ella sonrió. Había derrotado al visir. Había consumado su venganza y nadie podría ya amenazarla. Era el momento de huir.

A Jalid, acostumbrado a trabajar hasta tarde, lo sorprendió la urgencia con la que el mensajero llegó a su despacho, con un comunicado de parte del visir. Despidió al mensajero y una vez solo desenrolló la carta. Lo que leyó lo dejó de piedra.

> Transmitid al Señor de Fez, ¡alabado sea!, que el sol está a punto de brillar sobre nosotros. Todo está dispuesto para sustituir al garnatí, y así Ibn al-Jatib será vengado, el maestro derrotará al discípulo y sus enseñas sustituirán a las del heredero de Ibn Nasrí.
> Esta transcripción literal, firmada por ti mismo y que está en mi poder, es una declaración de traición. Quid pro quo, Jalid. Los halconeros son más rápidos que tus palomas y tus mentiras. Que lo oculto quede oculto, o ninguno de los dos vivirá para ver el amanecer.
>
> IBN ZAMRAK

¡La última paloma había sido interceptada! El jefe de espías maldijo cien veces el nombre del visir, pero aún había tiempo. Antes de la llegada del mensajero, sus informadores le habían comunicado que el visir saldría de improviso esa noche de su casa palacio. Su elegido, liberado, había sido informado, y había salido apresurada y sigilosamente de la Al-Qasaba. Todo estaba en marcha. ¿Qué importaba el mensaje delator, si al visir le quedaban instantes de vida?

Pero el visir en aquellos momentos se dirigía con una guardia hacia donde un delator le había indicado que se había escondido aquella noche la señora de Fez. Ya tenía toda la verdad; no estaba dispuesto a ser humillado por una mujer. En su mente sólo había sitio para una palabra: asesinato.

Ahmed destinó todas sus energías a no delatarse a lo largo de la tarde, a tallar el mármol sin descanso en espera de que cayera la noche. Cuando llegó el momento, no dijo nada a Sadam. Con el corazón en un puño tomó la bolsa de dinero y se dirigió a una anodina casa de la medina real, donde un sirviente comprado esperaba con provisiones y dos caballos, y esperó a que Aixa saliera.

—¡Ahmed! —exclamó llena de alegría y también aterrorizada—. ¡Es el momento de partir!

—¿Y Abdel?

—Vendrá. Él cumplirá su palabra.

El sirviente se escabulló a tiempo, antes de que varios esbirros los rodeasen desde las sombras. Aixa reprimió un grito de sorpresa, y Ahmed se volvió hacia ellos sacando un pequeño cuchillo. Las sombras desenvainaron sus espadas. Una de ellas se adelantó, encapuchada.

—Nadie escapa del verdadero Señor de la Al-Hamrā, ¿qué te creías? —dijo la figura siniestramente, bajándose la capucha. Era Ibn Zamrak. Vio a Ahmed y palideció, creyendo ver el rostro rejuvenecido del farmacéutico, al que había enviado a la muerte. Luego la rabia se apoderó de él, y Aixa ocultó su rostro de sus ojos terribles—. ¡Matadlos a los dos!

Ahmed se adelantó, protegiendo con su cuerpo a su prima, preparado para morir injustamente, tan cerca de la libertad. Uno de los caballos relinchó de súbito, y en aquel momento, una figura llegó a la carrera, cayendo sobre los soldados como un poseso con una espada desenvainada. La ira del hintata era terrible. Como el siroco ensordecedor del desierto, el hijo del farmacéutico atravesó la línea que formaban seis de los secuaces del visir, esparciéndolos como hojas en el aire, y se dirigió como una flecha hacia donde estaba Ibn Zamrak. Por primera vez el visir sintió auténtico pánico y temor por la muerte, porque era la muerte lo que se precipitaba sobre él con aquellos ojos furibundos. Ibn Zamrak no esperó a que sus hombres reaccionasen. Huyó a la carrera sin mirar atrás, perdiéndose en la noche.

Los esbirros rodearon al hintata. Pero no era uno más. Él era el *shahid*, y con la muerte por la verdadera fe alcanzaría el Paraíso. Vio todo rojo. De un tajo se libró del hombre que lo había herido en la cabeza. ¡Él era el *shahid*, un león de la fe! ¡Alá estaba con él! Destripó a otro de los hombres, sin poder esquivar un golpe por la espalda. Se revolvió y su espada cortó una yugular. Tenía que darles todo el tiempo que pudiera.

—¡Huid, insensatos! —gritó el hintata a su hermana y a su primo. Y con una última mirada, sin palabras, se despidieron de él. Ahmed tomó de la mano a Aixa y corrieron dejándolo todo atrás, dinero, provisiones y caballos. Con apenas unas monedas a su alcance, escaparon por las cuestas de la medina hasta llegar a una alquería abandonada en la Vega, donde descansaron hasta la salida del sol. El hintata, herido de muerte, se dejó caer al suelo una vez vencido el último de los esbirros. Por el rabillo del ojo vio el nacer del nuevo día, y oyó pisadas de pasos pesados y apresurados que se acercaban a él, pero ya era demasiado tarde.

—Nadie vive para siempre. —Y sonrió al sentir con el último de sus latidos la caricia de la luz sobre su rostro ensangrentado.

Aixa lloró en silencio por la muerte de su hermano. Desde ese momento, el futuro se abría ante ellos lleno de interrogantes e inquietudes.

Ahmed le tomó el rostro entre las manos.

—Hemos de vivir, Aixa. ¡Hemos de vivir! Si no, la muerte de nuestra familia habrá sido en vano. Viviendo habremos derrotado al visir.

El miedo de Aixa desapareció al mirarlo a los ojos. Le cogió la mano y se la besó, y juntos se internaron por los caminos de la Vega, en busca de un transporte que los llevara lejos de allí, siempre temerosos de la ira del visir. Encontraron a un carretero que los acercó a Lawsa. Al llegar de nuevo la noche durmieron en una alquería, donde Ahmed alquiló un cuarto como marido y mujer. Aixa estaba asustada y llena de confusión. Su cuerpo había sido mancillado demasiadas veces por el interés de la carne, y estaba turbada. Pero Ahmed le demostró que no era un hombre más, era diferente a todos los que había conocido.

—Cuando tallaba la blancura del mármol buscaba siempre imitar la tersura de tu piel, la que vislumbré de niño hace ya tantos años. Pero para mí todo tu ser es precioso. No me importa el pasado. No veo en ti nada más que a una mujer hermosísima a la que amo. —Y la amó tiernamente durante toda la noche.

Embarcaron en Mālaqa y ya no volvieron a Al-Ándalus, dispuestos a compartir las alegrías y tristezas que el futuro les deparara. Siempre andaban cogidos de la mano, para sorpresa de quienes no los conocían.

48

La liberación

En la capital nazarí, el nuevo palacio de Riyad estaba concluido al empezar el otoño. La noche del equinoccio de otoño los aprendices encontraron muerto al arquitecto Al-Qalati en su estudio. Había estado trabajando hasta el último momento. Tanto el rey como el visir lamentaron mucho su pérdida, y su cuerpo fue enterrado en el cementerio de la Puerta de Ilvira con grandes honores. Jaffa, siguiendo las instrucciones que había dejado escritas, terminó los últimos remates pendientes. Llegó el día en el que el visir anunció al rey que todo estaba terminado y preparado para recibirlo. Incluso se había trasladado el mobiliario preferido del monarca a la nueva residencia, y se habían dispuesto en las salas multitud de candelabros, sillas, alfombras y esencias en las tacas elevadas entre los arcos.

Antes de que las mujeres entraran al recinto, el monarca y sus hijos recorrieron las estancias en compañía del gran cadí Al-Nubahi y de Jaffa, el maestro de obras. Cuando regresaron estaban como hipnotizados.

—Verdaderamente es tan maravilloso que no puede describirse. No bastan las palabras. Su belleza es sobrecogedora y Alá está en toda su belleza, en sus mocárabes, sus techos de madera de lacería, sus colores, sus formas y en su Palabra escrita. Escuchadme bien: todos los que trabajaron aquí serán recompensados una vez más, y los presos y esclavos que dedicaron su tiempo a esta maravilla quedan desde este momento libres para siempre. Que así sea, y ruego a Alá que mi dicha se mantenga por muchos años.

Y con la bendición del gran cadí, todos los miembros de la familia real entraron en palacio.

Ibn Zamrak y Jalid se miraban como dos serpientes enfrentadas. Cada palabra y cada gesto eran analizados en busca de un desliz, de una prueba con la que realizar una acusación y justificar la muerte del adversario. El visir ya pensaba en el futuro heredero y se esforzaba por lograr su confianza y alcanzar su favor. Con ello estaría a salvo, y quién sabía si podría aniquilar a todos aquellos traidores y salir indemne. Cuando se descubrió la huida de Aixa, el sultán montó en cólera. Todas las culpas recayeron sobre su visir, quien por primera vez parecía que había descuidado sus funciones.

—¡No tengo nada que ver con su huida —se excusó Ibn Zamrak—, a no ser que velar por el Estado sea ahora un acto malintencionado! Ha huido, espía de los meriníes, tras el apresamiento de un gran número de soldados sospechosos de traición. No puede confiarse en los voluntarios que tenemos en nuestras tropas. En cuanto ha temido por su vida, la señora de Fez ha escapado, delatándose. Ha traicionado vuestra confianza.

—Aún así, nadie podrá reemplazarla. —En el fondo, el sultán nazarí estaba dolido. Su corazón había traicionado a su razón—. ¡Tenías que haberla detenido, para que fuera interrogada!

Pero el gran cadí Al-Nubahi salió en defensa del visir.

—Ya os avisé, oh sultán, de que las mujeres son retorcidas. Pero quizá sea un aviso de Alá para que no confiéis el corazón al enemigo, ni siquiera si se presenta bajo una bella forma. Si era designio de Alá que así sucediera, nadie habría podido detenerla. ¡Es deseo de Alá! ¡Que el heredero de Ibn Nasrí aprenda la lección!

Muhammad V calló y los despidió con un gesto impaciente.

Epílogo

La llamada de la sangre

Los años pasaron para todos. Al otro lado del mar, Ahmed y Aixa habían llegado finalmente a Salé, donde se instalaron y tuvieron hijos. El aprendiz se había convertido en maestro y montó su propio taller de escultura, sobreviviendo a la convulsa historia de la corte merení, plagada de traiciones, sangre y muerte. Fue allí donde en un día del año 771 de la Hégira (1393), Sadam volvió a encontrarse con su aprendiz en el populoso zoco del puerto. La talla de las fuentes que exponía fue lo que lo delató. Maestro y aprendiz se abrazaron con gran alegría antes de que Sadam le reprochara su huida.

—¿Por qué no me dijiste nada? Ibn Taled se enfureció conmigo. Decía que tenía que haberlo previsto y haberte encadenado.

—No podía decirte nada. Eso te hubiera involucrado aún más. Tenía que escapar. Gracias a ti tengo un oficio y una vida junto a mi mujer. No quiero volver a ser esclavo.

—Ahmed, no tenías que haber huido. El rey Muhammad V decretó la libertad de los presos y esclavos que trabajaron en palacio. No debes temer ni a Ibn Taled ni a nadie más. Eres un hombre libre.

Durante años había temido que lo persiguieran y lo encadenaran de nuevo, desvelándose en la noche. No podía creerlo. Era libre al fin.

—¿Cómo sigue Ibn Taled?
—¡Está gordísimo!
—¿Y el nuevo palacio? ¿Qué fue del arquitecto?
—Es el Paraíso en la tierra y la joya del reino. Al-Qalati murió días antes de su inauguración, que Alá lo distinga en el más allá.

Sadam comió en su casa y conoció a su esposa Aixa y a sus dos hijos, Abdel y Ahmed, de corta edad. Se separaron como hermanos que no volverían a verse nunca más.

—Somos libres, Aixa —dijo Ahmed suspirando, mientras su antiguo maestro se alejaba para siempre en la caravana. El pequeño Abdel se entretenía golpeando un cactus con una espada de madera. Se le empañó la vista—. Libres.

Aixa lo rodeó con sus brazos perfumados y lo besó. Los dos niños no habían dañado su belleza.

—¿Por qué lloras?
—Porque soy feliz. Pobre, pero feliz.

Aixa se apretó más aún contra él. La medalla de plata de la *qayna* aún colgaba de su pecho.

—¿Pobres? No, Ahmed. En mi vida he tenido tantas riquezas.

En la historia de la Al-Hamrā la muerte y la traición siempre tuvieron un lugar preeminente. Muerto Muhammad V, su hijo Yúsuf subió al trono como nuevo monarca e intentó mantener la política de paz que había instituido su padre. Yúsuf II fracasó por culpa de su hijo Muhammad, y su casamiento con una hija del sultán meriní no impidió que fuese traicionado dos veces. Jalid, el jefe del servicio secreto, fue acusado de confabular con el médico personal del rey para envenenarlo; el complot fue descubierto y Jalid fue ajusticiado, para regocijo del visir Ibn Zamrak. No se supo nunca si era culpable o inocente. Durante una visita de una embajada meriní, Yúsuf II recibió numerosos presentes: caballos blancos, maderas nobles y una rica camisa de seda y oro, digna de un sultán. Enfermó el mismo día en que la recibió, después de pasear a caballo por los jardines de la medina con ella puesta. El regalo envenenado provocó su muerte un mes más tarde, consumido por las llagas y las pústulas.

Su hijo Muhammad, ambicioso y sin escrúpulos, se hizo con el poder cuando el lecho de su padre aún estaba caliente. Depuso a su hermano Yúsuf, legítimo heredero, y lo encarceló en Salobreña. Bajo el nombre de Muhammad VII, rompió todos los tratados de paz, iniciando las hostilidades que en pocos años conducirían a la preparación de Castilla para la guerra total contra los nazaríes. Fue el inicio del fin del reino musulmán de Garnata.

El poder de Ibn Zamrak se había hecho inmenso con los años. El gran cadí Al-Nubahi había fallecido. Sin ningún enemigo, sólo él se mantenía en el poder, sobreviviendo a los vaivenes de la política.

Yúsuf II lo había protegido. Muhammad VII lo envidiaba y no lo temía, y harto de su arrogancia y prepotencia, decretó el destino del visir. Era otoño del año 771 de la Hégira. De noche, antes de entrar en su lecho con una de sus mujeres, Ibn Zamrak tuvo una premonición. Ibn Zamrak sentía sobre sí todo el cansancio que una vez había embargado a Ibn al-Jatib, y entendía por fin por qué había huido de la corte. El Corán ya era también para él su único refugio. Abrió el libro sagrado al azar, esperando una respuesta del Misericordioso, y se tropezó con una cita profética: «¡Oh hombres! Temed a vuestro Señor, pues el temblor de la hora del juicio será una cosa terrible» (sura 22:1).

Oyó en ese momento un ruido fuerte en la planta inferior, luego un gran estruendo, y supo que el destino lo había alcanzado. Ridwan y también Ibn al-Jatib, los dos visires anteriores, muertos violentamente, Zaina, Ibn Shalam y toda la sangre de los inocentes que había derramado lo reclamaban desde el otro lado de la muerte y le decían que preparara su alma, pues su viaje estaba cerca y pronto partiría con ellos. En mitad del vocerío de los guardias que subían las escaleras, Ibn Zamrak cerró el Corán en su estuche después de besarlo, no fuera a salpicarse de sangre.

Los esbirros del sultán entraron por la fuerza en su casa palacio de las Tres Fuentes y en presencia de sus mujeres lo asesinaron junto con todos sus hijos. Después huyeron perdiéndose en la noche como sombras silenciosas dejando atrás los gritos aterrorizados de las mujeres. Y así concluyó la vida del último poeta de la Al-Hamrā.

Apéndices

I. El reino de Granada

Cuando los árabes llegaron a la península Ibérica en el año 711, existía en el actual emplazamiento de la ciudad un asentamiento con dos pequeñas poblaciones: Iliberis (Elvira), en lo que hoy conocemos como el Albayzín y la Alcazaba, y Garnata, en la colina de enfrente, que era más bien un barrio de Iliberis. Los árabes llamaron a este lugar Garnat al-Yahud (Granada de los Judíos).

En el año 711, el caudillo bereber Tariq sometió Iliberis con ayuda de los judíos. Dos años más tarde, Abd-al-Aziz dominó definitivamente todo el territorio después de una rebelión. En 740 hubo otra rebelión de los bereberes africanos que se extendió por la Península, y con ese motivo acudieron tropas sirias a luchar contra ellos. En el territorio de la Península vencieron los sirios, y les fueron otorgadas tierras en varios lugares, entre otros en Iliberis, que ya se llamaba Elvira.

En la época del Emirato Independiente de Córdoba, en 756, la población árabe se encontraba ya asentada en dos núcleos: el Albayzín y la Al-Hamrā (La Roja). Tras la muerte de Almanzor en 1010, la ciudad conocida como Garnata fue destruida en una confrontación civil. Hubo una guerra civil continua por alcanzar el trono. En 1013, desde el norte de África se inicia la dinastía zirí, fundada por Zawi ben Zirí, quien toma Madinat

Garnata y la constituye en reino independiente (que dura hasta el año 1090). Tras la dinastía ziri, fueron los almorávides los que asaltaron la península Ibérica, lo que no impidió el desarrollo de la ciudad, a pesar de la lucha continua por el poder y la división de Al-Ándalus en reinos de taifas. En su enfrentamiento con los reinos cristianos, los gobernadores locales pidieron ayuda en 1146 a un nuevo pueblo del norte de África, los almohades.

La derrota de los almohades en la batalla de las Navas de Tolosa en 1212 llevó la anarquía a los reinos de taifas, afectando también al reino de Granada.

El reino de Granada y la dinastía nazarí tienen su origen en la figura de Muhammad Ibn Yúsuf Ibn Nasrí «Alhamar», de origen árabe, que se proclamó sultán en 1232. Muhammad Ibn Yúsuf Ibn Nasrí fue reconocido como sultán por las oligarquías de Guadix, Baza, Jaén, Málaga y Almería.

En 1234 se declaró vasallo de Córdoba, pero en 1236 Fernando III conquistó Córdoba y Muhammad Ibn Yúsuf Ibn Nasrí se hizo con el poder en Granada. Para ello Muhammad I se enfeudó con Fernando III, en 1236, lo que le garantizaba su independencia. Pero en 1246, Fernando III, para consolidar sus conquistas en el valle del Guadalquivir, se apoderó de Jaén. Muhammad I tuvo que pagar parias para conseguir paces de veinte años y reconocer a Fernando III como señor para así poder conservar su reino.

El reino sobrevivió precariamente, aunque perdiendo territorios, hasta 1492. La monarquía se mantuvo gracias a las concesiones a los cristianos, a la necesidad de éstos de consolidar sus conquistas y a los pactos con los meriníes del Magreb, ya que apelarían de forma intermitente a la solidaridad islámica.

Muhammad I obtuvo su legitimidad al crear en su reino una estructura administrativa sensiblemente parecida a la de los omeyas en Córdoba. Además, su situación geográfica era favorable, tanto para la defensa como para establecer relaciones con los cristianos y los musulmanes del Magreb. Al recibir a los huidos de los territorios conquistados por los reinos cristianos, su población aumentó, creciendo su potencial económico y militar.

La difícil situación de Granada se mantuvo gracias a la habilidad política de sus reyes, desde Muhammad I (1237-1273) hasta Boabdil (1482-1483 y 1486-1492) Los reinados más esplendorosos fueron los de Yúsuf I (1333-1354) y Muhammad V (1354-1359 y 1362-1391), en los que el reino nazarí alcanzó su apogeo. A partir de estos reyes, las luchas dinásticas se sucedieron, debilitando el reino hasta su final, en 1492.

El reino de Granada comprendía parte de la actual provincia de Jaén, parte de la actual provincia de Sevilla y las actuales provincias de Córdoba, Cádiz, Almería, Málaga y Granada, pero fue reduciéndose hasta que en el siglo XV abarcaba aproximadamente las actuales provincias de Granada, Almería y Málaga. La ciudad de Granada se convirtió en una de las más prósperas de Europa, con cincuenta mil habitantes. En el Albayzín vivían los artesanos, y el resto de la población ocupó la parte llana hacia el sur, con grandes industrias, aduanas y la madraza (escuela coránica).

Tras el fin de la conquista castellana el 2 de enero de 1492, el reino de Granada pasó a formar parte de la Corona de Castilla. Su símbolo —la granada— se incorporó al escudo de la monarquía española y continúa en la actualidad.

Tres fueron los visires poetas que inmortalizaron sus versos en los muros de la Alhambra: Ibn al-Yayyab (1274-1349), Ibn al-Jatib (1313-1374) e Ibn Zamrak (1333-1393).

II. EL REINO DE FEZ

El reino de Fez (1217-1465) fue uno de los reinos musulmanes más importantes de la historia del norte de África. Su capital era la ciudad de Fez y estaba regido por la dinastía bereber de los meriníes, a los que los cristianos denominaron benimerines. Su territorio comprendía el noroeste del actual Marruecos, así como —de forma intermitente— las actuales ciudades españolas de Ceuta y Algeciras. Durante poco más de cuarenta años, la plaza de Yabal Tarik, la actual Gibraltar, fue también dominio meriní, y fue la causa principal de la denominada Guerra del Estrecho, por la que nazaríes, meriníes, castellanos y aragoneses se enfrentaron y lucharon para lograr el control del Estrecho.

Sus fronteras fueron cambiantes, pero a grandes rasgos limitaba al norte con el mar Mediterráneo, al este con el reino de Tremecén (si bien los meriníes llegaron a ocupar la propia ciudad de Tremecén y Túnez dos veces), al sur con el desierto del Sahara y al oeste con el océano Atlántico. Aunque incluido formalmente entre los territorios del reino, el actual Rif mantuvo cierto grado de independencia, existiendo incluso nidos de piratas rifeños en emplazamientos de la costa mediterránea, como el Peñón de Vélez de la Gomera.

El país era esencialmente musulmán, con minorías cristiana y judía. Los idiomas más hablados eran el árabe, el bereber y el hebreo entre los judíos. Entre los diversos títulos que ostentaban, uno fue el de rey de Algeciras, convertida así en una división administrativa. El reino estaba dividido en siete provincias.

El comercio meriní estaba centrado en el cuero, la peletería y la cera. Eran intermediarios de las caravanas de oro del Sudán. Se hicieron muy populares los escudos llamados *daraqah* (adarga), de los que eran el principal centro de producción.

Dos de sus más ilustres ciudadanos fueron Ibn Batuta (1304-1377), explorador, escritor y geógrafo, e Ibn Jaldún (1332-1406), historiador y filósofo, contemporáneo y amigo del visir nazarí Ibn al-Jatib.

III. EL REINO DE CASTILLA Y LEÓN

Durante el reinado de Muhammad V en Garnata se produjo en Castilla el enfrentamiento por el trono entre Pedro I y su hermano bastardo Enrique de Trastámara. Cada uno intentó prevalecer sobre el otro buscando aliados fuera de sus fronteras: Enrique de Trastámara logró el apoyo de las tropas mercenarias francesas de Bertrand Du Guesclin, mientras que Pedro I contó con un gran ejército de caballeros y arqueros de su aliado Eduardo, príncipe de Gales, conocido como el Príncipe Negro.

El asesinato en 1369 del heredero legítimo a manos de Enrique de Trastámara en la batalla de Montiel, con el apoyo de las tropas francesas y de Pedro IV de Aragón, nunca fue perdonado por el sultán garnatí, que había tenido estrechos lazos de amistad con Pedro I de Castilla. Muhammad V de Granada aprovechó la rebelión de los nobles castellanos contra su nuevo rey (quien se vio obligado a aceptar numerosas concesiones a la nobleza para ganarse su apoyo, motivo por el cual se lo conoció como «el de las mercedes») para fortalecer el reino nazarí como nadie lo había conseguido en sus trescientos años de historia.

IV. El reino de Aragón

Pedro IV de Aragón fue un monarca enérgico y duro que reorganizó la corte, la administración y el ejército aragoneses, dirigiendo sus actividades a incrementar el poder real en el interior de su reino y a aumentar sus dominios en el mar Mediterráneo, cosa que logró con la expedición de los almogávares, al conquistar éstos los ducados de Atenas y Neopatria. Derrotó la unión de los nobles en Épila, apoyó a Enrique de Trastámara frente a Pedro I de Castilla, arrebató a su cuñado Jaime III de Mallorca el Rosellón, y procuró la incorporación de Sicilia a su reino.

En 1351 entró en guerra contra Génova, apoyando a Venecia, ya que los genoveses promovían revueltas en Cerdeña. El control del Mediterráneo incluía su presencia en el estrecho de Yabal Tarik, hostigando a nazaríes, meriníes y genoveses y luego pactando con ellos, según le conviniese.

La Corona aragonesa fomentó la piratería en aguas mediterráneas, tanto vendiendo patentes de corso a capitanes de su flota como comprando los servicios de aquellos que sobrevivían acechando a las flotas árabes o cristianas, como los piratas de la isla de Al-Borani, a medio camino en aguas de nadie entre el reino nazarí y el reino meriní.

Glosario

Adarga. Escudo de cuero. Podía ser ovalado o en forma de corazón.

Adarve. Camino situado en lo alto de una muralla, detrás de las almenas, para permitir el acceso rápido de las tropas de defensa al perímetro amurallado en caso de ataque.

Afrag. Nombre meriní de la ciudad de Ceuta.

Al-Ándalus. Nombre que designaba el conjunto de los territorios que estaban bajo dominio del Islam en la península Ibérica, antes de la caída del Califato de Córdoba.

Albayzín. Antiguo barrio musulmán ubicado frente a Madinat al-Hamrā, entre la vieja fortaleza Qadima y el río Hadarro. Se halla levantado sobre el monte de lo que fue la antigua ciudad romana de Iliberis.

Al-Borani. Nombre árabe de la isla de Alborán. En tiempos nazaríes era un refugio de corsarios y piratas que vendían sus servicios al mejor postor.

Al-Hamrā. Etimológicamente significa «La Roja». Procede del nombre completo Qal'at Al-Hamrā (Fortaleza Roja). Es la ciudad palatina de los reyes musulmanes de Granada, también denominada Madinat al-Hamrā.

Aljibe. Depósito subterráneo de agua.

Almaluki. Nombre con el que se designaba al mármol de calidad superior que se extraía de Hisn Macael.

Al-Mariyyat. Nombre árabe de la ciudad de Almería, importante ciudad costera en la época nazarí.

Alminar. Torre de la mezquita desde donde el almuédano llama al pueblo a la oración, cinco veces al día.

Almotacén. Encargado en el zoco o mercado árabe de velar por su correcto funcionamiento. Entre sus atribuciones se contaba fijar los precios prohibiendo el acaparamiento, controlar la calidad, los pesos y medidas y la moneda, asignar el emplazamiento de los gremios y los puestos, controlar la limpieza, imponer sanciones y retirar las mercancías defectuosas. Para desempeñar las múltiples funciones de control y vigilancia del zoco, el almotacén podía nombrar ayudantes y alamines para los gremios.

Almuédano. Musulmán que desde el alminar se encarga de llamar al pueblo para que acuda a la mezquita a la oración.

Almunia. Huerto, granja.

Al-Mutamid. Último rey de la taifa de Sevilla (1039- 1095), descendiente de la dinastía de los abadíes. Destacó por sus dotes como poeta.

Al-Qalaa. Pequeño pueblo costero en la costa mediterránea del actual reino de Marruecos.

Al-Qasaba al-Hamrā. Antigua fortaleza militar edificada sobre el monte Sabika en Granada. Fue el inicio de las edificaciones que más tarde constituyeron Madinat al-Hamrā.

Al-Qasaba Qadima. Antigua fortaleza zirí ubicada en el Albayzín, frente al monte Sabika, en Granada.

Aqua mulsa. Bebida alcohólica de origen romano obtenida de la fermentación de agua, miel y mosto.

Arco escarzano. El formado por un solo arco menor que la semicircunferencia.

Asdra. Nombre árabe de la ciudad costera de Adra (Almería).

Basta. Nombre árabe de la ciudad de Baza (Granada).

Bóveda esquifada. La intersección de dos bóvedas de cañón da lugar a la bóveda esquifada o de planta cuadrada, que consta de cuatro paños triangulares de superficie curva.

Caligrafía árabe. La caligrafía es un arte que se desarrolló en el mundo árabe hasta alcanzar el virtuosismo. Las tres principales caligrafías empleadas en la arquitectura musulmana son las caligrafías *nasji, musalsal* y *cúfica*. Todas ellas tienen su representación en la Al-Hamrā.

Caravasar. Establecimiento destinado a la protección y alojamiento de las caravanas a lo largo de las rutas comerciales.

Corán. Libro sagrado de los musulmanes, formado por ciento catorce capítulos (suras) y por más de seis mil versículos. Constituye en su conjunto una norma jurídica, un código moral, una constitución social y política, una enciclopedia, una gramática y además un libro de poesía.

Dar-al-Islam. Palabra con que se designa como una unidad a todo el territorio dominado por la moral del Islam.

Dar-el-Makhzen. Palacio Real meriní, ubicado en la ciudad de Fez.

Dioscórides. Dioscórides nació en Anazarbo (Cilicia) en fecha desconocida. Los escasos datos que sobre él poseemos provienen de la carta que encabeza su tratado como prefacio y dedicatoria a su amigo Ario, médico de Tarso. Las menciones a sus contemporáneos y el hecho de que Galeno (siglo II d.C.) use su obra permiten deducir que vivió bajo el mandato de Nerón (entre el 54 y el 68 d.C.). Fue médico de la armada romana en tiempos de Claudio y Nerón. Estas circunstancias le dieron la oportunidad de viajar y conocer muchas provincias del Imperio romano, y de reunir sus propias observaciones sobre los conocimientos que había obtenido de sus antecesores. En la mencionada carta dice: «desde mi temprana juventud —como bien lo puedo afirmar— fui inclinado con un apasionado deseo al conocimiento de la materia médica». Fue contemporáneo de Plinio el Viejo. Ha habido muchas discusiones acerca de las distintas obras que se le han atribuido, o lo que es lo mismo, sobre cuáles son verdaderamente suyas. Lo cierto es que su *De materia médica* es quizá la obra médica más reeditada y traducida de la historia. Todavía hoy sigue siendo objeto de interés para innumerables estudiosos. Constituye una fuente indispensable para el estudio de la materia médica, de la botánica, de las creencias populares y también para el estudio de la expresión formal de la prosa y del léxico científicos.

Dírham. Moneda acuñada en el reino nazarí de Granada. Era de plata. Diez dírhams de plata equivalían a un dinar de oro. Un dírham podía dividirse en moneda fraccionaria: medio y un cuarto de dírham.

Elches. Denominación que recibían los cristianos que renegaban de sus creencias y se convertían al Islam.

Fakkak. Palabra árabe con que se designaba a un negociador, un rescatador que actuaba de intermediario entre el pueblo musulmán y las autoridades cristianas para lograr la liberación o intercambio de prisioneros de guerra.

Fez. Antigua capital del reino meriní. Es una de las ciudades imperiales del actual reino de Marruecos.

Hachís. Estupefaciente resultante de la marihuana, que se fumaba normalmente en pequeñas pipas de cerámica. Su consumo no era extraño en la época nazarí, a pesar de estar prohibido por las autoridades religiosas.

Hakkak. Palabra árabe con que se designaba a un masajista o fisioterapeuta.

Hammam. Los baños árabes, herederos directos de la tradición grecorromana, constaban de tres zonas diferenciadas según la temperatura del agua (fría, templada, caliente). Eran generalmente públicos, si bien los horarios de uso separaban a hombres y mujeres. Su uso habitual en la sociedad árabe era una exigencia de su fe, pues no se podía realizar la oración sin haber purificado antes cuerpo y espíritu.

Hazraya. Nombre de una de las muchas tribus bereberes de la región montañosa del Atlas.

Hégira. Indica el traslado de Mahoma y la primera comunidad de musulmanes de La Meca a Medina, ocurrido en el año 622 de la era cristiana. Dicho evento marca en el mundo islámico el año primero. Los musulmanes toman el primer día del año lunar en el que se produjo (16 de julio de 622) como referencia para su calendario.

Hintata. Nombre de una de las muchas tribus bereberes de la región montañosa del Atlas.

Hisba. Institución musulmana encargada de velar por el cumplimiento de la moral, al frente de la cual estaba el almotacén.

Hisn al-Monacar. Nombre árabe de la ciudad costera de Almuñécar (Granada).

Hisn Macael. Nombre árabe de la ciudad almeriense de Macael, famosa por la calidad del mármol que produce.

Hisn Moclín. Nombre árabe de Moclín (Granada); en tiempos nazaríes era frontera entre Castilla y Garnata.

Hiyya. Es el duodécimo mes del calendario musulmán. Su nombre significa, literalmente, «el de la peregrinación», pues es la época del año en que los musulmanes suelen realizar la peregrinación a La Meca.

Huríes. Vírgenes destinadas a recibir en el Paraíso a los hombres piadosos gratos a Alá, para satisfacción de todos sus deseos, según la tradición musulmana.

Ibn Tumart. Miembro de la tribu bereber de los masmuda, fue fundador en el siglo XII del movimiento almohade, que buscaba recuperar el rigor de la moral islámica en el mundo musulmán. Se le consideraba el *Mahdi*, el Enviado de Alá.

Ifriqiya. En el Islam medieval, un territorio del norte de África que corresponde aproximadamente al actual Túnez, excluyendo las partes más desérticas, y un fragmento del noreste de Argelia.

Ilyora. Nombre árabe de Íllora (Granada); en tiempos nazaríes era frontera entre Castilla y Garnata.

Imán. Dignatario musulmán que durante la celebración de la oración en la mezquita dirige el oficio situándose ante sus fieles, en el *mimbar*.

Isbilya. Nombre árabe de la ciudad de Sevilla.

Katib. Secretario.

Kohl. Polvos de antimonio usados por las mujeres árabes para realzar el brillo de los ojos, aplicándolos con precaución a lo largo de los párpados inferior y superior.

La Meca. Lugar sagrado del Islam, en la actual Arabia Saudí, donde se encuentra el templo de la Kaaba, en el centro de la explanada de la Gran Mezquita. Los fieles musulmanes deben peregrinar a La Meca al menos una vez en la vida.

Madawi. Nombre que designa cada uno de los vidrios de colores que revestían los huecos de ventilación de los techos de los baños árabes. Podían abrirse o cerrarse, según se deseara la ventilación del recinto.

Madraza. Escuela musulmana de estudios superiores.

Mahdi. Significa «el Enviado», y con esa palabra se designa en el Islam al descendiente de la familia del profeta Mahoma que en un futuro llegará junto con el profeta Jesús para instaurar una sociedad islámica perfecta en la Tierra, antes del Día del Juicio Final.

Maktab. Escuela coránica donde se inicia a los niños en la enseñanza del Corán.

Mālaqa. Nombre árabe para la ciudad de Málaga.

Malik Ibn Anas. Pensador árabe del siglo VII, creador del malikismo, doctrina musulmana imperante en el reino nazarí, muy rigurosa en la estricta observancia de las leyes islámicas.

Marrakech. Antigua ciudad del reino meriní. Es una de las ciudades imperiales del actual Marruecos.

Masita. Sirvienta de los baños árabes, destinada a atender las necesidades de las mujeres.

Mauror. Colina situada frente a la Sabika donde se encuentran las Torres Bermejas. Fue una defensa independiente de las de Madinat al-Hamrā hasta que, durante el siglo XIV, se enlazó con ésta mediante un lienzo de muralla. Las torres, que ofrecen una vista privilegiada —la ciudad al sur y la alcazaba al norte—, formaban parte del primitivo sistema defensivo de la antigua judería.

Meknēs. Una de las denominadas ciudades imperiales del actual reino de Marruecos.

Mexuar. Sala de recepción pública del palacio de la Al-Hamrā, donde el sultán y sus visires atendían las peticiones de los súbditos. Fue restaurado y modificado por Muhammad V.

Mihrab. Nicho situado en el muro de la *qibla* de una mezquita, que indica la orientación hacia la ciudad santa de La Meca.

Minarete. Alminar.

Mocárabe o *mucarna*. Elemento decorativo a base de prismas yuxtapuestos y colgantes que parecen estalactitas sueltas o arracimadas. Es peculiar de la arquitectura musulmana y concretamente del arte nazarí. Fue introducido en la península Ibérica por los almorávides.

Munt Farid. Nombre árabe de Montefrío (Granada); en tiempos nazaríes era frontera entre Castilla y Garnata.

Nāzir. Jefe musulmán de un escuadrón de ocho hombres. Enarbolaba una enseña llamada *uqda* que identificaba el número del escuadrón.

Qadima. Al-Qasaba Qadima, antigua fortaleza zirí ubicada en el Albayzín, frente al monte Sabika, en Granada.

Qalat Yahsūb. Nombre árabe de Alcalá la Real (Jaén), primera ciudad castellana al norte de la frontera nazarí.

Qurtuba. Nombre árabe de la ciudad de Córdoba.

Ramadán. Mes sagrado musulmán. Durante este mes se impone una prohibición total de comer y beber desde el amanecer hasta la caída de la noche. Se exhorta al creyente a ser tan bueno como sea posible, poco severo con sus semejantes y tolerante. Es un mes de gran piedad.

Ribat. Monasterio para el retiro espiritual de los musulmanes con aspecto de fortaleza militar. Existen dos tipos funcionales de *ribat*: aquellos que realizaban la «guerra santa» como lucha armada y que eran un edificio fortificado en lugar fronterizo con peligro real y aquellos que se centraban en el esfuerzo espiritual y se concentraban en cenobios tanto urbanos como alejados de las ciudades.

Riyad, palacio de. Denominación oficial que recibió el palacio de los Leones, en la Al-Hamrā.

Sabika. Nombre del monte sobre el que está ubicada la ciudad fortaleza de Madinat al-Hamrā, actual Alhambra.

Shabán. Es el nombre del mes octavo del calendario islámico, el predecesor del sagrado mes de ramadán.

Shahada. Profesión de fe musulmana, fórmula consagratoria del primero de los cinco fundamentos del Islam: «No hay otro dios que Alá y Mahoma es su Profeta.»

Siyilmasa. Legendario centro caravanero de las rutas que conectaban la costa mediterránea meriní con los territorios situados al sur del desierto del Sahara.

Sufismo. Doctrina islámica que se funda en la meditación individual, el aislamiento, el ascetismo y el desapego de los bienes materiales como vía para el verdadero encuentro con Alá. Ello choca con la dimensión colectiva del Islam, por lo que es contemplada con recelo por las doctrinas más ortodoxas.

Taca. Hornacina decorativa situada entre los arcos de los pasillos de acceso de las construcciones árabes, destinada a acoger pequeños recipientes con aguas y esencias. Al evaporarse el agua, las esencias se extienden por el entorno, perfumándolo todo agradablemente.

Taza. Importante ciudad meriní, punto de paso de varias rutas de caravanas hacia el Sahara. Está situada en el norte del actual reino de Marruecos.

Todra, cascadas de. Famosas cascadas situadas en el Atlas, en el actual reino de Marruecos, rodeadas de verdor y vegetación, alimentadas por las altas cumbres de la cadena montañosa.

Uqda. Enseña musulmana que identificaba a un escuadrón de ocho hombres, comandados por un *nāzir*.

Voluntarios de la Fe. Grupo meriní formado por musulmanes piadosos, incluso fanáticos, dispuestos a devolver a Al-Ándalus a la rectitud de la moral musulmana a través de la guerra santa.

Wadi-al-Quibir. Nombre árabe del río Guadalquivir, riqueza de Andalucía desde la sierra de Cazorla hasta su desembocadura en el océano Atlántico.

Wadi Ash. Nombre árabe de la ciudad garnatí de Guadix.

Wadi-Hadarro. Nombre árabe del río Darro, que atraviesa la ciudad de Granada.

Wadi-Sinnil. Nombre árabe del río Genil, otro de los ríos de la ciudad de Granada.

Yabal Sulayr. Nombre árabe del conjunto montañoso de Sierra Nevada.

Yabal Tarik. Nombre árabe del actual Gibraltar. Significa «Roca de Tarik», en recuerdo del desembarco del caudillo bereber Tarik en 711 en la península Ibérica.

Bibliografía

Este libro es una novela; no pretende ser un libro de historia, y por ello me he permitido alguna licencia mínima a la hora de adaptar fechas y circunstancias a la trama de la novela. En la búsqueda de información para documentarme encontré en algunos casos fechas diferentes asignadas para un mismo evento; en esos casos donde no he tenido certeza absoluta para elegir una u otra me he ceñido a la fecha que mejor me convenía para el desarrollo de la trama.

Para la trascripción al castellano de las grafías árabes he empleado la forma que me ha parecido más extendida y más sencilla para el lector, si bien es posible que no sea la más correcta desde el punto de vista académico, en cuyo caso la culpa es enteramente mía.

He podido sumergirme en las brumas del pasado y obtener los datos necesarios para escribir este libro gracias a la labor de numerosos investigadores y estudiosos del pasado, conservadores, arquitectos, arqueólogos e historiadores, que han registrado su trabajo por escrito, para la posteridad. Gracias a todos ellos. No soy un experto arabista ni un historiador profesional. No obstante, para aquellos lectores interesados en conocer más sobre la época nazarí me atreveré a indicar a continuación algunos de los libros en los que he basado mi novela. No están todos los que son, porque no pretendo crear una lista exhaustiva; no obstante, espero que los lectores los disfruten tanto como yo.

También indico algunos enlaces en la Red donde podrán encontrar más información sobre la época nazarí y sobre la Alhambra.

BUENO, FRANCISCO, *Los reyes de la Alhambra. Entre la historia y la leyenda*, Ediciones Miguel Sánchez, Granada, 2007.

CHEBEL, MALEK, *Diccionario del amante del Islam*, Editorial Paidós, Barcelona, 2005.

«Cuadernos de la Alhambra», vol. 21. Patronato de la Alhambra y Generalife, Granada, 1985.

Historia de Granada, Editorial Quijote, Granada, 1987.

LÓPEZ MOLINA, Emilio, *Ibn Al-Jatib*, Colección Biografías Granadinas, Editorial Comares, Granada, 2002.

MALPICA CUELLO, Antonio, «La Alhambra, ciudad palatina. Perspectivas desde la Arqueología» en *Arqueología y Territorio Medieval*, n.º 8, Universidad de Granada, Granada, 2001.

SÁEZ PÉREZ, María Paz y José RODRÍGUEZ GORDILLO, *Estudio constructivo-estructural de la galería y columnata del Patio de los Leones de la Alhambra de Granada*, Universidad de Granada, Granada, 2004.

VIGUERA, María J., «El reino nazarí de Granada (1232-1492). Política, instituciones, espacio y economía», en *Historia de España Menéndez Pidal*, dirigida por José M.ª Jover Zamora, Editorial Espasa-Calpe, Madrid, 2000.

VIGUERA, María J., «El reino nazarí de Granada (1232-1492). Sociedad, vida y cultura», en *Historia de España Menéndez Pidal*, dirigida por José M.ª Jover Zamora, Editorial Espasa-Calpe, Madrid, 2000.

Centro de Estudios Árabes (CSIC):
http://www.eea.csic.es/
Patronato de la Alhambra y Generalife:
http://www.alhambra-patronato.es/

Agradecimientos

Aún no sé si son los escritores los que buscan sus historias, o si son las propias historias las que buscan a sus escritores. Ocurrió en Granada. Hace seis años, en un paseo por la Acera del Darro, a los pies de la Alhambra, surgió el germen de una historia cuyo resultado final tienes en tus manos. Nació como una historia corta, como un pequeño reto, íntimo y personal, sobre si yo podría escribir sobre la Edad Media, un período fascinante que siempre me ha atraído, por ser una época en la que el hombre aún luchaba por afianzarse en un mundo todavía infinito, lleno de incertidumbres y peligros.

«¿Por qué no? —pensé—, ambientémosla en la época nazarí. Estoy en Granada, ¿qué mejor lugar para documentarme e inspirarme?» Quedé satisfecho con el resultado, tanto que me planteé si no sería capaz de continuar más allá de las escasas diez páginas de las que constaba el relato.

No podía quitarme la historia de la cabeza. La releía todos los días; apuraba una coma, cambiaba una palabra por un sinónimo, modificaba las frases, volvía a corregirlas, una y otra vez, hasta que cinco meses después una tarde ya no fui capaz de modificar nada más, y me decidí. Sería un comienzo. Tenía que continuar. ¿Cómo continuar?

El descubrimiento de una biografía en castellano sobre Ibn al-Jatib me dio las pistas y me brindó el acceso que necesitaba a la época nazarí. Intrigas políticas, pasiones personales, ambición y poder, vida y muerte en torno a la Al-Hamrā; supe de inmediato que tenía una historia que contar. La historia me encontró a mí.

Gracias de corazón a mi familia, mis padres, mis hermanos, que después de la primera sorpresa me apoyaron en todo momento en mi búsqueda por la publicación; a mis amigos y parientes que leyeron la primera versión del manuscrito y cuyas palabras de elogio fueron un bálsamo milagroso; a mi mujer Blanca, por su aliento continuo y su paciencia durante la escritura de la novela. También hubo críticas negativas, que tuve en cuenta en las posteriores revisiones.

Eva Schubert y Maru de Montserrat, de IECO, me dieron la oportunidad de mostrarles mi trabajo y creyeron en mí; con su labor meticulosa y paciente, sus certeros comentarios me guiaron en mis primeros pasos de aprendizaje del oficio y con ello la revisión del manuscrito inicial ganó fuerza y profundidad. También creyó en mí Verónica Fajardo, mi editora de Ediciones B, y todo su equipo de lectores, correctores, maquetistas, cartógrafos, ilustradores e impresores, han dado existencia real a lo que parecía sólo un sueño.

A todos, todos, gracias.

BLAS CARLOS MALO POYATOS,
en Granada a 3 de julio de 2010

www.blasmalopoyatos.com
www.elesclavodelaal-hamra.com

Índice

Introducción histórica 9

PRIMERA PARTE. 717-737 (1339-1359)

1. La promesa de un niño 15
2. El libro del *jattat* 34
3. Bajo el sol de Fez 47
4. Camellos y arena 58
5. Un regalo envenenado 67

SEGUNDA PARTE. 747-748 (1369-1370)

6. El *hakkak* 77
7. El regreso del heredero 90
8. Un deseo 100
9. Una idea peligrosa 107
10. Lazos de sangre 121
11. Un aviso 128
12. Preparando una traición 136
13. El ángel 140
14. El soldado de Alá 147
15. La confabulación 154

16. Un último grito	161
17. Tiempo de cólera	169
18. El color de la guerra	178
19. El vaticinio del *hakkak*	190
20. Prisionero	197
21. El despertar de la rosa	205
22. El peso de la ley	209

TERCERA PARTE. 748-755 (1370-1377)

23. El lobo	223
24. El heredero de Ibn Nasrí	228
25. En nombre de Alá	239
26. La cantera del halcón	247
27. El comerciante de mármol	254
28. La decisión de Ibn Taled	262
29. La historia de la rosa	265
30. El aprendiz	274
31. El cautivo	282
32. El regreso	291
33. Un nuevo nombre	298
34. *Almaluki*	305
35. El aprendizaje de la rosa	312
36. Tierra de hintatas	321
37. El zoco de Taza	336
38. El arquitecto	350
39. La rosa se abre	359
40. Nuevas noticias	368
41. Las palmeras de mármol	376
42. En memoria del farmacéutico	386
43. La rosa de los meriníes	398
44. Doce leones y una fuente	411
45. La flor de Garnata	421
46. La conspiración	429
47. Una última esperanza	433
48. La liberación	443

EPÍLOGO

La llamada de la sangre 445

APÉNDICES

I. El reino de Granada 449
II. El reino de Fez 451
III. El reino de Castilla y León. 452
IV. El reino de Aragón 453

Glosario. 455

Bibliografía 463

Agradecimientos. 465

OTROS TÍTULOS DE LA COLECCIÓN

Camino a Roma

BEN KANE

Desde la última y feroz batalla de la Legión Olvidada, Romulus y Tarquinius han viajado por medio mundo hasta llegar a Egipto. Tras ser reclutados por la fuerza para formar parte de las legiones de César en Alejandría, están a punto de ser aniquilados por los egipcios. Pero hay otro enemigo tanto o más peligroso: varios legionarios sospechan que los nuevos reclutas son esclavos que han huido y que por ello deben ser castigados con la crucifixión.

Mientras, en Roma, Fabiola, la hermana gemela de Romulus, se enfrenta a un grave peligro. Amante de Bruto desde hace tiempo, está recibiendo atenciones del gran enemigo de éste, Marco Antonio, y se ve involucrada en la conspiración para asesinar a César. Una tragedia se avecina para Fabiola, quien debe decidir si llevar a cabo o dejar de lado sus planes de venganza contra el hombre de quien cree ser hija.

Desde los campos de batalla de Asia Menor y el norte de África, hasta las calles sin ley de la ciudad de Roma y las arenas repletas de gladiadores, los tres protagonistas deben usar sus habilidades para sobrevivir a las intrigas de la guerra civil. A medida que los eventos comienzan su despiadada marcha hacia los fatídicos Idus de marzo, la hora de la verdad los espera.

La guerra de Hart

JOHN KATZENBACH

Corre el año 1950. El exilio de Michael Corleone en Palermo está a punto de acabar, y su padre, Don Vito, le ha encomendado una misión: debe volver a América con un hombre que se ha convertido en un mito popular, un forajido acosado por el Gobierno, las clases altas y la Mafia. Su nombre es Salvatore Giuliano, un moderno Robin Hood que, tras enfrentarse en su juventud a una patrulla de carabinieri, se vio forzado a refugiarse en las montañas. Desde allí lucha por su patria y su gente, oprimida por la Cosa Nostra y la corrupción del Gobierno de Roma. Ahora, en esta neblinosa tierra de montañas y ruinas antiguas, el destino de Michael Corleone se verá hermanado con la leyenda de Salvatore Giuliano.

El siciliano es una biografía novelada de Giuliano y una incisiva descripción de la vida, las tradiciones y las complejas relaciones de poder en Sicilia.

Cuando la muerte venía del cielo

ESTEBAN MARTÍN

Hollywood, años treinta. Michael Ford es un joven actor sumido en una profunda crisis personal y profesional. A su alrededor importantes figuras de la industria del cine, de actores como Humphrey Bogart, Charles Chaplin o Lauren Bacall a directores y productores, se están organizando para ayudar a la amenazada República española. Pero deben ser discretos, ya que el Comité de Actividades Antiamericanas persigue y castiga a todo aquel que simpatice con el comunismo. En este contexto, Michael recibe una arriesgada propuesta: llevar a Barcelona una joya valorada en un millón de dólares, dinero que irá destinado a ayudar a la República. ¿La excusa? El estreno de una de sus películas. Pero al pisar España bajo las primeras bombas, todo se complica...

Esteban Martín, el aclamado autor de *La clave Gaudí*, nos presenta una intensa novela, llena de acción y aventuras, en la que su protagonista vivirá la más peligrosa experiencia de su vida con la Guerra Civil como telón de fondo.